Barbara Heckler

Die Schneckenlinie

Das Dokument

Historischer Roman mit einer Prise Fantasy

AF287743

Über die Autorin:

Barbara Heckler studierte Psychologie und war lange Zeit als Therapeutin und Supervisorin tätig. Heute arbeitet sie als freie Autorin und lebt mit ihrem Mann in einer Kleinstadt nördlich von München. Sie hat drei erwachsene Töchter.

Besuche mich auf:
www.heckler-schreibt.de
Instagram: barbara.heckler.autorin

Barbara Heckler

Die Schneckenlinie

Das Dokument

Von Barbara Heckler ist außerdem erschienen:
Vorgeschichte: Wie alles begann ...
Die Schneckenlinie | Begegnung

Beide Teile können unabhängig voneinander gelesen werden.

Impressum

Bibliografische Information der Deutschen Nationalbibliothek:
Die Deutsche Nationalbibliothek verzeichnet diese Publikation
in der Deutschen Nationalbibliografie;
detaillierte bibliografische Daten sind im Internet
über http://dnb.dnb.de abrufbar.

Die automatisierte Analyse des Werkes, um daraus
Informationen insbesondere über Muster, Trends und
Korrelationen gemäß §44b UrhG („Text und Data Mining")
zu gewinnen, ist untersagt.

© 2025 Barbara Heckler

Coverdesign und Umschlaggestaltung: Florin Sayer-Gabor |
www.100covers4you.com
Unter Verwendung von Grafiken von Shutterstock (Willy Mobilo) und
Alamy Stock Foto (Darling Archive)

Verwendung von Stockfotos für die Innengestaltung: iStock by Getty
Images (Matorinni, sebasebo, VectorGoods, Mypurgatoryyears, Ro-
ckingStock, egal), Alamy Stock Foto (Darling Archive)

Verlag: BoD · Books on Demand GmbH, Überseering 33, 22297
Hamburg, bod@bod.de
Druck: Libri Plureos GmbH, Friedensallee 273, 22763 Hamburg

ISBN: 978-3-7693-2804-2

Für Mama und Papa

Grenzen
– im Denken und im Fühlen –
können überwunden werden.
Manchmal sogar die Grenzen der Zeit ...

Inhalt

Karte: *Château de Corentin und Umgebung*

Diese Karte sowie ein Plan des Schlosses und ein Stammbaum der Familie Maynard de Plourhan können auf meiner Webseite aufgerufen werden.

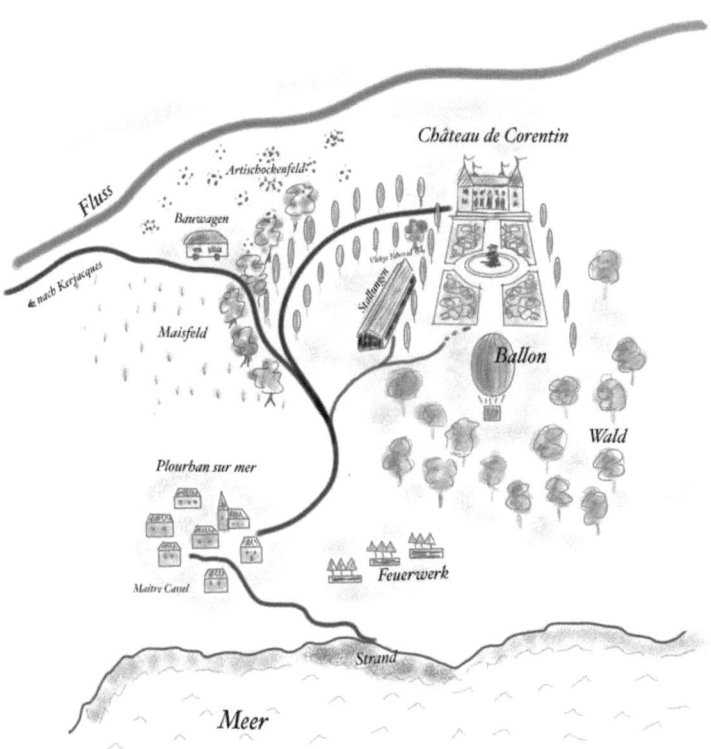

PROLOG

Bretagne – Château de Corentin – Juli 1788

Den Rücken an das harte Holz gepresst, kauerte François unter dem massiven Schreibtisch in der Bibliothek. Er genoss die Enge seines Verstecks und strich behutsam mit der flachen Hand über den ledernen Einband des schweren Buches. Die Unebenheiten der Prägung im Zentrum des Buchdeckels wurden eins mit seinem Körper. Langsam wanderten seine Finger entlang des Rückens mit seinen wulstigen Querlinien und er ertastete die Buchstaben *TOME XV*.

Behutsam öffnete er den Band und las auf der Titelseite zum hundertsten Mal, dass *Monsieur* *** diese Enzyklopädie herausgegeben hatte. Die Sätze sagten ihm nichts, aber er genoss das Stakkato einzelner Worte wie ›*Encyclopédie*‹ und den runden Klang von ›*Dictionnaire raisonné*‹. Mehrfach las er den Text der Seite durch, wobei er die Worte leise mit seiner monotonen Stimme murmelte. Von Zeit zu Zeit schweiften seine Augen ab und zuckten reflexartig, bis er sich mit dem Handballen kurz gegen die rechte Schläfe schlug. Das Rezitieren der Worte unterbrach er nicht. Da er sie auswendig kannte, formten sie sich ohne sein bewusstes Zutun.

Dann endlich konnte er sich seinen bevorzugten Kapiteln zuwenden. Wie bei jedem Buch suchte er zunächst die Seiten, deren Seitenzahl die Quersumme ›11‹ ergaben. Von allen Primzahlen liebte er diese am meisten, weil sie ihm in ihrer Wiederholung der ›1‹ die Harmonie und Ordnung symbolisierte, die er dringend brauchte. Wie immer würde er mit Seite 29 und dem Stichwort ›*Sens de l'Écriture*‹ beginnen. Danach kamen die Ausführungen auf Seite 38 für die Eintragungen ›*Sensibilité*‹ und dann ›*Sentiment*‹. Nach Beendigung jedes Absatzes nahm er sich die nächste Seite mit der richtigen Quersumme vor, wobei er Seite 47 überblätterte, da diese kein eigenes Stichwort aufwies und ihn diese Abweichung ängstigte. Er wusste, dass er die Seite ebenso gut hätte auslassen können, aber es beruhigte ihn, die einmal angefangene Routine einzuhalten und da er sich spät abends allein in der Bibliothek aufhielt und ihn niemand auf sein Verhalten ansprechen konnte, beließ er es dabei. Während er die Seiten in seiner eigenen Reihenfolge durcharbeitete, summte er leise vor sich hin.

Inzwischen war er auf Seite 191 angelangt und wollte sich dem Stichwort ›Silence‹ zuwenden, als sich die Seiten unerwartet weiter hinten bei ›Société pour la propagation de l'Envangile‹ öffneten, wo einige lose Papierseiten lagen. Das war nicht vorgesehen und noch niemals passiert. Er hasste diese Abweichung von seiner Routine. Schon kroch ihm würgende Enge den Hals hinauf und kalter Schweiß trat auf seine Stirn, während das Nichts sich aufmachte, von ihm Besitz zu ergreifen. Seine Finger und Zehen wurden taub und bald würden es seine Arme und Beine sein – er fürchtete, sich aufzulösen, zu zerfließen. Er rang nach Luft und schlug mit dem Kopf gegen das Holz, um der lähmenden Angst zu entkommen und wenigstens diesen Schmerz zu spüren. Mit Macht kämpfte er den Impuls nieder, um sich zu schlagen und zu schreien, sog stattdessen Luft ein, um seinen Geist zu beruhigen.

Allmählich kehrte das Gefühl in seine Finger zurück und fahrig tastete er über die Buchseiten und verschob dabei die eng beschriebenen Papiere, die sich lose in dem Buch befanden. Er versuchte, gleichmäßig zu atmen und konzentrierte sich darauf, die Handschrift zu entziffern, da er kein Blatt mit gedruckten oder geschriebenen Buchstaben ansehen konnte, ohne zu lesen. Wort für Wort schloss er sicher in seinem Gedächtnis ein und das Nichts schob sich wieder an die Ränder seines Bewusstseins. Erst als seine Augen über den letzten Satz geglitten waren, packte er das Papierbündel und warf es weit in den Raum hinein, da es in seinem Buch die Ordnung störte.

Obwohl er sich wieder sicher fühlte, würde er von vorne beginnen müssen. Langsam öffnete er erneut Seite 29 und ließ seinen

Finger über die Einträge zum Stichwort ›*Sens de l'Écriture*‹ wandern, als sich geräuschvoll die Tür der Bibliothek öffnete. Reflexartig klappte er das Buch zu und drückte sich tiefer in den Schatten unter dem Schreibtisch.

Die Tür wurde geschlossen und mit einem asthmatischen Schnaufen schoben sich Beine wie knorrige Äste in sein Blickfeld. Es war jener Mensch, den die anderen Onkel Bertin nannten und der ein Cousin seines Vaters war. Er selbst nannte ihn den *Wachsberg*, weil sein Körper in seiner Unförmigkeit an das geschmolzene Wachs am Fuß eines Kerzenhalters erinnerte. François schauderte, wenn er an die formlosen und weichen Massen des Gesichts und die röhrende Stimme wie Tiergebrüll dachte.

»Aargh«, stieß der Wachsberg hervor und streckte die feisten Arme von sich. Dann bückte er sich nach vorne und ließ geräuschvoll einen Wind fahren. Der Wachsberg räusperte sich, spuckte den Auswurf auf den Boden und schlurfte zu einem Tischchen mit Spirituosen. Mit unsicherer Hand goss er eine goldene Flüssigkeit in ein Glas und kippte den Inhalt in einem Zug hinunter.

»Dieser Calvados schmeckt wie Katzenpisse«, stieß er so laut hervor, dass es in den Ohren schmerzte. »Kein Wunder bei diesem Gesöff aus der Normandie. Hat mein werter Herr Cousin keinen anständigen *Lambig* für seine Gäste?« Dennoch genehmigte er sich ein zweites, großzügig bemessenes Glas. Schnaufend wankte der Wachsberg zu einem ausladenden *Fauteuil* und wuchtete sein massiges Gesäß hinein.

In seinem Versteck unter dem Schreibtisch hörte François den Sessel knarzen und gleichzeitig störte das scharfe Knistern von Papier seine empfindlichen Ohren.

»Errhg«, knurrte der Wachsberg unwirsch und zerrte zerknitterte Seiten unter seiner Kehrseite hervor. »Wer zum Teufel, lässt hier sein verdammtes Gekritzel ...«, setzte er trompetend an. Dann stockte er und ein leises Klicken verriet, dass er seine Lesehilfe ausgeklappt hatte.

»Da soll mich doch der Teufel holen, wenn das nicht ...« Das Schnaufen wurde heftiger und der Wachsberg zog ein großes

Taschentuch hervor, um sich die Stirn abzutupfen. Schließlich stemmte er sich mit einer für seine Körperfülle erstaunlichen Geschwindigkeit aus dem Sessel und wanderte prustend durch den Raum, um die verstreut liegenden Papierbögen aufzusammeln. Mühevoll bückte er sich – dabei ächzte sein Korsett gefährlich und ein weiteres Mal entfuhr ihm ein Darmwind. Breitbeinig stellte er sich vor den Schreibtisch und breitete die Papiere auf dessen polierter Platte aus.

Unter dem Tisch starrte François auf den Hosenlatz des Wachsberges und wurde überwältigt von den unvermittelt auf ihn einströmenden Ausdünstungen.

»›Die Menschen werden frei und gleich an Rechten geboren … der Ursprung jeder Souveränität liegt ihrem Wesen nach beim Volke …‹«, las der Wachsberg mit zunehmender Empörung in der Stimme.

»Wenn das nicht höchst verräterisches Zeug ist, fresse ich den Ladestock eines Neunpfünders«, donnerte er und François hielt sich die Ohren zu.

»›Keine Körperschaft und kein Einzelner kann eine Gewalt ausüben, die nicht ausdrücklich vom Volk ausgeht.‹« Der Wachsberg verstummte und François konnte hören, wie seine fleischigen Finger das Papier fester umklammerten und zerknitterten.

»Das kommt davon, wenn man zulässt, dass sich die Jungen mit diesem revolutionären Pack gemein machen, statt bedingungslos zu ihrem Herrscher zu stehen.« Ein verächtliches Prusten folgte diesen Worten. »Nicht, dass ich es meinem werten Cousin nicht wieder und wieder gesagt hätte … in den Ohren gelegen habe ich ihm, dass er es dem Namen Maynard de Plourhan schuldig ist, seinen Sohn von diesem Gesindel zu separieren. Hat man auf mich gehört? NEIN … in seiner laxen Art lässt *Monsieur le Comte* auch noch zu, dass dieser Aufrührer Lafayette das Gastrecht missbraucht, indem er über seine hochverräterischen Ansichten nicht nur offen bei Tisch parliert, sondern auch noch die Dreistigkeit besitzt, sie zu deskripieren und herumliegen zu lassen, auf dass jeder Narr sie finden kann … das kann Festungshaft und weit Schlimmeres bedeuten … *Mon Dieu!*«

Entschlossen packte der Wachsberg den Papierstapel und riss ihn entzwei. Einen Augenblick lang stand er schnaufend und abwartend da. Schließlich ergriff er die Fetzen, knüllte sie mit unnötiger Kraft zusammen und hielt sie an die Flamme des Leuchters. Suchend sah er sich um, wankte zum Kamin und schleuderte das Papierbündel auf den kalten Rost, als ob er heiße Kohlen in den Händen hielte. Er packte einen Schürhaken und stocherte heftig in der Glut, bis die Papierseiten zu Asche zerfallen waren. Endlich entspannten sich seine Fleischmassen und entließen noch einmal aufgestaute Gase, die sich wabernd im Raum verteilten, bis sie François' empfindliche Nase erreicht hatten.

Teil 1

Frankreich, Bretagne — Juli 1788

Hagel und Blitz

Laurent hielt die Augen geschlossen und verlagerte vorsichtig sein Gewicht. Er musste kurz eingeschlafen sein. Einen Moment hing er einem vagen Gefühl der Zeitlosigkeit nach. Die schwüle Luft klebte auf seinem schweißnassen Gesicht und eine bleierne Schwere drückte seinen Körper in die zerwühlten Laken. Neben ihm zuckte Louise und zog schläfrig seinen Arm über ihre Mitte. Sein Daumen streifte ihre nackte Brust und warm flutete Begehren seinen schläfrigen Körper.

Als er sich später von ihr löste, pochte es schmerzhaft in seiner Hand. Laurent drehte sich auf den Rücken und schlug das Laken zurück, das feucht auf seiner Haut klebte.

»Du hast mich schon wieder gebissen.«

Mit Mühe öffnete er die Augen einen Spalt. Ein greller Blitz durchschnitt die samtene Dunkelheit und gleißendes Licht setzte seinen Kopf in Flammen. Laurent hielt sich die Hand schützend vor das Gesicht und wartete, bis der Schmerz nachließ. Er musste vorsichtig sein.

»Sch ..., du willst doch nicht, dass Mademoiselle uns hört.«

Louise schlüpfte in ihr Hemd, schlich barfuß zur Tür und lauschte.

Die schweren Vorhänge hingen träge neben dem offenen Fenster. Am Nachthimmel dahinter stapelten sich dunkellila Wolken. Laurent zählte bis zehn, bevor rollend der Donner folgte.

»Sofort, Mademoiselle!« Louise verschwand durch die Türe.

Hastig suchte Laurent seine Sachen zusammen und wäre in der Dunkelheit beinahe gestolpert.

Louise kehrte mit einer Kerze zurück. »Es war nichts. Der Donner hatte sie aufgeweckt.«

Laurent stellte fest, dass er sein Hemd verkehrtherum übergezogen hatte. Er mahnte sich zur Ruhe und zerrte es sich wieder vom Leib. Er drehte das Hemd um, zog es an und stopfte es in die Hose. Sein Blick blieb an der geschlossenen Tür hängen. Es wäre für beide fatal, wenn Anne etwas ahnte. Mit den Fingern fuhr er sich durch die Haare und bündelte sie zum Zopf.

»Komm, lass mich das machen.« Louise drückte ihn auf den Stuhl vor dem Toilettentisch und zog Annes Bürste mit geübten Bewegungen durch sein Haar. »Magst du sie denn?«

Die Borsten kratzten unangenehm über seine Kopfhaut.

»Es würde mich nicht stören, weißt du. Sie ist so …«

Laurent umfasste ihr Handgelenk und hielt es einen Augenblick fest. »… unschuldig?«

Louise unterdrückte ein Kichern und Laurent ließ ihre Hand wieder los. »Natürlich mag ich sie. Wer würde das nicht. Anne ist das liebenswerteste Geschöpf weit und breit.«

Er bog den Kopf zur Seite. »Lass etwas übrig von meinen Haaren, *chérie*.«

Louise knuffte ihn an der Schulter. »Aber sie ist ein wenig … langweilig?«

»Hm.« Laurent wich ihren spitzen Fingern aus.

Louise legte endlich die Bürste zur Seite und fixierte den Zopf so fest mit einem Band, dass ihm die Kopfhaut spannte.

»Was wirst du tun, wenn du erst Baron de Kerjacques bist?«, fragte sie.

Vor allem würde er dafür sorgen, dass François bei ihm leben würde, dachte Laurent sofort. Wahrscheinlich würde er damit warten müssen, bis der alte Kerjacques das Zeitliche gesegnet hatte. Er mochte den Alten nicht und vermutete, dass dies auf Gegenseitigkeit beruhte. Nachdem sich Henri selbst aus dem Spiel befördert hatte, war dem Baron nichts anderes übriggeblieben, als Laurent als Ehegatten für sein einziges Kind zu akzeptieren.

»Nun … ich werde meinem tyrannischen Bruder entkommen.« Laurent lächelte. »Wahrscheinlich werde ich eine ganze Schar Kinder haben. In jedem Fall werde ich eine hübsche Ehefrau und eine aufregende Geliebte haben.« Laut ausgesprochen klang es selbst in seinen eigenen Ohren etwas lau. Für einen Moment breitete sich sein Lebensweg vor ihm aus, wie eine Landschaft ohne Hügel und Bäume. Er konnte bis zum Horizont sehen und sich wie ein Wanderer darin bewegen, ohne unangenehme Überraschungen befürchten zu müssen.

»Ist dir das nicht ein wenig zu langweilig?«

»Wahrscheinlich werde ich auch öde Abrechnungen mit meinem Verwalter machen und mich mit aufsässigen Pächtern herumärgern müssen.« Das hörte sich fast überzeugend an. Was hatte er sonst für Möglichkeiten nach dem Fiasko an der Militärakademie? Er ergriff ihre Hand und drückte die Lippen darauf. »Außerdem sorgst du doch für Aufregung in meinem Leben.«

Beiläufig zog Louise ihre Hand zurück.

Ein Windhauch bewegte die schlaffen Vorhänge und strich träge durch den Raum. Louise trat ans Fenster, den Blick auf die drückenden Wolken am Ende des Himmels gerichtet, als ein Blitz, den Umriss ihrer Gestalt auf seine Netzhaut brannte. Laurent schloss vor der plötzlichen Helligkeit die Augen und zählte bis sieben, bevor das Grollen zu hören war.

»In der Küche haben sie erzählt, dass dein Bruder vor ein paar Tagen angekommen ist. Vielleicht wird es nun nichts mehr aus deinen Plänen.«

»Was soll sich dadurch ändern? Henri hatte seine Chance gehabt und hat sich damals anders entschieden.« Das klang zuversichtlicher, als ihm zumute war.

Louise drehte sich um. Ihre Locken standen wie elektrisch aufgeladen in alle Richtungen ab.

»Reicht dir das? Jetzt schon genau zu wissen, was du in zehn, zwanzig oder dreißig Jahren tun und sein wirst?« Sie zuckte mit den Schultern und setzte sich wieder auf ihr Bett. »Schließlich bist du der Sohn eines Grafen.«

Laurent schlüpfte in seine Weste und fummelte an den Knöpfen. Fast hätte er gelacht. Sie hatte keine Ahnung, wie begrenzt seine Möglichkeiten waren.

Louise wickelte sich eine ihrer Haarsträhnen um den Finger. »Komm wieder ins Bett, Laurent. Bei diesem Wetter kannst du noch nicht reiten.«

Laurent sah sich nach seinen Stiefeln um.

Louise rollte sich auf den Bauch und stützte ihr Kinn in die Hände. »Du denkst tatsächlich, es könnte immer so weitergehen? Du denkst vielleicht, ich könnte nichts weiter vom Leben wollen, als deine Geliebte zu sein und nebenbei noch deine Kinder großzuziehen?«

Ungeduldig drückte Laurent den Dreispitz auf den Kopf. Er hasste es, in dieser Weise in die Enge getrieben zu werden. Was faselte sie nur. Als ob man je eine Wahl hätte. Das Leben oder Gott oder wer auch immer, teilte die Karten aus und mit diesem Blatt musste man spielen. Hatte man schlechte Karten und dazu noch Pech, verlor man. So einfach war das. Mit Anne de Kerjacques hatte er wenigstens passable Chancen, sich im Leben einzurichten. »Ich werde nach Paris gehen. Bei der ersten Gelegenheit bin ich weg von hier.« Louise zog sich das Laken über den Körper.

Kurz hielt er inne. Der Gedanke war so absurd, dass ihm keinerlei Erwiderung einfiel. Gleichzeitig fühlte er Ernüchterung und ein vages Gefühl, zurückgewiesen worden zu sein.

Er warf einen letzten Blick aus dem Fenster. Vielleicht schaffte er es noch, vor dem Regen nach Hause zu kommen, obwohl es ihm im Grunde egal war, wenn er nass wurde. Die Blitze waren es, die ihm gefährlich werden konnten.

◇ ◇ ◇

Bereits bei Sonnenaufgang war der Tag so schwül gewesen, dass jede Bewegung einen feinen Schweißfilm auf der Haut hinterlassen hatte. Gegen Mittag war die Luft schwer wie Kleister gewesen und jeder Atemzug war anstrengend. Trotzdem hatte er am Nachmittag Cléo gesattelt und sich auf den Weg nach Kerjacques gemacht. Nachdem er den Schlosspark und den angrenzenden Wald in mäßigem Trab durchquert hatte und die Luft ihn heiß, wie in einer Backstube, umhüllte, trieb er sein Pferd an, sobald er die Felder erreichte.

Er überholte einige Pächter seines Vaters, die sich daran machten, das Getreide in unnatürlicher Hast zu schneiden, obwohl die Ähren noch nicht ihre typische goldgelbe Reife erreicht hatten. Dann war er an den Bauern vorbei und vergaß das Ganze.

Am späten Nachmittag war es noch immer so heiß, dass die Luft über dem Boden zu flirren anfing und jeder Hufschlag enorme Mengen an Staub aufwirbelte. Laurent beschloss, zu dem kleinen Weiher zu reiten, um sich abzukühlen.

Man hatte ihm vom Schwimmen abgeraten – ebenso wie vom Reiten und jeder anderen Anstrengung. Einer der vielen Doktoren, die man wegen seines Bruders konsultiert hatte, war eines Tages überraschend auf ihn gestoßen, als ihn die *Schwäche* überfallen hatte. Er hatte den Mann nur mit Mühe davon überzeugen können, den Mund zu halten und zum Glück gab François mit seinem absonderlichen Verhalten den interessanteren Patienten ab.

Er hatte den Rat des Arztes in den Wind geschlagen und sich jeder körperlichen Anstrengung seines Standes unterworfen. Meist zeigte ihm Loulou zuverlässig an, wann er sich zurückziehen musste, bevor die *Schwäch*e ihn zu einem hilflosen Narren machte. In seltenen nachdenklichen Augenblicken fragte er sich, was er tun würde, wenn sie ihn in der Gesellschaft anderer überfallen würde. Die bloße Vorstellung entsetzte ihn zutiefst. Keinesfalls würde er diesen Makel offenlegen. Heute hatte er seine zuverlässige Verbündete zu Hause gelassen, denn Louise hatte Angst vor Ratten.

Während er mit wenigen Zügen im lauwarmen Wasser den Tümpel durchschwamm, fühlte er sich daher in zweifacher Hinsicht nackt. Eine letzte Unsicherheit blieb und im Wasser würde er ertrinken, wenn es ihn übermannte.

Nur in Kniehose und Hemd bekleidet, saß Laurent wenig später wieder auf, um nicht zu spät zu kommen. In Sichtweite der grauen Türme von Kerjacques richtete er seine Kleidung, zog den viel zu warmen Rock über, strich sich die Haare nach hinten und befestigte einzelne Strähnen wieder in seinem Nackenzopf, bevor er sich den Dreispitz auf den Kopf drückte.

◇ ◇ ◇

Der Baron sei in einer geschäftlichen Angelegenheit ausgefahren, teilte man ihm bei seiner Ankunft mit. Sicherlich sei ihm die Kutsche unterwegs begegnet. Laurent hatte daraufhin seiner

Verlobten Anne de Kerjacques seine Aufwartung gemacht. Zusammen mit einer greisen Großtante, die über den Anstand wachen sollte, hatten sie den Abend auf der Veranda verbracht und ihre müde Konversation nur unterbrochen, um Glas um Glas einer Limonade zu trinken, in der wunderbarerweise kleine Eisstückchen kreisten. Trotz der klebrig schwülen Luft hatte Louise ihrer Herrin später einen Schal gebracht. Die Augen sittsam niedergeschlagen, hatte sie vor Laurent geknickst und ihr geheimes Zeichen gemacht.

◊ ◊ ◊

Laurent verließ Château de Kerjacques durch die Nebenpforte, die er auch vor Stunden benutzt hatte, um sich in Louises Kammer zu schleichen – nachdem er sich zuvor formvollendet von Anne de Kerjacques verabschiedet hatte.

Ein greller Blitz erhellte den Weg zu den Stallungen, wo Cléo ihre samtenen Lippen in einen Trog mit Hafer versenkt hatte, als er sie unsanft störte. Die Augen des Pferdes weiteten sich, als das Schlagen der Stalltüre vom Grollen des Donners abgelöst wurde.

Laurent nahm einen schrumpeligen Apfel vom Vorjahr aus einer Kiste und hielt ihn an die weichen Lippen des Tieres. Beruhigend strich er über die lange Pferdenase. Ganz wohl war ihm nicht, bei diesem Wetter zu reiten.

Noch immer türmten sich am Himmel regenschwere Wolken übereinander und wenn sie den Mond verdeckten, war die Dunkelheit so kompakt, dass er sie förmlich mit Händen greifen konnte. Dennoch zog er sich hoch auf den Sattel und drückte Cléo die Fersen in die Seiten. Als er das Ende des Parks erreicht hatte, fielen die ersten Regentropfen.

»Bring mich nach Hause, meine Teure«, flüsterte Laurent und überließ sich der Führung seines Pferdes. Cléo hatte gehörigen Respekt vor Gewittern und während die ersten dicken Tropfen fielen, jagte sie auf dem Feldweg dahin, der von den Blitzen in immer kürzeren Abständen erleuchtet wurde. Noch bevor sie den Wald erreichten, war Laurent bis auf die Haut durchnässt und spürte, dass der Regen härter und härter auf seinen Rücken trommelte.

Hagelkörner, groß wie Haselnüsse, prasselten auf ihn herab. Scharfe Blitze tauchten den Wald in ein gespenstisches Spiel aus Licht und Schatten. Die zuckende Helligkeit bahnte sich ihren Weg in sein Gehirn, bis er nicht mehr unterscheiden konnte, wo innen und außen war. Angst stieg Laurent in den Mund wie ein pelziges Tier und er versuchte, sich nicht zu übergeben. Dann packte ihn die *Schwäche* und riss ihn vom Pferd.

DIE SCHWÄCHE

Sicherlich bot er einen trostlosen Anblick, als er sich dem Schloss näherte. Die ersten Sonnenstrahlen kündigten einen weiteren heißen Sommertag an, aber ihn fröstelte und seine Kleidung hing tropfend und formlos an seinem Körper. Er hatte Glück gehabt, auf den weichen Waldboden zu fallen und nicht von herumliegenden Ästen aufgespießt worden zu sein. So hatte er sich lediglich ein paar Abschürfungen bei seinem Sturz geholt. Trotzdem spürte er jeden Knochen im Leib. Dies und die Kälte, die sein Körper nach einer Nacht im Regen gespeichert hatte, machten seine Bewegungen langsam und steif.

Er fand die Seitenpforte, die er meist nutzte, um ungesehen ins Haus zu gelangen, verschlossen. Als er sich dem Haupteingang zuwandte, stieß er fast mit einem drahtigen Mann zusammen, der geschäftig an ihm vorbeieilte. Dem Drahtigen auf dem Fuße folgte ein junger Mann, dessen nach neuester Mode geschnittener Rock ihm kaum genügend Bewegungsfreiheit ließ, dicke Aktenstapel in seinen Händen zu tragen. Über die oberste Kladde hinweg wanderte sein Blick über Laurents abgerissene Erscheinung. Während er an ihm vorbeiging, starrte Laurent zurück, bis der Geck die Augen abwandte und sich beeilte, den anderen Mann einzuholen.

Laurent durchquerte die Eingangshalle, während Hyppolythe an ihm vorbei stelzte und ein silbernes Tablett mit der Post in die Bibliothek trug. Laurent schlich die breite Treppe nach oben und wandte sich nach rechts in den selten benutzten Gästeflügel. Seine Beine wurden schwer und das Blut rauschte in seinen Ohren. Kalter Schweiß trat ihm auf die Stirn und eine grässliche Übelkeit drängte aus seinen Eingeweiden nach oben.

Er brauchte vor allem ein paar Stunden Ruhe. Wenn er nicht gefunden werden wollte, zog er sich in den letzten Raum des Westflügels zurück, wo vor Jahren Tante Chloé gewohnt hatte. Erleichtert, dass er es bis hierhin geschafft hatte, ohne einem weiteren

Mitglied des Haushaltes oder seiner Familie über den Weg zu laufen, warf er die Tür ins Schloss. Mit weichen Knien wankte er auf das prunkvolle Bett in der Mitte des Zimmers zu. Eine Hand am Bettpfosten tastete er fieberhaft unter dem Bett, bis sich seine tauben Finger um ein leeres Nachtgeschirr schlossen. Er zog es zu sich heran und im selben Augenblick stülpte sich sein Magen um und das pelzige Tier in seiner Kehle drängte mit Macht nach außen. Mit letzter Kraft streifte er seinen Rock ab und kroch in Hemd und Hose zwischen die muffigen Laken. Noch bevor sein Kopf das Kissen berührte, verlor er das Bewusstsein.

◊ ◊ ◊

Während sein Körper bewegungslos lag und sein Atem so flach wurde, dass er nicht einmal eine Feder in Bewegung gesetzt hätte, ging sein Geist auf Reisen. Diesmal war ihm, als ob er durch den Schlosspark wanderte, der vertraut und doch auf eigenartige Weise fremd wirkte. Es war ihm vorhin nicht aufgefallen, dass *Maman* den Park mit seinen Blumenrabatten, den geraden Wegen und den akkurat in Form geschnittenen Büschen neugestalten ließ. Die Beete waren umgegraben und dazwischen lagen, zu Haufen zusammengedrängt, Bäumchen und Büsche mit ihren Wurzelballen in Hanf gebunden. Der Wald, durch den er in der Nacht geritten war, sah düster und verwildert aus. An seinem Rand sah er umgestürzte Bäume, die ihr knorriges Wurzelwerk nach oben streckten. Das Gewitter der letzten Nacht musste mehr Zerstörung angerichtet haben, als ihm aufgefallen war.

Bei einem Schuppen beobachtete er Bedienstete, die von einem Vorarbeiter mit sparsamen Gesten eingewiesen wurden. Selbst aus der Entfernung konnte er die knarzende Stimme des Mannes hören.

Mit steifen Bewegungen ging er zum Neptunbrunnen und ließ sich auf dem fleckigen Stein des Beckenrandes nieder. Der Brunnen war in einem beklagenswerten Zustand. Die Figuren starrten ihn aus stumpfen Augen an und vom Boden des Bassins roch es modrig und verwest. Trotzdem blieb Laurent, wo er war, hob das Gesicht in die Sonne und ließ die wärmenden Strahlen in seinen

Körper eindringen, bis die klamme Kälte der Nacht vertrieben war.

Stimmen näherten sich und als Laurent den Kopf wandte, sah er zwei der Gärtner auf den Brunnen zukommen. Sie scherzten miteinander und hatten ihre Schaufeln über die Schulter gelegt. Sie hatten es nicht eilig, sich an die Arbeit zu machen. Als sie näherkamen, stand Laurent auf und klopfte sich den Hosenboden ab. Eine Ahnung riet ihm, den Leuten nicht in diesem Aufzug über den Weg zu laufen, obwohl er aus dem Augenwinkel bemerkte, dass die Kleidung der Arbeiter ebenso nachlässig war, wie seine eigene. Bevor die beiden den Brunnen erreicht hatten, war er zwischen den Bäumen verschwunden.

◇ ◇ ◇

Als er Stunden später erwachte, sickerte der letzte Rest Erschöpfung aus seinen Gliedern und machte einer friedlichen Erleichterung Platz, der, wie er aus Erfahrung wusste, bald seine gewohnte Vitalität folgen würde.

Wieder einmal hatte er es überstanden und es wunderte ihn jedes Mal von Neuem, dass er einen Zustand vollkommener Hilflosigkeit so folgenlos hinter sich lassen konnte. An die seltsamen Träume, die ihn zuweilen während des totenähnlichen Schlafes heimsuchten, hatte er sich inzwischen gewöhnt. Sie entführten ihn in eine Welt, wo vertraute Orte fremd wirkten und ihm die Menschen wie Schauspieler in einem Theater vorkamen. Er hatte sie beobachtet in ihrer ungewöhnlichen Kleidung, wie sie ihren Geschäften nachgingen und mit pferdelosen Kutschen fuhren. Wenn er erwachte, war die Welt jedes Mal wieder so, wie er sie kannte. Einmal hatte es sich so echt angefühlt. Es war, als hätte er Freunde gefunden und mit ihnen unglaubliche Abenteuer erlebt – dennoch war es nur ein Traum gewesen.

Laurent ruhte eine Weile in dem Himmelbett und atmete den Geruch aus muffiger Wäsche ein, der überlagert wurde vom beißenden Odeur des frisch Erbrochenen und ließ seinem Geist Zeit, wieder in der Wirklichkeit anzukommen. Noch waren seine Gliedmaßen weich wie Pudding, als er schließlich versuchte, sich zu erheben. Im altersfleckigen Spiegel gegenüber dem Bett, blickte ihm sein hohlwangiges Gesicht entgegen. Mit dem Fuß stieß er gegen das Nachtgeschirr, dem der säuerliche Geruch entströmte. *Mon Dieu!* Besser, er ließ das verschwinden. Angeekelt packte er mit klammen Fingern den Topf, trat ans Fenster und kippte den Inhalt nach draußen.

◇ ◇ ◇

Geistesabwesend schlang Laurent sein Halstuch zu einem komplizierten Knoten, schloss die beiden Knopfreihen seiner Weste und schlüpfte unter einigen Verrenkungen in seinen Rock. Der neuesten Mode entsprechend, reichte der hohe Stehkragen fast bis ans Ohrläppchen, was die Bewegungsfreiheit seines Kopfes auf unnatürliche Weise einschränkte.

Seine Schwester Marie-Jeanne hatte darauf bestanden, seine Garderobe einer gründlichen Modernisierung zu unterziehen, damit ihn seine Braut nicht für einen rückständigen Landjunker hielt. Laurent dagegen waren seine bequem ausgebeulten alten Röcke am liebsten. Er glättete seine blonden aus der Stirn gekämmten Haare, die am Ansatz immer noch strähnig und feucht waren.

Das entfernt klingende Dingdong der Standuhr im Salon riss Laurent aus seinen Überlegungen. Er würde sich beeilen müssen. Kurz überlegte er, ob er die Haare pudern sollte – *Maman* würde es wahrscheinlich erwarten. Andererseits sah er immer noch unnatürlich blass und fast hohlwangig aus – mit gepuderten Haaren würde er wie ein Geist aussehen.

Als er resigniert beschlossen hatte, dass seine Erscheinung nicht mehr zum Positiveren verbessert werden konnte, öffnete sich eine unsichtbar in die Wandverkleidung eingepasste Tür und Erneste glitt geräuschlos in den Raum. Er war einer der zahlreichen Verwandten Hippolythes, den dieser zur Ausbildung in den Haushalt des Grafen aufgenommen hatte. Vom ersten Tag an fand Erneste Gefallen an seiner Tätigkeit, wenn er sein Aufgabengebiet auch eher eigenwillig und mit mehr Enthusiasmus als Fachkenntnis interpretierte.

Erneste begann sofort, sich nützlich zu machen, indem er an Laurents Rock herumzupfte, bis er den Sitz tadellos fand. Trotz des Anscheins äußerlicher Ruhe, den Erneste zu wahren sich bemühte, wirkte er aufgekratzt. Er räusperte sich. »Ich hatte heute die Ehre, Ihrem Bruder beim Ankleiden zur Hand zu gehen.« Erneste ließ den Satz in der Luft hängen, während er mit einer Kleiderbürste Laurents Rock schwungvoll bearbeitete.

Laurent ließ ihn ein wenig zappeln und beschloss, sich dumm zu stellen. Widerwillen breitete sich in ihm aus. Er wollte das nicht hören. »Ist der Kammerdiener des Vicomtes unpässlich?«

»Nein, nicht Monsieur le Vicomte Alexandre, sondern Ihr anderer Bruder.« Erneste hatte inzwischen Laurents nachlässig gebundenen Zopf geöffnet und kämmte ihm die Haare so energisch, dass Laurents Gesichtshaut spannte und er den Kopf nach hinten bog, um größeren Schaden zu verhindern.

Henri war vor nicht einmal einer Woche angekommen und schon war der halbe Haushalt seinem raubeinigen Charme und dem Nimbus als Begleiter von Lafayette, dem Helden der amerikanischen Revolution, verfallen und bildete eine willige Anhängerschaft, die um ihn kreiste, wie die Planeten um die Sonne. Die andere Hälfte – allen voran Alexandre – hielten Henri für einen verantwortungslosen Blender und Aufschneider, der gefährlichen Ideen von der Freiheit und Gleichheit aller Menschen anhing.

Über seine eigenen Gefühle seinem Bruder gegenüber, war sich Laurent merkwürdig unklar. Henri war sieben Jahre älter als er selbst und der Held seiner Kindheit gewesen. Ohne den Segen und die Erlaubnis des Vaters hatte er sich als Siebzehnjähriger dem Marquis de Lafayette angeschlossen und war mit diesem nach Übersee aufgebrochen. An dessen Seite hatte er sich seine ersten militärischen Lorbeeren verdient – beim entschlossenen Kampf der amerikanischen Rebellen gegen die englische Krone. Eine Auszeichnung, die zu gleichen Teilen kindliche Bewunderung und bitteren Neid in Laurent auslöste. Jahrelang hatte er sich der harten Ausbildung an allen gängigen Waffen unterworfen, immer mit dem Gedanken an sein brüderliches Vorbild. Er war ein geschickter und gefährlicher Gegner mit sämtlichen Hieb- und Stichwaffen geworden und ein passabler Schütze. Dann hatte ihm die vermaledeite *Schwäche* einen Strich durch die Rechnung gemacht. Keiner brauchte einen Soldaten, der ständig Gefahr lief, besinnungslos zu Boden zu stürzen. So gesehen war es eine glückliche Fügung, dass er durch das Erbe der Kerjacques sein Auskommen und seinen Platz finden würde.

Jetzt war auch Erneste Henris Aura verfallen und auch wenn es erbärmlich war, neidete Laurent seinem Bruder die Bewunderung. »Man stelle sich das einmal vor ... man sagt, er habe an der Seite des Marquis de Lafayette an dem berühmten Virginiafeldzug teilgenommen.« Erneste spuckte in die Hände und fuhr glättend über den perfekt gebundenen Zopf. Unwillig bog Laurent seinen Kopf zur Seite.

»Und gestern ist er dann selbst angekommen«, plapperte Erneste fröhlich weiter. Er trat einen Schritt zurück und musterte Laurents Erscheinung mit einem kritischen Kontrollblick.

Ungeduldig ließ Laurent diese überflüssige Prozedur über sich ergehen und sah sich im Zimmer um. »Wer ist gestern angekommen?« Er pfiff leise durch die Zähne, aber nichts geschah.

Erneste legte die Stirn in Falten. »Monsieur Laurent, Sie sehen unnatürlich ... blass aus, wenn ich das anmerken darf!« Er trat vor und kniff Laurent kräftig in die Wangen.

»Wer?« Laurent wich zurück.

Bedauernd schüttelte Erneste den Kopf und zückte ein emailliertes Döschen, das eine rötliche Paste enthielt. »Der Marquis de Lafayette natürlich ...«

Dann würde er den berühmten Marquis heute Abend kennenlernen. Wie oft hatte er sich das vorgestellt. Wann immer einer von Henris knappen Briefen gekommen war, hatte er Informationen über den legendären Marquis aufgesogen wie ein trockener Schwamm und sich mit jeder Faser seines Herzens gewünscht, an Henris Stelle zu sein.

Erneste tunkte seinen Finger in die Substanz und rieb ihm zwei rote Flecken ins Gesicht.

»Himmel noch mal …«, stieß Laurent aus und Erneste wich erschrocken zurück. Laurent starrte in den Ankleidespiegel. Sein Gesicht war krebsrot, als ob ihn jeden Augenblick der Schlag treffen würde. Schon hatte Erneste ein Taschentuch in der Hand und verrieb die rote Paste ohne nennenswerten Erfolg.

Laurent schob ihn beiseite. »Lass gut sein …« Er pfiff noch einmal durch die Zähne und diesmal kam Loulou unter einem Haufen getragener Hemden hervorgekrochen. Laurent fing sie geschickt ein und versenkte sie unter Ernestes missbilligenden Blicken in einer seiner Rocktaschen, bis nur noch die Schnurrhaare herausschauten.

»Du siehst aus, als würde dich gleich der Schlag treffen«, begrüßte ihn Joëlle, als er die Bibliothek betrat. Laurent schoss ihr einen vernichtenden Blick zu und lümmelte sich in einen der breiten Sessel. Das *Rouge* hatte sich als äußerst hartnäckig erwiesen und Ernestes Versuche, die roten Flecken auf Laurents Wangen wieder abzureiben, hatten dazu geführt, seinem Gesicht eine einheitlich krebsrote Färbung zu verleihen. Im besten Fall konnte man vermuten, Laurent habe sich über Stunden hinweg und ohne Hut der prallen Sonne ausgesetzt und sich dabei einen heftigen Sonnenbrand zugezogen.

Geistesabwesend beobachtete Laurent seine jüngere Schwester, die sich wieder in die Lektüre eines Briefes vertiefte und massierte sich die Nasenwurzel. Die halbe Nacht im feuchten Wald steckte ihm in den Knochen. Auch wenn er seine normale Vitalität fast wiedererlangt hatte, fühlte er noch einen unangenehmen Drehschwindel, wenn er den Kopf zu schnell bewegte. Glücklicherweise verhinderte der hohe Stehkragen seines Rockes unüberlegte Bewegungen des Kopfes. Laurent richtete seine Aufmerksamkeit wieder auf Joëlle.

»Hast du Post bekommen ... oder was fesselt dich so?« Laurent ruckte vorsichtig mit dem Kinn in Richtung der Papierbögen auf Joëlles Schoß.

Joëlle richtete ihre lebhaften braunen Augen auf ihren Bruder und nickte glücklich. »Ach Laurent, ich bin so froh, dass sie mir endlich geschrieben hat. Für eine Dame wie sie, bin ich doch nur eine dumme Gans aus der Provinz. Aber verrate um Gottes Willen *Maman* nicht, dass wir korrespondieren. Ich glaube nicht, dass sie es gutheißen würde.«

Laurent schüttelte den Kopf und bereute diese unüberlegte Bewegung sofort, als sich der Raum um ihn herum schlingernd im Kreis drehte. Er schloss die Lider, was die Sache nicht besser machte. Unauffällig atmete er tief ein und unterdrückte ein Gefühl der Übelkeit. Dann zwang er sich, die Augen wieder zu öffnen. Joëlles Bild im Sessel gegenüber schaukelte noch etwas nach und kam dann zur Ruhe. Sie sah besorgt aus und öffnete den Mund, als Laurent abwinkte. »Schon gut, Joëlle ... es geht schon wieder.« Als Einzige in seiner Familie war Joëlle mit seinen Schwächeanfällen vertraut, was es nicht weniger peinlich für Laurent machte. Die Anfälle hatten vor ungefähr vier Jahren begonnen. Nach einem Sturz, bei dem er sich eine böse Kopfverletzung zugezogen hatte, war Laurent mehrere Tage lang nicht bei Bewusstsein gewesen. Anfangs schien es, als ob Laurent nach dem Abheilen der Kopfwunde wieder völlig genesen war, dann hatte er den ersten Anfall gehabt.

Diese Zustände ereilten Laurent oft aus heiterem Himmel, manchmal wenn er die baumbestandene Allee der Zufahrt entlangritt und zuweilen, wenn er es mit dem Genuss alkoholischer Getränke übertrieb. Der Verlauf schien immer gleich und unabänderlich wie das Räderwerk einer Uhr. Es konnte passieren, dass er umkippte, wie eine Marionette, der man die Fäden abgeschnitten hatte. Er selbst hatte keinerlei Erinnerung daran und in den seltensten Fällen hatte er es vorher kommen sehen.

Laurent schnappte sich ein Stück Buttergebäck aus einer Dose am Tisch und brach es in zwei Hälften. Er steckte sich die eine in den Mund und zerbröselte die andere.

Joëlle blickte von ihrer Lektüre auf und beäugte misstrauisch Laurents Rocktasche, wo den feinen Schnurrhärchen eine spitze Schnauze folgte. Eine flinke Zunge leckte die Brösel eifrig aus Laurents Hand. Wenn Loulou bei ihm war, zeigte ihm ihre Unruhe oft, wenn es wieder so weit war.

»Lass *Maman* nur nicht sehen, dass du sie dabeihast.«

Laurent grinste, schob die Hand in die Tasche und holte Loulou hervor. Die Ratte orientierte sich witternd mit zitternden Schnurrhaaren und flinken Knopfaugen. Laurent nahm ein weiteres Biskuit und reichte es ihr. Das Tierchen setzte sich auf Laurents Oberschenkel und hielt das Gebäck in seinen menschenähnlichen

Vorderpfoten, um es konzentriert zu verspeisen. Joëlle betrachtete es entzückt und beugte sich vor, um das Köpfchen zu streicheln. War Laurent nach einem Anfall wieder bei Bewusstsein, fiel er in einen mehrstündigen, fast komatösen Schlaf. Beim Aufwachen blieb meist ein Rest Übelkeit und Schwindel. Inzwischen war Laurent sich sicher, dass diese Anfälle nicht lebensbedrohlich waren, denn in den Zeiten dazwischen war er so leistungsfähig und gesund wie jeder andere Mann seines Alters. Dies war auf der einen Seite beruhigend – andererseits machte es die gelegentlichen Attacken umso unerklärlicher und gab ihnen selbst in seinen eigenen Augen einen Anstrich von Hypochondrie. Da Laurent sich keinesfalls dem Vorwurf aussetzen wollte, sich seine Beschwerden einzubilden, hielt er die Sache geheim. Lediglich Joëlle wusste Bescheid und deckte seine Abwesenheiten mit fantasievollen Erklärungen.

Laurent richtete seinen Blick auf die engbeschriebenen Seiten auf Joëlles Schoß, um auf das ursprüngliche Gesprächsthema zurückzukommen.

»Niemals käme es mir in den Sinn, deine Korrespondenz mit *Maman* zu besprechen«, meinte er leichthin, »was umso schwieriger wäre, da ich ja selbst nicht einmal weiß, welche geheimnisvolle Dame dir geschrieben hat, Schwesterherz.«

»Oh, natürlich ...« Joëlle fuhr sich zerstreut durch die Haare, die in einer Art frisiert waren, die Laurent an ein Vogelnest erinnerte.

»Du erinnerst dich doch, dass ich im Winter mit Tante de Noilles in Paris war.«

Laurent nickte vorsichtig, um weitere Schwindelanfälle zu vermeiden. Tante de Noilles war – man musste es so drastisch ausdrücken – eine alte griesgrämige Hexe, die sich regelmäßig der Dienste jüngerer Nichten versicherte, um sich nicht der Langeweile ihres altjüngferlichen Daseins auszusetzen. Diese armen Geschöpfe waren – geködert von der Aussicht, ein paar Wochen im vornehmen Pariser Stadthaus der de Noilles zu verbringen – dazu verdammt, endlose Passagen aus erbaulichen Predigtsammlungen vorzulesen und mit den mumiengleichen Freundinnen der Tante öde Konversation zu betreiben. Laurent hatte seine Schwester von ganzem Herzen bedauert.

»Nun« fuhr Joëlle fort, »eines Abends wollten wir ausgehen, um den gewiss erhebenden Vortrag irgendeines Geistlichen zu besuchen. « Sie hob bedeutungsschwer die markanten Augenbrauen. »Aber der alte Drache fühlte sich plötzlich unwohl … das heißt, sie hatte wieder zu viel von ihrem Stärkungstonikum getrunken, wenn du verstehst, was ich meine …« Joëlle zwinkerte Laurent zu und dieser nickte wissend.

»Jedenfalls hatte ich Glück und es ergab sich zufällig die Gelegenheit, dass ich Madame de Moncerf begleiten durfte. Das ist eine Verwandte irgendeiner ihrer Freundinnen … ich glaube, es ist die mit der Hakennase und dem Hörrohr … oder vielleicht auch die mit den Glubschaugen, die immer über ihre Darmwinde klagt. Ist auch egal …« Joëlle kicherte übermütig und setzte hinzu, »denn ich glaube nicht, dass Tante de Noilles näher mit den Ansichten und Überzeugungen Madame de Moncerfs vertraut ist.«

»Aha«, meinte Laurent interessiert, »und darf man erfahren, welche Ansichten und Überzeugungen die werte Dame de Moncerf vertritt, Schwesterchen?«

Joëlle machte eine kurze Pause und ihre Lippen kräuselten sich amüsiert. »Wir waren in einem dieser literarischen Salons, die jetzt überall von Damen der Gesellschaft geführt werden.«

»Und was ist daran auszusetzen, wenn du dich ausnahmsweise mal mit *richtiger* Literatur beschäftigst?«, zog Laurent sie auf und spielte damit auf Joëlles Hang zu reißerischen Liebes- und Abenteuergeschichten an. Eine Leidenschaft, die in ihrem ganzen Ausmaß weder der Comtesse noch ihrer beider Schwester Marie-Jeanne bekannt war.

»Ha«, tat Joëlle diese Spitze leichthin ab. »Das mit der Literatur war doch nur ein Vorwand, um über Politik zu sprechen.«

»Wie?« Laurent war ehrlich verblüfft und konnte ein ironisches Grinsen nicht unterdrücken. »Seit wann interessierst du dich denn für Politik?«

Joëlle ging nicht weiter auf Laurents abfälligen Ton ein, sondern fuhr fort. »Lieber Bruder, sag nur, dass du nicht mitbekommen hast, was sich in den letzten Monaten alles ereignet hat ... welche Veränderungen auf uns zukommen können. Der König und sein Finanzminister werden endlich Zugeständnisse machen müssen. Das sagt jedenfalls Madame de Moncerf und ... naja, eben der Herr mit der riesigen Knollennase, der dort einen Vortrag gehalten hat. Jedenfalls war es absolut gegen das Gesetz, die *parlements* aufzulösen.«

Während Laurent überlegte, was er zu dieser Eröffnung sagen könnte, unterbrach eine körperlose Stimme Joëlles enthusiastischen Redefluss.

»Du hast völlig recht, meine Liebe.« Aus einem der wuchtigen Sessel, die mit dem Rücken zum Raum standen, erhob sich ein noch junger Mann. Seine konservative Kleidung in Verbindung mit einem humorlosen Gesicht und dem Ansatz eines Bäuchleins verliehen ihm die strenge Ausstrahlung eines Schulmeisters. Langsam schritt er auf Laurent und Joëlle zu und fixierte dabei interessiert die Papiere auf Joëlles Schoß.

Laurent war nicht entgangen, dass seine Schwester einige der Seiten zwischen ihren Rockfalten hatte verschwinden lassen. Er fing Loulou ein und schob sie wieder in seine Rocktasche, bis nur noch ihre Schnurrhaare zu sehen waren.

»Alexandre, wir haben dich gar nicht bemerkt«, warf Laurent ein, um seinen Bruder abzulenken und Joëlle die Möglichkeit zu geben, ihre offenbar geheime Korrespondenz vollständig zu verstecken.

»Das war mehr als offensichtlich.« Alexandre musterte Laurent kühl und Laurent fragte sich, ob er und Joëlle etwas gesagt hatte, was nicht für Alexandres Ohren bestimmt gewesen war.

Alexandre wandte seine Aufmerksamkeit wieder Joëlle zu. »Du hast recht, was die Handlungsweise des Königs angeht, Schwester.« Einen Augenblick lang starrte Alexandre Joëlle ausdruckslos an und Laurent sah, dass sie sich unbehaglich und eine Spur trotzig in ihrem Sessel wand.

34

»Dennoch...« fuhr Alexandre fort und seine Miene wurde abweisend. »Dennoch wünsche ich es nicht, dass du dir über diese Angelegenheiten eine Meinung bildest und darüber hinaus, dich und deine Familie blamierst, indem du diese auch noch aussprichst. Überlasse die Politik und ihre Interpretation Männern, die etwas davon verstehen.« Alexandre holte Luft, um seine Ausführungen zu unterstreichen, als Joëlle ihm ins Wort fiel.

»Und weshalb sollten sich nur Männer eine Meinung zu wichtigen politischen Ereignissen bilden? Madame de Gouges beispielsweise unterstützt die Frauen darin, sich zu engagieren und die gleichen Freiheiten, wie Männer sie seit jeher besitzen, einzufordern.«

»Madame de Gouges ...« Alexandres Stimme schraubte sich eine volle Oktave höher. »Eine Frau von zweifelhaftem Ruf und bürgerlicher Herkunft. Ich muss mich sehr wundern, wen die geschätzte Tante de Noilles zu ihren Bekannten zählt! Ich werde es nicht dulden, dass du hier die Ansichten einer stadtbekannten ... Dame ohne Sitten und Moral ...«

Laurent und Joëlle erfuhren nicht mehr, was Alexandre im Einzelnen nicht zu dulden gewillt war, denn eine leiernde Stimme aus den Seidenbrokatvorhängen unterbrach seinen Monolog.

»›SITTEN und MORAL - Freie menschliche Handlungen, die natürlich oder erworben, gut oder schlecht, bestimmbar und lenkbar sind. Ihre Mannigfaltigkeit bei den verschiedenen Völkern der Welt ...‹«

Alexandre fuhr herum, als ob ihn die Worte buchstäblich von hinten angesprungen hätten, und Laurent flüsterte in Joëlles Richtung. »Ich wusste gar nicht, dass er hier ist?«

Joëlle zog die Schultern hoch und schüttelte den Kopf. »Ich habe ihn nicht gesehen ... genauso wenig wie Alexandre vorhin.« Sie schnaubte durch die Nase und sah sich vorsichtig um, ob sich möglicherweise weitere Familienmitglieder unerkannt in den Winkeln der Bibliothek verstecken könnten.

Alexandre war mit wenigen Schritten zum Fenster gelaufen und hatte die schweren Vorhänge schwungvoll zurückgezogen.

Auf der breiten Fensterbank kauerte ein junger Mann, dessen Verwandtschaft mit den anderen Anwesenden zunächst offensichtlich war. Dunkles Haar wie Alexandre und Joëlle, schlanke Gestalt wie Laurent sowie ein Paar haselnussbraune Augen, die allen Geschwistern zu eigen waren. Dieser erste Eindruck der Ähnlichkeit verflüchtigte sich schnell, da er von einer grundlegenden Fremdheit und Andersartigkeit überlagert wurde. Dabei war es nur auf den ersten Blick das ungewöhnliche Äußere des jungen Mannes, das diesen Eindruck hervorrief.

Zu einer giftgrünen Kniehose trug er lediglich eine auf links gedrehte Satinweste, deren Innenfutter in einem satten Himbeerrot leuchtete. Die Haare waren unüblich kurz auf eine halbe Fingerlänge geschnitten und standen in Büscheln vom Kopf ab. Auffällig waren seine sehnigen Arme und Beine, die mangels eines Hemdes und Strümpfen in ihrer bleichen Nacktheit an diesem Ort fehl am Platze wirkten. Seine langen und grazilen Finger erinnerten spontan an Krabbenbeine. Sie hatten sich ineinandergeflochten, während er seine Knie mit den Armen umschlossen hielt. Was viele Menschen an François de Plourhan am meisten irritierte, war seine Angewohnheit, niemanden direkt ins Gesicht zu sehen.

»Wer hat ihm erlaubt, sich hier aufzuhalten!« Alexandre musterte Joëlle und Laurent streng. Er sprach niemals mit François selbst.

»Laurent, hättest du bitte die Güte, ihn wieder in seine Räumlichkeiten zu bringen. Es ist nicht notwendig, dass unser Gast seine Bekanntschaft macht.« Alexandres Tonfall ließ keinerlei Zweifel an seiner Überzeugung, dass Laurent seinem Wunsch umgehend nachkommen würde und so erhob sich dieser, um François zum Gehen zu bewegen. Ein Unterfangen, das ein gewisses Maß an Erfahrung erforderte, da François körperliche Berührungen nicht tolerierte. Selbst eine gut gemeinte Berührung am Arm konnte zu heftigem Widerstand oder einem unkontrollierten Wutanfall führen.

Während Laurent sich um François kümmerte, bohrte sich Alexandres Blick wieder auf die verbliebenen Briefseiten auf Joëlles

Schoß. »Würdest du mir freundlicherweise diese Korrespondenz aushändigen«, verlangte er kühl und streckte die Hand aus.

»Aber...« Joëlle raschelte umständlich mit dem Papier und versuchte vergeblich, weitere Seiten verschwinden zu lassen.

»Kein aber...« Alexandres Ton war unmissverständlich und Joëlle schlug die Augen nieder und presste die Lippen fest aufeinander.

Zu ihrem Glück wurde in diesem Moment die Tür aufgerissen und zwei Männer traten ein, die sich angeregt unterhielten.

»... haben wir einen hervorragenden Calvados im Haus. Du musst mir unbedingt deine ...«

Henri de Plourhan, ein hochgewachsener Mann in Uniform, dessen Äußeres männlich-markante Gesichtszüge und einen athletischen Körperbau auf attraktive Weise miteinander verband, hielt inne, als er die Bibliothek so bevölkert vorfand. Er wandte sich an seinen Begleiter, einen schlanken Mann mittleren Alters, dessen gepuderte Haare auf seinem Hinterkopf luftig aufgebauscht waren und eine hohe Stirn sehen ließen, die ihm einen ernsten und zugleich entschlossenen Ausdruck verlieh.

»Ah«, rief Henri gutgelaunt und strebte durch den Raum auf Alexandre zu. »Wie ich sehe, haben sich fast alle meine Geschwister bereits versammelt. Mein lieber Freund, darf ich dir meinen Bruder Alexandre de Plourhan vorstellen. Alexandre, der Marquis de Lafayette.«

Alexandre setzte ein würdiges Gesicht auf und verbeugte sich steif, während Laurent die Gelegenheit nutzen wollte, François unbemerkt aus der Bibliothek zu schleusen. Zwar brannte er darauf, die Bekanntschaft des legendären Marquis zu machen – bei aller Liebe zu François, zog er es bei weitem vor, dies nicht in dessen Gesellschaft zu tun. Man wusste nie, wie François auf Fremde reagierte.

Der Marquis war inzwischen Joëlle vorgestellt worden und schmeichelte sich bei ihr mit galantem Geplauder ein. »Mademoiselle, ich bin überaus entzückt, auf diese vollkommene Verbindung von Schönheit und Jugend zu treffen!«

»»JUGEND - Jenes Alter, in dem Heranwachsende ihre letzten Entwicklungsschritte machen und das sich bis ins Mannesalter erstreckt, selten über das dreißigste Lebensjahr hinaus.‹« François, schon fast an der Tür, hatte sich umgewandt und einen Punkt über der linken Schulter des Marquis fixiert, bevor er mit seiner monotonen Stimme deklamierte. Anschließend klopfte er sich mehrmals mit dem rechten Handballen gegen die Stirn.

Der Marquis unterbrach den Handkuss, den er Joëlle geben wollte, und musterte François irritiert.

Laurent schob sich vor seinen Bruder und deutete eine Verbeugung an. »Verzeihen Sie, Monsieur le Marquis. Mein Bruder François ist ... ich muss mich entschuldigen für ...« Zu seinem Entsetzen wusste Laurent nicht mehr weiter. Lafayette musste ihn für einen Trottel halten – ganz zu schweigen von François und seinem seltsamen Verhalten.

Tatsächlich machte sich auf dem Gesicht des Marquis Verblüffung und Unsicherheit breit.

Alexandre durchbohrte Laurent mit einem stechenden Blick und wandte sich liebenswürdig an Lafayette. »Verehrter Marquis, dieser Grünschnabel hier ist mein jüngster Bruder Laurent. Ich hoffe, dass Sie aus seinem Gestammel keine voreiligen Schlüsse ziehen ... üblicherweise kann er sich verständlich ausdrücken. Und was unseren Bruder François angeht, so hilft er unserem begrenzten Wissen gerne mit einem Zitat aus Diderots hervorragender Enzyklopädie auf die Sprünge.«

Hinter seinem Rücken wedelte Alexandre heftig mit der Hand und Laurent verbeugte sich noch einmal, um dann mit François eilig zu verschwinden. Aus dem Augenwinkel sah er Henri mit der Calvados-Flasche in der einen und drei Gläsern in der anderen Hand auf den Marquis zusteuern.

◇ ◇ ◇

Nachdem Laurent den monoton murmelnden François der Obhut seines Betreuers Gustave übergeben hatte, kehrte er zur Bibliothek zurück. Er war entschlossen, die Gelegenheit zu ergreifen, den Marquis besser kennenzulernen, obwohl er sich von der überlegenen Persönlichkeit dieses Mannes ein wenig eingeschüchtert fühlte.

In seinem Eifer stürmte Laurent mit unnötiger Hast in die Bibliothek und steuerte die Ecke an, in der er den Marquis zuletzt gesehen hatte. Es dauerte eine Weile, bis ihm klar wurde, dass der vor wenigen Minuten so bevölkerte Raum nahezu verlassen war. Lediglich Henri lümmelte in einem der großen *Fauteuils* und starrte versonnen in sein Glas.

Laurent sah sich suchend um, als könnte sich der Marquis aus dem Nichts materialisieren.

Henri hob den Kopf und musterte seinen Bruder.»Suchst du jemanden?«

»Der Marquis ist nicht mehr hier?« Laurent versuchte, beiläufig zu klingen, und umrundete den monumentalen Schreibtisch, als vermutete er, Lafayette könnte sich dahinter verstecken.

Henri wedelte träge mit der Hand und schloss schläfrig für einen Moment die Augen.»Alexandre hat ihn genötigt, sich die stumpfsinnigen Porträts in der Gemäldegalerie anzusehen.« Henri unterdrückte ein Gähnen.»Mann, bin ich müde.«

Laurent blieb einen Augenblick unschlüssig stehen, dann warf er sich in den zweiten Sessel neben Henri.

»Wir hatten dich nicht so bald erwartet«, eröffnete er nach einer Weile das Gespräch, bevor Henri einschlafen konnte. Es war das erste Mal, seit dessen Ankunft, dass er mit seinem Bruder allein war. Er war noch ein Kind gewesen, als Henri die Familie verlassen hatte. Plötzlich fühlte er sich befangen. Laurent atmete durch und sammelte seine Gedanken.

Henri grunzte und deutlich lauter fuhr Laurent fort.»Und dass du den Marquis de Lafayette mitgebracht hast ... wer hätte das gedacht.« Er warf einen Seitenblick auf seinen Bruder, dessen Kopf langsam zur Seite rollte.

»Wir haben etwas zu erledigen«, murmelte Henri.»Besser es weiß keiner, wo der Marquis sich zu diesem Zeitpunkt aufhält.« Er räusperte sich.»Wäre fatal, wenn es jetzt bereits bekannt würde.« Henri lehnte den Kopf nach hinten und schloss die Augen.

»Ich werde dem Marquis mit Freuden meine Unterstützung anbieten, wenn du so freundlich wärst, dich bei ihm für mich zu verwenden, Bruder!«

Henri verzog den Mund zu einem halb belustigten Schmunzeln. »Besser, du vergisst, was ich dir gesagt habe, Laurent. Je weniger davon wissen, desto besser.« Er unterdrückte mit Mühe ein Rülpsen.

Laurent streckte seine Beine aus und fixierte einen Augenblick lang seine Stiefelspitzen. »Es ist schön, dich wiederzusehen.« Wie unabsichtlich stieß er gegen Henris Stiefel. Dieser fuhr zusammen und richtete sich wieder ein wenig auf. Verwirrt betrachtete er aus zusammengezogenen Augen das halbvolle Glas in seiner Hand und stellte es schließlich ab.

»Auf nüchternen Magen sollte man das nicht trinken«, murmelte Henri. Mit der freien Hand kratzte er ungeniert über seinen dunklen Bartschatten und rieb dann so heftig über seine Augen, dass Laurent zu befürchten begann, er würde sie aus den Höhlen drücken. Henri setzte sich aufrechter hin und schien zu überlegen, ob er aufstehen sollte oder nicht.

»Du bist ordentlich gewachsen, kleiner Bruder.« Henri musterte Laurent, als sähe er ihn zum ersten Mal. »Wie ich höre, stellst du dich nicht dumm an mit dem Säbel und auch ein Florett scheinst du am richtigen Ende halten zu können.« Er fuhr sich mit den Fingern unter die Perücke und kratzte sich ausgiebig. »Gott, ich fürchte, ich habe mir aus dem Feld ein paar Andenken mitgebracht.« Henri griff nach dem Glas und stürzte ungeachtet seiner vorherigen Kritik den Inhalt hinunter.

»Was wirst du denn jetzt machen, Brüderchen? Du bist fast erwachsen. Wenn ich denke, was für ein spindeliger Lümmel du als Kind warst.« Henri taxierte ihn von oben bis unten und grinste. »Sicherlich weißt du gar nicht wohin mit deiner Kraft und machst hier die Gegend unsicher. Alexandre sollte dir ein Offizierspatent kaufen, dann kannst du dich austoben.«

Laurent wünschte, er hätte sich ebenfalls mit einem Glas Calvados ausgerüstet. Auf ein Gespräch unter Männern mit einem

Bruder, den er lange von ferne bewundert hatte, war er nicht vorbereitet.

»Ich ... ich werde wohl heiraten und ... hier in der Gegend bleiben.« Er hörte selbst, wie abgedroschen sich das anhörte.

Henris Kopf ruckte überrascht zur Seite.

»Na sowas, wer ist denn die Glückliche? Du hast sie doch wohl nicht in Schwierigkeiten gebracht?«

Laurent schüttelte den Kopf, was er sofort bereute. Die Vorstellung, mit Anne de Kerjacques dieselben Dinge zu tun, wie mit Louise, trieb ihm die Röte in die Wangen.

Mit einem Mal stutzte Henri, als wäre ihm ein Gedanke gekommen. »Wenn du an Anne de Kerjacques denkst, das kannst du dir aus dem Kopf schlagen. Haben sie dir das noch nicht gesagt? Der alte Kerjacques war gestern hier und wir haben uns die Hand darauf gegeben.«

»Ihr habt was?« Laurent schüttelte den Kopf. Das musste er missverstanden haben.

Henri setzte sein leeres Glas an und ließ einen letzten Tropfen auf seine Zunge rollen.

»Versteh mich nicht falsch, Kleiner. Aber so war es von Anfang an beabsichtigt und jetzt, wo ich wieder hier bin ... Für mich wird es Zeit, eine Familie zu gründen.«

Laurent hörte Henris Worte und beim besten Willen fiel ihm nichts ein, was er erwidern konnte, ohne wie ein Kind zu klingen, dem man sein Spielzeug genommen hatte.

Das durfte nicht wahr sein. Vor zwei Jahren, als man seit über einem Jahr nichts mehr von Henri gehört hatte, hatte der alte Kerjacques darauf gedrängt, die Verbindung ihrer beiden Familien festzuschreiben. Er hatte damals den jüngsten der Grafensöhne als seinen künftigen Schwiegersohn und Erben akzeptiert. Laurent hatte es kaum glauben wollen, mit noch nicht einmal sechszehn Jahren verlobt worden zu sein, und es waren der alte Baron und seine Mutter gewesen, die ihn an seine Pflicht der Familie gegenüber erinnert hatten. Nachdem man bereits Marie-Jeanne an einen anderen Nachbarn verheiratet hatte, musste man die

Gelegenheit, einen weiteren Besitz in unmittelbarer Nähe für die Familie zu sichern, beim Schopf packen.

Henri schien das Schweigen seines Bruders als Einverständnis zu nehmen und stemmte sich aus seinem *Fauteuil*.

»Weiß Anne es schon?« Laurents Stimme krächzte, als hätte er sie wochenlang nicht gebraucht.

Henri drehte sich um. »Ich habe keine Ahnung … aber sie hatte schon als Kind eine Schwäche für mich.« Er zeigte sein verwegenes Lächeln. Dann zögerte er kurz. »Du hast doch nicht etwa schon …?«

Kurz war Laurent versucht, Henri im Unklaren zu lassen. Aber es wäre Anne gegenüber unehrenhaft gewesen.

»Keine Sorge, Bruder, es ist nichts geschehen, was ihre Gouvernante nicht hätte gutheißen können.«

TISCHGESPRÄCHE

Später saß Laurent eingequetscht zwischen dem Hauslehrer Monsieur Colbert und seiner Schwester Marie-Jeanne an dem imposanten Tisch im zugigen Speisesaal des Schlosses. Seit dem Gespräch mit Henri erfüllte ihn abwechselnd stumpfe Leere und sengende Wut, wie er sie kaum jemals empfunden hatte. Es erbitterte ihn mehr, als er ausdrücken konnte, dass man es nicht für nötig gefunden hatte, ihn in eine solch wichtige Entscheidung miteinzubeziehen oder ihn wenigstens zu informieren. Wie ein Idiot war er ausgerechnet von dem Mann informiert worden, der seinen Platz einnehmen sollte.

Als das Brot aufgetragen wurde, riss Laurent es mit solcher Kraft auseinander, dass das eine Ende seinem Nachbarn auf dem Schoß landete. Streitlustig sah Laurent sich nach ihm um. Monsieur Colbert hatte sich wieder in seine Werther-Tracht geworfen. Dunkelblauer Rock mit Goldknöpfen und eine gelbe lederne Hose waren, seit Herrn Goethes Liebesdrama um den unglücklichen Werther auf französisch erschienen war, ein absolutes *Muss* für jeden Mann, der sich einer unglücklichen Liebe rühmen konnte. Monsieur Colbert, der Marie-Jeanne seit Jahren in stiller Verehrung zugetan war, hatte seit ihrer Verehelichung den Mut gefasst, diese unerfüllte Liebe der Welt durch die Uniform der glücklos Liebenden zu offenbaren.

Monsieur Colbert war ein friedliebender Mensch und wich Laurents Blick aus. An dessen Halsbinde vorbei warf er Marie-Jeanne schmachtende Blicke zu, die sie vorgab, nicht zu bemerken. Pflichtschuldig wandte sie sich an ihren Gatten Hervé de Laurel, dessen Aufmerksamkeit völlig von dem gebratenen Fasan auf seinem Teller absorbiert wurde.

Laurent kaute an seinem Brot wie an seinem Zorn, bis beides wie eine klebrige Masse seinen Mund ausfüllte. Er sah unauffällig zum Marquis hinüber, der in ein anregendes Gespräch mit

Alexandre und seinem Vater, dem Comte, vertieft schien. Laurent wunderte sich, dass sein alter Herr sich die Mühe gemacht hatte, heute zum *Diner* zu erscheinen. Üblicherweise zog er einsame Mahlzeiten in seinem Laboratorium vor. Ob er über das Abkommen mit Kerjacques Bescheid wusste? Da weder Monsieur Colbert, noch Marie-Jeanne im Augenblick an seiner Konversation gelegen schien, hatte Laurent Muse, seinen Vater mit distanziertem Interesse zu beobachten. Er kam ihm gealtert und zerstreuter vor in den letzten Wochen. Der Comte hatte von jeher seinen Experimenten, dem Wesen der geheimen Kraft der Elektrizität auf die Spur zu kommen, mehr Interesse entgegengebracht als seiner zahlreichen Nachkommenschaft. Laurent erinnerte sich an manche Gelegenheit, wenn sein Vater das Wort an ihn gerichtet und zerstreut in den Tiefen seiner Erinnerung nach seinem Vornamen gesucht hatte, um ihn dann mit ›*mein Sohn*‹ anzusprechen. Da der Comte kaum über etwas anderes sprach, als über seine Forschungen, erwartete Laurent, dass sich der Marquis bald gelangweilt abwenden würde. Unwillkürlich spitzte er die Ohren und versuchte, unauffällig ein paar Worte mitzuhören.

»... das Experiment mit der Leydener Flasche ... hat gezeigt, dass ... elektrischer Schlag folgt ...«, wehte die asthmatische Stimme des Comte zu ihm hinüber. Ein heiseres Husten unterbrach diese Ausführungen. Sein Vater räusperte sich geräuschvoll, packte das Tischtuch und spuckte seinen Auswurf hinein.

Der Marquis schien einen robusten Magen zu haben und nutzte die Gesprächspause, um sich seiner Mahlzeit zu widmen. Der Comte schlug sich einige Male mit der flachen Hand auf den Brustkorb und nahm den Faden des Gesprächs wieder auf. »... in meiner Korrespondenz mit ... ein hervorragender Wissenschaftler, nebenbei bemerkt, stimme ich völlig mit ...«

Ergeben kaute der Marquis an seinem letzten Bissen und ließ seinen glasig werdenden Blick über die Reihe der Tischgesellschaft schweifen. Bei Laurent angekommen, veränderte sich seine Miene und ein Ausdruck fragenden Interesses erschien auf seinen ernsten Zügen.

Laurent unterdrückte seinen ersten Impuls, die Augen zu senken und vorzugeben, nicht gelauscht zu haben, dann erwiderte er den Blick des Marquis und wagte ein verschwörerisches Lächeln in seine Richtung.

Bevor Lafayette in irgendeiner Weise reagieren konnte, schaltete sich Onkel Bertin in das Gespräch am Tischende ein und beanspruchte die Aufmerksamkeit des Marquis für sich.

»Sagen Sie, mein lieber Freund«, dröhnte es bis in den letzten Winkel des Speisesaals und sämtliche Gespräche verstummten auf der Stelle. Onkel Bertin, ein Cousin des Comte, hatte sich während des Siebenjährigen Krieges dadurch ausgezeichnet, einen Artilleriestützpunkt gegen eine preußische Übermacht verteidigt zu haben. Leider hatte das permanente Abfeuern der Geschütze seinem Hörvermögen nicht gutgetan – seitdem war er nahezu taub. Wenn er das Wort ergriff, schien er mit seiner Stimme immer noch Kanonendonner übertönen zu wollen.

Unter den ihm zugewandten Augen und Ohren der anderen Anwesenden rülpste Onkel Bertin vernehmlich und brüllte quer über den Tisch zur Comtesse. »Sacré, Cousine, diese Banausen in der Küche haben den Fasan schon wieder im Essig ertränkt ... das soll vertragen, wer will, mein Magen jedenfalls ...« Onkel Bertin wurde unterbrochen, als weitere Gase durch den Mund drängten.

Die Comtesse zog fragend eine Augenbraue in die Höhe und wollte zu einer Erwiderung ansetzen.

Bertin machte eine wegwerfende Handbewegung und wandte sich wieder dem Marquis zu, der ihn fasziniert beobachtet hatte.

Laurent vergaß für einen Augenblick seinen Zorn und wartete, wie sich die Situation weiter entwickeln würde. Aus Erfahrung wusste er, dass Onkel Bertins Beitrag zur Konversation zuverlässig irgendeine Peinlichkeit größeren Ausmaßes verursachen würde. Er versuchte, den Blick des Marquis wieder einzufangen, um ihm zu verstehen zu geben, den alten Trottel nicht ernst zu nehmen.

»Hrrrgh«, räusperte sich Bertin lautstark und blies seinen Atem Lafayette ins Gesicht. »Na, jedenfalls, lieber Marquis, wie ich höre, haben Sie dort drüben diesen Washington getroffen. Habe gehört, er soll keinen einzigen eigenen Zahn mehr im Mund haben.« Onkel Bertin lachte dröhnend. »Ich mag ja fast taub sein, aber hiermit hat noch alles seine Ordnung.«

Zu Laurents Entsetzen riss Onkel Bertin seinen Mund auf, um seinem Gesprächspartner den hervorragenden Zustand seines eigenen Gebisses zu demonstrieren.

Der Marquis wich kaum merklich zurück und unterdrückte ein Zucken in den Mundwinkeln, während sich wieder der Comte in die Unterhaltung einmischte.

»Bertin, der Zustand deiner Zähne interessiert unseren Gast sicherlich nicht im Mindesten so sehr wie es die Möglichkeiten der Nutzung der mysteriösen Kräfte der Elektrizität …« Weiter kam er nicht, denn Bertin fuhr ihm über den Mund.

»Deine *Elektrifikät*, oder wie immer das Zeug sich nennt, ist ein Humbug, mit dem sich nur weltfremde … ach wie auch immer.« Bertin räusperte sich erneut mit tiefem Grollen. »Sagen Sie, Lafayette, wie kommen denn diese Leute dort in Amerika dazu, sich gegen ihren König zu erheben? Wer hat von so einer Ungeheuerlichkeit schon gehört? Das schlägt doch dem Fass den Boden aus … ich meine doch, dass Sie es diesem Pack ordentlich gezeigt haben. Auch wenn es am Ende umsonst war und diese Schurken sich losgesagt haben von König und Vaterland und eine verdammte Republik gegründet haben.«

Bertins lautes Organ machte es unmöglich, sich verhört zu haben, und bleierne Stille senkte sich nach diesen Worten über die Tischgesellschaft. Der Marquis de Lafayette, der Held der amerikanischen Revolution gegen die englische Krone, lächelte nicht mehr, sondern sah im Gegenteil sehr danach aus, als ob er jeden Augenblick wutentbrannt aus dem Saal stürzen würde.

Laurent hatte zu kauen aufgehört und verschluckte sich fast an seinem letzten Bissen. Er griff nach seinem Weinglas, um das schadenfrohe Grinsen zu verstecken. Nachdem er selbst in der rechten Stimmung war, das kostbare Tafelgeschirr kurz und klein zu schlagen, kam ihm ein Fauxpas von Onkel Bertin gerade recht. Wer hatte es zugelassen, diesen alten Idioten neben Lafayette zu setzen. Da wäre François mit seinem seltsamen Geschwafel weitaus weniger kompromittierend gewesen.

Henri, der sich bislang konzentriert seiner Mahlzeit gewidmet hatte, runzelte die Stirn und warf Lafayette einen beschwichtigenden Blick zu.

Marie-Jeanne, die es aufgegeben hatte, die Aufmerksamkeit ihres Gemahls von der Zerteilung des Fasans auf seinem Teller abzulenken, meldete sich verwirrt zu Wort. »Aber«, sie sah sich unsicher um und versuchte ein scheues Lächeln. »Aber ich dachte immer, der König, also ich meine, unser König Louis, ist auf Seiten der amerikanischen Rebellen ...« Sie verstummte, als keiner sie beachtete.

»Bertin, du redest Schwachsinn«, kam es vom Comte. »Das kommt davon, wenn man über Politik ... die Wissenschaft hingegen ...« Ein Hustenanfall unterbrach den Grafen und Alexandre, der die Unterhaltung bisher mit angespanntem Gesicht verfolgt hatte, legte seinem Vater kurz die Hand auf den Arm und wandte sich an Lafayette.

»Mein lieber Lafayette, Sie müssen einen alten Veteranen entschuldigen. Onkel Bertin hat unserem König in Zeiten gedient, die an die Loyalität seiner Soldaten nicht den Anspruch stellten, sich eine auf philosophischen Überlegungen beruhende politische Meinung zu bilden, wie dies heute allerorten üblich und notwendig zu sein scheint.«

Onkel Bertin, unempfänglich für die Reaktionen auf seinen Fauxpas, hatte sich eben an eine Fortsetzung seiner Ausführungen machen wollen. Nach dieser Rede seines Neffen hielt er verwirrt inne und auch Laurent fragte sich, ob irgendjemand am Tisch den Sinn dieser Äußerung verstanden hatte.

Der Marquis schien ebenfalls unschlüssig, wie er Alexandres Antwort auslegen sollte. Schließlich lächelte er und neigte den Kopf.

»Selbstverständlich, mein lieber Freund, wie Sie so überaus beredsam bemerkten, ist es heute erforderlich, dass sich ein jeder seine Gedanken dazu macht, wie unsere Gesellschaft beschaffen

sein sollte und wie man an einer Verbesserung mitwirken könnte
… zum Wohle aller, versteht sich.« Lafayette schenkte Onkel Bertin und Alexandre ein unverbindliches Lächeln.

Laurents Konzentration an diesem Abend reichte nicht aus, um den Sinn dieser Worte zu entschlüsseln. Er lehnte sich zurück und genoss mit subversiver Genugtuung das Schauspiel seiner Familie. Ihm gegenüber fing Joëlle an, auf ihrem Stuhl hin und her zu zappeln. Durch die letzten Worte des Marquis' fühlte sie sich offenbar aufgefordert, ihn zu einer Spezifizierung seiner Meinung zu veranlassen.

»Monsieur le Marquis, erlauben Sie mir, dass ich mich mit einer Frage betreffend diese Gedanken an Sie wende.« Joëlle holte tief Luft und als sie der Aufmerksamkeit des Marquis' sicher war, fuhr sie fort. »Darf man erfahren, welcher Art die Überlegungen sind, die Sie selbst hinsichtlich Ihres Wirkens zum Wohle der Gesellschaft angestellt haben?«

Wie Laurent es nicht anders erwartet hatte, schätzte es Alexandre nicht, dass sich Joëlle zu politischen Themen äußerte. Er sog scharf die Luft ein und öffnete den Mund, um Lafayette einer Antwort zu entheben, als dieser sich freundlich an Joëlle wandte.

»Natürlich dürfen Sie mich fragen, verehrte Demoiselle Joëlle. Meine Überlegungen haben mich zu der Überzeugung geführt, dass viele der Missstände, die wir heute so vehement beklagen müssen, auf eine Missachtung der unveräußerlichen und heiligen Rechte der Menschen zurückzuführen sind. Viel zu lange haben wir mitansehen müssen, wie die freiheitlichen Rechte unseres Volkes nach dem Gutdünken weniger mit Füßen getreten wurden.«

Onkel Bertin schnaubte geräuschvoll und warf dröhnend ein: »Unser König wacht wie ein Vater über sein unwissendes Volk und …«

Der Marquis tat, als ob er ihn nicht gehört hatte, und konzentrierte sich weiterhin auf Joëlle, die an seinen Lippen hing.

»Ist das der Grund für die Forderung nach der Einberufung der Generalstände? Und, verehrter Marquis … wer oder was sind die Generalstände denn eigentlich?« Joëlle setzte ein untypisch zurückhaltendes Gesicht auf und Laurent fragte sich misstrauisch, worauf sie hinauswollte.

Lafayette seinerseits lächelte onkelhaft auf Joëlle hinunter, als sich Alexandre ins Gespräch einschaltete.

»Sie müssen die mangelnde Zurückhaltung meiner Schwester entschuldigen. Ihre jugendliche Neugier überflügelt zuweilen die ihrem Geschlecht anstehende Bescheidenheit.« Alexandre schaffte es, Lafayette ein liebenswürdiges Lächeln zu schenken und Joëlle gleichzeitig einen bohrenden Blick zuzuwerfen.

Undamenhaft stierte sie zurück und heftete dann ihre Augen erwartungsvoll auf den Marquis.

»Nun, mein geschätzter Freund«, meinte dieser an Alexandre gerichtet, »wir wollen diese Neugierde einem hoffnungsvollen jungen Menschen nachsehen, zumal es doch außerordentlich schätzenswert ist, wenn sich unsere Jugend an den Überlegungen erfahrener Männer ein Beispiel nehmen will.«

Laurent senkte den Kopf und grinste die Fettaugen auf seinem Teller an, bei der Vorstellung, Joëlle strebe nach der *Führung erfahrener Männer*.

Alexandre lächelte grimmig. Er sah nicht aus, als ob er der Neugier junger Menschen Vorschub zu geben bereit war.

Lafayette schien Alexandres Vorbehalte nicht zu bemerken und fuhr an Joëlle gewandt, fort. »Die Generalstände, verehrte Demoiselle Joëlle, sind eine Versammlung der drei Stände Frankreichs. In ihrer langen Tradition hatten sie stets die Pflicht und das Privileg, den herrschenden König zu beraten und in Krisenzeiten zu unterstützen. Leider vertraten unsere Herrscher in den vergangenen 160 Jahren die Überzeugung, dieser Unterstützung nicht mehr zu bedürfen, weshalb es unserem König nun außerordentliches Ungemach bereitet, die Generalstände nach so langer Zeit wieder einzuberufen.«

»Verzeihen Sie meine Unwissenheit, verehrter Marquis.« Marie-Jeanne meldete sich zögernd zu Wort, »aber wen oder was muss sich eine in den Belangen der Politik unerfahrene Dame wie ich, unter diesen drei Ständen vorstellen?«

Laurent drehte sich erstaunt zu seiner älteren Schwester um. Seines Wissens hatte sie noch niemals ein irgendwie geartetes Interesse an Dingen geäußert, die ein gewisses Maß an selbstständigem Denken erforderten.

Auch Alexandre wirkte irritiert, entschloss sich aber schnell, diese neue Seite an Marie-Jeanne nicht gutzuheißen. »Liebe Schwester, unser Gast würde es sicher vorziehen, wenn du ihn nicht mit deiner politischen Unwissenheit ...«

Alexandres Einwand fand keinerlei Beachtung, da sich im gleichen Augenblick Onkel Bertin erneut berufen fühlte, das Wort zu ergreifen. »Was redest du so geschwollen daher, Mädchen. Du solltest besser deiner vorlauten Schwester ein Beispiel geben an weiblicher Zurückhaltung. Stattdessen mischst du dich in Gespräche ein, die den Verstand einer Frau aufs Gröbste überfordern.«

Marie-Jeanne erstarrte und schien in sich zusammenzuschrumpfen. Im Gegenzug richtete sich Joëlle auf und schnappte empört nach Luft. Bevor sie zu einer Erwiderung ansetzen konnte, die Onkel Bertin mit Sicherheit missfallen hätte, lachte Henri amüsiert auf und grinste Marie-Jeanne an. »Also meiner Meinung nach, ist das das Klügste, das du seit langem gesagt hast, meine liebste Schwester.«

Joëlle öffnete den Mund und schloss ihn wieder, um ein Kichern zu ersticken. Laurent beobachtete, wie seine ältere Schwester erst scheu die Augen niederschlug, bis schließlich eine kräftige Röte über ihre Wangen kroch, als ihr die Doppeldeutigkeit von Henris Lob aufging.

Der Marquis lehnte sich entspannt zurück und schien die Unterhaltung zu genießen. »Meine liebe Madame de Laurel«, Lafayette schenkte Marie-Jeanne ein charmantes Lächeln, »lassen Sie sich nicht entmutigen von Stimmen, die zu sehr auf weibliche Bescheidenheit verweisen. Gerade in unseren Zeiten sind die mündigen und entschlossenen Männer unserer Generation auf Frauen angewiesen, die ihren Verstand zu gebrauchen wissen.« Lafayette warf Marie-Jeannes Gemahl einen aufmunternden Blick zu und schien irgendeine Form von Zustimmung zu erwarten.

Hervé de Laurel hatte in den vergangenen Minuten die anregende Unterhaltung am Tisch genutzt, um sich in der ihm eigenen Gründlichkeit dem Abbeinen des Fasans auf seinem Teller zu widmen. Da ihn die Natur oder Gott nicht mit der Fähigkeit ausgestattet hatte, zwei Dinge gleichzeitig zu tun, hatte er den Gesprächsverlauf nicht mitverfolgt. Er starrte Lafayette mit leerem Blick an, in den sich ein Anflug von Panik mischte, als ihm bewusstwurde, dass von ihm eine Antwort erwartet wurde. »Äh, hm, ja«, stammelte Hervé mit vor Nervosität hervorquellenden Augen und schob ein paar Geflügelknochen auf seinem Teller hin und her.

Laurent biss sich auf die Lippen und warf Joëlle einen Blick zu, die die Augen nach oben verdrehte. Seit seiner Verehelichung mit Marie-Jeanne bot Hervé de Laurel, Laurent und Joëlle einen nie versiegenden Quell der Heiterkeit. Ausgestattet mit einem humorlosen Gemüt, kannte er im Leben zwei Leidenschaften – das Essen und die Jagd. Beidem widmete er sich mit selbstvergessener Hingabe, was hinsichtlich des einen, seinen untersetzten Körper Jahr für Jahr rundlicher werden ließ, und hinsichtlich des anderen dazu führte, dass er auf seinen Gütern bestimmte Tierarten nahezu ausgerottet hatte.

Da sich Marie-Jeanne mit vergleichbarem Enthusiasmus nach Putz und Tand sowie geselligen Veranstaltungen sehnte, spekulierten Laurent und Joëlle in immer neuen Varianten, wie sich bei der Zusammenleben gestaltete.

Die nächsten Worte des Marquis rissen Laurent aus seinen Überlegungen.

»Und um auf Ihre Frage zurückzukommen, Madame de Laurel, die drei Stände sind die Vertreter des Adels, der Geistlichkeit sowie als dritter Stand das Bürgertum und die Bauern.«

»Ah, ich verstehe.« Joëlle zappelte vor Aufregung mit den Beinen unter dem Tisch. »Kann man das so verstehen, verehrter Marquis, dass die Generalstände eine Form der Volksvertretung darstellen?«

»Grrrhm«, rollte es dröhnend aus den Tiefen von Onkel Bertins Verdauungstrakt. »Pah, Volksvertretung! Das ist doch alles ausgemachter Humbug!« Alexandre und Henri sahen alarmiert in Richtung des Onkels als die Comtesse sich zu Wort meldete: »Möchtest du noch etwas von der Wildpastete, Cousin Bertin?«

Zugleich wurde sie überstimmt vom Grafen, der sich mit vollem Mund wieder in die Konversation einschaltete. »Humbug, sagst du, Bertin, du alter Esel, das ist deine Antwort auf alle Neuerungen. Wenn du ein bisschen wissenschaftliches Denken in deinen Gipskopf lassen würdest, dann wären dir auch die erstaunlichen Möglichkeiten der Elektrizität ...«

Der Comte verschluckte sich an seinem letzten Bissen und Onkel Bertin nutzte diese Gelegenheit, um unbeirrt fortzufahren. »Gemäß göttlicher Weisung ist unser allergnädigster König in seinen Entscheidungen nicht auf einen Haufen geltungssüchtiger Pfaffen und parfümierter Hofschranzen angewiesen! Von unwissenden Bauern, die nicht einmal die Anzahl ihrer Bälger abzählen können, ganz zu schweigen.«

»Wenn du keine Wildpastete mehr willst, Bertin, dann lasse ich sie jetzt abtragen«, verkündete die Comtesse unbeirrt in das auf Onkel Bertins Worten folgende Schweigen.

Laurent hob sein Glas, um sich dahinter verstecken zu können, und starrte auf das Muster der Tischdecke. Besorgt musterte er den Marquis, der zu seiner Erleichterung Onkel Bertin mit nachsichtiger Güte betrachtete.

Alexandre fühlte sich berufen, den Onkel in seine Schranken zu weisen. »Verehrter Onkel, der König mag göttlichen Ratschlüssen folgen. Die Weisheit dieser Ratschläge offenbart sich allerdings nicht immer und es ist durchaus an der Zeit, die kompetente Unterstützung aufgeklärter junger Adeliger in die Regierungsgeschäfte einzubinden. Auch an höchster Stelle wird man sich dem stärker werdenden Einfluss unserer Klasse nicht länger verschließen können.«

Henri fischte sich einen Geflügelknochen aus dem Mund und lachte amüsiert auf. »Recht so, Bruder! Du wirst unserem Stand zu Glanz und Gloria verhelfen ... auf dass wir uns nicht länger unterdrücken lassen.«

Genervt drehte sich Alexandre zu seinem Bruder um. »Spotte nur, Henri. Während du dich deiner Verantwortung unserer Familie gegenüber entzogen und in Übersee *Held* gespielt hast, unterstützte ich in unserem Heimatland das Wiedererstarken unseres politischen Einflusses.«

Henri warf den Knochen aufgebracht auf seinen Teller. »Was soll das heißen, *Held gespielt* und *der familiären Verantwortung entzogen* ...?«

Laurent beobachtete verblüfft, wie der Marquis seine Stimme kaum merklich hob, um sich der Aufmerksamkeit von Alexandre und Henri gleichermaßen zu versichern.

»Meine Herren, entzweien Sie sich nicht über diesen Fragen. Wichtig für unsere Bewegung ist doch, dass sich Männer mit klarem Verstand und Entschlossenheit für unsere Sache einsetzen.«

»Verehrter Marquis«, mischte sich Joëlle wieder ein und eine zarte Röte überzog ihre Wangen. »Ich darf Ihnen versichern, dass auch Frauen klaren Verstands und mit nicht minder großer Entschlossenheit für die Freiheit und die Gleichheit kämpfen werden. Wir Frauen wissen von jeher, was Unfreiheit und Ungleichheit heißt, gibt es doch keine unter uns, gleich welchen Standes, die nicht von ihrem Vater, ihrem Bruder oder ihrem Ehemann abhängig wäre.«

Alexandre, Henri und Lafayette waren nach dieser Eröffnung verstummt und starrten Joëlle mit leeren Blicken an. Joëlle nahm dies als Zustimmung und fuhr fort: »Wir Frauen wollen nichts weniger als die gleichen Rechte, wie sie sich das männliche Geschlecht schon immer zugestanden hat.«

Laurent warf Joëlle aus den Augenwinkeln einen Blick zu, sie möge aufhören. Obwohl er nie ernsthaft über diese Dinge nachgedacht hatte, konnte er ein gewisses Maß an Verständnis für ihre Überlegungen aufbringen – hätte aber eine weniger öffentliche Diskussion bei weitem vorgezogen.

Joëlle ignorierte ihn, holte Luft und ergänzte: »Freie Wahl eines Ehegatten und Ausübung eines Berufs. Verfügung über unsere Kinder und unser Vermögen.«

Endlich lösten sich Alexandre und die Comtesse gleichzeitig aus ihrer Erstarrung.

»JOËLLE!«

Nachdem ihm mit Verzögerung der ketzerische Inhalt von Joëlles Äußerungen aufgegangen war, donnerte Onkel Bertin: »Das ist eine Unverschämtheit ...«

Henri fing an, zu kichern, und dem Marquis schienen zum ersten Mal an diesem Abend die Worte zu fehlen. Verdutzt musterte er Joëlle, die überaus zufrieden aussah.

»Mein geschätzter Marquis«, ließ sich die Comtesse vom Tischende steif vernehmen, »Diese Konversation über politische Ideen überfordert ganz offensichtlich den weiblichen Verstand, wenn sie dazu führt, selbstverständliche Grundlagen unseres Lebens in Frage zu stellen.« Die Comtesse machte Anstalten, sich zu erheben, und ein diensteifriger Lakai beeilte sich, den Stuhl hinter ihr anzuheben. »Sie erlauben, dass ich mich mit meinen Töchtern zurückziehe und Sie der Gesellschaft der Herren überlasse.« Die Comtesse strich gebieterisch einige Falten ihrer Robe glatt und warf Marie-Jeanne und Joëlle einen unmissverständlichen Blick zu. »Joëlle, Marie-Jeanne, bitte folgt mir.«

Marie-Jeanne erhob sich mit gesenktem Kopf, knickste kurz in Richtung des Marquis und huschte zu ihrer Mutter. Joëlle schob in aller Ruhe ihren Teller von sich und lächelte den Marquis an.

Nur Laurent bemerkte, dass ihre braunen Augen vor Zorn fast schwarz waren.

»Schade um das Dessert. Aber bittere Wahrheiten kann auch eine Süßspeise nicht vergessen machen. Sie werden doch auch an unsere Sache denken, Marquis?« Sie wartete eine Antwort nicht ab, sondern folgte Mutter und Schwester. Ein Diener hielt die hohe Flügeltüre auf und Joëlle drehte sich noch einmal kurz um und Laurent bemerkte, dass sie seinen Blick suchte. Plötzlich spielte ein Lächeln um ihre Mundwinkel und sie zwinkerte ihm zu.

◇ ◇ ◇

Unsicherer Grund

Laurent schob sich den letzten Rest des köstlichen Gebäcks in den Mund und kaute darauf herum, ohne zu schmecken.

»Ich darf gar nicht daran denken, wie Alexandre mich gestern vor dem Marquis blamiert hat. Ich hätte gute Lust...« Joëlle setzte ihre Tasse mit heißer Schokolade so schwungvoll ab, dass die braune Flüssigkeit überschwappte. Da sich außer ihr und Laurent niemand im Frühstücksraum befand, leckte sie ihre Finger ungeniert ab. »Sag mal, hörst du mir überhaupt zu?«

Laurent würgte den Gebäckbrei nach unten und spülte mit Kaffee nach. Er fixierte die Schokoladenflecken neben Joëlles Tasse. Gestern wäre er fast erstickt an seinem Zorn. Die Demütigung, dass es weder seine Eltern noch Alexandre für nötig befunden hatten, ihn über Kerjacques Entschluss zu informieren, saß ihm wie ein Stachel im Fleisch und schmerzte bei jedem Atemzug, obwohl es ihn im Grunde nicht überraschte.

So war es immer gewesen. Als jüngere Kinder der Familie gehörten er und Joëlle zu einer Art Reserve, über die man nach Belieben verfügen konnte, sollte es den Interessen der Familie dienen. Wie Bauern auf einem Schachbrett wurden sie hin- und hergeschoben. Über allem stand die Pflicht zum Gehorsam. Sie wurden geopfert, wenn es dem Familienziel dienlich war, oder hatten ins zweite Glied zurückzutreten, wenn sie nicht mehr gebraucht wurden.

»Laurent, Bruderherz, wo bist du denn mit deinen Gedanken?« Joëlle warf mit einem Stückchen Gebäck nach ihm.

Laurent blickte auf und wischte den Zucker von seiner Weste. Er zögerte. »Hast du etwas über den Besuch des alten Kerjacques vorgestern gehört?«

»Schien wichtig zu sein.« Joëlle legte den Kopf schief wie ein Vogel. »*Maman*, Alexandre und Henri saßen stundenlang in der Bibliothek zusammen und schließlich musste sogar Papa sein

Laboratorium verlassen und dazukommen … das hat ihm nicht gefallen.«

»Und weißt du, was gesprochen wurde?« Laurent wusste, dass Joëlle ihre eigenen Methoden hatte, Dinge, die hinter verschlossenen Türen stattfanden, herauszufinden.

Sie zuckte mit den Schultern. »Keiner wollte etwas Genaues sagen, du kennst das ja. Hippolyte auszufragen, hat sowieso keinen Sinn. Er war der Einzige, der immer wieder mit kalten Speisen und Getränken hinein und heraus stolziert ist.«

Ärgerlich zerkrümelte Laurent das Gebäck auf seinem Teller.

»Vielleicht« fuhr Joëlle fort, »hängt es damit zusammen, dass ich auf *Mamans* Sekretär ein paar lose Seiten gefunden habe mit den Namen aller wichtigen Familien. Könnte eine Gästeliste sein … vielleicht für einen besonderen Anlass?«

»*Merde!*« Laurent ballte die Faust.

»Möchtest du mir vielleicht sagen, was dich so in Rage bringt, Bruder? Andernfalls könnte ich damit fortfahren, mich über meine eigenen unbedeutenden Ärgernisse auszulassen.«

Laurent senkte den Blick und ihm wurde der Mund trocken, als er sich daran machte, es auszusprechen. Unerwartet breitete sich Scham wie Gift in seinen Adern aus, bei dem Gedanken an sein Gespräch mit Henri. Er räusperte sich. »Sie haben das Verlöbnis gelöst.« Er trank hastig einen Schluck Kaffee. »Das heißt, sie haben *mein* Verlöbnis mit Anne de Kerjacques gelöst … und im gleichen Atemzug haben sie Henri wieder als Bräutigam eingesetzt.« Er lachte kurz auf, als ihm das Absurde der Situation bewusst wurde.

»Teufel noch mal …« Joëlle biss sich auf die Lippe. »Was wirst du jetzt tun?«

Er hatte noch nicht darüber nachgedacht. War er sich bisher wie jemand vorgekommen, der einen vorgezeichneten Weg nur ablaufen musste, schien mit einem Mal Nebel die Sicht auch auf die nächsten paar Meter zu verhindern.

»Mit dem schönen Titel und dem großzügigen Landbesitz wird es jetzt nichts werden«, stellte Joëlle nüchtern fest.

»Vielen Dank auch für dein Mitgefühl.« Bisher hatte er es vermieden, sich die Konsequenzen auszumalen.

»Als Geistlicher taugst du nichts«, meinte Joëlle ungerührt. »Du könntest zum Militär gehen. Alexandre könnte dir ein Patent kaufen oder du bittest den Marquis, ob du dich ihm anschließen kannst.«

Laurent starrte sie an. Er hatte nicht einmal begonnen, die Scherben seiner Zukunft einzusammeln. Vielleicht ließ sich ja noch irgendetwas retten. »Ich könnte Anne meine Aufwartung machen. Wenn ich mich jetzt gleich auf den Weg mache … vielleicht könnten wir gemeinsam …«

»Pff … Anne wird tun, was man ihr sagt.« Joëlle zögerte kurz. »Ich hoffe, du hast dein Herz nicht an sie verloren, Bruder, aber ich kenne niemanden, der weniger durchsetzungsfähig ist als Anne de Kerjacques. Sie ist so biegsam wie ein Rohr im Wind und folgsam, dass es weh tut.«

Laurent wusste, dass sie recht hatte. Selbst wenn es ihm gelingen würde, Anne zu überreden, an ihrer Verlobung mit ihm festzuhalten, würde sie dies in einen unerträglichen Konflikt stürzen und am Ende würde sie wahrscheinlich nachgeben. Überdies liebte er sie nicht und er war sich sicher, dass auch Anne ihm gegenüber, nur freundschaftliche Gefühle hegte.

Joëlle legte ihm die Hand auf den Arm. »Sprich mit dem Marquis … vielleicht hat er Verwendung für dich.«

Sie meinte es gut, trotzdem erstarrte er unter ihrer Berührung. Als Einzige in der Familie wusste sie doch Bescheid.

»Du weißt, dass das nicht geht.« Laurent wich ihrem Blick aus. Unvermittelt überfiel ihn ein brennendes Verlangen, diesen Weg zu gehen. Sich beim Militär zu bewähren, seine Gaben zu nutzen und etwas aus seinem Leben zu machen. Die heimtückisch aus dem Nichts auftretende Schwäche machte dies unmöglich. Bei der Vorstellung, im Beisein anderer Soldaten von der Schwäche übermannt zu werden, verspannten sich seine Kiefer, bis sie knackten.

Er schüttelte Joëlles Hand ab und stand auf.

◇ ◇ ◇

Einem Impuls folgend trat er vom Morgenzimmer hinaus auf die breite Veranda, die die gesamte Südfassade des Schlosses einnahm. Am vorangegangenen Abend hatte es wieder ein heftiges Gewitter gegeben. Draußen war die Luft klar und verströmte eine ungewohnte Frische, die nach der Hitze der letzten Wochen willkommen war und sich wie eine kühle Brise unter sein Hemd schob. Es schien, als ob die Steinplatten der Veranda feuchte Luft ausatmeten. Unschlüssig ließ Laurent seine Hand über den kalten Stein der Balustrade gleiten, die sich moosig und feucht anfühlte. Eine unangenehme Spannung hatte ihn erfasst und in seinem Ärger verwünschte er seine Schwester, die in ihrer wenig zartfühlenden Art, den Finger auf die Wunde gelegt hatte. Trotz seiner inneren Erregung fühlte er sich wie gelähmt bei dem Gedanken, was aus ihm werden sollte.

Betreten starrte er auf den Boden und schob mit der Stiefelspitze weiße Kügelchen hin und her, die sich in einer Ritze der Bodenplatten gesammelt hatten. Es war erbärmlich. Die Blamage bohrte sich schmerzhaft in seine Eingeweide. Gleichzeitig verwünschte Laurent seine Empfindlichkeit und die Unentschlossenheit, mit der er an die Zukunft dachte. Es war dumm gewesen, sich auf diese bequemen Aussichten zu verlassen. In einem verborgenen Winkel seines Herzens sehnte er sich danach, sich außerhalb seiner Familie zu bewähren, in einem Umfeld, in dem es auf seine eigenen Fähigkeiten ankam. Noch erschien ihm der Verlust seiner sicher geglaubten Zukunftsaussichten so umfassend, dass er es kaum ertrug, über seine Alternativen nachzudenken. Laurent lachte bitter auf.

Impulsiv trat er auf den kleinen Haufen weißer Kügelchen, den er mit der Stiefelspitze zusammengeschoben hatte. Sie zerbarsten mit einem Knirschen zu Bröseln und verstärkten die unangenehme Empfindung nach Unsicherheit und Zerfall. Er bückte sich und zerrieb die Krümel zwischen den Fingern. Er fühlte eine unerwartete Kälte und gleich darauf Feuchtigkeit wie Wasser zwischen seinen Fingern herabrinnen. Verwirrt sah er sich um und entdeckte die weißen Kügelchen überall auf der Veranda, wo die steinerne Balustrade einen Schattenstreifen hinterlassen hatte. Vorsichtig hob er einige der Kügelchen auf – perfekte kleine Eiskugeln. Hagelkörner – von der Größe einer Pistolenkugel.

Nachdenklich richtete Laurent seinen Blick auf den Park, der sich von der Veranda bis zum Neptunbrunnen erstreckte. Von den Veränderungen, die er gestern meinte, gesehen zu haben, als er in Tante Chloés altem Schlafzimmer aus dem Fenster gesehen hatte, bemerkte er nichts mehr. Die Wege und die Steinfiguren waren dort, wo sie sein sollten – ebenso der Rosengarten. Bei genauerem Hinsehen erkannte er, dass im Schatten der Bäume und in den Nischen der Steinfiguren ebenfalls Ansammlungen von weißen Hagelkörnern lagen. Im Rosengarten schien der Boden übersäht von Ablagerungen in den verschiedensten Rosa- und Rottönen. Dies waren keine Hagelkörner, sondern Blütenblätter. Keine einzige Rose trug mehr eine Blüte. Die zerstörte Pracht bildete ein Bett aus Blättern um die zerrupft aussehenden Rosenpflanzen.

Laurent fröstelte und zog die Schultern hoch. Er wandte seinen Blick ab und schritt langsam bis zum Ende der Veranda, wo sich in die frische Morgenluft ein würziges Tabakaroma mischte.

Ein steinerner Hermes flankierte in eleganter Haltung eines der Fenster zum Ballsaal. Aus seinem Mund kräuselte sich eine Rauchfahne. Neugierig schob sich Laurent an der Figur vorbei und fand sich unversehens eine Armlänge entfernt vom Marquis de Lafayette.

Entspannt lehnte Lafayette neben dem Götterboten an der Wand, eine längliche weiße Pfeife im zusammengepressten Mundwinkel.

»Ähm ...« Laurent blieben die Worte im Hals stecken, während der Marquis ihn freundlich ansah und wortlos an seiner Pfeife zog.

»Guten Morgen«, brachte Laurent schließlich heraus.

Der Marquis nickte und inhalierte konzentriert. Kurz schloss er die Augen und schien dem Weg des Rauches in seinen Lungen nachzuspüren.

Laurent wurde bewusst, dass er unhöflich nahe stand, und trat einen Schritt zurück. Der Marquis sagte noch immer nichts und

Laurent war unsicher, ob er ebenfalls schweigen sollte in der Gegenwart dieses berühmten Mannes oder ob es seine Pflicht war, unverbindliche Konversation zu machen. Nervös sah er sich um und bemerkte bei den Stallungen seine Brüder Alexandre und Henri, die von einem Morgenritt zurückkehrten. Henri war abgesessen und hatte sein Pferd einem Stallknecht übergeben, als eine Gruppe Bauern sich näherte. Laurent trat unwillkürlich von einem Fuß auf den anderen und sah zum Marquis.

Dieser hatte inzwischen die Augen wieder geöffnet und sich auf dem schmalen Sockel der Hermesstatue niedergelassen. Schmatzend sog er in kurzen Abständen an seiner Pfeife und schielte schließlich stirnrunzelnd auf den Pfeifenkopf.

Laurent fragte sich, ob es nicht unhöflich war, so lange zu schweigen. Sollte er eine Bemerkung über das Wetter machen? Unsicher sah er wieder zu seinen Brüdern hinüber. Erleichtert stellte er fest, dass Henri Anstalten machte, zu ihnen herüberzukommen. Henri würde sicher unverbindlich eine Unterhaltung mit dem Marquis führen können – er kannte ihn schließlich lange genug. Dann konnte er sich hoffentlich unauffällig zurückziehen. Gerade jetzt legte er keinen gesteigerten Wert darauf, sich mit seinem Bruder zu unterhalten.

Henri wurde aufgehalten, als die Bauern einen Kreis um das Pferd bildeten, auf dem Alexandre immer noch saß. Einer der Männer war so dreist, das Tier am Zügel zu fassen. Laurent musterte die Bauern genauer. Es waren vielleicht ein Dutzend Männer. Einige Ältere, die gebückt und mit hängenden Schultern im Hintergrund blieben. Die gottgegebene Selbstverständlichkeit, mit der sie ein Leben lang die Güter der Familie de Plourhan bewirtschaftet hatten, hatte ihre Körper zu einer uniformen Haltung devoter Unterwerfung modelliert.

Die jüngeren Männer standen aufrecht und mit zurückgezogenen Schultern um Alexandre auf seinem Pferd, und redeten aufgebracht auf ihn ein. Laurent konnte zwar kein Wort verstehen, sah aber an Alexandres Haltung, dass er den Männern am liebsten seine Reitpeitsche übergezogen hätte. Henri wandte sich ruhig an den Bauern, der Alexandres Pferd noch immer am Zügel hielt. Er war ein riesiger Kerl mit wirren rotblonden Haaren – größer noch als Henri – der sich diesem nun frontal zuwandte, ohne das Pferd loszulassen.

Laurent spürte ein Prickeln im Nacken, als ihm bewusstwurde, dass es nicht die aggressive Haltung, sondern die Respektlosigkeit des Mannes war, die ihn irritierte. Er hatte es in den letzten Wochen zuweilen gespürt. Irgendetwas war im Gange – eine Veränderung, oder eine Art Verschiebung – er konnte es nicht benennen und ahnte gleichzeitig, dass auch die offenen Reden seiner Schwester Joëlle damit zu tun hatten. Ein hohles Klopfen riss ihn aus seinen Gedanken und er fuhr herum.

Der Marquis schlug den Pfeifenkopf mehrmals energisch an die Ferse des Götterboten und halbverbrannte Tabakfäden regneten zu Boden. Lafayette sah auf und heftete seinen Blick auf ihn. »Sie sind kein Mann vieler Worte«, stellte er fest.

»Äh, nein ...«, Laurents Atem schien sich zu verflachen und er bemühte sich, nicht nach Luft zu schnappen. »Doch ... hm, das heißt ...« Herr im Himmel. Laurent schluckte, während der Marquis geduldig ausharrte, bis er einen verständlichen Satz gestammelt hatte. Laurent riss sich zusammen und räusperte sich. »Nein, eigentlich bin ich nicht ... schweigsam.«

Der Marquis legte seinen linken Mundwinkel in Falten. Laurent gestattete sich ebenfalls ein Lächeln und versuchte, sich zu entspannen.

»Aha«, meinte Lafayette, hob die Pfeife, schloss ein Auge und linste mit dem anderen in den leeren Pfeifenkopf. Dann blies er vorsichtig die letzten Tabakkrümel hinaus. »Also eher ein Mann, der weiß, wann er schweigen muss?«

Laurent sah kurz in Richtung seiner Brüder und fragte sich, weshalb Henri so lange auf sich warten ließ. Er trat unauffällig von einem Fuß auf den anderen und spürte, dass der Marquis noch immer auf eine Antwort wartete.

In aller Ruhe zog er einen Tabakbeutel hervor und stopfte seine Pfeife neu. Feine Tabakfäden fielen auf die Hose des Marquis'. Er sammelte sie akribisch wieder ein und stopfte sie mit der Fingerkuppe in den engen Pfeifenkopf. Dieser Vorgang schien für den Moment seine ganze Aufmerksamkeit zu absorbieren und die Zungenspitze schob sich geistesabwesend zwischen seine Lippen. In Laurent reifte die Erkenntnis, dass Lafayette ein ganz normaler Mann war – kein unnahbarer Held mit unerfüllbaren Ansprüchen an andere. Er entspannte sich ein wenig und Joëlles Worte kamen ihm in den Sinn. Vielleicht sollte er die Gelegenheit nutzen. Er versuchte, sich vorzustellen, wie es sein könnte, sich dem Marquis anzuschließen. Allem hier den Rücken zu kehren und nach vorne zu schauen. Henri hatte diesen Schritt gewagt und es war ihm nicht nur verziehen worden, er war als Held zurückgekehrt. Laurent fühlte, wie sich die Worte bereits in seinem Mund sammelten, um ausgesprochen zu werden, als ihn Panik erfasste bei dem Gedanken an die Schmach, seine Schwäche eingestehen zu müssen.

Der Marquis sah in an, als ob er darauf zu warten schien, dass er etwas sagen würde.

Laurent schluckte die fertigen Sätze hinunter und griff nach dem erstbesten Gedanken, der ihm in den Sinn kam.

»Ich muss gestehen, dass es mich verwirrt ... diese Vorstellung von der Gleichheit aller Menschen. Könige und Bauern, Männer und Frauen ... wie kann das gehen?«

»Hm,« machte Lafayette und betrachtete seine gestopfte Pfeife kritisch. Er sah sich nach einer Feuerquelle um, zuckte mit den Schultern und steckte die Pfeife in seine Rocktasche. »Schlechte Angewohnheit«, meinte er und grinste Laurent offen an. »Macht gelbe Zähne ... auf die Dauer.« Er richtete seinen Blick abwesend auf einen Punkt über Laurents Schulter, dann fixierte er ihn erneut. »Sie fragen, wie das gehen soll? Eine gute Frage, die zeigt, dass Sie nachdenken und nicht nur Parolen wiederholen.«

Laurent schwieg betreten. Hatte er im Grunde genommen über diese Dinge noch kaum nachgedacht und Joëlles Ausführungen meist mit halbem Ohr gelauscht. Jedes Mal hatte sich daraufhin in ihm ein diffuses Gefühl der Unsicherheit breitgemacht. Gerade heute aber verspürte er kein Verlangen, weiteren Unwägbarkeiten, die sein Leben aus dem Tritt bringen konnten, ins Gesicht zu sehen. Schon bereute er, den Marquis darauf angesprochen zu haben.

Bevor Lafayette das Thema weiter vertiefen konnte, hörte Laurent jemanden mit schnellen Schritten die Freitreppe an der Veranda hochstürmen. Kurz darauf schob sich Henris lange Gestalt um das Treppengeländer. Er sah angespannt und ärgerlich aus.

Laurent warf einen Blick zurück und sah, dass Alexandre dem Bauern, der sein Pferd hielt, mit dem Stiefel vor die Brust trat und als dieser taumelnd nach hinten fiel, wütend Richtung Stallgebäude davonritt.

Die anderen Bauern halfen dem Mann wieder hoch, der einen Augenblick zusammengekrümmt zwischen ihnen hing. Als er sich wieder aufrichtete und Alexandre hinterher starrte, hätten seine hasserfüllten Augen Löcher in dessen Rücken gebrannt, wäre dieser nicht bereits verschwunden gewesen.

Henri hatte die Szene ebenfalls beobachtet und presste die Lippen zusammen.

»Ärger, mein Freund?« Lafayette zog gedankenverloren die Pfeife aus seiner Rocktasche, schob sie sich in den Mund und erinnerte sich daran, dass er kein Feuer hatte. Stirnrunzelnd ließ er sie wieder in seiner Tasche verschwinden.

Henri warf noch einen Blick auf die Bauern, die unschlüssig herumstanden – uneinig, wie sie weiter vorgehen sollten. »Sie sagen, der Hagel hat den Großteil ihrer Ernte vernichtet.« Henri stieß impulsiv mit seiner Stiefelspitze gegen den Sockel der Hermesstatue.

»Hm,« meinte der Marquis und richtete seinen Blick in die Richtung, in die Alexandre verschwunden war. »Und dein Bruder befürchtet, dass sie ihren Verpflichtungen nun nicht mehr in voller Höhe nachkommen können?«

Henri lachte gereizt auf. »Nicht nur das. Wenn es stimmt, was sie sagen, haben sie auch zu wenig Getreide, um nicht hungern zu müssen. Sie haben von Alexandre die Herausgabe von Getreide aus den Saatbeständen verlangt, um ihre Familien ernähren zu können.«

Laurent erinnerte sich an seinen letzten Ausflug nach Kerjacques und die verbissenen Mienen der Bauern auf den Feldern, die er beobachtet hatte. Sie hatten versucht, das noch unreife Getreide vor dem Unwetter in Sicherheit zu bringen. Offenbar hatte die Eile nicht viel genützt.

Henri hieb mit der geballten Faust gegen Hermes' muskulösen Unterschenkel und verzog das Gesicht. »Was mir aber wirklich Sorgen macht, ist die Wut der Leute. Missernten hat es früher schon gegeben und die Bauern sind irgendwie damit fertig geworden, wenn man ihnen ein paar Abgaben erlassen hat. Aber einige dieser Männer dort ...«, er wies mit dem Finger in Richtung der Bauern, »... werden sich nicht mehr mit ein paar Säcken Getreide beschwichtigen lassen. Die sehen es als ihr gutes Recht an, Getreide, das sie als Abgabe an den Grafen gezahlt haben, wieder einzufordern, weil sie es nämlich selbst in harter Arbeit erwirtschaftet haben.«

»Aber«, wandte sich Laurent verwirrt an Henri, »schließlich bearbeiten sie ja auch unser Land. Es sind unsere Pächter, sollten sie uns dafür nicht auch einen Anteil abgeben?«

Henri blickte ihn finster an. »Einen Anteil, ja ... aber wenn ihnen nach diesem Anteil nicht mehr genug zum Leben bleibt und unser Bruder unnachsichtig auf seinen Einkünften ... pardon, unseren Einkünften, beharrt?« Henris Stimme tropfte vor Sarkasmus und er sah Lafayette wieder an. »Ich sage dir, das wird noch Ärger geben und wenn es in anderen Teilen des Landes ähnlich aussieht und die Unzufriedenheit der Bauern anwächst, dann kann das unserer Sache eher schaden, denn dann werden wir möglicherweise von Leuten mit radikaleren Interessen und Ansichten überstimmt.«

Lafayette nickte bedächtig und zog die Stirn in Falten. »Ich hoffe, du behältst unrecht, was die Entwicklung in anderen Landesteilen angeht, aber wir sollten die Sache vorantreiben, darin stimme ich mit dir überein, mein Freund.«

Laurent hatte verblüfft zugehört und kam sich vor, wie ein Kind in der Gegenwart von Erwachsenen. Er bemühte sich, eine vage Verstimmung deswegen zu verbergen, blickte von Henri zum Marquis und räusperte sich vernehmlich. »Pardon, darf ich mich erkundigen, welche ... *Sache* von solch großer Bedeutung ist?« Beinahe befürchtete Laurent, er würde wie ein kleiner Junge abgewimmelt werden, aber Lafayette musterte ihn nachdenklich. »Nun, ebendies hat mit diesen Dingen von Gleichheit und Freiheit zu tun, über die wir uns austauschten, bis Ihr leicht erregbarer Bruder uns unterbrochen hat.« Er bedachte Henri mit einem amüsierten Seitenblick, den dieser mit einem Stirnrunzeln quittierte.

Obwohl Laurent seine gestammelten Sätze vorhin nicht als echte Unterhaltung mit dem Marquis eingestuft hätte, fühlte er sich geschmeichelt, dass dieser es offenbar anders einschätzte. Unwillkürlich straffte er seine Schultern und hielt sich gerade, als der Marquis fortfuhr:

»Jahrhundertelang lag die Macht und die Verantwortung für unser Vaterland in den Händen eines Königs und weniger von ihm berufener Männer. Wie es Ihr Onkel so enthusiastisch ausgedrückt hat, ist die Überzeugung dahinter, dass der König mit göttlichem Ratschluss für seine Untertanen sorgt, wie ein Vater für seine Kinder. Was aber ist zu tun, wenn der Vater alt oder unerfahren oder Schlimmeres ist? Und wenn seine Kinder nicht mehr unmündig, sondern im Gegenteil verantwortungsbewusst und erfahren sind? Sollte es dann nicht so sein, dass die Kinder dem Vater einen Teil seiner Verantwortung abnehmen und dieser sich von ihnen unterstützen lässt? Nicht wenige sind heutzutage der Meinung, dass es an der Zeit ist, unser Land von Unterdrückung, Vormundschaft und der Herrschaft Einzelner zu befreien.«

Henri hatte während dieser Worte des Marquis geschwiegen und Laurent aufmerksam beobachtet.

»Aber«, Laurent lehnte sich zurück und spürte den vertrauten Widerstand der steinernen Balustrade an seinem Rücken. »aber Monsieur le Marquis, was Sie da andeuten, das ist ... soll das heißen? ... eine Revolution? ... wie in Amerika? Aber das ist ...

Hochverrat!« Laurent konnte nicht glauben, dass er das Wort ausgesprochen hatte – andererseits, der Gedanke, den der Marquis eben formuliert hatte, war ungeheuerlich.

Henri lachte kurz und rau auf und klopfte Laurent auf die Schulter.»Nun beruhige dich wieder, kleiner Bruder. Frankreich ist keine Kolonie und keiner hat die Absicht, sich vom König loszusagen. Wir ... und wenn ich sage wir, dann meine ich nicht nur eine Handvoll idealistischer Aristokraten ... wir denken eher an eine Art eingeschränkte Monarchie, wenn du verstehst, was ich meine.«

Laurent wusste nicht, was er sich darunter im Einzelnen vorzustellen hatte, aber bevor er seine Unsicherheit eingestehen musste, lieferte ihm eine leiernde Stimme die Erklärung:

»›EINGESCHRÄNKTE MONARCHIE - Regierungsform. Eine Art der Monarchie, in der die drei Gewalten so eng miteinander verknüpft sind, dass sie einander die Waage halten und als Gegengewichte dienen. Die eingeschränkte Erbmonarchie scheint die beste Form der Monarchie zu sein, weil in ihr – ganz abgesehen von ihrer Stabilität – die gesetzgebende Körperschaft aus zwei Teilen besteht, von denen der eine den anderen zügeln kann und weil beide durch die vollziehende Gewalt, die ihrerseits durch die gesetzgebende in Schranken gehalten wird, gebunden sind.‹«

Der Marquis sah sich verwirrt um, während Henri und Laurent den Kopf in den Nacken legten und zu einem Fenster der oberen Etage emporblickten. Auf dem Fensterbrett und an den Fensterrahmen gelehnt, saß François und ließ ein Bein an der Fassade herunterbaumeln. Er achtete nicht auf die drei Männer, die sich wenige Meter unter ihm befanden – sein Blick war auf einen Punkt in der Ferne gerichtet.

Der Marquis beugte sich vor und verrenkte den Hals, um besser zu sehen. Er musterte François interessiert.»Vielen Dank für die umfassende Erklärung, mein Lieber«, meinte er.»Wie kommt es, dass Sie dies so überaus manierlich formulieren können?«

Erst schien es, François habe den Marquis nicht gehört, dann ruckte er seinen Kopf herum, kratzte sich mit der Hand ungeniert am Hinterkopf, bis seine stoppelkurzen Haare in die Höhe standen. Er fixierte Lafayettes linken Rockaufschlag.»... manierlich formulieren ...«, wiederholte er mit seiner monotonen Stimme,»...formelle Manieren ... formanierliche Formeln ... manierismische Formen«

»François!« Laurents Stimme nahm den kurzen und knappen Tonfall an, den er verwendete, wenn er mit François sprach.»Es ist gut jetzt! Geh zurück, bevor du noch hinunterfällst«, setzte er weicher hinzu.

François drehte seinen Kopf so, dass er knapp an Laurent vorbeisehen konnte, und sein Gesicht verzog sich zu einem Grinsen. Dann verschwand er im Inneren des Zimmers.

Der Marquis hatte diesen Auftritt mit ungläubiger Faszination verfolgt und richtete seinen fragenden Blick erst auf Laurent und schließlich auf Henri, der plötzlich von einem unbezähmbaren Lachen geschüttelt wurde.»Ich fürchte, das große Familiengeheimnis lässt sich nicht mehr leugnen ... unser verrückter Bruder François.«

»François ist nicht verrückt«, fuhr Laurent seinen Bruder an, »er ist nur ... anders als andere Menschen.« Laurent wandte sich an den Marquis in dem dringenden Wunsch, François' Eigenheiten in einem weniger seltsamen Licht erscheinen zu lassen, obwohl er wusste, dass François es egal war, was andere über ihn dachten.

»Es ist, als ob François in seiner eigenen Welt lebt. Ihm bedeuten andere Menschen nichts. Deshalb hält er sich auch nicht an ihre Regeln und sagt, was ihm durch den Kopf geht. Er ist nicht dumm.« Laurent warf Henri einen vorwurfsvollen Blick zu und dieser verbiss sich ein Grinsen.

Laurent wandte sich wieder an Lafayette.»François hat ein außerordentliches Gedächtnis. Er muss sich ein Buch oder ein Gedicht nur einmal durchlesen und kann das Geschriebene jederzeit Wort für Wort wiederholen. Außerdem hat er Spaß an ausgefallenen Wortspielereien und Zahlenrätseln.« Atemlos hielt Laurent inne.

Der Marquis kratzte sich bedächtig hinter dem Ohr.»So, so. Ein seltsamer, aber dennoch begabter junger Mann ... und eine Herausforderung für Ihre Familie.« Nachdrücklich fixierte er Laurent und zu seinem eigenen Erstaunen erwiderte Laurent den Blick ruhig und gelassen.»Das ist er zuweilen, Monsieur le Marquis.«

»Nun«, der Marquis ließ seinen Blick einen Moment lang auf Laurent ruhen, dann klatschte er in die Hände und wandte sich an Henri.»Leider verfüge ich nicht über die Qualitäten des geschätzten François de Plourhan, mir Niederschriften exakt und schnell einprägen zu können, weshalb wir uns daran machen sollten, unsere Gedanken zur ›Erklärung‹ in Worte zu fassen und aufzuschreiben, damit wir sie in hoffentlich nicht allzu ferner Zeit bei der Versammlung der Generalstände vortragen können.« Der Marquis stand vom Sockel der Hermesstatue auf und strich sich mögliche Schmutzkrümmel von seiner Kehrseite.

Henri brummte zustimmend und setzte hinzu,»So es unserem gnädigen König Louis gefällt, diese endlich einzuberufen.«

Laurent hatte schweigend zugehört und vom Marquis zu Henri geblickt.»Eine ›Erklärung‹?«, fragte er langsam.

»Ganz recht, mein junger Freund«, der Marquis grinste ihn mit seinen gelben Tabakzähnen an.»Eine Erklärung der Menschenrechte, die Frankreich revolutionieren wird. Eine Forderung nach der Freiheit und Gleichheit aller Menschen. Ansehen und Status eines Mannes sollen nicht mehr länger von seiner Geburt, sondern von seinem Nutzen für die Allgemeinheit abhängen.«

Laurent schluckte und mit einem Mal verstand er, woher sein Gefühl kam, sich auf unsicherem Boden zu bewegen. Das Fundament seiner Welt stand auf unsicherem Grund und etwas Gewaltiges war dabei, diese Welt zu erschüttern. Er atmete tief durch.»Das wird Alexandre nicht gefallen ... diese Idee von der Gleichheit aller Menschen«, meinte er schließlich lahm.

◇ ◇ ◇

Teil 2

Frankreich, Bretagne — Juli 1988

Der BMW war eindeutig nicht für fünf Personen konstruiert. Dass sich auf der Rückbank drei Sicherheitsgurte befanden, täuschte darüber hinweg, dass nur die beiden Plätze an den Seitenfenstern eine bequeme Sitzposition erlaubten. Wer das Pech hatte, sich auf den Mittelplatz setzen zu müssen, war gezwungen, seine Füße links und rechts einer breiten Aufwölbung des Bodens aufzustellen. Außerdem hatte die Rückenlehne einen unangenehmen Schwung nach außen, die ein entspanntes Anlehnen unmöglich machte. Wenn die beiden Außenplätze darüber hinaus mit monströsen Kindersitzen bestückt waren, deren ergonomische Bequemlichkeit sich auf die darin zu transportierenden Kinder bezog, nicht aber auf Personen, die direkt danebensitzen mussten, konnte der Mittelplatz den Ansprüchen eines mittelalterlichen Folterknechts genügen.

Seit gefühlten einhundert Jahren saß Vicky eingequetscht zwischen den beiden Kindersitzen von Lilly und Benni. Die scharfkantigen Enden der Plastikverschalungen drückten in ihre Schultern, sodass sie diese ständig nach vorne in eine verkrümmte Haltung ziehen musste. Ihre Schultern waren in einem Maße verspannt, dass sie daran zweifelte, sich jemals wieder gerade aufrichten zu können. Seit geraumer Zeit hatte sie keinerlei Gefühl mehr in den Beinen, die sie kaum bewegen konnte. Der Fußraum des Autos war bis zu ihren Knien mit den Spielsachen der Zwillinge vollgestopft.

Hans-Peter hatte darauf bestanden, den geräumigen VW-Bus in Deutschland zu verkaufen und mit seinem schnittigen BMW zu fahren und dies durch das unschlagbare Argument untermauert, dass dieses Fahrzeug über den Luxus einer Klimaanlage verfüge.

Vicky trauerte dem rostigen Bus nach, mit dem sie mit *Maman* zusammen viele Male in den Urlaub gefahren war. Sie hätte lieber geschwitzt und dafür ausreichend Platz im Auto gehabt. Zumal sie dann mehr als einen winzigen Rucksack hätte mitnehmen können.

Wenigstens hatte sie Platz für ihren Fotoapparat gefunden – das war, neben ein paar Lieblingsshirts – das Wichtigste. Den größten Teil des Stauraums beanspruchte der Krempel, der notwendig war, um Lilly und Benni bei Laune zu halten. Die meisten ihrer anderen Habseligkeiten lagerten in einer der vielen Kisten im Umzugslaster, den Hans-Peter vor Stunden hinter sich gelassen hatte. Vicky zog die Schultern zusammen und verlagerte ihr Gewicht, um die schmale Lücke zwischen den Kindersitzen besser zu nutzen. Die Autobahnbeschilderung kündigte die ersten Vororte von Paris an, das man zum Glück, wie Hans-Peter sich ausgedrückt hatte, großräumig umfahren konnte. Vicky hätte gerne den Eiffelturm gesehen. Obwohl sie zur Hälfte Französin war, war sie noch nie in Paris gewesen. Der letzte Urlaub in Frankreich schien ewig her und sie konnte sich an das Küstendorf in der Bretagne kaum erinnern. Die Vorstellung dort mit Sack und Pack hinzuziehen schien so absurd, dass Vicky immer noch nicht glauben konnte, dass sie zugestimmt hatte.

Maman und Hans-Peter auf den Vordersitzen unterhielten sich leise. Hans-Peter unterbrach sich mitten im Satz, scherte ohne den Blinker zu setzen, auf die linke Spur, und beschleunigte. Vicky wurde fest gegen die unnachgiebige Rückbank gedrückt. Der BMW schoss an einer schwarzen Limousine vorbei, die behäbig auf der rechten Fahrbahn dahinglitt. Gelangweilt musterte Vicky den Fahrer und seinen Fahrgast, der auf der Rückbank des Fahrzeuges saß. Hans-Peter sah ebenfalls zur Limousine hinüber und in seinem Mundwinkel deutete sich ein überlegenes Lächeln an.

Im Kindersitz links neben Vicky war Benni eingeschlafen. Seine strohblonden Haare klebten trotz Klimaanlage feucht auf seiner Kinderstirn. Er hatte in der letzten halben Stunde ausdauernd geschrien, bis ihn Erschöpfung und Unzufriedenheit übermannt und in einen unruhigen Schlummer gezwungen hatten. Vicky betrachtete liebevoll sein pausbäckiges Gesicht, an dem neben getrockneten Tränenspuren, die Reste eines verbotenen Schokokekses klebten. Hans-Peter hasste Essen in seinem Auto – und besonders hasste er jede Art von Essen, das nicht rückstandslos im Mund verschwand und Spuren auf seinen kostbaren Ledersitzen hinterließ. Die Schokokekse waren das letzte verzweifelte Mittel gewesen, Benni nach sechsstündiger Fahrt kurzzeitig zu beruhigen, und Hans-Peter hatte zähneknirschend im Rückspiegel zusehen müssen, wie Benni sich mit viel Gebrösel darüber hergemacht hatte. Lilly hatte daraufhin ihr Recht auf Gleichbehandlung eingefordert und sich ebenfalls ein paar Kekse gesichert.

Lillys Milchzähne mahlten noch an einem Keks, als sie sich Vicky zuwandte und ihren blauen Strahleblick anknipste. Zusammen mit ihrem zuckersüßen Kleinmädchenlächeln, ein untrügliches Zeichen dafür, dass sie etwas von Vicky wollte, was diese ihr nicht ohne weiteres geben würde.

»Was?«, blaffte Vicky absichtlich grob. Ihr konnte Lilly nichts vormachen. Dieses Theater mochte bei Hans-Peter und Benni Erfolg haben – sie war dafür unempfänglich.

Lilly ließ das babyhafte Getue sein und überlegte, ob sie schmollen sollte. »Kann ich bitte, bitte, bitte deinen *wookmän* haben?« Leiser, so dass Hans-Peter sie nicht hören konnte, setzte sie hinzu: »Kriegst meinen letzten Keks!« Mit der Mimik eines Dealers, der seinem Kunden ein illegales Geschäft vorschlägt, wies sie mit den Augen auf ihre speckige Faust und öffnete sie halb.

Vicky konnte die angematschten Reste des Kekses gerade noch identifizieren. Angeekelt rümpfte sie die Nase und ließ den Keks in einem Papiertaschentuch verschwinden. Sie hielt Lilly ein weiteres Taschentuch unter den Mund.

»Hier, spuck mal drauf.« Lilly sonderte einen schleimigen Spuckefaden ab und Vicky säuberte ihr damit notdürftig die Hand. Dann zog sie den Reißverschluss ihres Rucksacks auf und holte ihren Walkman heraus. Sie hatte ihre Kassetten in den letzten Stunden so oft gehört, dass ihr die Ohren von den Kopfhörern schmerzten.

Lilly strahlte und streckte die Hände aus und griff nach dem Gerät.

»Hände weg«, befahl Vicky. »Gib mir deine Kassette, dann mach ich das schon.«

Lilly holte einen Kinderrucksack mit Bärchenmotiv hervor und wühlte darin herum. Schließlich hielt sie Vicky eine Kassette hin, auf deren Verpackung pastellfarbene Ponys mit schwungvollen Mähnen und übergroßen, langbewimperten Augen zutraulich lächelten. Mit einem verächtlichen Schnauben drückte Vicky die Kassette ins Gerät und stülpte Lilly die Kopfhörer über.

Als sie ihren Rucksack wieder schließen wollte, fiel ihr Blick auf die abgestoßene Kante eines alten Comic-Heftes, das sie in letzter Sekunde eingepackt hatte. Es war eine französische Ausgabe von ›*L'Odyssée d'Astérix*‹. Sie wusste eigentlich nicht, warum sie es mitgenommen hatte. Seit Jahren hatte es ein einsames Dasein in den unteren Schichten ihres Kleiderschrankes gefristet. Sie hatte es nicht einmal durchgelesen. Trotzdem sah es reichlich mitgenommen aus – jemand hatte es wieder und wieder gelesen. Die Seiten waren eingerissen und der Einband hielt nur noch an einer Stelle.

Sie hatte vergessen, das Heft seinem Besitzer zurückzugeben. Dunkel erinnerte sie sich an ihn – den Sohn einer Freundin ihrer Mutter. Krumme Schneidezähne und dunkle Haare, die ihm ständig in die Stirn fielen. Wie hieß er noch? Jules oder Julien? Es musste das letzte Mal gewesen sein, dass sie in der Bretagne gewesen war. Warum hatte sie damals das Heft mitgenommen? Sie interessierte sich nicht für Comics und hatte keine Lust gehabt, die schlecht leserlichen Texte zu entziffern. Weiß der Himmel, weshalb sie das zerfledderte Teil nicht weggeworfen hatte.

Maman wandte den Kopf Richtung Rücksitz. »Erinnerst du dich eigentlich noch an Julien?«

»Kaum.« Das war der Name, plötzlich war sie sich sicher. Vicky versuchte, ihren Rücken zu entspannen. Wie *Maman* das machte, dass sie im gleichen Augenblick an dasselbe dachte wie sie?

»*Maman*, wenn ich mich nicht bald mal strecken kann, werde ich einen Schaden fürs Leben behalten.«

»Du könntest dich mit ihm treffen … mit Julien, meine ich. Ich bin sicher, ihr würdet euch verstehen. Ihr seid doch im gleichen Alter. Soll ich seine Mutter mal anrufen?«

»Bloß nicht!« Bei der Vorstellung sträubten sich ihr die Haare. »Aber du könntest so ein wenig Kontakt zu anderen jungen Leuten bekommen.«

Vicky sah aus dem Fenster. »Ich weiß noch nicht, ob ich bleibe ...«

Maman drehte sich auf dem Beifahrersitz um und reckte ihren Arm nach hinten. Sie legte ihre Hand auf Vickys und flocht die Finger in ihre, wie sie es früher getan hatte. »Ich weiß, dass das nicht einfach ist für dich. Aber du hast ja mit Papa gesprochen ...«

Vicky fixierte die vorbeiziehende Leitplanke, bis das Bild zu einer einzigen Bewegung verwischte. Es war nicht möglich gewesen, allein mit Papa zu sprechen. Sabine – seine Neue – war nicht von seiner Seite gewichen. Vicky hatte ihn mit ihrer Frage überrumpelt und das kurze Zögern und seine unechte Freude sofort bemerkt. Sabine hatte sich keine Mühe gegeben, zu verbergen, was sie von der Idee hielt, Vicky für ihr letztes Schuljahr bei sich aufzunehmen. Manchmal wusste sie nicht, wem sie mehr grollte, dass ihr Leben aus den Fugen geraten war. Warum hatte *Maman* nicht ein Jahr warten können mit ihrer Rückkehr nach Frankreich?

Maman drückte ihr die Finger und zog ihre Hand zurück. »Lass dich einfach mal drauf ein, Liebes.« Sie wandte den Kopf und zwinkerte ihr zu. »Vielleicht ist aus Julien inzwischen ein hübscher junger Mann geworden.«

Vicky verdrehte die Augen. Damit hatte sie vorerst abgeschlossen. »Ich habe zurzeit keinen Bedarf an *hübschen jungen Männern*, vielen Dank!«

Maman warf ihrem hübschen, jungen Mann am Steuer einen Blick zu und lächelte versonnen. »Naja, dieser Sandro oder Sascha war eben nicht der Richtige für dich.«

Ungebeten schob sich Saschas Gesicht mit seinem unverschämten Grinsen in ihre Gedanken. Mulmig machte sich ein Gefühl von Unzulänglichkeit in Vicky breit, obwohl er es gewesen war, der sie hintergangen hatte. Ein Teil von ihr wünschte sich brennend, sie hätte ihn halten können und suchte die Schuld bei sich, weil es nicht funktioniert hatte. Um ihre Selbstachtung nach außen hin aufrechtzuerhalten, hatte sie ausdauernd an einer Aura von Coolness und Abgebrühtheit gearbeitet, mit dem Ergebnis, dass sie zuletzt als kratzbürstig und unnahbar galt.

Vicky ließ den Kopf kreisen, um ihren Nacken zu entspannen. Vielleicht war es nicht verkehrt, unverbindlich ein paar Erfahrungen zu sammeln. War womöglich gut, wenn man niemanden kannte – und wieder gehen konnte. Es schien verlockend, unbelastet von den Erwartungen ihrer Freunde und Klassenkameraden, die sie seit Ewigkeiten kannten, neu anzufangen. Eine Andere zu sein oder zu werden. Sie stopfte das Comic-Heft zurück in den Rucksack und zog schwungvoll den Reißverschluss zu.

»Da soll mich doch ...« Hans-Peter, der auf der linken Spur fuhr, sah ungläubig nach rechts. Die schwarze Limousine, die er vorhin abgehängt hatte, zog rechts an seinem BMW vorbei. Er schaltete in einen niedrigeren Gang und beschleunigte. Befriedigt registrierte Vicky eine hektisch pochende Ader an seiner Schläfe. Neugierig beobachtete sie den Fahrer, der es wagte, Hans-Peter so frech zu provozieren. Dieser hob grüßend zwei Finger und grinste unverschämt. In seinem linken Ohr blitze ein Ohrring auf. Sein Fahrgast hatte den Kopf gewandt und für einen Augenblick trafen sich seine und Vickys Augen. Er lächelte nicht, sondern starrte sie an, bis sie wegsah. Dann war das Fahrzeug vorbei und Hans-Peter hieb mit der flachen Hand auf das Lenkrad.

Vicky schüttelte das Frösteln ab, das der kurze Blickkontakt ausgelöst hatte, und betrachtete zufrieden Hans-Peters verspannte Kinnpartie. Er zog den BMW in einer fließenden Bewegung über die rechte Fahrspur und fädelte im letzten Moment auf die Ausfahrt einer Raststätte, als habe er dies von Anfang an vorgehabt. Das Fahrzeug hinter ihnen bremste scharf ab und blendete ein paarmal auf.

Endlich, eine Pause. Vickys streckte sich, ihr Rücken war verspannt, ihre Füße eingeschlafen. Sie wünschte sich einen Kran, der sie aus dem Wagen hob, bis ihre Blutzirkulation wieder in Gang gekommen war.

◇ ◇ ◇

CHÂTEAU DE CORENTIN

Julien Kerouac krümmte sich, bis sich die Wirbel auf seinem Rücken einzeln abzeichneten, als er sich über den Korpus der Gitarre bog, um die neue Saite aufzuziehen. Schon wieder war die e-Saite gerissen. Geschickt fummelten seine langen knochigen Finger, bis sie den dünnen Draht eingefädelt und an dem Wirbel am Gitarrenhals befestigt hatten. Mit gleichmäßigem Zug drehte Julien an der Schraube, bis die Saite unter Spannung stand. Dann begann er sie an der h-Saite zu stimmen. Er probierte ein paar Akkorde, verzog das Gesicht und schüttelte den Kopf. *Merde!* In der vollkommenen Stille seines Zimmers hörte Julien die Schräglage der Harmonien – er musste alle Saiten nachstimmen.

Konzentriert und mit halb geschlossenen Augen begann er mit der tiefen E-Saite. Der Ton fuhr ihm durch die Fingerkuppen in den Körper wie in einen weiteren Resonanzraum. Dass er ihn hörte, spielte kaum eine Rolle. Er drehte an den Wirbeln, bis der Klang, den sein Körper erspürte, mit der Frequenz in seinem Inneren übereinstimmte.

Die Tür seines Zimmers wurde aufgerissen. Seine Mutter hielt sich an der Türklinke fest, ohne sein Zimmer zu betreten. »Julien! Ich hab dreimal gerufen. Du musst jetzt los, sonst kommst du zu spät ... oder soll Papa dich mitnehmen? Ich glaube, er muss auch in die Richtung fahren.«

Julien starrte durch sie hindurch und für einen Moment fühlte er sich schwebend und losgelöst von seinem alltäglichen Sein. Dann flüchteten die Töne in seinem Inneren wie scheue Tiere, sein Körper schrumpfte zu seinem üblichen hageren Selbst und sein Geist verortete sich wieder im Hier und Jetzt.

Es fiel ihm wieder ein – heute war sein erster Tag bei *LES NÔTRE Jardins*. In den nächsten Wochen würde er hoffentlich genug Geld verdienen, um sich eine Weile mit seiner Musik über Wasser halten zu können.

Maman war schon halb die Treppe nach unten gegangen. »Und vergiss nicht, deine Bewerbung fertig zu machen.«

Julien stellte seine Gitarre auf dem Ständer ab und kontrollierte, ob er sich schon fertig angezogen hatte. An den Knien ausgefranste Jeans und ein T-Shirt, dessen Ärmel er vor einiger Zeit an einem heißen Tag abgeschnitten hatte. Er klaubte ein paar schäbige Turnschuhe von seinem Schreibtisch und stopfte die ungelesenen Bewerbungsunterlagen für die Universität in die Schublade.

»Setz dir auf jeden Fall etwas auf den Kopf, heute wird es heiß.« In der Küche bestrich *Maman* ein aufgeschnittenes Baguette mit Butter. »Ich mach dir noch schnell etwas zum Essen.«

»Brauchst du nicht ... hab bestimmt keinen Hunger.« Julien wusste, dass es zwecklos war. Er kam sich vor wie ein Kleinkind, wenn seine Mutter ihn immer noch mit belegten Baguettes losschickte. Er trat an den Esstisch, wo sein Vater die Tasche für seine Hausbesuche packte.

Antoine blickte kurz auf zu seinem Sohn, der ihm inzwischen über den Kopf gewachsen war. »Fährst du mit?«

Julien nickte, griff sich ein halbes Croissant, stopfte es in den Mund und spülte mit einem Viertelliter Milchkaffee hinterher. Er schnappte sich die andere Hälfte des Croissants und stieg in die Turnschuhe. »Ok« nuschelte er, »bin so weit.«

◇ ◇ ◇

Als Philine Kerouac mit einem Lunchpaket aus der Küche auftauchte, das einen Trupp Bauarbeiter über den Winter gebracht hätte, waren Mann und Sohn verschwunden. Sie öffnete das Fenster und sah ihnen hinterher. Dann unterdrückte sie ihren Impuls zu rufen und ließ die Hand mit dem Paket sinken.

Sie sollte aufhören, ihn zu bemuttern. Er war ihr einziges Kind und das Einzige, was von ihrer kurzen Ehe mit Louis geblieben war. Jahrelang hatte sie nicht mehr an ihn gedacht und er hatte sich nicht gemeldet – nicht einmal zu Julien hatte er Kontakt gehalten. Philine fühlte die altbekannte Bitterkeit und geübt schob sie jeden Gedanken an Louis beiseite.

Manchmal konnte sie ihr Glück kaum fassen, dass Antoine nach Louis' Verrat für sie und Julien da gewesen war. Sie rechnete es Antoine hoch an, dass er nie einen Unterschied gemacht hatte zwischen seinem leiblichen Sohn Philippe und Julien. Für Julien war er der einzige Vater, der zählte, obwohl sie sich in kaum einer Beziehung glichen.

Nachdenklich zog Philine den Brief des Anwalts aus ihrer Tasche. Sie hatte immer befürchtet, dass es so kommen würde, und war im gleichen Moment dankbar, dass sie es nicht mehr unmittelbar hatte miterleben müssen. Um Juliens willen haderte sie mit der Endgültigkeit, die Louis' Tod mit sich brachte – und mit ihrer eigenen Schuld, dass sie Julien im Glauben gelassen hatte, Antoines Sohn zu sein. Sie würde mit ihm reden müssen.

◇ ◇ ◇

Sechs Stunden später stützte sich Julien auf seinen Spaten und versuchte, seinen schmerzenden Rücken zu entlasten. Zum Glück war die schlimmste Mittagshitze vorüber und die Aussicht, dass dieser endlose Tag irgendwann einmal enden würde, erleichterte ihn ungemein.

»He, Kleiner, hopp, hopp ... steh hier nicht rum. Bis du heute deinen Allerwertesten ausruhen kannst, müssen wir noch das Stück bis zu den Bäumen schaffen.« Das war Leroi, der ihren Trupp anführte. Ein knorriger Typ unbestimmten Alters, der kaum sprach, ohne seinen Zigarillo aus dem Mund zu nehmen. Nur wenn es ernst wurde und man Gefahr lief, einen äußerst unangenehmen Anpfiff zu kassieren, klemmte er sich den Stumpen zwischen Daumen und Zeigefinger und unterstrich seine Worte, indem er dem Übeltäter das glühende Ende fast ins Nasenloch bohrte. Seine Haut hatte über die Jahre eine ledrige Konsistenz entwickelt und glich einem Stück Baumrinde, in das ein paar stechende Augen und ein Schlitz zur Befestigung des Zigarillos eingelassen waren.

Als Antoine Julien heute Morgen in der Nähe von *Château de Corentin* abgesetzt hatte, hatte Leroi auf ihn und ein paar andere Ferienarbeiter gewartet. Neben Leroi hatte ein drahtiger Mann mit feuerroten Haaren gestanden und sich ihnen als Pierrot vorgestellt. Leroi und Pierrot hatten die vier Schüler kritisch beäugt, die ihnen von der Geschäftsleitung für die nächsten drei bis vier Wochen zugeteilt worden waren. Sie alle waren Jugendliche, die sich im Sommer aus unterschiedlichen Gründen etwas dazuverdienen wollten.

Zwei der anderen kannte Julien aus der Schule. Stéphan war in seiner Parallelklasse gewesen. Er war ein nicht direkt korpulenter, aber schwabbelig wirkender Junge, dessen Haut so blass war, dass er in seinem Leben nicht viel Zeit an der frischen Luft verbracht haben konnte. Julien konnte sich beim besten Willen keinen Grund vorstellen, weshalb Stéphan sich für körperliche Arbeit im Freien beworben hatte. Der andere Junge war etwas älter als er selbst und hatte letztes Jahr seinen Abschluss gemacht. Jeder nannte ihn Chouchou − seinen richtigen Namen kannte Julien nicht. Chouchou war dünn und sehnig und hatte eine bis auf die Schultern reichende krause Haarpracht, die entfernt an einen blonden Königspudel erinnerte. Der vierte Ferienarbeiter war ein eher schlanker, durchtrainierter Typ in Latzhose und einem auf Piratenart um den Kopf gebundenen Tuch, unter dem dunkelbraune Haarfransen hervorspitzten.

Leroi musterte sie alle abschätzend und als sein Blick über Stéphan glitt, der jetzt schon unglücklich aussah, sog er heftig an seinem Zigarillo und schloss kurz die Augen. Zu Juliens Erleichterung beachtete Leroi ihn selbst nicht weiter, sondern heftete seinen Blick auf Chouchou. Er nahm den Zigarillo zwischen Daumen und Zeigefinger und wies damit auf Chouchous Haarmatte. »Das bindest du dir irgendwie zusammen,« knurrte er. »Sonst weiß man ja nicht, wo vorn und hinten ist.«

Chouchou gab nicht zu erkennen, ob er Leroi gehört hatte.

Überraschenderweise hellte sich Lerois ledriges Gesicht auf, als er den Latzhosenträger in Augenschein nahm. »Ah, wieder hier?«

Die Latzhose nickte sparsam und hob auf eine unwahrscheinlich coole Art die Hand. Pierrots Gesichtsfarbe schien sich zu verdunkeln und er grinste dümmlich.

Lerois Gesicht nahm wieder einen holzschnittartigen Ausdruck an. Mit einem kurzen Blick auf seine Truppe klatschte er die wettergegerbten Hände ineinander und wies auf ein Gelände, das wie ein frisch gepflügter Acker aussah.

»Hier soll in drei Wochen ein gepflegter Park entstehen.« Er ließ diese unwahrscheinliche Voraussage einwirken. »Und zwar nicht irgendein Park, sondern ein Schlossgarten mit Blumen, Kieswegen und dem ganzen Klimbim.« Leroi sah grimmig aus, fasste sich aber wieder. »Der Sturm im letzten Herbst hat hier ganze Arbeit geleistet«, Leroi erlaubte sich einen kurzen emotionalen Moment und kratzte sich hinter dem Ohr.

Stéphan nickte wissend, froh mit einer Information punkten zu können. »Man hat Windgeschwindigkeiten von bis zu zweihundert Stundenkilometern gemessen und ...«

Lerois Blick ließ ihn verstummen. »Wir ziehen jetzt das Gelände ab, damit morgen Monsieur Garten-Zauberkünstler die Wege und so weiter ... festlegen kann.«

Chouchou neigte den Kopf in Juliens Richtung. »Hast du von der Kuh gehört, die der Sturm bei Vitré 35 Meter weit durch die Luft gewirbelt hat?« Chouchou kicherte. »Ist einfach so über eine Hecke hinweg beim Nachbarn des Bauers gelandet.«

Leroi spuckte rasselnd aus und verfehlte Chouchou knapp. Er ruckte mit dem Kinn in Richtung Latzhose.

»Céline hier kennt sich aus ... sie zeigt euch die Schaufeln. Du und du, ihr geht mit ihr.« Das Ende des Zigarillos deutete kurz in Juliens und Stéphans Richtung.

Julien fiel die Kinnlade runter. Latzhose war kein Typ, sondern ein Mädchen.

Céline deutete ein Lächeln an, als wüsste sie, dass die anderen ihr auf den Leim gegangen waren, und setzte sich in Richtung eines Bauwagens in Bewegung, auf dem das Firmenlogo von *LEs NÔTRE Jardins* prangte. Leroi wies Pierrot und Chouchou mit weiteren Kinnbewegungen an, zwei Schubkarren zu holen.

◇ ◇ ◇

Den Vormittag verbrachten sie damit, den Acker abzuziehen, wie Leroi es nannte. Jede Unebenheit musste mühsam ausgeglichen werden, bis eine ebene Fläche entstand. Julien bereute es bereits vor der Mittagspause, das Lunchpaket seiner Mutter so leichtfertig ausgeschlagen zu haben. Er hatte Hunger und quälenden Durst, während ihm die Sonne unbarmherzig auf Kopf und Schultern brannte.

Darüber hinaus musste er feststellen, dass er Mühe hatte, im Arbeitstempo nicht hinter Céline zurückzufallen. Er war körperliche Arbeit nicht in diesem Ausmaß gewöhnt und sie sah nicht nur durchtrainiert aus – sie war es auch. Auf eine kumpelhafte Art war sie nett und ließ sich nicht anmerken, ob sie seine körperliche Erschöpfung bemerkt hatte.

Als es nach einer Ewigkeit – in der Julien jeden einzelnen Muskel seines Körpers neu kennenlernte – Zeit für eine Mittagspause wurde, setzten sie sich in den Schatten der steinernen Springbrunnenfiguren, die irgendetwas Allegorisches darstellen sollten. Der Brunnen selbst war leer und in seinem Becken hatte sich eine morastige Schicht aus dem Laub der letzten Jahre angesammelt. Julien hoffte inständig, dass es nicht Teil seiner Aufgaben sein würde, diesen Bodensatz zu entfernen.

Céline packte ein appetitlich belegtes Baguette aus und ließ es sich schmecken. Sie zog sich das Piratentuch vom Kopf und wischte sich über die Stirn, obwohl sie noch immer so frisch aussah wie am Morgen. Die stundenlange Arbeit in der Sonne schien sie nicht merklich beansprucht zu haben.

Anders bei Stéphan – er sah aus, als ob jeden Augenblick sein Kreislauf schlapp machen würde. Julien war froh, dass er selbst nicht der Typ war, der bei Anstrengung krebsrot im Gesicht wurde. Nach einer Weile normalisierten sich Stéphans Gesichtsfarbe und Atmung wieder so weit, dass er ein Sandwich-Paket gigantischen Ausmaßes hervorkramen konnte, das mit dem, das Juliens Mutter heute Morgen vorbereitet hatte, bis ins Detail identisch schien. Offenbar wusste Stéphan, wann es klüger war, auf seine Mutter zu hören.

Chouchou schien nichts von substanzieller Nahrungsaufnahme zu halten. Er verspeiste ein paar Äpfel, die er in einem Stoffbeutel mitgebracht hatte und drehte sich dann eine Zigarette, die er genüsslich rauchte. Er hatte, eingedenk Lerois Hinweis, seine Mähne mit einem Pflanzenbinder zusammengehalten und eine John-Lennon-Sonnenbrille aufgesetzt. Auch ihm schien die Arbeit nichts ausgemacht zu haben.

Julien saß auf dem steinernen Rand des Brunnenbeckens, stierte auf den Boden und versuchte, nicht an seine trockene Kehle zu denken, während die anderen schweigend aßen und rauchten. Plötzlich hielt ihm jemand eine Wasserflasche unter die Nase. Er blickte auf und direkt in ein paar meerblaue Augen.

»Komm, trink schon. Wird sonst nur warm.« Céline hatte eine etwas raue Stimme, die irgendwie aufregend klang. Sie drehte sich zu Stéphan um, der nicht mal die Hälfte seiner Brote vertilgt hatte.

»Heh, du, *mein Bärchen*«, sie zwinkerte Stéphan zu, der eine noch dunklere Gesichtsfarbe als vorhin bekam. »Wenn du davon nicht alles brauchst, dann kannst du ja *Gaston* hier was abgeben.«

Julien glaubte, sich verhört zu haben, und verschluckte sich. »Ich heiße Julien«, krächzte er und wischte sich mit dem staubigen Handrücken über den Mund.

»Ich weiß«, meinte Céline entspannt und offenbarte ein Lächeln mit Grübchen. »Aber du erinnerst mich an ›*Gaston Lagaffe*‹ ... ich sterbe für diesen Comic.«

Julien starrte sie ungläubig an und brauchte einen Augenblick, um zu registrieren, dass ihm Céline einen Spitznamen verpasst hatte. Wie er in den nächsten Wochen feststellen sollte, sprach sie niemanden mit seinem richtigen Namen an. Sie ließ sich bei der Auswahl der Namen von oft schwer nachvollziehbaren Assoziationen leiten. Besser *Gaston Lagaffe* als *Bärchen*.

◇ ◇ ◇

Am nächsten Tag kam Stéphan nicht mehr und Leroi schien seine Abwesenheit mit Erleichterung zur Kenntnis zu nehmen.

Am Abend des zweiten Arbeitstages war Julien ernsthaft versucht, Stéphans Beispiel zu folgen. Er hätte damit leben können, dass sich jeder Muskel seines Körpers schmerzhaft in Erinnerung brachte und ihm bis zum Abend die Fähigkeit des aufrechten Ganges mehr und mehr abhandengekommen war. Als er feststellte, dass sich seine Finger nur mehr in eine klauenähnliche Haltung bringen ließen und er Mühe hatte, ein paar einfache Akkorde zu spielen, war es um seine Fassung geschehen. Hornhaut an den Fingerkuppen war für ihn nichts Neues – notwendig, um die dünnen Stahlsaiten spielen zu können. Aber die schwielige Oberfläche an seinen Handinnenseiten gab ihm das Gefühl, als versuche er mit Lederhandschuhen, Gitarre zu spielen. Andererseits brauchte er das Geld. Außerdem hatte er seinen Stolz – vor Céline würde er nicht kleinbeigeben.

Zu seiner grenzenlosen Überraschung schien Céline sein Dilemma bemerkt zu haben, denn in der nächsten Mittagspause, im Schatten einer harpunenbewehrten Neptunfigur des Brunnens, sprach sie ihn an.»Du solltest ein wenig auf deine Hände achten«, meinte sie und ergriff ohne Vorwarnung seine rechte Hand. Sie drehte und wendete sie, als würde sie auf dem Wochenmarkt einen Kopf Salat begutachten. Ihre Finger fuhren über seine verhornten Fingerkuppen mit den kurzen Nägeln und die inzwischen rissige Innenseite seiner Handfläche. Julien war zu verblüfft, um irgendetwas zu sagen. Chouchou der bis dahin unbeteiligt eine seiner Selbstgedrehten geraucht hatte, beobachtete Céline aus den Augenwinkeln.

»Du hast schöne Hände ... wirklich«, stellte Céline mit einem Lächeln fest.

Julien durchflutete eine irrationale Freude, als ob er irgendeine Art von Test bestanden hatte. Gleichzeitig war ihm die Intimität der Situation peinlich und er wollte Céline seine Hand entziehen, als sie in eine der zahlreichen Taschen ihrer Latzhose griff und eine handliche Dose hervorholte. Ohne Umschweife öffnete sie diese und Julien bemerkte, dass sie mit einer durchsichtigen Creme gefüllt war.

»Das ist Melkfett«, erklärte Céline auf ihre sparsame Art. Sie entnahm eine haselnussgroße Menge und begann zu Juliens

Verblüffung, seine Hand und Finger damit einzucremen. Ihr Griff war kräftig und zugleich sanft und ließ keinen Zweifel daran, dass Julien stillhalten sollte. Mit geschickten Bewegungen massierte sie die erstaunlich ergiebige Schmiere ein und Julien wurde peinlich bewusst, dass sich ein äußerst angenehmes Wohlgefühl von der Hand ausgehend in seinem ganzen Körper ausbreitete.

Céline hatte den Kopf gesenkt und widmete sich mit ihrer üblichen Konzentration Juliens Händen. Einmal sah sie kurz auf – ihr Blick ging an Julien vorbei und blieb an Chouchous ausdruckslosem Gesicht hängen, der das Geschehen distanziert verfolgte. Julien schien es, als ob beide eine geheime Botschaft austauschten. Dann drehte Chouchou seinen Kopf ins Profil und zog langsam an seiner fast aufgerauchten Kippe.

◇ ◇ ◇

Als Julien am Abend nach Hause kam, spürte er Célines Finger noch immer auf seinen Händen – und nicht nur dort. Ihm war den ganzen Nachmittag über auf eine Art und Weise heiß gewesen, die er nicht nur der Sonne zuschreiben konnte. Das Ganze war umso irritierender, als Céline sich die ganze Zeit genauso nett und hilfsbereit verhalten hatte, wie am Tag davor und in keiner Weise erkennen ließ, dass dieser kurze Moment während der Mittagspause etwas anderes gewesen sei als eine wohlmeinende Hilfe unter Arbeitskollegen. Kopfschüttelnd verscheuchte Julien diese irritierenden Gedanken.

Im Dämmerlicht seines Zimmers zog er sich aus, warf seine verschwitzten Klamotten in die dafür vorgesehene Ecke und stellte sich im Bad unter eine eiskalte Dusche.

◇ ◇ ◇

Eine Woche später hatte sich Julien mehr oder weniger an die Arbeit gewöhnt. Vielleicht lag es daran, dass er langsam eine Vorstellung davon bekam, wie dieser Park aussehen sollte. Nachdem das Gelände eingeebnet worden war, waren – wie es schien über Nacht – hunderte von Markierungen auf der Erde aufgetaucht, die nur auf den ersten Blick wahllos und zufällig erschienen. Als Julien in der Mittagspause Pierrot, der sich ihnen am Springbrunnen inzwischen angeschlossen hatte, darauf ansprach, kaute dieser bedächtig an einem letzten Bissen seines Sandwichs, dann wischte er sich die Hände an seiner Hose ab und sprang auf die Umfassungsmauer des Springbrunnens.

»Pass auf, Kleiner«, meinte er, holte Schwung und hüpfte in einem Satz über den laubbedeckten Teil des Beckens hinweg auf die allegorischen Figuren in der Mitte des Brunnens zu. Während er sich an einem delphinartigen Tier festklammerte, winkte er Julien, ihm zu folgen.

Kurz darauf fand sich Julien Auge in Auge mit einer steinernen Wassernixe, deren aufstrebende Oberweite allen Naturgesetzen widersprach und kletterte wie Pierrot über den muschelförmigen Thron von Neptun nach oben bis an die Spitze der Figurengruppe. Pierrot wies mit seinem ausgestreckten Arm in Richtung Schloss.

Erst von diesem Standort aus wurde die perfekte Symmetrie der ganzen Anlage deutlich. Julien, der während der letzten Woche nur beiläufig einen Blick auf die Fassade des Schlosses geworfen hatte, erkannte, dass sich die terrassenseitige Freitreppe und die einheitliche Fensterfront im Fluchtpunkt der Figurengruppe des Springbrunnens befanden. Das Gelände mit den Markierungen wies ein kompliziertes ineinander verschlungenes und doch völlig harmonisches Muster auf.

Pierrot deutete in Richtung der imposanten Schlosszufahrt. Hinter einer sich fast geräuschlos nähernden schwarzen Limousine knirschten die Reifen von einem Lastwagen mit dem Firmenlogo von *LEs NOTRE Jardins.* »Dort werden gerade die Pflanzen angeliefert. Einige Tausend Buchse – einer wie der andere. Du wirst sie noch lieben lernen ...«, versprach er und kicherte meckernd. Er sollte recht behalten.

◇ ◇ ◇

Celestin Aristide hob die Hand und unerwarteterweise reagierte sein Fahrer unverzüglich und bremste sanft ab. Mit einem kaum wahrnehmbaren Ruck kam das Fahrzeug zum Stehen. Aristide wandte den Kopf und sah sich um. Aus dem rechten Wagenfenster konnte er die inzwischen renovierte Fassade des Schlosses erkennen. Als er das letzte Mal hier gewesen war, hatte alles einen tristen und verwahrlosten Eindruck gemacht. Sein Blick wanderte zur anderen Seite, wo er die halbfertige Parkanlage überblicken konnte. Während sich an den Randbereichen die Natur auf ihre eigene Art und Weise entfalten konnte, war das unmittelbar ans Schloss angrenzende Gelände dem Diktat der Geometrie unterworfen worden. Wie mit dem Lineal gezogen, strebten Wege und Baumreihen einem unsichtbaren Punkt zu. An einem stillgelegten Springbrunnen im Zentrum der Anlage lümmelten ein paar Jugendliche und in der Nähe eines Arbeiterbauwagens bemerkte Aristide mehrere Männer, die sich über eine Reihe von großformatigen Plänen beugten. Hin und wieder hoben sie die Köpfe und deuteten auf verschiedene Punkte der Parklandschaft.

»Ist er hier?« Aristide stellte keine Frage, sondern wollte nur seine Erwartung bestätigt sehen. Ohne sich umzudrehen, nickte sein Fahrer mit dem fast kahlgeschorenen Kopf.

»Wie geht es ihm?« Aristide klang teilnahmslos und das war er in gewisser Weise auch, denn er hatte es inzwischen satt.

»Naja ...«, der Fahrer fuhr sich mit seinen langen Fingernägeln über die stoppelige Kopfhaut, sodass ein schabendes Geräusch entstand und Aristide wandte angewidert den Kopf ab.

»... hängt sich voll da rein, würde ich sagen. Also, schuftet, was das Zeug hält.« Die Stimme des Fahrers klang amüsiert angesichts dieses Engagements.

Aristide gestattete sich ein kurzes Schnauben. Das war nicht das, was er hatte wissen wollen, aber es hatte keinen Sinn, mehr von diesem Mann zu erwarten. Nicht zum ersten Mal vermisste er Oscar, seine rechte Hand, schmerzlich. Einen Mann, dem man nichts erklären musste, der seine Befehle fast telepathisch vorauszuahnen schien und diese in einer Art und Weise erfüllte, die höchste Effizienz mit Diskretion und Eleganz verband. Trotz seiner unbestreitbaren Skrupellosigkeit war Oscar ein liebevoller Ehemann und Familienvater. In der ihm eigenen Voraussicht hatte er die Geburt seiner jüngsten Kinder genauestens auf einen Zeitpunkt gelegt, in der sein Arbeitgeber auf ihn hätte verzichten können. Allerdings hatten sich die Zwillinge, die seine Frau erwartete, nicht an diesen Zeitplan gehalten und waren zwei Monate zu früh zur Welt gekommen und hatten so, ohne jede Absicht, sowohl seine als auch Aristides Pläne gefährdet. In einer Anwandlung von Menschlichkeit und angesichts ihres langen und erfolgreichen Arbeitsverhältnisses hatte Aristide darauf bestanden, dass Oscar in dieser Zeit seiner Familie zur Verfügung stand und gehofft, der Ersatz, den Oscar so kurzfristig hatte organisieren können, wäre ihm eine vergleichbar wertvolle Unterstützung.

Wegen seines goldenen Ohrrings nannte der Mann sich wenig originell *L'Oreille*. Seinen richtigen Namen kannte Aristide nicht und hatte auch keinerlei Interesse daran, ihn zu erfahren. Er hatte schnell festgestellt, dass dieser Mensch eher ein Schläger und Kleinkrimineller war und nicht annähernd Oscars Klasse hatte, aber nun war es zu spät. Er würde in den nächsten Wochen mit ihm zurechtkommen müssen.

»Ich werde mir selbst ein Bild machen.« Aristide nahm einen breitkrempigen Hut und eine Sonnenbrille vom Nachbarsitz und öffnete die Tür des Fahrzeugfonds, bevor L'Oreille Anstalten gemacht hatte, auszusteigen, um ihm behilflich zu sein. »Warte hier«, wies Aristide ihn an und fügte einer Eingebung folgend hinzu, »im Wagen wird nicht geraucht.«

Trotz der hochsommerlichen Temperaturen behielt Aristide das Jackett seines leichten Sommeranzugs an, denn er schätzte es nicht, seine rundliche Körpermitte zu präsentieren. Von Natur aus von untersetzter Statur zeichnete sich eine Schwäche für edlen Nougat und Marzipan unübersehbar rund um seine Taille ab. Dies verlieh seiner Erscheinung eine irreführende Aura von gutmütiger Trägheit, die sich in der Vergangenheit oft als hilfreich erwiesen hatte.

Darum bemüht, seinen Schritten das absichtslose Schlendern eines Spaziergängers zu verleihen, steuerte Aristide zunächst den Springbrunnen an. Im Vorbeigehen wandte er den Kopf in Richtung einer gegenüberliegenden Baumgruppe, während er durch seine verspiegelte Sonnenbrille die Jugendlichen musterte, die sich am Rand des Brunnens in der Sonne fläzten. Er registrierte zwei Jungen, deren überlange Gliedmaßen ihn an tollpatschige junge Hunde erinnerten. Der eine mit wirren dunklen Haaren und einer roten Kappe, der andere mit einer sandfarbenen Krause und einem qualmenden Stumpen im Mund. Das Mädchen in Latzhosen neben ihnen interessierte ihn nicht. Abseits der Gruppe lümmelte ein drahtiger Mann mit einem roten Haarschopf wie ein Leuchtfeuer. Mit Ausnahme des Mädchens sahen alle ungewaschen und verschwitzt aus.

Aristide kräuselte die Lippen und lenkte seine Schritte in Richtung des Bauwagens. Beim Näherkommen erkannte er, dass sein Kontaktmann bereits vor Ort war. Befriedigt stellte Aristide fest, dass dessen Miene keinerlei Anzeichen von Überraschung verriet, ihn hier unerwartet zu sehen. Das stimmte ihn zuversichtlich, dass sich der Mann trotz seines unübersehbaren Hangs zu Äußerlichkeiten, als nützlich erweisen würde – auch wenn er ihn verständlicherweise nicht in alle seine Pläne einweihen konnte.

Aristides Schritte knirschten über den Kies und veranlassten die beiden anderen Männer, von den vor ihnen liegenden Plänen hochzusehen. Aristide hob grüßend den Hut und registrierte neben *seinem* Mann einen knorrigen Arbeiter unbestimmten Alters in fleckigen Cordhosen sowie einen für seinen Geschmack zu feminin wirkendem Mann mit rosa Hemd und einem Halstuch mit Paisleymuster.

Aristide setzte seinen Weg fort und atmete tief durch. Im Juli des nächsten Jahres würde sich die Französische Revolution zum zweihundertsten Male jähren – mit den entsprechenden Feierlichkeiten, versteht sich. Die royalistisch gesinnte Gruppe, mit der er in Verbindung stand, wollte den *Erben* zu diesem geschichtsträchtigen Datum als Galionsfigur ihrer Bewegung aufgebaut haben.

Das würde nicht einfach werden. Da er sich nie etwas vormachte, musste er zugeben, dass dies zu einem guten Teil daran lag, dass er selbst müde war und diesen Auftrag nicht mehr mit der erforderlichen Energie verfolgte. Er hätte sich ein mehr inspirierendes Objekt seiner Bemühungen gewünscht. Einen Mann mit einem gewissen Charisma oder wenigstens einer natürlichen Würde und Vornehmheit. Dies hätte seiner angeschlagenen Motivation mit Sicherheit wieder neuen Schwung verliehen. Kaum merklich kräuselte er die Lippen und drückte das Kreuz durch. Er würde tun, was getan werden musste und sich und seine Familie endgültig von dieser Verpflichtung befreien. In jedem Fall hatte er gesehen, wofür er hergekommen war und die Entscheidung über die Person des Erben lag gänzlich außerhalb seiner Befugnisse. Ein paar Schweißtropfen stahlen sich unter seiner Hutkrempe hervor und Aristide machte sich auf den Rückweg zu seinem klimatisierten Wagen. L'Oreille lehnte am Kotflügel und zog wie ein Ertrinkender an seiner Gauloise.

◇ ◇ ◇

In den nächsten Tagen wäre Julien gern wieder zu den Schaufelarbeiten zurückgekehrt, anstatt den ganzen Tag über hunderte von knöchelhohen Babybuchsbäumchen einzupflanzen. Nach und nach nahm der Schlosspark Gestalt an und Julien begann sich mehr und mehr dafür zu interessieren, was und wofür hier gearbeitet wurde.

Leroi schätzte es nicht, wenn sich seine Arbeiter während der Arbeitszeit unterhielten. Vielleicht mochte er deswegen Céline, obwohl sie ein Mädchen war. Lerois Frauenbild stammte aus dem vorigen Jahrhundert, in ihrem Fall jedoch machte er eine Ausnahme. Céline arbeitete hart, wusste immer, wo man anpacken musste, und war vor allem schweigsam.

Eines Tages trat ein, was Julien befürchtet hatte. Er und Chouchou wurden von Leroi eingeteilt, das Becken des Springbrunnens zu sanieren, wie er sich ausdrückte. Die Arbeit gestaltete sich noch unangenehmer, als Julien es sich vorgestellt hatte, da das halbverrottete Laub einen widerlichen Geruch verbreitete, sobald die oberste Schicht abgekratzt worden war. Andererseits waren sie in dem Becken Lerois Rasterblick entzogen und Chouchou nutzte dies in zehnminütigem Abstand, um eine Raucherpause einzulegen. Mit schwieligen Fingern drehte er routiniert seine Glimmstängel.

Julien, der Chouchous Angebot einer knittrigen Zigarette bereits vor Tagen abgelehnt hatte, gestattete sich dann ebenfalls eine Verschnaufpause. Er stützte sich auf seine Schaufel und musterte Chouchou. Ebenso wie er selbst war dieser inzwischen braungebrannt und muskulös geworden. Julien hatte nach dem ersten Tag in der prallen Sonne eine zerknautschte Basecap aufgesetzt, die in einem schwungvollen Schriftzug für ein Produkt warb, das Senioren mehr Vitalität im Alter versprach. Sein Vater hatte die Kappe, wie viele andere mehr oder weniger nutzlose Werbeartikel, von einem Pharmavertreter bekommen und Julien fand den Gedanken an Vitalität bei seiner derzeitigen Beschäftigung passend.

Chouchou schienen seine dichten krausen Haare ausreichenden Sonnenschutz zu gewährleisten. Er band sie sich zwar immer vorschriftsmäßig zusammen, trotzdem befreiten sich innerhalb kürzester Zeit die Haarsträhnen und wucherten wie Unkraut wild um seinen Kopf herum.

»Was meinst du, was das Ganze hier werden soll?«, fing Julien an und bohrte mit dem Blatt seiner Schaufel im Blättermorast unter seinen Turnschuhen.

Chouchou zog hingebungsvoll an seiner Kippe und schnippte die Asche auf den Morast. »Den Kasten dort«, er wies mit seiner Zigarette in Richtung Schloss, »den hat einer geerbt und will jetzt so ein Nobelhotel draus machen.«

»Ach, echt jetzt?« Julien fixierte die Fensterfront des Schlosses und erinnerte sich an einen Sommer, als er mit Vicky durch leere, prunkvoll verzierte Räume gelaufen war. Es hatte ihn damals gewundert, dass keinerlei Möbel dagewesen waren und alles eher schäbig und heruntergekommen ausgesehen hatte. Auf einmal dämmerte es ihm – was war mit der Gemäldegalerie? Ob die Bilder noch da waren? Vor allem das Porträt. Mit einem Mal sackte sein Magen durch und der Boden unter ihm schien nachzugeben. Julien dachte den Gedanken nicht zu Ende. Für das, was in diesem Sommer vor vier Jahren geschehen war und was er für Realität gehalten hatte, gab es keinerlei Erklärung und bisher hatte er erfolgreich jede Erinnerung an diese Zeit im Keim erstickt.

»Hm«, riss ihn Chouchou aus seinen Gedanken und versuchte den Rauch in Kringeln auszustoßen.

Julien überlegte, ob er ihm sagen sollte, dass er dabei aussah, wie ein Karpfen unter Wasser als ein perfekt geformter Rauchkreis Chouchous Lippen verließ und über den Beckenrand waberte.

Chouchou lächelte zufrieden und fuhr fort. »Naja, irgendwas mit Reitanlage und Tennisplatz und dem ganzen Schnickschnack. Alles im *historischen Ambiente*, wenn du verstehst, was ich meine.« Chouchou grinste süffisant und zog wieder an seiner Kippe.

»Aha …«, meinte Julien vage und spähte über den Beckenrand. Er konnte gerade noch die obere Fensterreihe der Schlossfassade erkennen. »Meinst du, man kann sich das mal von innen ansehen?«, fragte er und dachte wieder an die Gemäldegalerie.

»Was willst du da sehen?«, wandte Chouchou ein. »Die machen alles irgendwie auf alt und historisch, damit ein paar reiche Säcke sich fühlen, wie König Louis im 18. Jahrhundert.«

Julien widersprach Chouchou nicht. Er konnte sich sein plötzliches Interesse für das Schloss nicht recht erklären, war er doch seit langer Zeit froh darüber, nicht immer wieder an jenen Sommer denken zu müssen, als er im Schloss das Porträt gesehen hatte. Dabei hatte das Schloss bei den Ereignissen keine große Rolle gespielt – vielmehr einer seiner früheren Bewohner, oder wie immer er ihn nennen sollte. Damals war Vicky, das Mädchen aus Deutschland, hier zu Besuch gewesen und sie hatten sich mit Laurent angefreundet, der scheinbar aus dem Nichts aufgetaucht war. Außer seinem Namen wussten sie nichts über ihn und Julien zweifelte inzwischen stark an, dass dies sein richtiger Name gewesen war. Tatsache war, dass der richtige Träger dieses Namens vor zweihundert Jahren gelebt hatte.

Julien hätte diesen Sommer beinahe nicht überlebt und die Erkenntnis der Endlichkeit seines Lebens hatte ihm in der Folgezeit mehr zugesetzt, als er wahrhaben wollte. Schließlich hatte er es geschafft, die Ereignisse zu verdrängen, indem er Vickys ausdauernden Versuche, ihm zu schreiben, so nachlässig nachkam, bis sie es aufgab. Die Existenz des anderen Jungen hatte er ins Reich einer überbordenden Kinderfantasie abgeschoben. Seit er in der unmittelbaren Umgebung des Schlosses arbeitete, schienen sich lange weggesperrte Erinnerungen langsam und schleichend einen Weg zurück in sein Bewusstsein zu bahnen.

Als am Nachmittag eine Ladung dürrer Bäumchen samt Wurzelballen angeliefert wurden und Leroi und Pierrot darüber stritten, wohin diese gepflanzt werden sollten, verschwand Julien im Schatten des Lieferwagens. Er nahm einen Umweg über den von einer kleinen Mauer eingefassten Rosengarten, bis er sich in genügender Entfernung von Lerois Radar befand. Steil und abweisend ragte die flechtenbewachsene Freitreppe an der Front des Schlosses auf und überrascht registrierte Julien, wie sich die Härchen an seinen Armen aufstellten. Widerstrebend stieg er die ausgetretenen Stufen hoch und spähte durch die Fenster, deren Glas ungleichmäßig wirkte.

Zunächst konnte er kaum etwas erkennen, erst als er das goldene Nachmittagslicht durch seine Hände abschirmte, nahm der Raum hinter dem Fenster langsam Konturen an. Es war der große Saal, der sich bis über das nächste Stockwerk ausdehnte.

Deutlich hallte in seinem Kopf das quietschende Geräusch nach, das seine Turnschuhe gemacht hatten, als er damals hinter Vicky über den Parkettboden gelaufen war. Er bemerkte einen wuchtigen Kronleuchter, der von der Decke hing und vor vier Jahren nicht dagewesen war. An den Wänden standen, aufgereiht wie im Wartezimmer seines Vaters, barock aussehende Stühle, an die er sich ebenfalls nicht erinnern konnte. Kein einziges Möbelstück war damals im Schloss gewesen.

Julien wollte sich schon zurückziehen, als eine der seitlichen Flügeltüren des Ballsaales geöffnet wurde und zwei Männer den Saal betraten. Der kleinere der beiden Männer hielt einige Papiere in der Hand und schwenkte sie in ausgreifenden Bewegungen, während er dem anderen Mann etwas zu erklären schien. Julien erinnerte sich, die beiden kürzlich in der Nähe des Parks gesehen zu haben. Der Kleinere war in ein blassrosa Hemd mit überdimensioniert wirkendem Halstuch gekleidet. Der andere Mann war einen guten Kopf größer und strahlte aalglatte Perfektion aus. Er war in saloppe, aber geschmackvolle Edelkleidung gehüllt und hatte ein künstliches Permanentlächeln fest im Gesicht installiert. Vielleicht war einer von den beiden der geheimnisvolle Erbe mit den Hotelplänen, überlegte Julien. Er tippte auf den Kleinen mit dem rosa Hemd. Plötzlich bemerkten ihn die beiden Männer, denn sie blickten auf und starrten durch das Fenster in seine Richtung. Julien wurde bewusst, dass er von innen wesentlich deutlicher zu sehen war, als er gedacht hatte. Schnell trat er einen Schritt zurück und schlenderte bewusst lässig an der Fensterfront des Schlosses entlang und aus dem Blickfeld der beiden Männer.

Er verließ die Veranda über die Freitreppe und schloss sich unauffällig wieder der Gruppe um Leroi und Pierrot an. Sie hatten die Bäumchen in regelmäßigen Abständen an den Rand eines Weges gelegt und diskutierten über die Tiefe der auszuhebenden Pflanzlöcher. Chouchou unterdrückte ein Gähnen und reichte Julien wortlos eine Schaufel – Céline hob fragend eine Augenbraue.

Julien zuckte mit den Schultern und warf einen Blick zurück. Die beiden Männer im Ballsaal konnte er nicht mehr sehen. Als sein Blick über die von der tief stehenden Sonne beschienenen Fenster an der Westseite des Gebäudes entlangglitt, sah er jemanden an einem der oberen Fenster des Eckturmes stehen. Einen jungen Mann mit hellem weitem Hemd und blonden Haaren. Die Silhouette und mehr noch die Haltung des Mannes war ihm unerklärlich vertraut und fremd zugleich. Julien fuhr sich durch die Haare und zog sich die Basecap tief in die Stirn, um in der Sonne besser sehen zu können. Im nächsten Augenblick spiegelte sich goldenes Licht in der Fensterscheibe und Julien konnte nichts mehr erkennen.

◇ ◇ ◇

LOSE ENDEN

Sie beobachtete die Wespe aus zusammengekniffenen Augen. Ausgestattet mit sechs Insektenbeinen, Flügeln und einem unersättlichen Appetit auf Süßes, balancierte das Tier am Rand des Honigglases und Vicky fragte sich, wann Gier und Schwerkraft über die Vorsicht triumphieren würden und die Wespe in dem klebrigen Honig versinken würde. Die Fühler des Insekts trippelten virtuos in dem zähen Honigrest am Rand des Schraubglases und die multifunktionell gestalteten Mundwerkzeuge tauchten langsam ein. Sofort projizierte Vickys Gehirn auf ihre innere Leinwand eine jener Zeichnungen aus dem Biologieunterricht, die solche Wunderwerke der Evolution wie einen Insektenrüssel in allen unappetitlichen Einzelheiten darstellte. Vicky starrte die Wespe an und folgte distanziert dem Gang ihrer eigenen Gedanken, bis sie abrupt den Blick vom Honigglas und seinem zukünftigen Opfer abwandte und einen tiefen Seufzer ausstieß.

So weit war es gekommen, dass sie über die Empfindungen eines Insekts angesichts des süßen Todes im Honigglas spekulierte und dabei an die Schule dachte. Das lag allein daran, dass sie hier absolut nichts, *nada, niente, nothing* oder wie man hier sagen würde, *rien*, zu tun hatte. Es war nur öde und langweilig. Sie hatte es eine Weile mit Lesen probiert, hatte aber feststellen müssen, dass der vielversprechende Roman, den sie sich mitgenommen hatte, in ihr eher unangenehme Assoziationen wachrief. Die Schwärmerei der jugendlichen Heldin für einen attraktiven Automechaniker konnte sie nicht nachvollziehen. Das erinnerte sie fatal an ihre Freundin Christina und deren Affenliebe zu ihrem anhänglichen neuen Freund. Nach der ernüchternden Erfahrung mit Sascha konnte sie mit solch romantisch verklärter Schwärmerei nichts mehr anfangen. Sie würde diesen ganzen Erste-Liebe-Quatsch einfach vergessen. Allerdings fehlte Vicky die Gesellschaft ihrer Freunde mehr und mehr. Die Vertrautheit der Gespräche ging ihr ab, selbst die manchmal einfallslose Vorhersagbarkeit von Christina. Inzwischen wäre Vicky sogar bereit gewesen, sich die Lobeshymnen auf Christinas Freund anzuhören. Sie fühlte sich wie abgeschnitten, denn das ultrakurze Telefonat, das Hans-Peter einmal in der Woche nach Deutschland erlaubte, ließ Vicky nur frustriert zurück.

»Warum meldest du dich nicht mal bei deinen früheren Freunden hier im Ort?«, schaltete sich *Maman* in Vickys Überlegungen ein und Vicky zuckte ertappt zusammen. Manchmal hatte ihre Mutter telepathische Fähigkeiten.

»Welche Freunde? Keine Ahnung ...« Vicky ließ den Satz unbeendet in der Hoffnung, *Maman* würde es damit gut sein lassen.

Elaine senkte kurz die Zeitung, in der sie las und fixierte Vicky mit diesem wissenden Mutterblick. »Du könntest dich bei Julien melden. Ich hatte den Eindruck, dass ihr vor vier Jahren unzertrennlich wart.«

»Pff ... der hat sich seit Jahren kein einziges Mal mehr gemeldet. Ich werde mich da nicht aufdrängen.«

Elaine lachte. »Ach, komm schon. Jungen sind keine großen Briefeschreiber. Vielleicht lade ich Philine mal ein und sage ihr, sie soll Julien mitbringen.«

Vicky wand sich innerlich. »Bloß nicht ... peinlicher geht's nicht«

Elaine grinste und griff nach der lokalen Zeitung *OUEST FRANCE.* »Dann komm selbst in die Gänge ... sonst stirbst du noch vor Langeweile.«

»Hm«, meinte Vicky unbestimmt und stupste mit dem Finger ans Honigglas, um die Wespe aus dem Gleichgewicht zu bringen.

Elaine runzelte die Stirn. »Da war doch noch so ein Junge ... wie hieß der doch gleich? Du hast mir davon erzählt ... Laurent de ...? Weißt du, was aus dem geworden ist?«

Laurent dachte Vicky und ihre Gedanken machten einen Satz. »Nein«, nuschelte sie, »keine Ahnung.«

Elaine musterte ihre Tochter und öffnete den Mund. Dann presste sie die Lippen aufeinander und faltete die Zeitung auf.

Vicky schob den Gedanken an Laurent beiseite und überlegte, was die Jugendlichen hier trieben in ihrer Freizeit. Bei ihrer Ankunft vor einigen Tagen hatte sie im Ortszentrum zwei mögliche Treffpunkte der örtlichen Dorfjugend ausmachen können – drei, wenn man das etwas ramponierte Café mitzählte, über dessen Eingang ein Holzschild angebracht war, auf der eine Artischocke abgebildet war.

Außerdem hatte sie ein altertümliches Kino bemerkt. Ein baufälliges Haus mit vernagelten Fenstern, dessen Fassade mit Kinoplakaten in unterschiedlichen Stadien des Zerfalls gepflastert war. Ging man davon aus, dass das am wenigsten zerrissene Exemplar vom aktuellen Kinoprogramm kündete, lief derzeit ein Film, der irgendwas mit dem Meer zu tun hatte. Das Plakat zeigte eine weite blaue Wasserfläche. Ein einsamer Schwimmer arbeitete sich durch die Wellen und ein großer Fisch war auch zu sehen gewesen. Vielleicht eine Version vom ›Weißen Hai‹?

Ein paar Straßen weiter verwies ein Hinweisschild auf ein Jugendzentrum, was sofort Assoziationen an karge Räume mit fleckigen Sofas und einer Tischtennisplatte und fehlenden Schlägern ausgelöst hatte. Die Vorstellung, allein in ein Jugendzentrum zu gehen und von den herumlungernden Jugendlichen angestarrt zu werden oder sich an der Kinokasse anzustellen – Vicky schauderte. Lieber nicht!

Vickys Problem war nicht, dass ihr langweilig war und sie nicht wusste, womit sie die Zeit totschlagen sollte. Das wahrhaft Enervierende an der Sache war, dass alle anderen in der Familie die freien Tage restlos mit Aktivitäten und Ideen verplant hatten. Hans-Peter beispielsweise hatte es heute kaum lange genug am Frühstückstisch gehalten, um seinen Fitness-Cocktail, eine widerliche Mischung aus rohen Eiern, hinunterzuspülen, nachdem er von einem Strandlauf zurückgekommen war. Dabei wirkte er überirdisch vital und verstärkte durch seine bloße Ausstrahlung das Gefühl der Lethargie, mit dem Vicky sich aus dem Bett geschleppt hatte. Unter seinen kritischen Blicken hatte sie sich ein ungesund fettiges Croissant in den Mund geschoben und mit einem koffeinstrotzenden Milchkaffee mit viel Zucker ihr Frühstück abgerundet.

Jetzt hatte sich Hans-Peter daran gemacht, im überwucherten Garten des Häuschens, das Elaine von ihren Eltern geerbt hatte, einen Sandkasten für Lilly und Benni anzulegen. Vicky beobachtete ihn, wie er, zweifellos gestärkt durch die zusätzliche Eiweißzufuhr seines Drinks, schwungvoll die Erde wegschaufelte, während Lilly und Benni geschäftig eine beeindruckende Anzahl an Sandeimern, kleinen Schaufeln und Förmchen sowie eine Plastikschubkarre anschleppten.

Unentschlossen standen sie eine Weile vor dem Loch im Boden herum, während Hans-Peter seine Anstrengungen zu verdoppeln schien. Er hatte vorhin einen halbherzigen Versuch unternommen, Vicky zur Mitarbeit bei diesem Projekt zu gewinnen. Vielleicht in der guten Absicht, ihr eine sinnvolle Aufgabe zu geben, wahrscheinlich aber, weil er unproduktives Herumlungern, wie er es nannte, nur schwer ertragen konnte.

Vicky hatte die günstige Gelegenheit ergriffen, ihn abblitzen zu lassen. Zu Recht, wie sich herausstellte, als sie sah, dass das Ganze eine äußerst schweißtreibende Angelegenheit war. Sie vermied, wann immer es möglich war, übermäßige körperliche Anstrengung. Ihr zarter Porzellanteint verwandelte sich sonst, wie bei den meisten Rotblonden, für Stunden in die Signalfarbe eines Feuermelders.

Hans-Peter hielt kurz inne mit der Schaufelarbeit und wischte sich mit dem Saum seines Shirts über das schweißnasse Gesicht. Kurz entschlossen zog er es sich über den Kopf und demonstrierte seine modellierte Muskulatur, die mit jeder griechischen Götterstatue mithalten konnte. Vicky gestattete sich die kurze Vorstellung eines versteinerten Hans-Peter auf einem Sockel neben dem halbfertigen Sandkasten. Sie lächelte spöttisch, als Hans-Peter sich streckte und am Spiel seiner Muskeln zu erfreuen schien. Er war Betreiber einiger lukrativer Fitnessstudios, und Vicky musste zugeben, dass er die beste Werbung für die Effektivität seiner Studios war.

Hans-Peter setzte den Spaten wieder an und Lilly und Benni wuselten ihm ungeduldig zwischen den Beinen umher, bis er sie verscheuchte. Schließlich entdeckte Lilly, dass sich mit der weggeschaufelten Erde Sandkuchen backen ließ und sie beorderte Benni mit der Schubkarre dorthin.

Vicky riss sich los vom Anblick ihrer Geschwister, die sich wie zwei Maulwürfe durch den Erdhügel zu buddeln begannen, um sich nach der Wespe umzusehen. Wie erwartet war sie ins Glas gefallen, ein Opfer ihrer übergroßen Gier und ein Beweis für die verheerenden Folgen reiner Triebsteuerung, dachte Vicky sarkastisch. Das Wort hatte sie aus dem Biounterricht. Herr Eisenkraut, ihr Biologielehrer hatte ihnen das Zusammenspiel verschiedener Hirnregionen nahegebracht. Das Großhirn sollte, unter optimalen Bedingungen, die Bedürfnisse und Triebe – bei dem Wort hatte es Sascha neben ihr fast zerrissen – tieferer Gehirnteile irgendwie in Schach halten. Leider war sie selbst zu dieser Zeit ein leichtes Opfer dieser Triebe gewesen, da sie sich so bedingungslos von Sascha hatte ausnutzen lassen. Das würde ihr nicht mehr passieren und im Stillen dankte sie Herrn Eisenkraut für die Vorstellung von einem vernunftgesteuerten Gehirnteil, der diese lästigen Triebe kleinhalten konnte.

»Ach, du meine Güte …«, die Wand aus Zeitungsseiten des *OUEST FRANCE* raschelte und Elaine kam wieder zum Vorschein. Nach einem raschen Blick in Hans-Peters Richtung kippte sie den Rest ihres Kaffees hinunter. Vicky wusste, was Hans-Peter von Drogen aller Art, zu denen er auch Koffein zählte, hielt. Er sah es nicht gern, wenn sich die Menschen in seinem Einflussbereich dieser Manipulation ihrer Gesundheit hemmungslos hingaben. Elaine hatte vorhin schon tapfer sein selbstgeschrotetes Müsli verzehrt und sich die Aufmunterung durch den Kaffee redlich verdient. »Sag mal«, fing ihre Mutter mit vollem Mund an, schluckte und runzelte die Stirn, »du erinnerst dich doch an das Schloss hier in der Nähe?«

Vicky brauchte eine Sekunde, um ihre Gedanken wieder einzufangen. »Was? Welches Schloss?«

Elaine raschelte ungeduldig mit den Zeitungsseiten.»Hier gibt es ein Schloss in der Nähe – *Château de Corentin.* Du warst doch mal dort ... mit Julien, oder?«

»Hm, ja, kann schon sein«, meinte Vicky vage und sofort hatte sie die hohen leeren Räume vor Augen und meinte den muffigen Geruch lange nicht benutzter Zimmer einzuatmen. Dann war da noch das Gemälde gewesen.

»Hm«, meinte Elaine und schüttelte die Zeitung in Form,»und jetzt hör dir das an: ›... *berichten wir in unserer heutigen Ausgabe von* ...‹ bla,bla,bla, ›*Frankreichs Stimme der Emanzipation in dunkler Zeit* ...‹ bla, blabla, bla, ›... *kann man Anne Gouze oder Olympe de Gouges, wie sie sich später nannte, als wahre Vorkämpferin der Rechte der Frauen bezeichnen.*‹ Wo war jetzt ... hier, ›... *vor kurzem endlich ihr berühmter Briefwechsel mit bedeutenden Personen des Zeitgeschehens erschienen.*‹ Warte ...«

Elaines Augen flitzen nach links und rechts, während Vicky den Kopf in den Nacken legte und vorgab, der Farbe am Dachgiebel beim Abblättern zuzusehen.

»Ah, jetzt hab ich's«, Elaine schüttelte die Zeitung triumphierend, schob sich ihre Lesebrille zurück auf die Nasenwurzel und fuhr fort.»Also, ›*Was in einem Brief von einer jungen bretonischen Adeligen nur am Rande erwähnt wird, könnte bald für eine wissenschaftliche Sensation sorgen.*‹ Bla, bla, hier jetzt weiter, ›*Jene Dame weist de Gouges nämlich darauf hin, dass es einen handschriftlichen Vorentwurf zur Déclaration des Droits de l'Homme geben könnte.*‹ Und so weiter und so fort.« Elaine ließ die Zeitung sinken und sah Vicky erwartungsvoll an.

»Und?«, machte Vicky, als ihr klar wurde, dass irgendeine Art von Reaktion von ihr erwartet wurde.»Wer ist denn diese Emanze, von der die Rede ist?«

Elaine ignorierte den flegelhaften Tonfall.»Olympe de Gouges hat vor ziemlich genau zweihundert Jahren gelebt und wurde während der Revolution hingerichtet ... wie so viele andere auch.«

Vor ziemlich genau zweihundert Jahren – Vicky hatte das Gefühl, jemand habe ihr einen Eiswürfel in den Ausschnitt gesteckt.

»Aber das Beste ist, dass ich ... warte mal ...« Elaine legte die Zeitung zur Seite und wühlte in einem Berg von Papieren auf einem der Gartenstühle »Das Beste ist, dass ich den Übersetzungsauftrag für dieses Buch habe!« Schwungvoll zog Elaine das Buch hervor, in dem sie seit Tagen schmökerte.

›OLYMPE de GOUGES – Sa vie en lettres‹ las Vicky in verschnörkelten Buchstaben auf dem Einband und blickte auf eine großformatige Abbildung der Frauenrechtlerin mit klassischem Profil und einer Lockenfrisur, die an einen Pudel erinnerte. Vicky war es gewöhnt, dass Elaine ihre Arbeit mit nach Hause nahm. Als lange in Deutschland lebende Französin beherrschte sie beide Sprachen fließend und arbeitete als Übersetzerin für Romane und Sachbücher aus dem Französischen.

Elaine begann hektisch in dem Buch zu blättern. »Jetzt wollen wir doch mal sehen, mit wem die gute Olympe geschrieben hat, hier in der Bretagne.«

Vicky verlor das Interesse an der frühfeministischen Olympe und versuchte, ein eigenartiges Unbehagen abzuschütteln. *Ziemlich genau zweihundert Jahre.* Vicky fröstelte, obwohl es auf der Terrasse bereits warm war. Sie hatte nie ganz begriffen, wie das vor vier Jahren gewesen war, als sie Laurent das erste Mal getroffen hatte. Vielleicht hatte er sich einen Spaß mit ihr und Julien erlaubt und behauptet, ein vor zweihundert Jahren lebender ... doch halt ... Laurent hatte niemals irgendetwas behauptet. Es war seine seltsame und altmodische Art gewesen, die sie stutzig gemacht hatte – und das Porträt im Schloss, das ihm so ähnlich sah.

»Hier steht's.« Elaine räusperte sich, » ›Hochverehrte Freundin ... sind wir hier in Corentin in großer Aufregung, derweil der Marquis de Lafayette uns die Ehre seines Verweilens gibt. Er ist ein ...‹ Bla, blabla, bla, ›... im Vertrauen erzähle ich Ihnen, meine überaus geschätzte Freundin, dass der Marquis im Verein mit der bescheidenen Hilfe meines Bruders Henri, ein Papier entworfen hat, welches die Rechte der Menschheit festschreiben soll.‹ Ah, ja ...«, machte Elaine. »Ein Antwortschreiben von Madame de Gouges ist hier leider nicht aufgeführt. Aber es gibt noch einen weiteren Brief, der einige Tage später datiert ist. ›*Verehrte Freundin* ...‹ und so weiter und so weiter, ›*... gereicht es mir wohl zur Ehre, dass ich Ihren Vorschlag dem Marquis unterbreitet habe und ich wohl zu hoffen wage, dass er ihn in seine Déclaration aufgenommen hat ... derweil er jedoch bereits abreisen musste und eine Abschrift mitgenommen hat zur Unterweisung weiterer Anhänger dieser gerechten Sache.*‹ Hm, hier ist noch ein Postscriptum angefügt.« Elaine runzelte die Stirn, »›*Liebste Freundin* ...‹ schreibt sie, ›*Gerade erhielt ich die überaus bestürzende Kunde, dass die Abschrift der Déclaration auf der Reise nach Paris von Schurken oder schlimmer noch, von rückständigen Dummköpfen entwendet worden sei. Indes kann ich Ihnen versichern, dass diese Hohlköpfe ihr Ziel nicht erreichen werden, denn die Ideen der Déclaration sind nicht verloren, da ein handschriftlicher Entwurf sich noch hier im Schloss befinden soll. Da der Marquis in Paris nicht abkömmlich ist, hat er die Angelegenheit vertrauensvoll in die Hände meines Bruders gelegt, der sich ihm alsbald anschließen will.*‹ Na, was sagst du jetzt dazu?«

Vicky schlang sich die Arme um den Körper. Hatte sie den Namen *Corentin* schon gehört? Konnte es sich um jenes *Château de Corentin* handeln, dass sie vor vier Jahren besucht hatte? Ein Bruder, der Henri hieß? Der Nachmittag, als Laurent von seinem Bruder Henri erzählt hatte, der sich während eines Krieges hervorgetan hatte, erschien ihr mit einem Mal, als ob es gestern gewesen sei. »Ähm,« ihre Stimme gehorchte ihr nicht mehr, sie räusperte sich. »Von wem ist denn der Brief?«

»Ach ja, das hätte ich fast vergessen«, Elaine blätterte in ihrem Buch, »wie gesagt, es soll eine junge bretonische Adelige gewesen sein ... hier steht es, ›*... in Erwartung dero wohlmeinender Antwort auf dies bescheidene Schreiben, Joëlle Maynard de Plourhan*‹.«

Vicky starrte auf das Honigglas, in dem die Wespe ihren aussichtslosen Kampf inzwischen verloren hatte, und horchte auf die Stimme in ihrer Erinnerung, die so klar klang, als ob Laurent neben ihr stünde: ›*Meine Schwester Joëlle hatte ein Kätzchen* ...‹

Vicky stand so hastig auf, dass das Honigglas umkippte und sich die klebrige Masse über ihren Teller ergoss, die tote Wespe wie ein in Bernstein eingeschlossenes Insekt darin.

»Ich muss jetzt los«, meinte sie unbestimmt, »... mal raus hier.« Mit diesen Worten verschwand Vicky, während Elaine überrascht die Lesebrille absetzte.

◇ ◇ ◇

Im Gastraum des *Cafés de l'Artichaut vert* ließ Aristide den *OUEST FRANCE* sinken. Gedankenverloren zerpflückten seine kurzen Finger den Rest eines Croissants, das auf einer billigen Serviette vor ihm auf dem Tisch lag. Selbst am Vormittag war es düster in dem muffigen Raum. Die winzigen Fenster ließen kaum Licht herein und waren zudem mit nachgemachten bretonischen Artefakten, wie Mini-Hinkelsteinen aus Gips und mumifizierten Trockensträußen dekoriert.

Er war bisher davon ausgegangen, dass er noch Zeit hatte, seinen nächsten Aufenthalt zu planen. Nach seiner Berechnung hätte ein Zeitpunkt Anfang August ausreichend sein müssen. Nachdenklich nippte er an seinem lauwarmen Milchkaffee und verzog angewidert den Mund. Bereits vor Jahren hatte er den Verlauf der Ereignisse akribisch studiert und festgelegt, wann sich eine Intervention auf den Lauf der Geschichte auswirken konnte. Der nächste dieser Termine würde der 8. August 1788 sein, wenn Seine Majestät Louis XVI nachgeben und die Generalstände für den kommenden Mai einberufen würde. An die *Erklärung der Menschenrechte* dieses Narren Lafayette hatte er zu diesem Zeitpunkt nicht gedacht. Wie er wusste, würde der Marquis dieses Machwerk einiger Idealisten erst ein gutes Jahr später den anderen Delegierten vorstellen. Aristide setzte die Tasse ab und schob sie von sich. Er ärgerte sich, dass er nicht bedacht hatte, dass die Entstehung eines solchen Dokuments nicht zwangsläufig unmittelbar vor deren Präsentation anzusiedeln war.

Er überflog den Zeitungsartikel erneut. In der üblichen pseudo-intellektuellen Sprache wurde über die mögliche Existenz eines Vorentwurfs der *Menscherechtserklärung* spekuliert. Eine Art historischer Schmierzettel, dachte Aristide verstimmt. Um dem Ganzen einen seriösen Anstrich zu geben, wurden Auszüge aus historischen Briefen zitiert, die vom Juli 1788 datierten und von einer nicht näher genannten bretonischen Adeligen verfasst worden waren. Ein möglicher Fundort in der Bretagne wurde mit enthusiastischer Begeisterung für wahrscheinlich gehalten.

Aristide überlegte, ob es sinnvoll und notwendig war, dieses Papier an sich zu bringen. Sofern es nach zweihundert Jahren noch existierte, was er für unwahrscheinlich hielt. Es war die alte Frage, ob sich der Lauf der Geschichte beeinflussen ließ. Was wäre, wenn er die Entstehung einer Menschenrechtserklärung verhindern könnte? Würde es dann zur Französischen Revolution kommen und könnte die Monarchie erhalten bleiben? Wäre Louis XVI friedlich in seinem Bett gestorben, dann wäre auch sein eigenes Leben anders verlaufen. Aristide untersagte sich sofort, sich diesen anderen Lebensentwurf vorzustellen und richtete seine Gedanken wieder auf seine Aufgabe.

Die Tatsache, dass er sich, wenn auch aus anderen Gründen, bereits in der Bretagne aufhielt, konnte man als Fingerzeig der Vorsehung interpretieren. Es würde keinen unverhältnismäßig hohen Aufwand verursachen, vor Ort nach dem Rechten zu sehen. Zunächst würde er sich dieses Buch mit dem Briefwechsel besorgen müssen, um die Identität der bretonischen Briefeschreiberin zu ermitteln.

Nachdem er eine Handvoll Kleingeld auf der schmierigen Tischplatte zurückgelassen hatte, verließ Aristide zielstrebig das Café.

◇ ◇ ◇

Vicky ließ den Blick über das Schloss und das Gelände gleiten. Äußerlich schien sich das Gebäude in den letzten vier Jahren nicht viel verändert zu haben. Die wuchtigen Türme und symmetrischen Fensterreihen, selbst die Freitreppe war noch da. Sie konnte die Baumreihe der Zufahrt erkennen, auf der sie damals mit Dr. Kerouac und Julien angekommen war. Direkt vor ihr erstreckte sich der ehemalige Park – oder das, was davon übrig war. Alles wirkte erst kürzlich bepflanzt und unfertig. Dort wo der geometrisch angelegte Garten in den Naturgarten überging, lagen entwurzelte Bäume, die von einem Schlepper abtransportiert wurden.

Noch immer lustlos, hatte sie sich ihren Fotoapparat geschnappt und war ziellos aus dem Dorf gelaufen, um sich schließlich an Feldern und Wiesen entlang auf dem Weg Richtung Schloss wiederzufinden. Nach und nach hatte sich ihr Geist beruhigt, vor allem, nachdem ihr ein paar interessante Motive vor die Linse ihrer Kamera gekommen waren.

Schon vor einer Weile hatte sie in der Ferne die Turmspitzen des Schlosses gesehen und einen eigenartigen Widerwillen verspürt, weiterzugehen. Dennoch hatten sie ihre Beine wie von selbst bis hierhin gebracht. Vicky schüttelte den Kopf über ihre eigene Verzagtheit und gab sich einen Ruck. Sie schulterte die Fototasche und suchte sich durch das Gelände einen Weg, der ihre Espandrilles nicht durch Matsch und Feuchtigkeit ruinieren würde.

Je näher sie dem Schloss kam, desto mehr wandelte sich ihr Unbehagen in eine unbestimmte Neugier, die sie vorwärtstrieb. Sie fragte sich, ob man das Schloss betreten könnte und ob die Gemälde noch da sein würden. Als sie die gekieste Fläche rund um das Schlossgebäude erreicht hatte, versuchte sie die Erdkrümel an ihren Stoffschuhen abzustreifen, bevor sie ein Nebengebäude umrundete und unvermittelt vor der Flanke eines riesigen Pferdes stand. Reflexartig wich Vicky zurück und das Tier tänzelte erschrocken. Vicky hatte einen Heidenrespekt vor Pferden jeder Größe – und eine ausgeprägte Pferdehaarallergie.

Auf den Pferderücken legte sich eine Hand und ein rundliches Gesicht tauchte daneben auf.

»Schsch …« Die wasserblauen Augen des Gesichts richteten sich erst auf das Pferd und dann – missbilligend, wie es Vicky schien – auf sie selbst.

»Läufst du immer so blind durch die Gegend?«, schnauzte eine mädchenhaft hohe Stimme. Mit langen Schritten stiefelte das Mädchen um das Pferd herum. Alles an ihr wirkte kompakt und durchtrainiert und obwohl sie einen halben Kopf kleiner als sie selbst war, schätzte Vicky, dass sie im gleichen Alter sein musste. Sie kam ihr vage bekannt vor.

Das Mädchen wandte ihr den Rücken zu, bückte sich zu einem Putzkasten und holte zwei Striegel heraus. Mit energischen Bewegungen begann sie, das Fell des Pferdes zu bearbeiten, wobei sie sich strecken musste, um den mächtigen Hals des Tieres zu erreichen. Die Luft reicherte sich an mit Pferdehaaren und Staub. Vicky konnte spüren, wie es in der Nase kitzelte und ihre Augen juckten. Sie wich weiter zurück.

»Was?« Unvermittelt drehte das andere Mädchen den Kopf und entblößte ein Paar beeindruckende Schneidezähne.

Bernadette! Der Name kam aus dem Nichts, aber Vicky wusste sofort, dass sie recht hatte. Die Nervensäge, die damals ständig hinter Julien her gewesen war. Fast hätte Vicky laut gelacht. Die pummelige Bernadette hatte sich in den letzten Jahren verändert. Die zweckmäßige Reithose und das karierte Hemd mit den aufgekrempelten Ärmeln saßen knapp – betonten aber ihre kraftvollen Bewegungen. Das dünne Blondhaar, an das sich Vicky erinnerte, war unter einer Basecap verborgen – ein kurzer Pferdeschwanz wippte darunter hervor. Lediglich die hellblauen Augen waren dieselben. In plötzlicher Erkenntnis weiteten sie sich.

»*Vickiii*?« Bernadette betonte den Namen auf der letzten Silbe und hielt kurz inne, um dann noch energischer die Striegel einzusetzen.

»Du bist also wieder hier.« Bernadettes Schultern sackten ein wenig nach unten und die Hände mit den Striegeln verharrten auf der Flanke des Tieres. Unvermittelt drehte sie sich um und entblößte ihre Schneidezähne zu einem grimmigen Lächeln.

»Ich erinnere mich an dich. Du hast damals wie eine Klette an Julien gehangen. Der Arme ist dich nicht mehr losgeworden, um sich auch mal mit seinen anderen Freunden zu treffen.«

Der Ärger kam so unvermittelt, dass Vicky die Worte fehlten und ihr Mund trocken wurde. So war es nicht gewesen – sie war nicht wie eine Klette ... Und wenn Julien es doch so gesehen hatte? Jetzt kratzte es auch im Hals und ihre Augen wurden feucht.

Wie früher, unempfindlich für die Breschen, die sie in die Gefühle anderer schlug, fuhr Bernadette fort:»Vielleicht interessiert es dich, was ich hier mache, mit diesem Kleinen ...«, sie lachte etwas zu laut und drosch dem riesigen Pferd auf sein ausladendes Hinterteil. Eine Wolke aus Staub und Haaren stieg auf. Ein sanfter Windhauch wehte alles in Vickys Richtung. Sie hustete. »Papa braucht meine Hilfe beim Aufbau des Reitstalls ... jetzt wo das Schloss hergerichtet wird.« Ihre Augen wanderten über die Stallgebäude.»Monsieur Malvoisier hat zwar von der Auswahl der Pferde nicht unbedingt eine Ahnung, aber schließlich sind Papa und ich ja da, um ihn von den größten Fehlgriffen abzuhalten.«

»Das Schloss wird hergerichtet?« Gegen ihren Willen war Vicky elektrisiert. Sie schluckte ihren Ärger hinunter – ihre Kehle wurde eng.

»Ja, nicht wahr, schon seltsam ... der alte Granville hat alles verfallen lassen und kaum kommt sein Neffe und erbt alles, dann soll schon ein Luxushotel daraus werden. Und wie gesagt, die Gäste sollen auch reiten können und da ...«

◇ ◇ ◇

Die Reaktion hatte langsam begonnen. Ein Kratzen im Hals und Brennen in den Augen waren die ersten Anzeichen. Vicky kannte sie gut und sie wich weiter zurück, obwohl sie wusste, dass es bereits zu spät war. Schon packte sie die Enge in der Brust und Schweiß trat auf ihre Stirn. Sie wollte tief Luft holen und gleichzeitig vermeiden, mehr der widerlichen Pferdehaare einzuatmen. Tränen traten in ihre Augen, sie konnte kaum sehen und es brannte und juckte wie verrückt. Etwas schnürte ihre Kehle zu und mit der Atemnot kam die Panik, die sie nur mit Mühe im Zaum hielt. Sie brauchte Wasser, musste sich dringend die Augen auswaschen und das Verlangen, zu trinken, war übermächtig, um das Kratzen in ihrer Kehle zu beruhigen.

Mit tränenden Augen verfolgte Vicky, wie Bernadette ohne Eile kontrollierte, ob das Pferd sicher angebunden war, die Striegel im Putzkasten verstaute und sie schließlich fest am Ellbogen packte. Vicky stieg der Pferdegeruch, der Bernadettes Kleidern anhaftete, in die Nase und sie versuchte hektisch, sich zu befreien, aber der Griff war überraschend fest.

»Stell dich nicht an!« Bernadette zerrte sie weiter.

Verschwommen nahm Vicky den erst kürzlich angelegten schlossparkartigen Garten wahr. Am Ende eines gekiesten Weges tauchte schemenhaft die Figurengruppe eines Springbrunnens auf. Der war hoffentlich in Betrieb, dachte Vicky und hätte beinahe einen Gärtner angerempelt, der wie aus dem Boden gewachsen im Weg stand.

»*Mon Dieu*, wohin denn so eilig?« Der Gärtner stützte sich auf einem Rechen ab und musterte Vicky neugierig. »Meine Güte, was hast du denn mit deinem Gesicht gemacht?«

Vicky wollte das lieber nicht so genau wissen. »Pferdehaarallergie«, stieß sie hervor, »gibt's hier irgendwo Wasser?« Ihr tränender Blick richtete sich auf den barocken Springbrunnen.

Der Gärtner lächelte bedauernd und schüttelte den Kopf, »Da wirst du kein Glück haben, aber warte mal ...« Er drehte sich um und rief: »Chouchou, bring mir doch mal meine Tasche. Und du, setz dich dort hin.«

Vicky wurde energisch auf den Rand des steinernen Beckens gedrückt und schloss dankbar die brennenden Augen. Sie hörte, wie eine Wasserflasche geöffnet wurde und spürte die Nässe und Kühle eines Tuches, das ihr über die Augen gelegt wurde. Das Wasser war eiskalt und eine Wohltat und Vicky drückte den feuchten Stoff in die Augenhöhlen, bis sie Sterne sah.

»Ich bin Céline«, hörte sie den Gärtner sagen und registrierte die rauchige Mädchenstimme, die ihr zuvor nicht aufgefallen war. »Warum treibst du dich bei einem Stall herum, wenn du Pferdehaare nicht verträgst?« Céline schien keine Antwort zu erwarten. »Hier ... nimm das in den Mund.« Glatt und kalt glitt ein Eiswürfel über Vicky Lippen.

»Wer ahnt denn sowas?« Schwer atmend ließ sich Bernadette neben Vicky auf den steinernen Rand des Bassins nieder. Vicky drehte den Kopf weg von Bernadette und ihren pferdehaarverseuchten Klamotten.

Sie hörte, wie sich schlürfend jemand dem Springbrunnen näherte.

»Hier, probier das mal ... sind zwar schon kalt, aber wird trotzdem helfen«, meinte eine unbekannte Stimme, die Vicky intuitiv dem vorhin mit Chouchou Angesprochenen zuordnete. Im nächsten Augenblick wurde ihr das feuchte Tuch vom Gesicht gezogen und zwei nasse Kompressen auf die Augen gedrückt, die einen intensiven Kamillenduft verströmten. Lauwarme Tropfen liefen ihre Schläfen hinab und versickerten in ihren Haaren.

»Warum in aller Welt nimmst du bei dieser Hitze Kamillentee mit?«, wollte eine weitere Stimme wissen, die hohl aus dem Becken des Springbrunnens kam.

»Ey Mann, Tee ist das Beste, wenn es heiß ist! Solltest du auch mal probieren«, belehrte Chouchou den Unbekannten im Becken.

»Da hat er völlig recht«, mischte sich Bernadette ein, »Papa sagt immer ...«

Vicky presste die Teebeutel auf ihre Augen und überlegte sich, ob sie diese nicht besser in ihre Ohren stecken sollte, um das Geschwätz um sie herum nicht hören zu müssen. Sie hätte sich am liebsten unsichtbar gemacht, denn irgendwann würde sie hinter den schützenden Teebeuteln hervorkommen müssen und inzwischen standen entschieden zu viele Leute um sie herum.

Die Entscheidung wurde Vicky abgenommen, als die hohle Stimme aus dem Springbrunnenbecken fragte, »Wer is'n das eigentlich?«

Im nächsten Augenblick wurden die beiden Teebeutel angehoben. Zunächst nahm Vicky unscharf schorfige Fingerkuppen mit schmutzverkrusteten Fingernägeln wahr, denen ein erdiges Aroma anhaftete. Dann starrte sie in ein Paar Augen, deren Schwärze an Lakritzschnecken erinnerte und die sich geradewegs in ihre Erinnerungen bohrten.

»Kannst du was sehen?«, fragte der Schwarzäugige. Er zog fragend die Oberlippe hoch und entblößte seine Frontzähne. Einer der Schneidezähne stand schief und Vicky war sich jetzt sicher. *Merde!*

Abrupt richtete sie sich auf und Julien konnte gerade noch zurückweichen.

»Ähm, danke ...«, stammelte Vicky und testete ihr zurückkehrendes Sehvermögen. Sie ignorierte Julien und musterte die anderen, die um sie herumstanden. Inzwischen sah sie wieder klarer und erkannte, dass der Gärtner, der sich als Céline vorgestellt hatte, eine Frau war, deren sehnig-trainierter Körper in einer formlosen Latzhose steckte. Hinter ihr stand ein junger Mann mit blondem Kraushaar – vermutlich Chouchou, der eben einen tiefen Zug aus einer Thermoskanne nahm. Wahrscheinlich jener Kamillentee, dessen Beutel er geistesgegenwärtig gespendet hatte.

Aus dem Augenwinkel sah sie im leeren Becken des Springbrunnens Julien, der sich auf den Stiel einer schmutzstarrenden Schaufel stützte. Ohne Vicky zu beachten, warf er Bernadette einen bösen Blick zu, nachdem diese ihn vorwurfsvoll gefragt hatte, weshalb er nie erwähnt hatte, dass er hier im Park arbeitete.

»Wir hätten uns mittags treffen können und ich hätte dir die Stallungen zeigen können. Ich verstehe nicht, warum du keinen Ton gesagt hast. Du hättest auch immer mit Papa und mir hierherfahren können.«

»Nein danke«, presste Julien hervor. »Ich hab nur kurz Mittagspause ... jetzt müssen wir wieder weitermachen. Dieser Sklaventreiber Leroi versteht keinen Spaß, wenn man nur rumlungert. Am besten gehst du jetzt und nimmst deine Freundin mit.« Er wandte sich ab, und begann energisch mit der Schaufel den morastigen Boden zu bearbeiten.

◇ ◇ ◇

Er hatte sie nicht erkannt – das war offensichtlich gewesen. Darüber konnte man nur froh sein, dachte Vicky. Zu Hause hatte sie gesehen, wie desolat ihr Gesicht vorhin ausgesehen haben musste – verquollene Augen, rote knollige Nase, umrahmt von strähnigen feuchten Haaren. Nicht zwingend die Aufmachung, in der sie Julien hatte wiederbegegnen wollen. Trotzdem versetzte es ihr einen Stich. Einen Moment später ärgerte sie sich, dass ihr das überhaupt wichtig war.

Warum hatte er sie nicht erkannt? Sie selbst hatte keinen Zweifel gehabt. Ungefragt ergänzte Vickys Gehirn die früher abgespeicherten Erinnerungen an einen mageren, dunkelhaarigen Jungen durch die aufgeschossene Gestalt mit braungebrannten sehnigen Armen in einem verwaschenen Muskelshirt. Die dunklen Haare noch immer halblang und heute mit einer Basecap bedeckt, deren Schirm nach hinten gedreht war. Vicky wunderte sich, wie viel sie bei der kurzen Begegnung mitbekommen hatte.

Gleichzeitig fühlte es sich unbehaglich an, wie ein kratziger Pullover und schließlich kam sie darauf, dass sie sich ärgerte – dass sie etwas darauf gab, ob er sie erkannt hatte und was er von ihr denken könnte. Schnell schaltete sie den rationalen Teil ihres Gehirns ein: Warum sollte Julien sie nach den vier Jahren sofort erkennen? Gut, sie hatten vor vier Jahren einige sehr aufregende Wochen zusammen verbracht und Dinge erlebt, von denen Vicky gedacht hatte, sie würden irgendeine Art von Verbindung zwischen ihnen schaffen. Wahrscheinlich hatte sie sich getäuscht und die grässliche Bernadette hatte recht. Julien hatte sie als Klette empfunden und deshalb auf ihre Briefe nicht mehr geantwortet.

Was war sie früher naiv gewesen. Mühsam erinnerte sie sich an ihren Vorsatz, sich niemals wieder von ihren Gefühlen leiten zu lassen. Ihr Blick fiel auf das zerfledderte Asterix-Heft auf ihrem Tisch, wütend packte sie es und feuerte es auf ihr Bett. Sie zerrte sich Shirt und Jeans vom Körper und machte sich auf den Weg zur Dusche, um die letzten Pferdehaare loszuwerden.

◇ ◇ ◇

Als sie ihr Zimmer zehn Minuten später wieder betrat, war etwas anders. Vicky spürte ein seltsames Prickeln im Rücken und als sie sich umdrehte, saß Bernadette auf ihrem Bett und blätterte gedankenverloren in Asterix' Irrfahrten.

Vicky zog sich das Duschhandtuch enger um den Körper und starrte Bernadette an. »Leide ich unter einer Sinnestäuschung, oder sehe ich gerade Bernadette auf meinem Bett sitzen?«, sagte sie laut. Als Bernadette nicht reagierte, stellte sie sich direkt vor sie hin und ließ ihre flache Hand ein paar Mal probeweise vor

Bernadettes Gesicht auf und ab gleiten.»Huhu, ist jemand zu Hause?«

Langsam sah Bernadette auf und tat gelangweilt. Unsicherheit in ihrem Blick flackerte kurz auf. Sie lächelte, als ob sie und Vicky alte Freundinnen wären und entblößte dabei nicht nur ihre beeindruckende Zahnreihe, sondern auch das Zahnfleisch darüber. »Deine Mutter hat mich reingelassen. Hab ihr gesagt, dass wir heute Abend was vorhaben.«

Vicky glaubte, sich verhört zu haben.»Wie bitte?«. Sie rubbelte sich die nassen Haare unnötig heftig trocken.»Was sollten wir denn vorhaben? Wie kommst du darauf?«

»Naja«, Bernadette ließ ihren Blick träge durchs Zimmer wandern und fing an, mit den Fingern an dem Comic herumzufummeln, bis die Seite einriss.»Heute Abend ist im *Maison de Rencontre* eine Probe der *Heavy Strings* und ich dachte, ich nehme dich mal mit ...«

»Wieso das denn?« Irritiert hörte Vicky auf, sich die Haare trocken zu rubbeln. Unnötig heftig riss sie Bernadette das Comic-Heft aus der Hand, wobei die Seite sich ganz ablöste. Was bildete sich diese Gans ein. Vicky konnte sich nicht erinnern, mit Bernadette früher auf freundschaftlichem Fuß gestanden zu haben, und jetzt kam sie mit dieser gönnerhaften Art. Damals hatten sie und Julien sich über Bernadettes dickfellige Anhänglichkeit lustig gemacht.

In ihren Augen war Bernadette eine Witzfigur gewesen – ein Mädchen, das sein wenig gewinnendes Wesen durch ein unerschütterlich stabiles Vertrauen in die eigene Unentbehrlichkeit verbergen wollte. Überraschend und verspätet meldeten sich Gewissensbisse angesichts ihrer früheren gnadenlosen Lästereien. Sie fragte sich, ob Bernadette immer noch eine Schwäche für Julien hatte.

»Vielleicht interessiert es dich, dass Julien bei den *Heavy Strings* spielt?«, unterbrach Bernadette Vickys Überlegungen und faltete scheinbar unbeabsichtigt die ausgerissene Asterix-Seite zu einer Ziehharmonika.

111

Vicky fuhr herum und musterte Bernadette genauer. Richtig – jetzt fiel es ihr auf – Bernadette hatte sich herausgeputzt! Mit kritischem Blick registrierte Vicky Bernadettes Bemühungen um ihr Äußeres. Tatsächlich erinnerte kaum mehr etwas an die zweckmäßige Reitkleidung vom Nachmittag. Bernadette trug einen pinkfarbenen Overall, der ihre kompakte Figur wirkungsvoll zur Geltung brachte. Um die Taille war ein überbreiter Ledergürtel lässig drapiert und den feinen Blondhaaren hatte sie eine schwungvolle Föhnfrisur abgerungen. Diese optische Runderneuerung ließ darauf hoffen, dass Bernadette geduscht hatte und eine weitere Kontamination mit Pferdehaaren unwahrscheinlich war.

Vicky änderte ihre Meinung. »Jetzt fang noch mal von vorne an«, lenkte sie ein und verschwand in ihrem Schrank, um sich etwas zum Anziehen zu suchen.

»Wohin soll's heute gehen und wer oder was soll dort sein?«
Vicky warf einen kurzen Blick auf Bernadettes Aufmachung und entschied sich für ein puristisches Outfit, um sich bewusst von Bernadette abzugrenzen. Sie griff nach einer ausgewaschenen Jeans und einem weißen T-Shirt.

Bernadette musterte Vicky skeptisch, behielt aber ihre Meinung für sich. »Die *Heavy Strings* sind *die* Band hier … einfach super.« Sie bremste sich und fuhr ruhiger fort. »Die Jungs waren alle bei uns auf der Schule … könnte mir vorstellen, die warten nur, bis sie einen Plattenvertrag haben. Natürlich kenne ich alle … Julien natürlich, der spielt Gitarre.« Bernadette biss sich auf die Lippen und wich Vickys Blick aus. »Dann ist da Francis am Bass …, wenn du mich fragst, sollten sie den besser austauschen und Tristan am Schlagzeug, der ist … naja, wie Schlagzeuger halt so sind.«

Vicky hatte keine Ahnung, wie Schlagzeuger sein sollten – andererseits hatte sie zu Hause in Deutschland keine solch intimen Einblicke in eine Band. Gegen ihren Willen wurde sie neugierig.

»Frontmann ist Loïc«, fuhr Bernadette fort und ihre Stimme wurde eine winzige Spur unsicher, »aber den brauchst du nicht weiter zu beachten, der ist sowas von überzeugt, wie toll er ist … ist eigentlich ein eingebildetes Arschloch.«

Gedankenverloren faltete Bernadette die Seite aus dem Comic auseinander und strich sie sorgfältig glatt. »Wie gesagt, ... ich könnte dich mitnehmen, aber wenn du schon etwas anderes vorhast ...«

Das konnte interessant werden, überlegte Vicky und fixierte Bernadettes scheinbare Gleichgültigkeit. »Kein Problem, ich komme mit ... wenn du dir schon die Mühe machst«, setzte sie hinzu und registrierte befriedigt Bernadettes verstohlene Erleichterung.

◇ ◇ ◇

Das *Maison de Rencontre* befand sich mitten im Zentrum des Ortes und hatte die unverwechselbaren Proportionen eines ehemaligen Schulhauses, das eine neue Bestimmung als Begegnungsstätte für Bürger aller Altersklassen erhalten hatte. Ein Schild an der wuchtigen Doppeltüre informierte Vicky darüber, dass sie in diesem Gebäude neben einer Bibliothek, einem Gymnastikraum und einer Kunstgalerie auch einen Jugendclub und einen Seniorentreff finden würde. Im Eingangsbereich lief man fast gegen eine überdimensionale Plakatwand, die für aktuelle Veranstaltungen warb. Vicky registrierte eine Einladung zum Frauenfrühstück, eine Ankündigung für einen Flohmarkt und den Hinweis auf einen Vortrag zum Umweltschutz. Das erschien ihr wie ein Witz in einem Land, in dem Atomkraftwerke ohne nennenswerten Widerstand der Bevölkerung gebaut werden konnten und jedes nichtalkoholische Getränk in praktischen *Hopp-und-weg-Plastikflaschen* verkauft wurde, ohne dass es jemanden zu stören schien.

Bernadette war unschlüssig neben einem windschiefen Metallständer stehen geblieben, der in wilder Unordnung eine Vielzahl an Broschüren enthielt, die auf weitere Kurse hinwiesen. Eine jener Veranstaltungen schien in dem Gymnastikraum neben dem Eingangsbereich stattzufinden. Vor dem Hintergrund flotter Discorhythmen brüllte eine markante Stimme in Feldwebelmanier Anweisungen, denen das synchrone Auftreten zahlreicher Füße folgte. Nach der Musik einer Rockband hörte sich das nicht an. Vicky beschlich der Verdacht, dass Bernadette noch nie bei einer dieser Proben der *Heavy Strings* dabei gewesen war und den Probenraum nicht kannte. Am Ende war das der Grund, weshalb es ihr wichtig gewesen war, dass sie mitkam. Sie wollte dort nicht allein aufkreuzen. An diesem Punkt ihrer Überlegungen hätte Vicky am liebsten auf dem Absatz kehrtgemacht – das Letzte, was sie wollte, war, sich als *Freundin* Bernadettes in die örtliche Szene einzuführen.

Die Entscheidung wurde ihr abgenommen, denn hinter ihr öffnete sich die Eingangstür und ein langbeiniges Mädchen betrat das Foyer des *Maison de Rencontre.*

Vicky wunderte sich, dass sie Sandrine Saint Just sofort erkannte, denn sie hatten sich im Sommer vor vier Jahren nicht oft getroffen – trotzdem hatte sie keineswegs positive Erinnerungen an sie. Das Gefühl, unscheinbar und unattraktiv zu sein, das sie beim Eintreten Sandrines mit erschreckender Plötzlichkeit überfallen hatte, glich exakt ihren Empfindungen von damals. Besser als früher konnte sie sich von diesen Empfindungen wieder freimachen und selbstironisch anerkennen, dass es vermutlich jedem anderen Mädchen ähnlich erging in Sandrines Anwesenheit. Die Perfektion, mit der Sandrine äußere Schönheit mit Selbstsicherheit und Eleganz verband, war so überirdisch wie unecht und täuschte über Sandrines Egoismus und Skrupellosigkeit hinweg, wie sich Vicky erinnerte. Inzwischen trug Sandrine ihre blonden Haare à la Jennifer Aniston – großzügige Wellen umrahmten ihr perfektes Gesicht, die Haarspitzen nach außen gebogen. Eine enge Jeans-Corsage mit Hüfthose rundete ihr Outfit ab.

Bernadette war beim Eintreten Sandrines zusammengezuckt und Vicky vermutete, dass sie sich am liebsten hinter der Plakatwand versteckt hätte. Sandrine schritt an Vicky und Bernadette vorbei, als wären sie unsichtbar. Ohne Zögern hielt sie auf eine Tür zu, die zum Keller führte, wie ein Schild ankündigte. Erst im allerletzten Moment drehte sich Sandrine um und ließ ihren Blick über Bernadette gleiten. Ihre Lippen kräuselten sich und sie stieß ein unüberhörbares »Tsss, tsss!«, aus. Dann öffnete sie die Tür und rhythmische Schlagzeugbeats und ein paar eingängige Bassläufe übertönten die Popmusik aus dem Gymnastikraum nebenan. Die Kellertür schloss sich hinter Sandrine und sperrte die rockigen Musikfetzen aus.

»Ach ... lass uns ein anderes Mal herkommen«, stieß Bernadette hervor. Es sollte beiläufig klingen, aber Vicky konnte ohne Mühe ein Zittern in ihrer Stimme ausmachen. Da war es wieder gewesen – wie vor Jahren nutzte Sandrine jede Gelegenheit, andere spüren zu lassen, wie überlegen sie ihnen war.

Vicky zögerte. Alles in ihr sträubte sich dagegen, sich von jemanden wie Sandrine abschrecken zu lassen. Statt auf Bernadettes Vorschlag einzugehen, schob sie diese in Richtung Keller.

»Kommt nicht in Frage«, erklärte sie. »Jetzt hast du dich extra so fein gemacht.« Mit diesen Worten drückte Vicky gegen die massive Metalltür.

◊ ◊ ◊

Der erste Eindruck war überwältigend. Nicht etwa, weil die *sagenhaften Heavy Strings* so gut gewesen wären, denn vorerst kam die Musik aus der Konserve, sondern durch die Fülle der Eindrücke, die auf Vicky einströmten. Nach einer engen Kellertreppe öffnete sich ein Raum, der größer war, als sie erwartet hatte und so bevölkert, dass sie von der Band zunächst nichts sehen konnte. Ein ohrenbetäubendes Rückkopplungsquietschen machte deutlich, dass eine leistungsfähige Verstärkeranlage für die Band vorbereitet wurde, deren technische Meisterung für den Benutzer eine Nummer zu groß war. Vicky starrte auf ein paar T-Shirt-Rückseiten und langsam gewöhnten sich ihre Augen an das dämmrige Licht. In einer Ecke konnte sie eine Art Tresen ausmachen, an dem ein paar Teenager eifrig damit beschäftigt waren, Longdrink-Variationen zu kreieren.

»Hast du schon mal *Bloody Mary* mit *Swimmingpool* kombiniert?«, hörte sie einen pickligen Jungen sagen, der keinen Tag älter als dreizehn aussah. An der gegenüberliegenden Seite des Raumes befand sich ein wuchtiger Billardtisch, um den halbwüchsige Jungs neugierig herumstanden und zwei Spielern zusahen, die angeberisch mit ihren Queues herumfuchtelten. In einer anderen

Ecke befanden sich Sitzgelegenheiten, die wahrscheinlich beim letzten Sperrmüll vergessen worden waren, denn die Füllung quoll unübersehbar durch den fadenscheinigen Polsterstoff. Die zwei Pärchen, die es sich dort bequem gemacht hatten, schien das nicht zu stören, denn die jeweiligen Partner waren so eng miteinander verschlungen, dass man kaum zuordnen konnte, zu welchem Kopf ein Arm oder ein Bein gehörte. Daneben, direkt unter einem Plakat, das die Gefahren des Rauchens auf drastische Weise anprangerte, standen drei Mädchen, deren kajalumrandete Augen an Filmdivas aus der Stummfilmzeit erinnerte, und sogen in tiefen Zügen das Nikotin in ihre jugendlichen Lungen.

Vicky sah sich sprachlos um. Sandrine hatte sie schnell entdeckt. Sie lehnte dekorativ neben einem Flipperautomaten. Ein Junge von vielleicht achtzehn Jahren mit sorgsam verstrubbelter Blondmatte bediente den Automaten routiniert. Er wirkte überaus lässig und schien sich durch Sandrines Anwesenheit nicht aus der Ruhe bringen zu lassen. Als er sein Spiel verlor, gab er dem Automaten einen Tritt und fing mit Sandrine ein Gespräch an, indem er sich besitzergreifend neben sie stellte und sie mit Küsschen links und rechts begrüßte.

Ein Gitarrenakkord, der in einen schrillen Ton im Ultraschallbereich umschlug, erinnerte Vicky daran, weshalb sie hier waren. Sie reckte den Hals und schob sich mit Bernadette im Schlepptau durch eine Gruppe Jugendlicher in Richtung auf eine von Spots angestrahlte Ecke.

Ein paar Schlagzeugbeats setzten ein und ein Junge, der fast hinter seiner Bassgitarre verschwand, raunzte ins Micro: »Hey, Loïc, kommst du jetzt oder soll ich warten, bis mein Bart so lang ist, dass ich drauftrete.«

Angesichts seines Kinns, das von keinerlei Bartwuchs zeugte, eine äußerst unwahrscheinliche Voraussage, die ihren Zweck aber erfüllte. Anerkennend kicherten ein paar Mädchen direkt vor der improvisierten Bühne. In die herumlungernden Jugendlichen kam Bewegung, als der Typ vom Spielautomaten sich mühelos seinen Weg zur Bühne bahnte. Hier und da schlug er freundschaftlich auf eine ausgestreckte Hand oder rempelte grinsend jemanden an, der dann wie einstudiert mit dem ausgestreckten Zeigefinger auf ihn zeigte und cool zwinkerte. Elastisch sprang Loïc hinter sein Micro und hängte sich eine E-Gitarre um, die er sofort auf den Rücken schob, um die Hände freizuhaben und das Publikum zum Klatschen aufzufordern.

Vicky schob sich durch den Raum und sicherte sich einen Platz am Tresen. Unauffällig ließ sie ihren Blick über die Menge gleiten. Julien konnte sie nirgendwo entdecken.

Bernadette hatte sich inzwischen zu ihr durchgekämpft und blickte ebenfalls suchend umher. »Wo bleibt er denn nur?«, jammerte sie. »Jedes Mal kommt er zu spät!« Sie hörte sich an, als wäre sie Juliens Mutter.

Vicky wollte sich nicht anmerken lassen, dass auch sie nach Julien Ausschau hielt, und beobachtete die anderen Bandmitglieder genauer. Der Schlagzeuger hatte sich inzwischen warm getrommelt und in seiner Hingabe an die Rhythmen, die er seinem Instrument zumutete, erinnerte er Vicky an das *Tier* aus der Muppet-Show. Üppige rotbraune Strubbelhaare gingen nahtlos in einen ebensolchen Bart über. Hätte sich Tristan, wie sich Vicky aus Bernadettes Ausführungen erinnerte, nicht eine Krawatte lose umgebunden, die auf seinem nackten Oberkörper baumelte, man hätte nicht gewusst, wo vorne und hinten ist.

Francis, der Bassist mit dem stoppelfreien Kinn, stand wie festgewachsen auf seinem Platz. Während er mit ein paar coolen Bassläufen Eindruck schinden wollte, sah er scheinbar unbeteiligt über die Köpfe der Zuhörer hinweg. Er war von Natur aus schmächtig und machte mit schwarzem Anzug und Sonnenbrille ein bisschen auf *Blues Brothers*.

Frontmann Loïc schließlich sah mit schwarzem T-Shirt und hautenger Jeans unverschämt gut aus – das musste Vicky zugeben. Er spornte das Publikum weiter an, indem er in die erhobenen Hände klatschte, wirkte aber langsam nervös.

»Hey, Momò«, rief er einem stämmigen Jugendlichen zu, der fahrig an einem Mischpult herumdrückte. »Wann kommt denn unser Gartenfreund? Oder muss er noch seine Fingernägel schrubben?«

Wie aufs Stichwort schlurfte eine hagere Gestalt auf die Bühne. Im Gegensatz zu Loïcs Auftritt vorhin, hatte Julien sich nahezu unbemerkt durch die Menge geschoben. »Sorry, Leute.« Er nahm die Basecap ab, die er immer noch trug und fuhr sich durch die verschwitzten Haare. »Leroi hat uns heute nicht weggelassen ... mussten noch den Rollrasen auslegen, der geht sonst ein und ...«

»Okay« fiel ihm Loïc ins Wort und scheuchte ihn auf seinen Platz, wo Julien sich mit steifen Bewegungen seine E-Gitarre umhängte, und das Verstärkerkabel einstöpselte. Probeweise spielte er ein paar Riffs an, während er zwischendurch scheinbar mühelos die eine oder andere Saite seiner Gitarre stimmte.

Wie auf ein geheimes Kommando verstummten die anderen Bandmitglieder, ließen Julien den Vortritt, den er nutzte, um mit geschlossenen Augen seinem Instrument eine magische Tonfolge zu entlocken, in die Schlagzeug und Bass einfielen, bis Loïc mit rauchiger Stimme die Führung übernahm. Vicky lehnte sich zurück, stützte sich mit den Ellbogen am Tresen ab und hörte zu. Sie spielten ein paar Stücke der *Dire Straits* und noch etwas, das nach *Bon Jovi* klang und ein paar Songs, die Vicky noch nie gehört hatte und die sie vielleicht selbst geschrieben hatten.

Zu Vicky Erstaunen waren sie nicht mal schlecht, sie beherrschten ihre Instrumente halbwegs und Loïc hatte ein Händchen dafür, das Publikum zu begeistern. Noch immer mit der auf den Rücken geschobenen E-Gitarre zog er aus seiner Gesäßtasche eine unscheinbare Holzflöte und ersetzte die nächste Strophe mit einem Instrumentalsolo, das dem rockigen Stück einen folkloristischen Akzent gab. Die vorwiegend weiblichen Fans am Rande der Bühne jubelten. Loïc und Julien sahen sich an und gingen in ein wechselseitiges Solo über. Jeder schien den anderen übertreffen zu wollen und beide hatten offensichtlich Spaß an dieser Konkurrenz. Während Julien sich in sein Riff hineinsteigerte, setzte Loïc die Flöte kurz ab und ruderte mit den Armen über seinem Kopf, bis die Mädchen vor ihm zu kreischen begannen. Er zeigte sein einnehmendes Lachen und setzte die Flöte wieder an.

Vicky belächelte die Gänse, die sich von diesem Pfau beeindrucken ließen, und wandte ihre Aufmerksamkeit Julien zu. Da er sie wieder nicht bemerkt hatte, nahm sie sich die Freiheit, ihn ungeniert zu beobachten. Offensichtlich kam er direkt von seinen Gärtnerarbeiten, oder was immer er dort beim Schloss zu tun hatte. Vicky erinnerte sich an das unappetitlich aussehende, fleckige Shirt von heute Nachmittag. Er war gewachsen, aber genauso dünn wie früher, wenn auch muskulöser. Wie vor vier Jahren fielen ihm die halblangen dunkelbraunen Haare ins Gesicht. Ohne in seinem Spiel innezuhalten, schleuderte er sie mit einem nachlässigen Kopfschütteln aus der Stirn und diese kleine Bewegung brannte sich einen Weg zu einem geheimen Ort in Vickys Herzen, den sie vor Wochen versiegelt hatte und über den ihr Bewusstsein keine Macht hatte.

Als die Erkenntnis sie traf, biss sie sich heftig auf die Unterlippe, um das Gefühl wieder in seine Kapsel zu sperren, wo sie es unter Aufsicht hatte – aber es war zu spät.

Das durfte nicht wahr sein! Sie drehte sich von der Bühne weg und bemerkte Bernadette, die ihr irgendetwas sagen wollte und sich zu ihr hinüberbeugte. Eingehüllt in Bernadettes Parfum, ergoss sich ein unverständlicher Wortsalat in Vickys Ohr, während ihre Gedanken um Julien zu kreisen begannen, wie Motten um ein Licht. Hatte er früher Gitarre gespielt? Vicky konnte sich nicht erinnern, im Hause Kerouac irgendeine Art von Musikinstrument gesehen zu haben. Was hatte in ihm diese Hingabe an die Musik ausgelöst? Ohne jeden Zweifel spürte sie, dass er mit echter Leidenschaft bei der Sache war, und gegen ihren Willen berührte sie dies zutiefst. Sie atmete langsam ein und wieder aus. Das waren Komplikationen, die ihr für den Moment zu viel wurden. Vicky beschloss zu gehen, solange noch Zeit war – doch sie rührte sich nicht vom Fleck.

Die Band spielte eine knappe Stunde, dann wischte sich Loïc mit dem Saum seines Shirts über die schweißnasse Stirn und verkündete, er bräuchte eine Pause. Julien schien wie aus einer Trance aufzuwachen. Er streckte sich und ließ seine Augen durch den Raum wandern. Vicky bemerkte, wie sein Blick an Sandrine hängen blieb und spürte einen bösartigen kleinen Stich, als hätte irgendwo jemand eine Vicky-Woodoo-Puppe gepikst.

Neben ihr schnaubte Bernadette geräuschvoll durch die Nase. Vicky drehte sich zum Tresen um und sprach einen der Dreizehnjährigen an, der ein hohes Glas mit einer giftgrünen Flüssigkeit in der Hand hielt. »Hey, du, Kleiner, kannst du mir auch so ein Gebräu mixen?«

Erleichtert registrierte Vicky, dass man ihrer Stimme nichts anmerkte. Der Junge sah Vicky verunsichert an. Um ein bisschen cooler rüberzukommen, zwinkerte sie ihm zu und machte einen Kussmund, bis eine satte Röte seine pickligen Wangen überzog. Eilig machte er sich ans Werk.

Zufrieden, dass sie den unwillkommenen Aufruhr in ihrem Inneren erfolgreich unter Kontrolle gebracht hatte, nahm Vicky wenig später ein neongrün leuchtendes Glas entgegen. Die Farbe erinnerte an *slime* – in Wasser aufgelöst. Der Knirps hatte zusätzlich einen reizvollen marmorierten Effekt hinbekommen, denn durch das Grün zogen sich einzelne dunkle Schlieren. Misstrauisch sah Vicky zu dem Jungen hinüber.

»Spezialmischung«, grinste der und entblößte einen beeindruckenden Drahtverhau an den Zähnen.

Die demonstrative Unschuldsmiene war verdächtig, aber Vicky würde sich vor diesem Knirps keine Blöße geben. Lässig setzte sie das Glas an und nippte am Rand. Sofort breitete sich über Lippen und Rachen eine Spur aus glühendem Feuer aus. Vicky unterdrückte ein Keuchen und spürte undeutlich jemanden neben sich auftauchen.

»Damit wäre ich an deiner Stelle vorsichtig.« Neben ihr schoss ein muskulöser Arm über den Tresen, um den phantasievollen Barmixer zu packen. Der hatte sich geistesgegenwärtig außer Reichweite begeben. »Hey, du, Benoît«, rief die Stimme, die zu dem Arm gehörte. »Bring der Lady sofort was Trinkbares!«

Langsam ließ der brennende Schmerz am Mund nach, aber Vicky wurde das grässliche Gefühl nicht los, dass Teile ihrer Lippen womöglich weggeätzt sein könnten. Vorsichtig tastete sie um ihren Mund herum. Erstaunlicherweise fühlte sie keinen Unterschied. Dieser kleine Mistkerl!

»Na, geht's wieder?«

Nachdem ihre Sinne nicht mehr ausschließlich mit dem brennenden Schmerz in ihrem Mund befasst waren, bemerkte Vicky, dass Stimme und Arm zu Loïc gehörten, der sie treuherzig anlächelte und auf eine Art Anerkennung zu warten schien, denn er sah aus, wie ein Drachentöter, der die Jungfrau gerettet hatte.

Mit einer überaus angenehmen inneren Distanz stellte sie fest, dass er sehr gut aussah und nett wirkte, wenn er auch zu sehr von sich überzeugt zu sein schien.

Vicky beschloss, ihn zappeln zu lassen und überlegte, wie lange er dieses *Was-bin-ich-für-ein-toller-Typ-Lächeln* aufrechterhalten konnte. Der Arme konnte nicht wissen, dass sie auf so eine simple Anmache nicht hereinfallen würde.

»Ich bin Loïc,« erklärte er, als die Pause unangenehm lang zu werden drohte. »Meine Band und ich ... wir üben hier ein wenig.« Er lümmelte sich an den Tresen und warf einen Blick durch den Raum, als ob er hier der Gastgeber wäre.

»Und du?« Er intensivierte den Charmefaktor in seinem Lächeln und Vicky sah für einen Moment die Jagdleidenschaft in seinen Augen aufblitzen. Manche Jungen konnte man durch Ignorieren verscheuchen – für andere wurde die Sache erst dann richtig reizvoll. Sie war gespannt, was dieser Loïc alles anstellen würde, um bei ihr zu landen.

Desinteressiert drehte sich Vicky zum Tresen um und verfolgte scheinbar gebannt, wie Benoît seine Spezialmischung einem anderen Mädchen anbot.

»Ich hab dich noch nie hier gesehen, Lady.« Loïc beugte sich etwas zu dicht an ihr vorbei, um ein Glas Cola, das Benoît in sicherer Entfernung abgestellt hatte, mit großer Geste vor sie hinzuschieben.

»Hm«, machte Vicky undeutlich, versenkte einen Trinkhalm in ihre Cola und saugte sich daran fest.

»Du bist doch nicht von hier?«, riet Loïc scharfsinnig. »An diese Haarfarbe hätte ich mich sonst erinnert.« Er ergriff beiläufig eine von Vickys rotblonden Haarsträhnen und wickelte sie sich um den Finger.

Das wurde ja immer besser! Rasch drehte sich Vicky wieder zu Loïc um und packte ein bisschen Stahl in ihren Blick.

»Lass das!«

Loïc ließ sich nicht entmutigen. Er lächelte entwaffnend, zog aber seine Hand zurück.

»Das ist meine Freundin Vicky aus Deutschland. Sie ist über den Sommer hier bei uns zu Besuch«, mischte sich Bernadette ein, die wie ein Schachtelteufel zwischen Vicky und Loïc aufgetaucht war.

Vicky erdolchte Bernadette in Gedanken. So wie sie das gesagt hatte, musste Loïc annehmen, sie und Bernadette wären die innigsten Busenfreundinnen. Da konnte sie sich die coole Nummer sparen.

»Aha.« Loïc lächelte bemüht in Bernadettes Richtung und sah dabei aus, als hätte er einen Schluck von Benoits Gebräu gekostet. In seinem Gesicht arbeitete es heftig, während er offenbar versuchte, seinen Eindruck von Vicky und seine Einschätzung von Bernadette in Einklang zu bringen.

Der Junge, der vorhin das Mischpult bedient hatte, schob sich an den Tresen. »Hey, Loïc, was ist denn jetzt mit den Fotos?« Geistesabwesend fuhr er sich mit den Fingern durch seine drahthaarige Frisur. »Salut, Berna«, grüßte er nebenbei und lächelte Bernadette offen an.

Loïc griff sich scheinbar genervt in die blonden Strubbelhaare, achtete aber sorgsam darauf, dass die entstehende Unordnung seine Attraktivität noch unterstrich.

»Mensch, Momò, nerv mich jetzt doch nicht mit dem Zeug. Wo soll ich denn jetzt diese Fotos hernehmen.« Loïc zwinkerte in Vickys Richtung, als hätten sie beide irgendeine Art geheimes

Einverständnis. Zielstrebig drängelte er sich an Bernadette vorbei und näher an Vicky heran.

»Lass uns das später besprechen«, meinte er zu Momò, »hey, zeig Berna doch mal dein tolles Mischpult.« Er zwinkerte Bernadette zu, »... echt super Gerät, wird dir gefallen.«

Bernadette starrte Loïc an, als hätte er ihr ein unanständiges Angebot gemacht, drehte sich wortlos um und verschwand in dem Wald von T-Shirts der anderen Jugendlichen.

Momò sah ihr bedauernd nach und strich seinen altmodischen Pullover mit dem Rautenmuster glatt.»Lass sie in Frieden, Loïc«, meinte er.»Trotzdem ... der Agent hat mich schon zweimal angerufen. Wenn wir in die Endausscheidung kommen wollen, braucht er zu dem Demoband auch noch Fotomaterial ... sagt er.« Momò wartete geduldig.

»Zut!«, fluchte Loïc vor sich hin und fing an, wenig attraktiv an seiner Unterlippe zu saugen.

Vicky nuckelte weiter an ihrer Cola. Interessiert beobachtete sie die beiden Jungen. Momò sah nicht so aus, wie man sich das Mitglied einer Band vorstellte. Äußerlich hatte er etwas von einem Streber – unter dem Rautenpulli trug er ein weißes Hemd und Stoffhosen. Die kurzen, kupferfarbenen Haare erinnerten Vicky an die Drahtbürste, mit der Hans-Peter zu Hause seinen Grill reinigte.

Momòs gutmütiges Gesicht mit den vereinzelten Aknepusteln wurde einen Tick ungeduldig.»Mir ist egal, wo du die hernimmst ... kennst du keinen, der die Fotos für uns machen kann? Ein richtiger Fotograf ist nämlich nicht drin, nachdem wir uns die Anlage angeschafft haben.«

»Was braucht ihr denn für Fotos?«, hörte Vicky sich sagen und dachte, *was tust du da*?

Loïc gab seine Unterlippe frei und grinste sie glücklich an.»Hey ... du sprichst ja Französisch! Hab schon gedacht, du verstehst kaum was ... wenn du aus Deutschland kommst, wie Berna sagt.«

»Natürlich spricht sie Französisch«, hörte Vicky jemanden sagen, der unvermittelt hinter ihr aufgetaucht war.

»Salut, Vic.« Julien beugte sich vor und gab ihr ein Küsschen links und rechts auf die Wange – in Frankreich die übliche Begrüßung unter Freunden und hatte nichts zu bedeuten, wie Vicky wusste. Trotzdem schoss in Millisekunden ein elektrischer Strom durch ihren Körper, versengte die Hülle, die ihre sorgsam gehüteten Gefühle barg und verteilte sie in jede Zelle ihres Körpers.

»Hey, Julien«, antwortete ihre Stimme und Vicky wunderte sich, dass sie sich anhörte wie immer. Sie wollte ihn fragen, wann er sie erkannt hatte, brachte aber kein Wort heraus.

»Sag bloß, ihr kennt euch?«, brachte sich Loïc wieder in Erinnerung und sah von Julien zu Vicky. Julien tat, als ob er nichts gehört hätte, und beugte sich über den Tresen, um nach etwas Trinkbarem zu suchen.

Vicky räusperte sich. »Ich war vor vier Jahren schon mal den Sommer über hier«, fing sie an und schlürfte an ihrer leeren Cola, um Zeit zu gewinnen und Julien Gelegenheit zu geben, den Satz für sie zu beenden. Er hatte inzwischen eine Flasche Cola geöffnet und schüttete, ohne abzusetzen, den kompletten Inhalt in sich hinein. Vicky wandte sich wieder an Loïc. »Damals haben wir uns kennengelernt. Ist schon ewig her ...«

»Stimmt.« Julien unterdrückte mit Mühe ein Geräusch beim Aufstoßen.

Loïc knuffte ihn unsanft in die Seite. »Benimm dich, du Bauer.« Insgeheim schien er erfreut, dass Julien den Vorsprung, den ihm seine längere Bekanntschaft mit Vicky einbrachte, durch mangelnde Manieren leichtfertig aufs Spiel setzte. Vertraulich beugte er sich zu Vicky und schob seinen Arm um sie.

»Das mit den Fotos ist folgendermaßen: Wir haben ein Demoband an die Veranstalter des Festivals geschickt, die eine Art Wettbewerb veranstalten wollen ...«

»... ein Festival für Nachwuchsbands, die noch keinen Plattenvertrag haben«, führte Momò aus.

»Jedenfalls«, riss Loïc das Gespräch wieder an sich, »wollen die Typen jetzt auch ein paar Fotos von den Bands ... so Backstage-Geschichten ... irgendwas in der Art, ist es nicht so, Momò?«

»Hm«, ließ Momò sich vernehmen,»und wenn das nicht bis nächste Woche dort ist, sind wir raus aus dem Rennen ... auch wenn die Songs erste Sahne sind.«

Julien hatte inzwischen eine zweite Flasche Cola geleert und drehte sich diesmal diskret zur Seite, um die Kohlensäure entweichen zu lassen.»Die Songs *sind* ›erste Sahne‹, wie du es ausdrückst«, meinte Julien ernst und deutete mit dem Hals der leeren Flasche auf Momò.»Ich verstehe nicht, warum das nicht ausreichen soll? Woher sollen wir jetzt so schnell jemanden nehmen, der das mit den Fotos hinkriegt?«

»Ich könnte für euch Fotos machen.« Zum zweiten Mal an diesem Abend übernahm eine unbekannte Instanz in Vickys Gehirn die Kontrolle und ließ sie Dinge sagen, von denen sie wusste, dass sie die Finger davonlassen sollte.

»Ey, echt ... super«, begeistert drückte Loïc sie fest an sich, während Momò sich geschäftsmäßig nach ihrer Kamera und ihren Erfahrungen auf diesem Gebiet erkundigte.

Vicky aber versuchte, Juliens Ausdruck zu entschlüsseln. Er sah ihr kurz in die Augen und sein Blick flackerte. Dann entspannten sich seine Züge und ein wenig spöttisch fragte er,»seit wann fotografierst du denn?«

»Wahrscheinlich seitdem du Gitarre spielst«, konterte Vicky und war dankbar, dass es ihr gelungen war, ihre Gefühle unter Kontrolle zu halten.

»Okay, Leute«, Loïc rieb sich die Hände,»dann ist das also abgemacht. Am besten kommst du morgen Abend ins *Café L'Artichaut vert*, dort treffen wir uns, wenn wir nicht hier spielen.«

◇ ◇ ◇

FOTOTERMIN

Schweigend und mit äußerster Konzentration teilten sich Julien und Momò ein Schinkenbaguette. Ihr monotones Kauen wurde durch gelegentliches Schlürfen an ihren jeweiligen Getränken unterbrochen. Sie kannten sich seit Ewigkeiten und dies machte unnötigen Gedankenaustausch überflüssig. Obwohl sie rein äußerlich kaum unterschiedlicher hätten sein können, und sich in der Schule in jeweils anderen Cliquen bewegten, fühlten sie sich doch in der Gegenwart des anderen so wohl, dass sie beide das Schweigen zwischen ihnen zu schätzen wussten und es nur selten zugunsten einsilbiger Bemerkungen brachen.

Julien versenkte seine Zähne erneut in das knusprige Brot und beobachtete über den Rand der Kruste hinweg den Platz gegenüber dem *Café L'Artichaut vert*, vor dem sie saßen.

Gegenüber hatte Guillaume Kermadec seinen mobilen Crêpesstand aufgebaut und Loïc wartete dort ungeduldig, während Guillaume mit präzisen Bewegungen den Teig auf der heißen Platte glattstrich.

Ein paar Meter weiter packten Straßenmusiker ihre Instrumente aus. Abschätzend registrierte Julien ein paar Bongos, eine Geige, einen Kontrabass und eine Klarinette. Hoffentlich wurde das Gedudel nicht zu laut, überlegte er mit der Überzeugung desjenigen, der die wirklich coole Musik macht.

Eine junge Frau stieß zu den Musikern. Sie trug einen bodenlangen weiten Rock und ein blusiges Oberteil. Um den Kopf hatte sie eine Art Schal gewickelt. Zwischen den einzelnen Stoffschichten bohrten sich igelartig ihre braunen Haare hervor. Etwas an der Art, wie sie sich bewegte, war Julien unerklärlich vertraut und auf den zweiten Blick erkannte er verblüfft, dass es Céline war, die offenbar zu den Straßenmusikern gehörte.

»Meinst du, sie kommt?« Momò kaute unentwegt weiter und schüttete einen Schluck Cola hinterher.

»Wer?« Julien runzelte die Stirn und versuchte, den Zusammenhang zu finden.

»Na, dieses Mädchen.« Momò schluckte bedächtig und fasste den nächsten Bissen ins Auge. »Wegen der Fotos ...«

»Hm ...« Julien verfolgte aus dem Augenwinkel, wie Céline die anderen Musiker begrüßte. »Keine Ahnung. Woher soll ich das wissen.«

»Ich dachte, du kennst sie?« Momò blieb mit der ihm eigenen Beharrlichkeit beim Thema. »Wie heißt sie doch gleich noch mal?«

Céline sah in Juliens Richtung, schien ihn aber nicht zu erkennen. Er lümmelte sich tiefer in den unbequemen Bistrostuhl und hielt sich den Rest seines Baguettes vor das Gesicht. »Was hast du gesagt?«

Momò hatte den Mund voll und kaute konzentriert. »Ich fragte dich, wie sie heißt?«

»Wer?« Julien tat ahnungslos und unterdrückte ein Grinsen.

Momò holte aus und tat, als wolle er Julien sein restliches Brot an den Kopf werfen. Er hielt mitten in der Bewegung inne.

»Stress dich nicht, Kumpel, ich werde sie selbst fragen.« Momò fixierte einen Punkt jenseits des Platzes und Julien wandte den Kopf. Er sah Vicky unschlüssig neben einem Zeitungskiosk stehen. Sie gab vor, die reißerischen Schlagzeilen der aktuellen Tageszeitungen zu lesen, während ihr Blick wie ein Suchscheinwerfer über den Platz glitt und die Gebäude und Menschen abtastete. Sie war gewachsen, seit er sie im Sommer vor vier Jahren gesehen hatte und hatte sich auch sonst nicht zu ihrem Nachteil verändert, wie Julien mit fachmännischem Blick feststellte. Er fragte sich, ob sie in Deutschland einen Freund hatte.

Er hatte irgendwann nicht mehr auf ihre Briefe geantwortet. Diese Briefschreiberei war ihm zu blöd gewesen. Er hatte keine Ahnung gehabt, was er ihr hätte schreiben sollen, nachdem sie kaum Interesse an seinen telegrammartigen Aufzählungen der Platzierungen der Tour de France oder dem Abschneiden der französischen Fußballnationalmannschaft bei der letzten Weltmeisterschaft gezeigt hatte. Im Gegenzug hatte sie ihm eine ebenso schwärmerische wie weitschweifige Huldigung ihres Lieblingsbuches zugemutet. Vickys hartnäckige Aufforderung, das Buch ebenfalls zu lesen – sie hatte ihm sogar ein Exemplar auf Französisch geschickt – hatte seinem lauen Interesse an dem Briefkontakt den Rest gegeben. Er hatte sich nicht wieder gemeldet und es bis jetzt nicht bereut.

Ihm gegenüber hatte sich Momò aus seinem Stuhl gestemmt und begonnen, wild mit den Armen zu wedeln, um Vicky auf sich aufmerksam zu machen.

Sie sah sich suchend um, als Julien mit Überdruss bemerkte, dass Bernadette hinter Vicky aufgetaucht war und in Richtung des Cafés deutete. Er drehte sich schnell um. »*Zut*, jetzt kommt *die* auch mit! Das hat mir noch gefehlt.«

Momò zuckte mit den Schultern und fing an, auf- und abzuhüpfen. »Ich weiß nicht, was du immer gegen Bernadette hast?« Momò ruderte mit den Armen, als ob er einer Boeing 737 beim Einparken assistieren müsste. »Sie ist doch ganz nett.«

»Aufdringlich, penetrant, nervig und nicht zu vergessen, das ständige Gerede über Pferde. Das ist es, was mir zu Bernadette einfällt.« Julien verfolgte mit finsterem Blick, wie sich Bernadette mit Vicky im Schlepptau zielstrebig ihrem Tisch näherte. Wenn Vicky sich mit dieser Nervensäge angefreundet hatte, dann würde er auf eine weitere Bekanntschaft mit ihr verzichten. Julien schob sich von seinem Stuhl, um sich unauffällig zu verdrücken, bevor es zu spät sein würde. Zwei Hände auf seinen Schultern beförderten ihn wieder zurück auf seinen Platz.

»Nicht nötig, mir deinen Platz anzubieten.« Loïc war hinter ihm aufgetaucht und hob zur Begrüßung seine halbverspeiste Crêpe. Puderzucker rieselte auf Juliens schwarzen T-Shirt-Ärmel. Ohne auf den Protest des zeitunglesenden Mannes am Nebentisch zu achten, schnappte sich Loïc den Stuhl neben ihm und schwang sich rittlings darauf. Der Mann vom Nachbartisch warf Loïc einen vernichtenden Blick zu, nahm seinen *Café au lait* und setzte sich an einen anderen Tisch.

Loïc verstaute den letzten Bissen in seinem Mund und hob beide Hände, um wie üblich seine Haare in Form zu strubbeln. Plötzlich stoppte er mitten in der Bewegung, als ihm aufging, dass ein zuckrig-fettiger Film an seinen Fingern klebte. Er lenkte die Bewegung um und verschränkte die Hände lässig im Nacken. Er setzte sein coolstes Lächeln auf und zwinkerte Vicky zu, die mit Bernadette inzwischen den Tisch erreicht hatte.

»Na, meine Schöne, hast du deinen Wunderkasten dabei?« Er kniff kurz ein Auge zusammen und Julien überlegte, ob er diese Mimik zu Hause vor dem Spiegel regelmäßig übte, um sie zu perfektionieren.

»Äh, Wunderkasten?« Vicky wirkte überrumpelt, fing sich aber wieder. »Ach, du meinst den Fotoapparat, ähm, die Kamera?«

Julien fand es unerklärlicherweise niedlich, wie sie nach dem richtigen Wort suchte, und senkte den Blick, um sich nicht zu verraten. Ein schwüler Lufthauch streifte sein Ohr. Als er den Kopf wandte, hing Bernadettes Gesicht so nahe vor seinem, dass aus ihren blauen Augen ein einziges Zyklopenauge wurde. Sie musste sich von hinten an ihn angeschlichen haben. Sie pustete ihm ihren feuchten Atem ins Gesicht.

»Du hast da so weißes Zeug hängen«, hauchte sie und begann unangenehm vertraulich an seinem T-Shirt-Ärmel zu rubbeln, bis das Gewebe den Puderzucker absorbiert hatte. Bernadette senkte verschwörerisch die Stimme. »Wenn du einen Tipp haben willst gegen Kopfschuppen. Ich kenne da ein super ...«

Julien entriss ihr seinen Ärmel und schob den Stuhl so heftig nach hinten, dass Bernadette fast das Gleichgewicht verloren hätte. »Danke, nicht nötig, ich habe keine Kopfschuppen.«

»Und was für Fotos habt ihr euch denn so vorgestellt?«, hörte er Vicky fragen. Loïc holte tief Luft, um für eine längere Erklärung anzusetzen, und breitete die Hände aus. »Ähm, naja, so das Übliche halt ... irgendwie ... na, du weißt schon.«

»Äh, nein!« Vicky sah verwirrt aus.

»Also am besten«, fing Momò geschäftsmäßig an, »am besten machen wir gleich hier ein paar Fotos, so ganz zwanglos, die Jungs der *Heavy Strings* treffen sich im Café. Dann wären ein paar Bilder von Proben und Auftritten gut und dann vielleicht ein paar Einzelporträts. Was meinst du?«

Vicky holte aus einer sackartigen Umhängetasche eine teuer aussehende Kamera hervor und fing an, an ihr herumzufummeln. Julien fand, dass sie nervös wirkte. Erst jetzt fiel ihm auf, dass sie ihn bisher weder angesehen noch mit ihm gesprochen hatte. Ob sie sauer war, weil er auf ihre Briefe nicht mehr geantwortet hatte. Aber das war doch Jahre her und man konnte es ihm nicht wirklich zum Vorwurf machen.

»Gut, dann mach ich jetzt also mal ...« Vicky stand mit einem Ruck auf und trat so unvermittelt zurück, dass sie mit einem Mann zusammenstieß, der sich eilig an ihrem Tisch hatte vorbeidrängen wollen. Erschrocken fuhr sie herum.

»Oh, *pardon*, Monsieur.«

Der Mann lächelte gezwungen und strich eine unsichtbare Falte seines edlen Jacketts aus, als ob Vicky den tadellosen Sitz beeinträchtigt hätte. Julien erkannte André Duroc, *Monsieur Oberaufseher* und *Chefsklaventreiber* nach Lerois Worten. Duroc, den er vor kurzem mit Monsieur Malvoisier im Ballsaal beobachtet hatte, war ständig auf dem Schlossgelände unterwegs und ein unerbittlicher Kritiker von Schlamperei und halbherzigem Arbeitseinsatz. Julien war schnell klar geworden, dass Duroc seinen nicht unbeträchtlichen Charme nur an Personen verschwendete, die ihm nützlich sein konnten. Alle, die er auf anderem Wege einschüchtern konnte, bedachte er mit vernichtend bissigen Kommentaren.

Duroc strebte an ihrem Tisch vorbei, als Bernadette vorlaut hinter ihm herrief: »Hallo, Monsieur Duroc, wie geht es Ihnen?«

Duroc drehte sich unwillig um und musterte Bernadette mit undurchdringlicher Miene. »Bitte ...?«

»Ich bin's, Bernadette Legrin, wir haben doch letzte Woche über die Stallungen am Schloss und die Pferde gesprochen ...« Bernadettes Stimme verebbte ein wenig.

»Tut mir leid, Mademoiselle, ich erinnere mich nicht.« Duroc wollte ungeduldig weiter, doch Bernadette insistierte.

»Sie haben mit meinem Vater, Tierarzt Legrin, gesprochen ...«
Duroc drehte sich wortlos um und beugte sich im Vorübergehen
zu dem unscheinbaren Mann, den Loïc vorhin vom Nebentisch
vertrieben hatte.

»... zu öffentlich hier, besser, wir setzen uns nach ...«
Mehr konnte Julien nicht verstehen. Duroc verschwand im Inneren des *L'Artichaut vert* und der andere Mann folgte ihm wenig
später. Seine Zeitung und ein Taschenbuch ließ er am Tisch liegen.

Vicky hatte den kurzen Zwischenfall genutzt und einige Aufnahmen gemacht, um ein Gefühl für die Situation zu bekommen.

»Warte, mal«, rief Momò. »Wir sind doch noch nicht vollständig. Ah ... da kommt ja Francis. Hör mal, Francis, weißt du, wo
Tristan steckt? Der sollte eigentlich ...« Momò wirkte genervt, wie
eine Lehrerin, die nach dem Schulausflug ihre Schüler abzählte.

Francis, der Bassist, näherte sich ihrem Tisch ohne merkliche
Gehbewegungen. Vielmehr vermittelte er den Eindruck, auf unsichtbaren Rollen dahin zu gleiten. Er drückte eine verspiegelte
Sonnenbrille fester auf seine picklige Nase. Wortlos wies er mit
dem Daumen nach hinten.

Tristan hatte sich bei den Straßenmusikern verquatscht und
war dabei, sich mit dem Trommler an dessen Bongos zu schaffen
zu machen. Momò setzte eine Miene äußerster Duldsamkeit auf
und fixierte Tristans in einem ausgewaschenen T-Shirt verpackten
Rücken. Ob durch mentale Beeinflussung oder sein erlahmendes
Interesse an den Möglichkeiten afrikanischer Rhythmusinstru-
mente – Tristan drehte sich schließlich um und schlurfte ohne Eile
auf das *L'Artichaut vert* zu.

»Okay«, Momò rieb sich erleichtert die Hände und stand auf.
»Also, du Loïc bleibst so sitzen und Julien auch ... aber ihr könntet
so tun, als ob ihr euch gerade irgendwie unterhaltet ... oder so.
Oder noch besser ... «

Momò holte sich vom übernächsten Tisch die vergessene Zeitung, deren Schlagzeile ›*FUND VON NATIONALER BEDEU-
TUNG IN DER BRETAGNE?*‹ ins Auge sprang und drückte sie Julien in die Hand.

»Ihr könntet so aussehen, als ob ihr über irgendwas aus der Zeitung diskutiert, dann kommt ihr ein bisschen intellektueller rüber. So ... und Francis steht dann hier ...« Momò schob den schweigsamen Francis unentschlossen von einem Platz zum nächsten. »Bernadette, du musst leider aus dem Bild.«

Bernadette setzte sich auf die Armlehne von Juliens Stuhl und hätte im nächsten Augenblick den Arm um seine Schultern gelegt, wenn Julien nicht wie von der Tarantel gestochen hochgefahren wäre, wodurch Bernadette von der Lehne kippte.

»Warum denn?«, fragte sie herausfordernd und bemüht, das Gleichgewicht wieder zu finden, »ich könnte doch euer *Groupie* oder wie das heißt, sein.«

»Wir haben keine Groupies«, versetzte Julien kurz, setzte sich wieder und rückte mit seinem Stuhl so dicht an Loïc heran, dass für Bernadette kein Platz mehr war.

Momò atmete tief und sichtlich der Verantwortung überdrüssig, aus.

»Okay ... und du Tristan, du könntest ... ach, du Sch...« Er wies anklagend auf Tristans Shirt, das in unübersehbaren Großbuchstaben FUCK YOU verkündete. »Das können wir so doch nicht zeigen ... ist viel zu provokativ. Was meinst du? Wie war doch gleich dein Name?«

Vicky hatte an der Blende ihres Fotoapparates herumgefummelt und sah auf. »Ähm ... ich heiße Vicky. Was hast du gefragt?«

»Ach egal«, Momò wandte sich wieder Tristan zu. »Am besten, du ziehst das aus und drehst es um. Ich glaube nicht, dass ...«

»Einen Scheißdreck werde ich! Wenn man hier nicht ehrlich seine Meinung sagen darf, dann kannst du dir diese dämlichen Fotos ... schließlich leben wir in einer Demokratie!« Tristan stellte sich breitbeinig hin und verschränkte demonstrativ seine haarigen Arme vor der Brust.

»Das ist nicht deine Meinung, Tristan, du willst die Leute nur provozieren«, warf Momò bemüht ruhig ein, während er sich neben Vicky stellte, um den Blickwinkel zu testen. Er stutzte kurz und lächelte dann.

»Hm, hervorragend. Jetzt bleib so stehen!« Er nickte Vicky zu. Von Tristan waren auf den Fotos später nur seine behaarten Unterarme und ein harmloses YOU auf dem Shirt zu sehen. Im Hintergrund sah man zwei Männer das Café verlassen. Der eine war auffallend, der andere auffallend unscheinbar. Der Unscheinbare hatte ein Buch in der Hand, dessen Schutzumschlag die Zeichnung einer Dame mit Pudelfrisur zeigte. Während Vicky noch ein paar Fotos schoss, drehte er sich um und fixierte sie kurz. Dann flüsterte er mit Duroc, der Vicky kurz anstarrte und dann nickte.

Julien sah den beiden Männern hinterher. Was in aller Welt hatten sie mit Vicky zu tun? Bevor er sie darauf ansprechen konnte, erstickte ein enthusiastisches Bongosolo jeden Versuch einer Unterhaltung im Keim. Eine rauchige Frauenstimme setzte ein und brachte tief in seinem Inneren eine Saite zum Schwingen, wie es ihm sonst nur bei den Soli von *Santana* oder *Mark Knopfler* passierte. Wider Erwarten ließ sich Julien von der hypnotischen Wirkung der Musik der Straßenmusiker gefangen nehmen, die ihn einhüllte wie ein vertrautes Kleidungsstück. Er vergaß, was er Vicky hatte fragen wollen.

◇ ◇ ◇

Aristide warf einen Blick über den Marktplatz von Plourhan sur Mer. Nachdem die drückende Hitze des Tages nachzulassen begann, belebte sich der Platz am Nachmittag wieder. Am Crêpestand gegenüber hatte sich eine Schlange gebildet und die Tische vor dem *Café L'Artichaut vert* waren sämtlich besetzt. Von den Jugendlichen, die er gestern Abend im Café bemerkt hatte, war nichts zu sehen.

In Grüppchen standen oder saßen Leute zusammen, als hätten sie alle Zeit der Welt. In dem gemächlichen Miteinander auf dem Platz fiel ihm ein Mädchen auf, das mit zwei Kleinkindern an der Hand auf einen kleinen Laden zustrebte. Er hatte sie gestern im Café mit den anderen Jugendlichen gesehen. Sie hatte fotografiert und unglücklicherweise konnte man nicht sicher sein, ob er nicht auf einem der Bilder zu sehen sein würde. Bereits seit Jahren vermied es Aristide, fotografische Zeugnisse seiner selbst und seiner Aktivitäten zu hinterlassen. Auch diesmal würde er kein Risiko eingehen. Er überlegte, ob er L'Oreille anweisen sollte, ihm die Fotos zu beschaffen. Andererseits hatte er diesem die Observierung des Erben für die Zeit seiner Abwesenheit anvertrauen müssen. Er würde den Neuen damit beauftragen.

Sorgfältig zog er die verschlissenen Vorhänge seines Hotelzimmers zu. Der Raum hatte nicht den Standard, den er üblicherweise gewöhnt war. Er hatte seine diesbezüglichen Ansprüche zurückgeschraubt, da der Standort zentral war und der Hotelier ihm einen von außen nicht einsehbaren Garagenplatz für seine Limousine bereitgestellt hatte.

Nachdem er sich vergewissert hatte, dass seine Zimmertür abgeschlossen war, holte er aus dem Kleiderschrank eine schwere Holztruhe hervor. Liebevoll fuhren seine Finger über das in den Deckel geschnitzte Familienwappen, das durch ähnliche Berührungen seiner Vorgänger an den Kanten rund und glatt poliert war. Seit fast zweihundert Jahren wurde diese Truhe an den ältesten Sohn in seiner Familie weitergegeben – zusammen mit einer Verpflichtung, die seit mehr als zwei Jahrzehnten sein eigenes Leben bestimmte. Der Träger der Verantwortung übergab die Truhe mit ihrer Last dem nächsten in der Reihenfolge, wenn er sich nicht mehr in der Lage fühlte, den Auftrag zu erfüllen.

Seine Finger hielten inne und Aristide spielte mit dem Gedanken, wie oft in den letzten Monaten. Die Versuchung war groß, sich dieser Pflicht zu entziehen und alles in die Hände seines Neffen Alain zu legen. Ein brillanter Kopf, wie Aristide zugeben musste, und ein unerträglich arroganter junger Mann, der sich als Anwalt einen Namen gemacht hatte. Einige spektakuläre Erfolge im Gerichtssaal, die Heirat mit der gutaussehenden Erbin eines reichen Industriellen und die regelmäßige Berichterstattung der Regenbogenpresse waren nicht ohne Folgen auf die Selbsteinschätzung seines Neffen geblieben. Aristide kräuselte verächtlich die Lippen. Ihm die Verpflichtung zu übergeben, hieße nicht nur, sein Ego in unverantwortlicher Weise zu überfüttern, sondern auch, sich selbst, der Familie und nicht zuletzt Alain einzugestehen, dass er sich der Aufgabe nicht mehr gewachsen fühlte. Zudem war es für dieses Mal zu spät. Ein Wechsel der Verantwortung erforderte ein hohes Maß an Planung und Einarbeitung – das war in der Kürze der Zeit nicht mehr möglich. Aristide schüttelte diese Gedanken ab und öffnete den Deckel der Truhe. Vorsichtig hob er einen in stumpfen Samt gewickelten Gegenstand, einige vergilbte Papierrollen, ein kleines Porträt, das einen Mann mit gepuderten Haaren zeigte und einen Packen Schnellhefter heraus. Nachdem er den Samt zurückgeschlagen hatte, kam ein wurmstichiger Holzrahmen zum Vorschein, dessen Vorderseite in der Mitte geteilt war, aufgeklappt werden konnte und einen altersfleckigen Spiegel verbarg. Aristide stellte diesen auf dem Tisch des Hotelzimmers ab und breitete davor die Papierrollen aus. Er musterte sein verzerrtes Spiegelbild und fragte sich nicht zum ersten Mal, ob der Spiegel seine Arbeit noch verrichten würde und ob er frei wäre, sollte das nicht mehr der Fall sein.

Er warf einen Blick auf das kleine Gemälde von Jean Jacques Aristide, der Louis XVI von Frankreich 1789 während dessen Gefangenschaft begegnet war. Er hatte den König nicht retten können und daraufhin sich und seine Nachkommen in den Dienst der Erben verpflichtet. Aristide hatte seinen Ahnherrn für dessen Loyalität bewundert und wie immer genügte dies, dass er sich seiner eigenen Verantwortung besann.

Aufmerksam widmete er sich den Zahlenkolonnen auf den Papierrollen, die neben der Zeichnung einer Spirale angeordnet waren. Die Präzision der Berechnungen überraschte ihn immer wieder aufs Neue. Philibert Aristide, Jean Jacques Sohn, hatte sich mit akribischer Hingabe der Erforschung der genauen Zeitübereinstimmungen gewidmet und diese bis weit über seine eigene Lebenszeit hinaus angegeben. Seinen Erkenntnissen zufolge konnte der Verlauf der Zeit in einer Spirale, oder einer *Schneckenlinie*, wie Philibert es genannt hatte, dargestellt werden. Die Umrundung einer Spiralumdrehung umfasste eine Zeitspanne von nahezu zweihundert Jahren. Gewisse Abweichungen entstanden durch die

Schaltjahre und waren von Philibert vorausberechnet worden. Nach diesem Muster näherten sich die Zeiten in benachbarten Laufbahnen regelmäßig einander an, wobei sich eine Art Schleuse bildete, die – unter gewissen Umständen – einen Transfer ermöglichte. Nachdem er sich von der Zuverlässigkeit der Berechnungen überzeugt hatte, nahm Aristide den Stapel Schnellhefter zur Hand und sah sie der Reihe nach durch. Er hatte herausgefunden, wer die unbekannte Briefschreiberin gewesen war, die von der Existenz des *Dokuments*, wie er es bei sich nannte, berichtet hatte. Wie es der Zufall wollte, wohnte sie in jenem Schloss, dessen halbfertige Parkanlagen er erst vor kurzem auf der Suche nach dem Erben besucht hatte.

Auf einer seiner *Erkundungsreisen* hatte er einen Mann gleichen Namens kennengelernt. Mit etwas Glück war es entweder der Ehemann oder ein Verwandter jener Joëlle de Plourhan. Er überlegte kurz, in welcher seiner Identitäten er Alexandre de Plourhan kennengelernt hatte, und suchte sich den entsprechenden Ordner heraus. Konzentriert las er seine Eintragungen über den Italiener, die er nach seinen jeweiligen Aufenthalten niedergeschrieben hatte. Probeweise sprach er einige Sätze und gewöhnte seine Zunge wieder an den italienischen Akzent, während er seine Garderobe zusammenstellte. Nach einer Viertelstunde hing sein üblicher Sommeranzug ordentlich im Schrank und Aristide sah mit einer hellen Kniehose aus feinem Tuch und einem Rock aus flohfarbener Seide mit Goldstickereien an den Aufschlägen aus, wie sein eigener Ahnherr, dessen Ergebenheit zum Königshaus diese heute noch drückende Verpflichtung heraufbeschworen hatte. Aristide fuhr sich mit einer Bürste durch seine schulterlangen schwarzen Haare und band sie geschickt zu einem Nackenzopf. Er gürtete den Degen an seine linke Seite und setzte sich vor den Spiegel.

Dann leerte er seinen Geist.

◊ ◊ ◊

Teil 3

Frankreich, Bretagne — Juli 1788

»Es ist ja nicht so, dass du diesen Raum noch länger brauchst. Also sehe ich nicht ein, warum du etwas dagegen einzuwenden haben könntest.« Vorsichtig, um den sorgfältig aufgetragenen Puder auf ihrem Gesicht nicht zu verwischen, tupfte sich die Comtesse den Mund ab und gab dem Diener ein Zeichen, ihr eine weitere Tasse heiße Schokolade zu servieren. Unübersehbar hatte sie eine Schwäche für diese Köstlichkeit. Ihr üppiger Körper unterwarf sich inzwischen nur mehr durch die strikte Unnachgiebigkeit besonders verstärkter Mieder dem herrschenden Diktat der Mode.

»Jedenfalls habe ich bereits Anweisung gegeben, deine Sachen in Tante Chloés altes Schlafzimmer zu bringen.«

»Was?« Laurent hatte unfein ein zu großes Stück Gebäck abgebissen und würgte hastig an dem Teigklumpen. Er war fassungslos. »Wie konnten Sie das bereits anweisen, Madame, ohne mich zu informieren?«

»Du bist doch jetzt informiert«, meinte die Comtesse ungerührt und griff nach ihrer Tasse. »Außerdem wünsche ich, dass du deinen Ton mäßigst. Es besteht kein Grund dazu, sich so zu echauffieren.«

Sie setzte die Schokolade ab und mit einer der Situation unangemessenen Schadenfreude bemerkte Laurent, dass auf ihrer Oberlippe ein dunkler Rand zurückgeblieben war. Die Empfindung war rasch vorüber und machte wieder einem dumpfen Gefühl der Leere Platz, das ihn zu lähmen drohte und er beeilte sich, es durch Zorn zu ersetzen, der weniger schwer zu ertragen war. Im Grunde war dies hier nur ein weiterer Hinweis darauf, wie wenig Zuneigung die Comtesse ihm schon immer entgegengebracht hatte. Laurent war seit langem bewusst, dass seine Mutter den Teil ihrer Fürsorge und Liebe, den sie nicht auf ihre eigene Bequemlichkeit verwendete, ausschließlich in das Wohlbefinden seines Bruders François investierte und darauf vertraute, dass ihre anderen Kinder, die das Glück hatten, ohne François' Sonderlichkeit geboren worden zu sein, sich selbst zu helfen wussten.

Endlich spürte Laurent den Strom heißer Wut durch seinen Körper schießen und warf impulsiv sein angebissenes Gebäck auf den Tisch.

»Sie könnten schon seit Monaten über meine Räumlichkeiten verfügen, Madame, wenn meine Verehelichung mit Mademoiselle de Kerjacques nicht schon zweimal verschoben worden wäre.« Er schleuderte ihr die Worte wie einen Köder entgegen und laut ausgesprochen fühlte sich die verpasste Gelegenheit umso bitterer an. Er wollte es aus ihrem eigenen Mund hören und schämte sich für das Fünkchen Hoffnung, dass alles so bleiben würde, wie vereinbart. Seine Finger krampften sich um die Reste seines unschuldigen Frühstücks.

Die Comtesse warf ihm einen scharfen Blick zu. »Stell dich nicht dumm, mein Lieber. Ich weiß, Henri hat dich bereits informiert, dass wir umdisponieren müssen.« Sie ließ ihre fleischigen Finger über einer Platte mit Gebäck kreisen. »Für deine Zukunft haben wir bereits neue Arrangements getroffen.« Ohne aufzusehen, wählte sie ein Apfeltörtchen.

Laurent verfolgte den Weg des Törtchens zu ihrem Mund, ohne wirklich etwas zu sehen. Es kränkte ihn mehr, als er ausdrücken konnte, dass jegliche Entscheidung über seinen Kopf hinweg getroffen worden war und man ihm nicht den Respekt erwies, ihn davon beizeiten zu unterrichten. Er konnte sich gerade noch davon abhalten, mit der Faust auf den Tisch zu schlagen. Erst als er sich wieder in der Gewalt hatte, wandte er sich seiner Mutter zu.

»Wann darf ich damit rechnen, über diese neuen Arrangements informiert zu werden?« Seine Stimme klang so kalt, wie er sich fühlte, aber an die Comtesse war Ironie verschwendet.

»Jetzt werde bitte nicht theatralisch.« Die Comtesse fixierte gelangweilt Laurents Faust.

Mit einem Mal blickte sie ihm in die Augen und schien zu zögern. Ihr Ausdruck wurde weicher und fast wäre er versucht gewesen zu glauben, sie habe Mitgefühl mit ihm.

»Ich bedaure es, dass deine Verbindung mit Anne de Kerjacques nicht zustande kommt«, sagte sie schließlich. Sie zögerte erneut und es schien ihr zu widerstreben, sich ihm gegenüber zu rechtfertigen. »Es war der Wunsch ihres Vaters, dass jetzt, nachdem Henri wieder zurück ist ...«

Die plötzliche Vertraulichkeit seiner Mutter traf Laurent völlig unvorbereitet und machte ihn hilflos und fast war er erleichtert, als sie wieder zu ihrer üblichen Distanz zurückkehrte.

»Die Vermählung von Anne und deinem Bruder wird im Herbst stattfinden. Da Henri weiterhin an der Seite des Marquis gebraucht wird, wirst du als sein Verwalter fungieren und dich um die Ländereien der Kerjacques kümmern, um Monsieur de Kerjacques zu entlasten.«

»Ich soll Henris Verwalter werden?« Laurent öffnete die Faust und schloss sie wieder. Er wusste nicht wohin mit seinen Fingern und schlang sie um den Henkel seiner Tasse. »Ich soll den Besitz verwalten, den Henri mir vor der Nase wegschnappt?« Der filigrane Henkel brach und ein scharfer Stich zuckte durch seinen Finger. Laurent starrte auf seine blutende Hand und der Schmerz kam ihm gerade recht.

Die Comtesse atmete mühsam beherrscht aus und warf ihm ihre Serviette zu. »Ich werde das nicht weiter mit dir diskutieren. Bis zur Vermählung von Henri und Anne wirst du Alexandre und Monsieur Poisson zur Hand gehen, um dich mit der Verwaltung eines Besitzes vertraut zu machen.« Sie zögerte kurz, als sei ihr eine Idee gekommen. »Wenn es dich drängt, in den ehelichen Stand zu treten, ließe sich eine Verbindung mit Monsieurs Poissons Tochter arrangieren. Da Poisson ein entfernter Verwandter deines Vaters ist, spricht nichts dagegen, zumal deine Chancen sich ... nun ja ... verschlechtert haben.«

Laurent wischte die blutende Hand an seinem Rock ab. Mühsam widerstand er dem Impuls, aufzustehen und aus dem Raum zu laufen. Er atmete durch und traf seine Entscheidung.

»Madame, unter diesen Umständen würde ich es vorziehen, ein Kommando beim Militär zu übernehmen. Ich sehe mich leider außerstande, dem von Ihnen vorgeschlagenen Arrangement nachzukommen. Ich bin zuversichtlich, dass Henri auf Poissons Empfehlung hin einen fähigen Verwalter finden wird, der seinen künftigen Besitz hegen und pflegen wird, solange er sich an der Seite des Marquis weitere Lorbeeren verdient.«

Die Comtesse wollte einen weiteren Schluck Schokolade zu sich nehmen und hielt in der Bewegung inne. Schließlich richtete sie ihren Blick emotionslos auf ihren jüngsten Sohn. »Jetzt werde nicht albern, mein Lieber. Es ist alles abgemacht und du wirst dich der Entscheidung fügen.« Sie tunkte mit größter Konzentration ein luftiges Kuchenstück in ihre Tasse und beobachtete scheinbar fasziniert, wie es die dunkelbraune Schokolade aufsog.

Laurent würgte an dem bitteren Geschmack in seinem Mund, als die Comtesse ihn unvermittelt ansah. »Vergiss bitte nicht«, fuhr sie fort und ihre Stimme klang kühl und beherrscht, »dass es dir nicht ansteht, meine Entscheidungen zu diskutieren und ich sehe auch keine Notwendigkeit, dir meine Gründe zu erläutern oder mich gar zu rechtfertigen.«

Er wusste, dass es keinen Sinn mehr hatte, zu insistieren, aber der Brocken, den er schlucken sollte, war einfach zu groß. Mit Mühe nahm er sich zusammen.

»Ich weiß Ihre Sorge um mein Wohl zu schätzen, Madame. Trotzdem bin ich zu der Überzeugung gelangt, dass meine Fähigkeiten als Offizier seiner Majestät sinnvoller eingesetzt werden können.«

Die Comtesse atmete durch und ihr gewaltiges Dekolleté drohte seine künstlichen Fesseln zu sprengen. »Es ist nicht möglich, dir ein Offizierspatent zu kaufen. Unsere Barmittel sind leider erschöpft. Wir müssen für deine Schwester Joëlle in absehbarer Zeit eine vorteilhafte Verbindung planen und sie mit einer entsprechenden Mitgift ausstatten. Zudem verschlingen die seltsamen Forschungen deines Vaters ungeheure Summen.«

»Wollen Sie damit sagen, dass wir kein Geld haben«, stieß Laurent fassungslos hervor. Die Comtesse musterte ihn kalt. »Ein gewiss vorübergehender Engpass, da sich die Aktiengeschäfte, die dein Bruder Alexandre getätigt hat, als nicht sehr weitsichtig erwiesen haben. Zudem müssen wir für die Kosten des neuen Arztes für François aufkommen.«

Laurent erhob sich und widerstand der Versuchung, seinen Stuhl mit Wucht umzuwerfen.»Ich werde also Verwalter und man spart sich die Kosten für die Einstellung eines solchen und die Ausgabe für ein Offizierspatent. Das ist wahrlich wirtschaftlich gedacht.«

Die Comtesse wandte sich ab und schien sich für die Arbeit eines Gärtners zu interessieren, der vom Fenster aus im Park zu sehen war.

»Du ermüdest mich mit deinem selbstsüchtigen Gejammer und ich bedauere es sehr, dass es dir an Respekt vor Personen mangelt, deren Urteilsvermögen aufgrund ihres Ranges und ihrer Erfahrung deines bei weitem übersteigt.« Sie zögerte einen Augenblick, während Laurent sich auf die Lippe biss, um ihr nicht durch eine weitere Bemerkung Anlass zu geben, ihn noch mehr zu demütigen.

Er wusste, dass jedes weitere Wort zwecklos war. Steif deutete eine Verbeugung an.»Darf ich mich mit Ihrer Erlaubnis zurückziehen?«, krächzte er und presste die Lippen zusammen.

Die Comtesse zögerte einen Augenblick, dann sprach sie unvermittelt in Richtung der schweren Samtvorhänge am Fenster.

»Leider sind wir etwas abgekommen vom eigentlichen Gegenstand unserer Unterhaltung. Bis du deine Tätigkeit auf Schloss Kerjacques aufnehmen kannst, wirst du in Tante Chloés Räume umziehen. Dein Bruder François benötigt einen ständigen Betreuer, der jederzeit in seiner Nähe bleibt, auch in der Nacht. Dein Schlafgemach ist der einzige Raum neben François' Zimmer, der in Frage kommt. Ich habe einen Arzt, der sich auf Gemütsleiden versteht, für François in Stellung genommen. Docteur Fou hat gewisse Wünsche geäußert, wie seine Unterkunft beschaffen sein soll und bis zu seiner Ankunft sind daher einige Umbauten zu veranlassen.«

Sie hatte Laurent, während sie sprach, nicht angesehen und tat es auch danach nicht.

Laurent stand an der Tür und mit Mühe erinnerte er sich an den ursprünglichen Anlass des Gesprächs. Angesichts dessen, was er erfahren hatte, erschien ihm der erzwungene Umzug in das entlegene Zimmer Tante Chloés nicht mehr von Bedeutung.

Er warf einen letzten Blick auf die Frau, die seine Mutter war und fast bedauerte er sie, dass es ihr nicht möglich war, ihm eine Spur von Zuneigung und Verständnis zu zeigen. Dann gewann sein Zorn wieder die Oberhand. Da sie ihn nicht ansah, sparte er sich eine weitere Verbeugung und verließ den Raum.

◇ ◇ ◇

Verbissen wischte sich Laurent über die Stirn, bevor ihm der Schweiß in die Augen laufen konnte. Er versuchte, sich zu konzentrieren, um sich beim nächsten Ausfall nicht wieder geschlagen geben zu müssen. Entschlossen nahm er erneut die Grundstellung ein und wartete auf den Gruß seines Gegners.

Giacomo Sciàbolo ließ sich Zeit und betrachtete seinen Gegner einen Augenblick lang. Er machte keine Anstalten, in Fechtposition zu gehen.

»Ihrrr kämpft wie eine wilde Stierrr«, schnarrte er und sah Laurent finster an. »Ich 'äätte Euch tööten können, vieele Male. Wiee oooft muss ich Euch daran errrriennern, den Kooopf kalt zu maachen und nicht zso fächten wie ein *pazzo*!«

Ein Kichern hinter seinem Rücken kostete Laurent den letzten Rest seiner Konzentration. Genervt drehte er sich um und bemerkte seine Schwester Joëlle am Rande des Übungsfeldes. Zu seinem Unbehagen befand sich in ihrer Begleitung Alise Poisson, jene Tochter des Verwalters Poisson, die von seiner Mutter als angemessene Ehefrau für ihn in Betracht gezogen wurde. Laurent unterdrückte ein freudloses Lachen, als ihm die Komik der Situation bewusstwurde. Seine bisherige Braut sollte mit Henri verheiratet werden, während er die Frau heiraten sollte, die vor dessen Abreise bekanntermaßen Henris Geliebte gewesen war. Der blondlockige Beweis für diese Beziehung strolchte in einiger Entfernung durch den Park und hieb mit einem Stock gegen unsichtbare Gegner.

Signore Sciàbolo hatte die Damen entdeckt und sein finsterer Gesichtsausdruck wechselte übergangslos zu dem, was er für ein gewinnendes Lächeln hielt.

»Ahh, Signorina Joëlla«, fing er an und stützte sich lässig auf seinem Florett ab, so dass sich die Klinge gefährlich durchbog. »Eure Bruder Lorrrenzo ist eine 'offnungslose Faaall. So untalentierrrt fürrr diese ädle Waffe, wie ein Stüück 'olz!«

Joëlle kicherte, während Laurent versuchte, keine säuerliche Miene aufzusetzen. Was Meister Sciàbolo sagte, stimmte nicht, denn er galt als recht geschickt im Umgang mit der Klinge. Heute allerdings musste er dem Meister recht geben. Es war ihm kaum möglich, sich auf seine Paraden zu konzentrieren, geschweige denn auf die Aktionen seines Gegners.

Nach dem unbefriedigenden Gespräch mit seiner Mutter war er wütend zu seinem Schlafgemach gestürmt, um festzustellen, dass man dieses in seiner Abwesenheit bereits ausgeräumt hatte. Ein Zimmer, das ihn beherbergt hatte, seit er es im Alter von acht Jahren bezogen hatte. In dem alten Schlafzimmer von Tante Chloé waren Diener damit beschäftigt, seine Habseligkeiten im Zimmer zu verteilen. Die noch immer in ihm brodelnde Wut drohte ihn zu übermannen und er fasste kurz ins Auge, sein Waschgeschirr gegen die Wand zu schmettern. Er besann sich und beschloss, sich bei einem Ausritt abzukühlen. Hastig zog er sich um, was durch die Unordnung seiner Garderobe, die der überstürzte Umzug zur Folge hatte, nicht erleichtert wurde. Er war gezwungen, einige ältere Kleidungsstücke anzulegen, die sich vor allem durch zu kurze Ärmel und einen fast durchgescheuerten Hosenboden auszeichneten.

Im Stall hatte man ihm mitgeteilt, dass Cléo heute beim Hufschmied sei, und ein anderes Pferd hatte er nicht reiten wollen. Auf dem Weg zurück zum Schloss war ihm dann Signore Sciàbolo über den Weg gelaufen. Giacomo Sciàbolo war ein Bekannter Alexandres und vor einigen Tagen überraschend im Schloss angekommen. Der sonst in diesen Dingen eher zurückhaltende Alexandre hatte ihn eingeladen, einige Zeit sein Gast zu sein.

Möglicherweise um den Eindruck, den die Persönlichkeit des Marquis hinterlassen hatte, auszulöschen, dachte Laurent hämisch. Sciàbolo sah nicht aus, wie sich Laurent einen italienischen Fechtmeister vorgestellt hatte. Er war klein und um die Leibesmitte so rundlich, dass die Knöpfe seiner Weste aufzuspringen drohten. Sein sonst nichtssagendes Gesicht wurde von einer enormen Nase beherrscht. Das glatte schwarze Haar war zu einem Nackenzopf gebunden und nach altmodischer Konvention sorgfältig gepudert. Zu Laurents Erstaunen und nicht geringen Verbitterung hatte sich Meister Sciàbolo als nahezu unschlagbar mit sämtlichen Hieb- und Stichwaffen erwiesen. Trotz seiner Körperfülle war er beweglich und flink. Dies im Verein mit einem sicheren Auge für die Schwächen seines Gegners machten ihn zu einem gefährlichen Kämpfer. Leider war er kein geduldiger Gegner. Er neigte dazu, seinen Fechtpartner bloßzustellen und wies mit unnachgiebiger Häme auf jeden Fehler hin. Sein rollender Akzent nahm seinen Worten oft die beabsichtigte Schärfe.

Signore Sciàbolo hatte eine Schwäche für Frauen jeden Alters, und mit zunehmender Verwunderung hatte Laurent festgestellt, dass Sciàbolo trotz seines Äußeren, bei Frauen, die ihre erste und auch die zweite Blüte hinter sich gelassen hatten, Erfolge vorweisen konnte.

Jetzt baute er sich vor Joëlle und Alise Poisson auf und verneigte sich unnötig tief und ehrerbietig.»Signorina Joëlla, vergäbt einem Mann, dass er von däärr Schönheit gebläändet ist, die Euch wie ein Straaahlen umgieeebt.« Sciàbolo verneigte sich noch tiefer, während Joëlle unschlüssig lächelte, und unauffällig einen Schritt zurückwich, denn der Italiener hatte die Angewohnheit, anderen unschicklich dicht auf den Leib zu rücken.

Unbeeindruckt machte Sciàbolo eine zweite Referenz vor Alise Poisson.»Signora Alisa.« Er führte die Spitzen seiner Finger an die Lippen und küsste sie.»Die Schööneit der Blüten muuuss verblassen, wenn Ihrrr an ihnen vorübergääht!«Um seine Worte zu unterstreichen, holte er mit einer plötzlichen Bewegung aus und trennte mit der Waffe einige Heckenröschen von einem Busch.

Alise Poisson war in der Tat eine schöne Frau. Figur und Haltung wurden durch ihre gut geschnittene, aber schlichte Kleidung unterstrichen und ihre Haare waren von jenem Blond mit einem leichten Rotschimmer, den Laurent sehr mochte. Sie sich als seine künftige Ehefrau vorzustellen, verunsicherte und ärgerte ihn gleichermaßen. Zugleich fragte er sich, ob sich jemand die Mühe gemacht hatte, Alise von den neuesten Plänen über ihre Zukunft in Kenntnis zu setzen. Sein Blick fiel auf den jungen Sébastian. Wurde von ihm erwartet, den Bastard seines Bruders als sein eigenes Kind aufzuziehen? Unerwartet breitete sich Scham in ihm aus – der Junge wurde genauso wenig gefragt, wie er selbst.

Alise hatte Signore Sciàbolos Demonstration ungerührt an sich abgleiten lassen und sah sich nach ihrem Sohn um. »Sébastian, mein Lieber, bringst du *Maman* bitte die schönen Blumen? Wir werden sie zu Hause ins Wasser stellen. *Grandpère* wird sich bestimmt freuen.«

Das bezweifelte Laurent, der den ewig grimmigen Poisson kannte. Er lehnte sich etwas außer Atem an einen Baum und sah zu, wie der Junge widerwillig von seinem Spiel abließ und die Rosenblüten einsammelte. Sein Zorn war mit einmal verpufft und er fühlte sich erschöpft. Eine bleierne Mattigkeit machte sich von den Knien aufwärts in seinem Körper breit. Er hatte Loulou nicht bei sich, denn sie hatte sich versteckt, als man begann, sein Zimmer auszuräumen. Aber auch ohne sie erkannte er die ersten untrüglichen Anzeichen.

Signore Sciàbolo hatte inzwischen geistesgegenwärtig eine der geköpften Rosen aufgehoben und hielt sie Joëlle mit großer Geste unter die Nase. Bevor er zu weiteren blumigen Komplimenten ansetzen konnte, war Joëlle an ihm vorbeigerauscht und trat auf Laurent zu. Jetzt erst bemerkte er das versiegelte Schreiben in ihren Händen.

»Dies wurde vorhin von einem Boten abgegeben. Eine Nachricht von Henri für dich. Ich dachte, Alexandre muss das nicht sehen.« Alexandre betrachtete sich so sehr als Familienoberhaupt, dass er es als seine Pflicht ansah, sich über die Korrespondenz seiner Geschwister auf dem Laufenden zu halten. Joëlle hatte ihre eigenen einfallsreichen Methoden entwickelt, diese Kontrolle zu unterlaufen.

Laurent fuhr sich mit dem Ärmel seines Hemdes über die Oberlippe, auf der Schweiß stand. Er warf einen kurzen Blick auf die kompakt gefalteten Papiere. Henris charakteristische Schrift verschwamm kurz vor seinen Augen und er verspürte ein Kribbeln in seiner rechten Hand und ein flaues Gefühl im Bauch. Kein gutes Zeichen! Er streckte die Hand aus, um das Schreiben an sich zu nehmen, dann ließ er sie wieder sinken und es fühlte sich an, als würde sie von Bleigewichten nach unten gezogen.

»Ich sehe mir das später an, Joëlle.« Er hatte das Gefühl, dass seine Aussprache verwaschen klang, und riss sich zusammen. Er musste sehen, dass er hier wegkam. Irgendwohin, wo niemand ihn in den nächsten Minuten sehen konnte und wo er danach ruhen konnte.

Joëlle musterte ihn nachdenklich, nahm ihm die Waffe aus der Hand und nickte ihm zu. »Geh schon ... ich sehe später nach dir.«

»Danke«, presste er an Joëlle gewandt hervor, »bitte verwahre das so lange für mich.«

Er grüßte kurz in Richtung des Italieners, der seinen plötzlichen Abgang irritiert zur Kenntnis nahm. »Meine Empfehlung, Signore Sciàbolo«, hörte Laurent sich sagen, »wie immer war die Begegnung mit Ihnen ungemein lehrreich und inspirierend.«

Sciàbolo fasste sich und nickte geistesabwesend in Laurents Richtung, während sein Blick sich an dem Brief in Joëlles Händen festsaugte.

Mit langen Schritten machte Laurent sich auf den gewohnten Weg zu seinen Räumen. Als er sich erinnerte, wo er seit heute untergebracht war, änderte er abrupt die Richtung. Er hatte keine Energie, sich über seinen unfreiwilligen Umzug zu ärgern und hoffte, dass er für die nächste Stunde in Tante Chloés Schlafzimmer ungestört bleiben würde.

◇ ◇ ◇

Sein Kopf brummte dumpf, irgendetwas hämmerte und pochte. Die rechte Schläfe pulsierte und seine Unterlippe fühlte sich merkwürdig taub an. Obwohl die elende Schwäche aus seinen Gliedern verschwunden und lediglich einem Ziehen in Armen und Beinen gewichen war, fühlte er sich nicht so erholt, wie sonst. Fahrig tasteten seine Finger über raues Holz und er überlegte, ob er es vorhin bis zum Bett geschafft hatte.

Langsam öffnete er die Augen und starrte in den altersfleckigen Spiegel, der direkt gegenüber in die Wand eingelassen war. Seltsame Geschichten hatten er und Joëlle in ihrer Kindheit aufgeschnappt über die Herkunft dieses Spiegels. Tante Chloé hatte ihn eines Tages als Geschenk erhalten. Sie war eine Schwester seines Vaters gewesen, die innerhalb der Familie zeitlebens als exzentrisch oder verrückt galt. Sie hatte nie geheiratet und hinter vorgehaltener Hand wurde berichtet, sie habe sich von einem durchtriebenen Schwindler verführen lassen. Einem Mann, der in den 1770er und 1780er Jahren durch Europa gereist war, und nicht nur die Leichtgläubigen hatte glauben lassen, er könne Metall in Gold verwandeln oder habe ein Elixier zur Erlangung der ewigen Jugend gefunden. Von einem Tag auf den anderen war Tante Chloé verschwunden und nie mehr zurückgekehrt. Allgemein nahm man an, dass sie mit dem Schwindler durchgebrannt war. Vor allem Joëlle wurde Tante Chloé als warnendes Beispiel vorgehalten, wann immer sie Anzeichen eigenen Willens zu erkennen gab – also eigentlich immer.

Vorsichtig drehte Laurent den schmerzenden Kopf. Da war kein Bett – er hätte schwören können, dass in dem Zimmer ein Bett gewesen war. Er lag auf dem harten Holzboden, neben seinem Kopf rollten die Scherben einer zerbrochenen Flasche sachte hin und her. Hastig fuhr er mit den Fingern an den schmerzenden Kopf. Noch bevor seine Finger die feuchte Klebrigkeit spürten, hatte seine empfindliche Nase den unverkennbaren Eisengeruch wahrgenommen. Diesmal hatte er sich verletzt.

◇ ◇ ◇

Als er sich langsam aufsetzte, drehte sich alles und sein Kopf schien zu explodieren. Er blieb für einen Augenblick sitzen und versuchte, tief und gleichmäßig zu atmen. Die Luft in diesem Raum erschien ihm mit einem Mal stickig und dumpf. Er stemmte sich in die Höhe, wankte auf die versteckte Tür zum Dienstbotengang zu und schleppte sich die enge Wendeltreppe hinunter zur Seitenpforte. Mit einem Gefühl wie Pudding in den Beinen stolperte er ins Freie und lehnte sich an den kühlen Stein des Turmes. Jenseits des Innenhofs, dort wo der eigentliche Park begann, standen einige von Poissons Tagelöhnern. Die heftigen Gesten und mehr noch der aggressive Klang ihrer Stimmen, die sein empfindliches Gehör überdeutlich wahrnahm, fesselten seine Aufmerksamkeit. Die Männer schienen eine Reihe mannshoher Bäumchen einpflanzen zu wollen, die mitsamt dem umwickelten Wurzelballen auf einem Karren lagen. Eines der Bäumchen wurde von einem der Arbeiter probeweise in ein vorbereitetes Erdloch gehoben, woraufhin ihn ein älterer Landarbeiter anschnauzte. Ein weiterer Tagelöhner fing an, die Bäumchen vom Karren abzuladen, während sich ein vierter auf eine Schaufel stützte. Etwas an der Haltung dieses Mannes kam Laurent seltsam vertraut vor. Der Mann ließ seinen Blick gelangweilt hinüber zum Schloss gleiten und schien in der Bewegung innezuhalten. Langsam nahm er eine rote Mütze vom Kopf und fuhr sich durch die kinnlangen dunklen Haare – seinen Blick unverwandt auf Laurent gerichtet.

Laurent spürte seine Knie weich werden, seine Finger glitten über den glatten Stein hinter ihm und griffen ins Leere.

◇ ◇ ◇

Laurent hörte ein metallenes Klicken wie vom Spannen eines Pistolenhahns und riss die Augen auf. Er saß auf dem Boden mit dem Rücken an die Wand des Eckturms gelehnt. Vor ihm kniete ein Mann, die Haare kurz geschoren wie ein Sträfling, und ließ den Metallverschluss einer ledernen Tasche zuschnappen. Er fasste mit festem Griff Laurents Kinn und drehte seinen Kopf nach links. Dann tastete er über seine Wange in Richtung Schläfe und Laurent durchzuckte brennender Schmerz.

»Keine Sorge, mein Junge«, meinte der Mann und lächelte freundlich, während er mit dem Finger an seinem Gesicht herumdrückte. »Ich glaube nicht, dass etwas gebrochen ist. Du hast wohl einen harten Schädel. Die Schürfwunde an der Stirn habe ich versorgt. Deine Lippe wird auch wieder so gut wie neu.« Der Mann lachte verhalten. »Vielleicht hast du in den nächsten Tagen ein paar Schwierigkeiten mit dem Essen. Beim Küssen muss deine Freundin allerdings erst mal vorsichtig sein.« Er zwinkerte Laurent zu und erhob sich.

»Mann, Papa, du bist unmöglich«, zischte der Arbeiter mit der Mütze und schüttelte den Kopf. Der Kurzgeschorene lächelte, klopfte dem anderen auf die Schulter und steuerte auf einen älteren Mann zu, der in einiger Entfernung stand und mit grimmigem Gesicht an seiner Zigarre zog.

Laurent versuchte, seinen Kopf zu bewegen, was sofort ein Schwindelgefühl auslöste – ihm wurde flau im Magen.

»Was ist passiert?«, nuschelte er in dem Versuch, seine Lippen möglichst wenig zu bewegen.

Vor ihm stand breitbeinig ein drahtiger Rothaariger und grinste ihn freundlich an.

»Du bist einfach umgefallen, Mann. Wie ein Sack Zement.« Der Rothaarige kramte in seinen Taschen und zog ein kleines weißes Päckchen hervor, dem er einen länglichen silbrigen Streifen entnahm. Er entfernte das Silberpapier, steckte sich den Streifen in den Mund und fing an, schmatzend zu kauen.

Plötzlich hielt er inne, »Äh, willst du auch ...?«

Er hielt Laurent einen der silbernen Streifen hin. Laurent starrte auf die ausgestreckte Hand. Er hatte keine Ahnung, was der Mann von ihm wollte.

Eine Erkenntnis erhellte das fuchsartige Gesicht des Rothaarigen, er grinste noch breiter, ohne sich beim Kauen stören zu lassen, und tippte mehrmals mit dem Finger an seinen eigenen Mundwinkel.

»Verstehe, Mann, geht grad schlecht.« Er lachte wie über einen guten Witz und etwas Speichel sprühte bis zu Laurent. Bevor er den seltsamen Gegenstand wieder wegstecken konnte, schnappte ihn sich der Dunkelhaarige mit der Mütze. »Die Firma dankt«, grinste er, als er das verblüffte Gesicht des Rothaarigen sah. Dann drehte er sich zu Laurent um und kauerte sich vor ihn hin, wie zuvor der Mann, der ihn untersucht hatte.

Laurent fühlte sich unbehaglich und verletzlich zugleich, als die kohleschwarzen Augen des Dunkelhaarigen erst über sein Gesicht und dann über seine Gestalt glitten. Schließlich zuckten die Lippen des Jungen kurz und Laurent kam es vor, als hätte er eine Prüfung abgeschlossen. Der andere lächelte und Laurent bemerkte einen schräg stehenden Schneidezahn. Mit einem unhörbaren Klicken rastete ein Detail einer längst vergangenen Erinnerung ein. Bevor Laurent dem Sinn dieser Verschmelzung nachgehen konnte, sprach ihn einer der Arbeiter an.

»Wo kommst du her, Mann? Ich hab dich hier noch nie gesehen?«

»Ich wohne hier.« Die Worte waren heraus, ohne dass ihnen ein bewusster Gedanke vorangegangen war.

»Unsinn!« Das Vibrato der Stimme sandte kleine Schwingungen durch die Luft. »Seit Ewigkeiten wohnt hier keiner mehr.« Jetzt klang die Stimme amüsiert und Laurent musterte das Gesicht, das neben ihm auftauchte. Der geschwungene Mund öffnete sich zu einem Lächeln und mit Bestürzung erkannte Laurent, dass seine intuitive Ahnung richtig gewesen war und die Stimme einem Mädchen gehörte. Einem Mädchen in der Kleidung eines Arbeiters! Keiner schien dies sonderbar zu finden.

»Vielleicht gehört er zu Duroc und seinem Haufen«, wandte sich der Dunkelhaarige an das Mädchen. Sein Blick, der kurz über Laurent glitt, drückte allerdings etwas anderes aus und mit einem Mal war Laurent sich sicher, dass er ihn von irgendwoher kannte.

Das Mädchen zuckte mit den Schultern und strich zu Laurents Überraschung fast zärtlich über seine Wange.

»Was ist denn da passiert, dass ein so großer Kerl wie du, einfach umfällt?« Ihre Worte klangen spöttisch, aber auch besorgt. Sie lächelte ihn an und während sie sich erhob, wuschelte sie ihm liebevoll durch die blonden Haare.»Das würde ich mal abklären lassen.«

Laurent starrte ihr hinterher, als sie ohne ein weiteres Wort wegging und sich dem älteren Arbeiter und dem Mann mit dem Kurzhaarschnitt anschloss, die heftig miteinander diskutierten.

»Typisch Céline ...« Der Dunkelhaarige sah ihr ebenfalls nach.

»Céline?«, krächzte Laurent unsicher.

»Sie ist das durchgeknallteste Mädchen, dass ich je getroffen habe«, bekräftigte der andere.

»Durchgeknallt?«

Irgendwas stimmte hier ganz und gar nicht. Nach und nach konnte er wieder zusammenhängenden Gedanken folgen und sein Geist präsentierte ihm bizarre Schlussfolgerungen, die unmittelbar an Erfahrungen aus seiner Vergangenheit anknüpften, an die er lange nicht mehr gedacht hatte. Er musterte den Dunkelhaarigen und bedachte, dass einige Jahre seitdem vergangen waren. Er selbst war in dieser Zeit ebenfalls gewachsen und hatte sich verändert, aber dennoch ...?

»Ähm«, er räusperte sich, »sind wir uns schon vorgestellt ...«, Laurent brach ab und suchte nach einem weniger formellen Anfang. »Ich glaube, ... haben wir uns schon mal ...«

Das Lächeln des Dunkelhaarigen blieb unverändert, aber seine schwarzen Augen blickten ernst.

»Vielleicht ...«, meinte er gedehnt. »Ich bin Julien Kerouac.«

Mit Macht kehrte das flaue Gefühl zurück und für einen Moment fürchtete Laurent, sich übergeben zu müssen. War dies die Gewissheit, die seine Erinnerung ihm angeboten hatte? Laurent atmete kontrolliert aus, um seine Gedanken vor der nächsten Erkenntnis zu verschließen – um nicht an die Existenz eines unmöglichen Vorgangs zu denken. Er spürte, wie ihm der Schweiß auf die Stirn trat. Gedankenverloren tastete er in seinen Hosentaschen nach einem Taschentuch.

»Du bist Laurent, nicht wahr«, fuhr Julien fort. »Ich hab dich nicht sofort erkannt, aber ... anscheinend stehst du immer noch auf diese ulkigen Klamotten.« Juliens Kinn ruckte zur

Bekräftigung in Richtung der Kniehosen, die Laurent trug und die ihm peinlicherweise viel zu klein waren. »Wo warst du denn die ganze Zeit? Du bist damals so schnell verschwunden.« Julien fing auf einmal an, albern zu kichern, und hielt sich die Hand vor den Mund.

»Weißt du, was wir uns gedacht haben? Vic und ich?« Laurent schüttelte den Kopf und ein Schweißtropfen rann über seine Schläfe. Er zog einen Stofffetzen aus seiner Tasche, um ihn abzutupfen, als ihm Julien das Stück Stoff aus der Hand riss und es anstarrte.

»Hey, das ist doch ... das kenne ich doch ...« Er bedachte Laurent mit einem ratlosen Blick, in den langsam so etwas wie Erkenntnis sickerte. Sein Grinsen ließ wieder seinen schiefen Zahn sehen.

»Das sieht aus, wie ...« Julien verstummte. »Fast wie diese Flatterröcke, die Vic früher immer anhatte. Ich wusste ja nicht ...« Er biss sich auf die Lippen und eine leichte Röte kroch über seine hageren Wangen.

Laurent starrte das an, was er für ein Taschentuch gehalten hatte. Er sah einen hellblauen Stofffetzen mit lilafarbenem Blümchenmuster, der verdreckt und fleckig aussah. Eindeutig stammte er von einem Kleidungsstück und war dort recht unsanft abgerissen worden. Vielleicht hätte er ihn selbst gar nicht mehr erkannt, aber jetzt erinnerte er sich an ein Mädchen mit rotblonden Haaren, denen ein eigenartiger Duft nach Äpfeln anhaftete. Ihre Kleidung war für sein Empfinden sehr leger gewesen – sie hatte eher eine Art Unterrock getragen, wie er sich jetzt erinnerte.

Julien drehte und wendete den Stoff hin und her, als könne der Fetzen Geheimnisse preisgeben. »Sieht mitgenommen aus.«

Laurent dachte, dass Juliens erdverkrustete Finger die Sache nicht besser machten, riss ihm den Stoff aus der Hand und ließ ihn wieder in seine Tasche gleiten.

Das Mädchen mit den rotblonden Haaren hatte ihn vor Jahren von ihrem Rock abgerissen und ihm gegeben – im Tausch gegen eine Haarsträhne. Eine ganze Weile hatte er den Streifen mit sich herumgetragen, bis er aus der Hose herausgewachsen war und das Stückchen Stoff in der Tasche vergessen hatte. Ihm ging durch den Kopf, ob es dem Mädchen mit seiner Haarlocke ähnlich ergangen war, bevor er sich besann und mit seinen Gedanken in die Gegenwart zurückkehrte.

Mit den Fingern tastete er seinen Mundwinkel ab und versuchte, aufzustehen. Julien reichte ihm eine seiner schmutzigen Hände und zog ihn mit so viel nach oben, dass ihm erneut schwindlig wurde und er sich unauffällig an die Mauer lehnte. Vorsichtig sah er sich um und Julien folgte seinem Blick.

»Wir sind ganz schön vorangekommen.« Julien fuhr sich über die Stirn und hinterließ einen Schmutzstreifen. »Du hättest das sehen sollen, als wir angefangen haben. Ein übler Sturm hat letzten Herbst hier alles verwüstet.« Julien deutete mit seinem sehnigen Arm über die Parklandschaft bis hinüber zum Neptunbrunnen.

Resigniert dachte Laurent, dass er sich an keinen solch zerstörerischen Sturm aus dem letzten Herbst erinnern konnte. Bei einem genaueren Blick auf den Park waren die Veränderungen offensichtlich. Wo er einen roten Rosenbusch erwartet hatte, blühte ein gelber; die Lorbeerhecke war durch Hainbuchen ersetzt und der Schnitt war zu kantig. Die Comtesse legte immer Wert darauf, dass die Hecken in eine konische Form geschnitten wurden.

»... haben wir geschuftet, wie die Sklaven ...«, ließ sich Julien weiter aus, während sich in Laurents Kopf die Erkenntnis schleichend ausbreitete. Er war hier zu Hause – und doch am falschen Ort. Oder besser gesagt, in der falschen Zeit.

»... 1254 Buchse haben wir allein entlang der Wege eingesetzt«, begeisterte sich Julien weiter für das Thema und Laurent dachte, dass sie nie Buchsbäumchen an den Wegen hatten.

»Anscheinend haben sie alles von irgendwelchen uralten Zeichnungen abgekupfert.« Julien räusperte sich und wandte sich zu Laurent um, der vor seinem inneren Auge die Comtesse mit Maître Jobert auf der Veranda stehen sah, um ihm zu erklären, was sie auf seinen Gartenskizzen zu sehen wünschte.

»Ähm«, Laurent räusperte sich, »sieht sehr ansprechend aus«, meinte er ausweichend.

»Hör mal«, wechselte Julien das Thema. »Arbeitest du wirklich für diesen Malvoisier oder für Duroc?«

»Wie bitte?« Abwesend versuchte Laurent die widerstreitenden Gefühle in seinem Innern wieder unter Kontrolle zu bringen und sich auf Julien zu konzentrieren.

»Nein, natürlich nicht. Ich kenne diese Herren nicht. Ich ...« Laurent brach ab. Wie sollte er Julien von seiner Erkenntnis berichten, wo er seinen Schlussfolgerungen noch immer misstraute.

»Pass auf«, fing Julien wieder an und sah kurz in Richtung seines Vaters, der seinen Disput mit dem anderen Mann inzwischen beendet zu haben schien und auf sie zukam. »Komm doch heute einfach mit zu mir. Papa wollte mich gerade abholen. Dann kannst du mir alles erzählen.«

Panik erfasste Laurent bei dem Gedanken, das Schloss zu verlassen, und unwillkürlich lehnte er sich fester an die stabile Mauer, als könne er mit ihr verschmelzen. Er hatte das Gefühl, nie wieder zurückzufinden, wenn er diesen Ort verließ. Er musste um jeden Preis zurück – zurück in seine Zeit. Heftig schüttelte er den Kopf.

»Ich bin untröstlich, aber ich muss ...«, fing er an und als er sah, wie sich der Blick des Arztes mit medizinischer Neugier wieder auf sein Gesicht heftete, setzte er hinzu. »Richte bitte deinem Herrn Vater meine Empfehlungen aus für die Präparation meines Gesichts.« Laurent machte ein paar Schritte in Richtung der Seitenpforte, durch die er gekommen war. Die Hand auf der Klinke, drehte er sich noch einmal um und fixierte Julien.

»Du sagtest vorhin, ihr hättet euch damals etwas dabei gedacht, weshalb ich nicht mehr ...« Laurent ließ den Satz unvollendet.

Julien schien zu zögern, dann kicherte er, um nicht ernst genommen zu werden. »Wir haben uns gedacht, ob du vielleicht ... vielleicht eine Art Zeitreisender bist. Ganz schön blöd, was?«

◇ ◇ ◇

DER AUFTRAG

Laurent ballte die Faust um den schmuddeligen hellblauen Stoffstreifen mit den lila Blümchen und trat mit Schwung durch die Tür seiner Räume in den Verbindungsgang, der üblicherweise von der Dienerschaft benutzt wurde. Er überlegte, ob er sich Joëlle anvertrauen sollte. Er konnte sich nicht vorstellen, wie er ihr seine Schlussfolgerungen begreiflich machen sollte, konnte er doch selbst kaum glauben, was ihm in den letzten Stunden – und nicht zum ersten Mal – widerfahren war. Misstrauisch sah er sich um, ob er denn wirklich wieder zurück war. Er war keineswegs sicher.

Nach seiner Begegnung mit Julien war er stundenlang durch das Schloss gewandert, immer darauf bedacht, niemandem über den Weg zu laufen. Was er gesehen hatte, hatte ihn zutiefst erschüttert. Die leeren Räume mit ihren verblichenen und teilweise abgerissenen Seidentapeten. Immer wieder stieß er auf Baumaterial, das in einer Ecke gestapelt lag oder leere Flaschen – einige davon aus einem durchsichtigen Material und viel leichter als Glas. Im Eingangsbereich stellte er zu seiner Erleichterung fest, dass das Foyer fast unverändert wirkte – das Holz der Vertäfelung glänzender und dunkler, als er es kannte. Dann ging ihm auf, dass auch die vielen abgestoßenen Stellen fehlten. Es sah wie neu aus – weil es neu war.

Als er Schritte hörte, verschwand er in der Bibliothek und beobachtete zwei Männer, die die Halle durchquerten. Sein Blick folgte ihnen, bis sie durch das Eingangsportal verschwunden waren. Laurent wollte eben wieder in die Halle treten, als ihm aufging, was anders war. Dieser Raum war immer angefüllt mit den verschiedensten Gerüchen, nach Leder und Papier, nach dem Calvados, der auf einem Tischchen in der Ecke stand, nach den muffigen Teppichen, die den Boden bedeckten und sogar nach den Hunden, die es sich vor dem Kamin bequem machten. Jetzt nahm er nur den intensiven Geruch nach lackiertem Holz wahr. Er drehte sich um und starrte auf die deckenhohen Regale – glänzend neu gestrichen starrten sie leer zurück.

Es war dämmrig im Schloss, als er wieder in Tante Chloés Schlafzimmer zurückkehrte. Nie in seinem Leben hatte er sich derart verlassen gefühlt. Er vermied den Gedanken daran, was aus seiner Familie und allen anderen, die er sein Leben lang kannte, geworden war. Auch das Schloss selbst war in einer Art verlassen und leer, wie er es nie zuvor erlebt hatte.

Da er nicht wusste, was er sonst tun sollte, hatte er sich an Tante Chloés Wandspiegel gelehnt, die Augen geschlossen und auf das Pochen in seinem Kopf gehört.

Als er die Augen wieder öffnete, fiel strahlendes Sonnenlicht auf das Himmelbett in der Mitte des Raums. Aus den Weidenkörben an der Wand quollen seine hastig gepackten Sachen. Er musste geschlafen haben – die ganze Nacht in dieser unbequemen Haltung vor dem Spiegel. Und er musste geträumt haben.

◇ ◇ ◇

Jetzt durchquerte er mit langen Schritten einen Raum, in dem sich der Geruch von Leder, Schuhwichse und Fußschweiß zu einem kernigen Aroma verdichtet hatte. Stiefel der männlichen Plourhan-Familienmitglieder in allen Stadien der Reinigung, mit und ohne Spuren eines langjährigen Gebrauchs standen in militärischer Ordnung in Regalen und auf dem Fußboden. Zwei Männer arbeiteten sich methodisch durch eine Reihe schlammverkrusteter Stiefel, in denen Laurent auch ein eigenes Paar entdeckte. Pierre und Alain waren Cousins, wie Laurent aus Zeiten wusste, als er sich der Aufsicht seines Kindermädchens zu entziehen wusste, um seinen Horizont über seine Kinderstube hinaus zu erweitern. Eines seiner liebsten Verstecke war diese Stiefelputzkammer gewesen und die schweigsame Gesellschaft der beiden Stiefelknechte hatte wie eine ehrenvolle Auszeichnung seine schmächtige Kinderbrust anschwellen lassen.

Heute stürmte er wortlos an beiden vorbei, die Gedanken in solch immenser Unordnung, dass ihm die ordentlichen Stiefelreihen wie ein stummer Vorwurf hinterher zu blicken schienen. Vom

Dienstbotentrakt bog er auf die Hintertreppe ein, immer drei Stufen auf einmal nehmend. An einer engen und unübersichtlichen Stelle hätte er fast Magalie umgerannt, die mit einem Tablett beladen die Treppe hinunterbalancierte. Magalie errötete und schlug die Augen nieder.

Aufatmend erreichte er den Treppenabsatz, öffnete eine in die Wandverkleidung eingelassene Türe und trat auf die Galerie hinaus, die den Blick auf den prächtigen Treppenaufgang und das Foyer gestattete. Erleichtert musterte er die stumpfe Tönung des Holzes.

Während Laurent überlegte, ob er Joëlle eher in der Bibliothek oder im Damenzimmer finden würde, bewegte sich Hippolyte würdevoll vor einer Dame mit übergroßem Hut auf die Treppe zu. Madame de Valencienne war eine der Freundinnen der Comtesse. Eine dünne Frau in einer überladenen Robe, deren scharfer Verstand, gepaart mit kompromisslosen Moralvorstellungen eine Unterhaltung mit ihr so angenehm machte, wie die Befragung durch den Ankläger eines Inquisitionstribunals.

Laurent wich in den Schatten einer monumentalen Steinvase zurück und schob sich zu der schmalen Stiege, die zur Mansardenetage führte. Er musste dringend seine Gedanken ordnen und seine Schlussfolgerungen überprüfen. Dabei erfüllte ihn die Vorstellung, allein zu sein mit einem diffusen Schrecken, als ob *es* ihm jederzeit wieder passieren könnte.

Oben angekommen öffnete er, ohne nachzudenken, die erste Tür der Dachzimmer und betrat das alte Studierzimmer. Zwei abgewetzte Tische hatten ihm und Joëlle während zahlreicher Stunden jenen Halt und Orientierung gegeben, welche die sprunghafte Wissensvermittlung durch Monsieur Colbert es nicht vermocht hatte.

Der Stuhl an einem der Tische war besetzt und Laurent wunderte sich, dass er auf diese Möglichkeit nicht zuerst gekommen war.

Joëlle hatte sich dort niedergelassen, wo vor Jahren ihr Platz gewesen war. Sie blätterte in einer abgegriffenen Fibel und starrte gedankenverloren auf die erbaulichen Bilder, die die lehrreichen Kindergeschichten interessanter machen sollten.

»Ich dachte mir, dass du früher oder später hierherkommen würdest«, sagte sie, ohne sich umzudrehen. Ihre Stimme klang untypisch hohl und etwas rau.

Laurent beugte sich an ihr vorbei, um ihr ins Gesicht zu sehen, und kurz, bevor sie den Kopf weiter von ihm abwandte, sah er eine verräterische Hitze auf ihren Wangen. Sie presste die Lippen fest zusammen und ein Ausdruck von unterdrückter Resignation huschte über ihr Gesicht. Dies sah ihr so wenig ähnlich, dass Laurent für den Moment seine eigenen Kümmernisse vergaß. Er umfasste sanft ihr Kinn und drehte ihren Kopf zurück.

»Was ist los? Willst du mir nicht sagen, was die furchtlose Streiterin für die Rechte der Frauen so verzagt gemacht hat?« Laurent versuchte ein Lächeln und um Joëlles Mundwinkel zuckte es kurz. Dann schnaubte sie undamenhaft durch die Nase.

»Ich habe es so satt!« Zur Verdeutlichung ihrer Worte hieb sie mit ihrer Faust auf die bekritzelte Tischplatte, dass die unschuldige Fibel einen Satz machte und zu Boden rutschte.

Laurent ging im Geist eine Reihe von Möglichkeiten durch, auf die sich Joëlle beziehen könnte, als sie mit einer Spur ihrer sonstigen Energie fortfuhr: »Verstehst du, ich würde am liebsten sofort aufbrechen, mich auf ein Pferd setzen und die ganze Strecke allein … und natürlich ohne eine Begleitung, um den Anstand zu wahren«, setzte sie bitter hinzu.

»Ähm«, Laurent verwarf den Gedanken, dass die Comtesse Joëlles unerlaubten Briefwechsel mit der anrüchigen Olympe de Gouges entdeckt hatte und überlegte, ob überraschend eine Reise für sie geplant worden sei.

Joëlle sprang vom Stuhl auf und begann unruhig in dem Zimmer auf und abzulaufen. »Dabei könnte ich genauso …«, sie hielt kurz inne und starrte aus dem Dachfenster.

»Joëlle …« Auch wenn es Laurent bekümmerte, Joëlle so aufgelöst zu sehen, war er erleichtert, vorerst nicht seinen eigenen Gedanken ausgeliefert zu sein, und machte es sich auf der Tischkante bequem.»Ich kann dir leider nicht ganz folgen, vielleicht könntest du ...?«

Joëlle wandte den Blick ab und zog nach kurzem Zögern einen ramponierten Papierbogen aus den Tiefen ihrer Rockfalten.

»Laurent, du verstehst sicher, dass ich Henris Brief öffnen musste, nachdem du gestern so schnell verschwunden bist. Es hätte etwas Wichtiges sein können.« Sie hielt seinem Blick trotzig stand, gab den Brief aber nicht aus der Hand.

»Tatsächlich ist es von großer Wichtigkeit, aber obwohl er schreibt, dass alles gut ausgegangen ist, sind mir noch im Nachhinein die Haare zu Berge gestanden, was alles hätte passieren können. Ach Laurent ... wie ich es hasse, hier so untätig sein zu müssen, während ihr Männer ...«

»Gut«, fiel ihr Laurent ins Wort, als sie kurz Luft holte, »was ist von so großer Wichtigkeit und was ist passiert, dass dir die Haare noch weiter zu Berge stehen könnten?« Bedeutungsvoll musterte Laurent Joëlles nach neuester Mode kompliziert arrangierte Wuschelfrisur.

Wortlos hielt ihm Joëlle schließlich den Papierbogen hin, dessen Innenseite von den energischen Zeilen Henris dicht beschrieben war. Wie üblich hielt sich Henri nicht mit einer langen Vorrede auf, sondern kam sogleich zur Sache.

Werter Bruder,

ich muss dir mitteilen, dass uns, schon fast in Sichtweite von Paris, einige üble Schurken auflauerten und den Marquis und mich in arge Bedrängnis brachten, sodass ich am Ende zu fürchten begann, unser letztes Stündlein habe geschlagen. Bei einer Übermacht von einem halben Dutzend dieses Gesindels konnten wir uns schließlich glücklich schätzen, außer einigen veritablen Kratzern am Arm und des Marquis' Bein lediglich unsere Satteltaschen eingebüßt zu haben.

Kurz darauf allerdings wurden wir des wahren Verlusts unserer Habe gewahr, indem nämlich unsere Abfassung der Erklärung der Menschenrechte, die wir erst Tage zuvor hier in unserer

Bibliothek so hoffnungsvoll zu Papier gebracht haben, nun eben-
falls in den Händen der gottlosen Strolche ist. So diese keine wei-
teren Ambitionen haben, als harmlose Reisende um ihr Gepäck
zu bringen, werden sie diesem Dokument keine Bedeutung zu-
messen. Allerdings steht auch zu befürchten, dass es sich um an-
geworbenes Gesindel handelt, das dem Marquis und seinen Un-
terstützern übel will und denen eine vorzeitige Aufdeckung
unserer Ideen zupass käme.

Indessen ist der Marquis in Verlegenheit, so er dies Papier
nicht in Händen hält, da er in einem Kreis loyaler Freunde die
Ideen der Gleichheit präsentieren wollte und nicht allein auf sein
Gedächtnis – welches er wiederholt als erbärmlich schlecht im
Vergleich zu unserem Bruder François darstellte – angewiesen
sein möchte. Eingedenk deiner Bitte an mich um Fürsprache, bie-
tet sich demnach hier für dich eine vortreffliche Gelegenheit, sich
zu bewähren und beim Marquis einzuführen, indem du ihm die
Notizen zu unserem Dokument nach Paris bringen möchtest
(wenn es immer noch deine Absicht ist, dich dem Marquis anzu-
schließen).

Es handelt sich um einige lose Papierseiten, die sich in der Bib-
liothek befinden müssten. Ich erinnere mich, dass ich sie in einem
dieser dicken Folianten der Herren Diderot und d'Alembert habe
verschwinden lassen, als Alexandre mit der ihm eigenen Fähig-
keit stets am unrechten Ort aufzutauchen, plötzlich unseren Ar-
beitseifer ausforschen wollte. Ich bin zuversichtlich, dass du sie
ohne Schwierigkeiten finden wirst, um dem Marquis aus seiner
Bredouille zu helfen.

Grüße und so weiter, und so weiter …
Dein Bruder Henri

Laurent blickte auf, fixierte Joëlle, ohne sie wirklich wahrzunehmen, und las den Brief noch einmal. Verwirrt hob er den Kopf.

»Ich verstehe nicht … von welchen Notizen redet er denn?«

Joëlle musterte ihn finster und mit einer Spur Ungeduld. »Das
liegt doch auf der Hand.«

Laurent zog verständnislos eine Augenbraue nach oben und Joëlle fing ungeduldig an, an einer komplizierten Schleifendekoration ihres Mieders herumzuziehen, bis sich einige Bänder lösten. »Verstehst du nicht? Henri und der Marquis haben sie aufgeschrieben, so wie Jefferson! Ich wünschte, ich wäre in diesem Augenblick in die Bibliothek gekommen und nicht Alexandre.«

Laurent Verstand arbeitete zwar sonst nicht langsam, in diesem Fall wollten sich die nötigen Schlussfolgerungen nicht einstellen. »Kannst du mir vielleicht auf die Sprünge helfen, Schwesterherz? Und wer ist eigentlich dieser Jefferson?«

Joëlle prustete verächtlich bei so viel Begriffsstutzigkeit, dann beugte sie sich nach vorn und fixierte ihn mit Augen, die vor Begeisterung zu funkeln anfingen.

»Jefferson, mein Lieber, hat in den neuen Vereinigten Staaten von Amerika eine Erklärung verfasst, die allen Menschen unverbrüchliche Rechte zusichert. Verstehst du? Jedem Menschen!«

Endlich rasteten die Erinnerungen und Gedankenfetzen in Laurents Gehirn in die richtige Ordnung und präsentierten ihm die gesuchte Schlussfolgerung.

»Du meinst ...« Er biss sich kurz auf die Unterlippe, um den Gedanken in eine sprachliche Form zu bringen. »Du meinst, die beiden, also Henri und der Marquis haben hier bei uns, in unserer Bibliothek ...?« Er erinnerte sich an das Gespräch bei Tisch vor einer Woche und seine Begegnung mit dem Marquis auf der Veranda. Dieses Gerede von der Gleichheit aller und den neuen Ideen. Sie hatten es ernst gemeint. Laurent verlagerte sein Gewicht und wäre um ein Haar von der Tischkante gerutscht.

»Ja«, sagte Joëlle mit Wärme und Erleichterung. »Endlich tut jemand etwas und redet nicht nur.« Sie griff nach dem Brief.

»Hier ... Henri schreibt, der Marquis will diese *Erklärung der Menschenrechte*, wie sie es nennen, anderen Männern präsentieren. Ach Laurent, siehst du, welche Möglichkeiten sich daraus ergeben könnten?«

Laurent fielen ein paar unangenehme Möglichkeiten für seinen Bruder und den eigenwilligen Marquis ein. »Das kann aber auch übel ausgehen«, gab er zu bedenken. »Bei Tisch über solche Sachen wie *Gleichheit* und so zu reden ist eine Sache, aber das alles aufzuschreiben ... und möglicherweise dringt das an höchster Stelle durch.«

»*Hoffentlich* dringt das an höchster Stelle durch!« Joëlle stieß impulsiv die Luft durch die Nase aus. »Das ist doch überhaupt der Sinn darin. Endlich einmal Stellung zu beziehen und nicht nur zu reden.«

Laurent schüttelte verwirrt den Kopf. »Aber Joëlle, diese Idee von der *Gleichheit*, ... das ist ja schön und gut. Aber das würde doch bedeuten, dass, sagen wir mal, Jacques, der im Stall zur Hand geht, die gleichen Rechte hat, wie ... wie Papa oder Alexandre ... oder du und ich. Dabei bin ich mir einigermaßen sicher, dass er außer seinem Namen wenig mehr als ein paar Wörter lesen und schreiben kann.«

»Da hast du es«, konterte Joëlle. »Warum kann er nicht lesen und schreiben wie du oder Alexandre?« Sie blickte ihn so herausfordernd an, dass Laurent jeden Augenblick erwartete, an den Spitzen ihrer Wuschelfrisur elektrische Entladungen zu sehen, wie bei den seltsamen Experimenten seines Vaters.

Joëlle wartete nicht ab, bis Laurent eine Antwort formulierte. »Weil er ein armer Schlucker ist, weil er keine anderen Möglichkeiten hat und sich, seit er groß genug ist, ein Pferd am Zügel zu halten, im Stall verdingen musste, um seine Familie zu ernähren. Er hatte nie auch nur annähernd deine Möglichkeiten.«

Sie atmete kurz durch. »Der Vergleich mit mir ist allerdings etwas komplizierter. Sicherlich habe ich eine weit bessere Erziehung und Bildung erhalten als er. Aber er wird einmal ein Mann sein ... mit allen Rechten der Männer. Während sich meine Möglichkeiten, wie man es nennt, darauf beschränken, dass mir von meiner Familie ein Ehemann ausgesucht wird, den ich zu heiraten und dem ich zu gehorchen habe.«

Es fehlte nicht viel und Laurent hätte aufgelacht. Er wunderte sich, wie es Joëlle in letzter Zeit immer wieder gelang, jedes Gespräch über kurz oder lang auf das Thema der Frauenrechte zu bringen. Aus brüderlicher Loyalität brachte er ihr eine Art laue Nachsicht entgegen, wenn sie sich dafür ereiferte. Er konnte sich nicht ernsthaft vorstellen, dass dieses Anliegen selbst unter den Frauen große Anhängerschaft finden würde, von den Männern ganz abgesehen. Die Damen, die er kannte, hatten sich fast ausnahmslos hervorragend in ihr Los ergeben und kannten tausend Möglichkeiten, ihre Wünsche gegenüber ihren Männern durchzusetzen oder kommandierten diese offen herum. Es war müßig, mit Joëlle darüber zu streiten. In ihren Ansichten war sie absolut kompromisslos und so verzichtete er auf eine Erwiderung.

Joëlle nutzte dies, um Laurent einen anderen Aspekt vor Augen zu führen. »Aber auch mal abgesehen von dem Stallknecht Jacques. Sieh dich doch selbst an, oder Henri? Habt ihr etwa die gleichen Rechte wie Alexandre?«

Unnachgiebig bohrte sie ihren Blick in sein Gesicht. »Ihr beide müsst euch euren Platz in der Welt suchen und verdienen, oder als öder Verwalter des eigenen Bruders enden.« Mit voller Absicht hatte Joëlle diesen Pfeil abgeschossen. »Während Alexandre hier Land und Titel erben wird. Aus keinem anderen Grund als dem, dass er der Älteste ist.«

Laurent zuckte mit den Schultern und versuchte, ein gleichmütiges Gesicht zu wahren. Dabei hätte er seiner Schwester in diesem Moment gerne den Hals umgedreht. Sie hatte genau gewusst und kalkuliert, was sie sagte. Aber er würde sich nicht provozieren lassen.

»Das ist eben so. Wer soll es sonst erben. Wenn man Besitz immer unter allen Söhnen aufteilt …«

»Ha, da siehst du es, *allen Söhnen*«, fiel ihm Joëlle ins Wort.

Laurent ignorierte das und fuhr fort: »… wird das Erbe im Laufe der Zeit immer kleiner, sodass keiner mehr davon leben kann.«

»Ja, schon richtig, Bruder, aber warum soll der Älteste erben«, setzte Joëlle mit gefährlich leiser Stimme einen ketzerischen Gedanken in die Welt. Ihre braunen Augen zu Schlitzen verengt, starrte sie ihn herausfordernd an. »Warum nicht der oder die Fähigste?«

164

»Weil ...«, fing Laurent an und wusste nicht mehr weiter. Er hatte die seit Generationen übliche Vererbung von Land und Titel an den Erstgeborenen als gottgegeben betrachtet und nie ernsthaft in Zweifel gezogen.

»Vielleicht wären du oder Henri fähigere und würdigere Grafen als Alexandre«, setzte Joëlle nach und beide mussten in plötzlichem Einverständnis grinsen bei der Vorstellung, Laurent oder Henri könnten würdiger auftreten als Alexandre, der wahrscheinlich bereits als Wickelkind eine überlegene Würde ausgestrahlt hatte.

Joëlle wurde wieder ernst und der kurze Augenblick geschwisterlicher Verbundenheit verschwand. »Oder vielleicht wäre ich die fähigste und würdigste Erbin oder Marie-Jeanne!« Stillschweigend hatte keiner von ihnen François erwähnt, dessen Andersartigkeit selbst Joëlles Vorstellungen von der Gleichheit aller Menschen auf eine Probe stellte.

Laurent rutschte auf der Tischplatte hin und her. Er hatte mit einem Mal das Gefühl, sie würde sein Gewicht nicht mehr tragen. Zu viele Gewissheiten seines bisherigen Lebens waren auf einmal auf den Kopf gestellt. Er sprang auf, um wieder festen Boden unter den Füßen zu spüren. Joëlles herausfordernde Fragen berührten ihn gegen seinen Willen auf seltsame Weise und eine Ahnung überkam ihn, dass er sich seiner eigenen Position in dieser Sache irgendwann würde stellen müssen. Aber nicht heute. Es gab andere Dinge, die ihm mehr Kopfzerbrechen bereiteten.

Außerdem war da Henris Brief mit seiner Bitte, ihm diese Notizen zu bringen – was immer sie enthalten mochten. Langsam dämmerte ihm, dass sich hier eine Möglichkeit auftat, sein Schicksal selbst in die Hand zu nehmen. Es war das erste Mal, dass sich Henri an ihn wie einen Erwachsenen wandte und er bei erfolgreicher Bewältigung nicht nur dieses Vertrauen rechtfertigen würde, sondern sich dem Marquis in dieser offenbar wichtigen Angelegenheit empfehlen würde. Egal wie er zu den Gedanken stand, die in diesem Dokument niedergelegt worden waren, es war keine Frage, dass er sie finden und nach Paris bringen musste.

»Der Marquis wäre dir verpflichtet«, nahm Joëlle den Faden seiner eigenen Gedanken auf. Auf wundersame Weise hatten sie, auch wenn sie in manchen Bereichen unterschiedlicher Meinung waren, die Fähigkeit nicht verloren, sich in den anderen hineinzudenken und sich zuweilen ohne Worte zu verstehen.

Joëlle legte ihrem Bruder die Hand auf den Arm. »Diese Notizen zu finden, kann nicht so schwer sein.«

»Richtig« stimmte Laurent zu. »Wir schnappen uns diesen Folianten und …« Laurent registrierte mit Erleichterung, dass Joëlle sich von der Aussicht, wenigstens bei der Suche nach diesen Papieren beteiligt zu sein, von ihrem Lieblingsthema ablenken ließ.

»Also, dann erst mal in die Bibliothek.« Joëlle hüpfte auf die Tür zu, vibrierend vor Energie.

Laurent hatte Mühe, mit ihr Schritt zu halten. »Sag mal, wer sind noch mal diese Herren Diderot und d'Alembert von denen dieser Foliant ist?«

◇ ◇ ◇

Eine Stunde später wussten sie, dass sich besagte Herren in einem Akt ungeahnten Fleißes die Mühe gemacht hatten, über einen Zeitraum von mehr als zwanzig Jahren das gesamte Wissen ihrer Zeit zusammenzutragen. In braunrotes Leder gebunden und mit gewichtigen Prägebuchstaben versehen, füllten nahezu identisch aussehende Bücher ein eigenes Regal.

»Was, zum Henker …«, fing Laurent an, »ich dachte, das ist nur ein Buch? Warum sind das so viele?«

»Es sind, warte mal …«, Joëlle schritt die Reihe ab und zählte, »es sind genau 27 Bände.«

»Ach, tatsächlich?« Laurent ließ seine Augen frustriert über die einschüchternden Buchrücken gleiten.

»Ja, und wenn ich richtig gezählt habe, dann sind das bis hierher …«, Joëlle bohrte ihren Finger in einen der Zwischenräume, »Textbände, alphabetisch geordnet und das da sind …«, sie zog einen der letzten Folianten heraus, »so wie es aussieht, eine Art Illustration. Ah, hier steht es: ›Tafelbände‹.« Joëlle fing an, den Band, den sie in der Hand hatte, durchzublättern. Nach kurzer

Zeit setzte sie sich in einen der Sessel und legte sich den schweren Folianten auf den Schoß. Laurent konnte eine Reihe geografischer Karten ausmachen – nirgends eine Spur handgeschriebener Papierbögen.

Laurent seufzte. Offenbar blieb ihnen nichts anderes übrig, als Band für Band nach diesen Notizen zu durchsuchen. Lustlos zog er das erste Buch mit der Angabe *›A - Azymites‹* auf dem Buchrücken aus dem Regal. Es war schwerer, als er gedacht hatte und ein undefinierbarer Geruch von Papier, Druckfarbe und Leder schlug ihm entgegen, als er es öffnete. *›ENCYCOPÉDIE, ou DICTIONNAIRE RAISONNÉ DES SCIENCES, DES ARTS ET DES MÉTIERS‹* las Laurent den sperrigen Titel. Das war die Art von Buch, um das er bisher erfolgreich einen weiten Bogen gemacht hatte. Schon beim Lesen der ersten Seite überkam ihn das niederdrückende Gefühl ausgedehnter Wissenslücken, die sich, bei weiterer Lektüre, zu einem geschlossenen Ganzen verdichteten. Konnte es einen vernünftigen Grund geben, Dinge wie, *›Abaca‹* wissen zu wollen? Er blätterte weiter und blieb kurz an einer Abhandlung über *›Amerique‹* hängen. Schließlich stieß er auf eine bebilderte Seite über die Kunst militärischen Exerzierens und musste zugeben, dass sich zuweilen auch wertvolle Beiträge finden ließen. Seiner Meinung nach hätte man das Ganze allerdings deutlich straffer halten sollen. Auf Stichworte wie *›Aius Locutius‹* oder *›Ansico‹* konnte man verzichten. Nachdem sich außer den von den Autoren vorgesehenen weitschweifigen Ausführungen bis zu dem befremdlichen Stichwort *›Azymites‹*, keine losen Seiten in dem Werk befanden, schob Laurent den Band an seinen Platz zurück und nahm sich den nächsten, mit der Angabe *›B - Cézimbra‹*, vor.

Joëlle hatte sich in einen weiteren Band vertieft, der sich mit den Besonderheiten von Flora und Fauna befasste. Laurent bemerkte eine seltsame Abbildung eines bulligen Tieres, dessen Körper mit Platten gepanzert war, die an die Rüstungen seiner Vorfahren erinnerten. Außerdem trug es nicht nur ein, sondern sogar zwei gefährlich aussehende Hörner auf der Nase. Laurent hatte noch nie von der Existenz eines solchen Tieres gehört und war geneigt, diese Zeichnung der lebhaften Fantasie eines der Autoren zuzuschreiben. Er vertiefte sich kurz in die Abhandlung von ›Bleu de Prusse‹ in seinem Band und blätterte den Rest flüchtig durch. Nirgends ein überflüssiges Blatt, dachte Laurent, wenn man davon absah, dass gut die Hälfte der Stichworte überflüssig war, fügte er in Gedanken dazu.

»Joëlle, das dauert ewig, bis wir da durch sind«, meinte er und zog Band drei aus dem Regal – ›Cha - Consécration‹. »Da steht Zeug drin, das interessiert keinen! Hier zum Beispiel kannst du sehen, wie ein Hutmacher arbeitet.« Er schlug eine Seite mit dem Stichwort ›Chapelier‹ auf. Detailreich waren auf einem Stich die einzelnen Arbeitsschritte bis zum fertigen Hut dargestellt. »Wer will denn das wissen?«

Joëlle blickte auf und grinste ihn an. »Ein Hutmacher vielleicht?«

Laurent musste kichern und blätterte zügig weiter. Unter dem Stichwort ›Charron‹ wurde er mit der Werkstatt eines Stellmachers vertraut gemacht und konnte sich die zahllosen Einzelteile ansehen, die zur Herstellung eines Wagens notwendig waren. Er musste zugeben, dass er bislang keinen Gedanken daran verschwendet hatte, welche Arbeitsschritte notwendig waren, diese Alltagsgegenstände herzustellen. Das war schließlich nicht seine Aufgabe im Leben. Er drehte den Band um und schüttelte ihn, dass der Buchrücken angesichts dieser Respektlosigkeit knarzte. Nichts! Keine einzige handschriftliche Seite.

»Ihh, wie gruselig«, rief Joëlle und schob den Folianten auf ihrem Schoß ein Stück zur Seite. Laurent blickte auf und sah auf den ersten Blick einen unbekleideten Mann auf der Seite, die Joëlle aufgeschlagen hatte. Bei genauerer Betrachtung erkannte er, dass man dem bedauernswerten Menschen offenbar die Haut abgezogen hatte. Völlig unbeeinträchtigt davon posierte der Mann, wie sonst ein vornehmer Herr beim Porträtmaler – nur ohne Kleidung und ohne Haut und Haare, sodass man jeden einzelnen Muskel seines Körpers ohne Schwierigkeiten erkennen konnte. Etwas verspätet bemerkte Laurent, dass es sich der Zeichner nicht hatte nehmen lassen, auch jenes eindeutig männliche Körperteil detailgetreu darzustellen.

»Ähm«, räusperte sich Laurent, »das ist sicher eine anatomische Ansicht des Körpers. Das ist, denke ich, nur für Doktoren der Medizin und Feldschere interessant.«

»Ach, wirklich!« Joëlle hatte sich von ihrem Schrecken erholt und musterte die Abbildung eingehend. »Interessant.«

Während der nächsten Stunde arbeiteten sie sich zunehmend frustrierter durch eine Reihe weiterer Folianten, ohne eine Spur handschriftlicher Notizen zu finden. Laurent fuhr fort, die Textbände in alphabetischer Reihenfolge zu kontrollieren. Joëlle hatte sich am Ende des Regals die Tafelbände vorgenommen, sodass sie sich irgendwann in der Mitte treffen mussten. Einmal jubelte Joëlle etwas verfrüht, als ihr beim Öffnen des letzten Textbandes – ›Vénérien - Zzuéné‹ – ein loses Blatt entgegenfiel. Letztlich handelte es sich nur um eine Textseite, die sich aus der Verleimung gelöst hatte. Joëlle klappte frustriert den Band zusammen und schob ihn an seinen Platz im Regal.

»Zeig doch noch mal diesen Brief von Henri. Vielleicht hat er irgendein anderes Buch hier gemeint.« Sie streckte ungeduldig die Hand aus.

»Wie?« Laurent zog den inzwischen arg zerknitterten Brief aus deiner Hosentasche. Alarmiert musterte er die Regalreihen der Bibliothek. »Ich will doch nicht hoffen, dass wir hier jedes dieser vermaledeiten Bücher durchsehen müssen. Das würde Jahre dauern.«

Joëlle warf ihm einen genervten Blick zu und nahm den Brief. »Mein Lieber, es gibt Leute, die lesen diese Bücher auch noch, was sagst du dazu.«

»Was du nicht sagst! Ich jedenfalls habe nicht vor, meine Zeit hier in einer muffigen Bibliothek zu verschwenden.« Laurent hob Textband 14 mit dem Hinweis ›Reggio - Semyda‹ an und schüttelte ihn rücksichtslos, bevor er ihn mit unnötigem Schwung ins Regal zurückbeförderte. »Was soll denn das überhaupt heißen? ›Semyda‹?«

»Ich habe keine Ahnung. Wahrscheinlich das letzte Stichwort im Buch«, meinte Joëlle geistesabwesend, während sie Henris Brief noch mal Wort für Wort durchlas.
»Ach ja? Da haben die Herren Enzyklopädisten aber eine Menge weggelassen.« Laurent lachte schadenfroh. »Wenn jetzt irgendein Schlaumeier was zum Thema *Sonne* oder *Suppe* wissen möchte, hat er Pech gehabt, denn der nächste Band fängt mit ›*Teanum*‹ an.«
»Also, Henri schreibt eindeutig von einem Band der Herren Diderot und d'Alembert.« Nachdenklich faltete Joëlle den Brief und musterte die Regalreihen neben den Enzyklopädiebänden. »Die Frage ist, ob es von diesen Herren noch weitere Werke hier gibt? Was meinst du, ob hier alles alphabetisch oder thematisch geordnet ist?« Sie steckte den Brief als Merkzeichen zwischen die Bücher, um sich den Rest des Regals anzusehen.
»Woher soll ich das wissen? Soweit ich weiß, hältst du dich hier noch öfter auf als ich«, meinte Laurent gereizt und schlug den nächsten Folianten auf. »Allerdings hast du wohl bisher eine andere Lektüre präferiert, Schwesterherz.« Er grinste hämisch und ließ seinen Blick zu einem versteckt stehenden abschließbaren Schrank wandern, der eine Sammlung von Romanen enthielt, die man sämtlich dem Genre Schauer-, Abenteuer- und Liebesroman zuordnen konnte.
Joëlle lächelte zurück und errötete, was Laurent der Tatsache zuschrieb, dass sie sich, wie er wusste, einen Nachschlüssel besorgt hatte, um an diese, für junge Damen als nicht geeignete Literatur angesehenen Werke, zu gelangen. Was Joëlle ihm nicht auf die Nase gebunden hatte, war, dass besagter Schrank auch eine Sammlung erotischer Abhandlungen beherbergte, die durch die erläuternde Bebilderung geeignet war, die Fantasie einer neugierigen Dame anzuregen.
»Wie machst du es eigentlich, dass niemandem auffällt, dass du dir eines der Bücher geliehen hast?«
Laurent fragte weniger aus echtem Interesse, als um Joëlle in Verlegenheit zu bringen.

Sie zuckte die Schultern.»Ich rücke einfach die anderen Bücher in der Reihe ein wenig auseinander, sodass keine Lücke entsteht.« Sie wandte sich dem nächsten Band der Enzyklopädie zu, schlug den Buchdeckel zurück. Plötzlich hielt sie inne.

»Warte mal! Was hast du eben gesagt?«

»Ähm ...«, Laurent stutzte,»wie du es anstellst, dass keiner ...«

»Nein, davor? Du hast irgendwas gesagt? Irgendwas, was mit diesen Bänden zu tun hatte. Versuch dich zu erinnern.«

Laurent blätterte die ersten Seiten des Folianten auf seinem Schoß hin und her.»Was zum Henker, ich habe keine Ahnung, Joëlle. Sieh mich nicht so an, als ob das sonnenklar sein müsste.«

»Genau, das war es ... Sonne.« Joëlle sprang auf und begann aufgeregt an der Regalreihe mit den Enzyklopädie-Bänden hin und her zu laufen. Schließlich zog sie den letzten Band, den Laurent durchgesehen hatte heraus.

»Joëlle, da ist nichts, den hier habe ich schon durchgesehen!«

»Laurent, sieh her, es ist Band 14, bis zum Stichwort ›Semyda‹! Du hast dich doch noch gewundert, dass es zum Beispiel nichts zum Thema Sonne gibt.« Joëlle riss ihm seinen Band von den Knien.»Ganz einfach aus dem Grund, weil ein Band fehlt!«

»Wie ... fehlt?«

»Ja, hier, du hast die Stichworte ›Teanum - Vénérie‹, das ist Band 16.« Joëlle stieß mit ihrem Finger auf das Vorsatzblatt mit dem Schriftzug ›Tome seizième‹.»Ich habe auch im Regal keinen Band 15 gesehen. Verstehst du!«

Laurent nickte langsam.»Und du nimmst an, dass ...«

»Genau, diese Notizen müssen sich in Band 15 befinden. Das ist doch ganz offensichtlich.«

»Ach komm schon, Joëlle.« Laurent runzelte die Stirn.»Das wäre jetzt aber ein seltsamer Zufall. Lass uns hier die restlichen Bücher durchsehen, wir haben noch, warte mal, fünf Bände. Vielleicht sind diese verfluchten Notizen ja dort irgendwo.« Lustlos griff Laurent nach einem weiteren Band.

Eine halbe Stunde später war auch diese Möglichkeit ausgeschlossen. Joëlle ließ sich zurück in den wuchtigen Ledersessel sinken und wickelte sich eines der Schmuckbänder ihres Mieders um den Finger, bis er blau anlief.

»Kannst du mir sagen, warum gerade dieser Band fehlt, Laurent? Findest du es nicht seltsam?«

»Warum seltsam?« Laurent griff nach dem Schürhaken am Kamin und schob ein paar Aschereste auf der sonst sauber gefegten Feuerstelle hin und her, bis sie zerkleinert auseinanderfielen. »Du hast selbst gesagt, dass François von diesen Büchern fasziniert ist. Wahrscheinlich hat er den fehlenden Band.« Er fing an, mit dem Haken an das Eisengitter des Kamins zu klopfen. »Und ich bin immer noch nicht davon überzeugt, dass sich diese Notizen gerade in diesem Band befinden.«

»François hat das Buch nicht, da bin ich mir sicher.« Joëlle befreite ihren Finger von dem Band, steckte ihn gedankenverloren in den Mund und saugte daran. »Es stimmt schon, dass er ganz versessen auf diese Bände ist ... aber er würde nie ...«, mit gerunzelten Brauen starrte sie in Laurents Richtung. »Die Bände standen alle ordentlich im Regal. Da war keine Lücke zwischen Band 14 und Band 16.«

Laurent versuchte, sich zu erinnern, wie die Folianten im Regal gestanden hatten, bevor sie einen nach dem anderen durchsucht hatten. Er hatte keine Ahnung. Wahrscheinlich hatte Joëlle recht, wenn sie annahm, dass François den Band nicht genommen hatte. Er würde sich nicht darum kümmern, ob das Fehlen eines Bandes bemerkt würde oder nicht.

»Meinst du, den Band hat jemand genommen, der nicht wollte, dass man es bemerkt?« Laurent fing an, mit dem Schürhaken an dem Putz der Kamineinfassung zu kratzen.

»Kannst du bitte damit aufhören, dieses Geräusch ist grauenvoll.« Joëlle wies auf den Schürhaken in Laurents Hand, »so kann man doch nicht klar denken.«

Laurent lehnte den Haken an die Wand und warf sich in den zweiten Ledersessel, als sich geräuschlos die Türe einen Spalt öffnete und François wie ein Schatten ins Zimmer glitt.

◇ ◇ ◇

»Kolumbus hat einen Fehler gemacht ... hat einen Fehler gemacht«, leierte er mit hoher Stimme. Als er Laurent und Joëlle bemerkte, bewegte sich sein Kopf ruckartig in ihre Richtung und er fixierte einen Punkt an der Wand zwischen ihnen. Wortlos steuerte er ein Regal am anderen Ende des Raumes an und holte sich zielsicher einen umfangreichen Atlas aus einer Reihe schwergewichtiger Bücher. Geschickt kletterte er auf die Bibliotheksleiter und kauerte sich auf der höchsten Sprosse hin.

»Sag mal, François«, fing Laurent an. »Heh, François, weißt du vielleicht ...«

François' dunkler Schopf ruckte nach oben und seine Augen bohrten sich für einen Moment in die Wandvertäfelung oberhalb von Laurents linker Schulter. Er schob seinen Unterkiefer ein wenig vor. »Kolumbus hat einen Fehler gemacht. Die Westindischen Inseln sind nicht bei Indien«, teilte François ihm mit und trommelte mit den Fingern rhythmisch auf den Atlas.

»Ähm ja, mag sein«, Laurent versuchte, sich in Geduld zu fassen. »Weißt du, wo Band 15 von dieser Enzyklopädie ist? Du hast ihn nicht vielleicht ...?«

»Dummer Fehler, dummer Kolumbus.«

»François! Band 15?«

»Band 15, ›Sen - Tchupriki‹«, leierte François, ohne aufzusehen. Er hielt kurz inne und strich mit den Fingern über die Maserung der Bibliotheksleiter. »Nein, nicht da, hab ich nicht genommen.« François vertiefte sich wieder in den Atlas.

»Was heißt das?« Joëlle fing an, ungeduldig eine Falte ihres Kleides zu kneten. »Weißt du, wer Band 15 genommen hat?«

»Hippolytepotamus, potamus, der Hasenfuß,« François kicherte glucksend über sein Wortspiel. »Nimmt den Band mit der Hand, für Armand, der gespannt ...«

»François«, fiel ihm Laurent ins Wort, »hör auf, solches Zeug zu reden. Wenn du weißt, wer den Band genommen hat, dann raus damit.«

François hörte auf zu kichern und sah aus dem Fenster. »Hippolyte, ist das der Dieb?«

»Du meinst, Hippolyte hat den Band genommen?« Laurent konnte sich das kaum vorstellen. Hippolyte übertraf selbst die Comtesse an Noblesse und Vornehmheit. »Was soll er denn damit?«

Joëlle zappelte vor Ungeduld hin und her, lief schließlich zur Leiter und rüttelte sie. François klammerte sich an das Geländer und ließ den Atlas fallen.

Joëlle wich geistesgegenwärtig aus und der schwere Band schlug krachend auf dem Boden auf. François begann zu kreischen.

◇ ◇ ◇

Giacomo Sciàbolo betrat die Bibliothek, nachdem sich der Tumult, den François' Anfall ausgelöst hatte, wieder beruhigt hatte. Der junge Laurent de Plourhan und seine Schwester, die naseweise Joëlle, hatten die Bibliothek mit Unschuldsmienen verlassen, nachdem ein gebrechlich wirkender Mann mit einem Becher mit übelriechendem Sud den Raum betreten hatte. Wenig später war das Geheule des seltsamen jungen Mannes verstummt.

Das Erste, was Sciàbolo sah, als er den Raum betrat, war die klapprige Gestalt des Dieners, der erschöpft in einen der wuchtigen Sessel gesunken war.

Als dieser ihn bemerkte, fuhr er wie angestochen hoch und wies gleichzeitig mit einer Hand auf die freigewordene Sitzfläche. Sciàbolo winkte ab und sah sich nach dem Schützling des Mannes um. Der dritte Sohn des Grafen Maynard de Plourhan kauerte in einer Fensternische und hatte den schweren Brokatvorhang um seinen Körper gewickelt. Sein Blick wanderte unstet durch den Raum, aber Sciàbolo hatte Zweifel, ob er irgendetwas wahrnahm.

Er räusperte sich. »Waaas iist mit iihm?«, wandte er sich an den Alten.

Dieser zuckte entschuldigend die Schultern, als ob François' Sonderlichkeit sein Versäumnis wäre.

»Zu Diensten, Signore Sciàbolo, man weiß es nicht. Selbst die gelehrtesten Doktoren haben keine Erklärung dafür. Es ist eine Strafe Gottes.« Der Alte bekreuzigte sich.

Sciàbolo fixierte den Diener, ob er weitere Antworten bekommen würde und als das nicht der Fall zu sein schien, musterte er den sonderbaren jungen Mann. In der kurzen Zeit seines Aufenthalts hatte er nicht viel von ihm gesehen. Offenbar achtete man darauf, dass er mit seinen Verrücktheiten den Gästen nicht über den Weg lief und diese verstörte. Dem Tratsch mit der Köchin, mit der er sich gut gestellt hatte, hatte er entnommen, dass manche François für vom Teufel besessen hielten. Er hatte einige höchst unheimliche Fähigkeiten, die nicht mit rechten Dingen zu erklären waren. So wusste die Köchin zu berichten, dass er einmal, als die Lieferliste einer größeren Weinbestellung von einem Windstoß in den Kamin geweht worden war, diese fehlerlos wiederholen konnte, nachdem er sie zuvor kurz angesehen hatte. Dabei konnte er nicht nur jede einzelne Flasche nach Anbaugebiet und Jahrgang aufzählen, sondern wusste auch, wie viele Kisten geliefert worden waren, und konnte den exakten Rechnungsbetrag schneller ausrechnen, als dies Hippolythe jemals gelungen wäre. Hämisch hatte Madame Dubois angemerkt, dass es Hippolythe einen halben Tag gekostet hatte, François' Angaben zu überprüfen, die bis zur letzten Flasche und dem letzten Sous fehlerlos gewesen waren. Dabei hatte vorher keiner gewusst, dass er überhaupt lesen konnte, vom Rechnen ganz zu schweigen.

Jetzt saß François de Plourhan mit seinem Umhang aus Brokatvorhang am Fenster und fixierte eine Lichtspiegelung in der Fensterscheibe. Vorsichtig hob er eine Hand und fuhr mit seinen langgliedrigen Fingern über den Lichtfleck. Nach einer Weile fing er an, mit leiser Stimme vor sich hin zu murmeln.

Sciàbolo hatte eine Ahnung, was es mit François' Schwierigkeiten auf sich hatte. Seit Dustin Hoffmans Darstellung des Raymond Babbitt in ›Rainman‹ hatte jeder Kinobesucher eine eindrückliche Vorstellung von Menschen mit Autismus bekommen. François' Zeitgenossen mussten ohne die Erkenntnisse des 20. Jahrhunderts auskommen und hatten demzufolge keinen Namen und keine Erklärung für seine beängstigenden Verhaltensweisen und beunruhigenden Fähigkeiten.

Während er François weiter in Auge behielt, wanderte Sciàbolo langsam durch die Bibliothek und gab vor, sich die Buchrücken der Regalreihen anzusehen. Was er genau suchte, wusste er nicht. Er hatte am Vortag gesehen, dass Demoiselle Joëlle ihrem Bruder einen Brief hatte übergeben wollen. Leider hatte er nicht sehen können, ob es einer dieser Briefe gewesen war, die sie, wahrscheinlich verbotenerweise, mit jener Olympe de Gouges wechselte, oder ein Antwortschreiben oder etwas für ihn völlig Unwichtiges. Jedenfalls hatte dieses Schreiben die Geschwister Plourhan später in diese Bibliothek geführt und er wollte wissen warum.

Unterhalb einer Bibliotheksleiter lag ein aufgeschlagener Foliant achtlos auf dem Boden. Sciàbolo bückte sich, um ihn zurück ins Regal zu stellen, als eine monotone Stimme zu seinem Rücken sprach: »Weiß man, ob eine Enzyklopädie alles weiß?«

Sciàbolo drehte sich langsam um.

François hatte den Vorhang sinken lassen und sah an ihm vorbei auf die funkelnde Oberfläche der Wasserkaraffe, die auf einem Tischchen stand. »Antworten gibt es auf Fragen ... neue Fragen bleiben ohne Antworten.«

Sciàbolo konnte sich keinen Reim auf diese sonderbaren Aussagen machen, hatte aber das unbestimmte Gefühl, dass François etwas mitteilen wollte.

»Vielleicht kennt Hippolythe die Frage und die Antwort, aber vielleicht ist es auch umgekehrt oder ganz anders.« François drehte sich weg und sah wieder zum Fenster hinaus.

Sciàbolo zuckte mit den Schultern und wollte den Band, den er die ganze Zeit in den Händen gehalten hatte, ins Regal schieben, als ihm in einer Lücke zwischen den Büchern ein Stück Papier auffiel. Vorsichtig zog er es heraus. Es war ein Brief an den jungen Laurent de Plourhan von seinem Bruder Henri. Er begann zu lesen: ›*Werter Bruder, ...*‹

◇ ◇ ◇

DRINGENDE ANGELEGENHEIT

Laurent hastete zwei Stufen auf einmal nehmend zu seinem Zimmer. Dieser dreimal vermaledeite Hippolythe. Natürlich hatte er ihn zur Rede gestellt und nach diesem verfluchten Buch gefragt und der Kerl war, wenn möglich, noch hochnäsiger geworden als sonst. Hippolyte Lagarde versah die Position des Majordomus im Schloss seit Laurent denken konnte und hatte im Laufe seiner Dienstjahre einen Verhaltenskodex aus Servilität und Arroganz kultiviert, dessen Mischungsverhältnis sich direkt an der Wichtigkeit seines Gegenübers orientierte. Da Laurent als jüngerer Sohn mit größter Wahrscheinlichkeit niemals sein Arbeitgeber werden würde und er demzufolge auf Hippolytes interner Skala bedeutender Familienmitglieder weit unten rangierte, hatte Laurent meist mit Hippolytes Arroganz Bekanntschaft gemacht, die nur von einer hauchdünnen Schicht Beflissenheit verbrämt wurde.

Er habe sich die Freiheit genommen, abgesegnet durch Monsieur Alexandre, einen Band der Enzyklopädie an seinen Neffen zu verleihen, hatte Hippolyte Laurent auf seine Frage nach dem fehlenden Band Nummer 15 steif mitgeteilt. Er erlaube sich die Frage, weshalb Monsieur Laurent so unerwartet an diesem Werk interessiert sei, hatte Hippolyte hinzugefügt und dabei durchblicken lassen, dass er Zweifel habe, ob Laurent einer solchen Lektüre gewachsen sei. Laurent hatte kurz mit sich gerungen und beschlossen, diese Unverschämtheit zu ignorieren und den Majordomus angewiesen, das Buch schnellstmöglich wieder herbeizuschaffen. Daraufhin hatte Hippolyte ihn mit einem nachsichtigen Blick angesehen und ihm erklärt, dass sein Neffe Armand Lagarde, ein überaus hoffnungsvoller Student der Rechtswissenschaften, derzeit bei Advokat Cassel in Plourhan sur Mer tätig sei und von diesem auf eine nicht näher zu bezeichnende Mission geschickt worden sei. Sicherlich sei es Monsieur Laurent möglich, seinen Wissensdurst einige Tage zu zügeln, bis sein Neffe wieder zugegen sei und dann selbstverständlich die Rückerstattung besagten Bandes veranlassen werde. Mit einem, wie es Laurent schien, hämischem Grinsen schlug Hippolyte ihm anschließend vor, als Einstieg in die höhere Bildung sei es ohnehin ratsamer, mit dem ersten Band der Enzyklopädie zu beginnen.

Nun gut, dachte Laurent, dann würde er sich eben selbst zu diesem Advokaten Cassel in Plourhan begeben und das Zimmer dieses Armand auf den Kopf stellen, bis er den verfluchten Band gefunden hatte. Obwohl er Joëlles Einschätzung, die fehlenden Seiten müssten sich dort befinden, weiterhin nicht so recht teilen konnte.

◇ ◇ ◇

Nachdem Laurent sich Handschuhe und Rock geholt hatte, stürmte er nach draußen und verlangte nach seinem Pferd. Dunkel erinnerte er sich, dass Cléo beim Hufschmied gewesen war und hoffte, sie wäre wieder im Stall, da er es hasste, sich auf ein anderes Pferd einstellen zu müssen. Wie sich herausstellte, war Cléo nach einem Tag ohne Ausritt und der stupiden Warterei beim Beschlagen, geradezu begierig, sich zu bewegen. Der Stallbursche, der sie am Zügel führte, konnte sie kaum bändigen. Laurent tätschelte ihr erleichtert den Hals und schwang sich ohne Umstände in den Sattel.

Als er wenden wollte, trat Joëlle aus der Seitentüre des Westflügels. Sie sah verdrießlich drein und ihre modisch krausen Haare standen unordentlicher um ihren Kopf als sonst.

»Ich habe noch einmal alle Bände durchsucht«, stieß sie hervor, »und du kannst mir glauben, das war nicht einfach, denn nachdem Gustave François wieder auf sein Zimmer gebracht hatte, ist dieser italienische Mensch nicht mehr von meiner Seite gewichen.«

»Der italienische Mensch?« Laurent zügelte Cléo mit einer Geduld, die er kaum aufbrachte, so sehr drängte es ihn, sich bei diesem Advokaten Cassel umzusehen.

»Dieser Fechtmeister ... Sciàbili, Sciàbolo oder so ... du weißt schon: *›Senorrrina Joëlla, iihrr seid die Blume eurres Geschläächts‹* oder so ähnlich.« Joëlle dachte nach. »Woher kennt

Alexandre nur so einen Menschen? Na ja, jedenfalls hat er sich die ganze Zeit in der Bibliothek herumgedrückt und mir immer wieder über die Schulter gesehen.« Joëlle lachte auf. »Ich habe schließlich vorgegeben, eine altgriechische Grammatik zu suchen ... dann hat er angefangen, mich über Homers *Ilias* auszufragen.«

»Wieso?« Laurent war verwirrt. »Du hast Griechisch doch immer gehasst und ich weiß noch genau, dass du Alexandres Ausgabe der *Ilias* in den Kamin geworfen hast.«

Joëlle seufzte. »Es war das Erste, was mir eingefallen ist. Wie auch immer ... in den Bänden der Enzyklopädie, die wir hier haben, sind diese Papierseiten nicht. Gib mir doch noch mal den Brief von Henri. Vielleicht haben wir auch etwas übersehen, was er geschrieben hat.«

Laurent tastete seine Taschen ab. »Den Brief?« Er zuckte mit den Schultern. »Ich habe ihn nicht. Hast du ihn nicht eingesteckt?«

Joëlle schüttelte den Kopf. »Vielleicht liegt er noch in der Bibliothek? Obwohl? Ich kann mich nicht erinnern, ihn dort gesehen zu haben.« Sie wandte sich ab, um die Bibliothek erneut aufzusuchen, als ihr etwas einfiel. »Wo willst du eigentlich hin?«

Laurent berichtete ihr über seine Befragung von Hippolythe und seinen Plan, den fehlenden Band im Haus des Rechtsgelehrten Cassel zu finden.

Joëlle nickte. »Am besten machst du dich gleich auf den Weg. Wenn es zu spät wird, kannst du ohne Anmeldung kaum mehr vorsprechen.«

Laurent nickte kurz und verzichtete darauf, ihr zu erklären, dass er nicht in der Stimmung war, sich um solche Formalitäten zu kümmern. Er gab Cléos Zügel frei und trabte an, als er einen Reiter in schnellem Tempo auf der baumbestandenen Zufahrt zum Schloss bemerkte. Ungeduldig zügelte Laurent sein Pferd, während der Reiter mit unvermindertem Tempo an ihm vorbeirauschte und um ein Haar Joëlle über den Haufen geritten hätte. Geistesgegenwärtig trat sie einige Schritte zur Seite und schickte dem Mann einen finsteren Blick hinterher, als er versuchte, sein

Pferd zu zügeln. Dieser hatte inzwischen kehrtgemacht und ließ sein Tier im Schritt gehen. Obwohl der Ankömmling zweckmäßige Reitkleidung trug, vermutete Laurent, dass er Soldat gewesen war. Als er näherkam, wurde deutlich, dass der linke Ärmel lose an den Rock gesteckt war. Der Mann war versehrt – ihm fehlte ein Arm.

Noch bevor sich der Besucher an Laurent wenden konnte, trat Joëlle ihm in den Weg und herrschte ihn mit schneidender Stimme an:»Vergeben Sie mir, dass ich so nachlässig im Weg gestanden habe. Das war unverzeihlich von mir. Ich hoffe, Ihr Pferd hat keinen Schaden genommen?« Die Miene des Mannes drückte Belustigung und Schuldbewusstsein aus. Er tippte mit seiner verbliebenen Hand an den Hut, um seine Mundwinkel zuckte es.

»Ich bitte um Vergebung, Demoiselle, wenn mein Pferd Sie in Angst versetzt hat. Ich bin in wichtiger Mission des Marquis de Lafayette unterwegs. Mein Auftrag duldet keinerlei Verzögerung.« Damit wandte er sich Laurent zu und ließ Joëlle stehen.

»Ich habe eine Nachricht für Laurent Maynard de Plourhan. Können Sie mir sagen, wo ich ihn finden kann?«

Laurent konnte trotz seiner Eile ein Schmunzeln nicht verbergen und grinste seine Schwester an, die vor Wut kochte, angesichts der Unterstellung, sie habe sich von einem Pferd erschrecken lassen.

»Ich bin Laurent de Plourhan!« Er streckte die Hand aus, um die Nachricht des Marquis entgegenzunehmen.

Der Mann nickte kurz.»Severin de Godarte«, stellte er sich vor.

»Die Nachricht ist mündlich. Der Marquis benötigt dringend einige Papiere, die in Ihrem Besitz sind. Er hat mir aufgetragen, diese an mich zu nehmen und so schnell wie möglich nach Paris zu bringen.«

»Wie?« Laurent runzelte die Stirn und tauschte einen Blick mit Joëlle.»Aber wieso? Ich werde in einigen Tagen selbst nach Paris reisen und ...«

»Wie ich bereits sagte, Monsieur, die Sache duldet keinen Aufschub. Der Marquis benötigt diese Papiere früher als erwartet. Er hat mich beauftragt, sie persönlich an ihn zu übergeben.«

Laurent drückte Cléo unauffällig die Hacken in die Seite, woraufhin sie wieder zu tänzeln begann und er Zeit hatte, diese unerwartete Wendung zu überdenken. Zum einen hatte er die Papiere nicht – hatte nur eine vage Idee, wo er sie finden könnte. Zum anderen hatte er damit gerechnet, sich mit der erfolgreichen Ausführung des Auftrags beim Marquis zu empfehlen. Und warum in aller Welt, sandte der Marquis jemanden, um diese Papiere zu überbringen? Hatte sich Henri nicht mit dem Marquis abgesprochen?

Die Aussicht, dass ein anderer die Lorbeeren ernten sollte, die er sich verdienen wollte, fachte seinen Eifer, die verdammten Papiere zu finden, erneut an. Allerdings musste er diesen Mann erst einmal loswerden.

Joëlle trat einen Schritt auf den Fremden zu und blaffte ihn an: »Sie können sich sicherlich durch eine schriftliche Note ausweisen?« Sie maß den Mann mit eisigem Blick. »Oder woher sollen wir wissen, ob der Marquis tatsächlich Ihr Auftraggeber ist?«

Dieser starrte ebenso unverfroren zurück. »Da wird mein Wort Ihnen genügen müssen!« Er neigte so knapp den Kopf, dass es unhöflich war.

»Nun«, Joëlle warf Laurent einen raschen Blick zu, »Unter diesen Umständen können wir Ihnen die Papiere vorerst und zu unserem größten Bedauern keinesfalls aushändigen, Monsieur.«

Bevor der Mann zu einer Erwiderung ansetzen konnte, fuhr sie fort. »Wir werden Ihre Angaben überprüfen. In der Zwischenzeit wird man im Stall Ihr Pferd versorgen und für Sie wird sich in der Küche ein Krug Wein finden lassen. Wenn Sie uns jetzt bitte entschuldigen wollen. Mein Bruder hat noch eine Besorgung zu machen.« Damit drehte sie sich um, ohne ihn eines Blickes zu würdigen, und verschwand durch die unscheinbare Seitentüre, durch die sie gekommen war.

Laurent staunte über Joëlles Kaltblütigkeit und packte die Gelegenheit, die sie ihm verschafft hatte, beim Schopf. Er wies mit dem Finger in Richtung der Stallungen und tippte sich an den Hut. Dann wendete er Cléo und galoppierte den Kiesweg entlang, dass

Steinchen links und rechts in die sorgfältig gepflegten Blumen-
beete regneten.

◊ ◊ ◊

Giacomo Sciàbolo trat lautlos von der Brüstung der Veranda zurück, sodass man ihn von der Parkseite nicht mehr sehen konnte
und überlegte, ob er in die Bibliothek zurückkehren sollte, die er
durch die hohen Verandatüren gerade rechtzeitig verlassen hatte,
um die Ankunft des unbekannten Boten zu beobachten. Nachdenklich musterte er den Mann, der kaum drei Meter entfernt unter ihm immer noch sein Pferd am Zügel hielt und mit finsterer
Miene der kleiner werdenden Staubwolke hinterherblickte, die
Laurent inzwischen verschluckt hatte. Schließlich schien der Neu-
ankömmling zu einem Entschluss zu kommen. Er ließ seinen Blick
über die Fassade des Schlosses gleiten, dann dirigierte er sein
Pferd gemächlich in Richtung der Stallgebäude.

Sciàbolo hörte hinter sich in der Bibliothek huschende Schritte
und raschelnde Röcke. Hastig wurden Bücher auf den Borden hin
und her geschoben. Er griff in seine Westentasche, um den inzwischen etwas mitgenommenen Bogen Briefpapier, den er zwischen
zwei Bänden der Enzyklopädie gefunden hatte, zu befühlen und
beschloss, einer erneuten Begegnung mit der streitbaren Joëlle
aus dem Weg zu gehen. Einem Schluck Wein wäre er nicht abge-
neigt und vielleicht kam man mit dem Unbekannten ins Gespräch.
Sciàbolo machte sich auf den Weg zu den Wirtschaftsräumen.

◊ ◊ ◊

Der Besuch bei diesem Rechtsverdreher war eine einzige Zeitver-
schwendung gewesen. Wie Joëlle ihm vorausgesagt hatte, war er
zu spät dran gewesen für einen unverbindlichen Besuch. Dass ihn
dieser unverschämte Bote des Marquis aufgehalten hatte mit seiner unerwarteten Forderung, die Papiere zu Lafayette zu bringen,
hatte die Sache nicht besser gemacht.

Advokat Cassel hatte sich keine Mühe gegeben, sein Befremden
zu verbergen, dass ein abgehetzt wirkender junger Mann ihn bei
seiner Kartengesellschaft unangemeldet störte, selbst wenn es einer der jüngeren Söhne des Comte war. Vielleicht deswegen hatte

der Advokat ihn in einem muffigen Empfangsraum eine halbe Stunde warten lassen, ohne ihm Erfrischungen anzubieten, wie es die Höflichkeit erfordert hätte. Laurent konnte nicht wissen, dass Maître Cassel mit den neuen Ideen der Gleichheit sympathisierte und diese unverhoffte Gelegenheit nutzte, sich und seinen Gästen zu demonstrieren, dass die Zeiten vorbei waren, dass ein Angehöriger des Adels einem Bürgerlichen nach Belieben seinen Willen aufzwingen konnte.

Als der Advokat sich schließlich kühl nach dem Begehr seines unerwünschten Besuchers erkundigte, war Laurent, so gereizt, dass er sich nur mit Mühe die simpelsten Höflichkeitsfloskeln abringen konnte.

»Verzeihen Sie mein unangemeldetes Eindringen, Maître.« Laurent deutete ein kaum wahrnehmbares Kopfnicken an, das keinen Zweifel daran ließ, dass er äußerst ungehalten über die unangemessen lange Wartezeit war. »Ich muss den Studenten Monsieur Lagarde in einer dringenden Angelegenheit sprechen!«

Die Worte kamen bei Monsieur Cassel so brüsk an, wie sie gemeint waren. Als dieser angesichts dieser Unhöflichkeit keine Reaktion zeigte, setzte Laurent nach, »Soweit ich informiert bin, logiert Monsieur Lagarde derzeit in Ihrem Haus?«

Maître Cassel umrundete einen wuchtigen Schreibtisch und setzte sich umständlich. Laurent forderte er nicht auf, Platz zu nehmen, was dieser richtigerweise als Affront wertete.

Der Anwalt legte die Fingerspitzen aneinander, sodass seine Hände ein kleines Dach bildeten, und fixierte seinen Besucher.

»Monsieur Lagarde befindet sich derzeit nicht in meinem Haus«, teilte er Laurent schließlich mit, der sich etwas verspätet erinnerte, dass Hippolythe die Abwesenheit seines Neffen erwähnt hatte.

»Ich bedaure, nicht zu Diensten sein zu können …«, setzte Cassel widerwillig hinzu. »Darf man fragen, in welcher überaus wichtigen Angelegenheit, die offenbar keinen Aufschub erlaubt …«, er warf einen bedeutsamen Blick auf seine Taschenuhr, »… Sie ihn zu sprechen wünschen?«

Es fehlte nicht viel und Laurent hätte den Wichtigtuer hinter seinem Schreibtisch hervorgezogen, denn Maître Cassel war einen Kopf kleiner als er selbst und von zarter Statur. Was bildete sich dieser Mensch ein, so mit ihm zu sprechen? In einem Winkel seines Verstandes kamen ihm ungebeten Joëlles Ausführungen zur *Gleichheit* aller in den Sinn. Er verscheuchte den Gedanken und atmete durch, um sich so weit zu beherrschen, sein Anliegen vorzubringen.

»Monsieur Lagarde befindet sich derzeit im Besitz eines Bandes aus unserer Bibliothek, der nun überraschenderweise in selbiger dringender Angelegenheit benötigt wird. Wenn Sie so freundlich wären, mir kurz Zugang zu seinen Räumlichkeiten zu ermöglichen …«

»Sie wollen seine Kammer durchsuchen?« Maître Cassel traten die Augen aus den Höhlen. »In seiner Abwesenheit!«

»Monsieur Cassel, ich versichere …«

Steif erhob sich der Anwalt, nachdem ihm Laurent den perfekten Anlass gegeben hatte, den Besuch zu beenden.

»Monsieur Lagarde wird Sie nach seiner Rückkehr aufsuchen und Ihnen besagten Band aushändigen. Das wird in …«, der Anwalt gab vor, sich erinnern zu müssen, »… sagen wir, nicht vor Ablauf von vier Wochen der Fall sein.« Cassel bewegte sich unmissverständlich auf die Türe seines Arbeitszimmers zu und Laurent blieb nichts anderes übrig, als sich zu empfehlen.

Sofern möglich, war er noch schneller wieder zurück zum Schloss geritten, als er von dort aufgebrochen war. Als er Cléo im Stall unterstellte, fiel ihm in der Nachbarbox das Pferd von Lafayettes Boten auf und erinnerte ihn unangenehm an die Aufgabe, deren Lösung er bisher keinen Schritt nähergekommen war. Ihn beschlich das drückende Gefühl, dass sich die ungelösten Probleme seines Lebens jeden Tag vervielfältigten. War ihm seine Zukunft vor zwei Wochen überschaubar und geordnet erschienen, so fiel seitdem eine Gewissheit nach der anderen in sich zusammen wie ein Kartenhaus. Es ärgerte ihn, dass sich ein Teil von ihm nach der komfortablen Sicherheit sehnte, wenn er die Planung seiner

Zukunft jenen überließ, die, wie es seine Frau Mutter ausgedrückt hatte, über mehr Lebenserfahrung und Weitsicht verfügten als er selbst. Andererseits – der Gedanke daran, sich umherschieben zu lassen wie eine Schachfigur, trieb ihm vor Wut die Röte ins Gesicht. Er tastete unwillkürlich in seiner Rocktasche nach Loulous warmen Körper, der ihn immer beruhigte. Dann fiel ihm ein, dass er sie seit gestern nicht gesehen hatte. Er musste sie suchen, bestimmt hatte sie sich erschreckt, als sein Zimmer ausgeräumt worden war. Kurz streifte die Frage sein Bewusstsein, was er mit Loulou machen sollte, wenn er nach Paris ging. Bei der Vorstellung, dem Marquis mit einer Ratte in der Rocktasche seine Aufwartung zu machen, musste er grinsen und gleichzeitig wurde ihm klar, dass er sich entschieden hatte. Er würde sich den Plänen seiner Familie entziehen und sein Leben selbst in die Hand nehmen. Insgeheim hoffte er, die elende Schwäche und das beunruhigende Phänomen der Zeitwanderung, wie er beschlossen hatte, *es* zu nennen, hinter sich zu lassen.

Der Erfolg seiner neuen Pläne fußte auf der raschen Ausführung von Henris Auftrag. Das Auffinden der Papiere gestaltete sich schwieriger als anfangs gedacht. Hatte er zunächst Joëlles Vermutung, die Papiere könnten sich zwischen den Seiten des Bandes befinden, als unwahrscheinlich abgetan, erschien ihm diese Möglichkeit mit jedem vergeblichen Versuch, das Buch zu finden, realistischer. Auch weil er sonst keine Idee hatte, wo er suchen sollte.

Während er den Flur zu seinem neuen Schlafgemach entlang schritt, durchkämmte er im Geiste verschiedene mehr oder weniger durchführbare Pläne, sich des Bandes ohne die Kooperation des wenig entgegenkommenden Maître Cassels, zu versichern.

◊ ◊ ◊

Teil 4

Frankreich, Bretagne — Juli 1988

BEGEHRTE OBJEKTE

Der Laden war so eng, dass man sich zwischen einem deckenhohen Turm aus Obstkisten auf der einen Seite und einer waghalsigen Konstruktion aus folienumschweißten Sechserpack-Wasserflaschen hindurchdrängen musste, um in den rückwärtigen Teil zu gelangen, der das Sortiment des Lebensmittelgeschäfts um Drogerieartikel erweiterte. Die Regale waren, wie auch im vorderen Bereich, nach keinem erkennbaren System mit Hygiene- und Haushaltsartikeln vollgestopft und Vickys Hoffnung schwand, hier eine Annahmestelle für Fotoarbeiten zu finden. Lilly und Benni hatten ein Regal mit billigem Plastikspielzeug entdeckt, stürmten an ihr vorbei und brachten die Wasserflaschenskulptur gefährlich ins Schwanken.

»Neeeiiiin! Meins... will das haben.« Lilly kreischte, als ihr Bruder seinen Worten Nachdruck verlieh, seine pummeligen Fäuste an ihren T-Shirt-Kragen klammerte und sie nach hinten riss. Reaktionsschnell entwand er ihr eine eingeschweißte Superheldenfigur mit dem Brustkorb eines Gorillas.

Angewidert musterte Vicky den Plastikmann, dessen Gesichtszüge in einer hässlichen Grimasse erstarrt waren.

»Ich weiß nicht, was ihr an dem Zeug findet?« Sie schüttelte den Kopf, »der sieht nicht nur scheußlich aus, der Schrott geht doch auch gleich wieder kaputt.«

Benni achtete nicht auf seine große Schwester. Triumphierend hielt er die Figur wie eine Waffe in die Höhe und stellte sich breitbeinig hin.

»Arrgh«, schrie er so laut, dass im vorderen Ladenteil eine Kundin eine Obstkonserve fallen ließ. »Ich bin *Super-Gigantor*, der supertolle ...«, Bennis Wortschatz versagte angesichts der überirdischen Kräfte, die durch seinen kompakten Körper strömten.

»Häähhh, du machst noch in die Hose, du Kacker«, setzte Lilly dagegen und verriet damit Bennis größten Kummer.

Zu seinem Glück hatte keiner der wenigen Kunden im Laden ein Wort verstanden, denn in emotional aufgeladenen Situationen griffen Benni und Lilly ohne Zögern auf das Vokabular zurück, das sie in ihrem deutschen Kindergarten perfektioniert hatten. Lilly verzichtete auf den Wiedererwerb des Plastikhelden durch physische Gewaltanwendung und richtete ihr Interesse auf eine Schmuckkollektion aus quietschrosa Plastikedelsteinen mit taubeneigroßen Perlen. Ergänzt wurde das Ensemble durch eine abstoßend hässliche Tasche aus silbrigem Kunststoff, die ebenso wie die Preziosen in stabile Folie eingeschweißt war.

Vicky warf ihren Geschwistern einen prüfenden Blick zu und überlegte, ob sie für den Augenblick hinreichend beschäftigt waren, sodass sie sich umsehen konnte. Sie hatte inzwischen einen 36er Film verbraucht – mit Schnappschüssen aus der Umgebung und den Aufnahmen von der Band. Ausgerechnet heute hatte *Maman* sie gebeten, die beiden Nervensägen mitzunehmen, was eine simple Unternehmung wie die Suche nach einer Fotoannahmestelle in eine generalstabsmäßig geplante Expedition mit exakter Zeit- und Ressourcenplanung verwandelte.

Vicky drang weiter in die Tiefen des verwinkelten Geschäfts vor und endlich, halb versteckt hinter einem lebensgroßen muskulösen Pappmann, der die Vorzüge eines Bodenreinigers anpries, entdeckte sie einen schmalen Plexiglaskasten mit einer Art Briefschlitz. Da von ihren Geschwistern nichts Beunruhigendes zu hören war, füllte Vicky eine Fototasche mit ihrer Adresse aus, steckte den Rollfilm hinein und stopfte beides in den Schlitz. Ein handgeschriebener Zettel neben dem Einwurf informierte sie darüber, dass es keinen Sinn habe, vor Ablauf von drei Tagen den Inhaber des Ladens nach dem Verbleib der Fotos zu fragen. Sie nahm sich noch einen Dreierpack Kodak-Filme mit und machte sich auf den Weg zur Kasse.

Während sie sich an einem meterhohen Turm aus Wegwerfwindeln *extrasoft* vorbei drängte, dämmerte ihr, dass keinerlei Geräuschentwicklung für Vierjährige eher unüblich und daher ein echter Grund zur Beunruhigung war. Vicky beschleunigte ihren Schritt.

Das Regal mit den billigen Plastikspielsachen war verwaist. Der Superheld und die Schmuckausstattung lagen unbeachtet am Boden. Vicky durchquerte den Laden im Laufschritt und kramte dabei Geld aus ihrer Umhängetasche. Während sie an der Kasse ungeduldig auf ihr Wechselgeld wartete, spähte sie durch die von einem Kurzwarenständer halb verdeckte Auslage nach draußen und entdeckte Lilly und Benni auf der anderen Straßenseite. Sie waren allein über die Straße gelaufen! Vicky warf sich ihre Tasche über die Schulter und hastete aus dem Laden. Während sie sich wunderte, wie es ihren Geschwistern gelungen war, unbeschadet auf die andere Seite der Straße zu gelangen, bremste ein schnittiger Sportwagen quietschend vor ihr ab. Der Fahrer steckte einen hochroten Kopf aus dem Wagenfenster und erweiterte Vickys Wortschatz um ein paar fantasievolle, bretonische Kraftausdrücke.

Lilli und Benni standen vor einer Reihe, in bequemer Kinderhöhe angebrachten Automaten mit Griffen und Ausgabefächern an der Vorderseite. Die Metallkästen hatten durchsichtige Seitenwände, die den Blick auf die Kostbarkeiten freigaben, derer man habhaft werden konnte, wenn man eine Münze in den Geldschlitz warf und an dem Griff drehte. Lilly rüttelte energisch an einem der Drehknäufe, ohne vorher die notwendige finanzielle Transaktion durchgeführt zu haben und hatte daher keinen Erfolg. Benni bückte sich und spähte in die Tiefen des finsteren Ausgabefachs in der vergeblichen Hoffnung, dort einen vergessenen Kaugummi zu entdecken.

»Igitt!« Vicky zog ihre Geschwister von den Automaten weg. »Das Zeug ist so eklig.« Bevor beide in ihr übliches Protestgeheul ausbrechen konnten, tauchte unerwartet ein Mann neben ihnen auf und hielt den Zwillingen zwei Geldstücke hin.

»Hier, ihr Kleinen«, er drückte ihnen die Münzen in die kleinen Handflächen und setzte verspätet hinzu, »wenn eure große Schwester es erlaubt.« Der Mann sah aus wie vom Laufsteg gefallen und lächelte Vicky gewinnend an. Lilly und Benni eigneten sich die Münzen ohne Skrupel an und wandten sich mit dem

Gesichtsausdruck professioneller Zocker den Kaugummiautomaten zu. Vicky wollte protestieren, aber der Mann kam ihr zuvor.

»Ach, lassen Sie sie doch. Das haben wir früher doch auch geliebt, nicht wahr?« Er intensivierte sein Lächeln und um seine ausdrucksstarken Augen bildeten sich kleine Fältchen.

Vicky war wider Willen geschmeichelt. Der Typ behandelte sie wie eine Erwachsene, dabei war er bestimmt fast dreißig. Kurz kam ihr der Gedanke, ob er sie vielleicht nur auf den Arm nehmen wollte. »Ähm, ja ...« Vicky rang um etwas Souveränität, »ja, ist schon okay.«

»Entschuldigen Sie, wenn ich Sie einfach so anspreche«, fing der Schönling an und stellte sich bequem hin, als ob er mit ihr ein längeres Gespräch führen wollte. »Ich bin André Duroc, wir haben uns gestern kurz vor dem *Café* ...«, er zögerte.

»Ah ja, das *L'Artichaut vert*«, half Vicky ihm aus.

»Ja, richtig ... ich habe gesehen, dass Sie Fotografin sind, und habe mir gedacht, ob ...«

Das war reichlich dick aufgetragen. Schließlich musste der Typ sehen, dass sie noch Schülerin war. Wütendes Geheul unterbrach Vickys Überlegungen. Lilly hing wie ein Äffchen an dem Kaugummiautomaten und versuchte, mittels Einsatzes ihres gesamten Körpergewichts den Gegenwert ihres Geldstückes einzufordern. Aufmerksam sprang Duroc ihr bei und beförderte mit einer energischen Drehung, der ein hohles *Plonk* folgte, eine Kaugummikugel von unbestimmter Farbe und noch zweifelhafterem Alter in die Ausgabeöffnung. Lilly strahlte ihn an und bevor Vicky einen Gedanken daran verschwenden konnte, Lilly ihr Vorhaben auszureden, war der steinalte Zahnvernichter in ihrem Mund verschwunden. Mit einem unheilvollen Knacken testete Lilly furchtlos den Härtegrad ihrer Milchzähne. Duroc lächelte mit einem dämlichen *Es-sind-halt-Kinder-Ausdruck*. Er fing an, Vicky auf die Nerven zu gehen.

»Nun ja«, fuhr er fort, »ich bin selbst ein bescheidener Hobbyfotograf und hätte mir gerne mal Ihren Apparat angesehen. Sie haben ihn nicht zufällig dabei?«

Eine dämliche Frage fand Vicky, denn sie hatte ihre Fototasche an einem Schulterriemen umhängen, wie er kaum übersehen haben konnte. Aus diesem Grund konnte sie es schlecht ablehnen, als er darum bat, sich die Kamera genauer ansehen zu dürfen.

Duroc nahm den Apparat wie eine kostbare Mingvase in Empfang und begann, ihn hin und her zu drehen, um ihn von allen Seiten zu begutachten. Als er anfing, die Objektivkappe abzunehmen und an der Blende herumzuschrauben, wurde Vicky nervös und streckte die Hand aus, um ihre Kamera wieder in Sicherheit zu bringen. Diesen Augenblick wählte Benni, um den Drehgriff des Automaten zu bedienen. Nachdem er geraume Zeit gebraucht hatte, seine Münze in den verrosteten Geldschlitz zu stecken und eingedenk der Schwierigkeiten seiner Zwillingsschwester, hatte er sich mit allem Schwung, den er aufbieten konnte, in die Bewegung gestürzt. Überraschenderweise bewegte sich die Drehmechanik fast reibungslos und Benni stolperte, von seinem Gewicht mitgerissen, Vicky vor die Füße. Diesen kurzen Moment der Ablenkung nutzte Duroc, um an dem unscheinbaren Schalter zu ziehen, der das Filmfach hermetisch abschloss.

»Oh!«, entfuhr Duroc.

»Oh!«, kam es eine Nanosekunde später von Vicky.

»Wie ungeschickt! Jetzt ist bestimmt Ihr Film kaputt. Das tut mir schrecklich leid.« Duroc war die Zerknirschung in Person.

Vicky konnte nicht glauben, dass jemand so blöd sein konnte, *zufällig* den Film zu belichten. Jedenfalls niemand, der behauptete, selbst zu fotografieren. Sie rang sich ein grimassenhaftes Lächeln ab und riss Duroc die Kamera aus den Händen.

»Schon gut. Nichts passiert ... war kein Film drin. Hab ihn vorhin weggebracht.« Sie zeigte mit dem Daumen hinter sich auf das Geschäft und öffnete die Klappe ganz, um Duroc den verwaisten Hohlraum zu zeigen. Überraschenderweise schien er nicht beruhigt, dass er durch seine Dummheit ihren Film nicht ruiniert hatte. Für einen kurzen Augenblick bekam er einen verkniffenen Zug um den Mund, der selbst einen schönen Menschen wie ihn verdrießlich wirken ließ. Dann fing er sich und tat erleichtert.

»*Mon Dieu*, welch ein Schreck. Da bin ich aber froh.« Er hatte seine gute Laune und sein gutes Aussehen zurückerlangt und fixierte kurz das Geschäft gegenüber.

»Netter kleiner Laden«, meinte er abwesend.

Vicky beachtete ihn nicht weiter, verstaute sicherheitshalber ihre Kamera in der Tasche und wünschte sich, sie könnte Lilly und Benni ebenso leicht einpacken und nach Hause tragen.

»Also, jedenfalls schön, Sie kennengelernt zu haben«, Duroc wirkte merklich auf dem Sprung. Er zögerte, »ich würde mir trotzdem gerne Ihre Arbeiten ansehen. Vielleicht bringen Sie die Fotos mal mit zum Schloss. Dort gibt es sicher einige lohnende Ansichten zum Fotografieren. Wir könnten noch ein paar Fotos gebrauchen für unseren Hotelprospekt.«

Ohne eine Antwort abzuwarten, schenkte er ihr ein Lächeln, drehte sich um und ging, ohne Lilly und Benni noch eines Blickes zu würdigen.

◇ ◇ ◇

Quälend langsam entwickelte sich die Beziehung zwischen dem muskulösen Automechaniker, der aus unerklärlichen Gründen meist mit freiem Oberkörper seiner Tätigkeit nachging, und der schwärmerischen Romanheldin. Vicky ließ das Buch genervt sinken. Jetzt war die dumme Gans auf den billigen Trick verfallen, den Typen durch eine durchsichtige Anmache seines Kumpels eifersüchtig zu machen. Vicky warf das Buch auf den Verandatisch und legte den Kopf in den Nacken. Leider hatte sie sich nichts zum Lesen mitgebracht. Den Roman hatte sie in einem der Regale im Haus gefunden. Zerstreut griff sie nach dem Buch mit der pudelköpfigen Dame, das ihre Mutter ins Deutsche übersetzen sollte.

Aus dem offenen Küchenfenster offenbarte die unverkennbare Geräuschkulisse aus klappernden Töpfen, dem Auf- und Zuwerfen der Kühlschranktüre und Elaines freier A-Kapella-Interpretation aktueller Hits, dass *Maman* mit der Zubereitung des Abendessens hinreichend beschäftigt war.

Also konnte Vicky ein wenig in dem Buch schmökern. Der Klappentext informierte sie, dass die Briefschreiberin Olympe de

Gouges eigentlich Anne Gouze hieß und von 1748 bis 1793 gelebt hatte. Anerkennend stellte Vicky fest, dass sie für die damalige Zeit einen recht ungewöhnlichen Lebenswandel geführt hatte. Nicht nur, dass sie eine langjährige Liaison zu einem Mann unterhalten hatte – ihre Zeitgenossen hatte sie auch durch diverse Veröffentlichungen und Theaterstücke von provokativ-politischem Inhalt vor den Kopf gestoßen. Olympe de Gouges war so weit gegangen, während der Französischen Revolution, die Erklärung der Menschenrechte durch eine Veröffentlichung zu ergänzen, die die *Rechte der Frau* formulierte und eine Gleichstellung von Mann und Frau forderte. Vicky war beeindruckt und sinnierte resigniert darüber nach, wie lange dieser Kampf um Gleichberechtigung bereits währte. Olympe, so berichtete die Kurzbiografie düster, habe ihr öffentliches Eintreten für die Emanzipation mit dem Leben bezahlt. Im Zuge der Schreckensherrschaft Robespierres hatte sie, wie Tausende andere, die Guillotine bestiegen.

Vicky hielt inne. Trotz des warmen Tages schauderte sie. Das waren Schrecken, die sie sich nicht einmal ansatzweise vorstellen wollte. Gedankenverloren rieb sie sich über die Gänsehaut ihrer Unterarme. Das blecherne Scheppern der altersschwachen Türklingel riss sie aus ihren Gedanken.

Während Vicky überlegte, ob sie die Tür öffnen sollte, hörte sie aus dem Hausflur das typische hochfrequente Gekicher alter Freundinnen, die sich nach längerer Zeit wiedersehen. Vicky spekulierte, dass Philine, *Mamans* Freundin aus Schultagen und Mutter von Julien, vorbeigekommen war. Der Austausch von Neuigkeiten und Nichtigkeiten verlagerte sich in die Küche und Vicky klappte die rückwärtige Seite des Buches auf. Dort wurde sie über die Entdeckung der bislang unbekannten Korrespondenz der streitbaren Olympe informiert.

Es war die übliche Geschichte einer unscheinbaren Kiste, die jahrelang auf einem Dachboden von aller Welt vergessen eine dicke Staubschicht angesetzt hatte, bis das Haus verkauft worden war und gründlich ausgeräumt werden musste. Nach einer Odyssee über diverse Antiquariate hatte schließlich ein findiger

Verleger die Papiere in die Hände bekommen und sich überlegt, wie er seine Entdeckung zu Geld machen konnte.

Vicky blätterte im Inhaltsverzeichnis und stellte fest, dass Olympe einen regen Briefkontakt zu einer Vielzahl von Personen unterhalten hatte. Die Briefe waren nicht chronologisch geordnet, sondern die einzelnen Kontakte zu einer Person in eigenen Kapiteln zusammengefasst mit jeweils einer Kurzbiografie der Briefpartner als Einführung.

Maman hatte vor einigen Tagen einen Fund in der Bretagne erwähnt, erinnerte sich Vicky, während die Fensterflügel der Küche ganz aufgestoßen wurden, um einen Schwall aus Küchenaromen und Gesprächsfetzen auf die Veranda zu entlassen.

»Was meinst du, wen ich gestern im Supermarkt getroffen habe?« *Maman* zog mit Schwung eine Besteckschublade bis zum Anschlag auf und nahm Philines Schweigen als Zustimmung, fortzufahren. »Germaine Saint Just!«

»Germaine? Im Supermarkt!« Philines Tonfall deutete fragend hochgezogene Augenbrauen an. »Ich dachte eigentlich, die lässt sich nur von *Les Cuisiniers breton* beliefern.«

»Aber nein, wo denkst du hin. Auch eine Germaine Saint Just kauft manchmal ein, wie eine gewöhnliche Sterbliche.«

»Sieh an«, meinte Philine spitz.

»Und sie hat sich ja so gefreut, mich wieder mal zu sehen, wie sie mir versicherte.« Elaine fing an, mit einem schleifenden Geräusch ein Messer an einem Wetzstahl entlangzuziehen.

»So, so«, kommentierte Philine kurz.

»Ja. Sie tat, als ob wir immer die besten Freundinnen gewesen wären. Ich hätte mich überhaupt nicht verändert und so ... dabei hat sie die ganze Zeit auf meine ausgewaschene Bluse gestarrt, als ob ich die vom Altkleidermarkt hätte. Das gleiche hochnäsige Biest, wie früher, sag ich dir!«

»*Ah bon*«, meinte Philine, »die soll sich mal nicht so haben. Ich sag dir was. Seit einem Jahr erzählt sie jedem, der es hören will, dass ihre fabelhafte Tochter mal Papas Kanzlei übernehmen wird. Natürlich soll sie an den *Sciences Po* ihren Abschluss machen.«

»Ja, das hat sie mir auch erzählt.« Elaine klatschte mehrere Fleischstücke auf die Arbeitsfläche.

Vicky hatte sich inzwischen durch das Inhaltsverzeichnis gelesen, um die bretonische Adelige zu finden, mit der Olympe korrespondiert hatte und hörte Philine schadenfroh kichern.

»Ja, aber denk nur, jetzt ist raus, dass die brillante Sandrine gar nicht so ein Überflieger ist. Sie hat ihren Schulabschluss nur mit Ach und Krach geschafft und hat keinesfalls die nötige Qualifikation für die *Sciences Po*.«

Vicky hörte auf zu lesen und teilte Philines Schadenfreude uneingeschränkt. Sie hatte Sandrine schon früher nicht ausstehen können und gönnte ihr diesen Misserfolg von Herzen.

Aus der Küche ploppte der Korken einer Weinflasche. Elaine und Philine schienen sich einzuschenken und eine Kostprobe zu nehmen.

»Hm«, meinte Elaine und schmatzte genussvoll. »Germaine hat anklingen lassen, dass Sandrine eine ... wie hat sie sich ausgedrückt? ... eine ›*spektakuläre Forschungsarbeit von nationalem Interesse*‹ mit ihrem Bewerbungsdossier einreichen werde. Zusammen mit dem Vitamin B ihrer Familie und so weiter ...« Elaine prustete verächtlich. »Wie ich diese Großkotzerei hasse!«

Vicky hatte gefunden, wonach sie gesucht hatte. Ihr Blick blieb an dem Vornamen *Joëlle* hängen. Hier stand es:

›*Joëlle Maynard de Plourhan (1774 - 1848): Jüngste Tochter eines bretonischen Landadeligen. Vertritt früh die Prinzipien der Gleichberechtigung von Männern und Frauen und wird in ihrer Argumentation von Olympe de Gouges beeinflusst. Während der Schreckensjahre der Französischen Revolution verliert sich ihre Spur für einige Jahre. Während der Kaiserzeit Napoleon Bonapartes tritt sie zuweilen in der Öffentlichkeit auf. Nach dessen Sturz verlässt sie Frankreich und lebt in der jungen amerikanischen Republik. Joëlle Maynard de Plourhan hat nie geheiratet, obwohl sie zwei Kindern das Leben schenkte.*‹

Vicky betrachtete das abgebildete Porträt von Joëlle Maynard de Plourhan. Es zeigte eine junge Frau in einem nachthemdartigen

Kleid der Empirezeit. Dunkle Ringellocken wurden durch einen kunstvoll arrangierten Turban gebändigt. Sie war nicht im klassischen Sinne schön gewesen. Ihr Blick richtete sich geradewegs auf den Betrachter und hatte etwas Koboldhaftes, das ihr eine natürliche Anziehungskraft verlieh.

Vicky biss sich auf die Lippe und schlug das Buch zu. So ein Quatsch! Was hatte sie sich da zusammengereimt? Diese Frau war seit fast 150 Jahren tot! Wie sollte es sich um jene Joëlle handeln, die Laurent erwähnt hatte, als er von seiner Schwester gesprochen hatte.

»Hm«, drang Philines Stimme nach draußen, »du hast natürlich recht, aber ich frage mich doch ...«, sie zögerte, »... ich frage mich, was das für eine Sache von *nationaler Bedeutung* sein könnte?«

»Ach, was weiß ich ... vielleicht hat Germaine nur angeben wollen.« Elaine widmete sich wieder der Zubereitung des Abendessens und zerteilte mit unnötigem Schwung das Fleisch. Vicky schauderte. Das Niedersausen der geschärften Messerklinge erinnerte sie unwillkürlich an die Guillotine, die Olympe de Gouges' Leben beendet hatte.

»Andererseits« fing Elaine wieder an und hörte auf, das Fleisch zu guillotinieren, »vielleicht hat sie auch von dieser Sache gehört ... von einem handschriftlichen Entwurf der *Déclaration*.«

»Welche *Déclaration*?« Philine schlürfte geräuschvoll von ihrem Wein.

»Naja, d i e ›*Déclaration des Droits de l'Homme*‹ eben, die Erklärung der Menschenrechte«, Elaine wurde ungeduldig. »Hier ... das stand vor ein paar Tagen in der Zeitung«, sie raschelte mit Papier. »Hier steht, dass sich hier, also hier in diesem Teil der Bretagne, ein handschriftlicher Vorentwurf zu dieser *Déclaration* befinden könnte. Vielleicht meint sie, dass ausgerechnet ihre schlaue Tochter dieses Schriftstück findet und sich damit profilieren kann.«

Vicky hätte fast laut gelacht! Das sah Sandrine ähnlich. Sich durch einen miesen Trick an eine Elite-Uni zu schwindeln. Und was diesen angeblichen handschriftlichen Vorentwurf anging – sie schätzte, dass dieses Stück Papier irgendwann im Verlauf der letzten 200 Jahre sein Dasein als Zunder beim Feuermachen beendet hatte.

Philine sah die Sache ähnlich skeptisch.»Na, ich weiß nicht. Wahrscheinlich ist dieses kostbare Dokument inzwischen längst verschürt worden. Da kann Sandrine suchen, bis sie schwarz wird. Und wenn du meine Meinung dazu hören willst ...« Philine kam nicht mehr dazu, ihre Ansichten auszuführen, da sich die Türklingel meldete.

»Ach, warte, ich mach schon auf«, Philines Schritte verklangen im Flur.»Nanu, Julien, was machst du denn hier?«

◇ ◇ ◇

Vicky schoss das Blut in die Wangen und sie sah sich hektisch nach einer Möglichkeit um, sich unsichtbar zu machen. Was wollte Julien hier? Sie hörte schlurfende Schritte in Richtung Küche und Philines aufgekratzte Stimme:

»Elaine, hast du Julien schon gesehen, seit du wieder hier bist? Er ist ganz schön gewachsen, oder?«

Mon Dieu! Stellvertretend für Julien wand sich Vicky in ihrem Verandastuhl vor Verlegenheit. Hoffentlich fiel ihrer Mutter etwas anderes ein als eine dieser Erwachsenenfloskeln angesichts einer normalen adoleszenten Entwicklung.

»Nein, nicht wahr ... *du* bist der kleine Julien? Und jetzt bist du fast einen Kopf größer als ich. Komm her und lass dich mal drücken.« Von Julien kam ein unartikuliertes Brummen und Vicky konnte es ihm nicht verdenken.

»Hast du Vicky schon begrüßt?«, fing *Maman* an und Vicky fuhr alarmiert aus ihrem Stuhl hoch.»Vor vier Jahren habt ihr beiden ja so schön zusammen gespielt«, steigerte Elaine den Peinlichkeitsfaktor. Julien schien zurückzuweichen und seine Rückseite erschien im quadratischen Ausschnitt des Küchenfensters.

Julien tat das einzig Richtige und ignorierte Elaines Bemerkung.»Papa schickt mich«, er räusperte sich,»er kommt nicht zum Abendessen ... muss sich um Monsieur Colmar kümmern.«

»Monsieur Colmar?« Philine schien verwirrt, »*der* Colmar, dem dieser winzige Laden in der Stadt gehört?«

»Hm«, brummte Julien, »der Laden wurde vorhin überfallen und dem Alten hat man eins übergezogen.«

»Überfallen?« Philine zog scharf die Luft ein, »das ist ja schrecklich.«.

»Etwa der Monsieur Colmar, bei dem wir früher immer diese leckeren Schokodinger gekauft haben? *Mon Dieu,* wie furchtbar.« Elaine rammte das Fleischmesser in den Messerblock.

»Nein, nein«, berichtigte Philine, »nein, das war sein Vater, der war doch damals schon fast hundert. Oder jedenfalls kam es uns so vor.«

Elaine und Philine kicherten und gestatteten sich offenbar eine gemeinsame Reminiszenz an klebrige Schokoladenfinger und schmelzenden Kakaogeschmack im Mund. Julien nutzte die Chance, den Rest seiner Botschaft zu überbringen.

»Na jedenfalls weiß Papa noch nicht, wie lange es dauert und er fragt, ob du ihm später sein Kostüm bringen kannst?«

»Sein *Kostüm*!« Philine zog die Worte unnötig in die Länge.

»Sein Kostüm?«, mischte sich Elaine verständnislos ein.

»Ach? Ist heute schon wieder eines dieser Treffen?« Philine hörte sich eine Spur bissig an. Vicky, die beschlossen hatte, ums Haus herum zu gehen und unbemerkt durch die Vordertüre hinein und in ihr Zimmer zu verschwinden, hielt inne.

»Was denn für ein Kostüm?« Elaine war unverkennbar neugierig und Vicky spitzte die Ohren.

»Ach das ...« Philines Stimme nahm den duldsamen Ton einer Krankenschwester an, die von den neuesten hypochondrischen Einfällen ihrer Patienten berichtet. »Antoine ist Mitglied der *Acteurs historiques.* Eine Gruppe erwachsener Männer nahe der Midlife-Crisis verkleidet sich als historische Persönlichkeiten und tritt dann öffentlich bei Veranstaltungen auf!« Philines Sarkasmus tropfte ätzend auf den Küchenfußboden.

»Oh«, meinte Elaine – sprachlos angesichts dieser Entgleisung männlicher Freizeitbeschäftigung.

»Irgendein Idiot hat Antoine den Floh ins Ohr gesetzt, eine vage Ähnlichkeit mit dem Kaiser zu haben.«

»Dem Kaiser?«

»Napoleon Bonaparte!«

»Er verkleidet sich als *Bonaparte*?« Elaine unterdrückte ein Kichern.

»Ja«, kam es knapp von Philine. In die darauffolgende Stille leierte Julien ungeduldig,»Was ist jetzt mit diesem Kostüm?« Keiner beachtete ihn. Julien wandte den Kopf und sah aus dem Küchenfenster direkt in Vickys Gesicht. Fragend hob er die Augenbrauen.

»Ist nicht wahr?« Elaine prustete los und auch Philine konnte nicht mehr ernst bleiben. Nach einer Weile haltlosen Gekichers erinnerte sich Philine an ihren Sohn. Sie bemühte sich um einen seriösen Tonfall.»Julien, das soll sich jetzt nicht ... respektlos deinem Vater gegenüber ...«

»Respektlos« wieherte Elaine und krümmte sich vor Lachen. Julien verfolgte diesen erneuten Heiterkeitsausbruch mit unbewegtem Gesicht.

»Hm, jedenfalls«, Philine rang um Fassung,»jedenfalls kann ich dieses dämliche Kostüm nicht irgendwo hinbringen.« Sie räusperte sich,»heute Abend ist eine Sitzung des Komitees für den Bazar in zwei Wochen.« Zu Elaine gewandt, meinte sie,»ich bin zweite Vorsitzende des Vereins zur Förderung bretonischer Klöppelarbeiten. Komm doch heute mal mit. Vielleicht hast du Lust mitzumachen?«

Elaine wischte sich die Tränen aus den Augenwinkeln,»Klöppelspitze ... ich wollte schon immer wissen, wie man das macht.«

◇ ◇ ◇

Julien verdrehte die Augen und sah sich unauffällig um. Er wanderte durchs Haus und stand auf einmal in der Verandatüre. Vicky versuchte, unangestrengt lässig in ihrem Stuhl zu sitzen, ohne sich ihre Nervosität anmerken zu lassen. Sie wünschte, sie hätte sich vorhin die Haare gewaschen.

Julien drückte sich eine Weile unschlüssig im Türrahmen herum und stopfte die Hände in seine Hosentaschen. Wie eine Kompassnadel richtete sich Vickys Kopf von allein auf die Magnete seiner kohleschwarzen Augen. Mit etwas Anstrengung gelang es ihr, den Türrahmen neben ihm zu fixieren.

»Salut ...« Julien lächelte andeutungsweise.

»Oh ... hey, äh, salut.« Selbst in ihren eigenen Ohren hörte sich ihre Stimme eigenartig an. Sie schluckte unauffällig, um das enge Gefühl in der Kehle loszuwerden. Langsam schob sie ihren Finger als Lesezeichen in das Buch über Olympe de Gouges.

Julien zog seine Hand aus der Hosentasche und studierte die Schmutzränder unter den Nägeln. »Ähm«, es klang wie ein Räuspern, »hab nicht gewusst, dass du wieder im Land bist.« Er fuhr sich mit den Fingern durch seinen dunklen Schopf und fixierte Vickys ausgetretene Espadrilles, die sie achtlos vor dem Stuhl hatte liegen lassen.

Vicky durchforstete ihr Gehirn vergebens nach einer Antwort.

»Hm, man sieht sich ...« Julien zuckte mit den Schultern und machte einen Schritt zurück ins Haus.

»Warte!« In das Vakuum ihrer grauen Zellen strömten zehntausend Gedanken zur gleichen Zeit. »Vielleicht hätte ich dir ja schreiben sollen, dass ich wieder hier bin.« Der Satz war raus, bevor Vicky es verhindern konnte, und sie erschrak über die Bissigkeit ihrer Worte.

Juliens Kopf fuhr herum.

»Autsch!« Er musterte sie kühl, dann trat er wieder auf die Veranda und fing an, ziellos hin und her zu schlendern. Interessiert betrachtete er ein Vogelhäuschen, von dem die Farbe abblätterte. Er schabte mit dem Fingernagel über die Oberfläche und schlenderte in Richtung des inzwischen halbfertigen Sandkastens für Lilly und Benni. Gedankenverloren kickte er ein paar im Rasen liegende Plastikförmchen in den Sand.

Vicky widerstand dem Impuls, sich für ihre bissigen Worte zu entschuldigen und beobachtete ihn, als er ihr den Rücken zuwandte. Hatte er sich schon immer so wenig aus seinem Äußeren gemacht? Vicky versuchte, sich zu erinnern. Früher war Julien immer in abgeschnittenen Jeans und einem Shirt in irgendeinem Blauton herumgelaufen. Wenigstens war er einigermaßen sauber gewesen. Heute sah er aus, als hätte er seit Wochen die Kleidung nicht mehr gewechselt. Die Jeans waren ausgebeult und eingerissen. Das Shirt von ehemals blauer Farbe war an den Ärmeln abgeschnitten, so dass man Juliens sehnige Arme sehen konnte, auf denen sich Schmutzränder wie Tätowierungen entlangzogen. Die dunklen Haare waren zu lang und standen glanzlos und wirr vom Kopf ab. Während Vickys Verstand diese unbarmherzige Inventur vornahm, war da gleichzeitig ein Kribbeln und Brennen unter der Haut, als ob sie an einen unsichtbaren Stromkreis angeschlossen wäre.

Abrupt drehte Julien sich um und betrachtete sie nachdenklich.»Mir drängt sich gerade die Vermutung auf, dass du verschnupft bist, dass ich diese Briefe nicht mehr beantwortet habe?«

Diese Briefe! »Ach, woher denn ... wie kommst du denn auf *die* Idee?« Vicky lachte und hoffte, dass es nicht zu künstlich klang. Für einen Moment vergaß sie das Kribbeln und Brennen.

»Na dann ...« Julien entfernte sich vom Sandkasten und begutachtete einen Maulwurfshügel im Gras. Unschlüssig trat er ein paar Mal dagegen,»... ist ja alles in bester Ordnung.« Julien ebnete den Hügel ein und trat die Erde fest. Sein Körper straffte sich und er schien zu einem Entschluss zu kommen.

»Warum hast du angeboten, die Fotos für die Band zu machen?«

Der Themenwechsel kam so plötzlich, dass Vicky ihn argwöhnisch musterte.»Ich fotografiere gerne, hab eine Kamera und ihr braucht die Fotos.«

Julien nahm seine Wanderung durch den Garten wieder auf und Vickys Nacken verspannte sich, als sie versuchte, ihn im Auge zu behalten. Sie lokalisierte ihn vor der Regentonne, die am Rande der Veranda stand.

Er versenkte seinen Blick in ihr Inneres, als ob es das Orakel von Delphi wäre.

»Kein Ding ... war echt nett von dir.« Juliens Stimme verklang in der leeren Tonne. Dann hob er den Kopf und ein scheues Lächeln verwandelte seine hageren Züge. »Ich frage mich nur ...« Julien machte einen Schritt in Richtung Verandatüre.

»Hör jetzt auf, hier herumzuschleichen«, Vicky deutete mit dem Kinn auf einen der Gartenstühle, »setz dich hierhin und rede in ganzen Sätzen.«

Julien änderte den Kurs und glitt auf die Kante des am weitesten entfernten Verandastuhls. Unschlüssig wie er anfangen sollte, fuhr er mit der Schuhspitze an den Rändern der Bodenplatten entlang.

Sofort spürte Vicky das Kribbeln auf der Haut wieder und ärgerte sich über ihren Körper, der nicht so gelassen bleiben wollte, wie sie es sich vorgenommen hatte. Konzentriert schob sie mit den Zehen ein paar lose Steinchen auf dem Verandaboden hin und her.

»Ich wollte vorhin nicht so ... zickig sein«, sagte sie mit fester Stimme. »Obwohl ich mich schon gefreut hätte, wenn du *diese Briefe* regelmäßig beantwortet hättest.« Sie schnippte mit den Zehen ein Steinchen in seine Richtung und traf seine Wade.

»Aha, wenn das so ist ...«, Julien grinste und kickte mit seinem schäbigen Turnschuh den Stein zurück. »Ich habe dir gleich gesagt, dass ich kein großer Briefeschreiber bin.« Er zwinkerte Vicky zu.

Vicky sah auf und hatte sich wieder im Griff. »Vielleicht hätte ich dir dann deinen Comic wieder zurückgeschickt.« Sie dachte an das arg mitgenommene Heft in ihrem Zimmer.

»Den Asterix-Comic?« Julien kratzte sich am Kopf. »Sag bloß, du hast diesen Kinderkram aufgehoben?«

»Natürlich nicht ... war ja eigentlich ein Fall für das Altpapier.« Vicky beschloss, diese Behauptung so schnell wie möglich wahr werden zu lassen.

Julien setzte die Füße fest auf und machte Anstalten, sich aus dem Stuhl hochzustemmen. »Ich dachte, dass dieser Laurent dir vielleicht die ganze Zeit geschrieben hat.«

»Wie hätte Laurent mir denn schreiben sollen?«

»Ach, er hat auch aufgehört, dir zu schreiben?« Julien unterdrückte ein Kichern. »Da hast du es, Vicky, das mit dem Briefeschreiben ist wirklich so ein Mädchending.«

»Nein, er hat nicht aufgehört«, insistierte Vicky verwirrt, »wir haben uns gar nicht geschrieben.«

»Ach, und warum nicht?« Julien runzelte die Stirn, »ich dachte immer ...«

»Er konnte mir doch gar nicht schreiben ...«

»Haha, ich glaube nicht, dass der gute Laurent Analphabet ist«, witzelte Julien. »Also, warum nicht?«

»Wir haben keine Adressen getauscht ...«, wich Vicky aus und hoffte, Julien würde es gut sein lassen. Sie wollte nicht über Laurent nachdenken.

»Hm«, erwärmte sich Julien für das Thema und ließ sich wieder in den Stuhl sinken. »Ich habe ihn ewig nicht gesehen und *peng*, gestern läuft er mir doch so einfach über den Weg.«

»Was?«

»Ja!« Julien schien froh zu sein, dass der holprige Gesprächseinstieg überwunden war. Er setzte sich bequem auf seinen Stuhl und streckte die Beine lang aus. »Stell dir vor, er taucht wie aus dem Nichts auf ... liegt auf einmal auf dieser Veranda am Schloss mit einer mächtigen Beule an der Stirn ... und dann ist er genauso plötzlich wieder verschwunden. Konnte nicht mal fragen, wo er sich die ganze Zeit herumgetrieben hat.«

»Aber«, fing Vicky an, als Philine und Elaine in der Türe erschienen und sich zum Abschied ausgiebig drückten und Küsschen tauschten.

»Julien, kommst du? *Du* musst deinem Vater später dieses alberne Kostüm bringen.« Philine hatte es eilig, nach Hause zu kommen. »Wir sehen uns dann später.« Sie winkte Elaine zu.

Julien stemmte sich sichtlich widerwillig aus seinem Stuhl und sah zu seiner Mutter, »Wir wollten heute eigentlich ins Kino gehen.«

Philine winkte ab. »Umso besser, dann liegt das doch direkt auf dem Weg.«

»*Maman*, ich trage doch nicht dieses Kostüm durchs ganze Dorf!«

Philine musterte ihren Sohn mit einem Blick überstrapazierter Mütterlichkeit. »Du sollst es ja nicht anziehen, du bist sowieso viel zu groß dafür. Also, jetzt komm schon.«

Grummelnd folgte Julien seiner Mutter. Bevor er im Haus verschwand, drehte er sich noch einmal um. »Ach, Vicky ... hast du vielleicht Lust, mit ins Kino zu gehen?«

Vickys Atmung setzte kurz aus und ihr Herzschlag holperte über die Unebenheiten ihrer Gefühlslandschaft. Sie konnte mit Mühe verhindern, dass ihr Lächeln strahlte wie ein Bündel Atombrennstäbe und nickte.

»Ach, übrigens«, Vicky nahm sich zusammen, »was ist denn bei dem Überfall auf den kleinen Laden geklaut worden?«

Julien hielt irritiert inne. »Das ist ja das Seltsame ... nichts! Oder fast nichts. Nur der Kasten mit den Fototüten wurde aufgebrochen.«

◊ ◊ ◊

»Also, ihr beiden, macht euch einen schönen Abend.« Elaine quetschte sich in den Citroën 2 CV auf den Beifahrersitz, aus dem sich Julien gerade geschält hatte. Grob zerrte er einen durchsichtigen Kleidersack von der Rücksitzbank, wo auch zwei stramme Kissen mit aufgesteckten Musterzeichnungen auf ihren Einsatz beim Treffen der Klöppelfreundinnen warteten. Er vermied es, zum Hauseingang hinüberzusehen, wo er Vicky bemerkt hatte. Philine ließ den Motor kurz aufheulen, was Julien bei diesem Auto eher peinlich fand, winkte in seine Richtung und brauste los. Möglichst lässig hängte er sich den Kleidersack mit der grünen Uniform über die Schulter und schlurfte Richtung Haus.

Was hatte er sich dabei gedacht, Vicky mehr oder weniger ins Kino einzuladen? Er hatte keine Ahnung, was er den ganzen Abend mit ihr reden sollte. Jedes Gespräch schien bisher nach kurzer Zeit in einem peinlichen Schweigen oder einem Missverständnis zu enden. Für beides hatte er keinen Nerv. Die Vertrautheit und Zwanglosigkeit mit ihr in dem Sommer, als sie zuletzt hier gewesen war, schien ihm unwirklich. Sie waren Kinder gewesen und das hatte die Sache vermutlich einfacher gemacht. Jetzt wusste er nicht, wo er mit ihr anknüpfen sollte. Er hatte sich verändert – nach dem, was ihm damals passiert war. Auch Vicky wirkte anders – härter, als er sie in Erinnerung hatte. Obwohl sie auch früher schon recht kratzbürstig hatte sein können.

Julien wunderte sich, wie viele Gedanken ihm auf dem kurzen Weg zum Haus durch den Kopf schossen und bemühte sich, keinen davon auf seinem Gesicht sichtbar werden zu lassen. Beim Näherkommen registrierte er einen vorsichtigen Ausdruck in ihrem Blick – abwartend und eine Spur unsicher. Anders als am Nachmittag, wo sie Jeans getragen hatte, lehnte sie nun in einem hellblauen Kleid im Türrahmen. Rotweiß gestreifte Träger zeichneten sich neben dem Ausschnitt ab. Sie sah frisch und natürlich aus – nicht übermäßig geschminkt. Julien mochte es nicht, wenn Mädchen dabei übertrieben. Plötzlich war er erleichtert, dass er geduscht und sich neue Klamotten angezogen hatte. Er entspannte sich und als er Vicky erreicht hatte, beugte er sich wie selbstverständlich nach unten und begrüßte sie mit den üblichen zwei Wangenküssen. Die samtige Weichheit ihrer Haut an seinem Mundwinkel traf ihn unvorbereitet. Ein Hauch von etwas Blumigem stieg ihm in die Nase und verwirrte ihn. Hastig trat er einen Schritt zurück.

»*Salut.*«

Vicky wirkte überrumpelt. Sie musterte ihn, fing sich dann und rettete sich mit einem spöttischen Lächeln.

»Was soll das denn sein? Willst du dich noch umziehen?« Sie deutete mit dem Kinn in Richtung des Kleidersacks auf seiner Schulter.

Julien verfluchte das blöde Ding.

»Wir müssen Antoine noch sein Kostüm bringen.« Julien hoffte, er hatte genug Verachtung in seine Worte gelegt, um sich von dem lächerlichen Napoleon-Outfit zu distanzieren.

»Antoine?«

»Äh, ja, du erinnerst dich an meinen Vater?«

»Ja, natürlich ... was macht er damit?« Vicky klang belustigt und Juliens Verlegenheit ließ nach.

»Er zieht es an, was sonst.«

»Du weißt schon, was ich meine, warum ... wie kommt man auf die Idee?«

Paradoxerweise überkam Julien das Gefühl, sich für das eigenartige Hobby seines Vaters rechtfertigen zu müssen.

»Er und ein paar andere wollen berühmte Personen nachspielen, oder so ... ich weiß auch nicht genau«, schloss er lahm. Unbehaglich trat er von einem Bein auf das andere.

»HÄNDE HOCH, oder du wirst was erleben!« Ein kleines Mädchen mit niedlichen Zöpfen tauchte wie ein Schachtelteufel neben Vicky auf und hielt Julien eine Wasserpistole vor den Schritt. Ihr strenges Puppengesicht zeigte, dass mit ihr nicht zu spaßen war.

»LILLY!« Vicky fuhr herum. »Lass den Quatsch!«

Diese Provokation reichte Lilly aus. »Du hast es so gewollt«, sagte sie und entleerte das Magazin ihrer Waffe. Dann machte sie auf dem Absatz kehrt und verschwand im Haus, um eventuellen Vergeltungsmaßnahmen zu entgehen.

Julien starrte entsetzt auf seine Hosenfront, auf der sich an prominenter Stelle ein Wasserfleck ausbreitete.

»Das kleine Biest! Na warte, wenn ich die wieder in die Finger kriege.« Vicky zog Julien ohne Umstände ins Haus. »Komm mit, so kannst du ja schlecht unter Leute gehen.« Sie schnaubte kurz und es blieb unklar, ob aus Entrüstung oder weil sie sich ein Lachen verkneifen musste.

In der Küche griff Vicky nach einem Trockentuch und einen panischen Augenblick lang hatte Julien den Eindruck, sie wolle den Fleck trockentupfen. In letzter Sekunde bremste sie sich. Sie drückte Julien das Tuch in die Hand.

»Das machst du wohl besser selbst.«

Julien warf den Kleidersack über die nächste Stuhllehne und nach kurzem Zögern drehte er Vicky den Rücken zu, um sich an dieser intimen Stelle nicht vor ihren Augen trockenzureiben.

»Verdammt noch mal, wer war dieses kleine Miststück?«

»Meine kleine Schwester. Du glaubst nicht, was das für eine Nervensäge ist.«

Julien war erleichtert, dass Vicky auf seinen lockeren Ton einging.

»Das glaube ich gern. Bin ich froh, dass ich keine jüngeren Geschwister habe, das ist ja die reinste Pest.« In diesem Augenblick meinte er das so, auch wenn er sich sonst oft darüber ärgerte, in seiner Familie der Jüngste zu sein und von seiner Mutter verhätschelt zu werden.

»Wie Beulenpest und Cholera«, bestätigte Vicky kichernd, »Lilly hat nämlich noch einen Zwillingsbruder!«

»Ist nicht wahr?« Julien lachte und der letzte Rest Befangenheit löste sich auf und machte einem vertrauten Gefühl Platz. Er drehte sich wieder um.

»So, besser wird's nicht!« Er legte das feuchte Tuch auf den Küchentisch und sah schnell weg, als Vicky den Schaden geschäftsmäßig musterte.

»Hm«, sie runzelte die Stirn, »vielleicht solltest du ... Komm mal mit.« Sie zog Julien am Arm aus der Küche, die Treppe hoch und öffnete die Badezimmertür.

»Vielleicht versuchst du es mal damit«, meinte sie, während sie einen Haartrockner einstöpselte und ihm in die Hand drückte. »Ich ... ich warte dann unten auf dich.«

Julien musterte den Föhn, der eine gewisse Ähnlichkeit mit Lillys Wasserpistole hatte und schaltete ihn an. Nach kürzester Zeit entwickelte sich durch den feuchten Stoff seiner Jeans eine enorme Wärme auf den darunterliegenden empfindlichen Körperteilen. Julien ließ den Heißluftstrahl hin und her wandern, aber ihm wurde trotzdem unangenehm warm im Schritt. Am Ende richtete man damit noch irgendeinen Schaden an. Julien zögerte, dann zog er die Hose aus, setzte sich auf den Deckel der Toilette und hielt die feuchte Stelle in die sengende Hitze des Föhns.

Das Badezimmer strahlte eine gemütliche Unordnung am Rande des Chaos aus, das von mehreren Personen benutzten Räumen häufig anhaftete. Er kannte das von zu Hause, wobei hier eine eindeutig feminine Komponente vorherrschend war. Auf einem Regal quoll aus einem rosafarbenen Korb eine ungeheure Menge von Haarbändern, Zopfgummis und Haarklammern – sämtlich in Farbtönen der Rosa-Pink-Lila-Palette. Er vermutete, dass sie seiner Attentäterin gehörten.

Daneben lag ein Sammelsurium von Bürsten, in deren Borsten ein Haarfilz in unterschiedlichen Farben von hellblond über rötlich bis brünett verwoben war. Dazwischen lag ein verwaister Monstertruck auf der Seite. Vorne rechts fehlte ein Rad und die hintere Achse war verbogen. Auf der Ablage über dem Waschbecken befanden sich die üblichen Zahnbürsten und halbausgedrückte Tuben mit Zahnpasta. In einem Becher bemerkte Julien eine rosafarbene und eine dunkelblaue Kinderzahnbüste, die Borsten verschwörerisch einander zugeneigt. In einer Ecke stand ein übervoller Wäschekorb. Ein filigran wirkendes Wäscheteil mit hellblauen Trägern schaute unschuldig über den Rand und schneller als irgendeine bewusste Instanz seines Gehirns eingreifen konnte, fragte Julien sich, ob es Vicky gehörte. Im nächsten Augenblick wandte er schamhaft den Blick ab, als ob jemand seine Gedanken gelesen hätte.

Er konzentrierte sich wieder auf den Föhn und versuchte, die peinliche Intimität des Badezimmers auszublenden. Einmal schaltete er den Haartrockner ab. Der Stoff fühlte sich im Schritt immer noch feucht an. Er schaltete den Föhn wieder ein und während er auf das monotone Geräusch des Gebläses hörte, sah er aus dem Fenster. Direkt neben ihm, auf dem Fensterbrett, türmte sich in fast obszöner Öffentlichkeit eine Sammlung Damenbinden und Tampons in pastelligen Schachteln. Seine Mutter verstaute diese Utensilien immer diskret im Badezimmerschrank und Julien fühlte sich erneut ertappt. Zwischen den Schachteln fiel ihm ein kompaktes Päckchen auf mit tiefrotem Herzchenaufdruck. Die Packung war halb leer und Julien nahm vorsichtig eines der eingeschweißten Kondome heraus und betrachtete es.

Mit einem Knall schlug die Tür an der Wand an und Julien fuhr hoch. Eine männliche Ausgabe von Klein-Lilly stürmte ins Bad, riss sich eilig die Hose von den Hüften und ließ seinen Strahl zielsicher ins Bidet treffen. Erst dann nahm sich der Knirps die Zeit, Julien zu mustern, der es zwar geschafft hatte, den Föhn loszuwerden, aber immer noch seine Hose in der Hand hielt.

Der Kleine musterte ihn kritisch. »Was machst du hier ohne Hose«, fragte er auf Deutsch.

Julien verstand kein Wort und geistesgegenwärtig wiederholte der Junge seine Frage auf Französisch.

»Ich ... ich musste meine Hose trocknen.«

Der kritische Blick wurde eine Spur misstrauischer. »Hast du dich etwa nassgemacht?«

Julien brauchte einen Augenblick, um die von diesem Dreikäsehoch angedeutete Unterstellung zu verstehen. »Nein ... nein! Das war deine Schwester ... deine Zwillingsschwester.«

Diese Erklärung schien dem Kleinen ausreichend. Er konzentrierte sich auf das Ende seines Geschäfts und Julien nutzte die Gelegenheit, sich wieder anzuziehen.

»Ich bin Benni«, teilte ihm der Zwerg unvermittelt mit und steuerte, ohne sich die Hände zu waschen, auf die offene Badezimmertür zu.

»BENNI! Händewaschen!« Ein breitschultriger Mann tauchte im Türrahmen auf, fing Klein-Benni ab, beförderte ihn wieder ins Bad zurück und stellte ihn vor das Waschbecken.

Julien gelang es gerade noch, den obersten Knopf seiner 501 zu schließen, als sich der Mann umdrehte und fragend die Augenbrauen nach oben zog.

»Das ist ein Freund von Vicky«, schloss Benni scharfsinnig, während er sich die Hände bis zu den Ellbogen einseifte, »der musste sich wieder seine Hose anziehen!«

◇ ◇ ◇

Sie schafften es gerade noch rechtzeitig zu Beginn der Vorstellung ins Kino. Zum Glück hatte Momò die Karten an der Kasse hinterlegt, denn die Vorstellung war ausverkauft. Während die Werbung über die Leinwand flimmerte, drückten sich Julien und Vicky an einer Reihe Zuschauer vorbei auf ihre Plätze.

Julien hatte sich kaum hingesetzt, als ihm einfiel, dass er den Kleidersack mit der Napoleon-Uniform vergessen hatte. Nach dem peinlichen Zusammentreffen im Badezimmer mit diesem Mann, in dem er Vickys Vater vermutete, hatte er nur noch das Haus verlassen wollen. Unbehaglich rutschte er auf seinem Sitz herum und entfernte ein paar Popcornkrümel. Dann zog er unauffällig an seiner Hose, die nicht richtig saß. Er fuhr mit der Hand in die Hosentasche, um den Taschenbeutel zurechtzurücken, und fühlte mehr, als er es hörte – das knisternde Plastikpäckchen. Er musste das Kondom eingesteckt haben, als dieser Knirps ins Bad gestürmt war. Er schob das Päckchen in den äußersten Winkel seiner Tasche und versuchte, sich auf den Film zu konzentrieren. Mit einem leisen Plopp fiel ein Stück Popcorn vor ihm auf den Boden. Julien kickte es unter die vordere Sitzreihe.

Vicky schien vorhin nicht begeistert gewesen zu sein, als sie das Kinoplakat von ›Le grand bleu‹ gesehen hatte. Ein Film über zwei Extremtaucher war nicht unbedingt die erste Wahl für Mädchen, vermutete Julien. Egal, er lehnte sich zurück und tauchte mit Jean Reno und Jean-Marc Barr in die Tiefen des Ozeans und gab sich dem ewig männlichen Thema von Freundschaft und Wettbewerb hin. Wie die beiden Protagonisten hielt er bei den Tauchgängen in immer wahnwitzigere Tiefen die Luft an, bis ihm schwindlig wurde. Er spürte das lebensspendende Zurückfluten des Sauerstoffs in seine Lunge nach dem Auftauchen und dem Nachlassen der Spannung. Ein fantastischer Film!

Erst jetzt bemerkte er, dass jemand seine Hand ergriffen hatte und die Finger sich mit seinen verflochten hatten. Vielleicht gefiel ihr der Film doch. Dann fiel ihm ein, dass Vicky auf seiner anderen Seite saß – alarmiert zog er die Hand weg und sah sich um. Bernadettes Gesicht, nur Zentimeter von seinem entfernt, leuchtete ozeanblau im Licht der Leinwand.

»Das ist soooo spannend«, hauchte sie ihm ins Ohr und der Pfefferminzgeruch ihres Atems erstickte ihn mehr als die Tauchgänge zuvor. Ein paar Popcornkrümel regneten von hinten auf ihre Köpfe. Bernadette sammelte sie ein und steckte sich ein paar in den Mund.

»Hm, willst du auch was?«

Julien ignorierte das und schielte an ihr vorbei. Momò saß neben Bernadette und starrte gefesselt nach vorne. Sollte sie doch ihn mit Popcorn füttern und seine Hand nehmen, wenn ihr die Spannung zu viel wurde. Warum hatte Momò sie mitgebracht? Julien drehte sich in dem engen Kinosessel so, dass er ihr seine Schulter zuwandte und hoffte, dass dies ausreichend war.

Wie er befürchtet hatte, ließ sich Bernadette durch simple nonverbale Signale nicht beeindrucken.

»Hast du auch schon mal versucht, so lange zu tauchen«, nuschelte sie, behindert durch das Popcorn in ihrem Mund, das von irgendeinem Schwachkopf großzügig nach vorne geworfen wurde.

»Schscht!«

»Jean-Marc Barr sieht so süß aus, findest du nicht?«

Das war nicht zu fassen. Julien sah sich zu Vicky um. Vielleicht konnte er mit ihr den Platz tauschen. Vicky hatte den Kopf mit ihrem Nebenmann zusammengesteckt, in dem er bei genauerem Hinsehen Loïc erkannte. Er wartete eine Weile, während Bernadette sich darüber ausließ, welcher der beiden Kontrahenten am Ende das Mädchen bekommen würde. Die Frau in dem Film war Julien bisher nicht wichtig erschienen. Sie hatte ein albernes Lachen und ständig stand ihr Mund offen, als ob der Kiefer zu schwer wäre.

Er wandte sich wieder zu Vicky, die immer noch mit Loïc tuschelte. Manchmal konnte einem Loïcs Art, jedes halbwegs ansehnliche Mädchen anzubaggern, auf den Nerv fallen. Julien sah nach vorne zur Leinwand und stellte fest, dass er den Anschluss verpasst hatte. Mit einem Plopp landete ein Stück Popcorn auf seinem Schoß.

◇ ◇ ◇

»Also ich verstehe nicht, warum sie am Ende beide gestorben sind.« Bernadette sah unzufrieden aus und rutschte auf den kantigen Felsen hin und her, um eine bequemere Sitzposition zu finden. »Das ist irgendwie unlogisch.«

Als keiner etwas erwiderte, setzte sie nach. »Das ist doch frustrierend ... da ist er endlich mit dieser Frau zusammen und was macht er? Er will noch tiefer tauchen ... und sie steht am Ende ganz allein da, weil der andere ihm hinterher tauchen muss.«

»Er ist nicht hinterher getaucht, Berna«, meinte Momò sanft, der sich strategisch günstig auf die Felsenkante hinter sie gesetzt hatte, sodass sie sich bei ihm anlehnen konnte. »Er hat ihn ... zu Grabe getragen. Nur dass das Grab der Ozean ist.«

Passenderweise untermalte der Ozean diese Worte, denn sie hatten nach dem Kino beschlossen, an den Strand zu gehen. Die kleine Bucht war von felsigen Klippen gesäumt und das Meer war wenige Meter vom Strand entfernt bereits sehr tief. Es war inzwischen fast dunkel und das schwarze Wasser schwappte träge schmatzend ans Ufer.

Soweit es ging, hatten sie es sich auf dem schmalen Sandstreifen vor dem Ufer oder auf den Felsen bequem gemacht. Loïc hatte irgendwoher eine Zwei-Liter-Flasche Cola gezaubert, die großzügig mit *Bacardí* gemischt war und ließ sie kreisen.

Julien war nicht entgangen, dass sich Loïc ganz zufällig direkt neben Vicky in den Sand geworfen hatte, sodass ihm nichts anderes übrigblieb, als sich weiter vorne einen Platz zu suchen.

»Wann sind denn unsere Fotos fertig, was meinst du«, Momò schob unauffällig einen Arm um Bernadette und sah unschuldig zu Vicky hinüber.

»Ich denke, morgen kann ich die Bilder abholen.« Vicky setzte sich auf. »Du kannst dir nicht vorstellen, was da Seltsames passiert ist. Offenbar hat jemand den Fotokasten aufgebrochen, kurz nachdem ich meinen Film dort abgegeben hatte«, sie nickte zu Julien hinüber, dem sie diese Information verdankte. »Aber der Ladenbesitzer, Monsieur ...«

»Colmar« half Julien aus.

»Okay, dieser Monsieur Colmar hatte zum Glück die Filme schon weggeschickt. Morgen kann ich die Bilder bei euch vorbeibringen.« Sie wollte sich wieder zurücklehnen. »Halt, warte mal, ich weiß nicht, wann ich morgen wieder zu Hause bin.« Sie lachte nervös. »Stellt euch vor, ich habe schon wieder einen Auftrag.«

»Was denn für einen Auftrag«, fragte Loïc träge in dem durchschaubaren Versuch, Vickys Aufmerksamkeit wieder auf sich zu ziehen.

»Da hat mich so ein Typ angesprochen ... sah aus, wie aus dem Ei gepellt. Hat irgendwas mit dem Schloss zu tun.«

»Duroc«, assistierte Julien automatisch.

»Richtig, so heißt er. Der hat mich gefragt, ob ich dort nicht ein paar Fotos vom Schloss machen könnte. Die haben irgendein großes Fest vor und er möchte vorher Werbung in der Zeitung dafür machen.«

»Und da fragt er dich?« Julien drehte sich um und bedauerte sofort, dass es unfreundlicher klang, als er es meinte. »Ich meine, sollte doch nicht so schwer sein, selbst ein paar Bilder zu machen.«

»Vielleicht hat er einen gewissen Anspruch an die Qualität der Bilder«, versetzte Vicky und warf Julien einen spöttischen Blick zu.

Julien verkniff sich die Bemerkung, die ihm auf der Zunge lag und griff sich stattdessen die halbleere Cola-*Bacardí*-Flasche.

»Monsieur Duroc hat mir erzählt, dass es zur Fertigstellung der Schlossanlage ein historisches Einweihungsfest geben soll.« Befriedigt, sich mit dieser Information wieder in das Gespräch einschalten zu können, kuschelte sich Bernadette enger an Momò. »Alle geladenen Gäste sollen in Kostümen des 18. Jahrhunderts kommen, es soll ein echtes Rokoko-Streichorchester spielen und ein Feuerwerk geben.«

»Hey, klasse«, Momò richtete sich so plötzlich auf, dass Bernadette fast das Gleichgewicht verloren hätte. »Das wäre doch *die* Gelegenheit für uns.« Momò zog Bernadette wieder an seine Brust.

»Wie? Für wen?« Loïc hob den Kopf aus dem Sand und fuhr sich gekonnt durch die Haare.

»Na für uns, euch ... die *Heavy Strings*.« Momò hielt Bernadette vorsorglich an den Schultern fest und setzte sich aufrechter hin. »Das wäre doch was ... Rockmusik historisch interpretiert.«

»Wie?« Julien setzte die Colaflasche ab.

»Ist doch klar, der Gegensatz machts.« Momò erwärmte sich für seine Idee. »Ihr spielt euer übliches Programm und seid dabei mit Kniehosen und Zopfperücke verkleidet. Das ist sogar genial ... 18. Jahrhundert, Revolution, *Freiheit, Brüderlichkeit* und so weiter ... und das Thema eurer Songs ist *Freedom*.«

»Das kannst du vergessen!«, kam es gleichzeitig von Julien und Loïc.

Vicky kicherte. »Hm, eine grüne Uniform wäre zumindest schon mal vorhanden«. Schnell wich sie einem Fußtritt von Julien aus.

»Das stelle ich mir super vor«, mischte sich Bernadette ein. Sie schmiegte sich fester an Momò und zwinkerte Julien zu. »Ich könnte mit Monsieur Duroc reden ... für die Stallungen wäre das auch eine Idee. Ich müsste mir dann einen Damensattel besorgen und ...«

»Momò, damit das klar ist«, Julien deutete energisch mit der Colaflasche in seine Richtung. »Ich werde *nicht* so ein bescheuertes Kostüm anziehen!«

»Wäre gute Publicity!« Momò zuckte mit den Schultern und machte ein *Wir-werden-sehen-Gesicht*. Mit einem widerwärtig überlegenen Grinsen wandte er sich an Bernadette. »Wollen wir nächste Woche wieder ins Kino gehen?«

Bernadette schien zu überlegen. »Aber nicht in noch so einen Film. Das Ende war so was von blöd!«

Julien drehte sich entnervt weg, starrte auf das schwarze Wasser des Meeres und dachte über den Film nach. Er mochte es nicht, wenn man hinterher alles zerredete, bevor man richtig darüber nachgedacht hatte.

Vicky hatte bisher nichts dazu gesagt, was sie von dem Film hielt. Bissig dachte er bei sich, dass sie wenig Gelegenheit gehabt hatte, sich zu dem Film zu äußern, da Loïc sie völlig mit Beschlag belegte. Wie ihr eigener Schatten lag er neben ihr im Sand und spielte scheinbar gedankenlos mit dem Saum ihres Kleides. Von wegen! Julien kannte Loïc. Der wusste genau, wie er ein Mädchen anmachen musste. Vicky war hoffentlich nicht so blöd, auf ihn hereinzufallen. Trotzdem wurmte es Julien mehr, als er zugeben wollte, dass sie sich mit Loïc abgab, schließlich hatte *er* sie heute Abend mitgenommen.

»Da hat die Frau zwei Männer, die beide auf sie stehen ...«, fing Bernadette wieder an, »... und dann stellt sie fest, dass sie eigentlich für keinen von beiden wichtig war, weil für diese blöden Kerle nur ihre Taucherei und wer jetzt der Beste ist, zählt. Wo bleibt denn da die Liebesgeschichte?« Momò lächelte sanft, beugte sich nach vorne, um Bernadette etwas ins Ohr zu flüstern.

Julien wollte schnell wegsehen, bemerkte aber noch, dass ihm Bernadette einen Blick zuwarf, bevor sie den Kopf wandte, und es zuließ, dass Momòs Mund auf ihren traf. Momò wirkte etwas überrascht, nahm das Angebot aber ohne Zögern an.

Was sollte das denn? Julien hatte sich schon gedacht, dass Momò eine Schwäche für *Berna*, wie er sie manchmal nannte, hatte. Seltsam war allerdings, dass Bernadette zu ihm schielte, während sie mit Momò knutschte. Ein diffuses Gefühl von Unbehagen kroch ihm den Rücken hoch.

Kein Wunder, dass sich Männer auf simple Werte, wie Freundschaft und Loyalität besannen, wenn dieses Ding mit der Liebe so undurchschaubar und trügerisch war wie Treibsand. Es war schwer genug, seine eigenen Empfindungen in dieser Hinsicht zu verstehen – bei Weitem anspruchsvoller war es, das Verhalten und die Gefühle von Mädchen zu deuten.

Jahrelang hatte er beim Anblick von Sandrine Saint-Just weiche Knie bekommen und nichts als Spott und Hohn einstecken müssen. Jetzt war er vorsichtiger geworden, obwohl er anerkennen musste, dass dieses Biest Sandrine umwerfend aussah. Über ihre charakterlichen Qualitäten machte er sich inzwischen keine Illusionen mehr. Unversehens wanderten seine Gedanken weiter und seine auf den ersten Blick so kumpelhafte Gärtnerkollegin Céline kam ihm ungebeten in den Sinn. Mit ihrer Stimme konnte sie Schwingungen auslösen, die einem Schauer über den Rücken jagten.

Eine Bewegung an seiner Seite verstärkte den Duft, der ihm schon den ganzen Abend über in der Nase saß. Er wandte den Kopf und beobachtete Vicky unauffällig. Er mochte den frischen rotblonden Farbton ihrer Haare und die zarten Sommersprossen um ihre Nase. Beides konnte man im Dunklen nicht sehen und dennoch spürte er diese Frische, die von ihr ausging und ihn eigenartig berührte, fast körperlich.

Als sie sich durch die Haare fuhr, um sie mit einem Gummi zusammenzuhalten, hüllte ihn eine neue Wolke des blumig-frischen Dufts ein. Ihm wurde warm. Er hörte Vicky über eine zweifellos dämliche Bemerkung von Loïc kichern.

»Ich muss mich abkühlen«, verkündete Julien und stand schwankend auf. Die Cola-*Bacardí*-Mischung schien sehr zugunsten des Rums ausgefallen zu sein. Im Gehen zog er sich das Shirt über den Kopf und watete mit der Jeans, die er vor Stunden so akribisch trockengeföhnt hatte, ins Wasser. Er war nicht darauf gefasst, wie schnell die Küstenlinie abfiel und er den Boden unter den Füßen verlor. Wie ein Stein ging er unter, bevor er sich darauf besann, Schwimmbewegungen zu machen, aber der Alkohol hatte seine Koordination durcheinandergebracht. Er öffnete die Augen, um nach oben zu schwimmen, doch da war nichts – nur Schwärze. Ruckartig bewegte er den Kopf in alle Richtungen, alles sah gleich aus, schwarz und undurchdringlich. Ein Anflug von Panik stieg in ihm auf – das war doch nicht möglich, dass man oben von unten nicht unterscheiden konnte. Wie weit war er abgesunken? Hektisch bewegte er Arme und Beine in dem albtraumhaften Gefühl, nicht zu wissen, wohin er sich wenden sollte. *Le Grand bleu* kam ihm in den Sinn und in einem rational denkenden Teil seines Gehirns stellte er fest, dass der Ozean nicht blau ist – das war nur eine Illusion. Er war wie ein schwarzes Loch, dass alles verschlang, was in seinen Einzugsbereich kam.

Er zwang sich, mit dem Gezappel aufzuhören, und fragte sich gleichzeitig, ob er dann immer weiter sinken würde, wie Jean Reno am Ende des Films. Er spürte Druck auf den Ohren und fühlte seine Lunge eng werden von der Anstrengung, die letzten Sauerstoffreserven zu behalten. Mit aller Kraft versuchte er gegen den übermächtigen Impuls anzugehen, tief einzuatmen. Mit einem Funken klaren Verstandes beschloss er, alles auf eine Karte zu setzen. Er presste den letzten Rest Luft aus seinen Lungen und versuchte, in der Schwärze vor seinen Augen die silbrigen Konturen der Luftblasen auszumachen, die nach oben schweben mussten. Mit letzter Kraft holte er zu einem Schwimmzug aus, um ihnen zu folgen.

Im selben Augenblick fühlte er sich an den Haaren gepackt und nach oben gezogen. Einen Moment später kam er prustend an die Oberfläche und saugte seine Lungen voll Luft.

»Was hast du dir dabei gedacht, du Idiot!« Ein nasses Gesicht schob sich vor seines, eine lange Haarsträhne quer über der

Wange. »Du hast uns einen Riesenschrecken eingejagt. Warum bist du nicht mehr aufgetaucht?«

Julien versuchte, nicht zu panisch nach Luft zu schnappen. Da er nicht sicher war, ob er einen Ton herausbringen würde, drehte er sich um und schwamm Richtung Strand.

Momò und Bernadette standen wie zwei Salzsäulen am Ufer und starrten ihn an, als er klatschnass aus dem Wasser watete. Loïc war dabei, sich das Shirt und die Schuhe auszuziehen. Da hatte er sich für seine Rettung aber mächtig ins Zeug gelegt, schoss es Julien hämisch durch den Kopf.

Loïc zuckte mit den Schultern und schlüpfte wieder in seine Turnschuhe. »Tut mir leid, Kumpel, aber sie war einfach schneller als ich.«

Vicky stapfte wortlos an Julien vorbei. Das hellblaue Kleid klebte nass an ihrem Körper und vom Wasser dunkel gefärbte Haarbündel hingen über ihren Rücken.

»Ich glaube, ich gehe jetzt nach Hause«, sagte sie zu niemanden im Besonderen und knetete ihren Rocksaum in einem kläglichen Versuch, ihr Kleid zu trocknen.

Julien angelte sein Shirt aus dem Sand und eilte ihr hinterher. Unbeholfen legte er es ihr über die Schultern.

»Äh, Danke.«

Vicky strich sich mit beiden Händen die nassen Haare nach hinten. »Schon gut, weit unten warst du ja nicht.«

»Trotzdem ...« Julien kam sich angesichts seiner Panik unter Wasser dämlich vor.

Schweigend nahmen sie den Trampelpfad zwischen den Felsen nach oben, bis sie an der Abbruchkante der Felsen standen. Von dort ging es auf einem schmalen Weg weiter zum Ort. Das Mondlicht war hell genug, dass Julien unter Vickys nassem Kleid die Konturen ihres rot-weiß gestreiften Bikinis erkennen konnte.

»Vielleicht habe ich auch überreagiert?« Vicky blieb stehen und zerrte ihre Haare unter Juliens Shirt hervor. Dann drehte sie sie mit beiden Händen gegeneinander, um das Wasser abtropfen zu lassen.

Julien stand hinter ihr und als sein inzwischen feuchtes Shirt von ihren Schultern glitt, fing er es auf. Wortlos legte er es ihr über den Kopf und rubbelte ihr die Haare. Ein Rest des blumigen Dufts wehte an ihm vorbei – vor allem aber roch sie nach Meer. Am liebsten hätte er seine Nase in ihren Haaren vergraben.

Vicky stand wie erstarrt, dann drehte sie sich langsam um und nahm ihm das Shirt aus der Hand. Sie zögerte einen Augenblick, dann hob sie die Hand und wischte langsam die Feuchtigkeit von seiner Stirn. Dabei musterten ihre Augen so aufmerksam und ernst jeden Winkel seines Gesichts, als sähe sie ihn zum ersten Mal.

»Was soll das denn werden, Julien Kerouac?«

Ihre Stimme war rau und so leise, dass Julien sich nicht sicher war, ob sie gesprochen oder er es nur in seinem Kopf gehört hatte. Wieder blieb ihm die Luft weg. Konnte man vergessen, wie man atmet?

»Mal sehen …«, er beugte sich vor.

Die Berührung ihrer Lippen war zart, kühl, mit einem leicht salzigen Aroma und von einer herben Süße. Julien versenkte seine Hände in ihren feuchten Haaren. Nach kurzem Zögern öffnete sie den Mund und er spürte die Kühle ihres nassen Körpers an seinem, als sie so nahekam, dass sich die Lücke zwischen ihnen schloss. Ihm wurde schwindlig.

»Ach, bevor ich's noch vergesse …« Auf dem Pfad näherten sich hastige Schritte. Momò sprintete für seine Verhältnisse erstaunlich sportlich hinter ihnen her. »Hör mal, Vicky, wenn du morgen im Schloss bist, um Fotos zu machen, dann kannst du dich doch mal nach diesem Dokument umsehen, von dem in der Zeitung stand.«

Vicky hatte schnell einen ganzen Meter Abstand zwischen sich und Julien gelegt und zerrte an ihrem feuchten Kleid, als hätte sie in den letzten Minuten nichts anderes gemacht.

»Welches Dokument denn?«, fragte sie, um Zeit zu gewinnen.

»Ich hätte schon längst darauf kommen können«, meinte Momò begeistert. Keuchend blieb er neben Julien stehen und stemmte die Hände auf den Oberschenkeln ab, angesichts der ungewohnten Anstrengung.

Bernadette holte sie inzwischen ebenfalls ein. Innerhalb einer Millisekunde scannte sie die Situation und schoss Vicky einen lauernden Blick zu.

»Pass auf«, meinte Momò und kramte umständlich in seiner Hosentasche, bis er eine kompakt zusammengelegte Zeitungsseite hervorzog und entfaltete. Als ihm aufging, dass es zu dunkel zum Lesen war, verstaute er die Seite wieder in seiner Hosentasche.

»Hier steht«, Momò klopfte auf seine Gesäßtasche, »jedenfalls wird angedeutet, dass es *hier*«, er deutete mit dem Zeigefinger auf den felsigen Boden vor seinen Füßen, »also, ich meine, es soll sich hier in der Gegend, ein Dokument befinden, so eine Art Rohfassung der ›*Déclaration des Droits de l' Homme*‹.«

Keiner der anderen reagierte.

Momò fuhr sich durch seinen drahthaarigen Schopf. »Versteht ihr nicht? Die Menschenrechte! Soweit ich das überprüft habe, könnte, nein ... muss das hier in unserem Schloss sein! Und das könnte man dann auch wieder mit eurem Thema *Freedom* verknüpfen.«

Loïc kam angeschlendert und ließ eine Hand auf Momòs Schulter fallen. »Lass gut sein, Kleiner. Das ist doch ein alter Hut. Verkleidung, Menschenrechte ... wir überzeugen durch ehrlichen Rock! Ohne Schnörkel!« Er blinzelte Vicky zu. »Und unsere Fans lieben uns gerade deswegen.« Er setzte die Colaflasche an und leerte sie in einem Zug. Dann kickte er sie ins nächste Gebüsch.

Aufatmend lehnte sich L'Oreille zurück. Er war sich nicht sicher, ob das noch mal gut gegangen oder alles nur ein harmloser Scherz gewesen war. Er hatte keinerlei Sinn für diese Art von Humor. Er stand auf, klopfte sich den Sand von der Hose und folgte in sicherem Abstand den Jugendlichen, die in Grüppchen vor ihm herliefen.

Er fragte sich immer noch, ob er hätte eingreifen sollen. In dem Fall hätte er seine Deckung aufgeben müssen und das wäre dem

Boss nicht recht gewesen. Zum Glück hatte das Mädchen schnell reagiert und so war nichts passiert.

Die Frage, die er sich stellte, war, ob er Aristide von dem Vorfall berichten sollte oder ob er es besser sein ließ, weil dies unangenehme Fragen nach sich ziehen konnte. Es war schwierig, den Boss einzuschätzen. Er schien über einen sechsten Sinn zu verfügen und genau die Dinge zu wissen, die man nicht mal gedacht hatte.

Nun, er hoffte, er hatte noch Zeit, sich darüber Gedanken zu machen. Genau wusste er nicht, wie lange Aristide wegbleiben würde und er hatte ihn nicht eingeweiht, wohin er fahren würde. L'Oreille hatte ihn nach einer Telefonnummer gefragt, um ihm Bericht erstatten zu können, aber der Boss hatte ihm zu verstehen gegeben, dass er nicht erreichbar sei und die Verantwortung für die Sicherheit des Erben in den nächsten Tagen seine Sache war.

VERSTÖRENDE BILDER

Erst eine Totale. Dann ein paar Detailansichten – und ein paar Eindrücke von der Innenausstattung. Vicky hob die Kamera und stellte Weitwinkel ein, um die ausladende Fassade des Schlosses zu erfassen. Der Rand war abgeschnitten. Mit dem Sucher vor dem Gesicht ging sie langsam einige Schritte rückwärts. Ihre ausgefransten Espadrilles knirschten über den Kies der Schlossauffahrt, bis sie in etwas Nachgiebigerem an den Fersen einsanken.

»Hey, du ... verschwinde sofort aus dem Beet, bevor ich dir Beine mache!«

Hinter einem mannshohen Buchsbaum, der wie eine gedrechselte überdimensionale Schachfigur zugeschnitten war, tauchte ein Mann in einer ausgebeulten Cordhose und einem grasfleckigen Hemd auf. Er kam geradewegs auf Vicky zu, in der Faust eine Heckenschere mit beeindruckend langen Schnittflächen.

»Was fällt dir eigentlich ein, hier einfach so herumzustreunen und meine Pflanzen zu zertrampeln?« Er baute sich vor ihr auf und stieß seinen brennenden Zigarrenstumpen wenige Zentimeter vor ihrer Nase in die Luft.

Vicky ließ die Kamera sinken und sah nach unten. Beim Rückwärtsgehen war sie über den Rand eines Blumenbeets getreten, dessen knöchelhohe Bepflanzung in kunstvollen Ornamenten mit sorgfältiger Farbabstufung angeordnet war. Großen Schaden hatte sie, soweit sie sehen konnte, nicht angerichtet.

Diese Einschätzung schien ihr Gegenüber nicht zu teilen. »Was hast du hier überhaupt zu suchen? Schnüffelst du für irgendwen herum, oder?« Er kam ihr mit seinem schartigen Gesicht so nahe, dass sie seinen tabakgetränkten Atem riechen konnte.

Vicky wich einen weiteren Schritt zurück. Ein Fehler, wie sich sofort herausstellte. Unter den strohgeflochtenen Sohlen ihrer Schuhe knickten die Stängel einiger Stiefmütterchen.

Das knorrige Gesicht des Mannes verzog sich in absurder Befriedigung zu einem schauerlichen Grinsen. »Das ist Sachbeschädigung, Herzchen, das wird dich was kosten!«

Ein zitronengelber Sportwagen wählte diesen Augenblick, um schwungvoll die letzte Kurve der Auffahrt zu nehmen. Aufspritzender Kies regnete in die Blumenornamente hinter Vicky. Das Grinsen auf dem Gesicht des Mannes vor ihr versteinerte. Mit einer einzigen ruckartigen Bewegung stopfte er den glimmenden Zigarrenstumpen zwischen seine Lippen.

»Ah, Monsieur Leroi!« Mit einem elastischen Sprung katapultierte sich André Duroc aus seinem Fahrzeug und kam mit dem strahlenden Lächeln eines Hollywoodstars auf den Gärtner zu, dessen Miene unbeweglich, wie ein Holzschnitt blieb. Duroc rieb sich die Hände, während sein suchender Blick an Vicky hängen blieb.

»Und wen haben wir hier ...?«

Brennend schoss Röte in Vickys Wangen und ein intensives Gefühl von Fehl-am-Platz-Sein kroch ihr den Rücken hinab. Er schien sich nicht zu erinnern. Kurz hob sie die Kamera und räusperte sich.

Durocs Lächeln blieb wie festgewachsen und er fixierte Vicky.

»Vic ..., äh ... Viktoria Meinhardt«, krächzte Vicky. »Ich sollte hier ein paar Fotos machen ... erinnern Sie sich?« Reflexartig streckte sie Duroc die Hand entgegen und lenkte diese typisch deutsche Geste um, indem sie vorgab, eine Falte ihrer Jeans glatt zu streichen.

»Ach, wirklich«, raunzte Leroi und musterte sie abschätzend. »Der Name klingt irgendwie ausländisch.« Er ließ geübt den Zigarrenstumpen in die andere Ecke seines verkniffenen Mundes wandern. Asche rieselte auf die zertretenen Blümchen. Bevor er sich abwandte, fixierte er Duroc. »Die will ich nicht mehr in meinem Garten sehen. Was sie im Schloss treibt, ist mir egal.«

Er würdigte Vicky keines Blickes mehr und marschierte grußlos zu einer Gruppe Hilfsgärtner, die so taten, als ob eine völlig symmetrisch geschnittene Hecke weitere Korrekturen benötigte.

»Céline und du da mit der Kappe«, bellte er und deutete mit dem Daumen hinter sich. »Fünf *Viola* in ...«, er warf einen kurzen Blick auf die platten Stiefmütterchen, »... in Kardinallila und ... Elfenbein. Aber zack zack!«

Vicky war inzwischen unauffällig wieder aus dem Beet getreten, in der Hoffnung, ihre Mitwirkung an der Zerstörung der Blumen nicht so augenfällig zu demonstrieren. Sie sah auf und erst jetzt erkannte sie Julien als einen der Hilfsgärtner. In seiner Arbeitskluft aus Jeans und einem Shirt, dessen Ärmel abgeschnitten waren, schlenderte er heran und Vickys Herzschlag setzte gewohnheitsmäßig einen kurzen Augenblick aus.

Sie hatte keine Ahnung, wie sie Julien heute gegenübertreten sollte und hatte – halb gehofft und halb befürchtet – ihn hier beim Schloss zu treffen.

Seit sie am Abend zuvor zu Hause aus ihren nassen Sachen gestiegen war, hatte sie fast ununterbrochen an diese wenigen Augenblicke gedacht, als sie Julien geküsst hatte. Oder hatte er sie geküsst? Sie wusste es nicht mehr. Sie hatte nur eine unvollkommene Erinnerung, wie es so weit gekommen war.

Der Abend hatte entspannt begonnen, obwohl sie sich nicht recht für diesen seltsamen Taucherfilm hatte begeistern können. Dann war ihr dieser Loïc wie eine Klette nicht von der Seite gewichen. Sie hatte ihn gewähren lassen, denn in der Postkartenromantik am Strand hatte sich wieder eine unerklärliche Befangenheit Julien gegenüber eingestellt. Mit einem Mal war die Vorstellung absurd gewesen, mit ihm unverbindliche Bemerkungen über den Film auszutauschen, weil ihr Kopf völlig leer gewesen war und Juliens Nähe ihr eine Art Dauergänsehaut beschert hatte. So hatte sie es vorgezogen, sich Loïcs billige Anmachsprüche anzuhören und im spärlichen Mondlicht auf Juliens dunklen Hinterkopf zu schielen.

Und auf einmal war er im Meer verschwunden. »Hey, hey, hey«, johlte Loïc und klatschte angetrunken in die Hände. Julien tauchte nicht wieder auf und quälend lange Sekunden schoss ihr der Gedanke durch den Kopf, er habe sich zu sehr von dem Film inspirieren lassen. Bevor sie einen klaren Gedanken fassen konnte, war sie schon im Wasser gewesen und hatte tastend mit den Händen um sich gegriffen. Als sie ihn gleich darauf an den Haaren packen konnte, war ihr klar geworden, dass er sie alle zum Narren gehalten hatte, und sie war wie eine dumme Gans darauf reingefallen. Kurz darauf hatte er sie geküsst – oder umgekehrt, sie war sich nicht mehr sicher. Ihr Körper hatte ohne ihr Zutun reagiert, erst später hatte sie sich seltsam ungeschützt gefühlt.

Als Julien jetzt näherkam, war Vicky dankbar, dass sie nicht allein waren. Die drahtige Gestalt in Latzhosen neben ihm musste Céline sein, das Mädchen, das ihr bei ihrem Pferdeallergieanfall geholfen hatte. Nachdem Leroi an Céline und Julien vorbeigegangen war, wechselten beide einen Blick tiefen Einverständnisses und grinsten sich an.

Nachdenklich saugte Vicky an ihrer Unterlippe. Sie hätte gerne gewusst, was die beiden so lustig fanden. Aber Juliens Gesicht lag im Schatten seiner Basecap. So war nicht auszumachen, was er dachte und ob er sie bereits erkannt hatte. Kurz bevor er so nahe war, dass man irgendeine Reaktion hätte erwarten können, trat Duroc auf Vicky zu.

◇ ◇ ◇

»Die Fotos ...«, vertraulich legte er seine Hand auf ihren Rücken und drehte sie in Richtung der Auffahrt. »Wissen Sie, Monsieur Malvoisier, der Eigentümer, möchte noch ein paar Referenzen sehen, bevor ... Sie wissen schon.« Er lächelte entschuldigend und routiniert. »Wie wäre es mit den Fotos, die Sie kürzlich gemacht haben? Wenn Sie sie mir überlassen könnten, am besten mit den Negativen, dann kann ich Monsieur Malvoisier sicherlich überzeugen ...«, er ließ den Satz in der Luft hängen und schielte auf Vickys Umhängetasche.

Instinktiv schob Vicky ihre Tasche hinter ihren Rücken und ließ die Kamera sinken. Was wollte der Typ mit ihren Fotos? »Tut mir leid«, sie zuckte mit den Schultern und versuchte, sich ihre Enttäuschung nicht anmerken zu lassen. »Die habe ich noch nicht zurück«, log sie. »Vielleicht ein anderes Mal.«

Scheinbar bedauernd breitete Duroc seine Arme aus, während er sich rückwärts von ihr entfernte. »Ja dann, man sieht sich.« Er drehte sich um und strebte mit langen Schritten der großen Freitreppe zu.

Erst jetzt fiel Vicky die junge Frau auf, die dort auf ihn wartete und ihn mit den üblichen Wangenküssen begrüßte. Irgendetwas daran erschien Vicky peinlich intim und sie wandte den Blick ab. Was machte Sandrine Saint Just hier und was hatte sie mit diesem Duroc zu schaffen?

Als sie sicher war, dass sich Duroc nicht umdrehen würde, hob Vicky die Kamera und machte eine Aufnahme der Schlossfassade. Befriedigend klickte der Auslöser und sie transportierte den Film mit dem Daumen entschlossen weiter. Sie grub die Vorderzähne in die Unterlippe und wählte einen neuen Blickwinkel. Es wurmte sie mehr, als sie gedacht hätte, dass Duroc seine Zusage zurückgezogen hatte. Erst jetzt gestand sie sich ein, wie sehr sie gehofft hatte, die Innenräume des Schlosses zu erkunden. Sie erinnerte sich an die Porträts von Laurent und seiner Familie, die sie sich noch einmal ansehen wollte – aus Gründen, die ihr selbst nicht klar waren. Ungebeten kam ihr Momòs Annahme in den Sinn, dass es im Schloss diese Papiere geben könnte und ein diffuses Verlangen, sich dort umzusehen, machte sie unruhig.

»Er hat nichts davon gesagt, dass du dort nicht reindarfst.« Das Mädchen in Latzhosen stützte sich neben ihr auf den Stiel ihres Spatens und grinste sie an. Wie beim letzten Mal hatte sie ein Tuch in Naturfarben um ihren Kopf geschlungen, um ihre braunen Haare zu bändigen, die dennoch darunter hervor spitzten.

»Nein, das hat er nicht direkt so gesagt.« Langsam ließ Vicky die Kamera sinken. Vicky erinnerte sich, dass der grantige Gärtner das Mädchen als Céline angesprochen hatte.

»So ein Schloss hat viele Türen« Céline ließ ihren Blick umherschweifen.

Der Park lag wie ausgestorben unter der wärmer werdenden Sonne. Der Gärtner war nirgends zu sehen und auch Duroc und Sandrine waren verschwunden. In der Nähe eines Schuppens entdeckte Vicky Juliens rote Kappe. Er schien eine Schubkarre mit Pflanzen zu beladen.

Céline war ihrem Blick gefolgt. »Vielleicht probierst du es mal mit dieser kleinen Türe unterhalb der großen Treppe.« Sie ruckte mit dem Kinn in die Richtung der imposanten Freitreppe. »Die ist oft nicht abgeschlossen.« Sie warf einen Blick über die Schulter. »Jetzt vielleicht ... bevor Leroi wieder kommt.«

Vicky warf einen Blick auf Julien, der sich inzwischen mit der Schubkarre auf den Weg gemacht hatte. Es drängte sie, ihn zu sprechen oder ihn wenigstens zu sehen. Dann wurde ihr Célines schlauer Blick bewusst und sie nickte ihr zu, bevor sie sich auf den Weg zur großen Treppe machte.

◇ ◇ ◇

Bisher war ihr niemand begegnet, aber sie würde vorsichtig sein. Schließlich wollte sie Duroc nicht unbedingt über den Weg laufen. Die Pforte unter der Freitreppe hatte sie über ehemalige Wirtschaftsräume, in die eine moderne Großkücheneinrichtung eingebaut worden war, zu einer Wendeltreppe und schließlich in die große Halle geführt. Sie legte den Kopf in den Nacken, um den imposanten Treppenaufgang zu bestaunen, der interessante Blickwinkel bot, die sie mit der Kamera einfing. So fasziniert war sie, dass ihr fast die sich nähernden Stimmen aus dem angrenzenden Ballsaal entgangen wären. Schnell zog sie sich in einen Winkel neben der Treppe zurück, als Duroc mit einem schmächtigen Mann mit schlechtsitzendem Anzug die Halle betrat.

»Sie müssen wissen ...«, wandte sich Duroc routiniert an seinen Besucher, der ihm mit der ungeduldigen Aufmerksamkeit eines Mannes folgte, der gerne etwas gesagt hätte, aber nicht zu Wort kam.

»..., dass dieses Schloss dem Verfall preisgegeben war, bevor es in Monsieur Malvoisiers Besitz übergegangen ist und er sich entschlossen hat, es mit unserer Unterstützung in ein exquisites Hotel für die traditionsbewusste Klientel mit Sinn für ein außergewöhnliches Wohnerlebnis zu verwandeln.« Duroc schien den Werbetext seines Hotelprospekts auswendig zu können.

Während der andere Mann Luft holte und den Mund öffnete, fuhr Duroc fort:»Dabei bieten wir für den anspruchsvollen Gast eine Vielzahl von Abwechselungen sowie eine Vier-Sterne-Küche nach verfeinerten Rezepten des 18. Jahrhunderts«.

Vicky war sich sicher, dass *der anspruchsvolle Gast* eine Stange Geld für diese Annehmlichkeiten würde zahlen müssen.

Durocs Besucher hob eine Hand, um auf sich aufmerksam zu machen.»Wenn ich hier kurz …«

»Monsieur Malvoisier und meine Wenigkeit sind außerordentlich erfreut, dass Sie als Vertreter des größten Museums des Landes dieses Projekt unterstützen wollen.« Duroc schaltete sein strahlendes Lächeln ein.»Sie müssen unbedingt zu unserem Einweihungsfest kommen.« Ohne Luft zu holen, berichtete Duroc von den Attraktionen, die für diesen Anlass geplant waren. Das Streichorchester im Rokoko-Kostüm und das Feuerwerk hatte Bernadette ja schon erwähnt. Darüber hinaus sollte es eine Prämierung der besten Masken, die Vernissage eines zeitgenössischen Künstlers und eine Lotterie geben. Mit unverkennbarem Stolz wies Duroc auf den Hauptpreis hin – einen Flug in einer Mongolfière, die bis ins Detail dem historischen Ballon gleichen würde, mit dem die Brüder Mongolfier im Jahr 1783 dem alten Menschheitstraum vom Fliegen ein Stück nähergekommen waren.

Durocs Begleiter räusperte sich, aber Duroc ließ sich nicht aus dem Konzept bringen.»Die Ausstattung der Räumlichkeiten wird, soweit möglich, mit zeitgeschichtlich originalen Möbeln erfolgen. Natürlich haben die Suiten trotzdem allen Komfort, den sich der Gast des 20. Jahrhunderts wünschen kann.« Er lächelte ausdauernd, als ob er in einem Werbefilm für das Schlosshotel auftreten würde.»Von ein paar Öfen abgesehen, waren die Gemälde das Einzige, was von der ursprünglichen Einrichtung noch übrig war. Wir haben sie auf die anderen Räumlichkeiten verteilt.«

Inzwischen hatten die beiden Männer die Halle durchquert und waren auf dem Weg nach draußen, als es seinem Begleiter gelang, zu Wort zu kommen.»Die Papiere sind von außerordentlichem Wert … unsere Unterstützung können wir nur gewähren, wenn wir

Gelegenheit erhalten ...« Die Tür schloss sich hinter den beiden und Vicky atmete auf.

◇ ◇ ◇

Da sie kein Verlangen hatte, Duroc und seinem Begleiter wieder über den Weg zu laufen, beschloss Vicky, die Treppe nach oben zu nehmen und sich erst später in der Gemäldegalerie umzusehen, die – soweit sie sich erinnerte – von der Halle aus gesehen im östlichen Flügel des Schlosses lag.

Vicky fragte sich, ob das Porträt von Laurent noch immer in dem Nebenraum hinter der Galerie hing und unwillkürlich verspürte sie einen Schauer, wenn sie daran dachte. Heute wusste sie, dass es Maltechniken gab, welche die Illusion schufen, dass die Augen des Porträtierten sich je nach Standort des Betrachters scheinbar mitbewegten. Dies hatte Laurents Abbild aus Leinen und Öl eine unheimliche Lebendigkeit verliehen. Wie lebensecht es gewesen war, hatte sie später festgestellt – nachdem sie ihn kennengelernt hatte.

Im Treppenaufgang, der leicht einem Einfamilienhaus Platz geboten hätte, entdeckte sie das Familienporträt, das früher in der Galerie gehangen hatte. Sie musste zugeben, dass der Platz hervorragend gewählt war. Das riesige Bild beherrschte den Raum und gab ihm trotz der gigantischen Ausmaße eine persönliche Note. Es zeigte eine der früheren Grafenfamilien und nach der Kleidung der Abgebildeten zu schließen, musste es vor ungefähr zweihundert Jahren gemalt worden sein.

Die verschiedenen Familienmitglieder gruppierten sich um ein Elternpaar, das in würdigen und steifen Kleidern im Zentrum platziert war. Vickys Augen huschten über die zahlreichen Personen auf dem Bild, bis sie ihn gefunden hatte.

Laurent stand etwas abseits und blickte geradewegs aus dem Bild heraus. Ob er jetzt so aussehen würde? Es war schwierig, das Alter der Personen auf dem Gemälde zu schätzen, denn selbst die beiden Kinder, die im Vordergrund mit einem jungen Hund spielten, waren in unbequem wirkende Reifröcke und Westen gezwängt.

Laurents Kleidung wirkte weniger formell, als die der anderen Familienmitglieder und aus seinem Haarzopf schien sich eine Strähne gelöst zu haben. Vicky musste lächeln und wunderte sich, dass der Maler dieses Detail wiedergegeben hatte, denn es entsprach so sehr Laurents Wesen, wie sie ihn in Erinnerung hatte. Ihm hätte die bequeme Kleidung, die Jugendliche heutzutage trugen, bestimmt zugesagt.

Neugierig wanderte ihr Blick über die anderen Personen auf dem Gemälde. Wer von ihnen mochte Laurents Schwester Joëlle sein? Die Dame mit den absurd hochtoupierten Haaren, die huldvoll mit einer milchweißen Hand auf die Kleinkinder wies, schloss Vicky nach kurzer Überlegung aus. Am Rande des Bildes fixierte ein junges Mädchen den Betrachter mit dunklen Knopfaugen. Ihr Ausdruck war ernst, obwohl in den Mundwinkeln ein schelmisches Lächeln zu lauern schien. Halb verdeckt von den Falten ihres lockeren weißen Kleides hielt sie einen Bogen Papier in der Hand, den Vicky bei näherem Hinsehen als Brief identifizierte.

Sie setzte sich in einiger Entfernung auf eine der kühlen marmornen Treppenstufen, kramte ein belegtes Baguette hervor und musterte Joëlle de Plourhans Bildnis. Sie hatte inzwischen einige der Briefe gelesen, die Olympe de Gouges und Joëlle gewechselt hatten und wusste, dass beide sich für die Rechte von Frauen einsetzen wollten in einer Zeit, in der es um Menschenrechte ging und damit eigentlich Männerechte gemeint waren. Olympe de Gouges hatte dies mit dem Leben bezahlt. Als Vicky das zarte Mädchen auf dem Gemälde musterte, wurde ihr eng in der Brust und sie fragte sich, was aus ihr geworden war.

Mit einem Mal wurde ihr die Stille bewusst und sie sah sich um. Inzwischen musste es später Nachmittag sein. Die geschäftigen Geräusche der verschiedenen Handwerker waren verstummt. Vielleicht hatten sie Feierabend gemacht. Nachdenklich verdrückte sie den Rest ihres Baguettes. Sie stand auf und sah schuldbewusst Brotbrösel von ihrem Schoß auf den Boden rieseln. War sie inzwischen allein hier? Duroc war nicht zurückgekommen. Wer sollte etwas dagegen haben, dass sie sich hier ein wenig umsah? Wieder empfand sie diese unerklärliche Neugier, Laurents Porträt zu finden und zu sehen oder vielmehr zu spüren, ob es immer noch diese unheimliche Wirkung hatte. Entschlossen stand sie auf. Sie würde dort anfangen, wo es sich früher befunden hatte – in dem kleinen Turmzimmer am Ende der Gemäldegalerie.

◊ ◊ ◊

Die fast vier Meter hohen Türen zur Galerie waren geschlossen. Vicky drückte die blank gescheuerte Klinke, die sich fast auf Augenhöhe befand.

Zuerst dachte sie, die Galerie wäre unverändert, seit sie diese das letzte Mal gesehen hatte, denn an den Wänden hingen, ebenso wie früher, zahlreiche Gemälde. Ein zweiter Blick überzeugte sie von der völligen Andersartigkeit der Exponate. Hatte sie sich vor vier Jahren zusammen mit Julien über die langen Reihen steifer Porträts triefäugiger Grafen und pausbäckiger Comtessen lustig gemacht, so zeigten sich hier gänzlich andere Motive. Allesamt waren die Werke ungerahmt und großformatig. Sie mischten realfotografische Wiedergabe mit surrealen Elementen und wilden Klecksereien.

Vicky blieb vor einem Bild stehen, das ein Mädchen zeigte, das frontal in einen Spiegel sah. Das Mädchen lächelte nicht, vielmehr hatte ihr Ausdruck etwas Schmerzliches. Plötzlich wurde Vicky bewusst, dass sie sich genau dort befand, wo das Mädchen hätte stehen müssen, um sich zu spiegeln. Dann sah sie das feine Netz von Sprüngen, das sich über die Spiegeloberfläche zog. Der Spiegel war gebrochen. Verwirrt bemerkte sie, dass Scherben aus dem Spiegelbild herausgefallen waren, sodass neben dem rechten Auge des Mädchens ein Stück des Kopfes fehlte. Auf der linken Seite des Oberkörpers schienen sich die Sprünge im Spiegel zu konzentrieren und ein Stück über dem Herzen fehlte ebenfalls. Dahinter gähnte nicht etwa ein schwarzes Loch, sondern ein blauer Himmel mit Schäfchenwolken, dessen Heiterkeit in einem seltsamen Kontrast zur dominierenden Stimmung des Bildes stand. Die Wirkung war verstörend und traf so genau einen Nerv in Vickys Empfindung, dass sie ruckartig einen Schritt zurückwich.

»Du denkst vielleicht, du siehst einfach nur ein Mädchen, das sich im Spiegel betrachtet!«

Aus den Schatten neben einigen an der Wand lehnenden Leinwänden trat ein Mann auf Vicky zu. Er war groß und hager. Sein markantes Gesicht wurde von einer gewaltigen Nase und raubvogelartigen Augen beherrscht, seine grauen Haare waren fest zu einem Pferdeschwanz zusammengebunden. Er warf Vicky einen scharfen Blick zu und trat an das Gemälde heran. Vorsichtig ließ er seine Fingerkuppen über die gemalten Spiegelkanten gleiten, als könnte er sich tatsächlich daran schneiden.

»Es ist vielmehr eine Allegorie der Instabilität allen Seins«, fuhr er fort, als spräche er zu sich selbst. »Der Ausdruck im Gesicht des Mädchens zeugt vom Urschmerz der Menschheit angesichts eines kosmischen Ausgeliefertseins im Universum und der Vergeblichkeit humanen Strebens nach Ordnung im vorbestimmten Chaos. Es ist eine Metapher der Unausweichlichkeit und weist mittels einer künstlerischen Klimax auf den vorweggenommenen Exodus hin.«

Er trat einen Schritt zurück. »So heißt das Bild übrigens auch! Bist du interessiert?«

Vicky musterte den Mann aus den Augenwinkeln. Er hatte Farbreste an den Händen und sie vermutete, dass es sich um den Maler handelte. Obwohl er selbst wissen musste, was er gemalt hatte, fand sie seine Erklärungen reichlich überspannt und nahezu unverständlich. Vielleicht war dies die Absicht dahinter.

»Ich finde ›Der Schmerz‹ würde besser passen«, platzte sie heraus und ärgerte sich gleich darauf, dass sie einem Fremden offenbarte, was ihr nahe ging.

»So, meinst du?« Der Maler richtete seine Raubvogelaugen auf sie und musterte sie eindringlich. »Ich werde es mir überlegen.« Sein Blick blieb an ihrem Fotoapparat hängen. »Was willst du eigentlich hier?«

»Ich ... wollte mir die Bilder anschauen.« Vicky wich einen Schritt zurück, denn der Mann war unangenehm nahegekommen. »Ich, meine ... ich suche die Bilder, die früher hier hingen.«

»Diese Gemälde?« Der Mann schaffte es, seine rechte Augenbraue so weit nach oben zu ziehen, dass sie fast mit seinem Haaransatz verschmolz. »Bourgeoise Auftragsarbeiten von gedungenen Malknechten ausschließlich pekuniären Notwendigkeiten geschuldet!« Seine Mundwinkel verzogen sich vor Verachtung.

Auch wenn Vicky nicht jedes Wort entschlüsseln konnte, so war die Botschaft unmissverständlich und provozierte ihren Widerspruchsgeist. »Was wohl nicht für Ihre Arbeiten gilt, nehme ich an. Sollte man Sie kennen?«

Der Mann lächelte überlegen. »Man kennt mich in den entsprechenden Kreisen. Einem Gör wie dir verrate ich aber trotzdem meinen Namen. Ich bin Georges Du Nerr.«

Erwartungsgemäß erzeugte dar Name keinerlei Echo in Vickys Erinnerung, was Du Nerr vernünftigerweise nicht erwartet hatte.

»Nun, ich will dich bei deiner Suche nicht aufhalten«, meinte er und strich sich mit der Hand über die straff nach hinten gezurrten Haare. »Wenn dir im Vorbeigehen noch ein paar neue Namen für meine Bilder einfallen, dann zögere nicht, sie mir mitzuteilen. Ich bin immer offen für Anregungen aus dem künstlerisch ungeschulten Publikum. Die unmittelbare Ursprünglichkeit deiner Sichtweise lässt sich bestimmt in die metaphysischen Aspekte meiner Arbeiten integrieren.«

Vicky hielt sich im letzten Augenblick davon ab, Du Nerr einen Vogel zu zeigen, und wanderte stur geradeaus blickend an seinen Werken vorbei, bis sie den anschließenden kleineren Raum erreicht hatte. Aufatmend schloss sie die Türe hinter sich. Der Mann hatte eindeutig eine Schraube locker. Glaubte und vor allem, verstand er, was er sagte? Oder wollte er mit dieser Nummer dem, wie er es ausgedrückt hatte, *künstlerisch ungeschulten Publikum* eine Aura von Überlegenheit demonstrieren und insgeheim amüsierte er sich köstlich über die Ja-Sager, die seine Worthülsen widerspruchslos abnickten?

◇ ◇ ◇

Der kleine Raum war leer. Das Porträt war nicht mehr da und irgendwie wirkte er dadurch noch leerer. Vicky hatte sich schon auf den gruseligen Effekt mit den wandernden Augen eingestellt und war jetzt enttäuscht, dass nur eine hellere Färbung der seidenen Wandbespannung die Stelle markierte, wo sich Laurents Bildnis befunden hatte.

Unentschlossen schritt sie durch den kleinen Raum und trat ans Fenster. Anders als modernes Fensterglas war die Scheibe nicht völlig eben, sondern an manchen Stellen dicker und unregelmäßig geformt, sodass jeder Blick nach draußen verzerrt war. Allerdings nicht in einem Maße, dass man die Person, die auf der Grasfläche unterhalb des Fensters stand, nicht hätte erkennen können.

Julien hatte seine Basecap abgesetzt und fuhr sich mit dem Handrücken über die Stirn. Dann bewegte er die Schultern und Arme, um seine Muskulatur nach dem langen Arbeitstag zu lockern. Vickys Blick blieb an seinem schlanken Rücken hängen und das war mehr als ausreichend, um in ihrem Innersten die merkwürdig schmerzhaft-schöne Spannung anwachsen zu lassen, die seit dem Vorabend ihr Herz im Griff hatte. Bevor sie sich zurückhalten und einen klaren Gedanken fassen konnte, strecke sie ihre Hand zum Fenstergriff aus.

Von hinten trat Céline an Julien heran. Sie zog sich ihre Arbeitshandschuhe aus und steckte sie in die Gesäßtasche ihrer Latzhose. Mit irritierender Selbstverständlichkeit hob sie die Arme und massierte mit sicheren Bewegungen Juliens Schultern und Nacken. Dann ließ sie ihre Hände langsam an seiner Wirbelsäule abwärts gleiten und umfasste seine Mitte. Kraftlos sank Vickys Hand nach unten. Unfähig, sich zu rühren, beobachtete sie die Vertrautheit, mit der Céline Julien berührte. Flüchtig wie Dunst verschwand die Spannung und das altbekannte Gefühl der Zurückweisung verknotete sich in ihrem Bauch, als ihr klar wurde, dass Julien die Berührung geschehen ließ. Er entzog sich nicht, vielmehr schien er die Zärtlichkeiten zu genießen. Als er sich endlich bewegte, drehte er den Kopf zu Céline und einen winzigen Augenblick lang trafen seine Augen Vickys Gesicht. Sie stolperte zurück in den Raum, hastete durch die Galerie und ohne ein Wort an Du Nerr vorbei.

◇ ◇ ◇

Verloren und verschwunden

Julien konnte kaum mehr die Füße heben und so begleitete ihn das Geräusch seiner schlurfenden Turnschuhe, während er den Rest einer ekelhaft warmen Limonade in sich hineinschüttete. Dieser verflixte Park war ihm in den letzten Wochen so vertraut geworden, dass er, ohne auf den Weg zu achten, die wuchtige Eiche fand, wo er sein Rad abgestellt hatte. Obwohl er sich inzwischen an die körperliche Arbeit gewöhnt hatte, tat ihm heute der Rücken höllisch weh. Den ganzen Tag über hatte Leroi ihn mit einer Heckenschere aus dem vergangenen Jahrhundert Büsche und Hecken zuschneiden lassen. Als ob es für diese Arbeiten nicht inzwischen Elektrogeräte gab. Zu seinem Unglück hatte sich herausgestellt, dass Julien ein unverhofftes Talent hatte, symmetrische Formen zu schneiden – im Gegensatz zu Chouchou, der einen Abschnitt der Ligusterhecke völlig verschnitten hatte und danach von Leroi mit dem Polieren der Steinfiguren des Neptunbrunnens betraut worden war. In der Mittagspause, die sie wie immer am Fuße des Brunnens verbracht hatten, hatten sie Chouchou damit aufgezogen, dass vor allem die unnatürlich stabile Oberweite der Nixe an Neptuns Seite, heller strahlte als der Rest der Figuren.

Julien warf die leere Flasche in seinen Rucksack und ließ den Kopf und die Schultern kreisen. Alles fühlte sich verspannt und hart an. Er dachte an die kurze Nackenmassage, mit der Céline ihn vorhin überrascht hatte und ein wohliges Gefühl rieselte wie Sand über seinen Rücken. Sie schien immer genau zu wissen, was ihm guttat, stellte Julien verwundert fest, während er in seiner Hosentasche nach dem Fahrradschlüssel angelte.

Die knorrige Eiche, an der er sein Rad abgestellt hatte, flankierte den gekiesten Vorplatz des Schlosses. Halb verborgen durch den wuchtigen Stamm des Baumes bemerkte Julien die zitronengelbe Kühlerhaube von Durocs Angeberauto. An der Beifahrertür lehnte Sandrine. Obwohl sie ihm den Rücken zuwandte, registrierte Julien ihre Ungeduld. Sie hatte die Arme vor der Brust verschränkt und fuhr sich öfter, als es ihrer Frisur guttat, durch die Haare. Da sie ihn nicht bemerkt hatte, betrachtete Julien ihre schlanke Silhouette ohne Hemmungen und mit distanziertem Interesse.

Als Zwölfjähriger war er hoffnungslos in sie verschossen gewesen und es hatte ihm nichts ausgemacht, dass sie es gewusst hatte – im Gegenteil. Obwohl er damit ein regelmäßiges Ziel ihrer sarkastischen Bemerkungen gewesen war, hatte er diese Brotkrumen ihrer Aufmerksamkeit einzeln aufgelesen und wie einen Schatz bewahrt. Heute schämte er sich, dass er nicht genug Selbstachtung besessen hatte, um seine Schwärmerei für sich zu behalten.

Noch immer empfand Julien ein peinliches Gefühl der Verlegenheit, wenn er Sandrine begegnete. Sie schenkte ihm regelmäßig ein wissendes Lächeln, das besagte, sie könne ihn sofort wieder in sich verliebt machen, sollte sie es darauf anlegen. Am meisten ärgerte sich Julien darüber, dass er sich nicht sicher war, ob sie nicht recht hatte.

Endlich hatte er den winzigen Fahrradschlüssel aus seiner engen Hosentasche gefummelt, als der seinen tauben Fingern entglitt und im kniehohen Gras verschwand. Julien bückte sich im gleichen Augenblick nach dem Schlüssel, als Sandrine sich umdrehte. Durocs auf Hochglanz polierte Schuhe knirschten über den Kies. Äußerlich nach wie vor wie aus dem Ei gepellt, schien ihn irgendetwas zu beschäftigen. Nachdenklich warf er einen Blick zurück zum Schloss.

Sandrine schob ihre Sonnenbrille wie einen Haarreif auf den Kopf, was ihr ein mondänes Aussehen verlieh, und lächelte Duroc an, während sie ihm die Arme um den Nacken legte. Da sich beide offenbar unbeobachtet fühlten, fiel der Begrüßungskuss so leidenschaftlich und intim aus, dass es Julien in seinem Versteck hinter dem Baum unangenehm wurde. Sandrine drückte sich eng an Duroc, als wolle sie mit ihm verschmelzen. Durocs Hand wanderte von ihrem Rücken über den Po, wo sie besitzergreifend liegen blieb.

Verflixt! Julien blieb in der Hocke sitzen. Er kam sich vor wie ein Spanner. Jetzt konnte er unmöglich aufstehen.

»Und? Hast du schon etwas herausgefunden?« Sandrine löste sich von Duroc und ein Faden ihres Pullis zog sich in die Länge, wo er sich an den Knöpfen seines Hemdes verhakt hatte.

»Bisher hat er das Ganze nicht sonderlich ernst genommen«, meinte Duroc und fummelte hilfreich an Sandrines Pulli herum. »Aber heute war so ein Idiot vom *Louvre* hier. Ich konnte ihn gerade noch abfangen, bevor er ihn beschwatzt hätte, seinem Museum die Papiere zu überlassen. Malvoisier hätte das glatt getan, um gut da zu stehen.«

»Was! Kann er das denn so einfach?« Sandrine schüttelte ihre Frisur aus. »Ich meine, wem gehören denn diese Papiere? Dem, der sie findet, oder etwa nicht?«

»Oder dem, in dessen Besitz sie gefunden werden«, ergänzte Duroc und riss den Faden einfach ab. Er sah Sandrine ins Gesicht. »Ehrlich gesagt, Schätzchen, ich weiß es nicht.« Duroc strich Sandrine eine Haarsträhne aus dem Gesicht und Julien bemerkte, dass sie sich zusammennahm, um nicht zurückzuweichen. Julien wusste, dass Sandrine es nicht mochte, wenn ihr irgendwer die Frisur durcheinanderbrachte.

Duroc zog seine Hand zurück. »Aber das ist unerheblich. Wichtig ist, wer die Dokumente findet. Wenn man es geschickt anstellt, kann man den Erfolg für sich beanspruchen«, er lächelte Sandrine vielsagend zu, »und über den Verbleib der Entdeckung bestimmen.« Durocs Lippen kräuselten sich kaum merklich. Er wandte sich seinem Fahrzeug zu, hielt Sandrine die Beifahrertür auf und reichte ihr galant seine Hand.

»Glaubst du, es gibt diese paar Papierseiten überhaupt, oder ist das nur ein Hirngespinst?«, fragte Sandrine und wand sich elegant auf die unkomfortable Sitzschale des Sportwagens.

»Auch das weiß ich nicht.« Duroc klang ungeduldig und schritt zielstrebig auf seine Seite des Autos zu. »Aber ich versichere dir, wenn es sie gibt, dann werde ich sie finden.« Duroc blieb neben dem Kotflügel stehen, zog ein Papiertaschentuch aus der

Gesäßtasche, spuckte darauf und entfernte Vogeldreck vom Lack der Kühlerhaube.

»Wenn sich sogar der *Louvre* für diese Papiere interessiert, dann müssen sie ganz schön was wert sein«, überlegte Sandrine laut und band sich ein gemustertes Chiffontuch um den Kopf.

»Da kannst du Gift drauf nehmen, meine Liebe.« Duroc hauchte den Lack an und schien nahe dran, mit seinem Jackenärmel darüber zu polieren, ließ es dann sein und glitt routiniert auf seinen Platz. Er setzte sich eine alberne Schirmmütze auf und kontrollierte ihren Sitz im Rückspiegel.

Julien hätte am liebsten gelacht. Die beiden erinnerten ihn an ein Paar aus einem Fünfziger-Jahre-Film. Die hatte er sich als kleiner Junge mit seiner Mutter immer im Fernsehen ansehen müssen.

Duroc lächelte sich grimmig im Rückspiegel zu. »Eine handschriftliche Fassung der ›*Déclaration des Droits de l'Homme et du Citoyen*‹, vielleicht sogar von der Hand Lafayettes ... das wäre eine Sensation.«

»Mit einem solchen Fund wäre meine Aufnahme bei den *Sciences Po* eine Kleinigkeit, sollte man meinen.« Sandrine öffnete ihre Handtasche und erneuerte den Lipgloss auf ihren Lippen.

Duroc warf ihr einen Seitenblick zu. »Ich würde sagen, dass sich jedem, der diese Papiere der Öffentlichkeit zugänglich macht, viele Türen öffnen«, meinte er vieldeutig und startete den Wagen. Die durchdrehenden Reifen gruben sich in den Kies, als Duroc im kleinstmöglichen Radius wendete und davonfuhr.

◇ ◇ ◇

Julien richtete sich auf und rieb sich den Arm, wo ihn ein Kieselstein getroffen hatte. Das war das zweite Mal, dass er von diesen Papieren hörte. Momò hatte gestern davon angefangen und jetzt interessierten sich Sandrine und dieser Duroc ebenfalls dafür. Julien spitzte verächtlich die Lippen. Wenn er eines im Laufe der Zeit gelernt hatte, dann, dass Sandrine niemals etwas ohne Grund oder Vorteil für sich selbst tat. Was versprach sie sich von einigen zweihundert Jahre alten Papierseiten? Konnte man einen miserablen

Schulabschluss dadurch ausgleichen und an einer Elite-Universität aufgenommen werden?

Gestern hatte er diese Sache mit den Papieren für eine von Momòs überspannten Ideen gehalten. Nachdem, was Duroc gesagt hatte, war dieses Zeug richtig was wert – wenn man es finden konnte. Und wenn es noch existierte. Mit einem Haufen beschriebener Papierseiten konnte im Verlauf von zweihundert Jahren viel passiert sein.

Julien zuckte mit den Schultern, was ihm seinen verspannten Rücken wieder schmerzhaft in Erinnerung rief. Morgen würde er üblen Muskelkater haben. Vielleicht sollte er zu Hause ein Bad nehmen. Allerdings würde er die fünf Kilometer laufen müssen, wenn er seinen Fahrradschlüssel nicht fand.

»Na, mein kleiner *Gaston Lagaffe*.« Eine Hand legte sich beiläufig auf seinen Rücken und Céline tauchte hinter ihm auf.

»Nenn mich nicht so«, antwortete Julien eher nachlässig, denn inzwischen hatte er sich daran gewöhnt. »Mein blöder Fahrradschlüssel liegt hier irgendwo, ist wie vom Erdboden verschluckt.« Julien wies auf die üppige Vegetation am Fuße des Baumstammes.

Céline richtete ihren forschenden Blick auf die Grasbüschel und bog sie versuchsweise auseinander. »Hm, der ist weg. Hast du noch einen zweiten?«

Julien grinste schief. »Schon ... zu Hause.«

Céline schien zu überlegen. »Du kannst mein Rad nehmen. Morgen kommst du mit deinem Schlüssel wieder ... *et voilà*.«

»Äh, ja, super«, Julien war überrumpelt. »Ich wusste gar nicht, dass du ein Rad hast.« Plötzlich fiel ihm ein, dass er sich nie Gedanken darüber gemacht hatte, wie Céline zum Schloss kam. Mit einem Rad hatte er sie nie gesehen. Er wusste nicht einmal, wo sie wohnte.

Céline hatte sich in ihrer direkten Art bereits auf den Weg gemacht. »Hey, was ist jetzt, kommst du?«

Julien folgte Céline die baumbestandene Allee der Schlosszufahrt entlang zu einem Artischockenfeld. An dessen Rand stand ein Wagen, wie ihn Bauarbeiter oft für ihre Pausen nutzen. Er war in einem leuchtenden Blau bemalt und vor den Fenstern hingen windschiefe weiße Läden. Jemand hatte mit mehr Begeisterung als wirklichem Talent eine Vielzahl von Tieren rings herum an die Wände gemalt. Nachdem sie in auffälliger Weise immer in Paaren angeordnet waren, lag die Assoziation zur Arche Noah nahe. Céline hob einen der Blumentöpfe vom Fensterbrett und zog einen schweren Eisenschlüssel hervor.

»Hier wohnst du?« Julien wusste nicht, was er erwartet hatte. Jetzt, wo er Célines Behausung sah, erschien sie ihm so offensichtlich passend, dass er sich wunderte, nicht längst von allein darauf gekommen zu sein.

◇ ◇ ◇

Sie presste das Gesicht an die kühlen Fensterscheiben und spähte in den Raum. Die goldenen Stuckverzierungen glänzten matt im spärlichen Mondlicht. Vorsichtig drückte sie nacheinander die Klinken der fast drei Meter hohen Verandatüren. Natürlich waren alle verschlossen. Vicky nahm die Freitreppe nach unten und trat auf den gekiesten Vorplatz. Nachdenklich ließ sie ihren Blick über das Gebäude wandern, bis er an der kleinen Pforte hängenblieb, durch die sie heute Nachmittag das Schloss betreten hatte. Ob sie jetzt ebenfalls unverschlossen war?

Eigentlich hatte sie sich nach dem Abendessen mit Momò und den anderen treffen wollen, um ihnen die Bilder aus dem *Café L'Artichaut vert* zu zeigen. Heute Morgen war sie in dem Laden von Monsieur Colmar gewesen, um die Abzüge abzuholen. Obwohl auf der Stirn des Ladeninhabers unübersehbar ein breites Pflaster klebte, hatte Monsieur Colmar kein Wort zu dem Überfall gesagt. Er hatte lediglich den Fotoumschlag in Vickys Hand angestarrt – wie den zufälligen Überlebenden eines grässlichen Unglücks. Mit unbewegter Miene hatte er das Geld kassiert. Vicky war sich sicher, den Umschlag in ihre Tasche gesteckt zu haben. Aber ihre Tasche war verschwunden.

Wieder zu Hause durchsuchte sie in ihrem Zimmer jeden Winkel und arbeitete sich anschließend durch das Chaos im Kinderzimmer. Lilly war es zuzutrauen, ihre Tasche zu nehmen, um sich den Walkman anzueignen, dachte sie grimmig. Erwartungsgemäß wies Lilly diese Unterstellung weit von sich und nachdem Vicky ihre Tasche zwischen den herumliegenden Spielsachen nirgends finden konnte, musste sie das Feld räumen.

»*Maman*, hast du irgendwo meine Tasche gesehen?« Vicky spähte in die Dunkelheit des Kellerabgangs, wo sie ihre Mutter vermutete.

Elaine kam ihr aus dem Keller entgegen, eine Kiste mit angestaubtem Krempel auf den Armen. »Bfff!« Mit einem lauten Krachen ließ sie den Karton auf die Flurfliesen knallen. »Du hattest keine Tasche dabei, *Chérie*, als du vorhin gekommen bist«. Elaine wischte sich mit dem Handrücken über die Stirn und schob sich eine Haarsträhne hinter das Ohr. »Im Keller steht noch so eine Kiste. Kannst du mir damit mal helfen?«

Vicky sah sich um, ob nicht Hans-Peter in der Nähe war. »*Maman*, muss das jetzt ...«

»Komm schon«, Elaine war schon wieder halb im Keller. »Die Dinger wiegen eine Tonne, aber das Zeug muss jetzt raus.«

Ergeben folgte Vicky ihrer Mutter die Treppe hinunter und gemeinsam stemmten sie eine Kiste nach oben – dem Gewicht nach zu urteilen, mit Steinen oder Bleiplatten gefüllt. »Warum lässt du dir eigentlich nicht von Hans-Peter helfen? Hier könnte er seine Muskeln mal sinnvoll einsetzen.«

»Errh«, machte Elaine, »er trägt sie mir dann ins Auto, hat er gesagt, aber er ist sicher, dass es im Keller Mäuse gibt und deshalb betritt er ihn nicht.«

»Hans-Peter hat Angst vor Mäusen?« Vicky war entzückt. Eine solch peinliche Schwäche eignete sich hervorragend, um Hans-Peter bei passender Gelegenheit damit zu ärgern.

»Was ist das überhaupt für Zeug?« Vicky klappte den Deckel der letzten Kiste auf und ein muffiger Geruch nach Staub und Feuchtigkeit machte sich in dem engen Flur breit. »Kommt das auf den Müll?« Sie hielt einen Lampenschirm aus Pergament hoch, der mit Trockenblumen beklebt war, die sich bei der leichtesten Berührung ablösten.

»Hm,« Elaine lehnte sich gegen die Wand. »Das meiste wahrscheinlich schon.« Sie bückte sich, wühlte in der Kiste und betrachtete eine abstoßend hässliche Vase, deren oberer Rand abgebrochen war. »Aber vielleicht ist auch etwas für den Flohmarkt dabei, der am Wochenende stattfindet.«

»Wirf das alte Zeug weg, *Maman*. Wer soll diesen Krempel noch kaufen.« Vicky richtete sich auf und wischte sich die staubigen Hände an ihrer Hose ab.

Ihr war eingefallen, dass sie ihre Tasche im Schloss liegengelassen haben musste. Bei ihrem überstürzten Aufbruch aus dem Zimmer, in dem Laurents Porträt nicht mehr hing, musste sie sie vergessen haben.

»Ich muss nochmal los.« Sie schlüpfte in ihre Espadrilles, bevor ihre Mutter Einwände erheben konnte.

Bei dem Gedanken, ins Schloss zurückzukehren, schob sich sofort das Bild von Julien und Céline vor ihr inneres Auge. Ein bitterer Geschmack breitete sich in ihrem Mund aus. Vicky biss sich auf die Lippen und konzentrierte sich auf ihr aktuelles Problem. Das war kein großes Ding – sie würde einfach zum Schloss fahren und hoffen, dass irgendjemand da wäre, um sie einzulassen.

»Wo willst du hin?« Elaine fragte eher aus Gewohnheit und schob die Kisten im Flur in eine Ecke, wo sie nicht im Weg waren.

»Ich treffe mich dann mit den anderen ... kann spät werden.« Vicky griff nach der Türklinke und war schon fast vor dem Haus.

»Nimm doch bitte diese dämliche Uniform mit, wenn du zu Julien gehst.« Elaines Arm mit der in einem durchsichtigen Kleidersack verpackten Napoleonuniform, erschien im Türspalt.

»*Maman*, ich weiß nicht, ob ich Julien heute ...«, fing Vicky an und drückte die Uniform gleichzeitig an sich, lieferte sie ihr einen Grund, zu ihm zu fahren und zu sehen, wie die Dinge standen.

◇ ◇ ◇

»Puh«, entfuhr es Elaine. Sie starrte einen Moment auf die geschlossene Eingangstür, durch die ihre Tochter verschwunden war. War da etwas zwischen Vicky und Julien? Unvermittelt musste sie lächeln und ihr wurde warm vor Rührung. Wie süß und unkompliziert eine junge Liebe war – noch nicht belastet von den Realitäten des Alltags. Elaines Blick heftete sich auf die schweren Kisten, die sie fast alle ohne Hilfe aus dem Keller hatte tragen müssen. Wie aufs Stichwort erschien Hans-Peter in der Tür. »Kann ich dir jetzt helfen, Liebling?«

Elaine stieß den Atem aus und musterte ihren Ehemann – sein Ausdruck nichts als Freundlichkeit. Sie zuckte mit den Schultern. »Sicher ... die sind wirklich *schwer*!«

Hans-Peter bückte sich, um den Inhalt einer der Kisten zu inspizieren. »Ganz unten sind noch ein paar alte Bücher ... kein Wunder, dass die Kiste so schwer ist.« Er zog zwei in Leder gebundene Bücher hervor. Eines brach in der Mitte auseinander, weil der Rücken fehlte.

»Vielleicht könnte man die noch auf dem Flohmarkt verkaufen?«, meinte Elaine zweifelnd. Sie zog an einem großformatigen Wälzer in einem dunkelbraunen Ledereinband, der vom Alter Blasen geworfen hatte. Als sie ihn endlich unter dem anderen Gerümpel hervorziehen konnte, zerbrach etwas in der Kiste.

Der Ledereinband fühlte sich unangenehm speckig in ihren Händen an. Auf dem Buchrücken las sie die kryptischen Worte ›Sen - Tch‹. Mit spitzen Fingern hob sie den Einband des schweren Buches. Das Papier des Vorsatzblattes wölbte sich ihr entgegen. Ein widerlicher Geruch nach Moder und Vergänglichkeit stieg ihr in die Nase und sie schlug den Einband zu. Schnell ließ sie das Buch wieder in die Kiste zurückgleiten und richtete sich auf.

»Wenn du mir die Kisten bitte ins Auto tragen könntest ... *Liebling*!« Elaine lächelte zuckersüß.

◇ ◇ ◇

Während Vicky sich auf ihr Rad schwang, ärgerte sie sich, dass sie sich von Julien aus dem Gleichgewicht bringen ließ. Auf ihren Lippen schmeckte sie plötzlich wieder das Salz und einen Hauch von Bacardí-Cola. Dieser Kuss schien unfassbar lange her zu sein, doch die Erinnerung daran rieselte ihr durch den Körper wie eine Million Sandkörner. Dann wieder schob sich das Bild der vertrauten

Umarmung von Céline und Julien vor ihr inneres Auge. Je häufiger sie daran dachte, desto weniger konnte sie sicher sagen, was sie tatsächlich gesehen hatte. Hatten sich die beiden umarmt oder geküsst? Sie wusste es nicht mehr.

Sie wollte das nicht – nicht das flattrige Gefühl im Magen und nicht die fruchtlosen Überlegungen, wie sie was interpretieren sollte. Vor allem wollte sie die Abhängigkeit nicht und die Unsicherheit, die eine Beziehung bedeutete. Sie wollte die Kontrolle behalten – über ihre Gefühle und ihre Gedanken. Energisch trat sie in die Pedale, um den Kopf freizubekommen.

Es dämmerte, als sie auf dem Kiesweg der Schlossauffahrt ankam. Der warme Sommertag ging in einen unerwartet kühlen Abend über und Vicky fröstelte trotz der anstrengenden Fahrt, als sie ihr Rad an der alten Eiche abstellte.

Zwischen dem regelmäßigen Auf und Ab ihrer tretenden Füße hatte sie sich zu der Überzeugung durchgerungen, in ihre Beobachtung von Julien und Céline nichts Übertriebenes hineinzuinterpretieren. Dieser Entschluss bescherte ihr eine Gedankenpause von wenigen Sekunden, bis sie auf der anderen Seite des Baumes fast über Juliens Rad gefallen wäre. Sofort setzte ihr Gehirn neue Spekulationen in Umlauf, die eine Erklärung dafür forderten, dass Julien offenbar nicht nach Hause gefahren war. Dafür konnte es eine unendliche Menge möglicher Ursachen geben, deren Spektrum von harmlos bis alarmierend reichte. Vicky zwang sich, nicht mehr daran zu denken.

Ihr Blick fiel auf die zusammengeknüllte Plastiktasche auf ihrem Gepäckträger. Sie würde diese dämliche Uniform später bei ihm vorbeibringen und dann würde man weitersehen. Zunächst musste sie ihre Tasche wiederfinden – nicht nur wegen der Fotos. Ihr Walkman, einige ihrer Lieblingsmusikkassetten, ihr Geldbeutel und vor allem ihre kostbare Kamera waren ebenfalls darin. Aber das war es nicht allein. Bei dem Gedanken, irgendjemand würde in ihren persönlichen Sachen wühlen, und sei es nur, um herauszufinden, wem die Tasche gehörte, zog sich ihr Magen zusammen.

Forschend sah sie zum Schloss hinüber in der Hoffnung, noch Licht zu sehen und rieb sich ein paarmal über die Arme, um sich aufzuwärmen. Sie hatte zu ihrer beigen Caprihose lediglich eine weiße Sommerbluse an und die Abendluft wurde merklich kühler. Sie hätte sich eine Jacke mitnehmen sollen. Als sie ihr Rad abschloss, blieb ihr Blick an dem Plastiksack hängen, durch den grün Napoleons Uniformrock schimmerte. Was soll's ...

Kurz entschlossen nahm sie den Beutel und zog die Jacke heraus. Juliens Vater war nicht sehr groß, wie sie sich erinnerte. Daher vielleicht seine vermeintliche Ähnlichkeit mit dem Kaiser der Franzosen. Vicky schlüpfte versuchsweise in die Ärmel, die ihr etwas zu lang waren. Darüber hinaus passte die Jacke erstaunlich gut. Sie schnupperte am Kragenaufschlag. Der Stoff roch muffig nach Keller oder Dachkammer. Gleichzeitig war er aber angenehm warm und Vicky beschloss, sie so lange anzubehalten, bis sie die Uniform bei Julien abliefern würde. Sie schloss die messingfarbenen Knöpfe und machte sich auf den Weg.

◇ ◇ ◇

Vicky legte die Hand auf die Klinke der unscheinbaren Pforte, als zwei Scheinwerfer die zunehmende Dunkelheit der Auffahrt durchschnitten. Rasch wich sie zurück und drückte sich in den Schatten eines Spalierbaumes am Rande der Freitreppe. Anders als einige Stunden zuvor ließ André Duroc sein Fahrzeug langsam und leise ausrollen und schaltete die Scheinwerfer aus, bevor es zum Stehen gekommen war. Die auffällige gelbe Lackierung wirkte gedeckt ockerfarben. Duroc stieg ohne sein übliches Gehabe aus und ging zielstrebig auf jene unauffällige Pforte zu, vor der Vicky eben gestanden hatte. Im Gehen zog er einen umfangreichen Schlüsselbund aus der Hosentasche. Er kam so nahe an Vicky vorbei, dass sie nur die Hand hätte ausstrecken müssen, um ihn zu berühren.

Nachdem Duroc im Schloss verschwunden war, löste sich Vicky aus dem Schatten des Baumes und schlich ihm nach. Sie hatte Glück – die Tür war nicht verschlossen. Vorsichtig glitt sie durch den Türspalt und wartete einen Augenblick, um ihre Augen an die

Dunkelheit zu gewöhnen und zu lauschen, ob Duroc sich in der Nähe aufhielt. Obwohl sie vorhin gehofft hatte, noch jemanden im Schloss anzutreffen, widerstrebte es ihr, ausgerechnet Duroc vom Verschwinden ihrer Tasche zu berichten. Auf keinen Fall wollte sie sich von ihm dabei erwischen lassen, dass sie sich ohne sein Wissen Zutritt zum Schloss verschafft hatte.

Inzwischen hatten sich ihre Augen an das Dämmerlicht des schmalen Ganges gewöhnt, der düsterer und kälter wirkte als am Nachmittag. Vicky spähte diesmal nicht hinter die vielen Türen, die links und rechts abgingen, sondern schlich weiter bis zum Fuß der Wendeltreppe am Ende des langen Flurs. Dort lauschte sie erneut. Die Stille im Schloss ließ sich fast mit Händen greifen und Vicky fing an, sich zu wundern, wohin Duroc verschwunden war. Langsam schob sie sich die schmale Wendeltreppe nach oben. Dort war es so dunkel, dass sie Mühe hatte, die nächste Stufe zu erkennen. Zum Glück konnte sie sich an beiden Seiten mit den Händen vorantasten.

Unvermittelt war die Treppe zu Ende und sie stieß an eine Tür, die einen Spalt offenstand. Vicky drückte mit dem Zeigefinger dagegen und schob sie ein Stück weiter auf. Sie spähte in die prächtige Eingangshalle mit dem imposanten Treppenaufgang, wo sich weiter oben das Familienporträt befinden musste. Durch die hohen Fenster fiel fahles Mondlicht und tauchte die Halle in kühles Grau und dunkle Schatten. Vicky fröstelte und zog die Uniformjacke des Kaisers enger um ihren Körper. Um in die Galerie zu gelangen, würde sie quer durch die Eingangshalle gehen müssen.

Vicky hatte kaum die ersten Schritte zurückgelegt, als sie abrupt stehenblieb. Die Tür zu ihrer Rechten war angelehnt und ein schmaler Lichtstreifen lag wie ein Laserstrahl quer über ihrem Weg. Jetzt hörte sie auch etwas. Aus dem Raum dahinter kam ein schleifendes Kratzen, manchmal unterbrochen von einem dumpfen Klopfen.

Vicky hielt den Atem an und während ihr Verstand sie zur Vorsicht mahnte, näherten sich ihre Füße wider besseres Wissen dem Türspalt. Erleichtert stellte Vicky fest, dass die geflochtenen

Strohsohlen ihrer Schuhe auf dem Marmorboden der Eingangshalle keinerlei Geräusch verursachten.

Zuerst sah sie durch den Türspalt nur die Holzverkleidung an
den Wänden des Raumes. Als ihre Augen sich an das Licht im
Raum gewöhnt hatten, bemerkte sie, dass es sich um deckenhohe
Bücherregale handelte, die sich über die ganze Wand erstreckten.
Die Regale schimmerten in einem warmen Nussbraun und waren
in regelmäßigen Abständen durch kunstvolle Einlegearbeiten unterbrochen. Hatte sich hier die Bibliothek befunden und die Regale waren dem Ausverkauf der Möbel entkommen, weil sie fest
eingebaut waren? Allerdings befand sich kein einziges Buch mehr
auf den Regalböden. Vicky wollte sich zurückziehen, als sie das
seltsame schabende Geräusch wieder hörte und eine schäbige
Holztrittleiter in ihr Gesichtsfeld geschoben wurde, die vor dem
Hintergrund der edlen Holzregale der Bibliothek fehl am Platz
wirkte. Duroc stieg die schmalen Stufen hinauf und fing an, die
oberen Regalborde abzutasten und immer wieder gegen das Holz
zu klopfen. Vicky hatte keine Ahnung, was er sich davon versprach, und hielt es für klüger, sich wieder auf die Suche nach ihrer
Tasche zu machen, solange er beschäftigt war.

Ohne weitere Unterbrechung erreichte sie die Galerie, wo
Du Nerrs großformatige Gemälde im Dämmerlicht des Abends
ihre eigene gruselige Faszination entwickelten. Es war, als führten
Du Nerrs gemalte Figuren hier im Halbdunkel ein Eigenleben und
ein weniger rationaler Geist als Vickys hätte geschworen, dass hinter den Leinwänden sachtes Getuschel zu hören war. Vicky versuchte, weder nach rechts noch nach links zu sehen, und durchquerte die Galerie mit schnellen Schritten. Endlich erreichte sie
das angrenzende Turmzimmer, das im Vergleich zur Galerie kahl
und unbewohnt wirkte. Der leere Fleck an der Wand, wo das Porträt gehangen hatte, schien das fahle Mondlicht, das durch die hellen Vorhänge fiel, förmlich aufzusaugen. Wieder fragte sie sich, wo
sich das Porträt befinden mochte.

Unterhalb des Fensters und halb verdeckt von den bodenlangen
Vorhängen entdeckte sie schließlich ihre Tasche und hob sie auf.

Routinemäßig wühlte sie ein wenig darin herum, um sich zu vergewissern, dass nichts fehlte. Die Kamera war da, zum Glück. Allerdings lag sie lose in der Tasche – die leere Hülle daneben. Vicky wunderte sich, denn sie war sich sicher, die Kamera wieder eingepackt zu haben. Egal, sie würde sich später darüber Gedanken machen. Jetzt wollte sie vor allem hier raus. Sie stopfte alles zurück in ihre Tasche und machte sich nicht die Mühe, den Reißverschluss zu schließen.

Auf dem Rückweg erschien ihr die Galerie noch unheimlicher als vorhin und sie beschleunigte ihre Schritte, um die starrenden Gemälde hinter sich zu lassen. Mit mehr Eile als Vorsicht huschte sie durch die Eingangshalle, als sie plötzlich Stimmen aus der Bibliothek hörte.

»Halten Sie dieses Vorgehen für erfolgversprechend?« Die Stimme näselte ein wenig. Vicky hielt sofort an und erspähte den schwarz gekleideten Rücken eines untersetzten Mannes in der Bibliothek.

»Ich möchte keine Möglichkeit auslassen.« Das war Duroc und er klang bei weitem angespannter, als Vicky ihn während ihrer wenigen Begegnungen erlebt hatte.

»Nun, denn ...«, näselte der andere. »Ich darf doch zuversichtlich hoffen, dass es weitere und ... vielversprechendere Möglichkeiten gibt, als die Wände nach einem Geheimfach abzuklopfen?«

»Wir haben andere Hinweise, denen wir ebenfalls nachgehen«, beeilte sich Duroc zu versichern und die Stufen der Leiter ächzten, als er abstieg.

»Welche Hinweise«, schnarrte der andere.

Duroc schien zu zögern. »In diesem Buch über die Briefe dieser Frau aus dem 18. Jahrhundert ist von einer Art Lexikon die Rede ...«

Der untersetzte Mann stieß ungeduldig die Luft aus.

»Meine Mitarbeiter sind bereits dabei, Flohmärkte, Museen, Antiquariate und auch private Sammler nach der entsprechenden Ausgabe diskret abzusuchen«, versetzte Duroc ungewohnt gehetzt und setzte seine Suche hektisch fort.

»Sie sprechen von einer Ausgabe der bekannten Enzyklopädie von Diderot und d'Alembert, die sich zum fraglichen Zeitpunkt hier in diesen Regalen befunden hat«, warf der Schwarzgekleidete im Tonfall überstrapazierter Geduld ein. »Suchen Sie nach dem 15. Band dieser Enzyklopädie.«

»Band 15?« Duroc hielt inne. »Woher ..., wenn ich fragen darf?«

»Ich habe meine Quellen.«

Wieder wurde die Leiter knirschend ein Stück weitergeschoben. Nachdenklich meinte Duroc: »Am Wochenende findet hier in der Nähe ein regionaler Flohmarkt statt. Möglicherweise lagern die Bände der Enzyklopädie seit Jahrzehnten auf einem Dachboden.«

»Vielleicht ... möglicherweise ...«, die Stimme des schwarz gekleideten Mannes nahm einen schneidenden Ton an. »Das sind für mein Empfinden viele Unsicherheiten, Duroc. Die Sache eilt und wären mir nicht Ihre exzellenten Referenzen bekannt, wäre ich versucht, Ihnen zu unterstellen, dass Sie keine Ahnung haben, wo Sie suchen müssen. Sie haben noch eine Woche!«

Der kleine Mann wandte sich um und Vicky, die vor der Türe wie festgewachsen diesem merkwürdigen Gespräch gelauscht hatte, sah sich hektisch nach einem Fluchtweg um. Zur Wendeltreppe nach unten führte der Weg mitten durch die große Halle und auch zur Galerie zurück war es zu weit. Kurz entschlossen wandte sie sich zur ausladenden Treppe nach oben und kauerte sich hinter einen der Pfeiler des Geländers. Sie konnte nur hoffen, dass sie durch das dämmrige Licht in der Halle nicht zu sehen war. Einen Augenblick später hörte sie das Schleifen von Ledersohlen auf Marmor an ihrem Versteck vorbeieilen. Vorsichtig schob Vicky ihren Kopf an dem Pfeiler vorbei, um einen Blick auf Durocs seltsamen Besucher zu erhaschen.

Zu ihrem Entsetzen bemerkte sie, dass ihre leere Kameratasche an der Stelle lag, an der sie vor Sekunden das Gespräch belauscht hatte. Durocs Besucher musterte den Gegenstand, drehte sich um und starrte auf den Treppenpfeiler, der sie kaum verbarg. Absurderweise fühlte sie eine unerklärliche Erleichterung, denn von vorne wirkte der Mann mit seinem Bauchansatz und dem runden

Gesicht eher harmlos und erinnerte sie an die Putten auf dem Deckengemälde über ihr. Dann sah der Mann direkt an ihr vorbei und nickte jemandem zu.

»Wie es aussieht, ist unser Gespräch nicht unbemerkt geblieben.« Er fixierte Vicky mit einem Ausdruck leichten Überdrusses, der sein Gesicht nicht mehr harmlos, sondern grausam erscheinen ließ. Vicky stellten sich die Haare auf.

»Du regelst das ... aber ohne Aufsehen, verstanden!«, wies er jemanden an. Dann drehte er sich um und entfernte sich zügig durch die Halle.

Vicky überlegte fieberhaft, wie sie Duroc ihre Anwesenheit erklären sollte, als ein Mann um den Treppenpfeiler bog. Sie starrte direkt in ein Gesicht, das sie kannte. Nicht Durocs ebenmäßige Züge, sondern eine scharfkantige Nase, ausgemergelt wirkende Wangen und ein schmaler Mund. Es waren nicht diese Details, die sich ihr eingeprägt hatten, als vielmehr der Gesamteindruck von kaltblütiger Effizienz, der eine lauernde Aggressivität nur unzureichend überlagerte. Der goldene Ohrring im linken Ohr schloss jeden Zweifel aus – L'Oreille hatten Julien und sie ihn damals genannt.

Ohne weitere Überlegung sprang Vicky auf und hastete die Treppe nach oben – L'Oreilles quietschende Turnschuhe ihr auf den Fersen. Sie nahm den Treppenabsatz im spitzen Winkel, täuschte an, links in den Flur zu laufen, drehte sich auf dem Absatz um. Sie verschwand im nächsten Zimmer in der Hoffnung, den parallel zu den Räumen verlaufenden Dienstbotengang zu finden, der ihr tagsüber aufgefallen war. Gehetzt sah sie sich in dem Raum um, der mit Rokoko-Möbeln ausgestattet war. Als sie sich schon unter dem Bett verstecken wollte, fiel ihr neben dem Emaille-Ofen ein schmaler Spalt in der Tapete auf. Vicky drückte dagegen und fiel in einen düsteren Gang. Keine Zeit mehr, die Tür zu schließen. Schon sprang L'Oreille hinter ihr ins Zimmer und folgte ihr wenig später in den engen Flur. Vicky warf sich gegen die nächste Tür und stolperte neben einem üppigen Baldachin zurück in die aufwendig dekorierten Wohnräume. Sie drückte die Tür zu und drehte den Knauf. Hinter ihr krachte L'Oreille gegen das Holz – das Schloss der Tür gab nach. Vicky lief aus dem Zimmer ins nächste und übernächste, bis ihr mit einem Mal klar wurde, dass sie niemanden mehr hörte. Wo war L'Oreille?

Sie zwang sich, stehenzubleiben. In der Stille klopfte ihr Herz, als wolle es aus ihrer Brust springen und ihre Seite schmerzte. Ihre Lunge arbeitete wie der Kolben einer Dampfmaschine und Vicky versuchte, ruhiger zu atmen, weil sie außer ihrem wild pulsierenden Blut in den Ohren nichts hören konnte. Sie konnte es kaum fassen, dass sie nur ihre Tasche hatte holen wollen und sich jetzt auf der Flucht befand, vor einem ... ja wem eigentlich? War L'Oreille ein Verbrecher, ein Schläger, ein ...? Damals hatte er Julien ohne Bedenken in einer brennenden Scheune eingesperrt. Heute gehörte er offenbar zu diesem zwielichtigen Besucher, der Duroc eindeutig nervös gemacht hatte und L'Oreille den Auftrag gegeben hatte, ›das zu erledigen‹. Vicky wollte der Bedeutung nicht auf den Grund gehen. Besser, sie sah zu, dass sie wegkam.

Sie drückte sich in den Schatten eines Schrankes und zwang sich, flach und vor allem geräuschlos zu atmen. Sie versuchte, sich zu orientieren. Außer dem zentralen Treppenaufgang musste es weitere Treppen geben – vielleicht am Ende der Zimmerflucht? Vorsichtig schlich sie sich von Raum zu Raum und während sich ihre Atmung und ihr Herzschlag langsam normalisierten, steigerte sich ihre Nervosität, denn sie hörte nichts. Ihr Verfolger schien wie vom Erdboden verschwunden. Hatte er aufgegeben oder lauerte er irgendwo?

Vicky erreichte das letzte Zimmer – kein Treppenaufgang. Sie zögerte – vielleicht im Dienstbodenflur? Sie suchte nach der unscheinbaren Tapetentür und entdeckte sie schließlich halb verborgen hinter einem schweren Brokatvorhang. Mit klopfendem Herzen schob sie die Tür auf und spähte in den düsteren Flur. Dort vorne war eine schmale Wendeltreppe. Sie sah sich um und schob sich vorwärts, als ihr Blick an einer halb geöffneten Tür vorbei in das Zimmer gegenüber fiel. Das Mondlicht tauchte den Raum in eine dämmrige Helligkeit und dort sah sie ihn stehen. Ein halbwüchsiger Junge und so lebendig wie sie Laurent in Erinnerung hatte. Mit beunruhigender Intensität sah er sie mit den haselnussbraunen Augen an.

In diesem Moment des Zögerns hörte sie die Schritte den Flur entlangkommen und drehte sich auf dem Absatz um. Sie stieß gegen einen Eimer mit heller Farbe. Um ihre Schuhe bildete sich ein See. Sie würde es nicht mehr bis zur Treppe schaffen. Ohne weitere Überlegung stürzte sie in das Zimmer, um sich hinter dem Bett zu verstecken. Die Schritte kamen näher. Panisch huschte ihr Blick durch den Raum und blieb erstaunt an einem bodentiefen Spiegel hängen, der das lebensgroße Porträt von Laurent reflektierte. Hier war es also. Der Gedanke war kaum gedacht, als ihr Schädel zu explodieren schien und es dunkel wurde.

◇ ◇ ◇

Mit einem Ruck fuhr er auf und war so plötzlich wach, dass er sicher war, das Geräusch, das ihn geweckt hatte, noch zu hören, obwohl um ihn herum alles still war. Genauer gesagt, war es ungewöhnlich still. In seinem eigenen Zimmer hörte er im Sommer durch das offene Fenster meist leisen Verkehrslärm und die Anwesenheit anderer Menschen in seiner Umgebung. Erst jetzt fiel ihm auf, wie laut dieses Fehlen von Geräuschen sich in sein Unterbewusstsein gebohrt hatte. Auch der Geruch war anders – es roch ein wenig abgestanden und noch nach etwas anderem, was er nicht hätte benennen können. Seine Hände fuhren über die grobe Wolldecke, mit der er sich zugedeckt hatte. Erstaunt stellte er fest, dass er nackt war. Unwillkürlich tastete er nach seinen Boxershorts, die er im Sommer zum Schlafen anzog, als seine Hand über warme und weiche Haut glitt. Er war nicht allein.

Jetzt fiel es ihm wieder ein.

Seine Augen hatten sich inzwischen an die Dunkelheit gewöhnt und nach und nach schälte sich das Innere von Célines Wohnwagen aus dem Dunkel. Sogar die zwei Flaschen Rotwein auf dem Tisch und etliche Dosen *Panaché* konnte er erkennen. Am Ende hatten sie sich nicht mehr die Mühe gemacht, den Wein in die Gläser zu füllen, sondern hatten gleich aus der Flasche getrunken. Bei diesem Gedanken musste er rülpsen und der Geschmack nach halb verdautem Alkohol stieg ihm in den Mund. Was war noch passiert?

Hatte er sich nicht Célines Fahrrad ausleihen wollen? Er fuhr sich über das Gesicht in der Hoffnung, sich besser zu erinnern. Er wusste nicht mehr, wer vorgeschlagen hatte, noch etwas zu trinken. Am Anfang war alles nur ein Spaß gewesen. Sie hatten viel gelacht – vor allem, nachdem die erste Flasche Wein leer gewesen war und Céline eine bühnenreife Imitation von Leroi und Duroc aus dem Ärmel geschüttelt hatte.

Dann hatte er ihr die Szene beschrieben, die er zwischen Duroc und Sandrine beobachtet hatte. Daraufhin schraubte Céline einen imaginären Lippenstift auf und fuhr sich damit über die Lippen. Sie formte einen Kussmund und hauchte mit Sandrine-Stimme: »Ah, *chéri*, mein kleiner Duroc, komm gib deinem Sandrine-Mädchen einen Kuss. Du magst es doch, wenn mein Erdbeer-Gloss deinen Hemdkragen verschönert.« Mit übertriebener Geste drückte sie ihm einen Kuss auf den Mund und legte ihm besitzergreifend eine Hand in den Nacken.

Wie immer hatte Céline gewusst, was er wollte, ehe er sich dessen bewusst gewesen war. Sie waren beide betrunken gewesen – aber nicht so sehr, dass keiner mehr gewusst hatte, worauf das letztlich hinauslief, wenn man anfing, zu fummeln und zu knutschen.

Julien spürte ihre Anwesenheit mehr, als dass er sie neben sich liegen sah. Sie schien tief und fest zu schlafen und in ihrer typischen unkonventionellen Art lag sie entspannt auf dem Rücken, einen Arm um den Kopf gelegt. Ihre festen Brüste zeichneten sich als hellere Hügel in der Landschaft ihres Oberkörpers ab, so wie der Nabel in einem kleinen dunklen Schatten lag.

Erinnerungsfetzen durchzuckten wie Schlaglichter Juliens Kopf an das, was danach gekommen war. Natürlich hatte er Bescheid gewusst und doch war er nicht vorbereitet gewesen auf dieses überwältigende Verlangen, das jeden vernünftigen Gedanken ausgelöscht und in seinem Körper ein Inferno entzündet hatte, dem er nichts hatte entgegensetzen können. Céline hatte sein Feuer bereitwillig in sich aufgenommen und schließlich gelöscht.

Ein Streifen Mondlicht stahl sich unter den zu kurzen Vorhängen in das Innere des Wohnwagens und umrahmte Célines schlafende Gestalt mit einer silbrigen Aura. Julien betrachtete sie leidenschaftslos und stellte fest, dass er sie nicht liebte – ja, er war noch nicht einmal verliebt. Céline war wie ein Kumpel gewesen, bis jetzt. Was würde sie von ihm erwarten? Wie sollte er morgen wieder mit ihr zusammenarbeiten. Der Gedanke erschien ihm völlig widersinnig. Er musste hier weg, um nachzudenken.

Leise tastete er nach seiner Kleidung. Ein zerrissenes Plastikpäckchen knisterte unter seinen Fingern. Erleichtert stellte er fest, dass er offenbar noch genügend Verstand besessen hatte, das Kondom zu benutzen, das er in Vickys Badezimmer eingesteckt hatte.

Vicky! Was sollte er Vicky sagen? Sollte er ihr etwas sagen? Musste er ihr etwas sagen? Er war sich nicht sicher, was er für Vicky empfand, und hatte bisher den Gedanken an den Kuss in die hinterste Ecke seines Bewusstseins geschoben. Von dort breitete sich die Erinnerung an ihre weichen Lippen und die Zartheit ihrer Haut in seinem Gehirn aus. Er meinte, den salzigen Geschmack ihrer Zunge und den Geruch nach Meer in ihren nassen Haaren zu spüren. Sein Körper reagierte mit diesem heißen Ziehen im Unterleib und bevor er einen klaren Gedanken fassen konnte, wurde er hart und sehnte sie so sehr herbei, dass ihm für einen Moment das Atmen schwerfiel. Etwas verspätet holte ihn die Scham ein, als ihm bewusst wurde, dass er vor kaum zwei Stunden mit Céline geschlafen hatte und dennoch Vicky begehrte.

Er versuchte die Gedanken an Vicky abzuschütteln und hoffte, seinen Ständer wieder loszuwerden. Als er seine Hose endlich gefunden hatte, fuhr er so hastig in die Hosenbeine, dass er den Saum an einer Seite abriss. Erleichtert schloss Julien den Reißverschluss seiner Jeans. Er nahm sich nicht die Zeit, sein Shirt überzuziehen, sondern tastete sich, so schnell er konnte, durch den Wohnwagen zur Tür.

◇ ◇ ◇

Draußen wäre er beinahe die schmale Stiege hinuntergefallen, weil er die Gestalt übersehen hatte, die dort saß. In der Dunkelheit glühte das brennende Ende einer Zigarette auf und Julien inhalierte den ihm inzwischen wohlbekannten Tabak von Chouchous Selbstgedrehten.

»Was machst du denn hier?«, entfuhr es ihm, ohne nachzudenken.

Chouchou ließ sich Zeit, einen seiner Rauchkringel zu produzieren. Die Stille dehnte sich, während das fragile Gebilde an ihnen vorbeiwaberte.

»Das könnte ich dich auch fragen, Kleiner«, meinte Chouchou lakonisch und in diesem Moment dämmerte es Julien, dass Chouchou mit Céline näher vertraut war, als er angenommen hatte.

»Äh«, fing Julien an. Alles, was ihm in den Sinn kam, hörte sich nach drittklassiger Ausrede an. »Hm, seid ihr ... zusammen?«

Chouchou zog so intensiv an seiner Zigarette, dass Julien erwartete, sie werde im nächsten Augenblick in seinem Mund verschwinden.

»Wer weiß das schon«, meinte Chouchou schließlich. »Jedenfalls wohne ich den Sommer über hier.«

Julien musterte Chouchou von der Seite, der weiterhin an dem dünnen Stängel seiner Zigarette zog. Vorsichtig stieg Julien an ihm vorbei die engen Stufen hinunter.

»Aber«, er räusperte sich. »Wenn ich gewusst hätte ...«

»Lass gut sein«, räumte Chouchou ein und tupfte seinen Glimmstängel auf die Stiege neben sich, bis die Glut erlosch. Er blies ein paar Mal probeweise auf den Stumpen, bevor er ihn in das ramponierte Blechkästchen steckte, wo er seinen Tabak aufbewahrte. »Vielleicht war sie der Meinung, es würde dir guttun.«

Julien stutzte. »Wie? Was soll das heißen, *es würde mir guttun?* Man schläft doch nicht einfach so mit jemanden, weil man ihm was Gutes tun will!« Unerklärlicherweise fühlte er eine widerliche Bedürftigkeit bei diesem Gedanken.

»Céline schon«, meinte Chouchou. »Und erzähl mir nicht, dass es dir nicht gefallen hätte.« Er lachte kurz auf und hüstelte dann. »Es ist wie mit dem Wind, der dir an einem heißen Sommertag über den Körper streicht. Du nimmst ihn so, wie er ist, aber du kannst ihn nicht festhalten.«

Julien war fassungslos. »Und du? Macht dir das nichts aus? Bist du nicht ... eifersüchtig?«

»Natürlich«, Chouchou biss sich kurz auf die Lippen, dann lächelte er. »Was soll ich machen?«

»Liebst du sie denn?« Nur die Tatsache, dass sie beide hier im Dunkel der Nacht waren, erlaubte eine solche Frage.

»Ja«, meinte Chouchou nach einer Weile, »kann schon sein.«

SPIEL MIT ALTERNATIVEN

Aristide wartete im Wagen auf L'Oreille. Eine vage Unruhe hatte von ihm Besitz ergriffen und schließlich reifte die Erkenntnis, dass ihm das Gefühl, die Dinge nicht mehr vollständig kontrollieren zu können, zusetzte. Seit er vor fast zwanzig Jahren den Auftrag von seinem Vater übernommen hatte, war es ihm gelungen, durch eine Kombination aus umfassender Information, exakter Planung und skrupelloser Ausführung den erfolgreichen Abschluss des Auftrags in greifbare Nähe rücken zu lassen. Stets hatte er auch Unwägbarkeiten in seine Planung einfließen lassen und auf unerwartete Entwicklungen schnell und souverän reagieren können.

In den letzten Tagen beschlich ihn das Gefühl, nicht mehr die Kontrolle in Händen zu haben, sondern lediglich auf Unvorhersehbares zu reagieren, um seine Pläne nicht zu gefährden. Die mögliche Existenz eines Vorentwurfs zur Erklärung der Menschenrechte hatte nicht nur eine Umstellung seines Aktionsplans in der Vergangenheit erforderlich gemacht, sondern auch seine vorzeitige Rückkehr veranlasst. Der Fund dieser Papiere in der Gegenwart würde voraussichtlich in der öffentlichen Meinung den royalistischen Gedanken weiter in den Hintergrund drängen und die Verwirklichung seiner Pläne auf Jahre hinaus verzögern. Und damit auch die Entbindung von seiner Verpflichtung.

Aristide sah auf seine Armbanduhr. L'Oreille war noch immer nicht zurück. Wieder einmal vermisste er Oscar schmerzlich. Er hätte zu verhindern gewusst, dass sich Jemand unbemerkt im Schloss aufhielt und Dinge hören konnte, die nicht für andere Ohren bestimmt waren. Aristide rieb sich mit kreisenden Bewegungen die Schläfen. Diese ganze Sache bereitete ihm Kopfschmerzen – im tatsächlichen, wie im übertragenen Sinn. Vielleicht wurde er alt, schoss es ihm durch den Kopf. Vielleicht war er nicht mehr beweglich genug und zu bequem, um den Anforderungen gerecht zu werden.

In letzter Zeit hatte es immer häufiger Momente gegeben, in denen er den Sinn seiner Verpflichtung hinterfragt hatte. Ein reiner Zufall hatte es vor fast zwei Jahrhunderten gefügt, dass einer seiner Vorfahren der glücklosen königlichen Familie bei ihrem erzwungenen Aufenthalt im *Temple* zur Seite gestanden hatte. Das Unglück vor allem des jungen Thronfolgers Louis Charles hatte aus dem überzeugten Republikaner einen ergebenen Royalisten gemacht. Diese Verbundenheit gipfelte in der Verpflichtung, die er sich und seinen Nachkommen auferlegt hatte, dem jeweiligen Thronerben zu seinem Recht zu verhelfen. So war es gekommen, dass dieses Vorhaben das Schicksal seiner Familie in einem Ausmaß bestimmt hatte, dessen Verhältnismäßigkeit Aristide mehr und mehr zweifeln ließ. Auch sein eigener Lebensweg wäre anders verlaufen, hätte er sich dieser Aufgabe entziehen können. Trotzdem war er erfolgreicher gewesen, als viele seiner Vorgänger, was nicht zuletzt daran lag, dass er durch die Möglichkeit der Zeitschleuse in der Lage war, direkt Einfluss auf die Ereignisse der Vergangenheit zu nehmen.

Lange Jahre war sein vordringliches Ziel gewesen, derjenige seiner Familie zu sein, der die vor fast zwei Jahrhunderten eingegangene Verpflichtung einlöste, um damit seiner Familie wieder eine unabhängige Zukunft zu verschaffen. Alles hatte sich seinen Plänen entsprechend entwickelt und der Erbe, den er aus der Ferne auf seinem Weg durchs Leben begleitet hatte, war mit den vielversprechenden Anlagen ausgestattet gewesen, die seine künftige Position erforderlich machte. Ein beliebter Politiker des konservativen Lagers in untergeordneter Stellung mit einem tadellosen Ruf und sozialem Engagement. Selbst seine wilden Studentenjahre hatten sich nahtlos in dieses Bild gefügt, zeigten sie doch, wie jugendlicher Leichtsinn im mittleren Alter von Disziplin und Vernunft gebändigt werden konnte. Aristide gestattete sich einen Seufzer. Für diesen Mann hatte er gerne die Pflicht übernommen, ihm zu seinem Geburtsrecht zu verhelfen, auch wenn dieser es nie erfahren hatte, denn die entscheidende Aussprache, in der er ihm die Zusammenhänge hatte erklären wollen, hatte nie stattgefunden. Drei Tage davor war der Erbe bei einem Autounfall ums Leben gekommen.

Das war vor vier Wochen gewesen und zu diesem Zeitpunkt war Aristide davon ausgegangen, dass sein Kandidat keine ehelichen Kinder gehabt hatte. Dann hatte er von einer *Jugendsünde* des Mannes erfahren. Dieser Junge war offiziell als Sohn eines anderen Mannes hier in der Bretagne herangewachsen. Entscheidend war, dass der Erbe die Mutter seines Sohnes kurz vor dessen Geburt geheiratet hatte – wenige Wochen später war diese Ehe wieder geschieden worden. Dennoch galt dieses Kind als legitimer Nachfolger und Aristide hatte sich auf die Suche nach dem letzten verbliebenen Erben gemacht.

◇ ◇ ◇

Schritte knirschten über den Kies und die Fahrertür wurde aufgerissen. L'Oreille ließ sich auf den Sitz gleiten und nickte Aristide im Fond des Wagens zu. »Das Mädchen wird keine Schwierigkeiten mehr machen, Chef.«

Aristide überlegte kurz, nachzufragen, was genau L'Oreille damit meinte, dann ließ er es sein. Das bekannte Gefühl des Überdrusses machte sich breit und er wünschte wie so oft, die ganze Angelegenheit möglichst rasch zu Ende bringen zu können.

»Wir fahren zurück ins Hotel. Ich werde noch einmal für ein bis zwei Tage unterwegs sein müssen«, kündigte er an. Es bestand keine Notwendigkeit, L'Oreille in den Charakter seiner Reisen einzuweihen. Oscar wusste selbstverständlich Bescheid und hatte ihn zuweilen begleitet, aber L'Oreille traute er nicht. Dieses Geheimnis musste sorgfältig bewahrt werden.

Seinen letzten Aufenthalt hatte er nur kurz unterbrochen, um sich über die Bemühungen Durocs bei der Suche zu informieren. Wie er eben erfahren hatte, war das Dokument weder von ihm noch von einem anderen bislang gefunden worden. Die für seine Zwecke erfolgversprechendste Entwicklung war eine Vernichtung des Dokuments in der Vergangenheit. Er musste dann nur noch dafür sorgen, dass dies sich in der Korrespondenz Joëlle de Plourhans mit Olympe de Gouges niederschlug und auf diese

Weise der Suche nach dem Dokument in der Gegenwart ein Ende bereiten.

L'Oreille startete den Wagen, dessen Motor ein sanftes Schnurren von sich gab und rollte ohne Licht über die gekieste Auffahrt. Aristide lehnte sich in die bequemen Polster zurück und starrte auf den nächtlichen Park, dessen Neugestaltung fast beendet schien. Die Limousine bog in die Zufahrt ein, die von hoch aufragenden Pappeln begrenzt wurde. L'Oreille beschleunigte das Fahrzeug. Unterbrochen durch die regelmäßig vorbeihuschenden Schatten der Bäume, starrte Aristide auf das dahinter liegende Waldstück, das sich dunkel vom mondbeschienenen Himmel abhob.

Eine gleichmäßige Bewegung im lichten Unterholz des Waldes fesselte seine Aufmerksamkeit. Am Rande des Waldes musste es einen Weg geben, denn nachdem sich seine Augen auf die Entfernung eingestellt hatten, glaubte Aristide einen Schatten zu sehen, der sich vor dem Hintergrund des Wäldchens vorwärtsbewegte. Nach einer Weile schälten sich die Umrisse eines Radfahrers aus der Dunkelheit, der wie er selbst, ohne Licht unterwegs war. Der Weg schien sich weiter vorne mit der Auffahrt zu kreuzen, denn der Radfahrer war nun deutlicher und größer zu erkennen. Sein helles Shirt flatterte und reflektierte das spärliche Mondlicht. Der Fahrer war schlank und Fahrstil und Tempo ließen auf einen jüngeren Menschen schließen. Vielleicht einer der Jugendlichen, die hier in den Ferien arbeiteten, überlegte Aristide und erstarrte. Wenn es nun *er* war?

Angestrengt tauchten seine Augen in die Dunkelheit, um weitere Details zu erkennen, als der Radfahrer durch eine mannshohe Hecke aus seinem Sichtfeld verschwand. Aristide starrte ins Leere und konnte nur vermuten, dass der Radfahrer hinter der Hecke seinen Weg fortsetzen würde, der ihn geradewegs auf die Allee führen würde. Er hob den Arm, um L'Oreille, der offenbar nichts bemerkt hatte und mit unverminderter Geschwindigkeit weiterfuhr, zur Vorsicht zu mahnen. Dann ließ er den Arm langsam sinken und lehnte sich zurück. Er würde es darauf ankommen lassen. Vielleicht würde die ganze Geschichte hier und jetzt ein Ende finden. Nicht das Ende und der Erfolg, den er sich versprochen hatte – natürlich – aber inzwischen war er die Sache so leid, dass es ihm gleich war. Auch der vorherige Erbe war durch einen Autounfall ums Leben gekommen und hätte dieser sich nicht in seinen wilden Jahren mit einer Frau eingelassen und einen Sohn gezeugt, hätte sich die Verpflichtung bereits vor vier Wochen erledigt.

Fast hätte Aristide über diesen Streich des Schicksals laut gelacht, als er plötzlich in seinen Sitz gedrückt und dann nach vorne geschleudert wurde. Gleichzeitig hörte Aristide das Knirschen von Kies und einen dumpfen Aufprall. L'Oreille hatte den Wagen reaktionsschnell zum Stehen gebracht und fluchte.

Aristide sah aus dem Fenster und direkt in ein paar dunkle Augen, die sich von einem weißen Gesicht abhoben. Der Radfahrer war gestürzt, hatte sich aber bereits wieder aufgesetzt und starrte ihn an. Seine dunklen Haare hingen ihm wirr ins Gesicht. Eine Basecap lag neben ihm auf dem Boden. Von dem Fahrrad konnte er nur den rückwärtigen Reifen sehen.

Aristide atmete durch. Also doch noch nicht, dachte er.

»Fahr weiter!«

L'Oreilles Hinterkopf ruckte kurz und er legte den Rückwärtsgang ein. Aristide hörte ein unschönes Knirschen und vermutete, dass der Wagen über das Rad gefahren war. Dann beschleunigte L'Oreille.

»Du wirst den Wagen heute Nacht noch austauschen müssen«, wies ihn Aristide an. Wieder zuckte L'Oreilles Kopf kurz und Aristide spürte einen Hauch von Zufriedenheit. Wenigstens stellte sein Ersatzmann keine überflüssigen Fragen und tat zuverlässig, was ihm aufgetragen wurde.

◇ ◇ ◇

Alles war unglaublich schnell gegangen. Erst als er auf das Heck der sich entfernenden Limousine starrte, realisierte er, was passiert war. Mit Verzögerung setzte der Schmerz an seinem Bein ein und Adrenalin flutete seinen Körper. Sein Herz hämmerte bis zum Hals und er war nicht sicher, ob er aufstehen konnte. Vorsichtig stützte er sich mit den Händen ab und stemmte sich langsam hoch.

Warum hatte er den Wagen nicht bemerkt? Wie aus dem Nichts war der Kotflügel des Fahrzeugs auf ihn zugerast. Den dumpfen Schlag hatte er mehr gehört als gespürt und sich auf dem harten Kies wiedergefunden. Einen kurzen Augenblick war sein Blick auf die matten Seitenfenster gefallen, ohne etwas wahrzunehmen. Dann war das Auto weitergefahren und hatte Célines Fahrrad den Rest gegeben.

Vorsichtig tastete Julien seine Arme und Beine ab. Zu seiner Erleichterung stellte er fest, dass er sich nichts gebrochen zu haben schien. Am linken Schienbein pochte eine üble Schürfwunde und seine linke Schulter fühlte sich taub an. Er blieb einen Moment sitzen und dachte nach.

Er hatte keine Ahnung, wie spät es gewesen war, als er Célines Wohnwagen hinter sich gelassen hatte. Sie hatte ihm mehr angeboten, als nur ihr Fahrrad und nachdem er das Eine bereits angenommen hatte, erschien es ihm folgerichtig, auch ihr Rad zu nehmen, so wie es vereinbart war.

Chouchou hatte recht gehabt. Mit Céline zu schlafen, hatte ihm einen ungekannten inneren Frieden gegeben. Die zunehmende körperliche Rastlosigkeit, die er in den letzten Monaten verspürt hatte, war verschwunden und hatte einer ungewohnten Zufriedenheit Platz gemacht. Trotzdem ahnte er, dass dieser Zustand nicht von Dauer sein würde und sich morgen die Beziehungen zu Céline und Chouchou verkomplizieren würden.

Den Gedanken an Vicky schob er zur Seite. Er hatte erwartet, sie heute Abend mit den anderen zu treffen, und war unsicher gewesen, wie er sich ihr gegenüber verhalten sollte. Daran hatte sich nichts geändert – im Gegenteil. Was mit Céline passiert war, würde alles noch schwieriger machen. Fast erleichtert wurde ihm bewusst, dass es für ein Treffen heute Abend zu spät war.

Er brauchte Zeit, um nachzudenken. Zuerst musste er sehen, wie er nach Hause kam. Langsam stand er auf und belastete probeweise sein linkes Bein. Die Schürfwunde schmerzte, aber es würde gehen. Ein Blick auf das Rad sagte ihm, dass er damit nicht mehr weiterkommen würde. Er zog es an den Rand und lehnte es

an einen der mächtigen Bäume. Dann machte er sich zu Fuß auf
den Weg.

◇ ◇ ◇

Reflexartig fing Elaine den Sturz des Saftbechers ab und stellte ihn
außerhalb der Reichweite ihres Sohnes wieder ab. »Wenn du dich
nicht benehmen kannst, Benjamin, wirst du heute nicht mitkommen, haben wir uns verstanden?«

Benni zog eine Grimasse. »Aber Lilly hat …«

»Es ist mir egal, was Lilly gemacht hat. Der Saft bleibt jedenfalls
hier stehen.«

Elaine warf ihrer Tochter einen prüfenden Blick zu. Der engels-
gleiche Ausdruck auf Lillys Gesicht gab Bennis Vorhaben, seinen
Orangensaft in ihr Müsli zu kippen, eine gewisse Berechtigung.
Vorsichtshalber versenkte Elaine einen unnachgiebigen Blick in
Lillys Unschuldsaugen, um ihr klarzumachen, dass sie Bescheid
wusste. Sie nahm einen letzten Schluck Milchkaffee und schob
ihre Schale zur Seite.

Dann widmete sie sich wieder ihrer Aufstellung. Sie hatte ein
Inventar für den Flohmarkt angefertigt, um einen Überblick über
ihre Verkäufe und Einnahmen zu haben und auch, weil ihr die sys-
tematische Aufstellung ihrer Verkaufsobjekte das angenehme Gefühl vermittelte, bei der Entrümpelung des Hauses ein gutes Stück
vorangekommen zu sein.

Sie hatte dieses Haus an der Küste vor einigen Jahren von ihren
Eltern geerbt. Ihr war es recht gewesen, dass nach dem Tod ihrer
Eltern eine kinderlose Tante das Haus bezogen hatte und sie sich
noch nicht darum hatte kümmern müssen. Inzwischen war ihre
Tante ebenfalls verstorben. Die weiteren Vorbesitzer des mehr als
zweihundert Jahre alten Hauses waren im Dunkel der Geschichte
verschwunden. Nach dem Zustand des Speichers und des geräumigen Kellers zu urteilen, hatte sich keiner der früheren Bewohner
der Mühe unterzogen, den wachsenden Berg von ausgemusterten
Möbeln, Büchern, Kleidung, Geschirr und einer Vielzahl banaler
Relikte vergangener Zeiten, auszusortieren. Auch Elaine hatte sich
von der unglaublichen Menge an Plunder zunächst entmutigen

lassen und dieses Unterfangen einige Jahre lang aufgeschoben. Nachdem sie sich nun entschieden hatte, für längere Zeit in der Bretagne zu bleiben, ließ sich diese Aufgabe nicht mehr hinausschieben und Elaine hatte sich ans Werk gemacht. Der am Wochenende stattfindende Flohmarkt hatte ihre Energien zusätzlich beflügelt. Sie würde dort so viel verkaufen wie möglich und den Rest wegwerfen oder einer wohltätigen Organisation spenden.

Heute allerdings hatte sie den beiden Kleinen einen Ausflug ans Meer versprochen. Hans-Peter war seit Stunden mit einem der örtlichen Fischer unterwegs, den er bei seinen Strandläufen kennengelernt hatte. Immer bereit, sich körperlichen Herausforderungen zu stellen, hatte er dessen Angebot, ihn bei einer seiner Fahrten zu begleiten, enthusiastisch angenommen.

Sollte sie Vicky, die bis jetzt noch nicht zum Frühstück gekommen war, wecken? Elaine freute sich, dass Vicky Anschluss an einige Jugendliche gefunden hatte und sich gestern Abend mit ihnen hatte treffen wollen. Wahrscheinlich war es später geworden, denn sie konnte sich nicht erinnern, wann Vicky nach Hause gekommen war. Vicky hatte gestern bereits deutlich gemacht, dass sie kein Interesse daran habe, mit ihren vierjährigen Geschwistern ans Meer zu fahren.

Elaine überlegte, welchen Preis sie für ein paar angelaufene Silberlöffel ansetzen sollte, und schob den Stift zwischen die Zähne. Aus dem Augenwinkel beobachtete sie, wie Lilly versuchte, sich an den Apfelspalten ihres Bruders zu bereichern, während dieser hingebungsvoll am Strohhalm seines Kakaos saugte. Gedankenverloren schob Elaine den Apfelteller ein Stückchen weiter und Lillys Kinderfaust griff ins Leere.

Sie kaute auf dem Kugelschreiber herum und grübelte über die Gefühle, die sich vielleicht zwischen Vicky mit dem Sohn ihrer Freundin entwickelten. Sie war angenehm überrascht gewesen, als sie Julien wiedergesehen hatte. Der magere Bengel, der er früher gewesen war, hatte sich vielversprechend entwickelt. Mit einem ordentlichen Haarschnitt und ordentlicher Kleidung konnte er ohne weiteres als gutaussehend durchgehen. Elaine hatte eine mütterliche Schwäche für die schlanke, muskulöse Schlaksigkeit Juliens entwicket, die so anders war als die drahtige Gestalt seines Vaters. Nicht zum ersten Mal wunderte sie sich, dass Julien weder ihrer zierlichen Freundin noch deren Mann besonders ähnlich sah.

Elaine setzte einen Betrag für die Silberlöffel fest und widmete sich einer Tabakpfeife mit einem geschnitzten Kopfteil. Sie überlegte, ob es aus Elfenbein sein könnte und welcher Preis dann als Verhandlungsbasis dienen könnte. Nachdenklich saugte sie an ihrem Stift.

Julien hatte Vicky gefallen, das war ihr gleich aufgefallen, als Vicky sich so betont spröde und kratzbürstig ihm gegenüber verhalten hatte. Sie war sich nicht sicher, was sie davon halten sollte. Natürlich hatte sie Vickys Enttäuschung mit diesem Idioten Sascha mitbekommen und ihr Mutterherz wünschte sich, ihre Tochter wieder weniger zynisch und verletzt zu sehen. Elaine setzte einen Preis für die Pfeife fest und notierte ihn auf ihrer Liste. Sie schob den Stift wieder zwischen die Zähne und griff nach dem nächsten Stück – ein angelaufener Kerzenhalter, den sie insgeheim abstoßend hässlich fand.

Andererseits war eine Beziehung zu Julien aufgrund der geografischen Entfernung wahrscheinlich zum Scheitern verurteilt, sollte sich Vicky doch noch dazu entschließen, zu ihrem Vater nach Berlin zu ziehen. Elaine biss unwillkürlich die Zähne zusammen. Die spröde Kunststoffhülle des Kugelschreibers gab nach und der Stift sonderte metallisch schmeckende Tinte ab. Elaine verzog das Gesicht und spuckte tiefblau auf ihre Serviette. Die Zwillinge sahen auf und musterten sie fasziniert.

Elaine tupfte sich möglichst würdevoll den Mund ab. Sie würde Vicky schlafen lassen und abwarten, wie die Sache sich weiterentwickelte.

◇ ◇ ◇

Teil 5

Frankreich, Bretagne — Juli 1788

Unerwarteter Besuch

Schwungvoll riss Laurent die Tür zu seinem Zimmer auf und stiefelte eilig um das prächtige Bett Tante Chloés herum. Für seinen Geschmack war es viel zu überladen – mit den vergoldeten Schnitzereien und den fransengeschmückten Bettvorhängen. Er hatte aber darauf verzichtet, es austauschen zu lassen. Der durch seine Mutter erzwungene Umzug in dieses Quartier und die deprimierende Aussicht, Henris Verwalter zu werden, machte ihn ungeduldig und rastlos. Er hatte es satt, dass andere über seine Zukunft verfügten – es musste eine Alternative geben. So viel hing davon ab, dass er diese verfluchten Papiere fand und sie dem Marquis brachte. Es drängte ihn, endlich nach Paris aufbrechen zu können und er verspürte keinerlei Verlangen, sich häuslich einzurichten.

Immer noch wütend über die Unverfrorenheit des Anwalts schleuderte er seinen Hut über die spanische Wand, hinter der er sich umzukleiden pflegte. Ein scheues Huschen hinter dem Paravent zeigte an, dass er Loulou in ihrem Versteck aufgescheucht hatte. Mühsam schälte er sich aus dem engen Rock und sah sich nach seinem Kammerdiener um. Hatte sich Erneste inzwischen Henri angeschlossen? Hier hatte er offensichtlich seit gestern nicht mehr aufgeräumt. Laurent ließ den Blick über seine im Zimmer verteilten Habseligkeiten wandern. Auf dem Boden lagen achtlos ausgezogene Strümpfe und Schuhe und neben dem Bett türmte sich ein Haufen aus Röcken, Westen und Hemden. Er wollte seinen Rock dieser Ansammlung hinzufügen, als er stutzte.

Aus einem der am Boden liegenden Kleidungsstücke ragte ein Schuh – und in dem Schuh steckte ein Bein. Laurent trat einen Schritt näher und griff nach einem Kerzenleuchter, der von einem Tischchen zwischen den Fenstern den Raum in Licht und Schatten teilte.

Beim Näherkommen zeichneten sich Konturen eines menschlichen Körpers vom Rest der hingeworfenen Kleidungsstücke ab.

Laurent packte den Leuchter fester und sog die Luft ein. War das etwa Erneste? Und warum lag er hier auf dem Boden?

Vorsichtig beugte er sich nach vorne und stieß den Körper versuchsweise mit seiner Stiefelspitze an. Nichts geschah. Wer immer das hier war, schien bewusstlos zu sein – oder tot.

Laurent hob den Leuchter höher und das Gesicht, das sich aus dem Schatten schälte, hatte keinerlei Ähnlichkeit mit Ernestes stupsnasiger Physiognomie. Es war das Gesicht eines sehr jungen Mannes, fast eines Jungen. Umrahmt von rotblonden Strähnen und mit langen Wimpern, die Schatten auf die bleichen Wangen warfen. Eine vage Erinnerung rührte sich in einem lang verschlossenen Teil seines Gedächtnisses und Laurent wich zurück.

Er versuchte das Kribbeln zwischen den Schulterblättern zu ignorieren und atmete durch, während sein Herzschlag sich dennoch beschleunigte. *Nicht jetzt*, dachte er und widerstand dem Impuls, sich auf die Lippe zu beißen. Suchend sah er sich um und mit ihrem Sinn für seine Stimmung huschte Loulou aus den Schatten heran. Laurent bückte sich und nahm seine kleine Freundin auf die Hand. Witternd bewegte die Ratte ihren Kopf und musterte ihn mit ihren Knopfaugen. Laurent fuhr ihr sanft über das weiche Fell und das zarte Kitzeln ihrer Schnurrhaare beruhigte ihn wie immer.

»Ist alles in Ordnung?«, fragte er die Ratte, die sich auf seinem Arm einrollte und genüsslich die Augen schloss. Laurent atmete aus und spürte, wie sich sein Herzschlag wieder verlangsamte. Er hasste diese Angst vor der nächsten Schwäche und wie üblich schob er sie rasch von sich.

Distanziert musterte er die Gestalt des leblosen Jungen. Er registrierte die schlampig zu einem Nackenzopf gebundenen Haare und den schlechtsitzenden dunkelgrünen Rock, der irgendwie militärisch aussah, aber keiner ihm bekannten Einheit zuzuordnen war. Am meisten wunderte er sich über die nackten Beine, die in formlosen schwarzen Stoffschuhen steckten. An den strohgeflochtenen Sohlen hing weiße Farbe. Im Geist ging Laurent sämtliche Bewohner und Dienstboten des Haushalts durch, konnte den Unbekannten aber nirgends einordnen.

»Monsieur?«

Als sich der Fremde nicht bewegte, beugte sich Laurent über ihn und strich ein paar der rotblonden Haarsträhnen aus dem jungen Gesicht. Die Wangen waren bartlos – das schmale Kinn und die langen Wimpern ließen den Unbekannten fast weiblich aussehen. Laurent berührte die Schulter des Fremden und stellte erleichtert fest, dass er nicht tot war. Zögernd gab er ihm einen kleinen Schubs. Zu seiner Beruhigung öffnete sich der Mund des Bewusstlosen ein wenig und er bewegte den Kopf zur Seite. Laurent starrte in das Gesicht und nach und nach schlich sich Vertrautheit mit diesen Zügen in sein Bewusstsein.

Noch während er sich weigerte, seinen eigenen Schlussfolgerungen zu folgen, setzte sein Gehirn eine Reihe von Erinnerungen zusammen, die er vor langer Zeit in einem der letzten Winkel seines Gedächtnisses verstaut hatte. Er bemerkte die winzigen Sommersprossen auf der Nase, die wie Sandkörnchen verstreut waren, die weichen rotblonden Haare, den sanften Schwung der Nase und die Andeutung eines Grübchens im Mundwinkel. Bei näherer Betrachtung fragte er sich, wie er sie für einen Jungen hatte halten können.

Sie hatte sich ihm als *Vicky* vorgestellt – für ihn aber war sie immer *Victoire* gewesen. Er zögerte einen Augenblick, dann nahm er eine ihrer langen Haarsträhnen zwischen Daumen und Zeigefinger und hielt sie sich unter die Nase. Ihre Haare hatten immer nach Äpfeln gerochen. Jetzt war der Geruch anders – blumiger. Er stieg ihm sofort in die Nase und er musste niesen. Ihre Lider flatterten und öffneten sich schließlich. Nach einem Augenblick verengten sich ihre Pupillen und sie zuckte zusammen. Laurent fuhr zurück.

»Verdammter Mist«, stieß sie hervor und setzte sich ruckartig auf. Augenblicklich wurde sie weiß wie ein Laken und erbrach sich auf seinen zerknitterten zweitbesten Rock. Laurent war aus der Schusslinie gerückt und beeilte sich, vom Waschtischchen einen Krug mit Wasser und einen Lappen zu holen. Bedauernd musterte er seinen Rock und beschloss, ihn wegzuwerfen. Er reichte ihr wortlos das feuchte Tuch und wartete, ob sie eine einleuchtende Erklärung liefern könnte, die es ihm erlauben würde, seine eigenen Schlussfolgerungen als lächerlich zu verwerfen.

Stattdessen musterte sie ihn unangenehm direkt von Kopf bis Fuß, während sie sich ein paar feuchte Haarsträhnen aus dem Gesicht strich und dann mit einer Hand vorsichtig ihren Hinterkopf abtastete.

»Du bist es tatsächlich.« Sie fuhr sich über das Gesicht. »Julien hat schon gesagt, dass du wieder hier bist.« Sie schien etwas hinzufügen zu wollen, überlegte es sich aber anders. Sie wandte sich ab und ließ ihren Blick über die chaotische Zusammenstellung der Möbel Tante Chloés und seiner eigenen Habseligkeiten gleiten.

»Na ja«, meinte sie nach einer Weile, »bei der Ausstattung hat Duroc es aber etwas übertrieben. Aber es ist ja noch eine Woche Zeit, um alles an Ort und Stelle zu räumen.«

»Bis dahin bin ich hoffentlich schon weg«, warf Laurent hilfreich ein, obwohl er sich keinen Reim auf ihre Worte machen konnte.

»Du bleibst nicht?« Sie atmete konzentriert durch den Mund.

Laurent befürchtete, ihr könnte erneut übel werden. Er rückte ein wenig ab und setzte sich auf die Hacken. Mit Verzögerung durchfuhr ihn ein Gedanke – er sprang unvermittelt auf und begann im Zimmer hin und her zu laufen. Was, wenn es ihm wieder passiert wäre – wenn er wieder aus seiner Zeit gefallen wäre. Die Vorstellung, dass es ihn jederzeit und unvorbereitet aus seiner Zeit reißen könnte, fachte die alte Angst wieder an.

Sein Blick huschte fahrig über Tante Chloés Sammlung von Porzellanfigurinen, die übergangslos neben den Einzelteilen einer alten Steinschlagpistole standen, die er zum Reinigen auseinandergenommen hatte. Er versuchte, sich an jedes Detail des Zimmers zu erinnern und überlegte fieberhaft, ob es da gewesen war, als er den Raum verlassen hatte. Mit einem Schritt war er am Fenster, zählte die Bäume im Park und studierte die Anordnung der antik anmutenden griechischen Götterstatuen auf den Kieswegen. Er kniete sich neben das Bett, wo eine seiner halbgepackten

Satteltaschen darauf wartete, dass er endlich aufbrechen konnte. Schließlich hielt er inne und biss sich ratlos auf die Lippen. Alles war noch da – genauso, wie er es vorhin verlassen hatte. Aber warum war *sie* hier?

»Wie kommst du hierher?«, fragte er ohne Umschweife und musterte Vicky misstrauisch.

Sie hatte kein Wort gesagt während seiner unruhigen Wanderung durchs Zimmer. Jetzt betastete sie erneut ihren Hinterkopf. »Es ist kaum zu glauben, aber ... ich wurde überfallen. Ich glaube, man hat mich niedergeschlagen.« Plötzlich fingen ihre Hände an, unkontrolliert zu zittern, und ihr Blick huschte nervös durch den Raum.

»Können wir die Tür absperren?«

Laurent warf ihr einen zweifelnden Blick zu, öffnete aber doch die Tür zum Dienstbotengang und vergewisserte sich, dass niemand auf dem Flur war. Dann schob er einen kleinen Riegel vor die Tapetentür und schloss auch den Türflügel in den angrenzenden Raum. Die Geschichte kam ihm etwas übertrieben vor.

»Du bist niedergeschlagen worden?« Laurent hörte selbst, wie zweifelnd seine Stimme klang. »Wer sollte denn so etwas tun? Hier im Schloss ...«

Vicky atmete ein paarmal durch und zog sich dann auf die Beine. »Da war dieser Typ. Ich bin mir nicht sicher, aber er sah aus, wie dieser L'Oreille ... kannst du dich an ihn erinnern?« Unsicher tastete sie sich an der Wand entlang und überprüfte den Riegel der Tapetentür.

»Vielleicht solltest du dich besser hinlegen«, schlug Laurent etwas ratlos vor. Er trat zu ihr und führte sie zu einer *Chaiselongue*. Vielleicht konnte sie einschlafen und wieder in ihre Zeit zurückkehren, bevor sie etwas merkte?

Erleichtert ließ sich Vicky in die weichen Polster sinken und strich anerkennend über den aufwendig gewebten Brokat der Bespannung. »Ich muss schon sagen, Duroc hat sich was einfallen lassen, um alles so echt, wie möglich zu machen.« Ihr Blick fiel auf eine Kommode, auf der ein weiterer Kandelaber stand.

»Die Lampe hier sieht aus wie ein echter Kerzenleuchter. Ich frage mich, wo er die Leitung und den Schalter versteckt hat.« Sie musterte Laurent und klopfte auf eine Seite des Polsters, wo er sich zögernd niederließ. »Du erinnerst dich doch noch an mich, oder?«

Laurent zögerte und lächelte dann. »Ich denke schon. Demoiselle Victoire, nicht wahr?«

Vicky grinste und verzog das Gesicht. Erneut tastete sie an ihren Hinterkopf. »Immer so höflich ... wie in einem alten Film. Wo hast du das nur her?«

»Du solltest besser ein wenig schlafen«, meinte Laurent und ignorierte ihre Frage.

Vicky wurde plötzlich ernst und ihre Stimme zitterte. »Ich glaube, ich kann jetzt nicht schlafen. Weißt du, es ist ...« Sie brach heiser ab. »Wenn man von jemanden verfolgt wird und ... und einfach so ... Jedenfalls möchte ich die Augen lieber offenhalten.« Sie presste die Lippen zusammen und ließ sich in die Kissen zurückfallen. Angespannt flochten sich ihre Finger ineinander und ihr Blick wanderte über die seidene Wandbespannung und blieb an dem altersfleckigen Spiegel hängen.

»Du hast mir immer noch nicht gesagt, was du hier machst?«, fing sie nach einer Weile an – ihre Stimme dünn und hohl. »Hat Duroc dich engagiert? Sozusagen als *Vertreter des 18. Jahrhunderts*?« Ihr Lachen klang nervös. »Versteh mich nicht falsch, aber du passt ganz gut in diese Zeit, mit diesem höflichen ›Demoiselle hier‹ und ›Demoiselle da‹ und so. Das ist so ... altmodisch«.

◇ ◇ ◇

Wer war dieser Duroc, von dem er bereits zum zweiten Mal hörte. Bevor Laurent sie fragen konnte, wurde die Klinke der Flügeltür zum angrenzenden Raum gedrückt – begleitet von einem dumpfen Poltern.

»Laurent, bist du hier drin?« Jemand zerrte an der Klinke. »Mach auf. Warum in aller Welt hast du dich eingeschlossen?«

Laurent warf einen Blick auf Vicky, die kreidebleich geworden war und sich panisch im Raum umsah. Mit schnellen Schritten war er an der Tür, entriegelte sie und als er sie einen Spalt öffnete, taumelte Joëlle herein, getragen von ihrem Schwung gegen das eben noch geschlossene Türblatt.

Schlitternd suchte sie das Gleichgewicht. »Und?« Aufgeregt zerrte sie an ihrem Kropfband, bis der Verschluss nachgab und sie es in der Hand hielt. »Hast du ihn?« Sie warf die Tür ins Schloss.

»Du wirst es nicht glauben, aber die ganze Zeit hat Hippolythe um mich herum gedienert und gefragt, ob ich dieses oder jenes möchte. Dabei wollte er bestimmt nur wissen, weshalb wir unbedingt diesen 15. Band haben wollen. Zum Glück hat sich dieser Italiener nicht blicken lassen. Ich sage dir, Laurent, diese schleimigen Komplimente widern mich an.« Joëlle drehte sich um und verstummte.

»Wer ist denn das?«

Vicky hatte sich halb erhoben, um die Flucht zu ergreifen, und ließ sich nun wieder zögernd auf die *Chaiselongue* zurücksinken. »Hallo.« Sie räusperte sich und hob die Hand zum Gruß. »Tolles Kleid. Ist das vom Kostümverleih?«

Joëlle erstarrte und mit etwas Verzögerung schien sie zu begreifen. Zarte Röte breitete sich auf ihrem Gesicht aus, als sie sich an ihren Bruder wandte. »Oh, ich nehme an, *Maman* weiß nichts von deinem ... äh, Besucher?« Dann besann sie sich und deutete einen Knicks an.

»Laurent, wenn du so freundlich wärst, mich mit deinem ... *Freund* bekannt zu machen.«

»Ähm, Joëlle.« Laurent sprang auf und führte seine Schwester zu Vicky. »Darf ich dir Demoiselle Victoire vorstellen.« Er wies auf Joëlle. »Meine Schwester, Joëlle de Plourhan.«

◇ ◇ ◇

Vicky erstarrte und die Hand, die sie Joëlle hatte reichen wollen, wanderte vor den Mund. »Joëlle de Plourhan?«, flüsterte sie. »Aber das ist ... nicht möglich! Das kann Duroc doch gar nicht wissen?«

Joëlle stutzte, musterte Vicky mit einem schwer zu deutenden Ausdruck und heftete ihren Blick schließlich auf ihren Bruder.

»Laurent, du meine Güte, wenn ich gewusst hätte ...« Sie zuckte verlegen mit den Schultern, doch in ihren Augen blitzte der Schalk. »Du hättest es mir sagen können.« Sie kniff ihren Bruder scherzhaft in die Wange. »Ich bin dir fast böse ... warum hast du uns nicht längst bekannt gemacht.« Sie ließ sich ohne Umschweife neben Vicky nieder. »Meine Liebe, ich freue mich, Sie kennenzulernen. Sie müssen mir alles erzählen. Wie überaus einfallsreich, sich hier als *Herr* einzuschmuggeln.«

Laurent räusperte sich. »Joëlle, du verstehst das völlig falsch. Mein Verhältnis zu Demoiselle Victoire ist absolut ... ehrenhaft.« Sein Mundwinkel zuckte.

»Ach, ist es das?« Joëlle lächelte und schenkte ihrem Bruder einen wissenden Blick. Sie wandte sich wieder an Vicky und musterte sie forschend. »Das wäre maßlos enttäuschend ... komm schon Laurent. Du musst doch kein Geheimnis daraus machen.«

Vicky hatte sprachlos Joëlle beobachtet. Dann schüttelte sie ungläubig den Kopf. »Duroc, du alter Fuchs«, murmelte sie. Natürlich hatte er ebenfalls die Notiz über die mögliche Existenz dieser Papiere in der Zeitung gesehen und die Geschichte gleich in sein Hotelkonzept eingebaut.

»Vielleicht kannst du uns aufklären, wer dieser Mann namens Duroc ist?«, wollte Laurent wissen.

»Na, dieser Schönling mit dem gelben Sportwagen. Organisiert hier den Umbau und will alles auf 18. Jahrhundert machen.«

Joëlle musterte Vicky verwirrt. »Ich kenne keinen Duroc mit einem gelben Wagen«, sie wandte sich Laurent zu, »du etwa?«

Laurent fummelte resigniert an den Knöpfen seiner Weste und ließ sich in einen Sessel fallen. Vielleicht war es Zeit, mit der einzigen Erklärung herauszurücken, die er hatte. Auch wenn er sich nicht vorstellen konnte, wo er anfangen sollte.

»Ich glaube, dass *du* diesmal durch die Zeit gefallen bist, Victoire. Du bist im 18. Jahrhundert gelandet.«

◇ ◇ ◇

Jenseits von Raum und Zeit

»W a s!«

»W i e?«

Vicky und das Mädchen, das Joëlle de Plourhan sein sollte, starrten Laurent an.

»Was heißt *18. Jahrhundert?*«

»Was heißt, *durch die Zeit gefallen?*«, setzte das Mädchen nach.

Laurent wartete, bis beide eine Atempause einlegten. »Ich weiß, es hört sich völlig unwahrscheinlich an, aber ...«

»Unwahrscheinlich? Das hört sich völlig verrückt an!«

»Du hast schon bessere Scherze gemacht, Bruder!«

»Jetzt hört doch erst mal zu!«

Beide verstummten. Auf dem Gesicht des Mädchens zeigte sich die gleiche Skepsis, die auch Vicky spürte – wenngleich sich ein unangenehmer Zweifel hartnäckig ausbreitete. Hatte der Schlag auf den Kopf ernstere Auswirkungen gehabt – bildete sie sich alles nur ein?

»Ich kann es nicht erklären«, fing Laurent noch einmal an. Er hob die Hand, um weiteren Einwänden zuvorzukommen, »aber ... ich glaube, es ist mir auch schon passiert.«

»Was ist dir passiert?« Joëlle rutschte ungeduldig hin und her und die Falten ihres Kleides raschelten leise.

Laurent hielt die Luft an. »Ich glaube, dass ich auch schon ... in einer anderen Zeit war.« Er atmete heftig aus und Vicky beschlich ein mulmiges Gefühl.

Auf Joëlles Gesicht wich das Misstrauen und machte einem Ausdruck tiefer Besorgnis Platz.

»Hat es etwas mit ... dieser *Schwäche* zu tun?«

Laurent nickte und sah zu Boden. »Ich glaube, es passiert immer dann, wenn ich ... sie gerade überwunden habe.«

»Oh, Laurent!« Joëlle hob die Hand vor den Mund.

»Kann mir vielleicht einer von euch erklären ...?« Vicky hatte das Gefühl, die beiden hatten sie völlig vergessen.

»Ich bilde mir das nicht ein, wenn du das glaubst.« Laurent fixierte seine Schwester scharf.

»Aber Laurent, hör mir zu ...« Joëlles Stimme klang erstickt.

»Das ist unmöglich. Das ist ganz und gar unmöglich.« Sie nahm Laurents Hände in die ihren und Vicky bemerkte eine Träne in ihrem Augenwinkel. »Du darfst das niemals wiederholen, hörst du. Niemand darf das erfahren!«

Laurent zog seine Hände brüsk zurück. »Du hältst mich für irre?« Er lachte humorlos auf. »Glaub mir, das hab ich mir schon selbst gedacht!« Er wies mit dem Kopf in Vickys Richtung. »Aber jetzt, verstehst du ... jetzt ist sie auch gekommen.«

»Ich bin auch gekommen?« Vicky sah von einem zum anderen. »Was meinst du damit?«

Laurent lächelte schief. »Du bist der Beweis, Victoire, ... dass ich nicht verrückt bin und dass es geht. Ich weiß nur nicht wie.«

»Halt, warte mal.« Vicky rieb sich die Stirn. Ein Schlag auf den Hinterkopf konnte unmöglich solche Auswirkungen haben. »Du meinst also, dass ich mich irgendwie in der Zeit vertan habe?«

»Nicht *vertan*, Victoire. Du bist in meine Zeit gekommen.«

»Und deine Zeit ist ... wann?« Vicky richtete sich ein Stückchen auf. »Sag einfach eine Jahreszahl, hörst du! Welches Jahr haben wir?«

»1788«, sagten Laurent und Joëlle gleichzeitig. »Juli 1788«, präzisierte Laurent.

Vicky schwang die Beine vom Brokatsofa. »Danke! Verscheißern kann ich mich selbst!« Sie hatte keine Ahnung, weshalb ihr die beiden einen solchen Bären aufbinden wollten, und gleichzeitig lauerte an den Rändern ihres Bewusstseins etwas Unfassbares, vor dem ihr graute. Sie würde dieses verflixte Schloss verlassen, ihr Rad nehmen und nach Hause fahren. Morgen würde sie sich diesen Duroc vornehmen. Man konnte es auch zu weit treiben mit der originalgetreuen Kopie der Vergangenheit. Den Gedanken, dass ihr unterwegs L'Oreille noch einmal auflauern könnte, schob sie beiseite. Keine Sekunde länger würde sie hierbleiben. Sie riss die Tür auf und stürmte aus dem Zimmer.

Sie durchquerte eine Reihe von Schlafzimmern, die das Mondlicht, das durch die Fenster fiel, spärlich beleuchtete. Vergeblich tastete sie neben den doppelflügeligen Türen nach einem Lichtschalter. Weiß der Himmel, wo Duroc dieses Teil versteckt hat, dachte Vicky. Soweit sie es erkennen konnte, waren alle Räume mit wuchtigen Himmelbetten, unbequem aussehenden Sofas auf spindeldünnen Beinchen und bauchigen Kommoden ausgestattet. Vicky überlegte, wo Duroc die Badezimmer hatte einbauen lassen, die ein Hotelgast des 20. Jahrhunderts erwartete. Waschschüssel und Kanne aus Porzellan, die sie in einem der Zimmer in einer Ecke bemerkte, waren sicherlich nur zu Dekorationszwecken aufgestellt worden.

Vergeblich versuchte sich Vicky zu erinnern, welchen Weg sie auf ihrer Flucht vor L'Oreille genommen hatte. Als sie eine weitere Tür öffnete, konnte sie sich endlich orientieren. Der prunkvolle Treppenaufgang lag vor ihr – auch hier brannte kein Licht. Am besten, sie versuchte, die schmale Tür zu den Wirtschaftsräumen zu finden, durch die sie hereingekommen war.

Leise schlich sie die breite Treppe nach unten und an dem monumentalen Familienbild vorbei. Ein intensiver Geruch nach Ölfarbe stieg ihr in die Nase, der ihr sonst nicht aufgefallen war. Irritiert sah sie zu dem Gemälde hoch. In der unteren Hälfte klafften helle Flecken, wo statt der farbigen Darstellung nur grobe Musterzeichnungen zu sehen waren. Sie hätte schwören können, dass am unteren Rand zwei Kleinkinder mit einem Hund abgebildet waren, die sie jetzt vergeblich suchte. Vicky zuckte mit den Schultern. Wahrscheinlich hatte sie sich getäuscht.

Angespannt lauschte sie ins Dunkel, ob sie L'Oreille oder diesen seltsamen kleinen Mann hören konnte. Aus der Bibliothek drangen leise Geräusche und sie nahm an, dass Duroc sich dort noch an den Regalen zu schaffen machte. Die Tür war geschlossen. Sie musste es wagen, denn ihr Weg würde sie daran vorbeiführen.

Am Fuß der Treppe sah sich Vicky nach allen Seiten um und nahm den Weg zu der kleinen Pforte, durch die sie hereingekommen war. Als sie auf Höhe der Bibliothek war, wurde die Tür aufgerissen und ein Mann in historischer Livree trat in die Eingangshalle. In der einen Hand hielt er einen Kerzenleuchter, der warmes Licht verbreitete, in der anderen ein silbernes Tablett mit leeren Gläsern. Als er Vicky bemerkte, verbeugte er sich steif und hielt ihr wortlos die Tür auf.

Vicky blieb wie angewurzelt stehen und ihr Magen verkrampfte sich. Aus der hell erleuchteten Bibliothek drangen Stimmen. Waren der seltsame kleine Mann und L'Oreille zurückgekehrt? Wie sollte sie Duroc erklären, was sie spät abends im Schloss zu suchen hatte?

Der Diener wippte noch einmal mit dem Oberkörper und wies auf die Bibliothek. »Wenn Monsieur eintreten wollen.« Es blieb Vicky nichts anderes übrig und ihre Füße trugen sie fast von allein vorwärts.

Anders als vorhin waren die Holzregale bis unter die Decke mit Büchern gefüllt und einen flüchtigen Augenblick fragte Vicky sich, wie Duroc dies so schnell hatte schaffen können. Ihr Eintreten schien keiner der anwesenden Personen zunächst aufzufallen. Am Kamin saßen sich in ausladenden Sesseln zwei alte Männer gegenüber, die in ein heftiges Streitgespräch vertieft waren. Beide waren mit Kniebundhosen und bestickten Jacken gekleidet. Der eine trug eine weißgepuderte Perücke mit Seitenlocken auf dem Kopf, der andere hatte die seine, ein zottiges und verfilzt aussehendes Exemplar, auf die Armlehne seines Sessels gelegt. Sein Haarkranz war grau und kurz geschnitten. Vicky hatte die beiden nie zuvor gesehen. Erleichtert stellte sie fest, dass weder Duroc, der kleine Mann oder gar L'Oreille anwesend waren.

Eine Frau in einem pastellfarbenen Rokoko-Kostüm saß an einem mit grünem Leder bezogenen Tischchen. Ihr Rock war so weit, dass er sich wie eine Wolke um ihre unwahrscheinlich schlanke Taille bauschte. Die blonden Haare waren sorgfältig zu einem turmartigen Gebilde frisiert. Ihr gegenüber saß ein zur

Korpulenz neigender Mann, Anfang dreißig, der gelangweilt auf ein Spielbrett starrte, das Vicky an ein Backgammon-Spiel erinnerte.

»Du schuldest mir jetzt eine Haube zu meinem Vormittagskleid und ein Paar Seidenstrümpfe … nein, zwei Paar!« Die Frau sammelte die Spielsteine ein.

Der Mann schnaufte. »Du machst mich arm, Weib.«

»Wie wäre es mit einer neuen Runde?« Die Dame lachte unbekümmert auf und begann, die Steine wieder auszulegen, als der große Jagdhund zu Füßen des Mannes den Kopf hob und knurrte.

Die Frau drehte ihren Haarturm in Richtung der Tür.

»Nanu, wen haben wir denn da?« Sie musterte Vicky nicht unfreundlich und kniff die Augen zusammen, um besser zu sehen.

Der Mann ihr gegenüber wandte sich um und fasste gleichzeitig den Hund am Nackenfell.

»Nur herein, Monsieur.« Seine Sprache schleppte etwas, das Glas neben seinem Platz war fast leer. »Erlösen Sie mich und spielen Sie mit meiner Gemahlin eine Runde Tric-Trac.« Ohne eine Antwort abzuwarten, stand er auf, verbeugte sich vor seiner Frau und stiefelte an Vicky vorbei und aus dem Raum. Der graue Hund schnürte devot hinter seinem Herrn her, ohne Vicky eines Blickes zu würdigen.

»… und ich sage dir, Bertin, du alter Dummkopf, dass die Dampfmaschine von Mister Watt Pferde eines Tages völlig überflüssig …«

»Das sind Hirngespinste, du Esel! Wie soll eine Maschine ein Pferd ersetzen können.« Der alte Mann mit Perücke beugte sich vor, um seinen Worten Nachdruck zu verleihen.

»Unsinn!« Mit einer heftigen Handbewegung fegte der andere Mann seine Perücke von der Sessellehne. »Du Narr hast natürlich keine Ahnung, wie man sich die Physik zunutze machen kann. Ich sage dir, James Watt hat den Wirkungsgrad seiner Maschine so verbessert, dass …«

Vicky sah fasziniert zu den beiden Männern. Die ganze Szene hatte etwas theaterhaftes und sie überlegte, ob Duroc Schauspieler engagiert hatte, die bei seiner Eröffnungsfeier das Leben im Schloss nachspielen sollten.

Die Dame winkte ab. »Beachten Sie die beiden gar nicht.« Sie beugte sich vor, um Vicky blinzelnd besser in Augenschein zu nehmen. »Es tut mir schrecklich leid, ich kann mich wirklich nicht erinnern, dass ... wer ... sind wir uns schon vorgestellt worden?«

»Entschuldige, Schwester, das ist ein Freund von Laurent.« Joëlle schob sich an Vicky vorbei in den Raum. »Er ist heute ganz überraschend angekommen.« Sie warf Vicky einen spöttischen Blick zu. »Darf ich vorstellen, Monsieur ...«, sie stieß Vicky einen Ellbogen in die Seite.

»Äh, Vic...«

»Victor«, fiel ihr Joëlle ins Wort.

Vicky schüttelte den Kopf.

»Ganz richtig, Monsieur Victor ... äh, Le Germain«, improvisierte Laurent, der hinter den beiden Mädchen aufgetaucht war. Er schob sich vor Vicky und behinderte so den Blick der eleganten Dame.

»Was soll das?«, zischte Vicky und bohrte ihm den Finger in den Rücken.

Laurent neigte den Kopf und zwinkerte ihr unauffällig zu. »Da musst du jetzt durch, Victoire. Jetzt ... wo sie dich gesehen haben«, flüsterte er.

Er wandte sich der Dame am Spieltisch zu und deutete eine leichte Verbeugung an. »Meine ältere Schwester, Marie-Jeanne de Laurel.« Er wies mit der Rechten kurz auf Vicky. »Monsieur Le Germain wollte sich gerade empfehlen und hat sich wahrscheinlich in der Tür geirrt«, bereitete Laurent den Rückzug vor und zog Vicky am Ärmel. »Ich bin sicher, Joëlle wird dir bei einer weiteren Partie Tric-Trac Gesellschaft leisten.«

Joëlle zog eine Grimasse und glitt auf den Platz ihres Schwagers, während Laurent Vicky hinter sich her in Richtung der Tür zog.

»Aber, wo denkst du hin, Laurent.« Marie-Jeanne de Laurel erhob sich graziös von ihrem Stuhl und glitt mit ausgestrecktem Arm auf Vicky zu.»Du hast deinem Gast noch nicht einmal eine Erfrischung angeboten.« Sie hakte sich bei Vicky ein und steuerte ein Tischchen mit Getränken an. Suchend sah sie sich um und nachdem sie den Diener nirgends entdecken konnte, beorderte sie Laurent zu sich.»Wenn du so aufmerksam wärst, Bruder …«

Laurent drängte sich rüde zwischen seine Schwester und Vicky, füllte ein Glas mit einer bernsteinfarbenen Flüssigkeit und drückte es Vicky in die Hand.

»Kommen Sie, ich bin schrecklich neugierig … woher kennen Sie meinen Bruder, Monsieur Victor, … ich darf doch Victor sagen? Sie sehen so unglaublich jung aus.« Marie-Jeanne zog Vicky weiter zum Spieltisch, ließ sich wieder auf ihren Stuhl nieder und bedeutete ihrem Bruder, eine weitere Sitzgelegenheit zu beschaffen.

Unbehaglich glitt Vicky auf den fragil aussehenden Hocker und ignorierte die Frage. Laurent blieb hinter ihr stehen.

Während sie die Steine auf dem Spielfeld in Ausgangsposition brachte, begann Marie-Jeanne von Neuem.»Wann sind Sie angekommen?« Sie zögerte kurz und zog mit einem ihrer Steine.»Hm, Monsieur Le Germain … *Le Germain*, der Name klingt irgendwie deutsch …«

»Seine Vorfahren kommen aus dem Elsass«, warf Laurent ein, »und um deine nächste Frage gleich zu beantworten, er ist … im Auftrag …«

»… im Auftrag des Marquis hier!«, ergänzte Joëlle und machte ihren Zug.

»Ah, der Marquis …« Marie-Jeanne fixierte das Spielbrett und wirkte abgelenkt.»Ein solch charismatischer Mann.« Sie runzelte die Stirn.»Aber, unter uns … und verstehen Sie mich nicht falsch, mein Lieber«, sie tätschelte Vicky die Hand, »diese klugen Männer finde ich immer ein bisschen … einschüchternd.«

Joëlle runzelte die Stirn.»Was du nicht sagst, Marie-Jeanne. Bei Hervé bist du diesbezüglich natürlich nicht überfordert.«

»Wie wahr«, lachte Marie-Jeanne, ohne die Bemerkung übel zu nehmen.»Zum Glück ist mein Gemahl kein großer Denker. Das macht ihn viel umgänglicher.« Sie zückte sekundenschnell ein

Lorgnon, um sich den Spielstand zu betrachten, und ließ es wieder in den Falten ihres Kleides verschwinden. Zügig rückte sie ihren Stein und lächelte ihre Schwester an. »So, meine Liebe, was machst du jetzt?«

Während Joëlle über ihrem Zug brütete, ließ Vicky den Blick unauffällig durch den Raum gleiten. Ohne Zweifel war es derselbe, in dem sie heute Duroc mit dem unbekannten Mann beobachtet hatte – und doch war der Raum ein anderer. Nicht nur die vielen Bücher, die jedes Regal bis zur Decke füllten, irritierten sie, es war etwas viel weniger Greifbares, eine subtile Andersartigkeit, der sie nicht auf den Grund kam.

»... und jetzt willst du dir auch so eine Höllenmaschine anschaffen, habe ich nicht recht?« Die beiden Männer am Kamin hatten ihre Stimmen erhoben.

»Bertin, du Hohlkopf, ich habe sie bereits bei Monsieur Watt bestellt, was sagst du jetzt?«, konterte der andere, klaubte seine Perücke vom Boden auf und setzte sie sich schief auf den Kopf.

Die beiden wirken so echt, dachte Vicky. Sogar das Französisch, das sie sprachen, kam ihr ungewohnt und altmodisch vor.

»Monsieur Le Germain, Sie haben noch gar nicht gekostet?« Marie-Jeanne wies mit dem Fächer, der an ihrem Handgelenk baumelte, auf das unberührte Glas in Vickys Hand.

Vicky nahm einen kräftigen Schluck und hätte sich fast verschluckt. Auf hochprozentigen Alkohol war sie nicht gefasst gewesen. Wie Öl rann der Calvados ihre Kehle hinab und verteilte sich sofort in jedem Winkel ihres Körpers. Ihr wurde warm. Sie hatte keine Ahnung, in welche Maskerade sie hineingeraten war und das Bedürfnis, von hier zu verschwinden, wurde von Minute zu Minute drängender. Sie versuchte aufzustehen.

»Wünschen Sie mir Glück!« Marie-Jeanne legte ihre Hand besitzergreifend auf Vickys Rockärmel und verschob ihren Stein. »Was hat der Marquis Ihnen denn aufgetragen?«

Der Alkohol durchglühte Vickys Körper und der Wollstoff der warmen Jacke machte sich kratzig bemerkbar. Die Beule an ihrem Hinterkopf begann unangenehm heftig zu pochen. Auf Vicky Stirn bildete sich ein Schweißfilm. »Äh, der Marquis?« Sie rutschte auf ihrem Hocker hin und her. Der Raum kam ihr völlig überhitzt vor und sie beschloss, wenigstens die Jacke auszuziehen.

Laurent legte ihr diskret die Hände auf die Schultern. »Du bist doch das neugierigste Frauenzimmer ...«, fing er an und zwinkerte seiner Schwester zu. »Das ist natürlich geheim!«

Marie-Jeanne lachte und versteckte ihr Gesicht hinter ihrem aufgeschlagenen Fächer.

»Ich höre mir diesen Unsinn nicht länger an«, schnaufte einer der Männer und erhob sich ächzend aus seinem Sessel. Er schob seinen korpulenten Körper schnaufend in Richtung Tür und ähnelte dabei unwissentlich den von ihm verteufelten Dampfmaschinen. Der Zweite sandte ihm einen finsteren Blick hinterher und stemmte sich ebenfalls hoch. »Das ist deine Natur, Bertin, immer drei Schritte dem Fortschritt hinterher ...«, rief er dem anderen nach und folgte ihm aus dem Zimmer.

»Puh«, machte Joëlle. »Die beiden werden es nie leid, sich zu streiten.«

Laurent beugte sich zu Vicky herab und flüsterte ihr ins Ohr. »Mein Vater, der Comte de Plourhan und sein Cousin, Onkel Bertin. Ihr Streit geht jetzt bereits ins dreißigste Jahr, glaube ich.«

»Aber, was ...«

»Ich denke nicht, dass sie dich bemerkt haben«, raunte Laurent und Vicky hörte die Bitterkeit, obwohl er sie unter einem lockeren Tonfall verbarg. »Mein Herr Vater geruht nur ganz selten, seine Umwelt wahrzunehmen. Wenn er sich nicht mit Onkel Bertin streitet, dann ist er den neuesten Entwicklungen der Wissenschaften auf der Spur.«

Lautlos öffnete sich die Tür und der livrierte Diener von vorhin schob sich in den Raum. Er verbeugte sich vor Marie-Jeanne. »Ihr Gemahl wünscht Sie zu sehen, Madame de Laurel.« In einer einzigen geschmeidigen Bewegung glitt er hinter Marie-Jeannes Stuhl und entfernte ihn im gleichen Augenblick, als sie sich erhob.

Marie-Jeanne bohrte Vicky ihren geschlossenen Fächer in den Oberarm. »Verschwinden Sie nicht, Monsieur Victor. Ich bin noch nicht mit Ihnen fertig.« Dann rauschte sie mit wehender Robe aus der Bibliothek.

Laurent sank auf den freigewordenen Stuhl und Joëlle sackte in sich zusammen.

»Ist das jetzt gut gegangen? Oder hat sie etwas bemerkt?« Joëlle warf Laurent und Vicky einen finsteren Blick zu. »Ihr habt Glück, dass sie so schlecht sieht und ihr Lorgnon nicht benutzen will und dass Papa und Onkel Bertin völlig weggetreten sind, wenn sie streiten.« Sie stand auf und wanderte auf und ab. Vor einem Regal blieb sie stehen und schob einige Bände hin und her. Von einem wuchtigen Holzschreibtisch hob sie ein paar Zeitschriften hoch und rückte sie zu einem Stapel zusammen, während ihre Augen abwesend ins Leere starrten.

Auf einmal wurde Vicky bewusst, was ihr vorhin aufgefallen war. Der Raum wirkte belebt. Er wurde von wirklichen Menschen bewohnt und war nicht als historische Kulisse gestaltet worden. Noch bevor sie einen weiteren Gedanken fassen konnte, richteten sich ihre Nackenhaare auf – Grauen pumpte durch ihren Körper. Abrupt sprang sie von ihrem Hocker auf und stürzte zum Schreibtisch. Sie packte die von Joëlle geordneten Zeitschriften und suchte nach dem Datum. In schneller Folge überflog sie eine Gazette für Damenmode, einen Prospekt für Duellpistolen und einige Journale über die Jagd. Überall war ein Datum im Juli 1788 angegeben. Es war kein einziges Foto zu sehen, sondern nur gezeichnete Abbildungen. Hektisch zog Vicky wahllos Bücher aus den Regalreihen: ›Lettres de deux Amants‹ von J. J. Rousseau, ›Candide ou l'optimisme‹ ohne Angabe des Autors, ›Les Souffrances du jeune Werther‹, das sie mit einiger Verspätung in der deutschen Originalversion von Goethe als ihre Schullektüre aus dem letzten Jahr erkannte. Offenbar eine gut sortierte Bibliothek. Ihr kam ein Gedanke.

»Habt ihr auch ›Der Graf von Monte Christo‹ oder ›Die drei Musketiere‹ von Alexandre Dumas?« Beide Romane waren, wie sie wusste, erst Mitte des 19. Jahrhunderts erschienen.

»Keine Ahnung … wer soll das sein?«, meinte Laurent langsam.

»Nein«, antwortete Joëlle bestimmt.

»Welches ist der neueste Roman, den ihr hier habt?«

Laurent zuckte mit den Schultern.

Joëlle stand auf und zögerte kurz, bevor sie einen schmalen Band aus dem Regal zog. »Vielleicht nicht unser neuestes Buch, aber sicherlich eines der letzten, die *Maman* erworben hat.«

Laurent warf einen kurzen Blick auf den Titel, hob die Brauen und sah seine Schwester spöttisch an. »Weiß *Maman*, dass du weißt ...?«

Joëlle schüttelte den Kopf und reichte Vicky das Buch.

Es war ›*Les Liaisons dangereux*‹ von Choderlos de Laclos. Vicky hatte den Kinofilm ›*Gefährliche Liebschaften*‹ mit Michelle Pfeiffer und John Malkovich erst vor einigen Wochen gesehen. Sie sah sich das Buch genauer an. Es war gelesen worden, aber es machte einen unbeschädigten und gepflegten Eindruck. Vor allem fehlte der typisch muffige Geruch alter Bücher. Sie öffnete das Buch und suchte auf dem Vorsatzblatt nach dem Erscheinungsjahr. Es war eine Erstausgabe aus dem Jahr 1782.

◇ ◇ ◇

Joëlle nahm Vicky die viel zu warme Uniformjacke ab. Kopfschüttelnd betrachtete sie das Kleidungsstück. »Mal sehen, ob wir etwas für dich finden.« Sie warf ihrem Bruder einen frostigen Blick zu. »Nachdem Marie-Jeanne dich jetzt als *Monsieur Le Germain* kennengelernt hat, müssen wir natürlich dabeibleiben. Unsere kurzsichtige Schwester habt ihr vielleicht mit dieser seltsamen Kostümierung täuschen können, aber bei *Maman* und Alexandre wird das nicht so leicht sein.«

Geräuschvoll stieß sie die Luft aus. »Zum Glück ist Henri nicht da. Der kennt bestimmt jeden, den der Marquis schicken könnte.«

Sie waren in Laurents Zimmer zurückgekehrt, weil Joëlle darauf bestanden hatte, Vickys Verkleidung, wie sie sich ausgedrückt hatte, zu perfektionieren.

»So schade, ich hätte dir gerne eines meiner Kleider geliehen«, meinte sie und trat einen Schritt zurück, um Vicky genauer zu betrachten. »Es würde entzückend aussehen mit deiner Haarfarbe.«

Joëlle wühlte in einigen Kisten und durchsuchte einen Kleiderhaufen, der nachlässig auf einem unbequem aussehenden Sofa lag.
»Sag mal, was macht eigentlich dein Kammerdiener den ganzen Tag? Warum hat er dieses Durcheinander noch nicht in Ordnung gebracht?« Mit geröteten Wangen hob sie den Kopf.

Laurent hatte sich erschöpft in einen Sessel fallen lassen und beobachtete seine Schwester, wie sie sein Zimmer nach passenden Kleidungsstücken durchsuchte. »Keine Ahnung, wo er steckt.« Er unterdrückte ein Gähnen. »Mir ist es auch egal, wie es hier aussieht. Lange bin ich sowieso nicht mehr hier.«

Joëlle schnaubte. »Das ist kein Grund, in einem Schweinestall zu hausen.« Sie zog ein paar Kniebundhosen aus dem Kleiderhaufen und suchte weiter nach einem passenden Rock.

»Es ist besser, Erneste bekommt davon nichts mit«, antwortete Laurent und fuhr sich mit den Fingern durch die Haare.

»Ach? Sag bloß, er weiß nichts von deinem ... *Arrangement*.« Joëlles Stimme klang dumpf aus Laurents Kleidertruhe, die sie sich als Nächstes vorgenommen hatte.

Laurent legte den Kopf in den Nacken und schwieg. Vicky hatte die ganze Zeit über kein Wort gesagt. Nicht mehr, seit sie in der Bibliothek völlig durcheinander nach irgendwelchen Büchern gefragt hatte. Bücher, die vermutlich erst noch geschrieben werden mussten, dachte Laurent bitter. Er konnte es ihr nicht verdenken. Weil es keine andere Erklärung gab für viele Dinge, die ihm passiert waren, hatte er – wider alle Vernunft – die Möglichkeit einer Zeitreise in Erwägung gezogen. Resigniert dachte er an seinen Wunsch, sich Lafayette anzuschließen. Er würde nicht nur seine beschämende Schwäche verbergen müssen, sondern auch diese unerklärliche Neigung, die Zeiten zu wechseln. Es nagte an ihm, dass er nicht wusste, weshalb und wie es geschah und obwohl es ihn erleichterte, dass es diesmal Vicky passiert war, bedauerte er sie doch, denn er konnte sich ihre große Verwirrung vorstellen.

»So, das hätten wir.« Joëlle schob Vicky, die sie vor einigen Minuten hinter die spanische Wand gezogen hatte, vor sich her und drückte sie auf den Hocker vor einem zierlichen Frisiertischchen.

Laurent musterte Vickys Profil mit der geraden und etwas spitzen Nase. Ihre rotblonden Haare hingen offen über die Schultern von einem seiner ausgemusterten Röcke. Unerwarteterweise fand er diese Verbindung von Mädchen und Mann sehr reizvoll.

Bevor er sich in diesen Anblick vertiefen konnte, begann Joëlle, Vickys Haar energisch durchzubürsten. Vicky verzog schmerzhaft das Gesicht und Laurent erinnerte sich, dass sie davon gesprochen hatte, niedergeschlagen worden zu sein. Schließlich war Joëlle zufrieden. Sie band alles straff im Nacken zusammen und stopfte den Zopf in ein Stofftäschchen aus schwarzem Taft.

»Am besten, du puderst dir morgen früh die Haare, dann siehst du etwas älter aus.« Sie trat einen Schritt zurück. »Ich werde jetzt nachsehen, wo wir dich unterbringen können.«

◇ ◇ ◇

Vicky lag wach und starrte an den üppig bestickten Betthimmel. Ihr Kopf war leer und das sollte so bleiben, denn sobald ihr Verstand es wagte, einen Gedanken zu fassen, wurde sie von Entsetzen gepackt. Wie in einem Albtraum, in dem man einem drohenden Verhängnis ausweichen muss und sich nicht vom Fleck rühren kann. Vielleicht *war* alles ein Albtraum und wenn sie nur endlich einschlafen könnte, wäre nach dem Aufwachen alles wieder normal. Sie versuchte, die Augen zu schließen – Panik erfasste sie.

»Ganz ruhig!«

Vicky riss die Augen auf. Ihr Herz hämmerte und im Mund schmeckte sie nackte Angst.

Von einem Streifen Mondlicht umrahmt, saß Laurent auf der Bettkante. Er war noch immer angekleidet.

»Entschuldige, dass ich in dein Schlafgemach eindringe.« Er setzte sich aufrechter hin und ein Lächeln deutete sich in seinen Mundwinkeln an. »Das ist gegen jede Etikette«, seine weißen Zähne blitzten auf, »sehr unschicklich, weißt du ...«

»In meiner Zeit nicht mehr«, flüsterte Vicky zu ihrem eigenen Erstaunen und ihre Anspannung ließ etwas nach.

»Hm«, machte Laurent. »Hier ... hier in dieser Zeit, meine ich, wäre dein Ruf ruiniert, wenn man mich hier anträfe.«

Unkontrolliert blubberte nervöses Kichern aus ihr heraus. »In meiner Zeit«, fing sie an, »ist ein *guter Ruf* das, was man als Mädchen überhaupt nicht haben will, denn dann ist man langweilig und *total uncool*.«

Jetzt war Laurent schockiert, Vicky sah es ihm an. »Ganz so schlimm ist es nicht«, schränkte sie ein. »Ich hatte noch keine Gelegenheit, meinen *guten Ruf* zu ruinieren.« Sie dachte an Julien und schmeckte Salz auf den Lippen.

Laurent nickte. »Was bedeutet *uncool*?«

»Das ist Englisch ... na, wenigstens zur Hälfte. Es bedeutet ... langweilig, uninteressant, nicht *in-sein*, so was eben.«

»*In-sein* ... seltsame Worte habt ihr. Ist das auch Englisch?«

»Ja, sprichst du kein Englisch?«

»Doch ... ganz passabel, dachte ich. Ich spreche auch leidlich Spanisch, ein wenig Griechisch, Latein und Deutsch. Jedenfalls hat sich Monsieur Colbert alle Mühe gegeben, mir das alles beizubringen.«

Vicky setzte sich auf und schlang die Arme um ihre angewinkelten Knie. »Warum bin ich hier? Und wie ...?«

»Ich weiß es nicht.«

»Aber, es widerspricht allen ... Gesetzen der Physik, Chemie, Biologie, Naturwissenschaften ... such dir was aus.« Vickys Stimme kippte und sie schwieg.

»Ich weiß ...« Laurent zögerte, dann nahm er ihre Hand in die seine. »Ich habe vorhin nicht übertrieben. Mir ist es auch schon passiert ... mehr als einmal.«

»Und du bist jedes Mal wieder zurückgekehrt ... in deine eigene Zeit, meine ich?«

»Jedes Mal ... auch wenn ich dir nicht sagen kann, wie. Es ist einfach ... passiert.« Er drückte ihre Hand. »Wir werden sicher eine Möglichkeit finden.«

Vicky atmete langsam aus – alles in ihr fühlte sich leer an. »Versteh mich nicht falsch. Aber, ich will ... ich kann ... einfach nicht bleiben.«

»Hm ...«

Eine Weile schwiegen sie und jeder hing seinen Gedanken nach.

»Ich glaube, ich habe es damals schon gewusst«, fing Vicky an. »Als du vor vier Jahren …«, sie stockte, als ihr klar wurde, dass sie von einer Zeit sprach, die fast zweihundert Jahre in der Zukunft lag und das ganze Ausmaß ihrer Verlorenheit überwältigte sie. Keiner, den sie liebte und kannte, lebte bereits in der Zeit, in der sie sich jetzt befand. Es gab weder ihre Mutter noch ihren Vater noch ihre süßen Geschwister, selbst Hans-Peter existierte noch nicht. Und auch nicht Julien. Sie versuchte, sich sein Gesicht mit den kohleschwarzen Augen und den in die Stirn hängenden Haarsträhnen vorzustellen.

»Wie hast du das ausgehalten?«, flüsterte sie.

»Was?«

»Dass alle weg sind?«

Laurent erstarrte einen Moment, dann lächelte er leicht. »Ich habe versucht, nicht so sehr darüber nachzudenken. Und dann habe ich ja euch getroffen … dich und Julien.«

Vicky musterte ihn forschend und wünschte sich, das Grauen, das sie empfand, ebenso leicht wieder an die Ränder ihres Bewusstseins schieben zu können. Sie schniefte ein paar Mal hintereinander. »Hast du vielleicht ein Papiertaschentuch?«

Laurent stutzte. »So, so … bei euch sind die also aus Papier?« Er kramte in seiner Rocktasche und förderte ein reichlich mit Spitze verziertes Stofftaschentuch zutage.

Vicky betrachtete es ehrfürchtig. »Das ist viel zu schade.«

Laurent zuckte mit den Schultern. »Du kannst es behalten. Marie-Jeanne fertigt sie für die ganze Familie an. Eine ihrer Lieblingsbeschäftigungen … außer Tric-Trac spielen, versteht sich.«

Vicky zögerte, dann schnäuzte sie sich ausgiebig. »Was soll jetzt werden?«

»Nun, wir werden herausfinden müssen, wie und weshalb es passiert.« Laurents Worte sollten wohl zuversichtlich klingen, aber Vicky hörte die Unsicherheit in seiner Stimme.

Sie unterdrückte ein Gähnen. »Ich fürchte, ich kann nicht mehr logisch denken. Ich bin total … erledigt.«

»Dann werde ich mich zurückziehen.« Laurent wollte sich erheben.

»Nein.« Vicky legte rasch ihre Hand auf seinen Arm. »Kannst du nicht hierbleiben? Ich kann jetzt nicht ... allein sein.« Sie rückte ein wenig zur Seite, um ihm Platz zu machen.

Laurent zögerte. »Es ist besser, ich hole Joëlle, wenn du Gesellschaft brauchst.«

Vicky biss sich auf die Unterlippe. »Deine Schwester ist sehr nett, Laurent. Aber sie glaubt es nicht ... das mit diesen *Zeitsprüngen*, oder wie man das nennen soll. Komm schon, es ist nichts dabei. Wir machen das Licht aus und du erzählst mir ein wenig über das alles hier, ... deine Zeit.«

Laurent warf ihr einen rätselhaften Blick zu. Schließlich schälte er sich aus seinem Rock, rutschte neben Vicky auf das Bett und lehnte sich mit dem Rücken gegen die Polster. Er hielt ein wenig Abstand und schien mit einem Mal verlegen. »Du brauchst keine Bedenken haben ... ich werde dir nicht zu nahetreten«, murmelte er. »Schließlich bin ich ein Ehrenmann!«

»Ein *Ehrenmann*? Was ...?« Vicky fühlte sich mit einem Mal völlig erschöpft und ohne weitere Umstände kuschelte sie sich neben ihn und war im nächsten Augenblick eingeschlafen.

◇ ◇ ◇

Er wachte davon auf, dass sich sein Arm taub anfühlte, weil jemand darauf lag. Als er die Augen öffnete, war es noch dunkel im Raum. Zuerst wusste er nicht, wo er war, dann fiel ihm auf, dass er nicht in seinem eigenen Bett und nicht in Tante Chloés Himmelbett mit den üppigen Rüschenvorhängen lag.

Ein feiner Blumenduft stieg ihm in die Nase und ihm fiel wieder ein, dass Vicky neben ihm lag. Leise hörte er sie ein- und ausatmen und ein sanfter Lufthauch streifte seinen Arm. Er wandte den Kopf und vergrub seine Nase in ihren Haaren. Der blumige Geruch vermischte sich mit ihrem ganz eigenen Duft. Er atmete tief ein.

Was ihn überwältigte, war die unerwartete Weichheit ihrer Haare. Leicht wie Seide und schwer wie Samt glitten sie von seinen Fingern, als er mit der freien Hand sachte über die Strähnen strich, die sich wie ein Fächer um ihren Kopf ausgebreitet hatten. *Mon Dieu!* Ihm wurde zu warm und er versuchte, Abstand zu gewinnen. Als er seinen Arm bewegen wollte, protestierte sie verschlafen und zog ihn näher an sich heran. Also blieb er, wo er war, und starrte ins Dunkel, während er auf ihren regelmäßigen Atem lauschte.

Die Erinnerung an das Mädchen, das er vor vier Jahren in der zukünftigen Zeit kennengelernt hatte, war ihm immer kostbar gewesen. *Vicky*, wie sie sich nannte, war so anders gewesen als die jungen Damen, die er sonst kannte – was im Grunde genommen, nicht überraschend war, lebte sie doch in der Zukunft. Noch immer konnte er nicht genau benennen, was ihn fasziniert hatte – irgendwann war ihm aufgegangen, dass er sich damals in eine jugendliche Schwärmerei verrannt hatte. Unfassbar, dass sie jetzt neben ihm lag – in seiner eigenen Zeit. Er hatte nie damit gerechnet, sie wiederzusehen.

Inzwischen war er nicht mehr so schüchtern und unerfahren im Umgang mit jungen Damen. Ganz von allein kehrten seine Gedanken zu seinem letzten Besuch bei Louise zurück. Er war naiv genug gewesen, sich einzubilden, ihre Beziehung könne so weiterbestehen wie bisher. Sie aber hatte ihn abgewiesen – einfach so. Er vermutete, dass seine veränderten Zukunftsaussichten ihre Entscheidung beeinflusst hatten. Wahrscheinlich würde sie sich Henri zuwenden, wenn er mit Anne de Kerjacques verlobt war. Fast hätte er gelacht, bei dem Gedanken, dass er im Gegenzug Henris frühere Geliebte Alise ehelichen sollte.

Vicky drehte sich zur Seite und in der schattigen Dunkelheit konnte er ihre gleichmäßigen Atemzüge hören und war sich ihrer körperlichen Nähe so deutlich bewusst, dass er zur Seite rückte, um sich an das Versprechen halten zu können, das er ihr gegeben hatte.

◇ ◇ ◇

Eine ihrer Haarsträhnen kitzelte ihn an der Nase. Im Schlaf hatte sie sich an ihn gekuschelt. Im ersten Licht des Tages konnte er den sanften Schwung ihres Nackens ausmachen. Er fühlte sich seltsam losgelöst und die drängenden Fragen seines Lebens schienen weit weg. Mit einem Menschen neben sich, der nicht einmal in sein eigenes Jahrhundert gehörte, war es nicht weiter verwunderlich, am Rande der Realität zu balancieren. Noch verspürte er wenig Neigung, sich dieser bereits wieder zu stellen mit ihren Fragen nach dem *Warum* und *Wieso* und vor allem dem *Wie geht es weiter?*

Er dachte über das Phänomen der Zeit nach und warum es gerade ihm, und jetzt auch ihr, passiert war – einfach so zwei Jahrhunderte zu überspringen? Ob es etwas zu bedeuten hatte, dass es jedes Mal genau dieser Zeitraum war?

Als sich zwischen den Vorhängen die ersten Sonnenstrahlen ins Zimmer stahlen, räkelte sich Vicky und öffnete die Augen. Verlegen rückte sie etwas von ihm ab, als sie realisierte, dass sie in seinen Armen lag.

»Danke!«

»Wofür?«

»Dass du geblieben bist.«

»Schon gut.«

»Du bist echt nett.«

Laurent lehnte sich zurück und fühlte sich unerklärlicherweise ernüchtert. Sie hatte vertrauensvoll seine Nähe gesucht, während er sich in schwärmerischen Erinnerungen und beginnendem Verlangen verloren hatte. Er hatte keine Ahnung, wie er ihre Unbefangenheit einschätzen sollte. War das so in ihrer Zeit? Gingen Frauen und Männer so vertraut miteinander um?

Vicky musterte ihn und streckte die Hand aus, als ob sie ihm über die stoppelige Wange streichen wollte.

Er zögerte einen Moment, dann hielt er ihre Hand fest und küsste sie forsch auf die Fingerspitzen – genoss noch einen kurzen Augenblick lang den Duft und die Weichheit ihrer Haut. Dann zwickte er sie mit Absicht in die Seite, wo er vermutete, dass sie kitzelig war.

»Na, warte!« Vicky warf sich quietschend herum und zog ihn an den Haaren, bis er sie losließ. Er revanchierte sich und drehte ihr das Ohrläppchen um, bis sie ihm gegen das Schienbein trat.

Schließlich hielt Laurent ihre beiden Handgelenke fest und beugte sich über sie.

»Hast du gestern nicht irgendetwas davon gesagt, du würdest mir nicht zu nahetreten«, erinnerte ihn Vicky.

»Das ist richtig«, meinte Laurent und widerstand dem plötzlichen Impuls, sie zu küssen. »Ich hatte es nur klarstellen wollen, da du mich so vertrauensselig in dein Bett eingeladen hast.«

»Vertrauensselig?« Vicky rangelte, bis sie sich befreit hatte. »Da war doch nichts dabei!«

Laurent drehte sich auf den Rücken und sah ihr in die Augen. »Na ja ... vielleicht bin ich doch kein *Ehrenmann?*« *Mon Dieu!* Was tat er da? Kokettierte er mit Vicky?

Einen Augenblick lang erwiderte sie seinen Blick ernst und nachdenklich und er sah, wie sich ihre Augen verdunkelten. Dann lächelte sie und stupste mit ihrem Finger an seinen Hals.

»Dreh den Kopf zur Seite«, forderte sie ihn sanft auf. Dann legte sie ihre Lippen auf die empfindlichste Stelle seines Halses und saugte sich daran fest.

»He, was soll das?« Laurent befreite sich und befühlte die Stelle mit den Fingern. Sie war feucht und er wischte darüber.

»Lass mal sehen.« Vicky packte seinen Kopf und drehte ihn so, dass sie sich seinen Hals ansehen konnte. »Wunderbar!« Sie lächelte zufrieden, »der ist richtig gut geworden.«

»Was?«

»Ein Knutschfleck.«

Laurent knurrte etwas Unverständliches. Auf was hatte er sich da eingelassen?

In diesem Augenblick wurde die Tür aufgerissen und Joëlle schob sich herein. Als sie die zerwühlten Decken auf dem Bett und ihren Bruder mit Vicky entdeckte, schüttelte sie den Kopf.

»Ihr könntet etwas diskreter sein, meinst du nicht, Laurent?« Sie schloss die Tür hinter sich. »Was, wenn jetzt Hippolythe, oder Gott verhüte, *Maman*, hereingekommen wären?«

Laurent runzelte die Stirn. »*Maman* ist um diese Zeit noch nicht präsentabel und verlässt ihre Räume erst später.«

»Du irrst dich, Bruder, ich habe sie vorhin gesehen, denn sie erwartet den Besuch eines Arztes, den sie für François' Betreuung einstellen will.« Joëlle fing an, die Vorhänge aufzuziehen. »Genauer gesagt, hat sie dich gesucht und in deinem Zimmer nachgesehen, wo du bist. Sie hat mir aufgetragen, dich ausfindig zu machen. Sie wünscht, dich zu sprechen.«

Laurent warf Vicky einen Blick zu. »Bedauere, Victoire, ich muss jetzt ... ich komme später wieder. Joëlle wird sich um dich kümmern.« Er wandte sich zur Tür, wurde aber von der aufmerksamen Joëlle aufgehalten, die nachdenklich seinen Hals begutachtete, indem sie ihn am Kinn festhielt.

»Du solltest dir noch ein Halstuch umbinden, Bruder.«

◇ ◇ ◇

Unter Joëlles fachkundiger Anleitung wurde Vicky wieder in einen jungen Mann verwandelt. Vicky achtete kaum darauf, welche Kleidungsstücke Joëlle ihr reichte.

Seit Laurent gegangen war, hatte eine eigenartige Unruhe von Vicky Besitz ergriffen und sie konnte kaum stillhalten, bis Joëlle mit ihren Bemühungen fertig war.

Was hatte sie sich dabei gedacht, Laurent einen Knutschfleck zu verpassen – wie einem ganz normalen Jungen ihres Alters? Sie machten das unter Freunden andauernd zu Hause – *zu Hause* in Deutschland, verbesserte sie sich. Sofort schob sich Juliens Gesicht in ihre Gedanken – ihn auf diese Weise zu küssen ... unwillkürlich öffneten sich ihre Lippen und im nächsten Moment schmeckte sie Mehl.

»Mach besser den Mund zu ... und halte das mal fest.« Joëlle hielt ein Kännchen mit einer Pumpvorrichtung in der Hand und drückte ihr eine Art Papiertüte vor das Gesicht. Vicky hörte sanfte Pfeiftöne, während Joëlle um sie herumging, um offenbar ihre Haare zu pudern. Die Luft reicherte sich mit Mehlstaub an.

Mit der Tüte vor dem Gesicht horchte Vicky in sich hinein. Entschieden verbannte sie jeden Gedanken an Julien. Was sollte das auch bringen, solange sie *hier* festsaß. Ihr Brustkorb wurde fest und steif bei der Vorstellung, *wo* sie war und ganz von allein kehrten ihre Gedanken zu Laurent zurück. Es war so leicht, mit ihm zusammen zu sein. Irgendwie lockerte sich in seiner Gegenwart dieser Druck auf ihrer Brust – vielleicht, weil er genau wusste, wie es sich anfühlte, aus seiner Zeit geworfen zu werden. Da war noch etwas. Vicky versuchte, diesem *Etwas* nachzuspüren und plötzlich wurde ihr klar, dass sie sich sicher fühlte – sicher vor der Unsicherheit des Verliebtseins. Bei Julien war sie ständig auf der Hut vor ihren eigenen Gefühlen. Vicky stieß die Luft aus, die sie unwillkürlich angehalten hatte. So unerklärlich es war – mit Laurent fiel es ihr leicht, loszulassen.

Verrückt – vollkommen irre. Sie kannte ihn eigentlich nicht. Sie dachte an den seltsamen Jungen, den sie vor vier Jahren getroffen hatte und der sich dennoch wie ein alter Freund anfühlte. Vielleicht hatte sie deshalb diese Balgerei heute Morgen so genossen? Es war das Natürlichste der Welt gewesen – so unbeschwert hatte sie sich lange nicht mehr gefühlt.

Joëlle nahm ihr die Papiertüte vom Gesicht und erwiderte ihr breites Grinsen. »So, das hätten wir schon mal.« Sie trat einen Schritt zurück und betrachtete ihr Werk. »Schau in den Spiegel!«

Die Veränderung war unglaublich. Das war nicht mehr Vicky, die sich im Spiegel sah. Es war auch nicht Vicky, die sich mit einem *Mozart-Kostüm* verkleidet hatte. Aus dem altersfleckigen Spiegel blickte ihr ein junger hübscher Mann entgegen, der ihr völlig fremd war. Zu beigen Kniehosen und einer lindgrünen Jacke, die Joëlle als *Justaucorps* bezeichnete, trug sie eine aufwendig bestickte Weste. Dazu weiße Strümpfe, die unter der Hose bis über das Knie gingen. Am seltsamsten aber waren ihre grauweißen Haare – das vertraute Rotblond verborgen unter einer feinen Puderschicht.

»Wunderbar.« Joëlle klatschte in die Hände. »Jetzt ist alles perfekt, keiner wird etwas merken, wenn du aufpasst, was du sagst. Am besten, wir vermeiden es, *Maman* oder Alexandre über den Weg zu laufen.«

»Ich sehe aus, wie meine eigene Oma.« Vicky hob die Hand und berührte vorsichtig ihre Haare – weißer Staub rieselte herab.

Joëlle zuckte mit den Schultern und wies auf eine weißhaarige Perücke mit Nackenzopf und strammen Seitenlocken »Du hättest auch diese hier aufsetzen können. Ein feiner Herr trägt das, das weißt du doch ... oder etwa nicht?« Sie zögerte, »da fällt mir ein, ... woher kommst du nun tatsächlich?«

Vicky ließ sich Zeit mit der Antwort. »Ich glaube, das ist ... zu umständlich zu erklären.«

»Aber woher kennt ihr euch?« Joëlle ließ nicht locker.

»Sagen wir mal so ... wir haben eine alte Bekanntschaft aufgefrischt.«

Joëlle nahm eine Kleiderbürste und wischte den weißen Staub von Vickys Schultern.

»Warum machst du das?«

»Was?«

»Warum hilfst du mir?«

Joëlle lächelte sie an. »Ich will nicht, dass mein Bruder in Schwierigkeiten kommt.«

Vicky zögerte, weil sie merkte, dass dies nicht die ganze Wahrheit war. »Aber, du weißt nichts über mich.«

»Es genügt, dass Laurent dich kennt. Ehrlich gesagt, hätte ich mir eigentlich denken können, dass er eine geheime Liebschaft hat. Ich komme einfach nicht darüber hinweg, dass ich es nicht bemerkt habe.«

»Ich dachte Laurent ist ein *Ehrenmann*?«, wiederholte Vicky bissig Laurents Worte.

Joëlle winkte ab. »Lass mich in Ruhe mit diesen *Ehrenmännern*. Allesamt Langweiler der schlimmsten Sorte. Ich bin sehr beruhigt, dass Laurent nicht in diese Kategorie fällt.«

»Du findest es nicht ... *unschicklich*?« Vicky musste an Laurents Worte denken.

»Pah, man darf sich nur nicht erwischen lassen.« Joëlle grinste. »Ich wünschte, ich würde auch einen Mann kennenlernen, der nicht so viel auf *Schicklichkeit* hält.«

An der Tür klopfte es. Joëlle öffnete und nahm einem Zimmermädchen ein Tablett ab. »Ich habe uns etwas zum Essen bringen lassen. Besser, wir bleiben ein wenig unter uns. Ich habe nämlich einen Plan und da könntest du mir helfen.«

◇ ◇ ◇

Eine halbe Stunde später war Vicky umfassend informiert über den kürzlich erfolgten Besuch des Marquis de Lafayette, Joëlles Bruder Henri und dessen amerikanisches Abenteuer, die Zerschlagung von Laurents Plänen für die Zukunft und der Chance, die sich für ihn ergab, wenn es ihm gelang, der Bitte seines Bruders zu entsprechen.

»Und deshalb«, schloss Joëlle und schob sich ein Stück Gebäck in den Mund, »ist es wichtig, dass er bald diese Papiere findet.«

»Welche Papiere?« Vicky leckte sich die Lippen. Die heiße Schokolade, die sie im 18. Jahrhundert servierten, war kein Vergleich zu der wässrigen Plörre, die man in ihrer Zeit trank.

»Als der Marquis und Henri hier waren«, fing Joëlle an und senkte die Stimme, »da haben sie ein Dokument verfasst …«, sie machte eine Pause, um die Spannung zu steigern, »dort wird die Gleichheit aller Menschen festgeschrieben! Denk dir nur … wie es Thomas Jefferson für die Vereinigten Staaten von Amerika gemacht hat.«

Vicky, die ihre Tasse zum Mund geführt hatte, hielt inne. »Eine … *Menschenrechtserklärung*?«

Joëlles Augen strahlten. »Ganz richtig! Ich habe die Papiere natürlich nicht gesehen und ich weiß nicht, ob der Marquis auch meine Anregung zur Stellung der Frauen aufgenommen hat«, überlegte Joëlle mit vollem Mund. »Jedenfalls ist dem Marquis und Henri ihr Exemplar auf der Reise nach Paris … abhandengekommen und sie haben Laurent beauftragt, die Notizen, die sie sich gemacht haben, nach Paris zu bringen, damit sie das Dokument rekonstruieren können.«

Das glaube ich jetzt nicht, dachte Vicky und setzte die Tasse ab. Sie musterte das Mädchen ihr gegenüber und wünschte sich, sie könnte ihr erzählen, dass zweihundert Jahre später noch immer oder schon wieder nach diesen Papierseiten gesucht werden würde. *Schlechte Karten für dich, Laurent.*

»Jetzt hat es dir die Sprache verschlagen.« Joëlle lächelte zufrieden.

»Hast du diese Notizen, die ihr sucht, irgendjemand gegenüber ... erwähnt?«

»Nein, hier weiß niemand davon.« Joëlle schüttelte den Kopf.

»Ach so, ... ja, das habe ich ganz vergessen. Ich habe einer Dame meiner Bekanntschaft, der diese Dinge auch am Herzen liegen, davon geschrieben.«

»Olympe de Gouges«, platzte Vicky heraus.

»Woher weißt du das?«

»Äh«, Vicky dachte an das Buch der pudelköpfigen Dame mit den feministischen Ansichten. »Laurent hat es gestern erwähnt, dass du mit ihr ... korrespondierst.«

»Richtig« meinte Joëlle mit sichtlichem Stolz. »Ich bin so froh, dass sie mich ernst nimmt und nicht für eine verzogene aristokratische Gans hält.«

»Und nun soll Laurent diese Papiere finden und nach Paris bringen?«

»Ganz recht. Wir haben einen Hinweis, dass sie sich in einem Band der Enzyklopädie der Herren Diderot und d'Alembert befinden müssen. Leider ist gerade *dieses* Buch verliehen.«

»Halt, warte mal.« Vicky zögerte einen Augenblick und dachte nach. »Wirst du es deiner Freundin schreiben, wenn ihr die Papiere findet?«

»Ich ... denke schon«, meinte Joëlle irritiert. »Sie hat mich gebeten, sie den Fortgang der Ereignisse wissenzulassen. Warum fragst du?«

Vicky antwortete nicht. Sie versuchte, sich das Buch mit der Korrespondenz von Olympe de Gouges in Erinnerung zu rufen. Sie hatte ein wenig darin herum geschmökert. Den Briefwechsel mit Joëlle hatte sie vollständig gelesen und war sich sicher, dass in keinem Brief über den Fund der Papiere berichtet wurde. Das hieß doch, dass Laurent sie nicht finden würde? Soweit sie wusste, hatte das fertige Dokument später auch ohne diesen Fund seinen Weg in die Öffentlichkeit und die Geschichte gemacht.

»Dein Bruder Henri und dieser Marquis müssen sich doch erinnern, was sie geschrieben haben. Weshalb ...«

»Weil es für Laurent eine Gelegenheit ist, dem Marquis einen Dienst zu erweisen. Der Marquis ist ein sehr einflussreicher Mann und vielleicht findet sich eine Position für Laurent. Er hat es mir nicht gesagt, aber ich weiß, wie sehr es ihn kränkt, den Verwalter für Henri machen zu müssen, während er zuvor den Titel, die Baronie und die Hand der zugegebenermaßen langweiligen Anne de Kerjacques erwarten konnte.«

Vicky ließ Joëlle reden, während sie ihren eigenen Gedanken nachhing. Sie würde mit Laurent sprechen und ihm von der Suche nach den Papieren im 20. Jahrhundert berichten müssen. Vielleicht gab es noch eine andere Möglichkeit, sich bei diesem Marquis einzuschmeicheln.

»... deshalb werden wir beide heute Nachmittag diesem Cassel einen Besuch abstatten«, schloss Joëlle ihre Ausführungen. »Du kannst mich begleiten, so ist der Anstand gewahrt, denn Laurent kann ich nicht mitnehmen, der hat es sich gestern mit dem Maître verscherzt.«

»Und was willst du diesem Wichtigtuer als Grund für deinen Besuch angeben?« Laurent war unbemerkt zurückgekommen und hatte die letzten Worte seiner Schwester mitbekommen.

»Das habe ich mir schon überlegt«, meinte Joëlle aufgekratzt. »Du erinnerst dich doch noch an diesen grässlichen Menschen, diesen Saint Just, der letzten Monat zu Besuch war.«

Laurent nickte. »Antoine de Saint Just aus ...«

»Genau, dieser. Er ist mir nicht von der Seite gewichen und war drauf und dran, mir einen Antrag zu machen, als Onkel Bertin sich endlich einmal als nützlich erwiesen und uns gestört hat. Ich werde mich also bei Monsieur Cassel erkundigen, worauf ich bei einem Ehevertrag im Fall einer Eheschließung achten muss.«

Laurent runzelte die Stirn. »Aber es ist nicht die Angelegenheit der Braut, sich um diese Dinge zu kümmern. Ich bin sicher, Alexandre hat an diese Details schon längst gedacht«, fügte er bissig hinzu.

»Egal«, Joëlle lachte. »Es sieht mir doch ähnlich, mich da selbst einzumischen, oder nicht?«

»Allerdings.« Laurent grinste. »Aber warum soll Victoire dich begleiten?«

»Erstens brauche ich als Dame *männliche* Begleitung«, führte Joëlle ungeduldig aus, »und dann werde ich im passenden Moment ohnmächtig werden und während sich Cassel um mich kümmert, kann Victoire in den Räumen dieses Lagarde nach dem 15. Band suchen.«

◇ ◇ ◇

Sie hatten einen Wagen nehmen müssen, den Joëlle mit beträchtlichem Geschick lenkte. Vicky hatte es abgelehnt, zu reiten. Sie hatte es nie gelernt und Laurent daran erinnert, dass sie unter einer Pferdehaarallergie litt. Weder er noch Joëlle hatten sich darunter etwas vorstellen können und Vicky hatte ihre Vermutung, sie habe in Wahrheit Angst vor Pferden, der Einfachheit halber nicht korrigiert. Laurent hatte Joëlles Plan anfangs rundheraus abgelehnt und auch Vicky war sich nicht sicher, ob sie sich darauf einlassen sollte.

Ganz plötzlich hatte Laurent seine Meinung geändert, als ob ihm ein Gedanke gekommen wäre. Er hatte angedeutet, dass Vicky in Cassels Anwesen von großem Nutzen sein könnte. Er hatte sich nicht weiter äußern wollen und beschlossen, Vicky und seine Schwester bis zum Haus des Anwalts zu Pferd zu begleiten und zu warten, wie ihre Mission verlaufen würde.

Entgegen ihren Erwartungen hatte Vicky die Fahrt in der offenen Kutsche genossen, auch wenn ihr in der Julisonne nach einer Weile viel zu warm wurde. Sie wollte sich die enge Jacke ausziehen, als Laurent, der neben ihnen ritt, leise zischte und den Kopf schüttelte.

Er beugte sich zu ihr hinunter und flüsterte: »Ein Herr zieht den Rock in der Öffentlichkeit niemals aus.«

Vicky runzelte die Brauen. »Mir ist total heiß!«

Laurent zuckte mit den Schultern und meinte beiläufig: »Wir werden gleich am Haus von Maître Cassel ankommen. Du wirst feststellen, dass es dir nicht unbekannt ist.« Er warf ihr einen rätselhaften Blick zu und trieb sein Pferd an, um in der engen Kurve nach vorne zu reiten und nachdem auch der Wagen die Engstelle gemeistert hatte, sah Vicky das Haus.

Zuerst fiel ihr auf, dass die Farbe an den Holzverkleidungen neu und gepflegt wirkte. Der Garten sah anders aus – wie ein kleiner Park mit einem Rosenspalier und gestutzten Hecken. Der Garagenschuppen fehlte natürlich.

»Hast du das gewusst?«

Laurent nickte. »Du hast mich einmal mitgenommen, weißt du noch?«

Vicky erinnerte sich an Laurents Überraschung, als damals das Telefon geklingelt hatte und lächelte.

Joëlle hatte inzwischen die Kutsche abgestellt und ließ sich von Laurent beim Aussteigen helfen. Laurent reichte Vicky die Hand. »Du kennst das Haus von innen.« Er wies mit den Augen in Richtung der Mansardenfenster. »Ich nehme an, dass der junge Lagarde irgendwo unter dem Dach einquartiert ist.«

Vicky musterte die Reihe der Dachfenster. Zweihundert Jahre später würde sich ihr eigenes Zimmer dort befinden.

»Was ist denn jetzt noch?« Joëlle hatte ein zerbrechlich aussehendes Schirmchen gegen die Sonne aufgespannt und wirkte etwas nervös. »Komm schon, *Victor!*«

Laurent beugte sich rasch zu Vicky und tat, als prüfe er den Sitz ihres Hutes. Verstohlen berührte er eine Haarsträhne, die sich gelockert hatte. »Sei, vorsichtig, hörst du.«

Vicky nickte und hob die Hände, um Laurents Halsbinde zu ordnen, die den tiefroten Fleck an seinem Hals verdecken sollte.

Laurent trat einen Schritt zurück und holte einen Schmuckdegen aus dem Wagen, den er ihr um die Hüfte gürtete. »Du musst anders laufen als Mann«, meinte er, ohne sie anzusehen.

Vicky sah skeptisch an sich hinunter. »Ich bezweifle, dass ich damit überhaupt laufen kann. Wahrscheinlich stolpere ich schon vor der Eingangstüre über die Stufen.« Probeweise stolzierte sie ein paarmal hin und her.

Laurent verbiss sich das Lachen. »Du siehst aus, wie ein Gockel! Nicht so übertrieben.«

»Was ist jetzt?« Joëlle wurde ungeduldig.

Vicky schob den Degen weiter zur Seite, drückte die Hüfte nach vorne und drehte die Füße nach außen beim Gehen. »Gut so?«

Laurent nickte und trat zu dem Gespann vor der Kutsche. »Ich werde die Pferde inzwischen bewegen.«

Joëlle legte ihre Hand leicht auf Vicky Rockärmel und zeigte ihr, wie sie neben ihr gehen musste, damit nicht auffiel, dass nicht der Herr die Dame führte, sondern umgekehrt. Vicky kam sich vor, wie in einem schlechten Film und der Verdacht beschlich sie, dass Joëlle an dieser Maskerade einen Heidenspaß hatte.

An der Eingangstür hing der gruselige und doch vertraute Minervakopf und nach einem Nicken Joëlles, hob Vicky ihn an und ließ ihn gegen die Tür fallen. Der helle Ton verhallte im Hausinneren und Vicky schluckte gegen die plötzliche Enge in ihrem Hals.

Lange passierte nichts und Vicky streckte die Hand aus, um den Türklopfer ein weiteres Mal zu bedienen, als ein Bediensteter mit einer schlechtsitzenden Perücke und einem missmutigen Zug um den Mund öffnete.

»Ja?«

»Joëlle Maynard de Plourhan.« Joëlle klappte ihren Schirm zu. »Ich wünsche, Maître Cassel in einer juristischen Angelegenheit zu sprechen.«

»Er ist beschäftigt.«

»Nun, dann werden wir warten.« Joëlle klemmte sich den Schirm unter den Arm und schob sich an dem Mann vorbei. Vicky sah zu, dass sie hinterherkam.

Der überrumpelte Diener kniff den Mund noch schräger zusammen und öffnete widerstrebend eine Tür zu seiner Linken. »Es wird allerdings noch dauern, bis der Maître Zeit hat. Er hat einen wichtigen Besucher«, setzte er boshaft hinzu und verschwand.

Es war Elaines Arbeitszimmer, stellte Vicky fest. Maître Cassel schien es eher als eine Art Archiv zu nutzen, denn an den Wänden stapelten sich in deckenhohen Regalen mit Paketgarn verschnürte Akten. Es roch staubig nach Papier und Tinte. Joëlle sah sich nach einer Sitzgelegenheit um und sank vorsichtig auf ein Sofa, dessen Bezug mottenzerfressen wirkte. Vicky blieb unschlüssig im Raum stehen.

»Wunderbar.« Joëlle klopfte leicht auf das Polster und eine kleine Staubwolke stieg auf. »Das hätte gar nicht besser kommen können.«

Die zweiflügliche Tür zum Nebenzimmer – dem späteren Esszimmer von Vickys Familie – war zugezogen. Durch die geriffelten Glaseinfassungen konnte man die Silhouetten zweier Männer erkennen, die dort in ein Gespräch vertieft waren.

»Wälcherr Sufaal, einen Kollägen su träffen, derr so vorsüglich ausgestaatet ist ...« Die Stimme mit dem ausgeprägten italienischen Akzent war ohne Probleme zu verstehen.

Joëlle setzte sich kerzengerade hin und lauschte. »Das darf doch nicht ...«

»... helfe ich Ihnen gerne aus. Sie können meine Bibliothek jederzeit ...«, kam es wahrscheinlich von Maître Cassel. Sie sahen seinen Schatten umherhuschen und seinem Gast ein Buch reichen.

»Sährrr schöön ...«

»Verflixt noch mal, was will dieser Idiot hier?« Joëlle hielt einen Finger vor den Mund, als Vicky etwas fragen wollte. »Das ist Signore Sciàbolo, ein Gast meines Bruders Alexandre und der schlimmste ...« Sie hielt inne, um weiter zu lauschen, aber man hörte nur einsilbige Kommentare, die sich wohl auf das Buch, das der Italiener betrachtete, bezogen.

»Nun ...« Joëlle nickte Vicky zu. »Ich denke, du kannst dich auf die Suche machen. Wenn dich jemand sieht, dann sagst du, ich hätte einen Schwächeanfall erlitten und du wolltest nach einem Glas Wasser fragen.«

◇ ◇ ◇

Vicky war nicht wohl bei der Sache. Während sie die blankgescheuerten Stufen hinaufschlich, überkam sie wieder das unwirkliche Gefühl, in einem Film eine Rolle zu spielen. Als ob alles nicht real wäre und doch waren die Folgen, würde man sie beim Schnüffeln erwischen, sicherlich ebenso unangenehm, wie zweihundert Jahre später. Dennoch spürte sie eine gewisse Distanz zu ihrem Handeln, als ob es nicht sie selbst war, die den vertrauten Weg nach oben in die Mansardenzimmer nahm.

Es war später Nachmittag und in den oberen Stockwerken schien sich niemand aufzuhalten. Nachdem die Stimmen des Anwalts und seines Besuchers verklungen waren, kam ihr das Haus still und von einer hochsommerlichen Trägheit erfüllt vor. Leise öffnete Vicky einige Türen im Obergeschoss. Elaines und Hans-Peters Schlafzimmer beherbergte das Bett des Anwalts. Das spätere Badezimmer war eine Wäschekammer, bis unter die Decke angefüllt mit Leinentüchern und dem staubigen Geruch nach Stärke. Im Zimmer ihrer Geschwister war ein Salon eingerichtet mit unbequem aussehenden Sitzmöbeln und einem Kartentisch. Lagardes Zimmer musste sich tatsächlich in ihrem Dachzimmer befinden.

Sie wusste, dass um diese Zeit des Tages der Raum unter dem Dach von goldenem Sommerlicht durchflutet war. Vor der Tür zögerte sie und musterte die Holzmaserung. Die Türen mussten irgendwann ausgetauscht worden sein. Vorsichtig drückte sie die Klinke hinunter und betrat den Raum.

Das Sonnenlicht blendete sie und es dauerte eine Weile, bis sie die Konturen eines kargen Schlafzimmers erkennen konnte. Vicky verharrte einen Augenblick und betrachtete den Raum. Grundfläche und Fenster waren dieselben geblieben und auch der Holzfußboden. Darüber hinaus erinnerte nichts an ihr späteres Reich. Das Bett wirkte einfach und schmucklos, dazu eine wuchtige Holzkommode, ein dünnbeiniger Tisch und einige Wandborde, auf denen Bücher in Reih und Glied standen. Monsieur Lagarde hatte seine Bleibe ordentlich und fast ohne Spuren seiner Anwesenheit zurückgelassen. Dennoch war da ein Gefühl, nicht allein zu sein. War Lagarde etwa vorzeitig zurückgekehrt? Vickys angespannte Nerven flimmerten und Adrenalin pumpte durch ihren Körper. Sie sah sich um. Sowohl die schmale Treppe als auch das Zimmer waren leer. Der Eindruck, es sei jemand anwesend, jedoch blieb.

Vicky wartete, bis ihr Herzschlag sich wieder normalisiert hatte, und betrat das Zimmer. Ohne bewusste Entscheidung vermied sie es, auf die knarzende Diele zu treten. Sie sah die wenigen Bücher auf dem Regal durch. Es waren ausnahmslos juristische Abhandlungen – zum Teil auf Latein und keines hatte das Format des Bandes, dessen andere Ausgaben ihr Laurent vorher noch in der Schlossbibliothek gezeigt hatte.

Widerstrebend wandte sich Vicky der Kommode zu und öffnete eine Schublade nach der anderen. Obwohl sie lediglich handgestrickte Strümpfe und ein einzelnes Leinenhemd enthielten, verstärkte sich das Gefühl, die Privatsphäre des unbekannten Lagarde zu missachten. Wieder meinte Vicky, seine Anwesenheit zu spüren, und sah alarmiert auf. In der Mitte des Raumes tanzte der Staub in einem Sonnenstrahl. Niemand war zu sehen und doch spürte Vicky eine menschliche Präsenz, die ihr die Haare zu Berge stehen ließ. Abrupt drehte sie sich um und stürzte zur Tür.

Auf dem Rückweg klapperte der alberne Degen an jede Treppenstufe, die sie hinunter hastete und Vicky hoffte, das Arbeitszimmer im Erdgeschoss zu erreichen, bevor sie das ganze Haus alarmiert hatte. Kurz bevor sie es geschafft hatte, öffnete sich eine Tür und um ein Haar wäre sie mit den beiden Männern zusammengestoßen, die in den Flur traten. Der eine war ein schmächtiges Männlein mit Johann-Sebastian-Bach-Perücke und betont schlichter Kleidung. Der andere war ebenfalls eher klein gewachsen und um die Mitte herum etwas rund. Seine Bewegungen verrieten eine katzenhafte Eleganz, die durch seine ausgesucht farbenfrohe Jacke noch unterstrichen wurde. Geistesgegenwärtig trat er einen Schritt zur Seite, um einen Zusammenstoß zu vermeiden, und verneigte sich gleichzeitig.

»So eine stüürrmische juunge Maann!«

Vicky war noch bemüht, ihr Gleichgewicht wiederzufinden, und nickte wortlos mit dem Kopf. Der Mann kam ihr bekannt vor.

Der Schmächtige schob sich nach vorne und musterte sie missbilligend. »Darf ich fragen, was Sie hier in meinem Haus suchen, *Monsieur*?«

»Ähm …«

Zu Vicky Glück öffnete sich in diesem Augenblick die Tür zum Arbeitszimmer und Joëlle trat hoheitsvoll auf die beiden Herren zu.

»Verehrter Maître Cassel, ich bin untröstlich …« Sie sank in einen Knicks und schlug kokett die Augen nieder.

Der Anwalt musterte sie stirnrunzelnd und hob ein Aktenbündel, das er unter dem Arm getragen hatte, vor die Brust.

»Mein Begleiter war auf der Suche nach einem Glas Wasser. Mir war nicht wohl und nachdem Ihr Diener uns keine Erfrischungen angeboten hatte …« Joëlle ließ den Satz unvollendet und klimperte mit den Augen. Sie ignorierte den Italiener und schielte fragend zu Vicky.

Vicky schüttelte leicht den Kopf.

»Aberrr, Signorina Joella, *carissima mia*, … so säätzen Sie sich dooch«, der Italiener ergriff Joëlles Arm, um sie zurück in den Salon zu nötigen.

Joëlle wich geschickt aus und trat den Rückzug in Richtung Ausgang an. »Haben Sie Dank für Ihre Fürsorge, Signore Sciàbolo. Mein Begleiter wird dafür sorgen, dass ich unbeschadet zum Schloss zurückkomme. Ich werde mein Anliegen zu einem anderen Zeitpunkt vortragen.« Sie nickte in Richtung des immer noch missmutig dreinschauenden Anwalts.

Sciàbolo ignorierte Vickys Anwesenheit und bestand darauf, Joëlle zu ihrer Kutsche zu begleiten. Da diese nur zwei Sitzplätze hatte, drückte er Vicky schließlich die Zügel seines Reitpferdes in die Hand und ließ sie stehen.

◇ ◇ ◇

Die Suche

Bretagne – Juli 1988

Julien betrachtete den durchsichtigen Plastikbeutel und drehte ihn in alle Richtungen. Dann holte er den Inhalt heraus. Eine schmale Kniebundhose, ein weißes, altmodisch geschnittenes Hemd und der charakteristische Hut. Der grüne Rock mit den Messingknöpfen fehlte. Er war sich sicher, dass dies die Napoleon-Uniform seines Vaters war, die dieser bei seinem letzten Treffen mit seinen Freunden von den *Acteurs historiques* schmerzlich vermisst hatte, weil er sie bei Vicky liegengelassen hatte. Was hatte die Uniform auf dem Gepäckträger eines fremden Fahrrades zu suchen und warum fehlte die Jacke?

Heute Morgen hatte er ernsthaft erwogen, sich umzudrehen und weiterzuschlafen. Der dumpfe Schmerz in seiner Schulter und die empfindliche Kruste auf der Schürfwunde seines Schienbeines hätten als Entschuldigung ausgereicht. Mehr noch verlockte ihn die Möglichkeit, einer Begegnung mit Céline und Chouchou einen weiteren Tag aus dem Weg gehen zu können.

Aus der Küche drang das Klappern von Geschirr nach oben. Seine Mutter bereitete für ihn und seinen Vater das Frühstück vor. Seit er denken konnte, hatte ihn ihre unablässige Sorge um ihre Familie eingehüllt wie ein warmer Mantel. In letzter Zeit wurde ihm das zu viel und er fühlte sich eingeengt durch ihre Mütterlichkeit. Er war nicht mehr ihr kleiner Junge, dem sie die Schuhe binden und das Essen schneiden musste. Die Vorstellung, diesen Tag krankheitsbedingt ihrer Fürsorge ausgeliefert zu sein, trieb ihn aus dem Bett. Er duschte, wobei das lädierte Schienbein höllisch schmerzte, und schlich sich dann an die Arzttasche seines Vaters, um die Schürfwunde zu verpflastern.

Mit dem Hinweis auf seinen verlorenen Fahrradschlüssel ließ er sich von seinem Vater am Schloss absetzen. Schuldbewusst machte er sich zunächst auf die Suche nach Célines Fahrrad. Auch bei Tageslicht betrachtet, gab es nicht viel Hoffnung auf eine Wiederherstellung. Beide Räder waren verbogen, eines der Pedale abgebrochen und das Bremsseil gerissen. Zu allem anderen, was er Céline sagen musste, würde er ihr auch die Zerstörung ihres Rades beichten müssen.

Schließlich hatte er sich zu der dicken Eiche aufgemacht, um auszuprobieren, ob sein rostiger Ersatzschlüssel sein Fahrradschloss überhaupt öffnen würde. Da hatte er das andere Rad gesehen. Ein altmodisches Damenrad, das nachlässig neben seinem eigenen lehnte. Eine fleißige Spinne hatte ein Netz zwischen beiden Rädern gesponnen, was ihn vermuten ließ, dass auch das andere Fahrrad die ganze Nacht über hier gestanden hatte. In der Hoffnung, etwas über den Besitzer des Rades in Erfahrung zu bringen, hatte er sich den Beutel auf dem Gepäckträger näher angesehen.

»Guten Morgen, mein süßer *Gaston Lagaffe*.« Eine warme Hand strich ihm über die Schulter und hauchte einen Kuss auf seinen Nacken, der ein Kribbeln direkt in sein Inneres sandte.

Unwillig schüttelte er die Hand ab und brachte etwas Abstand zwischen sich und Céline. »Warum nennst du mich immer so?«

Céline zuckte mit den Schultern. »Weiß nicht. Du erinnerst mich irgendwie an ihn. Ich mag ›*Gaston Lagaffe*‹.« Sie lächelte unbefangen und drehte sich um. »Du meine Güte! Ist das etwa mein Rad?« Sie bückte sich und versuchte probeweise, eines der verbogenen Räder zu drehen.

»Tut mir leid, aber du hast gesagt, ich könnte es nehmen …«

»Schon, ich dachte aber, es in einem Stück wieder zu bekommen.« Ihre Stimme klang amüsiert und ohne die Spur eines Vorwurfs. »Was ist passiert?«

»Ein Auto hat mich angefahren … hier vorne an der Auffahrt.« Julien ruckte mit dem Kopf in die Richtung und trat mit der Spitze seines Turnschuhs ein Grasbüschel platt.

»Ein Auto?« Céline runzelte die Stirn. »Und was ist mit dir?« Sie heftete ihre Augen auf seinen Körper, als ob sie röntgengleich etwaige Schäden erfassen könnte.

»Hab Glück gehabt.« Julien war ihre intensive Musterung peinlich. »Schürfwunde am Bein und geprellte Schulter ... dein Rad hat's schlimmer erwischt.«

»Und wer war das?«

»Weiß nicht. Ich hab das Auto erst ganz zuletzt gesehen ... hatte kein Licht an. So eine große Limousine.« Julien schüttelte ungläubig den Kopf. »Der Idiot hat nur kurz angehalten und ist dann einfach weitergefahren.«

»Warst du bei der Polizei?« Chouchou hatte sich unbemerkt genähert. Julien registrierte, dass er aus derselben Richtung wie Céline gekommen war.

»Nein ... daran hab ich nicht gedacht.« Julien kam sich blöd vor.

»Eine große Limousine ...«, wiederholte Chouchou und sah an Julien und Céline vorbei. »Ich glaube, vor ein paar Tagen habe ich hier so einen Nobelschlitten gesehen. Ein kleiner feister Typ mit Sonnenhut und dunkler Brille hat sich hier umgesehen.« Chouchou kratzte sich am Hinterkopf, seine blonde Haarmatte wackelte wie eine homogene Masse hin und her. »Ich glaube, der wohnt im *Le vieux Chouan*. Jedenfalls steht dort im Hinterhof so ein edles Teil.«

»Gut« meinte Céline und stand auf. »Ich werde mich mal mit dem feinen Herrn unterhalten. Und jetzt kommt, ihr zwei! Wir sind spät dran. Leroi *sorgt* sich sicher schon.« Sie schlang um jeden der Jungen einen Arm und gab ihnen nacheinander einen Kuss auf die Wange.

Julien und Chouchou wechselten einen kurzen Blick, dann sah jeder in eine andere Richtung.

◇ ◇ ◇

In der Mittagspause standen das Rad und mit ihm der Beutel mit der unvollständigen Uniform immer noch da. Julien hatte die anderen beim Springbrunnen zurückgelassen, um nachzusehen. Es war nicht einmal abgesperrt. Hinter ihm raschelte es im Gras und nach einer Weile hörte Julien ein charakteristisches Plätschern. Er sah sich um. Kaum verborgen von dem Eichenstamm erleichterte sich Pierrot. Als er Julien bemerkte, hob er ungeniert die freie

Hand, beendete sein Geschäft und richtete seine Kleidung ohne Hast. Dann schlenderte er zu Julien. Unterwegs riss er einen der langen Grashalme ab und schob ihn sich zwischen die Zähne. Interessiert betrachtete er das Päckchen auf dem unbekannten Fahrrad.

»Deins?«

»Nein, hab keine Ahnung, wem das gehört. Das Rad jedenfalls muss schon seit gestern hier stehen.«

Pierrot schob den Grashalm in den anderen Mundwinkel und ging vor dem Rad in die Hocke. Prüfend fuhren seine schwieligen Finger über den Rahmen. »Das gehört den Leuten vom alten Advokatenhaus. Sind Deutsche, die hier Urlaub machen.«

»Woher willst du das wissen?«

»Na, weil sie aus Deutschland sind ... die bleiben nur den Sommer über.«

»Nein, ich meine, dass ihnen das Rad gehört?«

»Mein Onkel hat eine kleine Fahrradwerkstatt, in der ich manchmal aushelfe. Vor zwei Wochen hat so ein durchtrainierter Typ das Rad zur Reparatur abgegeben.« Pierrot lachte kurz auf. »Hab ihn kaum verstanden ... sprach ein barbarisches Französisch.« Er stemmte sich wieder hoch und wies auf Célines verbogenes Rad. »Das hier taugt nur noch zum Ausschlachten ... bring es meinem Onkel. Vielleicht gibt er dir noch ein paar Francs dafür.« Er wippte zum Gruß mit dem Grashalm auf und ab, vergrub die Hände in den Taschen seiner Jeans und stiefelte davon.

Julien sah ihm nach und fixierte dann das Rad, von dem Pierrot behauptete, es gehöre einer deutschen Familie. Auch er hatte schon Bekanntschaft mit dem schauderhaften Französisch von Vickys Stiefvater gemacht. Er, Vickys Mutter oder Vicky selbst war vermutlich hierhergefahren, hatte das Rad abgestellt und war nicht wieder zurückgekommen.

Den restlichen Nachmittag war Julien kaum mehr bei der Sache. Die Bepflanzungsarbeiten waren inzwischen fast abgeschlossen und Lerois grimmige Ankündigung, aus nichts weniger als einem Acker, innerhalb von vier Wochen einen historischen

Schlosspark zu gestalten, hatte sich zu ihrer aller Überraschung erfüllt. Während im Schloss ein Kommen und Gehen verschiedener Möbelspeditionen und Innenausbauspezialisten zu beobachten war, wurden im Park die knöchelhohen Einfassungen der Beete aus Buchsbaum auf den Millimeter genau in Form geschnitten, die Kieswege geharkt und pseudoantike Statuen aufgestellt.

Céline und Chouchou berichteten nach der Mittagspause, dass ein Trupp Arbeiter sie von ihrem Stammplatz am Neptunbrunnen vertrieben habe, um die Installation der Wasserdüsen zu überprüfen. Die beiden hatten sich in den Laubengarten verziehen müssen und als sie sich den anderen näherten, bemerkte Julien, dass Chouchou nicht neben Céline ging und es vermied, sie anzusehen. Obwohl Chouchou im Allgemeinen nur schwer aus der Ruhe zu bringen war, kannte Julien ihn inzwischen gut genug, um zu sehen, dass er unglücklich war. Céline hingegen behandelte ihn so freundlich wie immer. Ihren warmen und intensiven Blick aber, hob sie sich für Julien auf.

Es dauerte eine Weile, bis Julien sich dessen bewusstwurde und es bereitete ihm Unbehagen, denn er hatte das Gefühl, etwas sei in Gang gekommen, dessen Dimension er nicht gewollt hatte. Zudem kreisten seine Gedanken um das Rätsel des zurückgelassenen Rades. Seine wenig anspruchsvolle Tätigkeit, den Kies auf den Wegen zum wiederholten Male zu glätten, ließ ihm genügend gedanklichen Freiraum, um sich in immer fantasievolleren Spekulationen zu verlieren. Am Ende war er mehr oder weniger davon überzeugt, dass es Vicky gewesen sein musste, die mit dem Rad gefahren war. Hatte sie die Uniform zu ihm nach Hause bringen wollen? War sie zum Schloss gekommen, weil er nicht zu Hause gewesen war? Aber warum hätte sie die Uniform dann wieder mitnehmen sollen? Ein unerwartetes Gefühl von Panik verursachte ihm plötzlich die Vorstellung, Vicky habe mitbekommen, was gestern in Célines Wohnwagen geschehen war. Ein Schauer prickelte seinen Rücken hinab und sein Kiefer verkrampfte sich.

»Geht's dir gut?« Céline, die sich heute kaum weiter als einen Meter von ihm entfernte, legte ihre Hand auf seinen Arm. »Du siehst aus, als wär dir ein Geist über den Weg gelaufen«, versuchte sie es scherzhaft klingen zu lassen. »Vielleicht ist dir gestern doch mehr passiert. Du sollest besser zum Arzt gehen.«

»Mein Vater ist Arzt.« Julien erwähnte nicht, dass er seinem Vater nichts von dem Unfall erzählt hatte, und trat unauffällig einen Schritt zur Seite, sodass Célines Hand abglitt. »Mir geht's gut … hab nur zu wenig gegessen.« In Wahrheit hatte er seit dem Frühstück überhaupt nichts mehr zu sich genommen.

Céline förderte aus einer der zahlreichen Taschen ihrer Latzhose einen Keksriegel hervor, den sie ihm reichte. »Und dann lässt er dich heute wieder zur Arbeit, hm?«

Julien fühlte sich ertappt. »Du hörst dich schon an, wie meine Mutter«, knurrte er grob und hatte im selben Augenblick ein schlechtes Gewissen. Céline konnte nichts dafür, dass sie nach dem, was gestern zwischen ihnen passiert war, glaubte, ein Recht darauf zu haben, sich um ihn zu sorgen. Er würde mit ihr reden müssen, ihr klarmachen, dass alles ein Fehler gewesen war. Dennoch – die Erinnerung an ihre Berührungen jagte ihm völlig unvorbereitet eine Welle heißen Begehrens durch den Körper. Er wandte sich ab und schob energisch den Kies hin und her, bis der blanke Boden sichtbar wurde.

Je näher der Abend rückte, desto mehr wurde ihm bewusst, dass er heute keinen Nerv für ein klärendes Gespräch mit Céline hatte. Das Fahrrad stand unverändert neben seinem eigenen. Die Spinne hatte in ihrem Netz inzwischen reiche Beute gemacht und begonnen, ein weiteres zu knüpfen. Eine Ewigkeit starrte Julien auf das krabbelnde Insekt, während nagende Unruhe sich in ihm ausbreitete. Er musste sich irgendwie versichern, dass es einen ganz banalen Grund für dies alles gab und Vicky gesund und munter zu Hause saß. Sein Verstand sagte ihm, er müsse nur sein eigenes Rad nehmen, bei ihr vorbeifahren und nachsehen.

Trotzdem stand er wie festgewachsen und rührte sich nicht von der Stelle. Alles in ihm drängte danach, hier nach ihr zu suchen.

Auf dem Parkgelände war sie nicht, soviel wusste er. Absichtlich hatte er heute seine Arbeiten so eingeteilt, dass er fast in jeden Winkel des Parks gekommen war. Natürlich gab es noch das Wäldchen und das Distelfeld, wo Célines Wohnwagen stand. Es erschien ihm sicherer, sich dort nicht blicken zu lassen. Entschlossen drehte er sich um. Er würde erst bei ihr zu Hause nachsehen. Wahrscheinlich saß sie bereits mit ihrer Familie im Garten und für das zurückgelassene Rad gab es eine ganz einfache Erklärung.

◊ ◊ ◊

Als er an das rostige Gartentor kam, fiel ihm als erstes auf, wie ruhig es war. Er lehnte sein Rad geräuschvoll an die Gartenmauer, aber auch jetzt ließen sich weder Vickys Geschwister noch ihr inzwischen behäbig gewordener Hund blicken.

Julien ignorierte den scheußlichen Medusa-Türklopfer und drückte auf die Türklingel. Der schrille Ton hallte durch das Haus. Nichts rührte sich. Julien wartete eine Weile, dann trat er einige Schritte zurück und musterte die Fassade. Die Fenster wirkten leblos und abweisend.

Er umrundete das Haus und betrat den Rasen. Die Verandatüren standen offen und Julien überlegte, ob er einfach ins Haus gehen sollte, als ein Mann nach draußen trat. Er war nackt bis auf ein schmales Handtuch um die Hüften. Mit einem zweiten rubbelte er sich energisch den Kopf. Vicky hatte ihm erzählt, dass ihr Stiefvater ein Sportstudio betrieb und nach dem waschbrettgestählten Bauch zu schließen, war er selbst dort nicht untätig.

»Oh, hi, äh, ... *salut.*« Hans-Peter ließ das Handtuch auf seine stattlichen Schultern gleiten und lächelte ihn mit einer makellosen Zahnreihe an.

»Ich, äh ... habe geklingelt.«

»Hm, ich war ..., wie sagt man das? Ich ... habe eine Dusche genommen«, stammelte Hans-Peter mit seinem ausgeprägten Akzent. »Habe ... nichts gehört.« Er deutete mit den Zeigefingern auf seine Ohren.

»Ich bin Julien, ein ... Freund von Vicky.«

»Ja, richtig …« Hans-Peter grinste wie über einen guten Witz und sah aus, als wolle er etwas hinzufügen.

Julien erinnerte sich an ihr bisher einziges Zusammentreffen, als er seine Hose im Bad hatte trocknen müssen.

»Ist sie da?«

»Vicky?« Hans-Peter rubbelte sich die Haare, um zu überlegen oder, wie Julien vermutete, den Antwortsatz auf Französisch zu formulieren. »Ja, denke schon … in ihrem Zimmer.« Er deutete mit dem Daumen Richtung Dach. »Treppe rauf und dann … links.« Er ließ Zeige- und Mittelfinger eine imaginäre Treppe erklimmen.

»Ist gut.« Hielt der ihn für blöd? »Ich komm schon zurecht.«

Immer zwei Stufen auf einmal nehmend, stieg Julien in den ersten Stock. Das Badezimmer kannte er schon. Das herb-männliche Aroma von Hans-Peters Duschgel quoll mit einer Wolke Wasserdampf aus der offenen Tür und legte sich wie ein Film auf Juliens Haut, sodass er sich noch verschwitzter fühlte als zuvor. Die anderen Zimmer wurden offenbar von Vickys Geschwistern und Eltern bewohnt. Im Dachgeschoss gab es nur eine einzige Tür. Julien klopfte vorsichtig an. Alles blieb still und er klopfte lauter.

»Vic … Vicky, bist du da?«

Nichts.

Julien öffnete die Tür und wusste gleich, dass er hier richtig war. Das Zimmer war in einem Zustand angenehmer Unordnung, den er auch in seinem eigenen Raum bevorzugte. Das Bett bequem zerwühlt, so dass man sich jederzeit wieder hineinwerfen konnte. Die Kleidung praktischerweise auf einem alten Schaukelstuhl deponiert, was langes Suchen im Schrank überflüssig machte. Das spätnachmittägliche Sonnenlicht tauchte die Unordnung in gleißendes Licht und verlieh dem Raum etwas Chaotisches.

»Vicky?«

Er sagte es nur, um sich zu vergewissern. Es war nicht zu übersehen, dass sie nicht hier war. Unschlüssig sah er sich ein wenig um. Auf einem Tischchen, das Vicky offenbar als Ablage diente, stapelten sich eine ganze Reihe deutscher und französischer

Mädchenzeitschriften und ein Fotojournal. Ein Buch lag aufgeschlagen daneben, mit dem geknickten Rücken nach oben. Die auf dem Schutzumschlag abgebildete Frau mit der altmodischen Lockenfrisur sah anklagend in seine Richtung. Unter dem Buch ragte eine Ecke eines arg mitgenommenen Comic-Heftes hervor.

»›L'Odyssée d'Asterix‹, das glaub ich nicht!«

Julien zog den Comic hervor und das darauf liegende Buch knallte auf den Boden. »Das glaub ich echt nicht.« Er hatte diesen Comic heiß geliebt und so oft gelesen, dass er jede Szene und jeden Satz auswendig kannte. Was ihn damals bewogen hatte, ihn Vicky mitzugeben, als sie wieder nach Deutschland fuhr, war ihm schleierhaft. Er hatte gedacht, sie würde ihn wieder zurückschicken oder im nächsten Sommer wiederkommen und ihn mitbringen. Schließlich hatte er sich eine neue Ausgabe gekauft, aber es war nicht dasselbe gewesen.

Aber jetzt hatte sie daran gedacht, ihn mitzubringen. Spontan rollte er das Heft zusammen, um es in seine Hosentasche zu stecken, als ihm einfiel, dass es Vicky vielleicht nicht recht wäre, wenn er es ohne ihr Wissen mitnahm. Er suchte auf dem Tischchen nach einem Blatt Papier:

›Danke, dass du an den Asterix gedacht hast.‹ Er wollte den Zettel an einer gut sichtbaren Stelle deponieren, als er es spürte. Die Atmosphäre im Raum hatte sich verändert.

Er drehte sich um. »Vicky?«

Das plötzliche Gefühl, sie würde gleich die Treppe nach oben kommen, war so real, dass er zur Tür ging. Die Treppe war leer. Trotzdem war ihm, als sei sie hier.

»Hey, Vic …«

Er hörte selbst, dass seine Stimme seltsam klang. Etwas schien dicht an ihm vorbeizugehen und seine Haut zu streifen. Die feinen Härchen seines Unterarms stellten sich auf.

Er wich langsam zur Treppe zurück und der Eindruck von Vickys Präsenz schwächte sich ab. Das war unheimlich. Er starrte in das Zimmer, in dem sich nichts verändert hatte.

◇ ◇ ◇

»Oben ist sie nicht.« Julien traf Hans-Peter im Garten. Der hatte sich inzwischen angezogen. Als Julien näherkam, wandte er sich kurz ab und hielt seine rechte Hand verborgen. Julien sah den dünnen Rauchfaden trotzdem.

Hans-Peter lächelte ertappt und zog eine kleine Blechdose aus der Hosentasche, die sich als transportabler Aschenbecher erwies. Sorgfältig tupfte er die Glut von der Zigarettenspitze und verstaute den halbgerauchten Stängel in der Dose.

»Besser ... Vicky weiß nicht ...«, stammelte Hans-Peter und fuhr sich mit der Hand über sein markantes Kinn.

Julien zuckte die Schultern.

»Sie ist nicht da.«

Hans-Peter stutzte für einen Augenblick. »Wer? ... Vicky ... nicht da?«

»Sie ist nicht in ihrem Zimmer, obwohl ...« Julien verstummte, denn dieses unheimliche Gefühl, ihre Anwesenheit gespürt zu haben, konnte er unmöglich in Worte fassen.

»Vielleicht«, Hans-Peter suchte nach den richtigen Worten, »... mit Elaine und ... den Kindern ans Meer gefahren?«

Julien nickte und Erleichterung flutete durch seinen Körper – dass er daran nicht gleich gedacht hatte.

Hans-Peter lächelte aufmunternd und Julien hatte das Gefühl, er hätte sich gerne länger unterhalten, war aber durch seine spärlichen Französischkenntnisse ausgebremst. Für ihn selbst gab es keinen Grund mehr, seine Anwesenheit auszudehnen.

»Gut, ich geh dann mal.« Er machte ein paar Schritte Richtung Gartentor.

»Hm, war ...« Hans-Peter rang mit dem, was er ausdrücken wollte. »Nett, dich ... kennenlernen.«

Julien nickte und hob eine Hand. Dann machte er, dass er wegkam. Fast wäre er gegen einen im Rasen verankerten drehbaren Wäscheständer gelaufen. Ein paar Wäschestücke klatschten ihm ins Gesicht. Er schüttelte den Kopf über seine Tollpatschigkeit. Es wurde Zeit, dass er nach Hause kam, sich unter die Dusche stellte und ein herzhaftes Abendessen einverleibte.

Schon hatte er sein Rad in der Hand, als er noch einmal dort hinsah, wo die Wäsche munter im leichten Wind flatterte. Zwischen T-Shirts aller Größen und Farben hing ein rot-weiß gestreifter Bikini. Die Erleichterung versickerte und machte der Erkenntnis Platz, dass Vicky nicht mitgefahren war ans Meer.

Auf der Straße fuhr er unentschlossen ein paar Meter in Richtung seines Elternhauses. Abrupt wendete er sein Rad und fuhr in die andere Richtung. Er würde noch im Schloss nachsehen.

◇ ◇ ◇

Zum ersten Mal, seit er als Junge mit einer geschwätzigen Haushälterin die leeren Prunkräume des Schlosses eher gelangweilt durchquert hatte, betrat er die Innenräume. Überraschenderweise war eine der Fenstertüren der Veranda unverschlossen gewesen. Nun befand er sich im Ballsaal, der sich über zwei Stockwerke erstreckte. Die tiefstehende Abendsonne leuchtete den Raum bis zum letzten vergoldeten Stuckschnörkel aus und verbreitete eine unangenehm stickige Wärme. Wäre sein Denken nicht völlig von der Frage ausgefüllt gewesen, wo er hier nach Vicky suchen sollte, wäre ihm die opulente Restaurierung und Ausstattung des Raumes vielleicht aufgefallen, die aus der schäbigen Pracht des heruntergekommenen Schlosses, das im wahrsten Sinne goldene Herzstück des Hotels gemacht hatte.

Ohne sich um die Spur von Erdkrümeln zu kümmern, die seine Turnschuhe auf dem glänzenden Parkett hinterließen, eilte Julien durch den Saal und betrat die monumentale Eingangshalle, deren Marmorverkleidung eine angenehme Kühle abstrahlte. Er hatte keinen Plan, wohin er sich wenden sollte, und öffnete aufs Geratewohl eine Tür zu seiner Linken. Warmes Licht umfing glänzende Holzregale, die bis an die Decke reichten. Halb ausgepackte Kisten mit Büchern in speckigen Ledereinbänden standen herum. Julien betrat zögernd den Raum und sah sich um.

»Kann ich dir helfen?«

Julien fuhr herum. Den Mann auf der altmodischen Bibliotheksleiter hatte er völlig übersehen, aber er erinnerte sich an das rosa Hemd und die gegelte Entenschwanzfrisur. Das kompliziert gebundene Halstuch hatte diesmal ein Muster mit kleinen Mickey-Mäusen. Das musste Malvoisier sein, der Besitzer des Schlosses. An den Händen trug er weiße Baumwollhandschuhe, die nicht so recht mit seinem übrigen Ensemble harmonierten, und ordnete Bücher in die Regale.

»Ich liebe Bücher … deshalb habe ich Duroc gebeten, die Bibliothek selbst einräumen zu dürfen.« Der Mann lächelte fast entschuldigend und Julien fragte sich, weshalb er Durocs Einverständnis benötigen sollte, wo ihm doch alles hier gehörte.

»Wie gesagt«, fuhr Malvoisier fort, »kann ich dir behilflich sein?«

»Ich … ich suche ein Mädchen.«

Malvoisier kicherte und schob einen schweren Folianten in dunkelrotem Ledereinband sorgfältig ins Regal. »Das tun die meisten in deinem Alter, denke ich.«

»Nein … nicht so. Ich glaube, dass sie hier irgendwo ist und …«

»Ah, verstehe, deine Freundin.«

»Äh, ja, … meine Freundin.« Diese simple Aussage fügte auf seltsame Weise einige seiner widerstreitenden Empfindungen zu einem Ganzen und zum ersten Mal an diesem Tag verspürte Julien innere Ruhe. Es hörte sich irgendwie richtig an, Vicky seine Freundin zu nennen.

»Wie sieht sie denn aus, deine Freundin?« Malvoisier verlagerte sein Gewicht auf der Leiter, um bequemer zu stehen.

Das Erste, was Julien in den Sinn kam, war der Geschmack nach Salz auf Vickys Lippen und der Geruch des Meeres in ihren nassen Haaren. Das konnte er unmöglich sagen und es würde auch nicht weiterhelfen. Der Wunsch, sie zu finden, überfiel ihn plötzlich mit solcher Macht, dass sein logisches Denken für den Moment völlig blockiert war.

»Sie ist … sie fotografiert gerne.«

Malvoisier überlegte einen Augenblick »Jetzt weiß ich es. Ist sie ungefähr in deinem Alter, mittelgroß. Beeindruckende grüne Augen und mit einem wunderbaren rotgoldenen Farbton in den Haaren?«

Julien wurde warm ums Herz. »Ja, das ist sie. Wo ist sie?«
»Sie war gestern hier, um einige Fotos zu machen. Ein sehr hübsches Mädchen und offenbar eine Freundin von Mademoiselle Saint Just.«

Bevor Julien diesbezüglich seine Zweifel anmelden konnte, rief Malvoisier: »Wie es der Zufall will, höre ich Mademoiselle gerade kommen.« Er lehnte sich gefährlich weit nach vorne, um einen Blick in die Eingangshalle zu werfen. »Mademoiselle Saint Just, wenn Sie so freundlich wären ... ich bin in der Bibliothek.«

Das Klack-Klack von hochhackigen Absätzen auf dem Marmorboden änderte die Richtung und Sandrines schlanke Gestalt schob sich neben Julien. Als sie seine vor Schmutz starrende Gartenkleidung bemerkte, rückte sie ein Stück von ihm ab, als befürchte sie eine Kontamination ihrer wie immer sorgfältigen Erscheinung über den Luftweg.

»Der junge Mann hier sucht seine Freundin«, klärte Malvoisier sie auf, »das sympathische Mädchen, mit dem ich Sie gestern gesehen habe.«

Sandrine sah Malvoisier verständnislos an und Julien dachte bei sich, dass es für Sandrine kein anderes weibliches Wesen auf der Welt gab, das sie als *sympathisch* bezeichnet hätte.

»Ich nehme an, sie ist eine Freundin von Ihnen.«

Auch dieser Hinweis rührte an keine Erinnerung Sandrines und sie zuckte die Schultern.

»Tut mir leid, Monsieur Malvoisier, das sagt mir ... absolut nichts.« Sandrines Stimme klang freundlich, aber Julien bemerkte den genervten Unterton.

»Hast du Vicky hier irgendwo gesehen«, platzte Julien heraus und wusste im selben Augenblick, dass er es büßen würde.

Der Ausdruck von Unverständnis verschwand von Sandrines Gesicht und ein Leuchten diebischer Freude ließ ihre Augen strahlen. Sie erinnerte Julien an eine Katze, der es gelungen war, ein Nest mit besonders leckeren Jungvögeln vom Baum zu holen.

»Vicky ist also deine *Freundin*?« Sie ließ sich das Wort auf der Zunge zergehen. »Und ich könnte schwören, dass ich dich gestern mit diesem Latzhosenmädchen gesehen habe.« Der Rest des Satzes blieb in der Luft hängen, um Raum für Spekulationen zu lassen, und prompt fragte sich Julien, wie viel sie wissen konnte.

»Aber vielleicht muss man das nicht so eng sehen«, überlegte Sandrine. »Die *sympathische* Vicky zum Händchenhalten und Mademoiselle Latzhose für ... die anderen Bedürfnisse.«

Julien verschlug es die Sprache und obwohl er hoffte, dass es ein Schuss ins Blaue gewesen war, hatte sie seine Situation doch exakt beschrieben. Es hörte sich nicht nur schäbig an – mit einem Mal fühlte es sich auch so an.

Malvoisier schien etwas irritiert von dieser Abweichung vom Kernthema und versuchte, wieder zum Wesentlichen zurückzukehren. »Meine liebe Mademoiselle Saint Just, ich möchte nicht unhöflich sein, aber bis zur Eröffnungsfeier läuft uns quasi die Zeit davon. Wenn Sie also unserem jungen Freund hier weiterhelfen könnten, was den Verbleib seiner Freundin angeht?«

Sandrine bedachte Malvoisier mit einem verbindlichen Lächeln und beschloss offenbar, seine gute Meinung von ihr nicht weiter zu strapazieren. Sie ließ Julien vom Haken.

»Tut mir leid, *mein Lieber*. Seit gestern habe ich *deine Freundin* nicht mehr gesehen.« Sie schenkte Julien einen Augenaufschlag aufrichtigsten Bedauerns. »André hatte sie angewiesen, einige Fotos im Schloss zu machen ... weiß der Himmel warum ... vielleicht steckt sie ja noch irgendwo. Du kannst dich gerne ein bisschen umsehen. Aber fass um Gotteswillen nichts an.« Sie warf einen Blick auf Juliens erdverkrustete Fingernägel.

»Ja, natürlich«, fiel Malvoisier etwas verspätet ein, »natürlich, mein Junge, sieh dich nur ein wenig um. Nebenbei bemerkt, Monsieur Duroc hat hier wunderbare Arbeit geleistet. Du hättest sehen sollen, wie heruntergekommen alles war.«

◇ ◇ ◇

Systematisch und zunehmend frustriert durchstreifte Julien das Schloss und wünschte sich, er könnte wie ein Spürhund Vickys Wege erschnüffeln. Ihm fiel das große Familienporträt auf, das an zentraler Stelle des Treppenaufgangs hing. Sein Blick glitt desinteressiert über die zahlreichen Familienmitglieder, die in exakt komponierter Position auf der Leinwand verewigt worden waren. Sein Blick blieb bei dem jungen Mann in der linken Bildhälfte hängen. Die Ähnlichkeit mit Laurent, wie er ihn vor einigen Tagen gesehen hatte, war verblüffend. Vielleicht war Laurent ein Nachfahre jener Familie auf dem Bild. Aber dann müsste ihm das Schloss mit allem Drum und Dran gehören, überlegte Julien und warf über die Schulter einen Blick zurück zur Bibliothekstür, hinter der Malvoisier seine geliebten Bücher einräumte.

Hinter einer üppig mit Blattgold verzierten Doppeltür fand er die Galerie, wo das Gemälde früher seinen Platz gehabt hatte. Jetzt hingen hier andere Bilder, deren Modernität sich durch die verspielten Rokoko-Ornamente des Raumes hervorhob. Ein Aufsteller mit einer großformatigen Ankündigung informierte Julien, dass am Eröffnungstag eine Vernissage der Ausstellung geplant war.

Der Künstler habe, wie es auf dem Plakat hieß, ›... *der Interpretation menschlicher Emotionen weitere Dimensionen hinzugefügt, in seinem Bestreben, den archetypischen Anteil zu externalisieren und unter Einbeziehung universeller Aspekte des Menschseins, eine Neuinszenierung auf der Metaebene zu erlangen*‹.

Julien schüttelte den Kopf und fragte sich, ob es Menschen gab, die sich auf diesen Schwachsinn einen Reim machen konnten. Die Bilder wimmelten von surrealen Elementen und erzeugten im Großen und Ganzen ein völlig eindeutiges Gefühl des Unbehagens in ihm. Welche weiteren Dimensionen der Künstler noch hatte sichtbar machen wollen, blieb ihm unklar.

Nachdem Julien die Erdgeschossräume des Schlosses einen nach dem anderen durchsucht hatte, kehrte er in die Eingangshalle zurück und hastete die Treppe nach oben. Er wusste nicht genau, wohin er sich wenden sollte und das Gefühl, hier Zeit zu verschwenden, wurde drängender. Es war nicht so, dass Vicky irgendeine sichtbare Spur hinterlassen hatte. Allein das Bedürfnis, nichts auszulassen, trieb ihn vorwärts.

In der oberen Etage waren die Räume als Hotelsuiten gestaltet und mit historisch aussehenden Möbeln ausgestattet worden, was die Suche schwieriger gestaltete. Julien umrundete im Laufschritt wuchtige Himmelbetten, riss mit Blattgold verzierte Schranktüren auf und schob unsanft schwere Samtvorhänge zur Seite. Auf seine immer drängenderen Rufe antwortete niemand.

Am Ende des Flurs stolperte Julien über einen umgestürzten Malereimer und fiel fast in einen der halb fertigen Räume. Während seine Arme ruderten, um das Gleichgewicht zu halten, konnte er nicht verhindern, in die Farbpfütze zu treten, die den vorsorglich auf dem Parkett ausgelegten Karton durchtränkt hatte. Zu seiner Erleichterung stellte er fest, dass die Farbe fast trocken war und seine Sohlen nur oberflächlich verschmutzt hatte. Julien hielt sich an einer Trittleiter fest und betrachtete seine Schuhe.

»*Merde.*«

Probeweise rieb er die Sohle einige Male hin und her. Auf dem Karton drückte sich schwach das Profil seiner Turnschuhe ab. Erst jetzt sah er sich in dem Raum um. Es war ein weiteres Hotelzimmer, in dem noch ein ziemliches Durcheinander herrschte. Bereits gelieferte Möbel, die noch in Papier und Kartonhüllen steckten, Werkzeug, der mit dem Ausbau betrauten Handwerker und in einer Ecke schien jemand die Reste seiner Mittagsmahlzeit entsorgt zu haben.

Unschlüssig sah er sich um. Der Raum war einer der letzten, in denen er nachsehen musste und offensichtlich war Vicky hier so wenig, wie im übrigen Schloss. Er warf einen Blick aus dem Fenster, wo er am Ende der Auffahrt die Eiche sehen konnte. Halb hatte er gehofft, nur sein eigenes und Célines kaputtes Rad dort zu sehen. Aber Vickys Fahrrad stand dort – niemand hatte es abgeholt. Er konnte sich nicht mehr einreden, dass es eine ganz einfache Erklärung dafür gab. Ganz plötzlich wurde er wütend auf Vicky. Am liebsten würde er ihr gehörig den Kopf waschen, weil sie ihn so in Sorge versetzte und er wie ein Idiot durch dieses blöde Schloss lief.

Er bückte sich, um seine Schuhe auszuziehen, als er es bemerkte.

Auf der anderen Seite der Farbpfütze führten Fußabdrücke um folienverschweißte Möbel herum. Vorsichtig umrundete er barfuß die Lache. Die Abdrücke waren kleiner als seine eigenen. Deutlich konnte er das Flechtmuster der Sohle erkennen. Daneben fanden sich Teilabdrücke eines weiteren Schuhs, welcher, der Größe nach zu urteilen, einem Mann gehören musste.

Julien ging in die Knie. War das eine Spur?

Mit den Fingerkuppen berührte er die Farbe. Die Abdrücke waren trocken. Was immer hier passiert war, es war vor vielen Stunden geschehen. Nachdem er das ganze Schloss nach einem Hinweis abgesucht hatte, fühlte sich sein Inneres mit einem Mal leer und kalt an. Schwerfällig stemmte er sich hoch und folgte den Spuren, die vor einem Wandspiegel endeten. Die kleinen Abdrücke mit dem Flechtmuster und die größeren Teilabdrücke bildeten ein wüstes Durcheinander und Juliens Verstand weigerte sich, die offensichtliche Schlussfolgerung zu ziehen.

Als er aufsah, sah er seine abgerissene Gestalt im fleckigen Glas eines alten Spiegels reflektiert, der in die Wand eingelassen war. Er strich sich die staubigen Haare aus dem Gesicht. Seine hageren Gesichtszüge traten im ungleichmäßigen Licht des Spiegels deutlich hervor und ließen ihn hohlwangig und abgezehrt aussehen.

Ohne einen bewussten Gedanken zuzulassen, bückte er sich, um das Gewirr sich überlagernder Spuren auf dem Boden genauer anzusehen. Sie waren teilweise verwischt und befanden sich nicht nur auf dem ausgelegten Malerkarton, sondern hatten dort, wo dieser verrutscht war, auch das Parkett verschmutzt. Ihr stummes Zeugnis strahlte eine Dramatik aus, die Julien die Luft abschnürte. Er presste die Lippen aufeinander und stützte sich mit den Händen ab. Er musste zur Polizei – so schnell wie möglich. Trotzdem schien er unfähig, aufzustehen. Seine Hand fuhr blind über die Farbabdrücke und schob die Kartonschichten hin und her auf der Suche nach weiteren Hinweisen. Eine kleine Papiertasche rutschte in sein Blickfeld. Das Logo von *KODAK*-Film war neben dem Foto eines schreiend bunten Papageis abgebildet. Einen Augenblick starrte er auf das handgeschriebene Adressfeld. *Vicky Meinhardt* hatte sie geschrieben und ihre Straße und Hausnummer angegeben.

Als er die Tasche öffnete, fiel sein Blick auf ein Bild von Tristan, dessen muskulöse Unterarme über dem Wort *YOU* auf seinem Shirt gekreuzt waren. Schnell blätterte er sich durch die Bilder. Loïc und er selbst vertieft in eine Zeitung. Francis in cooler *Bluesbrothers*-Pose. Wieder er selbst mit seiner Gitarre. Eine Großaufnahme seiner Finger am Gitarrenbund, sodass er den Griff erkennen konnte. Loïc und Momò mit den Köpfen über dem neuen Mischpult. Wieder ein Bild von ihm beim Stimmen der Gitarre. Auf dem nächsten Bild drehte er sich zu Tristan am Schlagzeug um. Dann eine Großaufnahme seines eigenen Gesichts – gelöst und glücklich. Eine Reihe von Bildern von Vickys Geschwistern und ihrer Mutter und ein Schnappschuss aus dem Café. Bernadettes Nase ragte ins Bild – im Hintergrund verließen zwei Männer das Café. Duroc sah direkt in die Kamera.

Julien ließ den Packen Bilder sinken. Es war keine einzige Aufnahme von Vicky dabei – auf jedem zweiten Bild hatte sie ihn fotografiert. Der Gedanke erfüllte Julien mit Wärme und gleichzeitig fühlte er Scham. Als hätte er durch das Betrachten der Bilder einen unerlaubten Blick in Vickys geheime Gedanken getan.

War es die Intimität dieser Erkenntnis, dass er das Gefühl hatte, sie sei ihm ganz nahe? Er betrachtete sein Gesicht im Spiegel und stellte sich ihres vor. Seine Finger berührten die Reflexion und das Glas fühlte sich unerwartet warm und belebt an.

Der Übergang

Bretagne - Juli 1788

Vicky fuhr mit der Hand über die schwarzfleckige Oberfläche des alten Spiegels. Es sah fast so aus, als ob die blinden Stellen ein Muster bildeten. Sie kniff die Augen zusammen und die Flecken schienen sich zu einem Gesicht zu formen. Für den Bruchteil einer Sekunde sah sie ein schwarzes Augenpaar, dass sie direkt aus dem Spiegel heraus anblickte. Sie zwinkerte und der Eindruck verschwand. Unvermittelt musste sie an Julien denken, der über eine Distanz von zwei Jahrhunderten und ihren eigenen widerstreitenden Gefühlen von ihr entfernt war. Welcher dieser Aspekte das größere Hindernis darstellte, wusste sie nicht. Dennoch fühlte sie sich ihm in diesem Augenblick auf intensive Weise verbunden.

Die Oberfläche des Spiegels schien leicht zu vibrieren und ihre Fingerspitzen begannen zu kribbeln. Ihr wurde eng in der Brust und die Sehnsucht, in ihre Zeit zurückzukehren, überschwemmte sie mit solcher Macht, dass ihr die Luft wegblieb. Vicky zog die Hand zurück, als hätte sie sich verbrannt und verdrängte den Gedanken an Julien und daran, in diesem Jahrhundert festzusitzen. Es musste einen Weg geben!

Laurent hatte sie mit in sein Zimmer genommen, damit sie sich die brennenden Augen auswaschen konnte, die der unwillkommene Ritt von Maître Cassels Anwesen zum Schloss erwartungsgemäß ausgelöst hatte. Jetzt stand er vor einer Kommode und suchte eine breitere Halsbinde heraus.

Vicky verbannte Julien aus ihren Gedanken. Sie musterte Laurent aus dem Augenwinkel und stellte sich vor, wie er in einem T-Shirt aus ihrer Zeit aussehen mochte. Überrascht stellte sie fest, dass sie sich diesen Gedanken erlauben konnte, ohne sofort auf der Hut zu sein vor tieferen Empfindungen. Es schien leicht, Gefühle zuzulassen, ohne sie zu bewerten, wie sie es sonst immer tat.

Hier war es so ganz anders – als zählte es nicht – auf eine gute und befreiende Weise. Laurent war ihre einzige Chance, wieder zurückzufinden, da er diesen Weg schon gegangen war. Aber er war mehr als das – es fühlte sich gut an, sich zu erlauben, ihn zu mögen und sich einzugestehen, wie gut er ihr gefiel.

Er war muskulöser und breitschultriger als Julien, dessen sehnige Schlaksigkeit ein ebenso bohrendes Gefühl in ihrer Körpermitte auslöste. Konnte man sich gleichzeitig von zwei Männern angezogen fühlen? Egal – es hatte nichts zu bedeuten.

Kurz war er wieder da, dieser unabhängige Gedanke, sich nicht zu sehr einzulassen. Was Julien anging, so wusste sie nicht, woran sie war und *diese* Gefühle waren viel gefährlicher mit ihren Untiefen und versteckten Möglichkeiten.

Wie wäre es, sich in Laurent zu verlieben? Sie hatten nicht einmal dieselbe Gegenwart und seine Zukunft war von ihrer Vergangenheit zwei Jahrhunderte entfernt. Die Sache hatte keine *Zukunft* – fast musste sie lachen über das dämliche Wortspiel – und das war das Gute daran.

Gleichzeitig spürte sie Bedauern, ihn in seiner Zeit zurückzulassen, wenn sie wieder zurückgehen würde. Würde sie *ihn* vermissen oder die Leichtigkeit und Unbeschwertheit, die er ihr schenkte? Darüber wollte sie jetzt nicht nachdenken.

Sie drehte sich um und fixierte erneut die Flecken auf dem Spiegel, die jetzt wieder völlig willkürlich angeordnet schienen.

Laurent trat neben sie vor den Spiegel und begutachtete den Fleck, der seitlich an seinem Hals in einem tiefen Lila prangte.

»Wie nennst du das?« Er drückte probeweise mit dem Finger auf die Haut. Der Fleck wurde heller und nahm dann wieder seine ursprüngliche Färbung an. »Ich hoffe, das geht wieder weg«, knurrte er und band sich das Halstuch um. Es hing schlaff nach unten. Vicky sah sich weitere erfolglose Versuche an, bis sie ein Einsehen hatte. Sie stellte sich vor ihn hin.

»Komm her und lass mich das machen.« Geschickt ordnete sie das Tuch in Falten an und schlang es ihm um den Hals. Von seiner Haut stieg ein leicht herber Geruch auf, bohrte sich ihr in die Nase und führte ohne Umwege zu einigen Kurzschlüssen in ihrem Gehirn. Verflixt! Sie hielt die Luft an und richtete ihren Blick starr auf die Halsbinde.

Sachte hörte sie Laurent ausatmen und ein warmer Lufthauch strich über ihren Scheitel. Unvermittelt drängte sich die Erinnerung an Julien und seine Hände in ihren nassen Haaren in ihr Bewusstsein.

Vicky biss die Zähne zusammen. So einfach schien es doch nicht, sich gleichzeitig in zwei Menschen zu verlieben?

»So wird's gehen.« Hastig trat sie einen Schritt zurück und dies keinen Augenblick zu spät.

◊ ◊ ◊

Comtesse Marie-Claude Maynard de Plourhan hätte sich gewundert, ihren jüngsten Sohn in den Armen eines anderen jungen Mannes zu sehen. Unvermittelt und ohne Vorwarnung hatte die Gräfin das Zimmer betreten und musterte ihren Sohn und dessen Besucher mit fragendem Blick und der eindeutigen Erwartung einer Erklärung, während ihre ausladende Robe hin und her schwang.

Laurent verbeugte sich formvollendet. »*Maman*, darf ich Ihnen Monsieur Viktor Le Germain vorstellen. Ein ...«, er zögerte kaum merklich, »... Mündel des Marquis' de Lafayette und in seinem Auftrag hier.«

Er warf Vicky einen schnellen Blick zu. »Meine Frau Mutter, die Comtesse de Plourhan.« Scheinbar gelassen nickte er Vicky zu und die Andeutung einer Verbeugung in ihre Richtung signalisierte ihr, dass sie ihrerseits die Gräfin begrüßen musste.

Vicky verneigte sich, wie sie es bei Laurent gesehen hatte, während ihr Gehirn ihren Fundus an historischen Filmen durchkämmte, auf der Suche nach einer passenden Erwiderung.

»Comtesse, wie reizend, Sie zu sehen«, antwortete sie wie John Malkovich alias *Vicomte de Valmont* in ›*Gefährliche Liebschaften*‹.

Laurent hob eine Braue und der Blick der Comtesse wurde eine Spur milder.

Sie richtete ihre Aufmerksamkeit auf ihren Sohn. »Wo warst du den ganzen Tag? Keiner konnte mir Auskunft geben, wo ich dich finde. Treibst dich herum, wie ein hergelaufener ...« Sie schritt ungeduldig auf und ab und fixierte Laurent aus zusammengekniffenen Augen. »Oder warst du wieder einmal ... *indisponiert*?«

Laurent war bei ihrer letzten Bemerkung kaum merklich zusammengezuckt, ignorierte sie dann aber. »Wenn ich gewusst hätte, dass es Sie so sehr nach meiner Gesellschaft verlangt, Madame, hätte ich mich selbstverständlich zu Ihrer Verfügung gehalten«, meinte er kühl und deutete ein Nicken an.

Vicky konnte den Spott fast körperlich spüren – an der Comtesse schien er hingegen spurlos abzugleiten. Statt auf seine Worte zu achten, wanderte sie weiter durch den Raum und betrachtete missbilligend das Durcheinander von Möbeln und Kleidungsstücken. Verächtlich huschten ihre Augen über eine Sammlung kitschiger Porzellanfiguren.

»Chloé hatte schon immer einen absonderlichen Geschmack«, meinte sie unvermittelt. Ihr Blick blieb an dem großen Wandspiegel hängen.

»Unglaublich, dass sie es gewagt hat, dieses ... Ding ... hier aufzuhängen!« Ihre vorher beherrschte Stimme vibrierte kaum merklich. Sie richtete ihre Aufmerksamkeit auf Vicky und ein boshafter Zug grub sich um ihren Mund. »Der Spiegel war ein Geschenk ihres Liebhabers, einem Bankrotteur und Scharlatan, der sich *Graf von Cagliostro* nannte.« Sie beobachtete, ob sie Vicky schockiert hatte. »Manche glaubten, er habe magische Kräfte und wer weiß ...«, sie tippte den Spiegel mit ihrem zusammengeklappten Fächer an, »... vielleicht ist das sogar wahr.«.

Sie drehte sich schwungvoll um und schritt zur Tür. »Docteur Fou ist heute eingetroffen.« Sie wandte beiläufig den Kopf und fixierte ihren Sohn. »Er hat den Wunsch geäußert, dich zu sprechen.« Ihr Blick ruhte Sekundenbruchteile auf Vicky. »Kommen Sie später in meinen Salon, Monsieur.« Dann war sie verschwunden und Vicky und Laurent starrten ihr wortlos hinterher.

◇ ◇ ◇

Nach dem Abgang der Comtesse schien die Temperatur im Raum wieder um einige Grad anzusteigen. Die Kälte und Gefühllosigkeit dieser Frau verursachte Vicky eine Gänsehaut und die Vorstellung von Laurents Kindheit in ihrer Obhut verstörte sie.

Laurent fasste sich als Erster und räusperte sich. »Joëlle und ich hatten eine liebevolle Kinderfrau«, meinte Laurent leichthin, als hätte er ihre Gedanken erraten.

»Was ist das für ein Arzt, der mit dir sprechen will?«, fragte sie, um das Thema zu wechseln.

»Mein Bruder François ist etwas … sonderlich«, meinte Laurent und begutachtete scheinbar konzentriert den Sitz seiner Halsbinde im Spiegel des verruchten Cagliostro. »Weil keiner sich mehr einen Rat weiß, wie man mit ihm verfahren soll, hat sie einen Arzt verpflichtet, der sich angeblich auf diese Sonderlichkeit versteht.« Er blickte Vicky ernst an. »Ich hoffe nur, dass er auch Mitgefühl hat mit einem Menschen, für den nichts so ist, wie für jeden anderen.«

Vicky erinnerte sich vage an die Ausführungen ihrer Geschichtslehrerin über den Umgang mit sogenannten ›Geisteskranken‹ in den vergangenen Jahrhunderten und spürte, wie sich die feinen Härchen in ihrem Nacken aufrichteten.

»Aber, sie wird deinen Bruder doch nicht …«

Laurent legte ihr eine Hand auf den Arm. »Ich werde nicht zulassen, dass ihm etwas … passiert. Vielleicht ist es ein gutes Zeichen, dass dieser Docteur Fou mich sprechen will.«

Vicky nagte an ihrer Unterlippe. »Und ich werde in dieser Zeit von deiner Mutter bei lebendigem Leib gefressen?«

Laurent lächelte, beugte sich vor und strich ihr sanft über die Wange. »Hab keine Angst. Ich werde Joëlle zu deinem Schutz abkommandieren.«

Die Vorstellung, sich der Comtesse auszusetzen, blieb dennoch angsteinflößend und impulsiv ergriff Vicky seine Hände. »Sie wird es merken, oder nicht?«

Er umfasste ihre Hände mit seinen und zog sie an sich. »Hm«, meinte er, »was wird sie merken?«

Für einen Augenblick spürte Vicky die Wärme, die von seinem Körper ausging.»Alles ..., dass ich kein Mann bin, dass ich nicht das ... Mündel oder so, von diesem Marquis bin.« Vicky atmete langsam aus.»Und dass ich nicht aus dieser Zeit bin.«

»Hm«, wiederholte Laurent.»Meine Frau Mutter weiß gerne, was in ihrem Einflussbereich vorgeht, aber sie interessiert sich nicht wirklich für andere Menschen. Sie wird dir Fragen stellen und die Antworten bald wieder vergessen haben. Joëlle wird dir helfen und ich komme bald nach.«

Er hielt inne und zögerte.»Victoire«, flüsterte er und seine Stimme klang heiser. Flüchtig berührten seine Lippen ihre Stirn und Vicky fühlte sich auf angenehme Weise eingehüllt, bis sie eine winzige Veränderung seiner Muskulatur wahrnahm, als hätte er einen Entschluss gefasst. Er schob sie auf Armeslänge von sich.

»Entschuldige ..., das wollte ich nicht. Das war unverzeihlich.«

Vicky zwang sich, einen Schritt zurückzutreten und ihrem Gesicht einen gelassenen Ausdruck zu geben. Unerwarteterweise hatten seine Worte sie getroffen und sie fühlte sich zurückgewiesen. Wieder einmal.

»Hab's vergessen ... du bist ja ein *Ehrenmann*.« Ihre Stimme hörte sich zu hoch an und der Humor zu flach.»Alles klar, ... keine große Sache.«

◇ ◇ ◇

Giacomo Sciàbolo nippte von seinem Calvados, der wie Öl in seinem Glas träge hin und her schwappte. Er saß im Salon der Gräfin auf einem der seidenbezogenen Stühle und wartete, dass sein Gastgeber zurückkehrte. Für den Moment war Alexandre beschäftigt, denn sein Verwalter hatte ihn sprechen wollen und für ihn selbst war es eine willkommene Unterbrechung gewesen. Seine Bekanntschaft mit Alexandre bei einem seiner früheren Aufenthalte war seine Eintrittskarte in die Familie des Grafen de Plourhan gewesen, inzwischen langweilte er sich bei der wenig inspirierenden Konversation mit ihm. Der zukünftige Comte de Plourhan war konservativ bis in die Knochen und von einer geistigen Unbeweglichkeit, die Sciàbolo fast körperlich schmerzhaft fand.

Auch in anderer Hinsicht war sein Aufenthalt nicht so erfolgreich verlaufen, wie er es erwartet hatte. Bei der Suche nach dem Verbleib dieser Papiere war er kaum weitergekommen – er konnte nicht einmal mit Sicherheit sagen, dass diese Notizen noch existierten.

Zunehmend hatte er das Gefühl, hier seine Zeit zu verschwenden, während seine Anwesenheit anderswo wichtiger gewesen wäre. Sein Vertrauen in L'Oreilles Fähigkeiten zu eigenständigen und vor allem durchdachten Entscheidungen war nur gering ausgeprägt. Er versagte sich das wiederkehrende Gefühl des Bedauerns, in dieser bedeutsamen Phase seines Auftrags nicht Oscar an seiner Seite zu wissen, denn das war nicht mehr zu ändern.

Nachdenklich glitt sein Blick über die anderen Anwesenden im Salon der Comtesse. Die Gräfin hatte er fest im Griff. Seine übertriebenen Komplimente, vorgebracht mit einem schauderhaften italienischen Akzent, hatten ihre Wirkung nicht verfehlt und nicht nur die feisten Wangen, sondern auch das ansehnliche Dekolleté der Dame in einem rötlichen Schimmer aufleuchten lassen.

Ihre vorlaute Tochter Joëlle, die heute Abend ungewohntes Durchhaltevermögen bei der Konversation mit ihrer Mutter bewies, hielt ihn dagegen für einen trotteligen Fettwanst und ging ihm für gewöhnlich aus dem Weg. Obwohl dies seine Eitelkeit verletzte, war ihm ihre Reaktion willkommen, denn sie war ein scharfsinniges Ding und wenn sie ihn für einfältig und harmlos hielt – umso besser.

Ihr Bruder Laurent, der bislang noch nicht erschienen war, schien ein vielversprechender junger Mann zu sein. Von angenehmem Wesen und körperlich fit, wie man zwei Jahrhunderte später sagen würde. Etwas zu geradlinig im Denken und entschieden zu impulsiv. Mit einer Schwäche für schöne Frauen, wie man hörte, die durchaus erwidert wurde. Fast bedauerlich, dass für ihn eine Zukunft als Verwalter seines Bruders bestimmt war.

Im Großen und Ganzen war Laurent niemand, von dem sich Sciàbolo an der Ausführung seiner Aufgaben behindern lassen würde. Gewöhnlich traf man ihn in Begleitung seiner jüngeren Schwester an, zu der er ein offenbar enges Verhältnis hatte.

Heute saß an der Seite der Comtesse ein weiterer junger Mann, der als Mündel des Marquis de Lafayette vorgestellt worden war und sofort Sciàbolos Antennen in Alarmbereitschaft versetzt hatte. Irgendetwas stimmte mit diesem Bürschchen nicht, das hatte er bereits heute Nachmittag im Haus des Anwalts gespürt. Die Augen halb geschlossen und nach außen hin in dem Genuss seines Calvados versunken, versuchte Sciàbolo dem Grund seines Unbehagens auf die Spur zu kommen.

Dieser Monsieur Viktor, wie die Comtesse ihn ansprach, war offensichtlich erst im Teenageralter. Die Statur eher zierlich mit schmalen Schultern, die Wangen zeigten nicht einmal eine Spur von Bartflaum. Die Stimme mal heller, mal dunkler – eindeutig noch im Stimmbruch. Sciàbolo sann eine Weile darüber nach, dass Halbwüchsige in diesem Zeitalter versuchten, in Kleidung und Verhalten wie Erwachsene zu wirken, während im späten 20. Jahrhundert viele Erwachsene die Zeit ihrer Jugend bis in ihre mittleren Jahre hinein auszudehnen versuchten.

Demoiselle Joëlle saß steif wie ein Ladestock neben dem jungen Victor und verfolgte das Verhör durch die Comtesse mit nur unzulänglich verborgener Aufmerksamkeit. Zuweilen drängelte sie sich ungezogen in den Vordergrund und antwortete auf die Fragen ihrer Mutter, noch bevor der junge Mann den Mund aufgemacht hatte. Sie hatte etwas von einem Wachhund an sich und Sciàbolo überlegte, weshalb und wovor sie diesen Viktor schützen wollte.

Vielleicht war er ihr Liebhaber, schoss es ihm durch den Kopf.

Nein – er nahm keinerlei erotische Energie zwischen den beiden wahr. Eher eine gewisse Vertrautheit, wie sie zwischen Menschen besteht, die ein Geheimnis teilen.

Sciàbolo verlagerte das Gewicht auf dem unbequemen Stuhl. Es ärgerte ihn, dass er nicht dahinterkam, was ihn beunruhigte. Er war es nicht gewöhnt, lange im Ungewissen zu bleiben oder in der Ausführung seiner Vorhaben aufgehalten zu werden. Bislang waren seine Anstrengungen im Sande verlaufen. Er ließ den Calvados im Glas kreisen und blickte den öligen Schlieren am Glasrand hinterher.

Sein Besuch bei Maître Cassel war ebenfalls unbefriedigend verlaufen. Er hatte es nicht gewagt, offen nach diesem 15. Band der Enzyklopädie zu fragen und die Bücher, die der beflissene Anwalt ihm gezeigt hatte, nachdem Sciàbolo ein erfundenes Referenzschreiben eines hochrangigen italienischen Fürsten vorgelegt hatte, waren allesamt unergiebig gewesen, was eventuell versteckte Papierseiten anging.

Er musste lächeln bei dem Gedanken an die Verlegenheit von Demoiselle Joëlle, die Unwohlsein vorgetäuscht hatte, um es ihrem Freund zu ermöglichen, im Haus des Anwalts herumzustrolchen, und ebenfalls nach diesem verflixten Buch zu suchen. Dem Gesichtsausdruck des jungen Mannes nach zu urteilen, war er nicht erfolgreicher gewesen als er selbst.

»... welchem Teil der italienischen Halbinsel kommen Sie?« Die Stimme der Comtesse schraubte sich in sein Ohr und Sciàbolo schreckte auf. Die Augenpaare der Comtesse, des jungen Mannes und Demoiselle Joëlles waren fragend auf ihn gerichtet.

»Entschuldigen Sie, meine Teuerste. Ich war in Gedanken.« Verspätet fiel ihm ein, dass er den italienischen Akzent vergessen hatte. Der Comtesse und Joëlle schien dies nicht aufgefallen zu sein. Die ungewöhnlich grünen Augen des jungen Victors hingegen weiteten sich eine Sekunde lang und in diesem Moment wusste Sciàbolo, dass er diesen Ausdruck erst vor kurzem gesehen hatte.

Die Comtesse schlug ihm empfindlich fest mit ihrem Fächer auf den Arm. »Wie unaufmerksam, Signore Sciàbolo«, meinte sie eine Spur frostig. »Unser junger Freund hier erzählte, er habe ihr Heimatland bereits besucht. Ich wollte wissen, im welchem Teil Italiens Ihre Familie beheimatet ist.«

»Milano«, sagte Sciàbolo aufs Geratewohl, denn er kannte die Stadt einigermaßen aus dem 20. Jahrhundert und hoffte, die Comtesse zählte nicht einige der vornehmen Familien Mailands zu ihren engeren Bekannten.

Die Comtesse hob eine Braue und fixierte den jungen Viktor.

»Und wo wollen Sie noch einmal gewesen sein, mein Freund?«

»Äh, Venedig«, stammelte Viktor und schlug die Augen nieder.

Sciàbolo hatte seine Überraschung wieder überwunden und beschloss, dem jungen Mann etwas auf den Zahn zu fühlen.

»Ahhh, Venezia, eine wuuunderschäne Staadt! Il Canale Grande, la piazza San Marco, i palazzi, eine wunderbare Erlebnisss, meine junke Freind.« Er tätschelte Viktor gönnerhaft das Knie und bemerkte, dass der junge Mann auf der Hut war. Sciàbolo beschloss, es darauf ankommen zu lassen. »Und das Essen ...«, er legte die Finger zu einer Spitze zusammen und hauchte einen Kuss darauf. »La pasta, le pizze ...« Er legte eine Pause ein, um den jungen Mann zu einer Antwort zu nötigen.

Tatsächlich lächelte Viktor nervös. »Die Pizza Margherita in Venedig war allerdings die Schlechteste, die ich in meinem ganzen Leben gegessen habe.«

Die Comtesse und Joëlle sahen irritiert aus.

Sciàbolo hingegen gefror das einfältige Lächeln auf den Lippen. Die im 20. Jahrhundert in der ganzen Welt verbreitete *Pizza Margherita* war im 18. Jahrhundert noch unbekannt. Endlich! Ihm war, als hätte er Witterung aufgenommen und nähere sich einer Spur, die ihm wenigstens eine seiner Fragen beantworten könnte. Woher konnte Viktor den Namen eines Gerichtes kennen, dessen Namensgeberin, die Königin von Italien, erst fast hundert Jahre später die Bühne der Geschichte betreten würde? Während im 20. Jahrhundert eine ganze Generation mit Pommes und Pizza aufwachsen würde, konnte er sich nicht vorstellen, wie ein junger Mann in dieser Zeit irgendeine Art von Kenntnis über ein italienisches Nationalgericht haben konnte.

Er hatte den Kommentar Viktors mit einem kurzen Heben seines Glases beantwortet und damit das Gespräch beendet, um der Comtesse und ihrer Tochter zu gestatten, ihre verständliche Irritation zu überwinden. Die Comtesse hatte sich in der ihr eigenen Art, Dinge, die sie nicht verstand, zu ignorieren, anderen Gesprächsinhalten zugewandt. Demoiselle Joëlle war ungewohnt schweigsam. Vorsichtig ließ sie ihren Blick zwischen ihm und Viktor hin und her wandern. Sie schien nachzudenken, ebenso wie er selbst.

Konnte es sein, dass es andere gab, die sich aus ihrer zeitlichen Bahn lösen konnten und den Sprung auf die benachbarte Zeitebene schafften? Er nippte erneut an seinem Glas, während ihm ein Dutzend Fragen durch den Kopf schossen, deren drängendste, die nach dem *Wie* und dem *Warum* waren. Nicht einen Augenblick lang zog er in Erwägung, die mögliche Anwesenheit eines Zeitgenossen könnte ein rein zufälliges Zusammentreffen sein. Er überlegte, mit welchen Fragen er Viktor in die Enge treiben konnte, ohne gleichzeitig seine Maske der Oberflächlichkeit und Harmlosigkeit zu lüften, als die Türe aufgerissen wurde und der jüngste Sohn der Comtesse eintrat.

Sciàbolo entging nicht, dass sich dessen Augen sofort auf Viktor richteten, um dann ebenso rasch wieder in jede andere Richtung zu sehen. Viktor hatte kaum aufgeblickt und man hätte meinen können, er habe die Ankunft des jungen Laurent nicht mitbekommen, so interessiert zeigte er sich mit einem Mal an einem Monolog der Comtesse zum Thema der sommerlichen Hitze und ihrer Auswirkungen auf die Gesundheit ihrer Person.

Sciàbolo lauschte dem Geplapper der Comtesse und beobachtete interessiert, dass sich Viktor und Laurent auf eine Weise zu ignorieren versuchten, die fast körperlich spürbar war. Da sich seine Gedanken gewohnheitsmäßig mit den Ursachen und Motiven anderer befassten, rätselte er eine Weile, ob es ein nicht weiter interessantes Zerwürfnis zwischen den Männern gegeben hatte, als ihm die grundlegende Veränderung der Atmosphäre im Raum auffiel.

Von jeher hatte er eine besondere Wahrnehmung für Stimmungen gehabt und manches Mal hatte ihn dies vor einer falschen Entscheidung bewahrt oder ihm den richtigen Weg aufgezeigt. Mit der Zeit hatte er gelernt, dass die meisten Menschen diese Wahrnehmung nicht teilten oder die Fähigkeit verloren hatten, sie zu deuten. Er schätzte die Überlegenheit, die ihm diese Fähigkeit verschaffte und hatte gelernt, feine Signale aufzunehmen und zu entschlüsseln. In diesem Fall war die Veränderung so eindeutig, dass er sich ärgerlich eingestehen musste, mit den Gedanken nicht bei der Sache gewesen zu sein, weil es ihm nicht sofort aufgefallen war. Hatte er zuvor vor allem die Anspannung des jungen Viktor, eine lauernde Neugier der Comtesse und eine gluckenhafte Vorsicht bei Joëlle wahrgenommen, wurden diese Spuren nun von einer subtilen erotischen Aufladung überlagert.

Sciàbolo fand die Luft mit einem Mal drückend schwül und wunderte sich, dass es keinem der anderen Anwesenden aufzufallen schien. Ihm war, als könne er das unsichtbare Band der Pheromone zwischen Laurent und dem jungen Viktor sehen, hätte ihm ihre Körpersprache nicht alles verraten, was er wissen wollte. Sciàbolo wurde unsicher. Vielleicht hatte er sich mit seiner vorherigen Vermutung getäuscht und es war im Grunde so einfach. Homosexualität, wie es im 20. Jahrhundert genannt wurde, galt in den meisten Gesellschaften des 18. Jahrhunderts als krankhaft oder gar kriminell. Kein Wunder, dass die beiden jungen Männer aus ihrer gegenseitigen Anziehung ein Geheimnis machten.

Sciàbolo lehnte sich wieder zurück und genoss den letzten Schluck aus seinem Glas. Welcher Unsinn, an einen weiteren Zeitreisenden zu glauben. Das würde voraussetzen, dass es entweder weitere Möglichkeiten für den Sprung von einer Zeitebene auf die nächste gab oder Cagliostro nicht nur ein Exemplar hinterlassen hatte, das den Übergang gestattete. Das Gefühl, sich hier im Kreis zu drehen, drängte wieder in den Vordergrund und er beschloss, *abzureisen.*

◇ ◇ ◇

»Was ist kurz davor passiert?«

»Wie meinst du das?«

»Kurz bevor du durch die Zeit ...« Laurent zögerte eine Weile, unschlüssig, wie er den Satz zu Ende bringen sollte.

Nachdem die Comtesse den Wunsch verspürt hatte, eine Runde Karten zu spielen, hatte Laurent die Gelegenheit ergriffen, Vicky zu erlösen. Mit dem Hinweis, der Marquis schätze es nicht, wenn sein Mündel dem Glücksspiel fröne, hatte er einen Spaziergang im Park vorgeschlagen, der zu dieser späten Stunde vom letzten Tageslicht erhellt wurde. Sie umrundeten den Neptunbrunnen bereits zum fünften Mal, aber Laurent hatte es sicherer gefunden, im Freien miteinander zu reden.

Eine Weile waren sie schweigend nebeneinander durch den Park gegangen, vertieft in Gedanken. Laurent war immer wieder in seine eigene Zeit zurückgekehrt – als ob sein Leben dort verwurzelt war und es ihm nur gestattet war, kurze Ausflüge in die andere Welt zu unternehmen. Wenn er daran dachte, wurde ihm eng in der Brust und unwillkürlich setzte er seine Schritte vorsichtiger, als ob der Grund, auf dem er ging, unsicher war. Auch jetzt kämpfte er gegen die aufsteigende Panik an und es dauerte eine Weile, bis er wieder normal atmen konnte. Er hatte mit keinem Menschen über seine zunehmenden Befürchtungen, nicht mehr Herr seiner Sinne zu sein, gesprochen – nicht einmal mit Joëlle. Er hatte nicht versucht, den Umständen, die die Ausflüge ermöglichten, auf die Spur zu kommen, da jeder ernsthafte Versuch in dieser Richtung bedeutet hätte, einen unmöglichen Vorgang als möglich anzuerkennen. Das musste er jetzt nachholen, um Vicky zu helfen, zurückzukehren.

Er ahnte, dass er sie vermissen würde. Obwohl es kaum einen Tag her war, dass er Vicky bewusstlos in seiner Kammer gefunden hatte, war die Vertrautheit aus der Zeit vor vier Jahren sofort wieder spürbar gewesen. Aber da war noch mehr. Dieses Bedürfnis, in ihrer Nähe zu sein, ihre Haut zu berühren, den Duft ihrer ungewöhnlich weichen Haare zu riechen und ihre Stimme zu hören. Oder ihr nur dabei zuzusehen, wie sie in seinen alten Kniehosen versuchte, wie ein Mann zu gehen. Besser, er gab diesen Gefühlen keinen weiteren Raum. Denn auch sie war in ihrer Zeit verankert.

»Ich weiß es nicht mehr«, beantwortete Vicky seine Frage und riss ihn aus seinen Gedanken. Dabei kräuselte sie auf bezaubernde Weise die Nase, sodass ihre Sommersprossen ein Eigenleben zu führen schienen. Laurent sah schnell weg. »An irgendetwas musst du dich doch noch erinnern können?«

»Da war dieser Mann ... nein, warte ... ich bin abends ins Schloss gegangen.« Sie stockte, drehte den Kopf und musterte die entfernte Fassade des Schlosses. »Ich kann das immer noch nicht glauben. Es ist dasselbe Gebäude, und doch ... das ist komplett verrückt.«

Laurent ging nicht darauf ein, obwohl er wusste, was sie meinte. »Du hast gesagt, dass man dich niedergeschlagen hat?«

Vickys Hand glitt an ihren Hinterkopf und befühlte eine unter den Haaren verborgene Stelle.

»Ja, richtig.« Sie blieb stehen. »Dieser Mann, eigentlich sah er ganz harmlos aus, aber er hat Duroc in der Bibliothek ganz schön zugesetzt. Ich glaube, Duroc sollte für ihn etwas suchen und er wurde langsam ungeduldig.« Sie setzte sich wieder in Bewegung und Laurent blieb an ihrer Seite.

»Der Mann war irgendwie ...« Vicky lachte plötzlich auf, »der erinnert mich irgendwie an diesen Italiener, der bei euch zu Besuch ist, diesen Sciòbilli, oder so ähnlich.«

»Sciàbolo«, berichtigte Laurent automatisch. »Grässlicher Wichtigtuer. Keine Ahnung, wo Alexandre ihn aufgegabelt hat!«

»Jedenfalls hatte er bemerkt, dass ich sein Gespräch gehört hatte, und er hat mir L'Oreille hinterhergeschickt.« Sie schluckte. »Du kannst dich noch an ihn erinnern?«

Laurent sah sie scharf an. »L'Oreille war das?« Bereits vor vier Jahren hatte er unliebsame Bekanntschaft mit dem Mann mit dem Goldohrring gemacht.

»Er scheint der Leibwächter, Fahrer oder sowas zu sein.«

»Und der hat dich niedergeschlagen?«

»Ich nehme es an. Ich kann mich nicht daran erinnern. Mir fehlt irgendwie ein Stück. Das nächste, an das ich mich genau erinnere, ist, dass ich in deinem Zimmer auf dem Sofa lag.«

»Du warst also bewusstlos ...«, sagte Laurent eher zu sich selbst. »Wo im Schloss warst du, als es passiert ist?«

Vicky überlegte. »Keine Ahnung. Ich hatte furchtbare Angst. Ich bin einfach gerannt ... von einem Zimmer ins andere. Plötzlich habe ich dich gesehen.«

»Mich?«

»Nein, nicht wirklich. Dein Porträt hing in dem Zimmer. Ein Bild, auf dem du vielleicht zwölf oder dreizehn Jahre alt bist. Dieser Wandspiegel hat es reflektiert und für einen Augenblick dachte ich, du wärst zurückgekommen.«

Laurent schwieg und dachte an seinen letzten Zeitsprung, als er Julien wiedergetroffen hatte.

»Aber, ich verstehe einfach nicht, wie das gehen soll? Gibt es eine Art *Zeitmaschine* oder sind wir irgendwie anders als andere Menschen?« Vickys Worte klangen ironisch, aber Laurent hörte den Anflug von Panik, der sich dahinter versteckte.

»Ich weiß es nicht. Bisher bin ich immer wieder zurückgekehrt. Vielleicht ist die Dauer des *Aufenthalts* vorgegeben?«

Vicky lachte zynisch. »Ist das so einfach? Als ob man bei einer Eieruhr die Zeit einstellt und schwupps ... geht's wieder zurück.«

Laurents Hand lag auf Vickys Arm, bevor er nachgedacht hatte. Schnell zog er sie zurück. Es lag ihm auf der Zunge, ihr zu versichern, dass alles gut werden würde, aber es ging nicht. Zu gut konnte er sich an seine eigene Verzweiflung und Verwirrung erinnern, als es ihm wieder und wieder passiert war.

Vicky war stehen geblieben und hatte die Hände vor den Mund gelegt. Sie atmete tief ein und aus und Laurent begann zu fürchten, sie werde in Tränen ausbrechen. Als sie die Hände sinken ließ und den Kopf hob, war ihr Ausdruck entschlossen.

»Also, wir werden das jetzt genau analysieren ... als ob es sich um irgendein bescheuertes Experiment aus dem Physikunterricht handelt.« Sie lachte grimmig und heftete ihren Blick auf Laurent. »Als es dir das erste Mal passiert ist, war da irgendetwas Besonderes?«

»Was meinst du, was soll da Besonderes ...«, fing Laurent an und verstummte. Er hatte versucht, diese seltsame Zeit zu vergessen, als er nicht hier und nicht dort gewesen war. Er hatte nicht geschlafen und war doch nicht wach gewesen.

»Vor einigen Jahren hatte ich einen Unfall.« Er fuhr unwillkürlich mit den Fingern unter seinen Hut, um die feine Linie der

Narbe unter seinen Haaren zu betasten, die zurückgeblieben war.
»Ich bin gestürzt und mit dem Kopf aufgeschlagen. In den Tagen
danach ... bin ich einfach nicht aufgewacht.«

»Du warst im Koma?«

»Im was?«

»Du warst nicht bei Bewusstsein?«

»Joëlle sagte mir später, ich sei *wie tot* gewesen.« Laurent räusperte sich. Er hatte über diese Zeit und seine seltsamen Empfindungen noch mit niemandem gesprochen.

»Hast du gehört oder gesehen, was um dich herum passiert ist?«

Laurent überlegte. »Gesehen habe ich nichts, aber ich habe gehört, wer gesprochen hat und ich habe gespürt, wenn man mich berührt hat.« Er blieb stehen und stellte einen Fuß auf die Umfassung des Neptunbrunnens. »In dieser Zeit habe ich euch getroffen ... dich und Julien.«

»Du meinst, damals hat es angefangen?« Vicky war ebenfalls stehen geblieben und Laurent konnte ihre Anwesenheit spüren wie einen seiner eigenen Körperteile.

»Ich habe mir so sehr gewünscht, aufzustehen und mich zu bewegen, als ich damals in diesem lächerlichen Bett meiner versponnenen Tante lag ... und auf einmal ging es. Ich habe euch am Strand gesehen und eine Weile beobachtet. Später hat Julien mir sogar das Schwimmen beigebracht.«

Laurent wandte sich zu Vicky um und sah ihr direkt ins Gesicht. »Verstehst du, ich konnte das vorher nicht und seitdem schwimme ich wie ein Fisch. Das ist durchaus nicht üblich für einen Mann meines Standes!«

»Und seitdem?« Vicky erwiderte seinen Blick ohne Zögern.

Ihre Augen waren von einem satten Grün und wie die Oberfläche eines Teiches im Sonnenlicht mit Lichtsprenkeln durchsetzt. Laurent prägte sich dies für später ein, bevor er den Blick senkte.

»Ich bin nach fünf Tagen wieder aufgewacht, hatte eine Verletzung am Kopf, die langsam verheilte und alles andere habe ich als wirre Träume abgetan. Das war doch die einzig sinnvolle Erklärung.«

Vicky zögerte, dann setzte sie sich auf den Rand des Brunnens.

»Du hast versucht, alles zu vergessen?«

»Sicher! Hättest du das nicht auch getan?«

»Wahrscheinlich ... wie war es die anderen Male? Du hast gesagt, es ist dir mehr als einmal passiert?«

Laurent stieß sich vom Rand des Brunnens ab und sah zur Seite. »Manchmal geht es mir nicht gut ...«, er holte tief Luft. »Ich bin dann für eine Weile ... nicht ansprechbar.« Das hatte er noch niemandem von sich aus erzählt. »Danach ... also, wenn ich wieder ... *aufgewacht* bin, war ich manchmal in deiner Zeit.«

Vicky schwieg, nahm den Hut ab und fuhr sich mit der Hand durch die Haare. Lange Strähnen lösten sich aus dem von Joëlle sorgfältig frisierten Zopf und eine Puderwolke hüllte sie ein. »Was habt ihr nur für eigenartige Frisuren.« Sie wollte die Puderreste an den Fingern an der Hose abstreifen und bremste sich im letzten Augenblick.

Laurent war dankbar, dass sie diesem Moment das Schwere nahm. »Du kannst froh sein, dass du hier als Herr auftrittst. Die Haarmode der Damen ist noch weitaus komplizierter, von der Kleidung ganz abgesehen.« Er stellte sich vor, wie sie in einer von Joëlles Roben aussehen würde und grinste.

»Als kleines Mädchen habe ich mich manchmal als Prinzessin verkleidet«, meinte Vicky und auf ihrer Wange erschien ein Grübchen. »Mit einem rosa Kleid mit Spitzenunterrock und einem Krönchen. Damals hätte ich nichts dagegen gehabt, in einer Zeit zu leben, in der ich immerzu solche Kleider hätte anziehen dürfen.«

»Nun, ich nehme an, das hat sich jetzt geändert.« Der kurze Moment von Unbeschwertheit war vorüber.

»Jeder ist in seinem eigenen Leben zu Hause und in seiner Zeit.« Sie sah zu Boden und schob mit der Schuhspitze ein Steinchen hin und her. »Du warst also jedes Mal davor bewusstlos?«

Laurent nickte und schwieg.

Vicky stand auf und klopfte sich den Hosenboden ab. »Eigentlich hat man ja keine Wahl ... jedenfalls normalerweise nicht. Man lebt in der Zeit, in die man geboren wurde. Man kann sich nicht wirklich aussuchen, in einer anderen Zeit zu leben.« Sie ging ein paar Schritte voraus und drehte sich dann zu ihm um. »Oder wolltest du wirklich in meiner Zeit leben?«

Laurent erinnerte sich an den leichten Schwindel, der ihn stets überkam, wenn er in ihrer Zeit gewesen war. Ein Gefühl, als stünde er auf unsicherem Grund und jeder seiner Schritte stellte ein ungeheures Wagnis dar.

Ich weiß es nicht war die ehrliche Antwort. Er grinste sie an. »Vielleicht würde ich es versuchen. Für jemanden, der mir lieb und teuer ist.« *Idiot,* dachte er. Er hatte seine eigenen Vorsätze vergessen.

◇ ◇ ◇

Er flirtet mit mir, dachte Vicky und überlegte, ob sie darauf eingehen sollte. Auf einmal verspürte sie große Lust dazu – gerade weil das Ganze unmöglich und ohne Zukunft war.

»Vielleicht sollten wir erst herausfinden, *wie* es geht, bevor wir entscheiden, *wer* geht?«, meinte sie und zwinkerte ihm zu.

»Das werden wir«, Laurent lächelte entspannt, schlenderte an ihr vorbei und seine Finger umschlossen beiläufig die ihren. Langsam führte er ihre Hand zum Mund und drückte seine Lippen darauf.

Vicky lächelte und genoss das Kribbeln auf ihren Fingern. »Du warst früher auch schon so herrlich altmodisch!«

»Das kommt daher, dass ich zweihundert Jahre älter bin als du.« Laurent ließ ihre Hand los. »Sag bloß, der Handkuss ist aus der Mode gekommen?«

»Ganz und gar«, bestätigte Vicky und stellte sich Loïc mit seinem coolen Gehabe vor. Bernadette wäre sicher entzückt von einer solchen Galanterie.

»›HANDKUSS - *Form der Ehrerbietung, die fast überall auf der Welt verbreitet ist und zuweilen in der Religion wie in der Gesellschaft üblich war. Schon in den allerfernsten Zeiten ...*‹«

»Das genügt! Wir werden uns jetzt wieder auf das Gleichmaß unserer Schritte konzentrieren.«

»›... begrüßte man Mond und die Sterne durch einen Kuß auf die Hand.‹«

»Ruhig jetzt! Rechts und links und rechts und links und immer so weiter!«

Um die Ecke einer mannsgroßen Hecke bog ein merkwürdiges Paar. Ein mittelgroßer Mann in schlichter Kleidung, die eher robust als elegant war und einem staubigen Dreispitz auf den Haaren, ging dicht neben einem jungen Mann. Beide setzten ihre Schritte synchron auf, während der Ältere die Schrittfolge angab, indem er mit seinem Spazierstock den Takt vorgab.

Die Bewegungen des jüngeren Mannes wirkten steif und unbeholfen. Er schien mit seinen Gedanken abwesend zu sein. Sein Blick war in die Ferne gerichtet. Als beide Laurents und Vickys Weg kreuzten, blieb der jüngere Mann plötzlich stehen. Er sah an Vicky vorbei und ihr fiel auf, dass er lediglich ein Hemd trug, dessen Manschetten abgewetzt waren. Die Kniehose wies unschöne Flecken auf und seine Füße steckten strumpflos in abgewetzten Schnallenschuhen.

»›In der Gesellschaft wurde der Handkuss *immer als eine stumme Formel angesehen, um Versöhnung zu bekunden, Gunstbezeichnungen zu erbitten, für erhaltene zu danken.‹«* Unvermittelt ruckte der junge Mann mit dem Kopf und blickte Vicky eine Sekunde lang ins Gesicht, bevor er den Kopf in den Nacken warf und ein keuchendes kurzes Lachen von sich gab.

»Genug!« Der andere Mann schob den Jüngeren mit seinem Stock sachte, aber entschieden zur Seite und machte einen Diener. »Messieurs, verzeihen Sie die Störung. Sie finden uns gegenwärtig bei unserer ersten Lektion. Ein Gleichmaß der Bewegungen wird, über kurz oder lang, auch zu einem Gleichmaß der Gedanken führen. Das ist lediglich eine Frage von Disziplin und Ausdauer.« Er wippte von den Sohlen auf die Zehenspitzen und dirigierte den jungen Mann wieder an seine Seite, indem er ihm mit seinem Stock die Richtung verstellte, in die dieser sich entfernen wollte.

»Docteur Fou.« Laurent klappte den Oberkörper ansatzweise nach vorne. »Es schadet doch aber nicht, wenn mein Bruder dabei spricht? Es ist sozusagen sein Steckenpferd, sich Wort für Wort an alles zu erinnern, was er jemals gelesen hat. Das spricht doch bereits für eine gewisse gedankliche Ordnung.«

»Keineswegs, Monsieur«, bemerkte der Doktor säuerlich. Offenbar schätzte er es nicht, seine Therapieansätze zu diskutieren. »Das ist sinnloses Gebrabbel, wenn Sie die Deutlichkeit meiner Worte verzeihen wollen. Der Herr hat uns die Sprache gegeben, um uns mit unseren Mitmenschen auszutauschen und unsere Gedankengänge mitzuteilen. Mein Patient wiederholt lediglich, was er gelesen hat, ohne einen einzigen eigenen Gedanken hinzuzufügen. Könnte ein Papagei lesen, wären von diesem ähnliche Monologe zu erwarten.«

Während Vicky mit einem Ohr den Ausführungen des Doktors lauschte, beobachtete sie den jungen Mann, bei dem es sich um François, Laurents Bruder, handeln musste. Dieser verlagerte unruhig das Gewicht von einem Bein aufs andere und summte vor sich hin. Von Zeit zu Zeit versuchte er, weiterzugehen, um gleich darauf mit den Knien an Docteur Fous Spazierstock zu stoßen.

Plötzlich drehte er sich zu ihr um, sah auf einen Punkt zwischen ihren Augen, während seine Hand mit den langen, feingliedrigen Fingern über ihre Brust tastete. Instinktiv fuhr sie zurück und Laurent sah alarmiert zu ihr herüber. Dokteur Fou runzelte die Stirn und hob kaum merklich den Stock.

»›*FRAU - femina auf Hebräisch; das Weibchen des Menschen. Siehe* Mann, Weibchen & Geschlecht. *Die verschiedenen Vorurteile über die Vortrefflichkeit des Mannes inbezug auf die Frau …*‹«

»Es ist genug!« Dokteur Fou erhob kaum merklich die Stimme und nickte kurz, um das Ende der Unterhaltung anzuzeigen. Dann brachte er François mithilfe seines Stockes an seine Seite und stieß diesen heftig in den gekiesten Boden. »Links, rechts und links, rechts …«

»So viel zur Einschätzung des Doktors zu der Fähigkeit meines Bruders, keine eigenen Gedanken zu haben«, meinte Laurent. »Mit seinen wahrscheinlich seit Jahrzehnten *im Gleichmaß* marschierenden Gedanken, hat der Doktor das Wesentliche nicht gesehen.«

»Hm.« Vicky blickte den sich entfernenden Gestalten nach. »Er wird ihn doch nicht schlagen mit diesem Stock?«

»Nicht, wenn ich es verhindern kann. Obwohl es nicht das Schlimmste wäre, was François wegen seiner Sonderlichkeit bereits erlebt hat. Docteur Fou ist nur der bislang letzte in einer Reihe von Spezialisten, die meine Frau Mutter bereits konsultiert hat, um seinem Leiden beizukommen.«

Laurent fuhr sich kurz über das Gesicht. »Ein anderer war der Überzeugung, sein Zustand werde sich bessern, wenn der Körper extremen Belastungen ausgesetzt wird. Er hat ihn im Winter in eine mit Eiswasser gefüllte Wanne steigen lassen, bis er fast erfroren war, um ihn am Kaminfeuer wieder aufzutauen.« Seine Stimme schwankte. »Dann erinnere ich mich noch an einen Arzt, der ihn auf einem Holzstuhl festgebunden hat, so dass er nicht einmal mehr die kleinste Bewegung machen konnte. Der Kopf steckte in einem Holzkasten, der an der Stuhllehne befestigt war. So musste François nächtelang sitzen. Wieder ein anderer schwor darauf, dass regelmäßiges Einreiben mit Pferdemist ihn von seinen Zuständen befreien würde.« Laurent brach ab und zuckte mit den Schultern.

»Aber ... das ist furchtbar!« Vicky fand keine Worte. Auch wenn François ihr nur kurz ins Gesicht gesehen hatte, war ihr der verlorene Ausdruck nicht entgangen. Sie hatte keine Ahnung, was mit ihm los war, aber mehr noch als sich selbst, die durch einen unerklärlichen Vorgang im 18. Jahrhundert gestrandet war, bedauerte sie ihn, dass er auf Dauer in dieser Zeit gefangen war, wo man sich nicht scheute, ihm entwürdigende und grausame Dinge anzutun – unter dem Deckmantel einer medizinischen Behandlung.

»Aber, was kann man tun, um ihm zu helfen?«

Laurent schüttelte den Kopf. »Nichts! Je ausgefallener die Methoden schienen, desto mehr hat er sich zurückgezogen. Manchmal glaube ich, dass François eine eigene Welt hat, die sich von unserer in fast allem unterscheidet. Ich habe keine Ahnung, wie es dort aussieht. Vielleicht ist dort die Sonne blau und das Meer rot, vielleicht ist laut wie leise oder heiß wie kalt?«

Laurent nahm den Hut ab und strich sich einige lose Haarsträhnen aus der Stirn, bevor er ihn wieder aufsetzte. »François schreckt bei einem leisen Geräusch, das ich kaum gehört habe, zusammen und genießt es trotzdem, mit seinen Schuhen Stunde um Stunde, an die Wand zu klopfen, bis der Lärm jeden in seiner Nähe vertrieben hat. Er mag es auch nicht, wenn man ihn anfasst ... das jedenfalls hat der Doktor erkannt. Er kann einen fürchterlichen Anfall haben, wenn du ihn nur ganz leicht berührst. Dann wiederum schlägt er sich ohne jeden Grund den Kopf gegen die Wand, dass man befürchten muss, sein Schädel bricht. Wenn du mit ihm zusammen bist, musst du dich auf ihn einstellen, denn er hat keine Vorstellung davon, wie er sich an unsere Welt und ihre Gepflogenheiten anpassen soll. In diesem Punkt irren meine Frau Mutter und mit ihr sämtliche Ärzte, die bislang versucht haben, François *gesellschaftsfähig* zu machen.«

»Dein Bruder liegt dir sehr am Herzen, nicht wahr?« Vicky legte ihre Hand auf Laurents Arm.

Laurent lächelte sie scheu an. »Du hast recht. Es quält mich, dass ich ihm nicht besser helfen kann und dass man ihn nicht sein lässt, wie und was er ist.« Er stieß mit der Stiefelspitze einige Steinchen weg. »Im Grunde gilt das für jeden von uns. Unser Stand, unsere Geburt und unsere Familie bestimmen, was aus dir werden soll. Wenn du Glück hast, dann ist es auch das, was du selbst willst, obwohl niemand auf die Idee käme, dich zu fragen, was du mit deinem Leben anfangen willst.«

»Und das heißt in deinem Fall?«

»Eine Zeitlang hieß es, ich solle eine kirchliche Laufbahn einschlagen.« Laurent kicherte leicht hysterisch. »Kannst du dir das vorstellen? Eine bequeme Möglichkeit, überzählige Söhne unterzubringen. Dann hat sich mein Vater mit irgendeinem Kirchenmann überworfen und der Plan wurde fallengelassen.«

Laurent zögerte und schien etwas hinzufügen zu wollen. »Mein Bruder Henri hat mich gebeten, diese verfluchten Papiere zu finden und zum Marquis zu bringen. Wer weiß, vielleicht kann ich in seinem Gefolge mein Auskommen finden.« Er zuckte mit den Schultern. »Mein ältester Bruder wird Titel und Land erben. Meine ältere Schwester wurde vorteilhaft mit einem Idioten aus der Nachbarschaft verheiratet, dessen Land an unseres grenzt. Für Joëlle werden sie auch einen passenden Ehemann finden, der entweder den Einfluss oder den Besitz der Familie vergrößert.« Verblüfft blieb Laurent stehen. »Mein Gott, jetzt höre ich mich schon an wie Joëlle.« Er lächelte. »Eigentlich ist sie diejenige, die keine Gelegenheit verstreichen lässt, um auf die Ungerechtigkeit der Gesellschaft hinzuweisen. Aber das wird nichts ändern. Manchmal habe ich das Gefühl, der Lauf der Dinge ist einfach vorherbestimmt und ein Einzelner kann nichts daran ändern.«

Vicky blieb stehen und runzelte die Stirn. »Warte mal ... welches Jahr haben wir noch mal?«

Laurent stutzte. »1788 ... wir befinden uns im 14. Jahr der *glorreichen* Regierung unseres geliebten Königs Louis XVI«, deklamierte er wie aus dem Geschichtsbuch.

So ähnlich erinnerte sie es aus einem ihrer Schulbücher. Die plötzliche Realität der Aussage versetzte ihr einen Stich. Sie schob den Gedanken beiseite und versuchte, sich an den weiteren Verlauf zu erinnern.

»Es wird sich etwas ändern Laurent, und zwar bereits bald.« Vicky runzelte die Stirn und versuchte, ihrem Gehirn ein paar relevante Jahreszahlen und Ereignisse abzupressen. »Ich habe damals in der Schule leider nicht besonders aufgepasst, aber wenn ich mich nicht täusche, wird es eine große Revolution geben, nächstes oder übernächstes Jahr. Man wird den König und seine Familie einsperren und ihn absetzen ..., vor Gericht stellen, oder so ähnlich.«

Laurent sah aus, als ob er nicht wusste, ob er auf den Arm genommen wurde oder nicht. Er sah sich rasch um und senkte die Stimme. »Darüber macht man keine Scherze. Ich nehme es nicht so genau, aber wenn das an die falschen Ohren kommt, ist das Hochverrat!«

Laurents Besorgnis erschien Vicky übertrieben. »Ich sage nur, was geschehen wird, weil es nämlich bereits geschehen ist. In meiner Zeit könntest du in jedem Geschichtsbuch nachsehen unter *Französische Revolution* und würdest alles lesen können über den *Sturm auf die Bastille*, die *Guillotine* und *Freiheit, Gleichheit, Brüderlichkeit*.«

Laurent war stehen geblieben und starrte an den symmetrisch angeordneten Blumenrabatten und Hecken vorbei zum Schloss. Es sah nicht aus, als ob er irgendetwas davon wahrnahm. Schließlich zuckte er mit den Schultern und wandte sich wieder Vicky zu. »Das wird geschehen, sagst du? Bald?« Er packte ihren Arm und sah ihr ins Gesicht. »Und ich dachte, Joëlle redet nur so daher.«

Vicky senkte den Kopf. »Vieles wird sich verändern, glaube ich. Aber es ist auch eine gefährliche Zeit, vor allem für Leute wie dich … Adelige, meine ich. Du und Joëlle, ihr solltet vorsichtig sein in diesen Jahren.«

Laurent ging nicht auf ihre Bemerkung ein. »Warte mal! Hat dieser vermaledeite Schmierzettel, nach dem ich suchen soll, etwas damit zu tun?«

»Die Menschenrechtserklärung? Oder zumindest ein Entwurf davon. Bestimmt hat das damit zu tun.« Vicky entfuhr ein Keuchen, als ihr die Ironie bewusst wurde, dass zweihundert Jahre später diese Seiten erneut gesucht werden würden. »Weißt du, was das Seltsame daran ist? In meiner Zeit sind auch alle hinter diesen Papieren her.«

◇ ◇ ◇

Sciàbolo lehnte an der Balustrade der Veranda und ließ seinen Blick über den weitläufigen Park schweifen. Die Schatten wurden länger und bald würde die Dunkelheit all die in Form geschnittenen Hecken und Bäumchen, die Blumenrabatten und Statuen einhüllen. Er kam nicht umhin, anzuerkennen, dass es Duroc zweihundert Jahre später verstanden hatte, diese Szenerie wieder aufleben zu lassen. Es war eine fast perfekte Kopie, die er mit Hilfe dieser Gartenbaufirma erschaffen hatte – erschaffen würde, verbesserte er sich. Bei dem Gedanken an die Gärtner erfasste ihn

Unruhe. Er war schon zu lange weg. Er musste sich unbedingt um den Jungen kümmern.

Vor seiner *Abreise* würde er einen letzten Versuch unternehmen, diese Papiere zu finden. Vielleicht hatte dieser Laurent sie bereits in seinen Besitz gebracht und in seiner Kammer versteckt.

Beim Springbrunnen konnte er Laurent und den anderen jungen Mann bei einem Stelldichein sehen. Weiter entfernt drehte dieser neue Arzt mit seinem Zögling seine Runden. Die Gelegenheit war günstig.

Es wurde Zeit, die Vorbereitungen zu treffen. Sciàbolo stieß sich von der Balustrade ab und betrat das Schloss durch die geöffnete Verandatür.

◇ ◇ ◇

»Aber das ist völlig absurd.« Laurent schüttelte den Kopf, nachdem Vicky ihm erklärt hatte, wie man im 20. Jahrhundert von den Papieren erfahren hatte. »Im Verlauf von zweihundert Jahren hat sie bestimmt jemand gefunden und zum Anschüren seines Ofens verwendet.«

»Wahrscheinlich«, bestätigte Vicky und zögerte. »Aber wenn nicht, dann könntest du sie vielleicht in meiner Zeit finden.«

Darauf sagte Laurent nichts, denn es erschien ihm noch unwahrscheinlicher, diese Papiere zweihundert Jahre später zu finden, wenn er in seiner eigenen Zeit nicht dazu in der Lage war.

Schweigend gingen sie nebeneinanderher und in Laurents Geist drehten sich Gedankenfetzen im Kreis, wie ein Karussell auf dem Jahrmarkt. Mit einem Mal fühlte er sich erschöpft und war es leid, Ordnung in dieses Chaos bringen zu wollen, und so ließ er seinen Gedanken ihren Lauf, bis sie sich von selbst ordneten.

Unvermittelt blieb er stehen und sah Vicky an.

»Es hat mit zwei Dingen zu tun,« fing er an. »Du hast schon auf diesen Zustand der *Bewusstlosigkeit* hingewiesen. Aber es braucht auch den *Wandspiegel* dieses Cagliostros.« Wieder jagten in seinem Kopf die Gedanken – jetzt verfolgten sie eine klare Richtung. »Komm mit«, sagte er und nahm Vickys Hand.

◇ ◇ ◇

Joëlle schreckte auf, als Sciàbolo unvermittelt von der Gartenseite die Bibliothek betrat. Sie hatte sich unbeobachtet geglaubt und sich einen der Romane aus dem abgeschlossenen Schrank geholt. Sie ließ das Buch zwischen den Falten ihres weiten Kleides verschwinden und wich einige Schritte zurück. Man wusste nie, ob der Italiener ihr nicht eine seiner nervtötenden Konversationen aufdrängen würde. Sie bückte sich und gab vor, den Feuerholzstapel vor dem Kamin zu inspizieren. Zwar war es Ende Juli unwahrscheinlich, dass Feuer gemacht würde, aber die Comtesse bestand darauf, dass immer Feuerholz zur Verfügung stand.

Zu ihrer Erleichterung nickte ihr der Italiener nur kurz zu und durchquerte den Raum so zügig, als ob er in Eile wäre.

Nachdenklich blickte sie ihm hinterher. So sehr es ihr missfallen hätte, sich seine schmierigen Komplimente anzuhören, fand sie seine Zielstrebigkeit noch beunruhigender. Sie wollte sich aufrichten und stellte fest, dass sich die Spitze am Saum ihres Kleides an einem der Feuerholzklötze verfangen hatte. Joëlle zerrte daran, bis der Klotz zu Boden fiel. Sie wollte ihn wieder zurücklegen, als ihr zwischen den anderen Holzkeilen ein Fetzen Papier auffiel.

Offensichtlich war das Papier Teil eines größeren Bogens, denn es war eng beschrieben und an den Rändern verkohlt, als ob es im Feuer gewesen wäre. Die Feuerstelle im Kamin war saubergefegt und leer. Joëlle drehte und wendete den Fetzen und versuchte, einzelne Worte zu entziffern, während die Enttäuschung sich bereits in ihr ausbreitete.

Sie ließ das Stück Papier sinken. Henris Handschrift hatte sie sofort erkannt und jene Worte, die sie lesen konnte, bestätigten es ihr. Sie hatte die Papiere gefunden – jedenfalls das, was von ihnen übrig war.

Entschlossen machte sie sich auf, um Laurent zu suchen.

◇ ◇ ◇

In seiner Kammer zog Laurent Vicky vor Tante Chloés Wandspiegel und nahm ihre Hände in die seinen. Er sah ihr in die grünen lichtgesprenkelten Augen, führte ihre Hände an seinen Mund und küsste sie sanft.

Vicky lächelte unsicher. »Gehört das zu deinem Plan, Laurent de Plourhan?«

»Schsch«, machte er und überlegte, wie er ihr klar machen sollte, dass es um mehr ging als das, was er jetzt tun würde. Er würde seine ganze Erfahrung und sein Können einsetzen müssen. Nur sein eigenes Verlangen musste er zügeln, denn sonst würde es ihn mitreißen.

»Hör mir zu«, sagte er leise. »Vielleicht ist dies ein Weg für dich, zurückzukehren. Es muss mit diesem Spiegel zu tun haben und mit einem Zustand, wo du deiner selbst nicht mehr bewusst bist.«

»Aber ...?«

»Es ist ein Versuch.« Laurent lächelte und strich ihr eine ihrer Haarsträhnen aus dem Gesicht. »Lass dich einfach darauf ein, *ma Chère*.« Er umfasste ihr Gesicht und schluckte. »Ich werde dich vermissen.«

Dann zog er sie an sich und seine Lippen berührten ihre. So weich und so süß, dachte er, als sie ihren Mund öffnete.

◊ ◊ ◊

Sie war überrumpelt. Damit hatte sie nicht gerechnet und doch schien ihr Körper zu wissen, was zu tun war. Zuerst spürte sie seine Lippen, die trocken und weich waren und ihre Wange berührte seine Haut, die von winzigen Bartstoppeln rau war. Dann schmeckte sie ihn, herb und männlich und nach etwas, für das sie keine Worte fand und das ein Sehnen in ihrem Innersten auslöste. Ein Gefühl, davonzutreiben, erfüllte sie und dann kam doch noch die Angst, den Halt zu verlieren. *Lass los*, dachte sie und spürte, wie sich ihr Körper gegen ihren Geist wehrte. Sie wollte zurückweichen – mit aller Macht. Sie zwang ihre Hände auf Laurents Brust, um ihn wegzuschieben, doch sie hatte keine Kraft in den Händen.

»Schsch«, machte Laurent und liebkoste ihr Gesicht. »Lass es einfach zu, hörst du. Es ist ganz leicht.«

Und plötzlich begriff sie. Sie hob die Hände und vergrub sie in seinem Nacken. Schmeckte und fühlte ihn auf ihrem Gesicht und in ihrem Mund. Spürte seine Hände durch ihre Haare fahren und ließ sich davonspülen von diesem Strudel. Sie spürte, wie sie auf einmal mit Leichtigkeit ihre Mauern überwinden konnte. Das Gefühl von Hingabe war so unvergleichlich zart und mächtig zugleich, dass es sie fast zum Weinen brachte. Der Raum um sie herum hatte aufgehört zu existieren.

◇ ◇ ◇

Er hatte gespürt, wie sie zuerst nachgab und dann kämpfte, um sich zurückzuziehen. *Trau dich loszulassen*, dachte er und versuchte gleichzeitig, sich selbst nicht zu verlieren. Er versuchte, sich auf das Äußere zu konzentrieren, um bei sich zu bleiben, und hoffte und fürchtete, dass er gleich mit leeren Händen dastehen würde.

Er hörte Schritte, die sich näherten.

Jetzt dachte er. Dann ließ er es doch geschehen. Ließ sich davontragen, gab nach und sich hin in diesen Kuss. Alles um ihn herum wurde undeutlich und verschwommen. Das Getrappel von Füßen und ein Schrei wie aus weiter Ferne. Vicky in seinen Armen und ein Gefühl, mit ihr zu verschmelzen und sich aufzulösen. Ein dumpfer Schlag, ein helles Klirren – dann spürte er einen scharfen Schmerz in seinem Bein.

◇ ◇ ◇

Sie konnte ihren Bruder nirgends finden und nach Victor oder Victoire suchte sie vergeblich. Schließlich beschloss sie, Laurents Kammer aufzusuchen. Gleichermaßen hoffte sie, beide zu finden, und befürchtete eine delikate Situation zu stören. Trotzdem beschleunigte sie ihre Schritte, soweit dies mit dem engen Schnürleib und den weiten Röcken möglich war.

Bereits im Flur zu Laurents Kammer hörte sie es. Ein lauter Ruf und plötzlich ein dumpfes Poltern, gefolgt von dem unverkennbaren Klirren splitternden Glases. Joëlle hielt inne und lauschte. Dann hob sie ihre Röcke und hastete in den Raum.

»Laurent, Victoire?« Joëlle sah sich um. War dies Laurents übliches Chaos oder hatte jemand den Raum durchsucht? Kleidung lag auf dem Boden, auf dem Bett und auf der *Chaiselongue*. Die

Schubladen der Kommode waren halb geöffnet. Tante Chloés Porzellanfigürchen lagen auf dem Boden verstreut, der abgebrochene Kopf einer Schäferinnenfigur kullerte zur Seite und lächelte sie arglos an.

»Laurent?«

Joëlle stieg über den verstreuten Inhalt einer Kassette mit Reinigungszubehör für Duellpistolen. Die Stille im Raum wurde dichter und Joëlle pochte der eigene Herzschlag in den Ohren. Fast hätte sie das Rascheln überhört. Die Erleichterung sackte flau in ihren Magen und sie drehte sich um. Aber da war niemand.

Wieder ein Huschen und unter dem Bett schaute ein graues pelziges Köpfchen mit Knopfaugen hervor.

Ihre Knie gaben nach und Joëlle sank auf den Boden. Sie streckte die Hand aus und Loulou wagte sich aus ihrem Versteck.

»Laurent, Victoire?« Ihre Stimme klang dünn. Joëlle streichelte den kleinen grauen Körper, dessen Flanken vor Aufregung vibrierten. »Was ist passiert, Loulou?«, fragte sie leise.

Sie sah sich um. Der altersfleckige Wandspiegel war durchzogen von einem Netz aus Sprüngen, die sich in der Mitte konzentrierten, wo ein schwerer Gegenstand die Zerstörung angerichtet hatte. Für einen Augenblick war ihr, als ob sie das verzerrte Spiegelbild Sciàbolos sah – seine schwarzen Augen unverwandt auf sie gerichtet. Sie sprang auf, um ihn zu stellen, aber da war die Spiegelung verschwunden.

Joëlle trat näher an den Spiegel, hob die Hand und berührte vorsichtig eine der unregelmäßigen Bruchlinien. Plötzlich löste sich eine scharfkantige Scherbe und sie hätte sich um ein Haar geschnitten.

Die Stille im Raum war greifbar und absolut. Außer ihr und Loulou war niemand mehr hier.

◇ ◇ ◇

Teil 6

Frankreich, Bretagne — Juli 1988

Neue Verhältnisse

Die blinkenden Lichter warfen ein Schattenstakkato auf die gekieste Fläche und tauchten die Szene in ein unwirkliches Licht. Die Gestalten bewegten sich geschäftig, fast lautlos und flüchtig hatte er den Eindruck, beim Fernsehen den Ton abgestellt zu haben. Er fragte sich, ob er richtig gehandelt hatte.

Er hatte ihnen alles erzählt, was er wusste und als ob seine Worte die zunehmende Sorge mitgenommen hätten, fühlte er sich jetzt leer wie ein Ball, dem die Luft ausgegangen war. Durch seine Entscheidung hatte er die Angst an Vickys Mutter weitergegeben und die Verantwortung an die Polizei. Jetzt hatte er nichts mehr zu geben. Er kauerte auf dem Steinsockel am Fuß der Veranda und beobachtete die Szene unbeteiligt, als hätte nicht er selbst dies alles heraufbeschworen.

Sie hatten sich alles angesehen und ihn so oft befragt, dass er nicht mehr wusste, was er ihnen schon erzählt hatte und was nicht. Der ältere der beiden Polizisten hatte ihn dabei gemustert, als ob er sich noch nicht entschieden hätte, ob und wie viel er ihm glauben sollte. Sein jüngerer Kollege hatte jedes seiner Worte auf einem winzigen Block notiert. Irgendwann war Vickys Mutter dazugekommen und hatte ihn stumm und mit rastlosen Augen angesehen. Zu seiner Überraschung war sie in Begleitung seiner eigenen Mutter gewesen, die sie stütze, als sei sie eine gebrechliche Greisin. Sie hatte ihn kaum beachtet und unerwartet hatte ihn ihr Mangel an Aufmerksamkeit empfindlich getroffen.

Julien legte den Kopf in den Nacken und schloss kurz die Augen. Nein, er fühlte sich nicht leer, er fühlte sich nackt. Das war es. Er hatte geglaubt es genüge, ihnen alles über seine eigenen Beobachtungen und Schlussfolgerungen zu sagen. Aber sie hatten Dinge wissen wollen, die er nicht einmal sich selbst gegenüber hätte benennen können. Ob Vicky seine Freundin sei? Ob es *Probleme* gegeben hätte? Ob sie sich gestritten hätten? Ob es noch jemanden gebe und Vicky eifersüchtig gewesen sei? Sein Gestammel hatte ihrem Verdacht Nahrung gegeben und obwohl ihn der Polizist vorerst in Ruhe gelassen hatte, war ihm klar, dass es damit noch nicht ausgestanden war.

Er drehte den Kopf und starrte in Richtung der alten Eiche, wo einer der Polizisten den Plastikbeutel mit den Resten der Uniform auspackte und eingehend musterte. An ihrer Gestik konnte er erkennen, dass seine Mutter auf die Fragen der Polizisten zu diesem Fund antwortete und wie unangenehm ihr dies war.

Am besten, er machte sich davon. Sie hatten nichts gesagt, dass er bleiben sollte, und außerdem wussten sie, wo sie ihn finden konnten. Sein Rad konnte er nicht holen, solange sie dort herumstanden. Er würde um das Schloss herum gehen und den Weg über das Artischockenfeld nehmen, wo Célines Wohnwagen stand. Er dachte diesen Gedanken einige Male, bis er die Willenskraft aufbringen konnte, sich hochzustemmen. Seine Arme und Beine fühlten sich steif und ungelenk an und behinderten ihn bei jeder Bewegung. Er stakste an der dunklen Schlossfassade entlang und achtete darauf, mit keinem Geräusch auf sich aufmerksam zu machen. Er konnte sich nicht erinnern, sich jemals so erschöpft und müde gefühlt zu haben. Mehr als alles andere wünschte er sich im Augenblick in die Geborgenheit seines Zimmers, um sich dort in sein Bett zu legen und eine Woche lang durchzuschlafen.

Als er um die äußerste Ecke des Schlosses bog, wurde hinter ihm eine Tür aufgerissen und Kies knirschte unter raschen Schritten. Er fuhr herum, erstaunt, dass er zu einer schnellen Reaktion in der Lage war, als jemand mit ihm zusammenstieß.

»Hey«

Die Person war kleiner als er und klammerte sich an seinem Shirt fest, um das Gleichgewicht nicht zu verlieren. In die frische, kühle Nachtluft mischte sich der Geruch getragener Kleidung, von Fett und Mehl. Julien musste niesen.

»Julien?« Eine Hand krallte sich in seinen Oberarm. »Julien! Bist du es?« Heftiges Schluchzen erstickte den Rest des Satzes und ein Kopf lehnte sich so selbstverständlich an seine Brust, dass er den freien Arm hob und beruhigend über den Rücken strich. Seine rauen Finger registrierten die feine Struktur des Stoffes unter seiner Hand.

»Schsch«

Er senkte den Blick auf den Haarschopf, der sich in die Kuhle unter seinem Kinn presste und betrachtete dichtes, zu einem Nackenzopf gebundenes Haar, dessen Farbe im spärlichen Nachtlicht nicht zu erkennen war. Lautes Schniefen und eine unangenehme Nässe auf seinem Shirt veranlassten Julien nach einer Weile, ein wenig Abstand zu halten. Sanft umfasste er die schmalen Schultern und schob sie ein wenig zurück.

»Vicky? ... Vicky!« Er hörte selbst, wie sich seine Stimme überschlug und ihm plötzlich die Luft ausging. Er räusperte sich.

»Verdammt noch mal, wo warst du denn?« In das Vakuum seines Inneren strömte Erleichterung und mit Verzögerung irrationale Wut und füllte seinen Körper mit solcher Macht, dass ihm die Haut zu eng wurde. Er kam sich vor wie ein Idiot, dass er so in Sorge um sie gewesen war. Er schüttelte sie an den Schultern und im nächsten Augenblick hatte er ihr Gesicht umfasst und presste ihren Kopf an seine Brust.

Sie versteifte sich, weil er zu grob war und als es ihm bewusst wurde, nahm er sich zusammen. »Wo warst du nur?« Er schüttelte den Kopf, als er sich mit einem Mal der Polizeiaktion erinnerte, die er losgetreten hatte. »Sag mal, weißt du eigentlich, was hier los ist?« Er schluckte den Rest seiner Vorwürfe und sah auf, um sich zu sammeln.

Erst jetzt bemerkte er eine zweite Person, die in einem seltsamen Winkel an die Wand neben der Seitenpforte gelehnt stand und wortlos zu ihnen herüber starrte.

»Wer?« In gleichen Augenblick begriff er. »Laurent?« Irrationaler Ärger flutete ihn – warum musste er immer wie ein Phantom aus dem Nichts auftauchen.

Vicky hob den Kopf und schniefte. »Julien, ich glaube, er ist verletzt, er blutet.« Sie wischte sich mit dem Jackenärmel über die Nase.

Julien musterte Laurent, der sich seltsam steif hielt. Er ließ Vicky los, trat näher an ihn heran und sah ihm ins Gesicht. Laurent erwiderte seinen Blick aus erschöpften Augen und für eine winzige Zeitspanne lasen sie gegenseitig im Ausdruck des anderen. Sie begriffen, dass sie in einer gewissen Beziehung Rivalen geworden waren und von nun an auf der Hut sein mussten. Schließlich lächelte Laurent mühsam und ihr stummer Austausch glitt in den Hintergrund.

»Du bist verletzt?« Julien riss sich los von Laurents Gesicht und musterte ihn von oben bis unten. Er hatte wieder diese altmodischen Kleider an und die helle knielange Hose wies einen dunklen Fleck auf. Erst jetzt fiel ihm auf, dass Laurent im Türrahmen der Pforte lehnte, um sein Bein zu entlasten.

»Ich weiß nicht, wie das passieren konnte.« Vickys Stimme bebte kaum merklich und sie hielt inne. »Die ganze Zeit haben wir überlegt und überlegt, wie es gehen könnte ... und dann ... auf einmal ...«

Julien legte ihr eine Hand auf die Schulter, während er mit der anderen eine Ecke von Laurents Jacke zur Seite schob, um einen ungehinderten Blick auf die Wunde zu haben.

»Am besten wir gehen dorthin«, er ruckte mit dem Kopf in Richtung der Auffahrt, wo das stumme Blinken der Polizeilichter das Hin- und Herhuschen der Personen beleuchtete. Er sah Vicky an. »Deine Mutter ist auch dort. Ich glaube, sie wird verdammt froh sein, wenn sie dich sieht.« Er verzog den Mund, sodass man den schiefen Schneidezahn sehen konnte. »Ich musste die Polizei rufen.« In diesem Augenblick wünschte er, er hätte gewartet. Es würde alles viel einfacher machen. Er wandte sich an Laurent. »Dich bringen sie am besten ins Krankenhaus. Kannst du auftreten?«

Vicky hob den Kopf und spähte in die Richtung der Polizeiwagen. Sie unterdrückte ein Schniefen. »Das geht nicht,« sagte sie nach einer Weile. »Sie werden Fragen stellen, die keiner beantworten kann.« Sie lachte leicht hysterisch. »Oder ..., die Antworten wird niemand glauben. Die werden uns für verrückt halten.«

»Aber ...«

Vicky drehte sich um. »Nein ... Julien, sieh uns doch an. Wie sollen wir das erklären?«

Vor dem Hintergrund der blinkenden Lichter begriff Julien, was sie meinte. Nicht nur Laurent, sondern auch Vicky trug diese altmodische Kleidung, in der ihre Silhouette, die eines Mannes war. Als er den zierlichen Degen bemerkte, der an ihrer Seite hing, hätte er um ein Haar laut gelacht. Er riss sich zusammen und dachte nach.

»Also dann kommt mit. Ich weiß, wo wir hinkönnen.« Er zögerte einen Augenblick, dann schob er sich neben Laurent, um ihn zu stützen. »Es ist nicht sehr weit. Was meinst du, wird es so gehen?«

»Hm«, brummte Laurent und stieß sich von der Wand ab. Er schwankte ein wenig, bevor er sein Gewicht auf Julien verlagerte. »Hab Dank, mein Freund«, begann Laurent im Konversationston. »Ich bin dir sehr verbunden für deine Fürsorge.« Der leichte Tonfall geriet gegen Ende etwas angestrengt und Laurent biss sich vor Schmerzen auf die Lippen.

Sie schwiegen eine Weile, bis Julien bewusst wurde, mit welcher Anstrengung Laurent bei jedem Schritt ein Stöhnen unterdrückte. Während er seine Schulter fester unter Laurents Arm schob, um mehr seines Gewichts tragen zu können, drehte er den Kopf zu Vicky, die neben ihm ging.

»Du warst dort?« Er nickte kurz mit dem Kopf in Laurent Richtung. »Bei ihm ... zu Hause?« Er hatte keine Ahnung, weshalb er sich dessen sicher war.

»Ja«, sagte Vicky nach einer Weile dumpf und das, was sie nicht aussprach, hing zwischen ihnen.

Julien schwieg eine Weile und musterte sie von der Seite. »Wie ...? Wie bist du dort hingekommen?«

Vicky setzte schweigend einen Fuß vor den anderen und Julien dachte, sie würde ihm nicht antworten.

»Ich ... ich weiß es nicht ... es ist kompliziert.« Sie schwieg wieder und plötzlich unterdrückte sie ein Schluchzen. Sie flüsterte.

»Ich hab eine Scheißangst gehabt, dass ich nicht mehr zurückkomme.« Sie sog heftig die Luft ein und rang um Fassung.

»Hm.« Fast hätte er Laurent fallen lassen, so sehr drängte es ihn, sie in den Arm zu nehmen. Stattdessen wies er mit dem Kinn nach vorne, wo sich im Mondlicht ein Artischockenfeld abzeichnete. »Wir sind gleich da ... nicht mehr weit.«

Den Rest des Weges legten sie schweigend zurück, bis die Umrisse von Célines Bauwagen zu sehen waren. Laurents Stirn glänzte schweißnass und Julien klopfte erleichtert an die Tür.

»Céline?« Er horchte und ließ die Fingerknöchel über dem Türblatt schweben. Dann hämmerte er noch einmal dagegen. »Céline, ich bin's, Julien!« Etwas verzögert fiel ihm ein, dass sie sein spätes Kommen missverstehen könnte. »Kannst du *uns* aufmachen!«

Er überlegte, wohin sie gehen könnten, sollte Céline nicht zu Hause sein, als die Tür aufgerissen wurde. Im Inneren war es ebenso dunkel wie draußen und im spärlichen Mondlicht registrierte er, dass Céline bereits geschlafen haben musste, denn sie trug nur einen Slip und ein weites Shirt.

»Können wir reinkommen?«, ächzte er, denn Laurents Gewicht wurde schwer. »Mein ... Freund ist verletzt.«

Ohne ein weiteres Wort trat Céline wieder ins Innere ihres Wagens, um ihnen Platz zu machen. Julien schleppte Laurent die schmalen Stufen hoch und ließ ihn auf Célines Bett fallen. Inzwischen hantierte Céline im Küchenbereich des Wagens und entzündete eine Campinggaslampe.

Vicky trat zögernd ein und sah sich unsicher um. Ihr Blick blieb an Céline hängen, die sie ebenso verblüfft musterte.

»Na, so was«, meinte Céline und hob die Lampe, um ihre unerwarteten Gäste besser zu sehen. »Wo kommt ihr zwei Süßen her?«

Laurent kämpfte sich in eine aufrechte Position und öffnete den Mund.

»Wir ... Duroc hat uns engagiert.« Vicky lächelte angestrengt und zog mit den Händen an den bestickten Aufschlägen ihrer Jacke. »Du weißt schon, *living history* und solche Sachen. Wir sollen bei der Eröffnungsfeier auftreten.«

Céline hob eine Braue.»Ist das so?«Ihr Blick glitt zu einem Radiowecker mit digitaler Uhrzeit, der unterhalb eines Einbauschränkchens befestigt war.»Und da seid ihr mitten in der Nacht beim Üben?«

»Wir waren im Schloss und haben die Zeit vergessen.«

Céline hob die Lampe und leuchtete Vicky mitten ins Gesicht.»Ah, du bist ja gar kein Typ.«Ihr Blick huschte zwischen Laurent und Vicky hin und her und schließlich lächelte sie wissend.»Verstehe.«

»Mademoiselle«, meldete sich Laurent zu Wort. Julien rempelte ihn an und Laurent stöhnte auf, denn er hatte sein verletztes Bein erwischt.

»Céline, hast du irgendetwas da, um das hier zu versorgen?«, fragte Julien und drückte mit einer Hand Laurent auf das Bett zurück.

Céline trat näher und warf einen Blick auf Laurent.»Dich kenn ich doch.« Sie schob einen Finger unter sein Kinn und hob seinen Kopf.»So, jetzt lass mal sehen.« Sie bückte sich zu seinem Bein und präsentierte Laurent einen ungehinderten Blick in ihren Ausschnitt. Julien unterdrückte ein Kichern, als Laurent tat, als ob er den Blick abwandte.

»Du musst die Hose ausziehen«, bestimmte Céline.

»Auf gar keinen Fall!« Laurent richtete sich mühsam auf.

Céline lächelte.»Komm, stell dich nicht an wie eine Jungfrau. Ich kann sonst nichts sehen und es gefällt mir gar nicht, dass da so viel Blut ist.« Sie stutzte und wandte sich an Julien.»Hast du nicht gesagt, dein Vater ist Arzt? Warum bringst du ihn nicht zu ihm?«

»War zu weit.« Julien wurde nervös. Auch ihm war aufgefallen, dass die Wunde wieder blutete.»Komm schon, zieh die Hose aus, Kumpel, ist schon okay.«

»Okay?« Laurent schien über das Wort nachzudenken. Dann fixierte er Céline und Vicky.»Wenn die beiden Damen sich bitte abwenden wollen.«

Als die Mädchen sich wieder umdrehen durften, hatte Laurent sein erstaunlich langes weißes Hemd bis zu den Knien gezogen.

Céline hatte inzwischen einen schäbig aussehenden Verbandskasten hervorgeholt. Laurents Oberschenkel war verklebt von halb getrocknetem und frischem Blut und Julien wandte den Kopf ab. Ihm wurde flau im Magen. Peinlich für den Sohn eines Arztes, aber er konnte nichts dagegen tun. Eine Weile hörte er nichts außer den leisen Geräuschen, die das Reinigen der Wunde verursachte, und dem angestrengten Atmen Laurents.

»Wie ist das denn passiert?«, wollte Céline wissen. »Sieht aus, als ob du dich böse geschnitten hast.«

»Wir haben, glaube ich, einen Spiegel kaputt gemacht.« Vicky und Laurent tauschten einen Blick.

Céline lachte heiser. »Das wird Duroc nicht gefallen ... ganz und gar nicht.« Sie überlegte kurz. »Gib mir doch mal die Klammerpflaster ... ja die dort hinten. Für den Augenblick wird's reichen.« Sie riss die Packung mit den Zähnen auf und wies Vicky an, die Wunde mit den flachen Händen zusammenzudrücken. »Halt, warte, wasch dir erst die Hände.« Sie tupfte Jod auf die Wunde. »So, jetzt fest zusammenpressen.« Sie zwinkerte Vicky zu. »Jetzt ist dein Süßer fast wieder wie neu, oder?«

»Julien« Céline zupfte am Saum seines Shirts. »Ich glaube, dass das genäht werden muss. Du musst ihn ins Krankenhaus bringen oder zu deinem Vater.« Sie überlegte einen Augenblick. »Wir werden Chouchou bitten, ihn zu fahren.« Sie schob den Vorhang am Fenster ein Stück zu Seite und spähte in die Dunkelheit. »Er wollte eigentlich längst hier sein.«

◇ ◇ ◇

Das Innere erschien ihm nicht so fremd. Wenn man nicht nach vorne sah, wo eine verwirrende Vielfalt an bunten Lichtern und rätselhaften Schaltern angebracht war, erinnerte es ihn an eine Kutsche. Speckige Ledersitze und angelaufene winzige Fensterscheiben. Selbst das Gefühl, unkontrolliert durchgerüttelt zu werden, kam ihm vertraut vor – und verursachte höllische Schmerzen in seinem Bein. Er zwang seine Gedanken wieder zu dem seltsamen Fahrzeug zurück. Sie hatten pferdelose Kutschen in Vickys Zeit. Das war erstaunlich und zu seiner eigenen Überraschung musste er an seinen Vater denken. Ein solches Gefährt hätte ihn restlos begeistert. Sein eigener Enthusiasmus hielt sich in Grenzen. Es erschien ihm unnatürlich und unerklärlich, wie sich das Fahrzeug fortbewegen konnte. Und dann war da der Lärm. Die pferdelose Kutsche beförderte ihre Passagiere nur um den Preis eines Hörschadens, so kam es ihm vor. Auf den Vorderplätzen saß der Kutscher hinter einem Rad, mit dem er die Richtung angeben konnte, die dieses Gefährt einschlagen sollte. Es war ein junger Mann in seinem Alter, dessen Haare in einer formlosen Wolke um seinen Kopf abstanden. Seine Kleidung, die aus einer blauen Hose und einem weiten Kittel bestand, schlotterte um seinen Körper, den er geradezu lächerlich krumm hielt.

Man hatte ihn ohne große Umstände in das seltsame Fahrzeug geschoben. Er schloss die Augen und stellte sich vor, in einer Kutsche seiner eigenen Zeit zu fahren. Bei jeder Unebenheit des Untergrunds fuhr ein stechender Schmerz durch sein Bein. Er konnte es nicht ausstrecken, da Vicky direkt neben ihm saß. Nach ihm hatten sich alle in das winzige Fahrzeug gequetscht.

Diesmal konnte er sich erinnern, wie es passiert war. Er hatte Vicky geküsst. Allein bei dem Gedanken schoss ihm sengende Wärme durch den Körper und dass sie ihm jetzt so nahe war, machte es nicht einfacher. Er hatte gedacht, die Kontrolle behalten zu können und als sie ihm entglitt, war es schon geschehen. Plötzlich war Sciàbolo da gewesen. War plötzlich aus den Schatten getreten und hatte etwas hoch über seinen Kopf gehoben. Dann war irgendetwas mit dem Spiegel passiert. Das Klirren war ihm im wahrsten Sinne des Wortes durch Mark und Bein gefahren. Aber das war es nicht allein. Er hatte ein unangenehm nagendes Gefühl, was diesen Spiegel anging. Als ob nicht nur Glas, sondern etwas viel Entscheidenderes zerbrochen sei. Er ließ den Kopf in den Nacken fallen und schloss die Augen. Mit einem Mal fühlte er sich abgrundtief erschöpft. Sein Plan war aufgegangen. Er hatte Vicky wieder in ihre Zeit gebracht und sich selbst gleich mit. Weil er nicht mehr hatte widerstehen können. Wieder versuchte er, die Gedanken an diesen Kuss auszublenden. Er wollte nicht darüber nachdenken, weshalb er sich hatte hinreißen lassen. Er richtete seine Gedanken besser auf das Mysterium dieser Zeitsprünge. Langsam schien er den Gesetzmäßigkeiten auf die Spur zu kommen.

Plötzlich hörte das Gerumpel auf. Das Fahrzeug war stehen geblieben. Vicky und Julien krochen aus dem Wagen und zogen ihn hinterher. Julien beugte sich nach vorne, um ein paar Worte mit der jungen Dame auf dem Vordersitz zu wechseln. Dann stieß das seltsame Fahrzeug ein heulendes Geräusch aus und fuhr weiter.

»So, das hätten wir geschafft«, meinte Julien und fuhr sich durch die Haare. Sie standen vor einem weißgekalkten Haus, das nicht anders aussah, als Laurent es aus seiner Zeit kannte. Kleine Fenster, an den Giebelseiten Schornsteine und im Vorgarten üppige Hortensienbüsche. Auf den zweiten Blick erkannte Laurent, dass an einer Seite des Hauses etwas angebaut war, das nur aus riesigen Glasscheiben und Kanten zu bestehen schien. Einen Moment lang fragte sich Laurent, wer so viel Geld für diese absurd großen Fenster ausgegeben hatte.

Julien zog den Bauch ein und fummelte mit der einen Hand in seiner Hosentasche. Schließlich förderte er einen Schlüsselbund zutage und steuerte auf das Glasgebilde zu. Kaum hatte er die Tür aufgeschlossen, flammte helles Licht auf und Laurent schloss die Augen. Julien drückte ihn auf einen Stuhl.

»Warte hier.« Julien sah sich nach Vicky um, die neben Laurent Platz genommen hatte, »ich hole meinen Vater.«

◇ ◇ ◇

Jede Bewegung erschien ihr ungewohnt. Das Gefühl des Materials auf ihrer Haut war anders und durch die Körperwärme stieg ihr ein vertrauter und gleichzeitig fremder Geruch in die Nase. Sie schlenderten durch die Nacht und von Zeit zu Zeit berührten sich die Knöchel ihrer Finger. Vicky hatte sich in ein paar Jeans von Julien gequetscht, die ihr über den Hüften zu eng waren und an den Füßen dreimal umgekrempelt werden mussten. Das unisex Shirt passte einigermaßen. Allerdings war sie sich unangenehm bewusst, dass sie keinen Büstenhalter trug.

Sie hatten Laurent in Juliens Bett verfrachtet, nachdem sein Vater schlaftrunken die Wunde genäht und ihm ein Schmerz- und Schlafmittel verabreicht hatte. Zum Glück hatte er nicht viele Fragen gestellt und sich mit den ausweichenden Antworten zufriedengegeben, die sie ihm gegeben hatten.

Als sie sich Vickys Haus näherten, brannte Licht in der Küche, obwohl es inzwischen nach Mitternacht war. Ein Polizeiwagen parkte vor der Tür.

»Wir müssen ihnen irgendetwas sagen.« Julien war stehen geblieben. Zögernd berührte er Vickys Hand.

Sie starrte auf das erleuchtete Fenster. Hinter der altmodischen Gardine zeichneten sich schemenhaft die Köpfe mehrerer Personen ab. Mit einem Mal fühlte sie eine so umfassende Erschöpfung, dass sie sich am liebsten ins Haus geschlichen und sofort in ihrem Zimmer verkrochen hätte. Sie hatte keine Ahnung, was für eine Erklärung sie ihrer Mutter und der Polizei geben sollte.

»Hör zu«, meinte Julien und seine Stimme klang heiser. »Sie denken, dass du meine Freundin bist.« Geräuschvoll stieß er die Luft aus und sah zur Seite.

Vicky drehte den Kopf, aber er sah sie nicht an. Im spärlichen Licht einer Straßenlaterne sah er hohlwangiger aus als sonst und man sah ihm an, dass er seit dem Morgen die Kleidung nicht gewechselt hatte. Eine warme Woge der Zärtlichkeit erfüllte sie, bis sich unerwartet Célines Gesicht vor ihr geistiges Auge schob. Und dann war da noch die Erinnerung an diesen Kuss. Selbst jetzt noch schien sie Laurents Lippen auf den ihren zu spüren.

»Das denken sie?«

Julien fixierte einen Gartenzaun hinter Vickys Schulter. »Sie haben mich gefragt, ob wir uns gestritten hätten und so.«

»Was?«

»Naja, ich denke, es wäre eine Erklärung.« Er vergrub seine Hände in den Hosentaschen. »Ich meine, eine Erklärung, die sie vielleicht schlucken würden.«

»Wie kommen sie darauf? Ich habe doch gesehen, dass du und ...«

Die Haustür wurde aufgerissen und die bullige Gestalt des älteren Polizisten schob sich durch die Tür. Er schien etwas zu jemandem im Inneren des Hauses zu sagen und kurz darauf erschien ihre Mutter. Sie wirkte kleiner als sonst und der verlorene Ausdruck ihres Gesichtes schnitt Vicky ins Herz. Sie drehte sich um und wollte zu ihr laufen – sie sofort von dem Gewicht der Sorge und Verzweiflung erlösen, aber Julien packte sie fest am Arm und beugte seinen Kopf zu ihr herunter.

»Komm schon«, flüsterte er an ihrem Ohr. »Es ist die einfachste Erklärung.«

Diesmal waren seine Lippen rau und weich zugleich. Sein erdiges Aroma hüllte sie ein und es fühlte sich so richtig an, Julien zu küssen. Er war zart und vorsichtig und gleichzeitig spürte sie ein unterdrücktes Verlangen, von dem sie nicht sagen konnte, ob es ihres oder seines war. Sie spürte seine Hände auf ihrem Rücken und durch das Shirt konnte sie die Konturen seines Körpers spüren. Die Mauern, die sie so oft zurückgehalten hatten, gaben nach.

»Vicky! *Mon Dieu*, Vicky, meine Vicky!«

Sie spürte, wie Julien sie losließ und sich die Arme ihrer Mutter um sie legten.

»Vicky, wo bist du nur gewesen? Ich, wir ...« Elaines Stimme kippte. Sie unterdrückte ein Seufzen und wischte sich ein paar Tränen aus dem Gesicht. Über die Schulter ihrer Mutter musterte Vicky den Polizisten, der die Szene schweigend beobachtet hatte.

Im Türrahmen lehnte Philine. Sie musterte ihren Sohn und zog eine Braue hoch.

»Also gut«, meinte der Polizist und stieß resigniert die Luft aus.

»Bist du Vicky Meinhardt, die von ihrem Freund Julien ...«, er sah kurz auf den Notizblock seines Kollegen, »... die von Julien Kerouac, siebzehn Jahre alt, wohnhaft in, ach egal ... vermisst gemeldet worden ist?« Er fixierte erst Vicky und anschließend Julien, bis beide nickten. Er winkte ihnen müde, ihm in die Küche zu folgen.

Nachdem sich der Polizist auf einen Küchenstuhl direkt ihr gegenübergesetzt hatte, fixierte er Vicky abschätzend.

»Dein Freund war in allergrößter Sorge«, fing er an, »er war re-
gelrecht ...«, wieder konsultierte er die Aufzeichnungen seines
Kollegen und zitierte, »›*macht einen verstörten und verzweifelten
Eindruck.*‹« Er blickte auf und lächelte Vicky milde an.

Vicky sah bei seinen Worten zu Julien, der die abgewetzten Sohlen seiner Turnschuhe begutachtete.

Der Polizist ließ seine flache Hand auf den Tisch krachen. »Wo
zum Teufel warst du?«

Vicky zuckte zusammen und öffnete den Mund. »Laurent ...«

»Es war meine Schuld.« Julien sah an dem Polizisten vorbei zu
Vicky und schüttelte kaum merklich den Kopf. Besser man hielt
Laurent aus allem heraus.

»Ach so?« Der Polizist drehte sich zu Julien um. »Und wie darf
ich das verstehen?«

Vicky atmete durch. »Es ist wegen Céline.« Sie sah Julien nicht
an. »Ich habe sie zusammen gesehen, Julien und Céline.« Aus dem
Augenwinkel beobachtete sie, wie sich Julien auf die Unterlippe
biss. Er fuhr sich durch die Haare, bis man sein Gesicht nur noch
zur Hälfte sehen konnte.

»Ich wollte nur noch weg«, schloss sie lahm und bei der Erinnerung daran, als sie ihn mit Céline gesehen hatte, fiel es ihr nicht
schwer, Julien einen verletzten Blick zuzuwerfen. Ihre Mutter
seufzte und legte ihr einen Arm um die Schultern.

Julien stierte schuldbewusst auf den Boden und Philine zog
beide Brauen in die Höhe. Unauffällig ließ sie einen Blick von ihrem Sohn zu Vicky wandern und wieder zurück. Dann schüttelte
sie den Kopf.

»Und wo hast du dich aufgehalten? Eine ganze Nacht, einen
ganzen Tag und ...«, der Polizist sah auf seine Armbanduhr,
»... eine weitere Nacht?«

Vicky zögerte. »Ich habe mich im Schloss versteckt.«

»Aber, warum bist du nicht nach Hause gekommen?«, Elaine
drückte ihre Tochter fester. »Du weißt doch, dass du immer ...«

Vicky wand sich unauffällig, um die Umklammerung zu lösen.
»*Maman*, ich weiß. Ich wollte allein sein.«

Der Polizist setzte die Miene eines Mannes auf, dessen Geduld über Gebühr strapaziert wird.

»So«, meinte er mit honigsüßer Stimme und fixierte erst Vicky und dann Julien, »Und jetzt ist also alles wieder gut? Ihr seid verrückt nacheinander und liebt euch bis ans Ende eurer Tage. Ist das so?«

Vicky und Julien nickten langsam.

Der Polizist schob abrupt seinen Stuhl nach hinten, der mit einem Knall auf den Bodenfliesen aufschlug. »Ich sag euch eines, *Romeo und Julia*, oder wie ihr auch heißt. Ich hatte mich gestern Abend gerade nach einem langen und erfüllten Arbeitstag mit einem kühlen Bier vor mein Fernsehgerät gesetzt, um die Sportmeldungen zu sehen, als du ...«, er bohrte seinen Zeigefinger in Juliens Richtung, »... deine Freundin vermisst gemeldet hast. Und wie sich jetzt herausstellt, alles, weil du mit einer Cécile oder Suzette herumgemacht hast und deine Kleine sich die Augen ausgeweint hat und dich nicht mehr sehen wollte.«

»Aber«, stammelte Julien.

»Und du«, der Polizist fuhr herum und fixierte Vicky. »Du denkst in Zukunft daran, was du deiner Mutter antust! Wenn dein Freund einer Stephanie hinterher schaut, dann mach ihm eine Szene oder gib ihm den Laufpass. Aber verhalte dich nicht wie ein verwöhntes Kind, dem man sein Lieblingsspielzeug weggenommen hat!« Er nickte Elaine und Philine kurz zu. »Meine Damen, ich empfehle mich! Danke, ... ich finde selbst hinaus.«

Nachdem der Polizist die Haustür mit unnötigem Nachdruck geschlossen hatte, blieben die Mütter und ihre fast erwachsenen *Kinder* wie versteinert auf ihren Plätzen. Schließlich stieß sich Philine vom Küchenbuffet ab und berührte ihren Sohn am Arm.

»Komm«, sie zögerte kurz, als ob sie etwas anderes sagen wollte. »Es war ein langer Tag und du musst morgen wieder zeitig raus.«

»Morgen ist Samstag.«

Philine runzelte die Brauen. »Tatsächlich?« Sie wechselte mit Elaine einen Blick und fasste sich an die Stirn. »Dann ist morgen der Flohmarkt ... ach du liebe Zeit.« Sie legte der Freundin eine Hand auf die Schulter.»Ich kann mich allein um den Stand kümmern.«

Elaines Blick saugte sich am Hinterkopf ihrer Tochter fest.»Ja, danke. Vielleicht komme ich nach. Ich muss sehen.«

Vicky spürte, wie sich die mütterliche Aufmerksamkeit durch die Schichten ihrer Selbstbeherrschung brennen wollte. Schnell drehte sie sich um und umfasste ihre Mutter mit mehr Enthusiasmus, als sie empfand.

»Maman, es tut mir so leid, ich wollte dir keine Sorgen machen. Aber wir ... es ist wieder gut. Wir haben uns versöhnt. Siehst du ...«

Rasch drehte sie sich zu Julien um und schlang ihre Arme um ihn.

»Hey«, flüsterte er ihr ins Ohr und biss sie leicht ins Ohrläppchen. Vicky schoss das Blut in die Wangen und Elaine und Philine wandten sich lächelnd ab.

◇ ◇ ◇

Er ließ sich das Wasser über den Kopf prasseln, bis sich das Gefühl einstellte, im Regenwald unter einem Wasserfall zu stehen. Er glühte innerlich und vibrierte vor Energie. Nach kaum fünf Stunden Schlaf in der Nacht hatte er sich selten so lebendig und wach gefühlt. Als er die Dusche abstellte, schien es ihm, als ob die Wassertropfen auf seiner Haut verdampft waren, ehe er sie abtrocknen konnte. Jede Faser seines Körpers erinnerte sich an ihre Berührung, und der bloße Gedanke daran sandte ein Brennen in seine Leisten. Sicherheitshalber schlang er sich ein Handtuch um die Hüften und betrat sein Zimmer.

Laurent lag auf seinem Bett und starrte an die Decke.

Julien musterte ihn kurz und wählte aus den Millionen Fragen, die ihm auf der Zunge lagen, diejenige aus, die ihm am unverfänglichsten erschien.

»Wie geht's deinem Bein?« Um dem Ganzen einen beiläufigen Charakter zu geben, fing er an, sich die Haare zu frottieren.

Laurent sah ihm interessiert zu und schien zu überlegen.

»Ich denke, es wird gut heilen. Der Wundarzt hat gute Arbeit geleistet.«

Julien warf das Handtuch auf seinen unaufgeräumten Schreibtisch. Er fuhr sich mit allen Fingern durch die Haare und strich sie nach hinten.

»Das war mein Vater. Ich meine, der Arzt ist mein Vater.« Julien trat zu seinem Schrank und wühlte darin herum auf der Suche nach einer sauberen Hose. Schließlich fiel ihm ein, dass er seine letzte Jeans Vicky ausgeliehen hatte, die ja schlecht in diesen seltsamen Kniehosen zu Hause hatte auftauchen können. Bei dem Gedanken daran, dass sie seine Hosen getragen hatte, durchfuhr ihn erneut ein heißes Brennen und er schüttelte über sich selbst den Kopf. Wie konnte es sein, dass sie erst vor zwei Wochen wieder aufgetaucht war und er bei ihrer ersten Begegnung nur ein laues Gefühl von Wiedererkennen verspürt hatte. Energisch zog er sich das nächstbeste Shirt über. Laurents Blick im Rücken machte er sich auf ins Zimmer seines Bruders.

Philippe hatte sich seit Monaten nicht mehr blicken lassen. Soweit er in seinen spärlichen Telefonaten mitteilte, schienen ihm die Anforderungen seines Studiums in Paris kaum eine freie Minute zu gönnen. Julien vermutete, dass Philippe seine Zeit auch den nichtuniversitären Vergnügungen des Studentenlebens widmete und diese den provinziellen Abwechslungen seiner Heimat vorzog. Für die seltenen Zeiten seiner Anwesenheit hatte sein Bruder einige Kleidungsstücke zurückgelassen, die er nicht so schnell vermissen würde. Julien griff sich eine Jeans und nahm nach kurzem Zögern eine zweite für Laurent mit. Zusammen mit einem seiner Shirts, einer Unterhose und Socken warf er sie Laurent zu, der zu seiner Überraschung splitternackt in seinem Zimmer stand und aus dem Fenster starrte.

Er war schlank und gleichzeitig muskulös und Julien schätzte ihn etwas kleiner, als er selbst war. Im Gegensatz zu seinen eigenen sonnengebräunten Armen und Beinen war Laurent bis auf Gesicht und Hände ziemlich käsig. Verlegen und etwas verspätet wandte Julien den Blick ab.

»Ich hab dir was zum Anziehen mitgebracht.« Er wies auf die Kleidungsstücke. »Ich muss noch mal weg. Muss mich mit einigen

Kumpels treffen.«, Julien zögerte, »du kannst duschen und dich rasieren, wenn's nötig ist und mein Vater ist noch in der Küche, er kann dir einen *Café au Lait* machen, wenn du möchtest.« Julien fiel auf, dass er anfing, sinnloses Zeug zu plappern und nahm sich zusammen. »Ich bin in ein bis zwei Stunden wieder zurück.« Er fuhr mit den Händen wieder durch die Haare und kam sich vor, wie Loïc. »Kommst du zurecht?«

Laurent wandte sich um und Julien starrte auf den Verband an seinem Oberschenkel, wo das Blut teilweise durchgesickert war. Ihm wurde flau.

»Ich danke dir, mein Freund«, Laurent lächelte. »Was wirst du deinem Herrn Vater sagen? Über mich? Ich meine, wer ich bin?«

Julien überlegte kurz. »Am besten ich sage, du bist ein Kumpel aus der Schule.« Er wollte sich bereits umdrehen. »Halt, nein, das geht nicht, meine Mutter kennt fast jeden, der in meine Schule geht. Ich weiß … ich kenne dich von den Arbeiten beim Schloss, du bist einer von Durocs Leuten. Das ist besser.«

Julien wandte sich zur Tür. »Äh, wirst du noch da sein, wenn ich wieder komme, ich meine, bist du dann noch … *hier*?«

Laurent zuckte mit den Schultern. »Im Augenblick weiß ich nicht, wie ich zurückkehren sollte, mein Lieber.«

Julien nickte. »Also, wenn du sonst nichts mehr brauchst, dann …«

»Du könntest mir sagen, wo ich Demoiselle Victoire finde.«

◇ ◇ ◇

Aristide klappte die Seitenflügel des Spiegels sorgfältig ein und schlug ihn wieder in seine samtene Hülle ein. Eine rastlose Unruhe erfüllte ihn und störte seine innere Balance. Er hasste es, spontane Entscheidungen zu treffen, bevor er alle Konsequenzen durchdacht hatte. Zu leicht konnten Fehler geschehen und er machte keine Fehler.

Er hatte gewusst, was passieren würde, als er Laurent und seinen Liebhaber vor dem Spiegel hatte stehen sehen und hatte versucht, es zu verhindern, indem er den Spiegel zerstörte. Aber es war zu spät gewesen. Und so war er ihnen gefolgt.

Aristide hängte den Rock mit der auffälligen Stickerei an den Ärmelaufschlägen auf einen Bügel. Er hätte ihn gerne auslüften lassen, denn er war ein ordentlicher Mensch und dieses Kleidungsstück konnte man nicht waschen, aber er wollte dem Zimmerservice des kleinen Hotels keinen Anlass geben, sich zu wundern.

Der allgegenwärtige Körpergeruch störte ihn auf seinen Reisen am meisten. Er schätzte die hygienischen Errungenschaften des 20. Jahrhunderts und die Entschlossenheit seiner Zeitgenossen, Transpiration mittels Deodorants zu verhindern und nicht durch großzügigen Gebrauch von Duftwässern zu überdecken.

Während er den Anzug unter einer Plastikhülle verschwinden ließ, um ihn in seinen Kleiderschrank zu hängen, überlegte er, wie er weiter vorgehen sollte. Zunächst musste er mit L'Oreille in Kontakt treten und natürlich mit Duroc. Er hatte zu viel Zeit verloren mit diesem sinnlosen Ausflug und der Suche nach den Papierseiten. Wie er aus der Korrespondenz zwischen Olympe de Gouges und Joëlle de Plourhan wusste, war auch Laurent de Plourhan auf der Suche nach diesen Notizen, um sie dem Revolutionär Lafayette zu übergeben.

Allerdings hatten Laurent und Joëlle de Plourhan, die sich als vorlaut und naseweis entpuppt hatte, kaum einen sinnvollen Plan, wo sie nach den Notizen suchen sollten. Ihre stümperhaften Versuche, ihn zu täuschen oder ihre Absichten zu verschleiern, hatten ihm fast körperliche Schmerzen bereitet. Er selbst war inzwischen zu dem Schluss gekommen, dass es diese Notizen zur Menschenrechtserklärung nicht mehr gab – dass es sie schon vor zweihundert Jahren nicht mehr gegeben hatte. Wenn er das wirre Gerede des sonderbaren François' richtig deutete, waren die Papiere kurz nach ihrer Entstehung in Flammen aufgegangen.

Nun denn. Es wurde Zeit, seine ursprünglichen Pläne voranzutreiben. Er hatte den Erben in L'Oreilles Obhut zurückgelassen und würde sich nun um seine Ausbildung kümmern müssen. Was er gesehen hatte, hatte ihn nicht zuversichtlich gestimmt. Ein junger Mann, eher ein Jugendlicher, der weder aufgrund seiner

Herkunft noch seiner Erziehung prädestiniert schien, den ihm angestammten Platz einzunehmen. Er würde ihn unter seine Obhut nehmen müssen, um all dies nachzuholen. Besser, er schob es nicht noch weiter auf.

Aristide öffnete die Tür zum Flur und warf einen letzten Blick in sein Zimmer. Alles stand unauffällig an seinem Platz. Nichts konnte unerwünschte Aufmerksamkeit erregen.

Auf dem Weg in den Frühstücksraum hinterließ er an der Rezeption eine Nachricht für L'Oreille, ihn zu kontaktieren. Während der Aushilfsangestellte sich seine Angaben notierte, fiel sein Blick auf eine Tafel, die für die Gäste des Hauses lokale Ereignisse und Aktivitäten ankündigte. Gelangweilt las er den Hinweis über einen Flohmarkt, der am heutigen Tag auf dem Kirchenvorplatz stattfinden würde, und den Zusatz, dass der Seniorenkaffeenachmittag aus diesem Grund ausfallen würde. Eine örtliche Kostümgruppe, die sich *Acteurs historiques* nannte, lud ein, ihrer Darbietung am kommenden Wochenende beizuwohnen. Aristide wollte sich bereits abwenden, als ihm die stilisierte Silhouette des Schlosses auf einem Plakat ins Auge sprang. Jenes Schloss, das er, je nach Definition, vor zweihundert Jahren oder einer Stunde verlassen hatte. Duroc hatte sich etwas einfallen lassen, um die Einweihungsfeier des Schlosshotels am heutigen Tag so glanzvoll und prächtig wie möglich zu gestalten.

›*Erleben Sie das Ancien Régime mit seinem Prunk und seiner Dekadenz am Vorabend seiner endgültigen Vernichtung*‹, lockte eine zentrale Bildüberschrift. Aristide runzelte die Stirn über diesen respektlosen Werbeslogan.

Natürlich wusste Duroc nicht Bescheid. Keiner außerhalb seiner eigenen Familie wusste das – außer Oscar. Aber ihn ärgerte die Arroganz dieser nachgeborenen Bürger Frankreichs, deren politische Einstellung, so sie überhaupt eine hatten, nur zwischen verschiedenen Parteien hin und her schwankte und die Möglichkeiten, die eine Rückkehr zur Monarchie bieten würde, noch nicht einmal ansatzweise verstehen konnten. Wie auf dem Plakat zu lesen war, stand das *Ancien Régime* für Prunk und Dekadenz und wurde damit in einen Topf geworfen mit spätrömischen Ausschweifungen und Unfähigkeit.

Der Gedanke war plötzlich da – er konnte sich nicht erinnern, ihn bewusst gedacht zu haben. Es wäre ein passender Schachzug, an einem Fest, das die letzten Tage der Monarchie wiederaufleben lassen wollte, den Erben zu präsentieren. Aristide kräuselte die Lippen und während der Hotelangestellte ihn nach seinen weiteren Wünschen fragte, lächelte er sogar ein wenig. Ja, so würde er es machen – dieser Abend wäre der perfekte Rahmen dafür, dem Erben zu seinem Anspruch zu verhelfen.

◇ ◇ ◇

»Du hast was gemacht?«

Von Loïcs sonst entspannter Haltung war nicht viel geblieben. Wütend fuhr er sich durch die blonden Haare, bis sie abstanden und seine blauen Augen waren dunkel vor Zorn. Er sprang auf und einen Augenblick lang befürchtete Julien, er würde Momò einen Stoß versetzen.

Momò hatte angekündigt, dringend mit der Band reden zu müssen, und so hatten sie sich im Probenraum des *Maison de Rencontre* getroffen. Francis lehnte unbeteiligt am Getränkeautomaten und inspizierte seine Fingernägel. Wie er in dem schummrigen Licht, das durch die trüben Fenster fiel, und durch seine Sonnenbrille etwas erkennen konnte, war Julien ein Rätsel. Tristans leicht entflammbarer Widerspruchsgeist ließ ihn förmlich vibrieren. Er hatte die Fäuste angriffslustig in die Seiten gestützt und hätte die Schwerkraft es nicht verhindert, so hätte ihn seine Wut an die Decke katapultiert.

Er selbst fühlte sich seltsam unbeteiligt. Er wunderte sich, weshalb es ihm so egal war, denn eigentlich war der Erfolg der Band das Ziel, das ihm am meisten am Herzen lag. Jetzt beobachtete er mit dem Interesse des Unbeteiligten, wie Loïc sich entscheiden würde. Denn am Ende würden sie alle tun, was er vorgab, das war keine Frage.

Loïc verschränkte mit sichtlicher Anstrengung die Arme vor der Brust und wanderte angespannt hin und her.

Momò hatte seit seiner Ankündigung nichts mehr gesagt. Kurz hatte er seine Arme schützend vor dem Körper verschränkt, sie dann aber scheinbar entspannt in den Hosentaschen verschwinden lassen. Julien bewunderte seine Strategie, denn einen offenen Machtkampf mit Loïc hätte er nicht gewonnen.

Loïc blieb abrupt vor Momò stehen und Julien bemerkte, dass es Momò Mühe kostete, nicht zurückzuweichen. »Lass es mich noch einmal wiederholen ... nur damit ich dich richtig verstanden habe.« Loïc bohrte seinen Zeigefinger in Momòs Pullunder mit dem Rautenmuster. »Du hast uns ein Gig besorgt ... heute Abend bei diesem dämlichen Schloss- oder Hoteleinweihungs-Dingsda?«

»Richtig.« Momòs Stimme klang belegt, aber er blickte Loïc fest ins Gesicht.

»Die Bezahlung ist wieder mal geschenkt«, fuhr Loïc fort, »aber wir sollen uns vor dem Auftritt als verkleidete Kellner zum Affen machen? Hab ich das richtig zusammengefasst?«

»Nun, das war die Bedingung von Monsieur Duroc.« Momòs Gesichtsfarbe intensivierte sich und leuchtete mit seinen Drahthaaren um die Wette.

Loïc starrte ihn an, als wäre er schwer von Begriff. »Das kommt nicht in die Tüte, das ist dir doch klar? Du rufst jetzt diesen Duroc an und sagst ihm Bescheid, dass er sich das abschminken kann!« Wieder fuhr er sich mit beiden Händen durch seine Mähne und legte ein paar Schritte zwischen sich und Momò. Er schüttelte den Kopf. »Eines aber verstehe ich nicht. Warum hast du das überhaupt an Land gezogen? Wir sind mitten in den Vorbereitungen für das Festival in Lorient und jetzt sollen wir dort mit der Zopfperücke Häppchen herumreichen, damit man uns spielen lässt?«

»Mann, ey, das ist sowas von link.« Tristan wippte auf den Zehenspitzen und boxte mit der Faust in seine hohle Hand.

Loïc hob die Hand in seine Richtung und richtete seine Aufmerksamkeit wieder auf Momò.

Francis hatte kurz aufgesehen und zog jetzt umständlich einen Nagelknipser aus seiner Tasche.

Momò zögerte. Dann schob er eine Hand in seine Gesäßtasche und zog einen zerknitterten Bogen Papier hervor. Wortlos hielt er ihn Loïc hin.

Loïc riss ihm den Brief aus der Hand und überflog die Zeilen. »Was soll das heißen? ›...bedauern Ihnen mitteilen zu müssen ... trifft nicht das Konzept unserer Veranstaltung ...‹ was soll der Scheiß?«

»Sie lassen uns nicht spielen ... beim Festival, meine ich.« Momò zuckte mit den Schultern.

In die Stille hinein schnippte Francis mit einem Knips einen Fingernagel ab und prüfte mit der Unterlippe, ob ein unangenehmer Grad zurückgeblieben war.

»Sie wollen uns nicht?« Loïc knüllte das Papier zusammen.

»Oh, Mann, Scheiße, Mann, ey...« Tristan ballte die Fäuste und sein Bizeps schwoll bedrohlich an.

Julien richtete sich auf. Endlich kam Bewegung in seine stumpfe Gleichgültigkeit. »Seit wann weißt du das schon?«

Momò schob die Hände so tief in seine Hosentaschen, dass Julien fast erwartete, dass sie an den Knöcheln wieder zum Vorschein kamen.

Loïc zerrte so heftig an dem Papierknäuel, dass eine Ecke abriss. »Da ... der ist schon vor Tagen gekommen.« Er starrte Momò fassungslos an. »Warum hast du es uns nicht gesagt. Wir hätten dort angerufen und denen Bescheid gesagt!«

Momò sah gequält auf den Brief in Loïcs Händen und Julien wusste im gleichen Augenblick, dass er bereits alles versucht hatte.

»Was haben sie gesagt?«

Momò warf ihm einen dankbaren Blick zu. »Zuerst habe ich nur so einen Idioten gesprochen.« Er wagte ein zaghaftes Lächeln. »Ich glaube, das war der Kumpel des Assistenten von der Sekretärin des Veranstalters.«

Keiner lachte. »So nach dem siebten, achten Anruf hab ich's dann bis zur Sekretärin geschafft.« Momò machte eine Pause und strich mit den Fingern an der Seitennaht seiner Hose entlang.

»Ja, und?« Loïc hob fragend die Hand.

Momò schnaubte. »Ich spreche also mit Madame Kerguinan und versuche zu erfahren, warum ... da merke ich auf einmal, dass die unsere Demos überhaupt nicht gehört haben ... jedenfalls nicht alle und nicht in voller Länge.«

»Was?« Loïc feuerte den Brief auf den Boden.

Tristan drehte sich auf dem Absatz um und suchte sich einen Abfalleimer, den er umtreten konnte.

»Ich biete ihr also an, dass wir am Wochenende vorbeikommen und Monsieur Quéméneur ... das ist der Chef dort, ich meine, der Veranstalter ... vorspielen, da sagt sie, der ist nicht da, sondern bei seinem Kumpel Duroc zu der Einweihungsfeier des Schlosshotels *Chateau de Corentin* eingeladen.«

Francis pustete die Nagelreste von seinem Knipser und steckte ihn wieder ein. »Schätze, wir spielen jetzt doch bei der Einweihungsfeier ... und reichen von mir aus vorher Häppchen. Die Sonnenbrille behalte ich aber auf, damit das klar ist.«

◇ ◇ ◇

Laurent lehnte an der Gartenmauer gegenüber dem Haus von Maître Cassel. Nach Juliens Worten wohnte Vicky immer noch dort – wie schon vor vier Jahren. Es erschien ihm bizarr, dass er erst vor wenigen Tagen Vicky und seine Schwester zu einem Besuch bei diesem arroganten Widerling begleitet hatte. Eindeutig war es dasselbe Haus. Obwohl es Unterschiede gab. Der Putz musste einmal anders gestrichen worden sein – vor langer Zeit, denn an vielen Stellen bröckelte die Farbe ab und gab den Blick frei auf die ursprüngliche Bemalung, an die sich Laurent erinnerte.

Er wusste nicht, worauf er wartete. Vor einiger Zeit hatte eine Frau das Haus verlassen und war in einer dieser seltsamen pferdelosen Kutschen davongefahren. Sie hatte keinen Kutscher oder eine andere Begleitung dabeigehabt, sondern selbst kutschiert. Er hatte sich gewundert, sich aber gesagt, dass es nur eine jener seltsamen Veränderungen war, denen er in den paar Stunden, seit er erwacht war, begegnet war.

Am Morgen war er erleichtert gewesen, als Julien ihn allein gelassen hatte – auch wenn es wohl hilfreich gewesen wäre, ihn

Verschiedenes fragen zu können. Als er von seiner eigenen Kleidung keine Spur entdecken konnte, hatte er sich die Sachen angesehen, die Julien ihm gegeben hatte. Die Hose war lang wie Bauernkleidung. Es waren jene langen blauen Hosen, die jeder zu tragen schien. Vielleicht waren sie Teil einer Uniform? Das Material war grob und steif und als er versuchte hineinzuschlüpfen, musste er feststellen, dass der Schnitt außerordentlich knapp war. Die Verletzung am Oberschenkel schmerzte, als sich das Material so eng anlegte, wie eine zweite Haut und an seiner Kehrseite vermisste er die bequeme Weite, die es einem ermöglichte, zu sitzen und zu reiten. Er bezweifelte, dass er sich mehr als einen einzigen Schritt würde bewegen können. An der Vorderseite dieses Kleidungsstückes befanden sich eine Reihe von metallenen Knöpfen, die er mit einiger Anstrengung schloss – um festzustellen, dass sie unangenehm gegen seine empfindlichen Teile drückten.

Er griff nach dem weißen Hemd, das Julien ihm hingelegt hatte, und bemerkte verwundert, dass es weder vorne noch hinten einen Verschluss gab. Das Hemd hatte keinerlei Stickerei oder Verzierung am Ausschnitt oder den Ärmeln, die überdies weit oberhalb des Ellbogens endeten. Nachdem er das Hemd eine Weile hin und her gedreht hatte, fiel ihm auf, dass das Material wie feine Strickerei dehnbar war und sich über den Kopf ziehen ließ. Er fand ein paar Strümpfe, die zwar kürzer waren, als die, die er sonst trug, aber zu den langen Hosen passten. Er sah sich nach Rock und Halsbinde um, aber alles, was er fand, war ein Kleidungsstück aus dunkelblauem Material mit hellblauen Nähten, von dem er zuerst dachte, es wäre eine Kopfbedeckung. Allerdings konnte er sich nicht vorstellen, welchen Zweck die beiden großen Öffnungen an den Seiten haben sollten. Schließlich ging ihm auf, dass es sich um eine Art Hose handeln könnte – eine Hose, die man unter der Uniformhose trug, um die Reibung im Schritt zu vermeiden. Er schälte sich wieder aus der engen Hose und stieg in das dunkelblaue Kleidungsstück, das sich elastisch um seine Sitzfläche schloss und vorne Platz genug bot, alles zu verstauen, was nötig war.

Als er später Juliens Elternhaus verließ, ohne noch einmal auf den Arzt zu treffen, kam er sich unrasiert und skandalös unzulänglich bekleidet vor. Aber keiner der Leute, die ihm begegneten, schien an seiner Erscheinung Anstoß zu nehmen. Im Gegenteil. Als er auf der anderen Straßenseite eine Gruppe junger Männer bemerkte, konnte er feststellen, dass wenigstens die Hälfte von ihnen die gleiche Uniform trug, wie er selbst – eine lange blaue Hose und ein weißes, kragenloses Hemd mit kurzen Ärmeln.

Jetzt saß er vor dem Haus, wie vor kurzem in seiner Zeit und wartete auf Vicky. Er wusste nicht, was er sich davon versprach, aber er würde sie gerne noch einmal sehen, bevor er versuchte, zurückzukehren. Er musste einen Weg finden, das war ihm von Anfang an klar gewesen.

In dieser Zeit wäre es wohl ohne Bedeutung, dass es ihm nicht gelungen war, für Lafayette und Henri die Papiere zu besorgen. Wie er es drehte und wendete, er konnte nicht sagen ob und wo er einen Fehler begangen hatte, und dennoch war es ihm nicht gelungen, Henris Auftrag auszuführen.

Laurent überdachte seine Möglichkeiten. Er könnte sich trotzdem nach Paris aufmachen und Henri und Lafayette mit leeren Händen gegenübertreten. Er wollte sich die Enttäuschung auf dem Gesicht seines Bruders nicht vorstellen und vor allem konnte er nicht darauf hoffen, nach diesem Versagen vom Marquis protegiert zu werden. Henri wäre dergleichen nie passiert, dachte Laurent und schmeckte die Bitternis wie eine faulige Frucht. Es blieb die Aussicht auf ein Leben als Henris Verwalter – mit der schönen Alise und ihrem Kind an seiner Seite. Er hatte nichts gegen Alise persönlich, aber das Gefühl fraß in ihm, nur das zu bekommen, was Henri nicht mehr haben wollte.

Was wäre, wenn er hierbliebe? Würde er sich in seiner eigenen Zeit einfach in Luft aufgelöst haben? Die Vorstellung, sich das Eingeständnis seines Versagens zu ersparen, war verlockend. Vielleicht würde man annehmen, er habe sich auf den Weg nach Paris gemacht und sei überfallen, verschleppt oder ermordet worden. Ein Schauer lief ihm über den Rücken, obwohl es ihm im

Augenblick als ein glorreicheres Ende erschien, als Lafayette und Henri mit leeren Händen gegenüberzutreten.

Bliebe er hier, wäre er frei, sich ein anderes Leben aufzubauen, obwohl er keinerlei Vorstellung davon hatte, was ein Mann in dieser Zeit anstrebte. Er war ein guter Reiter und ein noch besserer Kämpfer mit jeder Art von Stichwaffe. Sicherlich, die Zielgenauigkeit mit Pistolen würde er verbessern müssen.

Er hielt inne mit diesen Gedanken, als ihm einfiel, dass er bisher keinen einzigen Menschen zu Pferd gesehen hatte und niemanden, der irgendeine Art von Waffe trug. Waren seine Fähigkeiten in dieser Zeit völlig nutzlos?

◊ ◊ ◊

Laurent schüttelte den Kopf, um die ungewohnt grüblerischen Gedanken loszuwerden. Er würde Vicky seine Aufwartung machen und sich verabschieden. Er erhob sich und schritt auf das rostige Gartentor zu, als ihn ein Mann überholte.

Bei einem Pferd hätte er die Gangart als leichten Trab bezeichnet. Bei einem Mann hatte er diese Art der Fortbewegung noch niemals gesehen. Er trippelte in kurzen Schritten vorwärts, machte aber nicht den Eindruck, als habe er es eilig, weshalb sich die Frage stellte, warum er nicht gemessenen Schrittes ging, wie jeder vernünftige Mensch.

Der Mann war in einen formlosen Anzug gekleidet, dessen Farben so grell waren, dass Laurent die Augen bereits vom Hinsehen schmerzten.

Schwer atmend hielt der Mann ebenfalls vor dem Gartentor an, aber anstatt hindurchzugehen, stützte er ein Bein an der Gartenmauer ab und verdrehte den Oberkörper nach allen Seiten wie ein Schlangenmensch. Sein rotes Gesicht glänzte vom Schweiß, der ihm in dicken Rinnsalen von der Stirn lief.

Laurent erwartete, dass der Bedauernswerte im nächsten Augenblick vom Schlagfluss getroffen werden würde, als dieser breit grinste.

»Ah! Gut!« Der Mann bemerkte Laurent und nickte ihm zu. »Hallo ... äh, *salut.*«

Laurent klappte den Oberkörper vor, um eine Verbeugung anzudeuten und überlegte, wie er sein Anliegen formulieren könnte. Ihm fiel ein, dass er keinerlei Karte bei sich trug, um sein Erscheinen anzukündigen.

»Du willst sehen Vicky?« Der andere zeigte eine Reihe ebenmäßiger und vor allem vollständiger Zähne und deutete von Laurent zur Haustür. »Keine Problem. Tür offen. Gehst du schon mal …«

Laurent warf ihm einen zweifelnden Blick zu und schob sich vorbei, als die Eingangstür geöffnet wurde und ein gelbliches Fellbündel an ihm vorbeischoss, an dem Mann hochsprang und ihm enthusiastisch über das Gesicht leckte.

In der offenen Tür stand ein kleiner Junge in einem gemusterten weiten Anzug und ungekämmten kurzen Haaren. Er würdigte Laurent keines Blickes, sondern drehte sich um und rief ins Dunkel des Hauses: »Vickyyyyyy! Da ist jemand für dich.« Dann drehte er sich um und verschwand.

Laurent zögerte kurz und folgte ihm durch einen düsteren Flur, der seit den Zeiten Maître Cassels nicht wesentlich an Wohnlichkeit gewonnen hatte, in den hinteren Teil des Hauses. Dort lagen üblicherweise die Wirtschaftsräume, die er in fremden Häusern sonst nie zu Gesicht bekam.

Vicky stand an einem stabilen Tisch und schüttete aus einer Schachtel goldgelbe Flocken klimpernd in ein Schälchen. Der Junge hatte sich neben ein gleichaltriges Mädchen gesetzt, das aufblickte und Laurent intensiv und misstrauisch musterte.

»Warum hast du einen Pferdeschwanz?«

Laurent stutzte und fasste unwillkürlich zu seinem Nackenzopf.

Vicky schob das Schälchen über den Tisch. »Sei nicht so neugierig, Lilly und iss deine Cornflakes.« Sie blickte auf und lächelte Laurent an. Ihre Sommersprossen färbten sich einen Ton dunkler.

»Guten Morgen, Laurent.« Ihre Augen glitten über sein Gesicht und über seine ungewohnte Kleidung. Sie schmunzelte, sagte aber nichts. Mit dem Kinn wies sie auf die beiden Kinder. »Das sind meine Geschwister, Benni und Lilly. Die reinsten Nervensägen. Wie geht es dir? Deinem Bein?«

»Dem Bein?« Laurent sah an sich herab, als könnte dort die Antwort liegen.»Ja, gut, denke ich. Der Arzt hat gute Arbeit geleistet.« Er verlagerte das Gewicht auf sein gesundes Bein.»Ich wollte dir noch einmal meine Aufwartung machen.«

»Möchtest du etwas essen? Hast du schon gefrühstückt?« Laurent schüttelte den Kopf und sah zu, wie Vicky eine weitere Schale raschelnd mit Flocken füllte und ihm einen Löffel in die Hand drückte. Unsicher fing er an zu essen. Es knirschte und knackte in seinem Mund, als er die trockenen Flocken zerkaute. Das kleine Mädchen fixierte ihn und lachte aus vollem Hals.

»Du hast die Milch vergessen.« Sie prustete und Reste ihrer Mahlzeit sprühten über den Tisch.

»Ich glaube, du bist fertig, Lilly.« Vicky zog ihrer Schwester das Frühstück weg und goss mit der anderen Hand Milch in Laurents Schale.»Ab mit dir, nach oben, Zähne putzen. Du auch.« Sie fixierte streng den kleinen Jungen.

Die beiden Kinder warfen Laurent noch einen lauernden Blick zu und verschwanden. Der übergewichtige Hund mit dem gelblichen Fell trottete unter den Tisch und begann mit Hingabe, die am Boden liegenden Speisereste zu vertilgen.

»Sehr praktisch«, meinte Vicky und kraulte kurz eines der felligen Ohren.»Besser als jeder Staubsauger.«

Laurent hatte keine Ahnung, wovon sie sprach, es war ihm aber auch egal. Er rührte mit dem Löffel in der breiigen Masse, in die sich die goldgelben Flocken verwandelt hatten. Aus dem Augenwinkel beobachtete er Vicky, wie sie die Schalen ihrer Geschwister zusammenstellte und wegräumte. Er sah sich nach einem Küchenmädchen oder einer Köchin um, konnte aber niemanden entdecken.

Vicky kam an den Tisch zurück und er bemerkte, dass sie die gleichen blauen Hosen anhatte wie er und eines jener kragenlosen und kurzärmeligen Hemden. Gab es keine Unterschiede mehr in der Kleidung zwischen Männern und Frauen? Er wusste nicht recht, was er davon halten sollte, denn erfreulicherweise konnte er unter dem dünnen Hemd ohne Schwierigkeiten die Rundungen ihrer Brüste und in den engen Hosen die Form ihrer Beine ausmachen. Laurent senkte den Blick auf das Schälchen vor sich und rührte in dem wenig ansprechenden Brei.

»Woran denkst du?« Sie war vor ihm stehen geblieben. »Du siehst so ernst aus.«

Er riss sich von seinen Überlegungen los. »Ich wollte dir nur sagen, dass ich zurückgehen werde.«

Vicky fegte die Krümel vom Tisch auf den Boden, direkt vor die Schnauze des Hundes, der sich mit unwürdiger Hast darüber hermachte. Mit einem Lappen bearbeitete sie die bereits saubere Tischplatte, bis Laurent seine Hand auf ihre legte.

Vicky sah ihn nicht an. »Hast du gewusst, dass es so funktionieren könnte?«

»Ich habe es geahnt oder erraten, wenn du so willst.« Laurent räusperte sich. »Es ist jedes Mal in Tante Chloés Zimmer passiert. Es musste dieser verfluchte Spiegel sein.« Laurent hob seinen Löffel und betrachtete in der Innenseite sein auf dem Kopf stehendes Gesicht.

Vicky hob den Kopf. »Du meinst, dieser Spiegel, von dem deine Mutter gesagt hat, dass deine Tante ihn von diesem ... *Magier* erhalten hat?«

Laurent nickte. »Ich denke, es braucht dazu auch eine Art Veränderung des Geistes – ein Loslösen von dem, was wir sonst wahrnehmen.«

»Koma oder Bewusstlosigkeit«, sagte Vicky leise, »... oder ein *Kuss*.« Sie zog ihre Hand weg. »Das ist doch völlig verrückt.«

»Trotzdem sind wir beide jetzt hier im Jahr ...?«

»1988«

Laurent sah sie ernst an. »Siehst du ... *das* ist verrückt!«

Energisch packte Vicky die offene Milchflasche und hinterließ eine Spur verschütteter Milch auf dem Tisch. Sie wischte mit dem Lappen in kreisenden Bewegungen. Schließlich hob sie den Kopf und sah ihn an. »Warum bist du mitgekommen?«

Das war die Frage und er konnte und wollte sie nicht beantworten. Er zuckte mit den Schultern.

Vicky nickte, als hätte sie das erwartet.

Langsam stand Laurent auf, fasste Vicky an den Schultern und zog sie an sich. Sacht berührten seine Lippen ihren Scheitel.»Victoire, du wärst der einzige Grund, weshalb es sich lohnte zu bleiben.«Sein Blick glitt durch den Raum, der so anders aussah, als Küchen zu seiner Zeit – glatte, ebene Möbel, die mit der Wand verwachsen schienen, ohne jeden Schmuck, hässlich in ihrer Schlichtheit.»Aber alles andere ist mir so fremd. Außerdem…«, er zögerte und zwang sich, weiterzusprechen.

»… du und Julien?«Er atmete aus und eine ihrer Haarsträhnen kitzelte ihn an der Nase. Der Duft ihrer Haare stieg ihm in die Nase – so frisch, so anders als die Mischung aus Puder und ranzigem Schweiß, den er immer mit Haaren in Verbindung brachte.

»Was soll mit ihm sein?«

»Ich habe so das Gefühl, dass ihr ein Arrangement, eine … Vereinbarung habt?«

Vicky schwieg, dann umfasste sie mit ihren Händen seine Oberarme und schob ihn ein wenig von sich.»Ich weiß nicht, woran ich mit ihm bin.«

Laurent dachte an das wortlose Abschätzen in Juliens Blick in der letzten Nacht und mit einem Mal reizte es ihn, Julien nicht das Feld zu überlassen. Er sog ihren Duft ein und wieder rieselte kribbelnde Erregung über seine Haut. Vielleicht gab es doch eine Möglichkeit.»Du könntest mit mir zurückgehen.«

Vicky trat zurück und verschränkte die Arme vor der Brust.»Ich kann nicht zurück … in diese Zeit. Ich kann da nicht leben und ich will es auch nicht.«

Laurent starrte sie an. Eine Armlänge entfernt und doch trennte sie eine Distanz von zweihundert Jahren. Er hob langsam die Hände, strich sich die Haare zurück und fasste seinen Entschluss.»Nun, dann …«

Sie kam ihm zuvor. Streckte die Hand aus und berührte ihn sanft an der Wange.»Bleib hier.« Sie versuchte ein kleines Lächeln.»Hier bist du sicher. Hier wird dir wenigstens nichts geschehen.«

Das hatte er nicht erwartet. »Was soll mir geschehen?«

»Ich habe dir erzählt, dass es eine Revolution geben wird.«

Laurent winkte ab. »Unruhen hat es immer gegeben.«

»Aber diesmal wird es anders sein. Ich habe es nachgelesen.«
Ihr Körper straffte sich und sie eilte an ihm vorbei aus dem Raum.
Als sie kurz darauf zurückkam, trug sie ein schweres Buch unter
dem Arm. Sie schlug eine Seite auf und in ihrer Eile fiel der Pa-
pierstreifen, mit dem sie die Seite markiert hatte, zu Boden, wo der
Hund interessiert daran herum schnüffelte.

»Hier, sieh her!«

Sein Blick fiel auf eine Zeichnung, die ihn in ihrer Ausführung
an die zahlreichen Abbildungen in den Büchern und Journalen der
Bibliothek des Schlosses erinnerte. Eine Menschenmenge drängte
sich um eine Art Gerüst, auf dem eine seltsame Konstruktion aufgebaut war, die steil in den Himmel ragte. Auf den zweiten Blick
erkannte er, dass es sich um die Abbildung einer Hinrichtung handeln musste, denn am vorderen Rand des Gerüstes hielt ein Mann
einen Kopf in die Höhe, sodass die Menge ihn sehen konnte.
›21. *Januar 1793 – Hinrichtung Louis' XVI auf der Place de la
Révolution in Paris*‹ las er.

Sein Mund fühlte sich trocken an – er schluckte. »In Paris gibt
es keinen solchen Platz.« Es war das Erste, was ihm einfiel.

Vicky schnaubte. »Das ist egal. Aber verstehst du nicht? Wenn
man einen König hinrichten kann, dann bleibt nichts mehr, wie es
war.«

Laurent starrte das Bild an, als könnte es ihm einen Hinweis
geben, wie es so weit kommen konnte. Er fuhr mit den Fingern
über das glatte Papier, das nichts preisgab.

Allmählich nahm der Gedanke Gestalt an, durchzuckte als Idee
seinen Kopf. Schließlich stand ihm die einzig mögliche Schlussfolgerung so klar vor Augen, als wäre sie ebenfalls unter der Abbildung in dicken Lettern abgedruckt. Er lächelte.

»Vielleicht ist genau *das* der Grund, weshalb ich zurückmuss.
Damit es *nicht* passiert!«

»Aber, es ist doch bereits geschehen.«

Laurent legte Vicky sanft einen Finger auf den Mund. »Wie könnte ich hierbleiben, wenn ich weiß, dass es passieren wird. Was werde ich tun am 21. Januar 1993, wenn ich weiß, dass es in jenem Moment passiert?« Er überlegte kurz, dann riss er mit einem Ruck die Seite aus dem Buch. Er faltete sie zusammen, um sie in seine Rocktasche zu stecken, bis ihm einfiel, dass er nur das einfache weiße Hemd trug. Umständlich stopfte er das Papier in die Gesäßtasche der engen Hose.

◇ ◇ ◇

Nachdenklich sah Vicky Laurent hinterher. Sie fixierte seine kleiner werdende Gestalt und fragte sich, ob sie ihn wiedersehen würde. Sie mochte ihn – sehr sogar, aber sie kannte ihn nicht wirklich. Sie wusste nicht, was er sich wünschte im Leben, nichts über seine Überzeugungen und Einstellungen. Vor allem wusste sie nichts über seine Zeit, nicht das Wichtige jedenfalls, was man nicht in jedem beliebigen Geschichtsbuch nachlesen konnte. In dieser völlig verrückten Situation, als sie plötzlich in seiner Zeit gelandet war, war seine Gegenwart ein Trost gewesen – viel mehr als das – er war ein Freund. Und dann war da dieser Kuss gewesen.

»Hey, Vicky!« Eine Vespa hielt knatternd vor dem Gartentor. Bernadette saß hinter Juliens Freund Momò auf dem Sitz und bemühte sich um eine lässige Ausstrahlung. Sie hatte ein Halstuch um die blonden Strähnen gebunden, doch der Fahrtwind hatte ihrer Frisur dennoch zugesetzt. Momò trug einen offenen Helm auf seinem rundlichen Kopf und prüfte sorgfältig die Tankanzeige.

Vicky warf einen letzten Blick auf Laurents entschwindenden Rücken. Er hielt sich sehr gerade und die Schultern zeichneten sich muskulös durch das dünne T-Shirt ab – die Beine schlank in den Röhrenjeans. Er bewegte sich anders als in der ihm gewohnten Kleidung, so schien es Vicky und auch nicht so wie die Jugendlichen in ihrer Zeit.

Auf einmal war sie sich sicher, dass sie ihn zum letzten Mal sah, und der Gedanke zog ihr die Kehle zusammen. Hätte sie mehr tun können, um ihn zurückzuhalten? Nachdem sie ihm das Buch gezeigt hatte, schien er von neuer Entschlossenheit erfüllt gewesen zu sein. Zum Abschied hatte er ihr sein spezielles Lächeln geschenkt. Er hatte mit dem Zeigefinger ihr Kinn angehoben und einen freundschaftlichen Kuss auf ihre Lippen gedrückt. Auf einmal hatte sie das Gefühl gehabt, etwas Wichtiges verpasst zu haben.

Bernadette war ihrem Blick gefolgt. »Wer ist das denn? Den hab ich hier noch nie gesehen.«

Vicky strich sich eine Haarsträhne aus dem Gesicht. Sie hatte keine Zeit gehabt, herauszufinden, was sie für ihn empfand – vielleicht war es das, was ihr fehlte. Auf einer Ebene, von der ihr Verstand keine Ahnung hatte, fühlte sie sich von ihm angezogen. Mit ihm hatte es sich leicht angefühlt – ohne die Vorsicht, sich nicht zu sehr einzulassen. Ohne die vielen Spekulationen, die die Beziehung zu Julien schwierig machten.

»Ein alter Freund. Kenn ich schon seit Ewigkeiten.« Vicky zuckte mit dem Mundwinkel, auch wenn außer ihr niemand die Doppeldeutigkeit ihrer Worte verstehen konnte.

Bernadette schürzte die Lippen. Sie warf einen letzten Blick der kleiner werdenden Gestalt hinterher, dann wandte sie sich ab und legte besitzergreifend einen Arm um Momò. »Wir fahren zum Flohmarkt. Willst du mitkommen oder holt Julien dich ab?« Sie linste die Straße hinab, um zu sehen, ob Julien aufs Stichwort auftauchen würde.

Wie nebenbei fügte sie hinzu: »Hab gehört, ihr seid zusammen?« Lauernd warf sie noch einmal einen Blick in die Richtung, in die Laurent verschwunden war, bevor sie Vicky fixierte. Einen Wimpernschlag später lächelte sie.

»Das hat sich ja schnell herumgesprochen«, meinte Vicky ausweichend. In der letzten Stunde hatte sie nur an Julien gedacht, um ihn mit Laurent zu vergleichen. Unvermittelt kam sie sich schäbig vor, obwohl sie nicht hätte sagen können, ob sie und Julien *zusammen* waren, wie es Bernadette ausdrückte. Sie spürte den vertrauten Anflug von Panik, wenn ihr die Kontrolle zu entgleiten drohte. Es war ihr eigenes verflixtes Gefühlsleben, das sich nicht an die Regeln hielt. Wie konnte man sich von zwei so unterschiedlichen Menschen aus der Ruhe bringen lassen und immer den einen vergessen, wenn der andere in der Nähe war? Das wurde ihr zu viel. Instinktiv trat sie einen Schritt zurück.

◇ ◇ ◇

»Du kannst jetzt los, Vicky. Sag Elaine, dass ich mit den Kleinen an den Strand gehe.« Hans-Peter, Lilly und Benni schritten im Gänsemarsch den Gartenweg entlang und schienen, wie Ameisen, mit dem Mehrfachen ihres Körpergewichts beladen zu sein. Strandhandtücher, Sandspielzeug, Sonnenschirm und einiges mehr, was ein Erwachsener und zwei Kleinkinder für ein paar Stunden am Strand brauchen würden, quoll aus den diversen Taschen und Rucksäcken hervor, die sie sich auf den Rücken geschnallt hatten. Bernadette musterte die Kleinen in ihren niedlichen Strandhöschen und entblößte ihr prominentes Gebiss. »Nein, sind die süß«, sie winkte enthusiastisch.»Halloooo, ihr Süßen.«

Die Zwillinge verzogen die Augen zu Schlitzen und streckten ihr die Zunge heraus.

Bernadettes Lächeln erstarrte, dann entschied sie sich, zu tun, als hätte sie nichts bemerkt.»Was ist jetzt? Kommst du mit, oder nicht?« Sie knuffte Momò in die Seite, der daraufhin den Motor der Vespa aufheulen ließ.

Vicky wich noch einen Schritt zum Haus zurück. Dann erinnerte sie sich daran, dass sie ihrer Mutter versprochen hatte, ihr beim Verkauf auf dem Flohmarkt zu helfen. Wenn sie sich nicht blicken ließ, würde *Maman* nach dem gestrigen Tag sicher in Panik geraten.

»Ich hole mein Rad«, meinte sie schließlich.»Ihr könnt ja schon mal vorfahren.« Sie hatte keine Lust, der Vespa mit dem Fahrrad hinterher zu keuchen.

Sie nahm Hans-Peters Rad, da ihr eigenes noch angekettet in der Nähe des Schlosses stand, und trat unterwegs kräftig in die Pedale, in der Hoffnung, durch die Anstrengung einen klaren Kopf zu bekommen.

Als sie auf den Kirchenvorplatz einbog, zischte Durocs gelber Sportwagen an ihr vorbei und parkte wenige Meter weiter vor einer Einfahrt. Sandrine wand sich elegant aus dem tief liegenden Sitz und schob sich die Sonnenbrille dekorativ in die Blondmähne. Duroc joggte um sein Fahrzeug herum, nahm seine alberne Schiebermütze ab und legte die Hand auf Sandrines unteren Rücken – nahe genug an ihrem wohlgeformten Po, um die Besitzverhältnisse deutlich zu machen. Sandrine wandte sich ihm zu, als wolle sie in sein Jackett kriechen und küsste ihn unangenehm intim. Vicky wandte den Kopf ab.

Duroc umrundete seinen Wagen wieder und sprang hinter das Lenkrad. Im nächsten Augenblick röhrte der Sportwagen auf und sauste wenige Zentimeter entfernt an Vicky vorbei.

Sie hielt sich im Hintergrund, bis Sandrine ihr Gesicht wieder hinter der Sonnenbrille versteckt hatte und in das bunte Gewühl des Flohmarktes eingetaucht war. Das hatte ihr noch gefehlt. Auf eine Begegnung mit *Miss Unvergleichlich* konnte sie gut verzichten. Sie wendete das Rad, um sich zu verziehen, als sie an den Schultern gepackt und mit den üblichen Wangenküssen begrüßt wurde.

»*Salut*, meine Schöne.« Loïc grinste sie mit seinem Baywatch-Lächeln an, die Haare wie immer gekonnt verstrubbelt. Im Schlepptau hatte er Francis, der stumm eine Hand hob und Tristan, der sie ignorierte. Loïc legte ihr einen Arm um die Schultern und steuerte die ersten Stände an, ohne einen Blick zurückzuwerfen, ob Francis und Tristan ihm folgten.

Auf dem Markt herrschte mehr Gedränge, als Vicky lieb war. Tische in allen Größen waren beladen mit Plunder, der nicht viel mehr als Müll war. Hinter den Tischen saßen Frauen, die entweder selbstversunken an einem zeltgroßen Pullover strickten und keinerlei Interesse am Verkauf ihres Gerümpels erkennen ließen oder Mütter mit kleinen Kindern auf der Hüfte, die jeden, der so unvorsichtig war, eine Vase mit Blümchenmotiv oder ein abgegriffenes Spielzeug länger als eine Sekunde zu betrachten, in ein Gespräch zu verwickeln.

»Was suchst du denn hier?« Vicky konnte sich nicht vorstellen, dass Loïc hier irgendetwas kaufen würde.

»Inspiration«, meinte er und lachte. Er deutete ungeniert mit dem Finger auf die Menge.

»Siehst du hier?« Eine Frau hatte ihren Stand einem Kind über-lassen, das kaum über den Rand des Tisches sehen konnte, um sich die Auslagen ihrer Nachbarin zu betrachten. Eingehend drehte sie erst eine Glasschüssel im Licht hin und her, um sich dann für ein sperriges Holzregal mit klobigen Schnitzereien zu in-teressieren.

»Die Leute stülpen ihre Keller nach außen, um Dinge loszuwer-den, von denen sie vergessen haben, dass sie noch existieren, nur um das überflüssige Zeug ihrer Nachbarn am Abend in die eigenen Keller zu stellen. Im nächsten Jahr geht dann alles wieder von vorne los.« Loïc schüttelte den Kopf und Vicky tat es ihm gleich. Sie wunderte sich weniger über die Unvernunft der Flohmarktver-käuferinnen, sondern über Loïcs Ausflug in die Philosophie. Das hatte sie nicht erwartet.

»Du siehst also«, fuhr er fort, »es geht gar nicht darum, Ballast loszuwerden oder gar Geld zu verdienen.«

»Ach, wär ich nie drauf gekommen. Worum geht es dann?« Es interessierte sie nicht wirklich, aber jetzt, nachdem Loïc davon an-gefangen hatte, wollte sie sehen, was hinter seinem tiefgründigen Gerede steckte.

»Es geht um Kommunikation und Vernetzung«, meinte er prompt. »Durch den Austausch von Objekten werden Beziehun-gen geknüpft oder verstärkt. Das ist immer so, wenn Menschen aufeinandertreffen. Aber hier kannst du ursprünglichere Formen des Handels und der Verständigung beobachten – gerade, weil die Tauschobjekte an sich keinerlei Wert haben.«

Vicky musterte Loïc von der Seite, ob er sie auf den Arm neh-men wollte, aber er sah vollkommen ernst aus. Hatte er den Satz in einem schlauen Buch gelesen und auswendig gelernt? Sie erin-nerte sich an den seltsamen Maler, den sie – war es wirklich nur ein paar Tage her – im Schloss getroffen hatte. Sie unterdrückte ein Kichern. Ein Gedankenaustausch des Malers mit Loïc wäre für andere vermutlich ähnlich unverständlich wie der Schwänzeltanz der Bienen, mit dem ihr Biolehrer sie stundenlang gelangweilt hatte.

»Da hinten ist meine Mutter. Ich hab versprochen, ihr zu helfen bei diesem *Vernetzungszeugs*.« Vicky wand sich aus Loïcs Griff und bahnte sich einen Weg durch die Menge. Loïc ließ sich nicht abschütteln und als Vicky vor dem Stand anhielt, schloss er auf und ließ seinen Arm wieder auf ihre Schulter sinken.

Elaine Meinhardt und ihre Freundin Philine Kerouac überwachten angespannt eine Gruppe neugieriger Frauen, die lebhaftes Interesse an ihren Waren zeigten.

»Ich sage dir, bei diesen Leuten musst du aufpassen, wie ein Luchs.« Philine nickte Elaine zu und schob sich näher an eine Frau heran, die ihre Nase in ein schweres Buch steckte. »Vorsicht, meine Liebe, das ist antik, ich halte das lieber für Sie.« Energisch nahm sie den Folianten an sich und drückte ihn an ihre Brust. Die Frau zog eine Grimasse und befingerte den Pergament-Lampenschirm, worauf der Rest der aufgeklebten Trockenblumen abfiel.

Elaine setzte das künstliche Lächeln berufsmäßiger Verkäufer auf und musterte die vorüberziehenden Besucher. Ihr Blick blieb an ihrer Tochter hängen und flackerte für einen Sekundenbruchteil, als sie Loïc neben ihr bemerkte.

»Julien ist auch hier«, meinte sie und überging eine Begrüßung. »Er sieht sich ein wenig um.« Ihr Blick wanderte hinter Vicky über die wogenden Menschenmassen, als hoffte sie, Julien würde sich im nächsten Augenblick materialisieren. Unwillkürlich schob sie ein paar angeschlagene Tassen hin und her, bis sie wie Soldaten in Reih und Glied standen.

»Hast du gut geschlafen, mein Schatz?« Elaine fixierte den Henkel einer Blümchentasse und fuhr mit dem Daumennagel über eine kleine Unebenheit.

»Das wollt ihr noch verkaufen? Das ist doch reiner Schrott.« Ein sehniger Arm nahm die Tasse hoch und schwarze Augen hinter braunen Haarfransen inspizierten den deutlich sichtbaren Sprung. Vicky hätte nicht sagen können, woher Julien so plötzlich aufgetaucht war. Sofort reagierte ihr Körper und von den

Haarspitzen zu den Zehen richteten sich ihre Zellen wie winzige Magnete nach ihm aus.

»Aber das Muster ist so ungewöhnlich, dass wir dachten ...«, sagte Elaine und sah Julien an, als ob sie etwas anderes hatte sagen wollen.

Julien zuckte mit den Schultern und stellte die Tasse zurück. Als hätte er sie erst jetzt bemerkt, beugte er sich zu Vicky hinunter, um ihr einen Kuss zu geben. Nicht den üblichen Wangenkuss, sondern so deutlich auf ihrem Mund platziert, dass die Botschaft eindeutig war. Ein lauernder Blick streifte Loïc.

Vickys Lippen prickelten und schnell tauchte sie nach unten weg und schob sich auf die andere Seite des Verkaufstisches. »Soll ich dich mal ablösen?«

Elaine musterte Vicky und die Jungen aufmerksam, sagte aber lediglich: »Gut, aber pass auf, die Leute klauen wie die Raben. Bloß weil man hier Zeug vom Speicher verkauft, meinen sie, das ist alles nichts wert und man kann es genauso gut auch so mitnehmen.«

Vicky machte sich mit dem Angebot auf dem Tisch vertraut. Sie erkannte einiges wieder, was sie vor Tagen in den Kisten aus dem Keller geholt hatte. Aus dem Augenwinkel sah sie, wie Julien Loïc zu verstehen gab, er solle verschwinden. Sie lächelte und wandte sich ab.

Julien sah Loïc hinterher, dann umrundete er den Tisch und stellte sich hinter Vicky. Seine Hand streifte – absichtlich oder nicht – ihren Arm und einen wilden Augenblick lang schien sie die Balance zu verlieren. Sie griff nach einem scheußlichen Zinnkrug und hielt sich daran fest.

Philine hielt das schwere Buch noch immer an ihre Brust gepresst und diskutierte mit einem älteren Herrn in einem weißen Sommeranzug, der wiederholt mit der Hand auf den Gegenstand wies.

Vicky erkannte ihn sofort wieder. Das war nicht nur der Mann, der L'Oreille hinter ihr hergejagt hatte. Wie hatte sie so blind sein können, in Sciàbolo nicht jenen Mann zu erkennen. Hier im hellen

Sonnenlicht verriet er sich mit seinen Bewegungen, seinem Gesicht und seinem lauernden Blick. Sie hielt den Atem an und schob sich hinter Julien.

Philine räumte ein wenig Platz auf dem Tisch frei und legte den Folianten vorsichtig ab. Der Ledereinband war dunkelbraun und fleckig vom Alter. Auf der Vorderseite lief ein goldenes Prägemuster entlang der Seitenränder. In der Mitte prangte ein goldenes Ornament mit einer Krone und drei Lilien. Auf dem Buchrücken die verblasste Aufschrift ›TOME XV‹ und die Buchstaben ›SEN - TCH‹.

Geistesabwesend starrte Vicky auf das Buch, während Julien den Kopf zur Seite wandte und sie fragend musterte.

Vicky schüttelte den Kopf und verknotete ihre Finger mit seinen.

Philine öffnete den Einband und hätte Vicky noch eine Bestätigung gebraucht, so wäre es die typische marmorierte Einbandinnenseite gewesen mit dem zwar unleserlichen, aber unverkennbaren schwungvollen Schriftzug. Sie hatte die übrigen Bände einige Male in der Hand gehalten, auch wenn der Einband da noch satt dunkelbraun glänzend gewesen war.

Sie hatte ihn gefunden. Band 15 der Enzyklopädie.

Vicky ließ Juliens Hand los und trat einen Schritt von ihm weg. Sie musste einen klaren Kopf behalten. Er war die ganze Zeit da gewesen, schoss es ihr durch den Kopf. Die ganze Zeit war dieser verdammte Band in irgendeiner Ecke in ihrem eigenen Haus gewesen. Dem Haus, das früher einem Anwalt namens Cassel gehört hatte und dessen Neffe diesen Band vor zweihundert Jahren ausgeliehen und niemals zurückgebracht hatte. Es war zum Totlachen. Wenn sie daran dachte, wie sie in diesem Haus herumgeschlichen war – in dem Zimmer, das Jahrhunderte später ihr eigenes sein würde.

Julien drehte sich um und als er flüsterte, streiften seine Lippen ihre Wange. »Komm, lass uns verschwinden.«

Vicky versuchte das Prickeln, das diese Berührung ausgelöst hatte, zu ignorieren. Sie musste sich konzentrieren. Philine kramte in ihrem Bauchbeutel und verspätet ging Vicky auf, dass sie nach Wechselgeld suchte. Der Mann im weißen Anzug hatte ihr einen Schein in die Hand gedrückt.

Sie musste es wagen, auf die Gefahr hin, dass er sie erkannte. Langsam machte sie sich los von Julien und trat einen Schritt auf Philine und ihren Kunden zu. Der Band durfte nicht verkauft werden.

»Vicky! Sieh mal, was ich gefunden habe.«

Bernadettes Hand legte sich auf ihren Unterarm und hielt sie fest. »Das glaubst du nicht.« Sie drehte sich um und winkte heftig. »Momò, nun beeil dich schon.« Bernadette schob sich an Vicky vorbei und versperrte ihr die Sicht. »Du wirst es nicht für möglich halten, aber das Teil war spottbillig. Dabei ist es echt antik, hier sieh her ...« Vicky linste an Bernadette vorbei zu Philine und dem Buch, während Momò in ihrem Gesichtsfeld erschien – einen sperrigen Gegenstand schleppend.

»Moment, Bernadette.« Vicky riss sich los und wandte sich Philine zu, die unter dem Tisch nach Papier zum Einpacken suchte.

»Das ist nicht verkäuflich.«

»Deine Mutter wird sich freuen«, raunte ihr Philine zu, »Ich habe einen guten Preis bekommen für den alten Schinken.«

»Monsieur, das war ein Irrtum.« Vicky wandte sich direkt an den Mann im weißen Sommeranzug. »Das Buch ist nicht verkäuflich, es tut mir leid.«

Der Mann blickte auf. Sein Lächeln war verbindlich, aber seine Augen blickten hart wie Kieselsteine. »Mir tut es leid, Mademoiselle, aber Madame und ich sind uns einig geworden und auch auf einem Flohmarkt gilt ein Geschäft.«

»Aber ...«

Der Mann schwieg und sein Blick musterte Vicky eindringlich und glitt dann über ihre Schulter, wo er an Julien hängen blieb, der es sich scheinbar entspannt auf einem Klapphocker bequem gemacht hatte. Er erstarrte für einen Moment, dann wurde seine Miene undurchdringlich und zu Vickys Überraschung neigte er andeutungsweise den Kopf in Juliens Richtung.

Philine hatte den Folianten inzwischen in mehrere Lagen Papier eingewickelt und drückte dem Herrn das Paket in die Hände. Ohne zu überlegen, packte Vicky zu.

»Meine Liebe, glauben Sie mir, ich verstehe nur allzu gut, dass Sie sich nur schwer von diesem Stück trennen.« Mit einem Ruck nahm der Mann das Paket an sich. »Aber ich muss darauf bestehen ... verkauft ist verkauft. Ich bin Sammler und auch ich suche bereits seit ... vielen Jahren nach genau diesem Exemplar.« Er fixierte Vicky und dieser Blick war so unmissverständlich eine Warnung, dass ihr trotz des heißen Tages eiskalt wurde. Damit nickte er ihr zu und drehte sich um.

»Vicky ... nun schau doch mal.« Bernadette zog energisch am Saum ihres Shirts.

Vicky wandte sich an Julien, der dem Mann mit finsterer Miene hinterher starrte. »Kennst du den, der gerade das Buch gekauft hat?«

Julien runzelte die Stirn. »Allerdings ... der hätte mich fast über den Haufen gefahren mit seiner protzigen Limousine.«

»Wer ist das?«

»Irgendein komischer Typ ... wohnt im *Le vieux Chouan*.«

»Jetzt schau doch mal.« Bernadette ließ nicht locker. Vicky drehte sich um und Momò hielt ihr einen alten Ledersattel hin.

»Da ist sogar irgendein Wappen drauf«, strahlte Bernadette.

»Sieht kaputt aus«, warf Julien ein.

Bernadette ignorierte ihn. »Genau so etwas habe ich gesucht, das wird sich super in den Stallungen machen.« Ihre Hand mit den pink lackierten Nägeln glitt über die speckige Oberfläche des Sattels, wo in einer Ecke eine Rose eingestanzt war. »Ich muss ihn sofort Monsieur Duroc zeigen ... komm Momò.«

Momò hob grüßend die Hand und fixierte Julien. »Wir sehen uns dann später bei der Anprobe.«

»Anprobe?«

Momò schüttelte den Kopf. »Vergiss es nicht. Die Anprobe im Schloss. Das ist wichtig!«

◇ ◇ ◇

Wie ein Landmann war er den ganzen Weg zum Schloss seiner Familie zu Fuß gegangen. Auf seine Frage, ob man ihm ein Pferd zur Verfügung stellen könnte, hatte Vicky ihm ein seltsames Eisenfahrzeug mit zwei großen Rädern angeboten, das sie *Fahrrad* genannt hatte. Sie hatte ihm gezeigt, wie man damit vorankam, aber als er es selbst versuchte, war er zu seiner größten Verlegenheit ein ums andere Mal auf den harten Boden des Weges gestürzt. Das ganze Ding bestand nur aus beweglichen Teilen, die man mit den Füßen, mit den Händen und wer weiß, welchen Körperteilen gleichzeitig bedienen musste, während man das Gleichgewicht nur halten konnte, wenn man bereits eine gewisse Geschwindigkeit erreicht hatte. In seinen Augen eine absolut sinnlose Erfindung, die die Geschicklichkeit eines Mannes auf hinterhältigste Weise auf die Probe stellte.

Unerklärlicherweise schoss Vicky mit diesem Vehikel ohne Anstrengung an ihm vorbei und lenkte es hierhin und dorthin, ohne die leiseste Unsicherheit. Sie zeigte ihm Miniaturen dieser seltsamen Erfindung und behauptete, dass bereits Kinder sich in der Kunst der Beherrschung dieser Fahrzeuge üben würden. Nachdem er sich einmal mehr den Staub von seinen erfreulich robusten Hosen geklopft hatte, war es ihm lieber gewesen, zu Fuß zu gehen.

Dabei hatte er reichlich Muse, sich die Umgebung zu betrachten, die ihm vertraut und fremd zugleich erschien. Das Dorf hatte sich verändert. Überall sah er die pferdelosen Kutschen und eisernen Fahrräder. Wie er zu seiner Erbitterung feststellen musste, wurden diese von ihren Reitern mühelos beherrscht. Er sah kein einziges Pferd.

Er nahm den Weg durch den Wald und wenigstens hier hatte er das Gefühl, dass die Zeit stehen geblieben war, auch wenn die Wege ebener und gerader verliefen, als er es in Erinnerung hatte. In der Ferne hörte er das Rauschen des Flüsschens, wo er vor vielen Jahren den Unfall gehabt hatte, mit dem, wenn man es recht bedachte, alles angefangen hatte.

Er folgte einem Trampelpfad durch den Wald und als dieser sich langsam lichtete, sah er die regelmäßigen Silhouetten der schlanken Bäume, die die Auffahrt begrenzten. Irgendwie tröstete ihn dieser Anblick, schuf er doch die Illusion, dass sich nichts verändert hatte in den letzten zweihundert Jahren. Dann fuhr einer jener pferdelosen Wagen die Auffahrt entlang und erinnerte ihn daran, dass er sich noch immer im 20. Jahrhundert befand.

Auto – so hatte Vicky diese Wagen genannt.

Wie früher wurde der Wald durchlässiger und ging nach und nach in den Schlosspark über. Julien hatte ihm erzählt, dass einige Monate zuvor ein heftiger Sturm über das Land gezogen war und zahlreiche Bäume entwurzelt hatte. Jetzt hatte man den Park wieder hergerichtet und das Schloss – *sein Schloss* – in eine Art Herberge verwandelt. Genau genommen war es nicht *sein Schloss* und würde das nie sein. Drei ältere Brüder mit ebenfalls älteren Ansprüchen standen dem im Weg und so hatte er es nie als seines betrachtet. Wohl aber gehörte es seit den Zeiten König François' des Ersten seiner Familie und damit war es nun offenbar vorbei. Das war es, was unerwartet schmerzte. Auch wenn er nie damit gerechnet hatte, das Schloss selbst zu besitzen, war es doch untrennbar mit seiner Familie verbunden. Alexandre würde der nächste Comte de Plourhan sein, danach sein Sohn, später sein Enkel und immer so fort.

Die Verletzung am Oberschenkel hatte seit einer Weile angefangen, schmerzhaft zu pochen und als Laurent am Rande des Parks einen ungehinderten Blick auf die Gartenfassade des Schlosses hatte, suchte er sich einen Platz, um sich ins Gras zu setzen.

Wann würde seine Familie ihren Besitz verlieren? Vicky hatte von einem Umsturz oder gar einer Revolution gesprochen, die in seiner Zeit stattfinden würde. Hatte es damit zu tun? Was, wenn sie damit recht hatte? Und was würde mit seiner Familie passieren?

Er fummelte das zusammengefaltete Stück Papier aus der engen Hosentasche und betrachtete das Bild. Grauen erfasste ihn und jagte ihm einen Schauer über den Rücken. Wenn man einen gesalbten König von Gottes Gnaden hinrichten konnte, gab es keine Sicherheit mehr – für niemanden.

Mühsam stemmte er sich wieder hoch. Er tastete seinen Oberschenkel ab und verzog schmerzhaft das Gesicht. Die Naht schien zu halten, denn durch den dunkelblauen Hosenstoff drang kein Blut, auch wenn es sich anfühlte, als sei alles wund.

Er hatte nie darüber nachgedacht, ob man den Lauf der Geschichte beeinflussen könnte, wenn man Dinge wusste, die erst noch passieren würden. War die Abfolge von Ereignissen im Laufe der Jahrhunderte seit unendlicher Zeit vorgegeben oder verhielt es sich vielmehr so, wie bei einer unbekannten Wegstrecke, wo sich der Fuhrmann bei jeder Gabelung für eine Richtung entscheiden musste, die ihn wieder an eine Kreuzung führen würde. In diesem Fall musste es viele Wege geben, die eingeschlagen werden konnten und zu unterschiedlichen Zielen führten. Er warf noch einen Blick auf die herausgerissene Buchseite, bevor er sie wieder in seine Tasche stopfte. Irgendwann in seiner Zeit würde jemand die falsche Abzweigung nehmen, die geradewegs zu dieser Katastrophe führen würde. War es nun an ihm, herauszufinden, wann das geschehen würde und es dann zu verhindern?

Laurent blieb stehen und belastete das unverletzte Bein. Mit einem Mal wurde ihm die Ungeheuerlichkeit dieser Aufgabe bewusst. Er hatte von politischen Angelegenheiten keine Ahnung und noch viel weniger Einfluss auf diese Dinge. Seine Familie war keine der vornehmen und führenden Familien Frankreichs, sondern bedeutungsloser Landadel und weit weg von Paris. Ein einziges Mal war er als Junge am Hof von Versailles gewesen und hatte das junge Königspaar im Park gesehen. Die Königin und ihre Damen hatten sich mit einer Art Versteckspiel vergnügt und der König hatte ihnen dabei zugesehen. Das hatte ihn gewundert, denn er hatte immer gedacht, König und Königin säßen den ganzen Tag auf ihrem Thron, um zu regieren. War er der einzige Mensch seiner Zeit, der wusste, welches Schicksal ihnen bevorstand?

Da stand er – Laurent de Plourhan – am Rande des Schlossparks, bewegungslos, als hielte eine unsichtbare Kraft seine Beine am Boden fest, als könnte er durch reines Stillstehen den Lauf der Zeit aufhalten. Nach einer Weile wurden ihm die Geräusche rings um ihn herum wieder bewusst. Irgendwo im Wald hämmerte ein Specht und auf dem Grasstreifen am Waldrand zirpten die Grillen. Am Himmel kreiste ein Raubvogel und stürzte sich plötzlich auf einen Hasen, der in seinem Todeskampf aufschrie.

Laurent zwinkerte und die kleine Bewegung nahm den Bann von seinen Gliedmaßen. Er war kein großer Grübler und dieses Denken im Kreis verwirrte ihn. Zunächst musste er den Weg zurückfinden, dann konnte er immer noch überlegen, wie er vorgehen sollte.

Schließlich konnte er nicht einfach zum König gehen und ihm von dessen eigener Exekution erzählen. Man würde ihn im besten Fall für verrückter als François halten oder ihn gleich einkerkern. Die aussichtsreichste Möglichkeit, näher an die politischen Ereignisse zu kommen, bestand über Lafayette, der offenbar genaue Vorstellungen hatte, was er erreichen wollte. Diese Überlegung führte Laurent geradewegs zu seinem Auftrag zurück, denn die Beschaffung der handschriftlichen Notizen wäre seine Eintrittskarte beim Marquis. Erst jetzt wurde Laurent bewusst, dass er die Luft angehalten hatte. Er atmete langsam aus. Er würde einen Weg finden müssen. Die Sache war von zu großer Bedeutung, denn nun ging es nicht mehr nur um diese Papiere.

Mit purer Willenskraft zwang er sich, einen Fuß vor den anderen zu setzen und nach einiger Zeit humpelte er am vertrauten Neptunbrunnen vorbei, der wie zu seiner Begrüßung anfing, aus allen Düsen Wasser zu spritzen. Kaum hatte Laurent dem Brunnen den Rücken zugekehrt, verebbte das Plätschern. Er wandte verwundert den Kopf. Langsam ging er ein paar Schritte rückwärts und aus Neptuns Dreizack, den Mäulern von Delfinen und Seeungeheuern und sogar aus den steil aufwärtsstrebenden Brüsten der Meerjungfrau schoss das Wasser in die Höhe.

Laurent zuckte mit den Schultern und ging wieder auf das Schloss zu. Hinter ihm gluckerte es und nur die nasse Oberfläche der Figuren verriet, dass sie eben noch Wasserfontänen gespuckt hatten.

»Da schaust du, was?«

Erst jetzt bemerkte Laurent den Mann auf einer Leiter. Entlang der Wege befestigte er ein dickes Seil in den Bäumen. In regelmäßigen Abständen hingen an dem Seil weiße, birnenförmige Glasbehälter, die bei jeder Bewegung sacht hin- und herschaukelten. »Hat sich der Chef ausgedacht. Lichtschranke!« Der Mann fuhr sich über seinen roten Haarschopf und lachte ihn freundlich an.

Laurent trat näher.

Der Rothaarige stieg von der Leiter und trug das Seil ein Stück weiter. Die weißen Birnen klimperten leise. Die Düsen des Brunnens fingen wieder an, Wasser emporzuschleudern.

»Siehst du. Wenn du hier drüber trittst ...«, er deutete mit der Hand auf eine Stelle des Weges, die sich in nichts von ihrer Umgebung unterschied, »... dann hört es wieder auf.« Er machte einen Schritt über die imaginäre Linie und die Fontänen fielen kraftlos in sich zusammen. Er setzte den Fuß nach vorne und wieder sprudelte das Wasser. Wie ein Zauberkünstler breitete der Mann seine Hände aus. »Wie ich sage: Lichtschranke!«

Laurent sah sich um, konnte aber keinerlei Mechanismus erkennen, der diesem Schauspiel zugrunde lag, obwohl er sicher war, dass es einen Trick dabei geben musste. Als Junge hatte er mit seinen Brüdern Alexandre und Henri beim Duc de Croÿ einen Schachautomaten gesehen, der gegen die besten Spieler angetreten war und zum ehrfürchtigen Staunen des Publikums, sämtliche Spiele gewonnen hatte. Der Automat war eine kleine orientalisch gekleidete Puppe, die auf einer winzigen Kommode saß. Er erinnerte sich, dass er mit offenem Mund die ruckartigen Bewegungen der Arme beobachtet hatte, wenn die Puppe eine Figur bewegte und sich heiß und innig gewünscht hatte, einen solchen Apparat mit nach Hause nehmen zu können, um François damit eine Freude zu machen. Alexandre und Henri hatten noch in der Kutsche darüber diskutiert, ob sich ein Zwerg im Inneren der Kommode verbarg oder nicht.

Laurent musterte die Figuren des Brunnens, um einem geheimen Versteck auf die Spur zu kommen. Anders als bei jenem Schachautomaten bot die Figurengruppe ausreichend Platz für mehrere Männer, die die Pumpen für das Wasser nach Belieben bedienen konnten.

Der Rothaarige war seinem Blick gefolgt. »Nee, nee«, meinte er, »wird zentral vom Haus geschaltet. Gibt auch Dauerbetrieb, aber das hier ist viel witziger.« Er stieg wieder auf seine Leiter und band ein Stück des Seiles fest. »Bist du wegen der Jobs hier?«

Laurent hatte keine Ahnung, was er meinte, aber der Rothaarige sprach bereits weiter. »Ich glaube, Duroc hat in jeder verdammten Zeitung hier in der Gegend inseriert, dass er noch Leute braucht für sein großes Eröffnungstamtam.«

»Eröffnungs...?«

»Na, heute Abend gibt es hier das große Einweihungsfest mit allem Drum und Dran. Monsieur Duroc hatte bei einer Agentur einen Haufen *Pinguine* bestellt, die bei dieser Gelegenheit Sekt und Häppchen herumreichen sollten. Und stell dir vor, jetzt sind diese Leute von einer seltsamen Lebensmittelvergiftung befallen. Wenn du mich fragst, dann spricht das nicht für die Agentur.«

Der Rothaarige stieg wieder von der Leiter und rückte sie ein Stück weiter. »Jeder, der ein Tablett halten kann, wird heute in eine Livree gesteckt ... auch meine Wenigkeit.« Er grinste schief und betrachtete seine Hände, die von der Arbeit rau und rissig waren. »Was meinst du, ob die einem auch diese weißen Handschuhe verpassen?«

Laurent zuckte mit den Schultern. Er wollte nicht wissen, was an diesem Abend auf dem Besitz seiner Familie stattfinden sollte. Dann wollte er längst weit weg sein – in seinem eigenen Jahrhundert. Er hob eine Hand zum Gruß, wie er es bei anderen jungen Leuten gesehen hatte, kehrte dem Mann den Rücken zu und humpelte weiter auf dem Weg Richtung Schloss.

◇ ◇ ◇

Die Ansicht der Schlossfassade kam ihm kaum verändert vor. Der Platz vor der Veranda allerdings glich einem Jahrmarkt. Auf der einen Seite stellten Arbeiter eine Reihe weiß-roséfarbener Pavillons auf. Gegenüber hämmerten Handwerker an einem hölzernen Podest. In einer anderen Ecke wurden Tische und Bänke aufgestellt und eine Reihe wuchtiger Kübelpflanzen zu beiden Seiten des Weges wie Soldaten in Stellung gebracht. Niemand beachtete ihn und als wäre er unsichtbar, betrat Laurent das Schloss seiner Vorfahren wie so oft in der Vergangenheit durch die kleine Seitenpforte.

Der Geruch fiel ihm als Erstes auf. Vertraute Aromen nach Holz und gekalkten Wänden wurden überlagert von der scharfen Ausdünstung frischer Farbe. An den Wänden hingen flache Glasbehälter, die alles in ein seltsam gleichförmiges Licht tauchten. Laurent widerstand dem Impuls, in sämtliche Räume zu sehen, die links und rechts des schmalen Flurs lagen. Auf einmal hatte er es eilig, in das Zimmer zu gelangen, das vor langer Zeit seine wunderliche Tante Chloé bewohnt hatte und das er trotz der Verfügung seiner Frau Mama, niemals als sein eigenes betrachten konnte. Er nahm die Wendeltreppe der Dienstboten, um nach oben zu den Schlafzimmern zu gelangen, und stieß am Ende des Flurs die unscheinbare Tür auf.

»Passt auf, dass ihr den Boden nicht beschädigt!« Die Stimme war scharf und gehörte einem hochgewachsenen Mann, der Laurent den Rücken zuwandte. »Die Restaurierung des Spiegels ziehe ich euch vom Lohn ab.«

»Aber, Chef …«

»Ihr habt zuletzt in diesem Raum gearbeitet und den Eimer Farbe stehen lassen. Wie das mit dem Spiegel passiert ist, will ich gar nicht wissen, denn ihr seid hier verantwortlich gewesen.« Der Mann wandte sich ab und trat in den Raum, der Tante Chloés Schlafzimmer gewesen war.

Laurent lehnte sich an den Türrahmen und sah sich um. Zwei Arbeiter knieten auf den Holzdielen und wischten vorsichtig an Farbresten, die aussahen, als ob jemand mit Schuhen durchgelaufen wäre. Gegenüber der Tür hing der Wandspiegel. Der Mann, der davorstand, drehte sich in diesem Augenblick um. Sein Gesicht sah angespannt und eine Spur grimmig aus.

»Sind Sie der Glaser? Wo waren Sie so lange, Mann?« Er fixierte Laurent finster. Plötzlich wischte er sich mit der offenen Hand über das Kinn.»Entschuldigen Sie, es war nicht so gemeint. Ich bin Duroc.« Der Mann trat einen Schritt zur Seite und da sah er es selbst.

»Können Sie diesen Schaden beheben?« Der hochgewachsene Mann lächelte humorlos.»Heute noch ... am besten schon gestern!«

Laurent trat an den Spiegel heran und streckte die Hand aus. Mit den Fingern tastete er vorsichtig an der scharfen Kante entlang. Ein dreieckiges Stück von Größe einer Männerhand fehlte. Laurent zog die Hand zurück und unwillkürlich strich er über seinen Oberschenkel, wo die Schnittwunde pochte. Da war es also passiert.

»Wo ist es?« Laurent sah sich um,»ich meine, das fehlende Stück, wo haben Sie es?«

»Wie?« Duroc fixierte die Bruchstelle am Spiegel.»Ich weiß nicht, wir haben es nicht gefunden.« Er trat ungeduldig von einem Fuß auf den anderen.»Sie wollen das doch wohl nicht wieder einsetzen?« Einen Augenblick lang sah er bestürzt aus.»Nein, kommt nicht infrage, schaffen Sie einen neuen Spiegel heran, woher ist mir egal.« Er war schon auf dem Weg zur Tür und machte einen Bogen um die Arbeiter, die den Boden scheuerten. Er wandte kurz den Kopf.»Und lassen Sie das Teil irgendwie alt aussehen.« Im Hinausgehen stieß er fast mit einem untersetzten Mann in Arbeitskleidung zusammen, der mit seinem stattlichen Bauch die Tür fast völlig ausfüllte.

»So, dann wollen wir uns den Schaden einmal ansehen.« Der Untersetzte zog einen Zollstock aus den Tiefen seiner Arbeitshose und begann den Spiegel auszumessen.»Hm, ja ... da ist nichts mehr zu machen. Der muss raus und was Neues rein.« Er richtete sich auf.»Junge, geh du mal zur Seite.« Ohne ihn anzusehen, schob der Mann, von dem Laurent annahm, dass es tatsächlich der Glaser war, ihn zur Seite, holte mit einem Hammer aus und ließ ihn auf den Spiegel krachen. Das Klirren schmerzte in den Ohren und die plötzliche Stille danach ebenso. Dann legte sich knirschend ein feines Netz von Sprüngen über die gebrochene

Spiegeloberfläche. Laurent fröstelte und sämtliche Härchen auf seiner Haut stellten sich auf. Ein schleichendes Gefühl des Grauens presste ihm die Luft ab. Die ersten Spiegelscherben fielen zu Boden und mit ihnen Laurents Hoffnung auf eine Rückkehr.

»Und was heißt das jetzt genau?«

Vicky war einige Schritte gelaufen, bevor sie bemerkte, dass Julien nicht mehr an ihrer Seite war. Sie drehte sich um, während ihre Füße weiter geradeaus wollten, weil es genau diese paar Sekunden sein könnten, die sie zu spät kam. Julien war stehengeblieben. Sie bemerkte die Verwirrung in seinem Blick, die er wenig überzeugend hinter Reizbarkeit verbarg.

»Kannst du einfach sagen, was Sache ist?«

Im Laufschritt waren sie auf dem Weg zum Schloss unterwegs. Mit einer vagen Erklärung, mit der sie sowohl ihre Mutter als auch Julien vorerst hatte loswerden wollen, hatte Vicky den Flohmarkt verlassen. Bei Elaine war ihr das gelungen. Julien hatte sie in dem Augenblick eingeholt, als sie feststellte, dass ihr Rad geklaut worden war. Sie konnte sich nicht erinnern, ob sie es abgeschlossen hatte oder nicht, was letzten Endes nichts änderte, denn es war in jedem Fall weg. Also war sie zu Fuß Richtung Schloss aufgebrochen, in der Hoffnung, Laurent zu finden, bevor er für immer in seine Zeit zurückkehrte. Er musste erfahren, dass sie wusste, wer Band 15 in seinem Besitz hatte.

Julien hatte keine Mühe gehabt, mit ihr Schritt zu halten, und da er sich nicht abschütteln ließ, hatte sie ihm schließlich alles erzählt – fast alles.

»Laurent muss diese Papiere finden.« Vicky zwang sich, durchzuatmen, denn ihre Seite schmerzte von dem raschen Tempo. »Ich will ihm nur sagen, wo er diesen Band 15 findet ... zu blöd, dass deine Mutter ihn an diesen Mann verkaufen musste.«

Julien kniff kurz die Augen zusammen. »Lass meine Mutter aus dem Spiel.« Er sah kurz zur Seite, dann trat er dicht vor sie hin und musterte sie so eindringlich, als könnte ihm dies verraten, was er eigentlich wissen wollte. »Sag mal, läuft da was ... zwischen euch, meine ich?«

Vicky blickte ihm geradewegs ins Gesicht.

»Seid ihr …?«

Vicky zögerte einen Augenblick zu lange und Julien trat abrupt einen Schritt zurück und für einen Moment sah sie, wie ihn die Erkenntnis verletzte, bevor seine Miene ausdruckslos wurde. Er zuckte mit den Schultern und wich einen weiteren Schritt zurück.

»Alles klar!«

»Julien, warte!«

»Schon gut, hab verstanden … lass dich nicht aufhalten.« Er hob beide Hände, dann drehte er sich um und ging mit langen Schritten den Weg, den sie gekommen waren, zurück.

Vicky öffnete den Mund, schloss ihn wieder und unterdrückte den Impuls, ihm hinterherzulaufen, obwohl es sich anfühlte, als ob er sie an einem unsichtbaren Gummiband hinter sich her zog.

»Du, Blödmann«, zischte sie leise und wandte sich mühsam um. Die Sache mit Julien musste warten. Sie würde ihm später alles erklären, aber jetzt – das musste er doch verstehen. Vielleicht war es noch nicht zu spät, Laurent aufzuhalten und ihm zu sagen, wo er das verfluchte Buch finden konnte.

Sie setzte einen Fuß vor den anderen und trieb sich an, die verlorene Zeit aufzuholen. Der Weg vor ihr schien steiler und unebener, als er vorher gewesen sein konnte. Ihre Arme und Beine fühlten sich an wie mit Blei gefüllt und mit jedem Schritt fraß sich ein ekelhaft hohles Gefühl durch ihren Körper.

◇ ◇ ◇

Die Wut trieb ihn voran und etwas anderes als wütend wollte er nicht sein, denn der Zweifel und der Schmerz, die in seinem Inneren lauerten, waren so erbärmlich, dass er sich nicht damit abgeben konnte. Er stolperte über eine Unebenheit des Weges und wäre fast der Länge nach hingefallen. Sein Verstand riet ihm, langsamer zu machen, aber jede Muskelfaser peitschte ihn voran, um so viel Entfernung wie nur möglich zwischen sich und Vicky zu legen.

Er hoffte inständig, dass es Laurent inzwischen gelungen war, wieder zu verschwinden – wohin auch immer, denn er wollte ihn nie wiedersehen, ebenso wenig wie das Schloss und den Park. Seit vier Wochen hatte er auf die düsteren Granitmauern dieses Gemäuers geblickt und sich dabei den Rücken krumm und die Hände bis zu den Ellbogen schmutzig gemacht. Er würde das alles hinter sich lassen.

Mit einem Mal war er kolossal erleichtert, dass mit dem dämlichen Eröffnungsfest seine Arbeit am Park zu Ende sein würde. Laurent sollte sich in seiner eigenen Zeit zurechtfinden und Vicky würde bald wieder nach Deutschland verschwinden, wie sie es schon einmal getan hatte. Er hatte sich etwas vorgemacht und war auf seinen eigenen Vorschlag reingefallen. Er und Vicky waren niemals *zusammen* gewesen – auch wenn es sich verdammt richtig angefühlt hatte.

Einer plötzlichen Laune folgend, bog Julien vom Pfad ab und bahnte sich einen Weg durch ein Maisfeld. Die Pflanzen überragten ihn und er genoss es, in diesem Meer zu verschwinden und das Klatschen der Stängel und Blätter auf seinem Körper zu spüren. Irgendwann sah er nur noch ein Fleckchen blauen Himmels über sich, während sich in jeder anderen Richtung raschelnde Maispflanzen in endlosen Reihen fortsetzten. Keuchend blieb er stehen und stützte die Hände auf den Oberschenkeln ab.

Plötzlich kam er sich albern vor. Er hatte sich in einem Maisfeld verlaufen. Julien sah sich um und wie erwartet, bot sich ihm immer der gleiche Anblick. Die Sonne stand senkrecht über ihm und lieferte keinerlei Hinweis auf eine Himmelsrichtung. Schließlich entschied er sich für einen Weg, wo die Pflanzen nicht ganz so dicht zu stehen schienen, und schob sich langsamer als vorhin durch die raschelnden Stängel.

Der Mais grenzte an ein Artischockenfeld, und als er es halb umrundet hatte, bemerkte er den Bauwagen. Als er näherkam, sah er, dass Céline zwischen dem Wagen und einem Baum eine Hängematte befestigt hatte und in der Sonne hin- und herschaukelte.

Er zögerte, denn ihm war nicht danach, jemanden zu sehen und dämliche Fragen zu beantworten. Andererseits hätte er wieder durch das Feld marschieren oder einen anderen Umweg nehmen müssen, um nicht am Bauwagen vorbeizugehen. Er riss einen Grashalm am Weg ab, schob sich das Ende zwischen die Zähne und bemühte sich um eine entspanntere Haltung.

Céline hatte die Augen halb geschlossen und Julien war sich nicht sicher, ob sie nicht eingeschlafen war. Sie hatte einen bunt bedruckten Wickelrock an und unter dem Trägertop trug sie nichts.

»Wie lange starrst du mir jetzt schon auf den Busen, *Gaston*, mein Lieber?« Céline hob träge die Augenlider, ein feines Lächeln in den Mundwinkeln. Sie rückte ein wenig zur Seite und klopfte auf den freien Platz neben sich.

Julien kaute auf dem Ende des Grashalmes herum, sodass das fedrige Ende auf- und abwippte. Dann scheuchte er alle unwillkommenen Gedanken zur Seite und schob sich neben Céline auf die Hängematte. Sie schaukelten eine Weile schweigend hin und her, bis sie ihr Gleichgewicht wiedergefunden hatten. Die Schwerkraft und die Form der Hängematte pressten ihre Körper aneinander und in seinem Becken breitete sich ein warmes Ziehen aus.

Verwundert stellte Julien fest, dass sich sein Körper um den Gefühlsaufruhr in seinem Inneren wenig kümmerte, sondern auf das reagierte, was sich ihm bot. Vielleicht war es wirklich so einfach und man machte es sich mit diesem ganzen Hin und Her ums Verliebtsein, nur unnötig schwer.

Céline bettete ihren Kopf an seiner Schulter. Nach einer Weile fing sie an, mit dem Finger auf seinem Shirt kleine Kreise zu malen.

Wie durch Zufall berührte sie mit der Fingerspitze mal die empfindliche Stelle an seinem Hals, mal strich sie über seinen Bauch und löste damit kleine Schockwellen unter seiner Haut aus. Ein angenehmes Gefühl von Schwerelosigkeit pulsierte in seinen Adern und löste die vielen Gedanken in seinem Kopf in kleine Luftblasen auf, die mit einem Plopp zerplatzten und nichts als einen Hauch zurückließen. Fast spürte er es auf seiner Haut und schmeckte es auf seinen Lippen. Salzig wie Meerwasser mit einem kaum wahrnehmbaren Aroma nach Blumenwiese. Er wurde unruhig. Es war so verlockend, aber es fühlte sich nicht richtig an. Hastig umschloss er Célines Finger mit seiner Hand.

»Nicht.«

Céline hob den Kopf und küsste ihn sanft auf den Mund.

»Mein Lieber, du glühst förmlich. Glaub mir, es würde dir guttun.« Sie zog ihre Hand unter seiner hervor und fuhr ihm sanft durch die Haare und über das Gesicht.

»Es ist nichts dabei, wir haben einfach ein wenig Spaß.«

Julien atmete heftig aus.

»Ich ...«

»Schsch ...« Céline legte ihm einen Finger auf die Lippen. »Sag nichts. Ich seh's dir an. Ein Mädchen hat's dir angetan und sie will nichts von dir, oder so ähnlich?«

Julien wandte den Kopf ab.

Céline lächelte und ihre Hand glitt an seiner Brust entlang nach unten.

Sie hatte zielsicher den Finger auf die Wunde gelegt und wie immer recht damit. Was soll's, dachte Julien. Er hatte getan, was möglich war.

Céline hatte gerade Knopf Nummer drei an seiner Jeans bewältigt, als sie innehielt. Sie hob den Kopf und ihre Igelstachelhaare kitzelten Julien am Kinn.

»Hm, ... ich glaube, wir bekommen Besuch.«

Jetzt hörte Julien es auch. Ein blechernes Knattern, das langsam näherkam. Er legte den Kopf in den Nacken, während Céline die Knöpfe, einen nach dem anderen, wieder schloss. Ihre Hand glitt noch einmal sanft über seinen Schritt, bevor sie sich erhob, um nachzusehen, wer gekommen war.

Julien fixierte die Dachrinne des Bauwagens, bis sich der Aufruhr in seiner Hose gelegt hatte. Das war knapp gewesen. Er richtete sich langsam auf. Ihm war, als hätte man seine Gliedmaßen mit Stroh ausgestopft, so kraftlos und ungelenk fühlte er sich. Schließlich wuchtete er sich mühsam aus der Hängematte, um zu sehen, wem er die Unterbrechung zur rechten Zeit zu verdanken hatte.

Zu seiner Überraschung stand Momò neben seiner klapprigen Vespa und unterhielt sich mit Céline. Julien strich sich die Haare nach hinten und hob grüßend die Hand. Momò schien über sein Auftauchen ebenso erstaunt zu sein, wie er. Er hielt mitten im Satz inne und starrte Julien an.

»Ich weiß zwar nicht, was dich hierherführt, Alter, aber du könntest mich ein Stück mitnehmen.« Ohne eine Antwort abzuwarten, schwang sich Julien auf den Sozius der Vespa.

Céline blickte von Momò zu Julien und zog eine ihrer Augenbrauen in die Höhe. »Nun denn, Rotfuchs«, meinte sie mit einem Blick auf Momòs rostrote Drahthaare. »Julien weiß, wo's lang geht, da ist mein Rat ganz und gar unnötig.« Sie zwinkerte Julien zu, dann beugte sie sich zu ihm hin. »Trotzdem ... das Angebot steht.«

◇ ◇ ◇

»Was hast du dort gemacht?«

Sie mussten lachen. Schon als Schuljungen hatten sie manchmal einen Gedanken zur gleichen Zeit ausgesprochen. Sie saßen aneinandergedrückt auf der altersschwachen Vespa und holperten über den Feldweg. Julien knuffte Momò in den Rücken, um Zeit zu gewinnen.

»Du zuerst.«

»Ich habe Berna und dieses Monstrum von Sattel zum Schloss gefahren. Mann, du glaubst nicht, wie das Teil gestunken hat. So nach vergammeltem Leder und ... ich will's gar nicht wissen.« Momò wandte den Kopf, um sich zu Julien umzudrehen. »Zurück wollte ich eigentlich nur eine Abkürzung nehmen ... hab mich total verfahren. Dann seh ich diesen Bauwagen mitten im Feld.« Momò schüttelte den Kopf und die Vespa geriet leicht ins Schlingern. »Dachte, wer so in der Pampa wohnt, der kennt sich sicher in der Gegend aus.« Momò sah auf seine Armbanduhr. »Jetzt lohnt es sich nicht mehr, ins Dorf zurückzufahren. Besser wir fahren gleich zum Schloss zur Anprobe.«

Julien erstarrte und überlegte, wie er sich davor drücken könnte. Doch dann streckte er seinen langen Arm an Momò vorbei.»Hier geht's jetzt nach links, dann kommen wir über die Auffahrt zum Schloss.« Er hoffte, dass Momò nicht weiter nachhaken würde, was er beim Bauwagen gemacht hatte, denn er hatte keine Ahnung, was er ihm erzählen sollte, und zu seiner Erleichterung schwieg Momò zunächst und schien seinen eigenen Gedanken nachzuhängen.

Plötzlich lachte Momò unvermittelt auf.»Mannomann, du lässt nichts anbrennen ... hätt ich nie gedacht. Bei Loïc ist das ja so normal wie das Ein- und Ausatmen, aber ...«, Momò schwieg und fuhr weiter.

Julien starrte auf den Rücken seines Freundes. Er hatte keine Ahnung, ob irgendeine Art von Reaktion von ihm erwartet wurde. Er kannte Momò seit Jahren und sie hatten viele gemeinsame Interessen – Gespräche über Mädchen hatte es aber bisher nie gegeben und Julien wollte jetzt nicht damit anfangen.

»Weißt du, ich mag sie«, setzte Momò wieder an.»Vicky, meine ich ... ist richtig nett. Dachte eigentlich, ihr seid jetzt zusammen.« Momò verstummte wieder, als wäre ihm aufgegangen, dass er sich zu weit vorgewagt hatte. Er beschleunigte die Maschine und sagte nichts mehr.

Julien presste die Lippen aufeinander und sah zur Seite, als sie in die Schlossauffahrt einbogen. Als sie die Gartenseite des Schlosses passierten sah er ein Mädchen die Treppe zur Veranda nach oben hasten – die rotblonden Haare wie eine Fahne im Wind flatternd. Einen wilden Augenblick lang war er entschlossen, von der fahrenden Maschine zu springen, dann wandte er den Kopf ab und starrte auf Momòs unbewegte Rückseite.

◇ ◇ ◇

Aristide schob den Vorhang ein wenig zur Seite, sodass er die makellos restaurierte Veranda im Blick hatte. Er hörte schnelle Schritte auf den Steinstufen und von oben blickte er auf einen rotblonden Kopf mit wehenden Haaren. Kurz bevor die Gestalt durch eine der Fenstertüren des Ballsaals im Schloss verschwand, erkannte er, dass es das Mädchen vom Flohmarkt war, das ihm den Folianten nicht hatte überlassen wollen.

Er runzelte die Stirn. Er hatte sie nicht gleich erkannt, aber jetzt fügten sich die Eindrücke in seiner Erinnerung zu einem Ganzen. *Sie* hatte sein Gespräch mit Duroc belauscht. Eine plötzliche Erkenntnis durchzuckte ihn. *Sie* war es gewesen – dieser Viktor, der *Liebhaber* von Laurent. Und vorhin hatte er sie mit *ihm* zusammen gesehen. Aristide zog scharf die Luft ein – wurde er alt und unaufmerksam? Wie hatte ihm das entgehen können? Sie sah so jung und unschuldig aus und doch musste er annehmen, dass sie eine gefährliche und durchtriebene Gegnerin war, die seine Pläne – warum auch immer – durchkreuzen wollte. Er überlegte, wer ihre Auftraggeber sein konnten.

Es war Zeit, sich näher mit ihr zu befassen. Er klopfte ans Fenster in der Hoffnung, seinen Fahrer auf sich aufmerksam zu machen, der rauchend an der Limousine lehnte und bedauerte zum wiederholten Male, dass es nicht Oscar war, der mit telepathischer Sicherheit reagiert hätte. L'Oreille hielt den Blick starr auf eine schlanke Blondine gerichtet, die neben Duroc über die Auffahrt stöckelte.

Aristide schob den Folianten mit dem fleckigen rotbraunen Einband zurück in die schäbige Tüte, die ihm die Frau am Flohmarktstand gegeben hatte, und machte sich selbst auf die Suche.

◇ ◇ ◇

An der Fliegenplage im Sommer hatte sich nichts geändert. Der Schultermuskel des Rappens zuckte, und das halbe Dutzend Fliegen schwirrte kurz umher, um sich dann auf seiner Kruppe niederzulassen. Laurent strich über das samtige Fell und bedauerte, keinen Apfel dabeizuhaben. Am liebsten hätte er die Nase in der Mähne des Tieres vergraben und den wundervollen Geruch eingesogen. Er hatte schon gefürchtet, dass es keine Pferde mehr gab, nach den vielen pferdelosen Wagen und Eisenfahrzeugen, die er gesehen hatte. Nicht zu fassen, wie viel sich in den zwei Jahrhunderten verändert hatte! Hier im Stall aber schien die Zeit stehen geblieben zu sein. Es war immer noch ein guter Ort zum Nachdenken. Der Geruch nach Tieren, Leder und Heu und das ruhige Mahlen der Pferde, wenn er ihnen ein Stück Fallobst zusteckte, hatte ihm stets geholfen, seine Gedanken zu ordnen. Diesmal aber schwirrten sie in seinem Kopf wie die Fliegen im Stall, und wie er es drehte und wendete, kam er zu keinem Ergebnis.

Endlich hatte er verstanden, wie dieser unmögliche Übergang zwischen den Zeiten vor sich ging und welche zentrale Bedeutung diesem Spiegel zukam. Die Bemerkung seiner Frau Mutter über den Grafen Cagliostro hatte den Ausschlag gegeben. Sicher – jedermann wusste, dass der Sizilianer ein Schwindler war und vermutlich nicht einmal ein echter Graf. Genau konnte niemand sagen, welche Fähigkeiten ihm zu eigen waren, denn auch seine ärgsten Feinde hatten viele seiner magischen Kunststücke nicht erklären können.

Laurent zog das Päckchen aus der Hosentasche und wickelte den schmutzigen Lumpen ab. Während der Glaser sorgfältig die letzten Spiegelscherben aus dem Rahmen gebrochen hatte, hatte er ein Stück in einen der Putzlappen der Arbeiter gewickelt und eingesteckt. Er konnte nicht einmal sein halbes Gesicht darin sehen. Besaß diese Scherbe die gleiche Magie wie der ganze Spiegel oder war sie ein wertloses Stück Glas? Am liebsten hätte er es in die Ecke geworfen, besann sich aber, da er nicht riskieren wollte, dass sich das Pferd daran verletzte.

Als er Schritte hörte, wickelte er die Scherbe wieder in den Lumpen und steckte sie ein. Halb verborgen hinter dem Rappen beobachtete er ein Mädchen, das einen schweren Sattel schleppte und in der Sattelkammer am Anfang des Boxenganges verschwand. Nach einer Weile machte sich der charakteristische Geruch von Lederfett breit und aus der Kammer hörte er das Mädchen eine Melodie summen.

Er strich ein letztes Mal über die samtigen Nüstern des Tieres. Wahrscheinlich war es besser, von hier zu verschwinden. Leise schlich er den Boxengang entlang. Die Sattelkammer war durch eine dünne Holzwand abgetrennt und ab Schulterhöhe erlaubten in größerem Abstand angebrachte Latten den Durchblick. Laurent bückte sich, um nicht gesehen zu werden, als das Summen des Mädchens plötzlich verstummte.

414

Er blieb stehen und atmete so flach wie möglich. Stille breitete sich aus.

»Hm, ... was haben wir denn hier?«

Papier raschelte und gegen alle Vorsicht richtete sich Laurent auf, um in die Kammer sehen zu können. Er starrte auf den Rücken des Mädchens, der sich kompakt unter dem dünnen Hemd abzeichnete. Einzelne Strähnen blassblonder Haare fielen ihr über die Schultern. Sie beugte sich über einen Ledersattel und er sah an ihren bloßen Armen, dass sie etwas packte und zog. Plötzlich hörte er ein Reißen und ohne es zu sehen, wusste er, dass eine Naht nachgegeben hatte. Die Spannung in ihrem Oberkörper ließ nach.

Laurent zog erneut den Kopf ein, um weiterzugehen, bevor sie ihn bemerkte, als er erneut das Rascheln von Papier hörte.

»Aber das ist ... das kann doch nicht sein?«

Laurent wog das Risiko ab, sich noch einmal aufzurichten, als die Tür der Sattelkammer aufschwang und ihm beinahe die Nase gebrochen hätte. Das Mädchen stürmte heraus. Rasche Schritte entfernten sich, und als er die Stalltür zuschlagen hörte, packte er die Tür zur Sattelkammer und trat ein.

Das Leder war stumpf und rissig geworden – trotzdem erkannte er ihn auf den ersten Blick.

Er streckte die Hand aus und fuhr mit dem Finger über die eingestanzte Rose, mit der Michel Leblanc, der Sattler, jede seiner Arbeiten kennzeichnete, um sie seinem geliebten Weib zu widmen. Er hatte den Sattel vor zwei Jahren bekommen und seitdem oft selbst das Leder eingefettet oder den Stallburschen Beine gemacht, wenn sie in dieser Hinsicht nachlässig waren. Ein gerissenes Gurtband hatte manchen Reiter Gesundheit oder Leben gekostet.

Unerwartet schmerzte Laurent die Vernachlässigung, der sein Eigentum ausgesetzt gewesen war, bis ihm durch den Kopf ging, dass dieser Sattel ihn um Jahrhunderte überleben würde. Gegenstände hatten kein festes Lebensalter und Dinge, die er besaß, würden später anderen Menschen gehören, wenn er bereits zu Staub geworden war.

Dennoch war er hier – er hatte der Zeit und dem Tod ein Schnippchen geschlagen, während seine Knochen seit langer Zeit im Boden vermodern müssten. Der Gedanke erschreckte und amüsierte ihn gleichermaßen. Nachdenklich strich er über das raue Leder, als er die offene Naht an der Seite bemerkte. Während er sich über die Rücksichtslosigkeit ärgerte, mit der das Mädchen sein Eigentum behandelt hatte, tasteten seine Finger in den Spalt.

Das Rascheln von Papier kam ihm in den Sinn und als seine Finger die vertraute Oberfläche berührten, zog er mehrere Blätter hervor, die jemand sorgfältig in das Innenfutter des Sattels eingenäht hatte. Die Bögen waren mehrfach gefaltet, und als er sie vorsichtig auseinanderzog, stieg ihm ein Geruch nach Alter und Verfall in die Nase.

Die Seiten waren eng und ohne große Sorgfalt beschrieben. Worte waren durchgestrichen und Tintenflecke an den Faltkanten deuteten darauf hin, dass sich der Schreiber nicht die Mühe gemacht hatte, abzuwarten, bis die Tinte getrocknet war. Die Schrift kam ihm seltsam vertraut vor, als hätte er sie in der Vergangenheit so oft gesehen, dass er sie mühelos lesen konnte.

›*Nur das Gesetz hat das Recht, Handlungen, die der Gesellschaft schädlich sind, zu verbieten. Alles, was nicht durch Gesetz verboten ist, kann nicht verhindert werden, und niemand kann gezwungen werden zu tun, was es nicht befiehlt.*‹ Laurent schüttelte den Kopf. Worum ging es hier? In diesem Satz war etliche Male herumgestrichen und verbessert worden. Weiter oben las er: ›*Die Menschen sind und bleiben von Geburt frei und gleich an Rechten. Soziale Unterschiede dürfen nur im gemeinen Nutzen begründet sein.*‹ Daneben hatte der Schreiber ein Fragezeichen gemalt und die Zeile mehrfach durchgestrichen. Darunter stand: ›*Die Frau ist frei geboren und bleibt dem Manne gegenüber gleichberechtigt.*‹ Hastig überflog Laurent die restlichen Zeilen, dann ließ er die Papiere sinken. Für den Moment war sein Kopf plötzlich leer und er wagte nicht, den Gedanken zu Ende zu führen. War es möglich? Nach so langer Zeit?

Er las die Zeilen noch einmal und zwang seine Ungeduld nieder, um langsam und genau vorzugehen. Die Worte über die Rechte des Menschen und die Freiheit sprangen ihm ins Auge und erinnerten ihn an eine Unterhaltung mit dem Marquis vor – wie es schien – unendlich langer Zeit. Hatten sie auf diesen Seiten ihre Gedanken entworfen? Er wünschte, er hätte ihnen aufmerksamer zugehört. Laurent hob die Seiten an die Nase und sog den Geruch ein. Ohne Zweifel war das Papier alt – aber war es so alt?

Konnten dies die Papiere sein, die er Henri und dem Marquis bringen sollte? Sollte er durch diesen ungeheuren Zufall doch noch seinen Auftrag ausführen können? Laurent betrachtete die hastig beschriebenen Seiten, die jemandem dennoch so wertvoll erschienen waren, dass er sie in den Sattel eingenäht hatte. Nicht in irgendeinen Sattel, sondern in seinen eigenen – mit dem er nach Paris reiten würde, um Henri und den Marquis zu treffen. Er packte die Papiere fester, um sie sich unter sein Hemd zu stecken, als sich ihm ein harter Gegenstand in den Rücken bohrte.

◇ ◇ ◇

»Dies ist eine automatische Waffe mit empfindlichem Abzug«, schnarrte eine Stimme. »Du nimmst langsam die Hände hoch und siehst dich nicht um.«

Laurent hörte das Knirschen des Bodenstrohs, als der Mann hinter ihm das Gewicht verlagerte.

»Jetzt wirst du mir diese Papiere aushändigen ... ganz langsam, wenn ich bitten darf, sonst könnte mein Finger am Abzug erschrecken und das hätte sehr unschöne Folgen für dich.«

»Wer zum Teufel ...?«

»Das tut nichts zur Sache, mein junger Freund ... und jetzt her mit den Papieren, bevor ich ungeduldig werde!«

Laurent hatte beide Hände neben seinem Kopf erhoben, nachdem die Waffe zwischen seinen Schulterblättern der Forderung schmerzhaft Nachdruck verliehen hatte. Zwar hatte er keine Ahnung, was eine *automatische Waffe* sein sollte, aber der Druck in seinem Rücken war unmissverständlich. Er schob die Hand mit den Papierseiten etwas nach hinten.

Einen winzigen Augenblick lang spürte er den Druck an seinem Rücken nachlassen, als der Mann nach den Seiten griff. In diesem Moment drehte er sich um die eigene Achse und duckte sich gleichzeitig, um seinem Angreifer den Kopf in den Magen zu rammen. Er stolperte, als sein Gewicht ins Leere ging und im nächsten Augenblick durchfuhr ein scharfer Schmerz seine linke Schulter. Laurent sprang auf, als der nächste Schlag ihn am Arm traf. Er packte den Sattel, drehte sich und holte aus. Erst jetzt sah er den Mann an, der eine Art Spazierstock wie eine Stichwaffe führte und auf seine Brust zielte.

Vielleicht war es diese Haltung des geübten Fechters, an der Laurent ihn erkannte. Ohne jeden Zweifel wusste er, wer dieser Mann war und was es bedeutete, dass er vor ihm stand. Im Gesicht des anderen spiegelte sich ein grimmiges Aufblitzen von Wiedererkennen, während er einen Ausfallschritt mache und mit einer schwungvollen Bewegung einen Stockdegen aus dem Spazierstock zog.

Laurent wich zurück, fasste den Sattel fest mit der freien Hand und schleuderte ihn dem Mann entgegen. Mit der Geschmeidigkeit einer Katze duckte sich der Angreifer und setzte Laurent nach, der im Laufen einem Holzkasten mit Bürsten und Lederpflege einen Tritt versetzte. Fast hatte er die Tür der Sattelkammer erreicht, als er auf einem Büschel nassem Stroh ausrutschte und einen Sturz gerade noch abfangen konnte. Wieder bohrte sich ihm eine Spitze in den Rücken und diesmal wusste Laurent, dass es eine scharfe Waffe war und der Mann, der sie führte, sie benutzen würde.

»So ... das war unnötig und unüberlegt, mein junger Freund.« Die Stimme klang nicht mehr so überlegen und Laurent verspürte Genugtuung, dass er den anderen wenigstens außer Atem gebracht hatte.

»Jetzt die Papiere ..., wenn ich bitten darf.«

Laurent biss sich auf die Lippen. Vielmehr als die ausweglose Situation schmerzte ihn die Erkenntnis, wie leicht er sich hatte überwältigen lassen.

»Wird's bald ... meine Geduld ist nicht unbegrenzt!«

»Kann ich mich umdrehen?«

Der Mann zögerte einen winzigen Augenblick. »Nur zu ... aber sehr langsam.«

Laurent hob beide Hände und drehte sich Stück für Stück um. Er fixierte den Mann, der weiterhin die Spitze seiner Waffe kaum einen Fingerbreit von seiner Brust entfernt hielt. Langsam hob Laurent die Hand mit den Papieren über den Kopf.

»Was dann? Was passiert, wenn ich dies hier nicht mehr habe? Was passiert mit mir?«

Überdruss und eine Spur Bedauern mischte sich im Ausdruck des Mannes. »Nun, die Vernunft gebietet, dass sich dein Schicksal heute erfüllt, so bedauerlich ich persönlich das finde, aber ich kann kein Risiko eingehen.«

Laurent stellten sich die Haare auf. »Man wird Fragen stellen, wenn ich nicht zurückkomme.«

Der andere lächelte freudlos und schnarrte plötzlich mit italienischem Akzent. »Das warr schon ihmer deine grooose Schwäääche, Lorrenzo. Du ast mich ihmer unterrschäätzt.« Sciàbolo deutete eine Verbeugung an, ohne die Spitze seiner Waffe zu senken, und sprach wieder wie zuvor. »In dieser Zeit wird man Laurent de Plourhan nicht vermissen, denn es gibt ihn nicht.«

Sciàbolo hatte recht, mit jeder seiner Schlussfolgerungen. Er hatte weder den gezierten Italiener, den er um eine Kopflänge überragte, noch diesen Mann mit Spazierstock und Hut ernst genommen. Diesmal war es kein Übungskampf, wie bei ihrem letzten Zusammentreffen in der alten Zeit. Es war zu spät, eine Lehre aus dieser Erkenntnis zu ziehen. Seltsamerweise verspürte er keine Angst, vielmehr ärgerte er sich über seine eigene Dummheit.

»*Touché*, Signore Sciàbolo ... oder darf man fragen, unter welchem Namen Sie in dieser Zeit unterwegs sind?«

»Das tut nichts zur Sache. Wir wollen diese Angelegenheit nicht in die Länge ziehen. Mir ist es einerlei, ob ich die Papiere vorher oder nachher an mich nehme.« Sciàbolos Ausdruck verhärtete sich und er holte aus.

Laurent schloss die Augen. Dann öffnete er sie wieder und sah dem Mann, der ihn töten würde, ins Gesicht.

Stimmen näherten sich und Kies knirschte unter dem Schritt mehrerer Personen. Die Stalltür wurde aufgerissen.

Sciàbolo erstarrte kurz, dann ließ seine Anspannung nach. Ohne die Waffe zu senken, beugte er sich nach vorne und riss Laurent die Papiere aus der Hand. Rasch trat er zurück und ließ den Degen im gleichen Augenblick in den hohlen Spazierstock gleiten, in dem die Tür zur Sattelkammer geöffnet wurde. Sein Gesicht verwandelte sich in eine harmlose Maske.

»Ah, Monsieur Duroc«, er verbeugte sich jovial. »Und die bezaubernde Mademoiselle Saint Just.« Er beugte sich über die Hand einer schönen jungen Frau und hauchte einen Kuss in die Luft darüber. Währenddessen ließ er die Papiere in seiner Jackentasche verschwinden. »Leider muss ich mich entschuldigen ... ein wichtiger Termin ... Sie verstehen.«

Laurent lehnte sich an die Wand der Sattelkammer und atmete aus. Er presste die Handflächen an das raue Holz, um ihr Zittern zu verbergen, während sich Sciàbolo anschickte, zu verschwinden.

»Signore!« Laurent richtete sich auf. Sciàbolo drehte sich langsam um und obwohl sein Gesicht ohne Ausdruck blieb, war es Laurent, als warnte er ihn.

»Tut mir leid, mein Freund, du musst mich verwechseln.«

»Wie haben *Sie* es gemacht?«

Ein Lächeln umspielte die Mundwinkel des Mannes. »Ich weiß nicht, wovon du redest, Junge.«

Duroc sah Sciàbolo stirnrunzelnd hinterher, während die Dame in seiner Gesellschaft Laurent mit einer Intensität von Kopf bis Fuß musterte, die er in seiner eigenen Zeit als schamlos bezeichnet hätte. Sie kam ihm bekannt vor, aber er kam nicht darauf, wo er sie getroffen haben könnte.

Gedankenverloren sprach Duroc ihn an, während sein Blick durch den kleinen Raum glitt und an dem Sattel hängenblieb, der nach dem Kampf in einer Ecke lag. »Was hast du hier verloren? Dein Chef sucht dich sicher, also mach dich auf ... verschwinde!«

Laurent hätte es vorgezogen, noch ein wenig zu bleiben – nur für den Fall, dass Sciàbolo draußen auf ihn wartete, aber ihm fiel keine Erklärung ein, weshalb sich der Helfer eines Glasers in einem Pferdestall aufhalten sollte. Er deutete gewohnheitsmäßig eine kurze Verbeugung in Richtung der Dame an, die sie verwundert zur Kenntnis nahm. Auf dem Weg nach draußen sah er sich nach einer geeigneten Waffe um und ließ einen spitz aussehenden Hufkratzer in seinem Hosenbund verschwinden.

◇ ◇ ◇

Die letzten Schritte legte Vicky zögernd zurück. Unwillkürlich fuhr sie mit der Hand an den Hinterkopf, wo eine Beule sie daran erinnerte, was das letzte Mal passiert war, als sie diesen Raum betreten hatte.

Der Parkettboden glänzte feucht, als sie vorsichtig um den Türstock herum sah. Ein korpulenter Mann in einem Arbeitsanzug machte sich dort zu schaffen, wo der Wandspiegel hätte sein sollen. Der blassgoldene Spiegelrahmen umrandete jetzt eine massive Ziegelsteinwand. An den Kanten waren spiegelnde Scherbenreste übriggeblieben, die der Arbeiter mit einer Zange herausbrach. Zu seinen Füßen stand ein Eimer, in den fein säuberlich die Scherben eingesammelt worden waren.

Ohne sich umzuwenden, fuhr der Mann sie an: »Was hat denn so lange gedauert? Dachte schon, du lässt mich hier hängen. Stell ihn dort hin, aber vorsichtig!« Er wies mit seinem speckigen Arm neben sich und brach eine weitere Scherbe aus dem Rahmen. Ungeduldig wandte er den Kopf und starrte Vicky an.

»Zum Teufel, wer … dachte, du bist Michel, der Idiot. Was hast du hier zu suchen?«

»Was ist mit dem Spiegel passiert?« Vicky trat näher und starrte auf die Scherben.

»Bleib da bloß weg … Duroc macht mir die Hölle heiß, wenn noch was kaputt geht.« Der Mann widmete sich wieder seiner Arbeit. »War 'n Stück rausgebrochen … eigentlich nicht schade drum … war schon voller schwarzer Flecken. Jetzt kommt ein nagelneues Stück rein …, wenn Michel das endlich auf die Reihe kriegt.«

»Aber, der alte Spiegel?«

»Mädchen, du hältst mich von der Arbeit ab.« Er horchte auf. Schnaufend stützte er die Hände auf seine fleischigen Oberschenkel, drückte sich hoch und wandte sich zum Fenster.

»Hey, Michel.« Ohne Umstände riss er den zerbrechlich aussehenden Fensterflügel auf. »Michel, hier oben. Bring das Teil gleich hierher.«

Vicky warf einen Blick aus dem Fenster und sah einen Kleinlaster an einer Nobel-Limousine vorbeischrammen. Das Knirschen von Metall auf Metall war bis oben zu hören und der Fahrer des edlen Schlittens stand eine Sekunde später neben dem Fahrerhaus des Lasters, um den bedauernswerten Michel herauszuziehen.

»*Mon Dieu*, das darf doch nicht wahr sein!« Der Glasermeister hob fassungslos die Hand. »Michel, du Vollidiot!« Er gestikulierte in den Hof und schlug sich mit der flachen Hand an die Stirn.

Der Fahrer der Limousine drückte Michel gegen das Fahrerhaus des Kleinlasters. Unvermittelt blickte er nach oben. Vicky erkannte ihn sofort und auch auf den fuchsartigen Zügen des Fahrers leuchtete die Erkenntnis auf. Sein schmaler Mund teilte sich zu einem bissigen Grinsen. Er setzte Michel fast behutsam auf dem Boden ab und tätschelte ihm die Wange. Dann eilte er mit schnellen Schritten auf das Schloss zu.

Den einzelnen Ohrring, der ihm den Namen eingebracht hatte, hatte Vicky aus der Entfernung nicht erkennen können – aber sie hätte L'Oreille überall wiedererkannt. Zwar hatte sie keine Ahnung, weshalb er hinter ihr her war, aber seine Eile ließ keinen anderen Schluss zu, als dass er zu Ende bringen wollte, was ihm vor einigen Tagen nicht geglückt war. Ohne auf die verstreut herumliegenden Spiegelscherben zu achten, stürzte sie zur nächsten Tür und stolperte in ein Badezimmer. Vicky hastete an einer Badewanne mit gedrechselten Füßen vorbei, riss die Tür zum angrenzenden Schlafzimmer auf und lief gegen eine Wand aus raschelndem Stoff.

Sie stolperte, als das Hindernis nachgab und fasste reflexartig nach Halt. Ihre Finger umklammerten glatte Seide und ein Geruch nach zu lange eingelagerter Kleidung bohrte sich in ihre Nase. Als sie ihrem Gleichgewicht wieder trauen konnte, fand sie sich zwischen Livreen in hellblauer und rostroter Seide, die an einer Kleiderstange sanft schaukelten. Niemand hatte ihr Eindringen bemerkt, obwohl der ganze Raum wie ein Bienenstock schwirrte. Vor allem jüngere Leute tummelten sich halb bekleidet und mühten sich mit den eigenwilligen Details ihrer Kostüme. Am Fenster lümmelte eine fertig kostümierte Gruppe in Hellblau und beobachtete das Treiben auf dem Schlossvorplatz. Auf dem Kopf weiße Zopfperücken, glichen sie sich wie ein Ei dem anderen.

Vicky hielt noch immer den Ärmel einer Jacke umklammert und zerrte daran, bis die Livree vom Bügel glitt. Im Schutz der Kleiderstange schlüpfte sie in Kniehose und Hemd. Für einen Moment wurde ihr die Absurdität der Situation bewusst. Kaum zu glauben, dass sie erst gestern in Laurents Kleidern aus der Vergangenheit zurückgekehrt war. Sie zog die Weste über, die ihr etwas zu lang war und wand sich in die enge Jacke. Ihre Finger zitterten, als sie sich die zahlreichen Knöpfe vornahm.

»Nein, nein, nein ... doch nicht so!« Eine Frau in einem Blazer mit ausgeprägten Schulterpolstern und einem steif gesprühten Haarhelm packte einen jungen Mann und drehte ihn resolut zu sich herum. »Nur der Knopf über der Brust wird geschlossen ... die anderen bleiben offen ... so ... muss man euch alles erklären?« Sie ließ ihren Blick kritisch an der schlanken Figur entlang wandern und schüttelte den Kopf. »Die Haare sind ein Problem ... ob wir die unter die Perücke bringen?«

Der Mann hob abwehrend die Hände über seine kunstvoll verstrubbelten Blondhaare.

»Tut mir leid, junger Mann, die gehört dazu.« Die Frau drückte ihm eine blendend weiße Zopfperücke in die Hand und nahm im Vorbeigehen einem bereits umgezogenen Livrierten eine dunkle Sonnenbrille von der Nase.

»Mann, ey, ... das sieht doch damit richtig cool aus.«

Vicky hielt inne und drückte sich tiefer zwischen die aufgebügelten Kostüme. Francis von den *Heavy Strings* blinzelte im hellen Tageslicht. Sein Gesicht sah ohne die Sonnenbrille seltsam nackt aus. Ein paar Schritte weiter entdeckte sie Tristan, der an einer zur Livree gehörenden Halsbinde zerrte, als ob er am Ersticken wäre. Loïc hatte die Zopfperücke achtlos in den Hosenbund gestopft, sich mit mörderischem Gesichtsausdruck einen Kamm geschnappt und begonnen, seine Haare glatt zu striegeln. In einer Ecke stand Momò, fertig kostümiert und strich vorsichtig über die goldfarbenen Bordüren an den Ärmelaufschlägen.

Was machten die Jungs von der Band hier? Vicky schob zwei hellblaue Kostüme zur Seite, um mehr zu sehen. Als Tristan sich zur Seite drehte, entdeckte sie Julien. Er stand halb abgewandt und zupfte an dem engen Rock, als suche er nach einer bequemeren Haltung. Nie hatte sie ihn anders als in abgerissenen Jeans und einem verwaschenen Shirt gesehen und die unbekümmerte Schäbigkeit seines Äußeren hatte sie immer angerührt. Ihr Blick saugte sich an ihm fest. Die Livree saß wie eine zweite Haut und verwandelte seine Schlaksigkeit in Eleganz. Julien richtete sich auf und bog die Schultern nach hinten, damit der Rock richtig saß. Sie versuchte, sich an die sengende Wut nach dem Streit mit ihm zu erinnern und fand nur ein glimmendes Häufchen. Mit den Händen strich sich Julien die Haare aus der Stirn. Diese kleine Bewegung fegte den letzten Rest ihrer Zurückhaltung davon und innerlich wurde sie weich. Es drängte sie, zu ihm zu laufen und ihm alles zu erklären, den dummen Streit auszulöschen. Sie schob sich zwischen zwei hängende Livreen hindurch.

»Probier's mal damit, Alter.« Loïc trat neben Julien und zog ihm mit seinem Kamm die Haare ordentlich nach hinten. Er selbst hatte seine Strubbelhaare glatt an den Kopf gekämmt. Mit grimmigem Gesicht setzte er sich seine Zopfperücke auf und drückte Julien eine weitere in die Hand. »Mal sehen, ob dich die Kleine damit noch erkennt ... meine Fresse, wer hätte das gedacht?«

Julien runzelte die Stirn und sah zu Momò hinüber, der anfing, an seiner Halsbinde herumzuziehen. »Halt's Maul, Loïc.«

Loïc grinste und rempelte Julien mit dem Ellbogen in die Seite. »Hab dich nicht so. Ich sag nur, alle Achtung ... hätte nicht gedacht, dass du die Kleine aus dem Bauwagen aufreißt. Dachte, die steht eher auf ...«

Julien fuhr herum. »Ich hab gesagt, du sollst dein blödes Maul halten!«

Loïc hob beide Hände und wich lachend zurück. »Reg dich ab, Kumpel. Wie ich höre, hast du sie schon flachgelegt.« Sicherheitshalber brachte er sich aus Juliens Reichweite. »Dann hast du doch nichts dagegen, wenn ich mich um die süße Vicky kümmere.« Loïc sprang zur Seite, als Julien ausholte.

»Schluss damit!« Die Frau mit dem Haarhelm packte einen der rollenden Garderobenständer und schob ihn mit Schwung zwischen Julien und Loïc.

»Ich will nichts von euren schlüpfrigen Geschichten hören. Mir ist völlig egal, wer mit wem und so weiter ... solange ihr hier für mich und Monsieur Duroc arbeitet, ist das absolute Nebensache ... verstanden? Wer das nicht einhalten kann, der geht!«

Im Raum war es still geworden. Die Gruppe am Fenster musterte die Streithähne distanziert. Momò sah zu Boden und Tristan und Francis tauschten ein unterdrücktes Grinsen. Loïc schien kurz davor, sich Perücke und Kostüm vom Leib zu reißen und zu verschwinden. Julien starrte dorthin, wo zuvor der Garderobenständer Vicky verborgen hatte.

Es schien, als ob die Zeit auf einmal langsamer geworden wäre. Als Kind war man unsichtbar geworden, sobald man sich die Hände vor das Gesicht gehalten hatte, und Vicky fragte sich, ob es immer noch funktionierte. Sie presste die Handflächen gegeneinander und lauschte dem Rauschen ihres Blutes in den Ohren, bis jedes Gefühl aus ihr heraus gesickert war und vollkommene Leere zurückblieb. Dann sah sie Julien an.

»Vic, ... hör zu ...« Julien biss sich auf die Lippe.

Vicky fing die Leere in ihrem Inneren ein und sperrte sie wieder in die kleine Kapsel, die sie für einen wunderbaren Moment vergessen hatte. Sie wunderte sich, dass sie so klar denken konnte. Sie strich sich die Haare nach hinten und wickelte den langen Zopf auf. Dann schob sie sich die weiße Zopfperücke auf den Kopf und verbarg sich in der Uniform der Livree. Kurz hatte sie vergessen, weshalb sie hierhergekommen war. Sie musste Laurent finden und ihm berichten, dass sie Band 15 gefunden hatte – und wer ihn jetzt in seinem Besitz hatte.

Julien hob eine Hand und öffnete den Mund, als hinter ihm die Tür aufgerissen wurde. L'Oreille stürmte in den Raum und sah sich finster um. Vicky senkte den Blick, schob sich auf die Gruppe am Fenster zu und verschmolz mit ihnen.

◇ ◇ ◇

Laurent ließ ein Bein von der Fensterbank baumeln und schob sich ein weiteres Stück Käse in den Mund. In einem der Pavillons, die im Schlosspark aufgestellt worden waren, hatte er Käse und etwas Brot eingesteckt. Die langen Tische, die man dort aufgebaut hatte, bogen sich unter der Last der Köstlichkeiten, mit denen sie beladen waren. Er hatte Kuchen und Torten, Fleischplatten und ganze Türme aus Käse mit Trauben garniert, gesehen. Ständig schleppten Diener weitere Schüsseln und Körbe herein. Mit einem Mal war ihm aufgegangen, wie lange er nichts mehr gegessen hatte. Mit der Selbstverständlichkeit, dass ein gedeckter Tisch in diesem Schloss zu seiner Verfügung stehe, hatte er sich ein Stück Brot genommen und im selben Augenblick Auge in Auge mit einem Mann gestanden, der ihm in deutlichen Worten klargemacht hatte, dass er diesen Diebstahl Monsieur Duroc melden werde. Bevor der Mann ihn festhalten konnte, hatte Laurent das Weite gesucht und im Vorbeigehen ein Stück Käse unter sein Hemd geschoben.

Noch nie hatte er Essen stehlen müssen. Nachdenklich zupfte er etwas Brot ab und schob das Stück dem Käse hinterher. So sehr er darüber nachdachte, konnte er darin kein Unrecht sehen. Diese Leute waren, zum Teufel noch mal, auf dem Besitz seiner Familie. Weshalb sollte er dann um Essen betteln?

Im Grunde wusste er, dass es nicht so einfach war. Er hatte keine Ahnung, in wessen Besitz das Schloss jetzt war. Auf seinem Weg durch das Schloss hatte er es von innen kaum wiedererkannt. Auf den ersten Blick waren ihm Einrichtung und Möbel zwar vertraut, auch wenn es nicht dieselben Stücke waren, zwischen denen er aufgewachsen war. Allerdings rätselte er, weshalb man sich die Mühe gemacht hatte, die Räume mit diesen Möbeln auszustatten, die für seinen derzeitigen Besitzer mehr als zweihundert Jahre alt sein mussten. Inzwischen wusste er, dass die Menschen in diesem Jahrhundert eine weit schlichtere Möblierung schätzten.

Mit seiner Beute hatte er sich zu Tante Chloés Zimmer geschlichen. Fast wäre er erneut dem Glaser in die Arme gelaufen, der mit einem Eimer voller Spiegelscherben auf dem Weg nach draußen gewesen war. Laurent hatte sich in den Türrahmen des nächsten Zimmers gedrückt, bis der Mann verschwunden war. Offenbar war der Handwerker mit seiner Arbeit fertig geworden, denn in dem vertrauten Goldrahmen reflektierte ein Spiegel von makelloser Reinheit sein Bild wie das eines Zwillingsbruders. Die charakteristischen angelaufenen Stellen und schwarzen Flecken auf der Oberfläche waren verschwunden. Trotz all dieser Vollkommenheit bezweifelte Laurent, dass der neue Spiegel seinen geheimen Zweck erfüllen konnte. Dennoch hatte er sich davor hingestellt und versucht, seinen Kopf freizumachen und von allen Gedanken zu leeren. Wenn denn dies die funktionierende Methode war. Sicher war er sich da immer noch nicht. Er hatte versucht, sich Vicky in seinen Armen vorzustellen und sich davontragen zu lassen wie beim letzten Mal. Er hatte das Gefühl nicht zurückholen können. Vielleicht lag es daran, dass nichts geschah – oder der Spiegel war einfach nur ein gewöhnlicher Spiegel.

Das Summen einer im Zimmer eingesperrten Fliege hatte ihn jedes Mal abgelenkt. Wieder und wieder schwirrte sie um seinen Kopf, um mit einem satten Plopp an die geschlossene Fensterscheibe zu klatschen, bevor sie ihren Irrflug wieder aufnahm.

Schließlich musste er sich eingestehen, dass ihm die beiden Bedingungen für den Übergang abhandengekommen waren. Der Spiegel war kaputt und in seinem Kopf jagte ein Gedanke den nächsten, so dass er von geistiger Leere ebenso weit entfernt war, wie von seiner eigenen Zeit. Laurent würgte den inzwischen süßlich schmeckenden Brotklumpen hinunter und wünschte, er hätte daran gedacht, einen Krug Wasser oder Cidre mitzunehmen.

Plopp machte es und neben ihm taumelte die Fliege auf das Fensterbrett. Ich bin hier in dieser Zeit gefangen, wie die Fliege in diesem Zimmer, schoss es ihm durch den Kopf. Surrend ordnete das Insekt seine Flügel und setzte zu einem weiteren Versuch an, durch die Glasscheibe zu entkommen. Mitleidig verfolgte Laurent die vorherbestimmten Fehlversuche der Fliege, die ein ums andere Mal auf das Fensterbrett stürzte und schrieb es der begrenzten Vernunft des Tieres zu, dass es die Ausweglosigkeit seiner Situation nicht erkannte, sondern seine Kräfte in den vergeblichen Versuchen vergeudete.

Er wusste wenigstens, dass er am Ende seiner Weisheit war. Er hatte keine Idee, wie er weitermachen sollte. Er war ein Mensch ohne Vergangenheit in dieser Zeit und wie seine Zukunft aussehen sollte, ging über seine Vorstellungskraft. Ihm war, als hinge er zwischen den Zeitebenen und dieses Gefühl lähmte ihn wie ein schleichendes Gift. Angewidert spuckte er den letzten Bissen Brot aus, ließ den Kopf gegen die Fensterscheibe sinken und starrte auf den nutzlosen Spiegel, bis der Raum vor seinen Augen verschwamm.

Plopp machte es neben ihm und das Summen verstummte abrupt. Er konnte nicht sagen, wie lange er so gesessen war. Sein Rücken an der Fensterscheibe fühlte sich kalt und steif an und seine Beine waren eingeschlafen. Während er sich mühsam vom Fensterbrett gleiten ließ, nahm die Fliege ihre Runde durch den Raum wieder auf. Ohne den bewussten Entschluss zu fassen, hob Laurent den Arm und entriegelte den Fenstergriff. Er stieß den Fensterflügel im gleichen Augenblick auf, in dem die Fliege an ihm vorbei und in die Freiheit flog.

»Siehst du, manchmal braucht man ein wenig Hilfe«, murmelte er und sah ihr nach, bis er den winzigen Punkt vor dem blauen Sommerhimmel nicht mehr ausmachen konnte. Wie ein aufgezogenes Uhrwerk rasteten die Rädchen seines Verstandes wieder ineinander und wiesen ihm eine Richtung. Er musste Sciàbolo oder wie immer er sich hier nannte, finden. Denn irgendwie hatte es Sciàbolo angestellt, ebenfalls durch die Zeit zu reisen.

◇ ◇ ◇

Vor dem Familienporträt im imposanten Treppenaufgang blieb Aristide stehen und ließ seinen Blick über die zahlreichen Mitglieder der letzten Grafenfamilie gleiten. Getreu dem Motto der Eröffnungsfeier hatte er sich wieder in Sciàbolo verwandelt und die reich verzierte Garderobe des Italieners angelegt. Unter dem Arm trug er den schweren Folianten in fleckigem bräunlichrotem Einband. Er lächelte bei dem Gedanken, dass er diese Kostbarkeit erst heute auf einem Flohmarkt erstanden hatte. Eine schnelle Durchsicht des Bandes hatte ihm zwei wichtige Erkenntnisse beschert. Auf den marmorierten Innenseiten des Einbandes prangte das Wappen der Grafen de Plourhan – es mochte sich daher um jenen 15. Band von Diderots Enzyklopädie handeln, welchen der junge Laurent und seine Schwester in der Schlossbibliothek vermisst hatten. Dem Folianten sah man sein Alter und die unsachgemäße Lagerung während der letzten Jahrhunderte an. Der Einband wies an den Ecken bereits Schimmelbefall auf und die Seiten im Inneren kräuselten sich am Rand. Allerdings war die Bindung noch intakt, so dass sich keine losen Seiten fanden, von losen Blättern mit handschriftlichen Notizen ganz zu schweigen.

Aristide hatte nicht ernsthaft vermutet, dass sich die Papiere nach so langer Zeit noch in diesem Buch befinden würden und wie sich vorhin im Pferdestall herausgestellt hatte, waren sie dort auch nie versteckt gewesen.

Er verlagerte das Gewicht des schweren Buches und dachte über seine nächsten Schritte nach, während er scheinbar in die Betrachtung des Familienporträts versunken war. Das Bild musste ungefähr zur gleichen Zeit entstanden sein, als er das letzte Mal als Sciàbolo zu Gast bei Alexandre de Plourhan gewesen war.

Der engstirnige Ausdruck in Alexandres Gesicht war recht lebensnah eingefangen, ebenso wie die Darstellung seines ungestümen jüngsten Bruders, dem er vor einer Stunde im Stall über den Weg gelaufen war. Diese Begegnung beunruhigte ihn mehr, als er sich eingestehen wollte. Er hatte es immer für ein Privileg seiner Familie gehalten, die Möglichkeiten der Zeit in vertikaler Richtung zu nutzen. Irgendwie hatte der junge Laurent es geschafft, das Rätsel der Zeitreisen zu entdecken. Vielleicht mit Hilfe seines Liebhabers Victor – oder, wie er sich grimmig erinnerte, jener jungen Frau, die sich Victor genannt hatte. Seine Hand schloss sich fest um den Griff seines Degens. Er musste zu seiner üblichen kühlen Gelassenheit zurückfinden, um seine Mission nicht zu gefährden. Aristide versuchte, ruhig durchzuatmen, während ihn gleichzeitig Verbitterung ergriff, weil es ihm nicht gelungen war, den Jungen auszuschalten. Er widerstand dem Impuls, die Lippen aufeinanderzupressen, und atmete bewusst langsam aus. Andererseits bestand so noch die Möglichkeit, die offenen Fragen zu klären. Weshalb hatte die Frau, die er – mangels Kenntnis ihrer wahren Identität – weiterhin *Victor* nannte, Laurent de Plourhan mit in die Zukunft genommen? Und warum suchte sie die Nähe des Erben? Er zwang sich, die verkrampfte Hand vom Griff seiner Waffe zu lösen und streckte die Finger aus. Zunächst musste er Laurent und *Viktor* finden. Oder sich von ihnen finden lassen. Aus diesem Grund hatte er die Sciàbolo-Maskerade angelegt.

Er strich über die bestickten Aufschläge seines Rockes, um sich zu vergewissern, dass der Dolch in einer Geheimtasche unsichtbar und leicht erreichbar war. Anstelle des Dolchgriffes strichen seine Finger über knisternde Papierseiten. Er hielt inne. Es war unklug gewesen, die Papiere, die er dem Jungen abgenommen hatte, einzustecken, aber er hatte sich noch nicht dazu durchringen können, sie zu vernichten, und wusste nicht recht, wo er sie aufbewahren sollte. Unschlüssig zog er den Packen aus der Tasche und platzierte den Dolch griffbereit, als sich über ihm auf der Treppe Schritte näherten. Vorsichtshalber schob er die Papiere zwischen die Seiten des Folianten und setzte seinen Weg nach unten fort.

Er durchquerte die Eingangshalle, die um die Attribute einer Hotellobby erweitert worden war und betrat die Bibliothek, die ein Hinweisschild als Bar und Kaminzimmer auswies. An einer Wand funkelten die Messingbeschläge eines Tresens um die Wette mit der verspiegelten Wand dahinter. Eine beeindruckende Auswahl hochprozentiger Getränke und ein Sortiment unterschiedlichster Gläser warteten auf Gäste.

In der Nähe des Kamins waren Ledersessel gruppiert, die an altenglische Clubs erinnern sollten. Eine einzelne Wand hatte man belassen, wie sie gewesen war. Die stumpfen Holzregale restauriert und bis unter die Decke mit alten Büchern gefüllt, deren Leder- und Leineneinbände speckig und brüchig waren. Aristide wusste, dass Duroc im Auftrag des Schlossbesitzers die Bücher nicht nur ihres altehrwürdigen Äußeren wegen zusammengesucht hatte, sondern sich ebenfalls Gedanken über deren inhaltliche Botschaft gemacht hatte. So fanden sich bewusst Klassiker der französischen Aufklärung von Voltaire und Rousseau unter den Werken. Gleich neben dem ›Gesellschaftsvertrag‹ standen drei Bände von Diderots berühmter Enzyklopädie, auf deren Erwerb Malvoisier besonders stolz war. Ihre braunen Lederrücken unterschieden sich nur in den Buchstabenkürzeln von jenem Folianten, den Aristide unter dem Arm trug. Behutsam schob er die Bände auseinander und ließ Band 15 im gleichen Moment zwischen seinen Brüdern verschwinden, als eine elegante Zopfperücke hinter einer der Sessellehnen auftauchte. Die Perücke saß auf einem edel geformten Kopf und dieser auf einem wohlproportionierten Körper, den ein mauvefarbener Rock auf das Vorteilhafteste zur Geltung brachte.

Aristide legte selbst größten Wert auf seine äußere Erscheinung. Auch wenn er seinen Stil stets den jeweiligen Erfordernissen unterordnete, geschah dies immer mit Bedacht und Überlegung. Eine ähnliche Sorgfalt schätzte er bei seinen Mitarbeitern, hatte ihn die Erfahrung doch gelehrt, dies als Hinweis auf die akkurate Ausführung jeglicher Aufträge zu verstehen. Bereits bei früheren Gelegenheiten hatte Aristide festgestellt, dass André Duroc ein schöner Mann war. Diesmal hatte er das Erscheinungsbild eines Dandys am Ende des 18. Jahrhunderts so sicher getroffen, dass Aristide ein anerkennendes Lächeln entwich.

»Monsieur Aristide? Welch gelungenes Ensemble.« Duroc zögerte eine Winzigkeit und Aristide erfreute sich daran, dass es ihm gelungen war, mit seiner eigenen Verkleidung die Perfektion des anderen anzukratzen, während er gleichzeitig anerkannte, wie souverän sich Duroc gefangen hatte. Er nickte, um das Kompliment zurückzugeben.

Durocs Blick blieb an der Regalwand hinter Aristide hängen, während er ihm mit einem Cognacschwenker zuprostete.

»Ein Moment der Entspannung, bevor der Trubel losgeht, Sie verstehen ...«

Aristide trat einen Schritt zur Seite, um die braunen Lederbände Durocs Blick zu entziehen, und nickte kühl. Vorhin im Stall war ihm Duroc in die Quere gekommen und auch jetzt war er sich nicht sicher, was dieser gesehen hatte und inwieweit er sich auf Durocs Loyalität verlassen konnte.

»Vollkommen. Ein Augenblick der Ruhe vor dem Sturm.« Aristide gestattete sich ein Kräuseln der Lippen und schlenderte zum Tresen, nahm ein Glas aus der Halterung und setzte sich Duroc gegenüber. Nachdem ihm dieser eingeschenkt hatte, lehnte er sich entspannt zurück und schien in die Betrachtung der goldgelben Flüssigkeit versunken.

»Was war mit dem Jungen?« Duroc brach zuerst das Schweigen. »Vorhin im Stall ... es sah ..., wie soll ich es ausdrücken ... nun ja, nach einem Kampf aus?«

Aristide betrachtete die öligen Schlieren im Glas, als er den Cognac sacht schwenkte und sog das Aroma ein. »Ein Kampf? Nein, eher eine Art ... Disput, könnte man sagen.« Er nippte und konzentrierte sich auf das leichte Brennen auf der Zunge, das den würzigen Geschmack begleitete. »Er hatte etwas an sich genommen, was nicht ihm gehörte, so könnte man es wohl formulieren.«

»Ein Dieb?« Duroc richtete sich in seinem Sessel auf.

Aristide zögerte einen Augenblick und überlegte, ob ihm diese Unterstellung nützlich sein konnte. »Nicht direkt. Vielleicht nur etwas neugierig, wer weiß. Es ist ja kein Schaden entstanden. Kein Grund zu weiteren Maßnahmen, würde ich meinen.« Er ließ einen Moment verstreichen. »Kennen Sie den jungen Mann ... vielleicht jemand vom Personal?«

Duroc kippte den Rest seines Cognacs hinunter. »Der Glaser-
Lehrling. Keine Ahnung, was er im Pferdestall gesucht hat.« Er
drückte sich energisch aus dem Sessel hoch und strebte der Türe
zu. Duroc zog seinen Rock gerade und drehte sich um. »Es wird
Zeit. Eigentlich hat die Bar noch nicht geöffnet, Monsieur ...« Er
hielt die Türe einladend auf und wartete, bis Aristide ausgetrun-
ken hatte und aufgestanden war. Als beide den Raum verlassen
hatten, sperrte er ab.

DAS FEST

Ein Schweißtropfen löste sich, rann über die Stirn und an der Nase vorbei, bevor er, nur wenig verlangsamt durch die frischen Bartstoppeln, seitlich vom Kinn auf den fuchsroten Seidenstoff tropfte. Am Spätnachmittag dieses Julitages war ein heißer Hochsommertag in gewittrige Schwüle übergegangen. Der leichte Wind, der gegen Mittag noch die Wände der weißen Pavillons gebläht hatte, war einer absoluten Bewegungslosigkeit der Atmosphäre gewichen, so dass Julien das Gefühl hatte, immerzu die gleiche Luft einzuatmen, die er kurz zuvor ausgeatmet hatte.

Er stand in einer Reihe mit identisch kostümierten Leuten auf der Veranda. Sie waren von einem lächerlich kleinen Kerl, der eine Art Oberaufseher über den Kellnertrupp zu sein schien, über die gesamte Länge der Fensterfront des Schlosses in gleichem Abstand aufgestellt worden. Vor ihnen waren auf Höhe der Fenstertüren Tische aufgebaut, deren Damasttücher bis zum Boden reichten. Darauf warteten Champagner-Schalen und silberne Sektkühler mit Flaschen, an denen das Kondenswasser abperlte, wie der Schweiß von seiner Stirn.

Seit einer Stunde warteten sie auf ihren Einsatz, den sie von dem Einweiser erwarteten, der wie ein Dirigent am östlichen Ende der Veranda Position bezogen hatte. Julien kannte keinen der Männer, die links und rechts neben ihm ausharrten. Er hatte keine Ahnung, wo man die anderen aus der Band eingesetzt hatte. Bis zu ihrem Auftritt waren es noch einige Stunden und er hoffte, alle würden es rechtzeitig zur Bühne schaffen. In der letzten Stunde hatte er reichlich Zeit gehabt, Momò und seine Idee, sich den Auftritt beim Einweihungsfest als Kellner zu verdienen, zu verfluchen. In einer Art Schnellkurs hatte man ihnen und einigen anderen Aushilfen die Grundfertigkeiten der Kellnerei eingebläut und sie mit erfahreneren Kräften gemischt, in der Hoffnung, deren Vorbild würde ihre Unerfahrenheit ausgleichen.

Bis zum Eintreffen der Ehrengäste mussten sie absolut bewegungslos Stellung beziehen, während in den Sektkübeln das Eis schmolz. Julien konnte sich nicht erinnern, jemals an einem schwülen Tag eine solche Menge an Kleidungsstücken getragen zu haben. Am schlimmsten war es am Kopf, wo sich unter der widerlichen Perücke sicherlich bereits ein Mikrokosmos entwickelt hatte. Es juckte erbärmlich und Julien hoffte inständig, dass das Gefühl krabbelnder Bewegung auf seiner Kopfhaut nur eingebildet war.

Unter seiner Schädeldecke waren seine Gedanken kaum weniger aktiv und kreisten um den bevorstehenden Auftritt und wie er schnell genug zur Bühne kommen konnte, um seine Gitarre ins Trockene zu bringen, sollte es anfangen zu regnen. Unwillkommen drängte sich auch Vickys fassungsloses Gesicht in den Vordergrund und im Geiste führte er einen erbitterten Dialog mit ihr, dessen Grundtenor darin bestand, dass sie sich gegenseitig nichts schuldig waren und zu nichts verpflichtet. Sollte sie doch Laurent hinterherlaufen, dann war es nicht an ihr, ihm diese Sache mit Céline vorzuhalten. Eine Weile erfreute er sich an der Vorstellung, eine verpflichtungsfreie Beziehung zu Céline zu unterhalten, bis ihm Chouchou einfiel, der damit auskommen musste, was von Célines Zuwendung übrigblieb.

Auf der baumbestandenen Schlossauffahrt tat sich langsam etwas und Julien verbannte Vicky, Céline und Chouchou aus seinen Gedanken. Erste Gäste trafen ein und wurden von den Kellnern bei den Pavillons mit Getränken versorgt. Die Fenstertür zu seiner Linken wurde geöffnet und neben ihm trat ein Paar auf die Veranda und stellte sich an die Brüstung wie ein Königspaar, das auf die Huldigung durch das Volk wartet. Beide waren geschmackvoll in Kostüme aus dem 18. Jahrhundert gekleidet. Sie wandten ihm den Rücken zu, aber Julien hätte die prachtvollen blonden Haare und den sanften Schwung des Nackens überall erkannt. Er gestattete sich einen Augenblick vorbehaltloser Bewunderung und empfand gleichzeitig ungeheure Erleichterung, dass Sandrine in seinem Gefühlschaos keine Rolle mehr spielte. Das hätte ihm weiß

Gott noch gefehlt. Sandrines Begleiter wandte den Kopf und Julien erkannte ohne Überraschung Duroc, der Sandrine in puncto Perfektion in nichts nachstand.

»Du hast es versprochen!« Sandrine wandte sich Duroc zu und Julien registrierte mit distanzierter Freude, dass sie wütend auf Duroc war. Dieser sah wieder geradeaus und Julien konnte nicht hören, ob er etwas erwiderte. Sandrine hatte es wohl die Sprache verschlagen, denn eine Weile tat sie nichts, außer mit den Händen den exquisiten Seidenstoff ihres Kleides zu kneten.

»Wenn du denkst, dass du damit so leicht davonkommst, hast du dich getäuscht«, zischte sie. »Vielleicht denkt Monsieur Malvoisier noch einmal über euren Deal nach, wenn ich ihm ein paar Dinge über dich erzähle.«

Duroc drehte sich zu ihr um und Sandrine trat rasch einen Schritt zurück. Durocs Gesicht blieb ausdruckslos, als er Sandrine beiläufig am Handgelenk packte. »Du wirst nichts dergleichen tun, meine Liebe. Ich habe dir nie zugesagt, dass du von dem Fund der Papiere profitieren würdest. Das war immer nur eine Möglichkeit unter mehreren.«

»Lass mich sofort los!« Sandrine zerrte an ihrer Hand und biss die Zähne zusammen.

Julien bemerkte, dass Duroc seinen Griff verstärkte. »Wir wollen doch nicht vergessen, dass ich es war, der die Papiere vorhin gefunden und an einem sicheren Ort ... deponiert hat. Also liegt es in meinem Ermessen, was ich damit anfange.«

Ein untersetzter Mann in einem von Stickerei und Spitze überladenen Kostüm näherte sich über den Schlossplatz der Veranda. Überraschend ließ Duroc Sandrine los und sie rieb sich unauffällig das Handgelenk.

»Kein Wort zu Malvoisier!« Duroc setzte ein Lächeln auf.

Sandrine lächelte und zeigte ihre ebenmäßigen Zähne. »Glaub nur nicht, dass du mich verarschen kannst!« Sie wandte sich Malvoisier zu, der ausgepumpt die Treppe erklommen hatte. »*Mon chèr* Monsieur Malvoisier. Wie erfreulich, Sie zu sehen. Ich bin förmlich überwältigt von allem hier.« Vage umschrieb sie mit dem

Arm einen Bogen, der den Schlosspark, das Schloss oder die Feierlichkeiten umfassen konnte.

Malvoisier holte ein paarmal tief Luft. »Ja, nicht wahr. Ich kann Monsieur Duroc nicht genug danken für seine Leistung. Er hat einfach an alles gedacht und alles hat sich so wunderbar in unsere Vorstellung gefügt.«

»Ja, ganz wunderbar«, bemerkte Sandrine und ihr Lächeln verlor etwas an Glanz. »Man vergisst fast, dass er ja nur ein Angestellter ist ... und nicht der Eigentümer!«

Duroc warf Sandrine einen scharfen Blick zu und öffnete den Mund, als Malvoisier ein glucksendes Lachen entfuhr. »Wie haben Sie das erraten, Mademoiselle Sandrine. Wir hatten eigentlich Stillschweigen verabredet, aber da Sie offenbar bereits eingeweiht sind ...« Er drehte sich zu Julien um und fixierte den Sektkübel vor ihm.

»Schnell, mein Lieber, schenken Sie uns etwas ein ... wir müssen anstoßen.«

Julien starrte Malvoisier an und sah dann zu dem kleinen Koordinator der Servicekräfte. Der zog ein unglückliches Gesicht, bedeutete ihm aber mit einem hastigen Schwenken der Arme, dem Wunsch des Schlossbesitzers nachzukommen. Dies sorgte in der akkuraten Reihe seiner Kollegen für Unruhe und die sorgfältig aufrechterhaltende Disziplin geriet ins Wanken, während Julien ungelenk drei Gläser einschenkte. Er wollte diese am Stiel hochheben, als ihn sein Nebenmann zischend anwies, das bereitgestellte Tablett zu benutzen. Julien balancierte die Getränke zwei Schritte weit und zog sich erleichtert zurück, nachdem Malvoisier die Kelche an Sandrine und Duroc weitergereicht hatte.

»Auf meinen neuen Teilhaber!« Malvoisier hob schwungvoll sein Glas und Sandrine und Duroc taten es ihm mit deutlich weniger Enthusiasmus nach.

Sandrine nippte an ihrem Glas und verschluckte sich. »Wie ist es denn zu dieser überraschenden Entwicklung gekommen?« Sie hakte sich bei Malvoisier unter und brachte sich aus Durocs Reichweite.

»Ich halte es für klüger, uns noch bedeckt zu halten, Malvoisier«, mischte sich Duroc ein. Er nahm seinem neuen Partner das leere Glas aus der Hand und stellte es scheppernd auf dem Tablett ab, das Julien ihm geistesgegenwärtig hingehalten hatte.

»Ich schlage vor, wir halten uns mit der Bekanntgabe an den besprochenen Zeitplan.«

»Natürlich ... wie leichtsinnig von mir, zu plappern.« Malvoisier sah sich mäßig reuevoll nach ungebetenen Zuhörern um und ignorierte das angeheuerte Personal. Dann tätschelte er Sandrines Hand. »Nur so viel, meine Liebe – dank Monsieur Durocs Bemühungen werden wir die Geschichte unseres Landes bereichern. Seine Entdeckung ist von unschätzbarem Wert!«

»Ich glaube, mir wird schlecht.« Sandrine drehte sich um und knallte ihr Glas auf Juliens Tablett. Für einen kurzen Moment trafen sich ihre Augen und Julien bemerkte, dass sie ihn erkannte, sein Gesicht in der Verkleidung aber nicht zuordnen konnte.

»Glotz mich nicht an, du Blödmann«, fauchte sie und verschwand durch die Verandatür.

◇ ◇ ◇

Sciàbolo zu finden war nicht das Problem gewesen. Selbst unter den vielen Gästen, von denen viele ebenfalls kostümiert gekommen waren, fiel seine Erscheinung und mehr noch seine Aura von Unnahbarkeit auf. Seit Stunden, wie es ihm vorkam, folgte er Sciàbolo über das Festgelände. Er hatte ihn bei einem kurzen Schwatz mit den Feuerwerkern beobachtet, wo er die Abschussrampen für das spätere Feuerwerk begutachtet hatte, und war ihm zu dem freien Feld gefolgt, wo ein riesiger Ballon aufgebläht in den Nachmittagshimmel ragte. Fast hätte er vergessen, weshalb er Sciàbolo folgte, so sehr faszinierte ihn dieses Wunder. Er hatte davon gehört, dass vor einigen Jahren zwei Brüder einen solchen Ballon gebaut hatten. Man hatte Tiere und später auch Menschen damit eine ansehnliche Strecke fliegen lassen. Selbst der König habe sich dieses Schauspiel nicht entgehen lassen, so hatte ein Reisender, der im Schloss übernachtet hatte, aus Paris berichtet.

Laurent teilte Ereignisse seiner Vergangenheit meist in vor oder nach seinem Sturz an der kleinen Brücke ein und war sich sicher, dass dieser tollkühne Flug vorher gewesen war. Unwillkürlich musste er lächeln bei dem Gedanken an den jüngeren Laurent, der den Reisenden wieder und wieder um seinen Bericht gebeten hatte, da er es nicht glauben konnte, dass es ein solches Wunder geben sollte. Auch sein Vater, der Graf hatte sich von der Begeisterung anstecken lassen und eine Weile mit verschiedenen Flugobjekten experimentiert. Völlig unerwartet empfand Laurent jetzt warme Zuneigung zu seinem sonst so abwesenden Vater, denn für einen kurzen Zeitraum waren sich beide einig gewesen in ihrem Streben nach der Beherrschung des Himmels.

Dann war er gestürzt und tagelang zwischen Leben und Tod gelegen. Bis er sich erholt hatte, sodass er sein Krankenlager hatte verlassen können, hatte sich der Comte wieder seinen Forschungen zur Kraft der Elektrizität zugewandt und auch er selbst konnte keine rechte Leidenschaft mehr für das Ballonfliegen aufbringen.

Jetzt sah er, was er sich vor Jahren kaum hatte vorstellen können, und die unglaubliche Größe des Ballons verschlug ihm den Atem. Wie mochte es sich anfühlen, sich damit in die Lüfte zu erheben? Dieser Duroc, der hier überall seine Finger im Spiel hatte, war ein rechter Teufelskerl, wenn er es geschafft hatte, die erfindungsreichen Brüder Mongolfier mit ihrem Ballon zu engagieren.

Gleich darauf fiel ihm ein, dass es die Brüder in dieser Zeit nicht mehr gab. Dieses Fest verwirrte ihn – mehr noch als die fremde Zeit an sich. Ständig musste er sich in Erinnerung rufen, dass es für die Besucher ein Maskenball war, während er selbst sich mehr und mehr heimisch fühlte inmitten der kostümierten Menschen. Keinesfalls durfte er vergessen, wer er war, woher er kam und wo er sich jetzt befand. Er wandte seinen Blick ab von dem Ballon und folgte Sciàbolo, der sich wieder auf dem Rückweg zum Schloss befand.

◇ ◇ ◇

Zum gefühlt hundertsten Mal drehte Vicky mit einer Platte voller Häppchen ihre Runde. Seit sie die Dienerlivree angezogen hatte, war sie nur auf den Beinen gewesen. Zwar bot ihr die Verkleidung einen gewissen Schutz vor Entdeckung, andererseits konnte sie sich kaum frei bewegen, da sie als Mitglied des Servicepersonals ständig für die Versorgung der zahlreichen Gäste zur Verfügung stehen musste. Neben dekorativen Häppchen und Getränken musste sie auch die Lose der Lotterie an die Gäste verteilen. Duroc hatte einen Ballonflug als Attraktion des Abends und Hauptgewinn der Verlosung organisiert.

Inzwischen taten ihr die Beine weh und sie hatte weder Julien noch Laurent in dem Gedränge entdecken können. In der Hoffnung auf einen kurzen Moment der Ruhe hatte sie einigen weiter versprengten Gästen im Schlosspark ihr Tablett hinterhergetragen und sich schließlich auf eine Bank zwischen zwei in Kegelform geschnittenen Büschen sinken lassen. Sie zog den viel zu warmen Rock aus und nahm die weiße Zopfperücke ab. Bisher hatte das Wetter gehalten, auch wenn es gewittrig schwül war und sich über dem Schlossgelände schwere Wolkentürme aufstapelten. Ein Regenguss wäre ihr nicht unwillkommen gewesen, sie fühlte sich klebrig und verschwitzt am ganzen Körper. Außerdem war sie hungrig, weil sie seit Stunden nichts mehr gegessen hatte. Sie warf die nicht verteilten Lose hinter sich ins Gebüsch und schob sich ein Lachshäppchen in den Mund.

»Darf ich hoffen, dass du dein Mahl mit mir teilst, liebste Victoire?« Zwischen Bank und Kegelbusch schob sich Laurent auf die Sitzfläche. Er sah sich vorsichtig um und nachdem er sich vergewissert hatte, dass man ihr Versteck nicht einsehen konnte, bediente er sich an den Häppchen.

»Verflixt noch mal, wo bist du denn gewesen? Ich habe dich den ganzen Tag lang gesucht.« Vicky starrte Laurent an und merkte, dass sie wütend auf ihn war. Den ganzen Ärger mit Julien hätte sie sich sparen können, wenn Laurent einfacher zu finden gewesen wäre.

Während er kaute, schwebten Laurents Finger bereits wieder über den Canapés. »Eigentlich wollte ich schon lange weg sein.« Er schluckte den letzten Bissen hinunter und sah mit einem Mal sehr müde aus. »Aber ich freue mich, dass wir uns noch einmal sehen.« Er nahm ihre Hand und schickte sich an, den in seiner Zeit üblichen Handkuss zu platzieren. Plötzlich drehte er die Hand um und Vicky spürte seine Lippen warm und sanft auf ihrer Handfläche.

Laurent zwinkerte kurz und lächelte sie an und zu ihrem eigenen Entsetzen merkte Vicky, wie ihr die Röte in die Wangen schoss und ihre Wut verpuffte.

»Warum bist du hier?«

»Ich habe etwas entdeckt, was für dich vielleicht wichtig ist.« Vicky versuchte, sich zu sammeln.

»Ach ja?« Laurent streckte die Hand aus und unter dem Vorwand, eine lose Haarsträhne hinter ihr Ohr zu stecken, strich er ihr sanft über die Wange.

Vicky drehte sich weg und plötzlich brannten ihre Augen.

»Schsch ... was soll denn das werden?« Laurent zögerte nur kurz, dann legte er seinen Arm um ihre Schultern und zog sie an sich. »Verzeih, ich wollte dich nicht echauffieren?«

Vicky schniefte und schüttelte den Kopf. Es tat gut, sich an ihn zu lehnen und zum ersten Mal seit Stunden, beruhigte sich ihr Gefühlskarussell.

»Du bist lieb, Laurent.«

»Hm ...«, er küsste sie sanft auf den Scheitel.

Vicky hob den Kopf. »Laurent! Bitte, bleib doch mal ernst.«

Laurents Lächeln verschwand für einen Moment. »Es ist mir ernst, *ma Chère*.« Er lächelte, bis man sein Grübchen sah. »Kann es sein, dass dein Herz ... vergeben ist?«

Vicky ließ die Schultern sinken und starrte geradeaus auf den Kiesweg. »Ich weiß einfach nicht mehr, was ich denken und fühlen soll, Laurent.« Mit den üppigen Spitzenmanschetten ihres Hemdes wischte sie die Tränenspuren fort. »Mir ist das alles zu kompliziert, am liebsten würde ich mich für immer entlieben und mich in Ruhe mit wichtigeren Dingen beschäftigen.«

Laurent wollte etwas erwidern, dann nickte er. »Ich verstehe ...« Er drückte noch einmal ihre Hand und ließ sie dann los.

»Du wolltest mir etwas Wichtiges erzählen und auch ich habe Neuigkeiten für dich.«

◇ ◇ ◇

Laurent schluckte den letzten Bissen des köstlichen Schinkenhäppchens hinunter und berichtete Vicky von dem Fund der Papiere in seinem alten Sattel und dem Zusammentreffen mit Sciàbolo. Zu seinem Erstaunen vermutete Vicky ebenfalls, dass Sciàbolo sich durch die Zeit bewegen konnte.

»Also kurz gesagt, dieser vermaledeite 15. Band hat die ganze Zeit, das heißt seit zweihundert Jahren, in eurem Haus auf dem Dachboden gelegen?« Er hieb mit der Faust auf die Banklehne. »Dieser Hundsfott Cassel hat ihn nur nicht herausrücken wollen … das ist wirklich ungeheuerlich.«

»Aber wenn du die Papiere schon gefunden hast, dann war die Suche nach diesem Band sowieso unwichtig.«

»Trotzdem, der Wicht hat mich belogen, das lasse ich ihm nicht durchgehen, wenn ich wieder zurück bin.«

»Und wie willst du zurückkehren? Der Spiegel ist doch kaputt?«

»Ich hänge mich an den Italiener. Dieser Sciàbolo war mir noch nie geheuer, was nicht weiter verwunderlich ist, da er ein Bekannter meines Bruders Alexandre ist. Aber *er* hat jetzt die Papiere und irgendeine Möglichkeit, die Zeit zu überwinden.«

Laurent biss sich auf die Lippe. Er fasste Vickys Hände und sah ihr in die Augen. »Wenn es mir heute Nacht gelingt, die Papiere wieder an mich zu bringen, zurückzukehren und sie rechtzeitig nach Paris zu bringen, dann, bei Gott, bin ich sicher, dass Lafayette mich in seine Reihen aufnimmt.«

Vicky sah ihm ins Gesicht. »Du wirst doch vorsichtig sein? Du weißt jetzt, was passieren wird.«

»Ich werde aufpassen. Auf die Meinen und auf mich.«

Vicky schluckte. »Bist du sicher, dass es *diese* Papiere waren, die du im Sattel gefunden hast? Ich meine, die Notizen, die du deinem Bruder bringen solltest?«

Laurent nickte ungeduldig. »Ich konnte zwar nur kurz einen Blick darauf werfen, bevor mich Sciàbolo überrascht hat, aber glaube mir, die Handschrift ist mir gleich bekannt vorgekommen. Obwohl ...« Er zögerte, dann schüttelte er den Kopf.»Irgendwas war seltsam daran ... ich komme jetzt nicht darauf.« Er atmete durch und strich sich mit beiden Händen die Haare aus der Stirn.»Egal. Wirst du mir helfen?« Ungeduldig sprang er von der Bank auf und trat von einem Bein auf das andere.

Vicky stand ebenfalls auf.»Natürlich helfe ich dir.« Sie überlegte.»Wo ist dieser Sciàbolo jetzt?«

Laurent hatte einige Schritte in Richtung Festgelände zurückgelegt, nun wartete er, dass sie ihm folgte.»Ich habe ihn vorhin verloren. So ein Wichtigtuer, der sich Maler nennt, hatte ihn in ein endloses Gespräch verwickelt. Ich dachte, ich könnte mir in der Zwischenzeit eine bessere Verkleidung besorgen«, er wies auf die fuchsrote Livree, die er auf links gedreht, übergezogen hatte,»aber als ich zurückgekommen bin, war Sciàbolo verschwunden.«

»Gut, dann musst du ihn wiederfinden und beschatten, vielleicht hat er die Papiere bei sich.« Sie waren inzwischen auf den Hauptweg zum Schloss eingebogen und umrundeten den Neptunbrunnen, der von Scheinwerfern angestrahlt, seine Wasserfontänen in die Luft schleuderte, als sie vorbeihasteten.

»Außerdem ...« Vicky hatte Mühe, mit ihm Schritt zu halten.

»Außerdem bekommst du es gleich mit, wenn er verschwinden will.« Sie brach ab und überlegte.»Wer hat denn die Papiere überhaupt in den Sattel eingenäht?«

Laurent drehte sich zu ihr um und wartete, bis sie aufgeholt hatte. Er zuckte mit den Schultern.»Das ist ja das Seltsame, ich habe keine Ahnung. Wenn ich es selbst getan hätte, wüsste ich doch davon, oder?«

»Sollte man meinen. Aber vielleicht wirst du es noch ... tun.« Vicky grinste.

Laurent kniff die Augen zusammen.»Tut mir leid, das übersteigt meinen Geist. Lass uns lieber überlegen, wie wir es jetzt anfangen.«

Vicky räusperte sich.»Ich denke, er hat sich hier vielleicht ein Zimmer genommen. Ich könnte mich an der Rezeption umsehen.«

Laurent zögerte kurz, dann nickte er. Sanft hob er ihre Hand an den Mund und sie spürte seine weichen Lippen. »Sei vorsichtig, *ma Chère*.«

◇ ◇ ◇

Es war das vierte oder fünfte Zimmer, das sie durchsuchte und inzwischen war sie sich nicht mehr sicher, ob dieser Sciàbolo ein Zimmer im Schloss bewohnte, wie sie es vor einer knappen Stunde gegenüber Laurent behauptet hatte. Genauso gut konnte er sich im Ort eingemietet, einen Wohnwagen auf dem Supermarktparkplatz abgestellt haben oder ohne Gepäck direkt aus dem 18. Jahrhundert hier eingetroffen sein.

Auf dem Weg zum Schloss hatte sie sich der himmelblauen Livreejacke entledigt, um nicht ständig von irgendwem ein leeres Glas oder ein volles Tablett in die Hand gedrückt zu bekommen. Zunächst war alles unerwartet einfach gewesen, denn in der Hotellobby, der früheren Eingangshalle des Schlosses, hatte sie hinter dem Rezeptionstresen Bernadette getroffen, die wie ein eingesperrter Tiger hin und herwanderte.

»Puh«, machte Bernadette, kaum dass sie sie erblickt hatte, »bist du das, Vicky, ich fasse es nicht ... wusste gar nicht, dass du heute auch hier bist.«

»Hm, hat sich so ergeben«, meinte Vicky unbestimmt. »Ich dachte eigentlich, du bist bei deinen Pferden?«

»Wir mussten die Stallungen absperren, bei dem ganzen Krach und Trubel. Das ist ihnen zu viel geworden ... den Pferden, meine ich.« Bernadette zog die Oberlippe nach oben und entblößte ihre Vorderzähne, die denen ihrer Lieblinge in nichts nachstanden. »Monsieur Duroc meinte, ich soll mich hier ein wenig nützlich machen.«

Vicky musterte das gedrechselte Schlüsselbrett hinter Bernadette. »Sind denn schon viele Zimmer belegt?«

»Ich verrate dir was«, Bernadette beugte sich über den Tresen. »Der ganze westliche Flügel ist noch nicht fertig. Da wohnt also auch keiner.« Sie blätterte geschäftig in einem auf antik gemachten Anmeldungsbuch herum. »Aber im Ostflügel sind schon ein

444

paar Zimmer belegt ... meistens mit irgendwelchen wichtigen Typen, die Monsieur Duroc oder Monsieur Malvoisin kennen«.

»Aha, und kennst du jemanden von diesen Leuten?« Vicky reckte den Hals und versuchte, die auf dem Kopf stehenden Anmeldungen zu entziffern.

»Nee ... eigentlich nicht«, räumte Bernadette widerwillig ein. »Einer soll ein Vertreter des Departements sein, irgendein wichtiges Tier ... hab aber noch nie von ihm gehört. Dann sind da noch so eine furchtbar aufgetakelte Klatschreporterin und ein älterer Herr mit einem blütenweißen Anzug mit Hut, so wie in den Filmen früher, mit Blume im Knopfloch, du weißt schon. Ach ja, so ein blasser Typ ist auch gekommen, der irgendein Museum vertritt.« Sie schlug das Buch zu. »Mehr weiß ich auch nicht. Und außerdem ... das ist ja sowieso vertraulich.«

Das schrille Rückkopplungsgeräusch einer Verstärkeranlage zerriss die Luft und Bernadette blickte an Vicky vorbei in Richtung Schlosspark. Sie trommelte mit den Fingern auf das Holz des Tresens.

»Du hör mal, Vicky, ich hänge jetzt hier schon seit Stunden rum ... würde mich gern mal ein wenig auf dem Fest umsehen.«

»Test ... Test ... 1 ... 2 ... 3 ...« Wieder quietschte der Verstärker.

»Oh«, beeilte sich Vicky zu sagen, »kein Problem, ich bleibe einfach hier und du drehst mal eine Runde.«

Bernadette hob beide Daumen in Vickys Richtung und war schneller verschwunden, als Vicky um den Tresen gehen konnte. Aus der Ferne tönten die ersten Klänge eines Gitarrenriffs und Vickys Herz machte einen Satz, bevor sie es wieder einfangen konnte. Rasch konzentrierte sie sich auf ihr Vorhaben und sah sich das Anmeldebuch genauer an. Wie sie befürchtet hatte, war kein Gast mit Namen *Sciàbolo* eingetragen. Sie merkte sich die Zimmernummern aller männlichen Gäste und suchte die Zimmerschlüssel heraus.

◇ ◇ ◇

Für diese Art von Musik hatte Aristide nichts übrig. Im Gegensatz zu den meisten anderen Zuschauern, die sich von den aggressiven

Gitarrenklängen und dem hämmernden Schlagzeug mitreißen ließen. Halb verborgen hinter der Nachbildung einer klassischen Hermesstatue beobachtete er distanziert den Auftritt der *Heavy Strings*. Ebenso chaotisch wie die Musik war die äußere Erscheinung der Musiker. Offenbar waren alle vorher als Servicekräfte eingesetzt worden, denn sie trugen noch die Kniehosen und hellblaue oder fuchsrote Röcke, was eine Erklärung dafür sein mochte, weshalb es den Abend über weder ihm noch L'Oreille gelungen war, den Erben aufzuspüren.

Während er sich nach dem Erben umgesehen hatte, hatte er sich das Vergnügen gegönnt, Alexandre de Plourhans jüngeren Bruder über das gesamte Festgelände hinter sich herlaufen zu lassen. Seine Lippen kräuselten sich bei der Vorstellung, dass er es jederzeit hätte beenden können, wie er es ursprünglich vorgehabt hatte. Letztlich hatte er sich dazu entschlossen, seinen lästigen Verfolger vorerst abzuschütteln. Später wäre immer noch Zeit, sich mit ihm zu beschäftigen. Der Höhepunkt des Festes stand unmittelbar bevor und vorher musste er einiges mit dem Erben klären.

Der Zufall war ihm zu Hilfe gekommen und hatte seine Schritte in die Nähe der Bühne gelenkt, wo er zu seinem Erstaunen den Gesuchten im Scheinwerferlicht entdeckt hatte. Wahrscheinlich wäre er achtlos weitergegangen, hätten die jungen Männer auf der Bühne nicht versucht, ihre Individualität trotz der einheitlichen Livreen auszudrücken. Sie hatten die Zopfperücken achtlos zu Boden geworfen und die überwiegend langen Haare standen ihnen schweißnass vom Kopf ab. Einer hatte trotz der inzwischen einsetzenden Dämmerung eine schwarze Sonnenbrille aufgesetzt. Der Mann am Schlagzeug hatte sogar den Rock abgelegt und ließ durch sein bis zum Bauchnabel geöffnetes Rüschenhemd seine üppige Brustbehaarung sehen. Er erkannte den Erben, als dieser anlässlich eines grellen Gitarren-Akkordes Kopf und Oberkörper ruckartig nach hinten bog, sodass ihm seine dunklen Haare aus dem Gesicht fielen, das sie zuvor zur Hälfte verdeckt hatten. Zuckend krümmte er sich wieder über sein Instrument und entriss ihm eine

Folge von Geräuschkaskaden, deren Virtuosität Aristide widerwillig anerkennen musste. Unterbrochen wurden diese Tonfolgen immer wieder von jaulenden Kreissägelauten, während derer sich der Erbe zuckend an seiner Gitarre festklammerte, als ob nicht nur das Instrument, sondern auch er selbst unter Strom stand.

Die Zuschauermenge um ihn herum reagierte euphorisch auf das Gitarrensolo. Kollektiv reckten sie die Arme zur Bühne und fingen an zu kreischen, was den Gitarristen dazu veranlasste, seinem Instrument einen jammervollen Ton zu entlocken, der sich schmerzhaft in Aristides Ohren bohrte. Ein völlig entfesseltes Mädchen mit vorstehenden Zähnen neben ihm rief,»Julien, ich will ein Kind von dir!«

Dies war der Augenblick, in dem Aristide beschloss, aufzugeben. Fast zweihundert Jahre Familientradition, Intrigen und Reisen durch die Zeit und nicht zu vergessen, etliche Leben seiner Vorgänger in den Diensten des Auftrages seines Ahnherren für einen *Möchtegern-Rockstar*? Aus diesem Jungen eine würdige Galionsfigur für die royale Bewegung zu formen, konnte nur scheitern. Aristide trat einen Schritt zurück und schob sich hinter die Steinfigur. Sollte sich sein Neffe Alain doch die Zähne an dem Bürschchen ausbeißen.

Die lärmende Musik verstummte und die Menge schien für einen Moment den Atem anzuhalten. Die plötzliche Stille schmerzte in Aristides Ohren fast ebenso, wie der Lärm zuvor und überrascht wandte er sich ein letztes Mal um.

Ein Scheinwerfer war direkt auf den Gitarristen gerichtet und der Sänger der Gruppe wies mit ausgestrecktem Arm auf ihn und deutete eine Verbeugung an.

Julien Kerouac schloss die Hand um den Hals seiner Gitarre und stieß die rechte Faust in die Luft. Der kurze Moment der Stille war vorüber. Das Publikum kreischte, johlte, klatschte und trampelte mit den Füßen. Der Erbe stand still und sah mit leuchtenden Augen in die Menge. Schließlich hob er die Hand und wie ein einziger Organismus verstummten die Fans. Julien neigte den Oberkörper in ihre Richtung, führte die Rechte zum Mund und schickte

447

eine Kusshand über ihre Köpfe. Wie auf Knopfdruck verfiel das Publikum erneut in frenetischen Beifall.

So könnte es sein, dachte Aristide und zögerte. *Du genießt diesen Auftritt und damit werde ich dich packen.*

◇ ◇ ◇

Als sie das letzte Zimmer aufschloss, fröstelte sie plötzlich und die feinen Härchen an ihren Unterarmen stellten sich auf. Vicky richtete ihren Blick in das dämmrige Innere des Raumes und versuchte, das lähmende Gefühl unbestimmter Gefahr zu ignorieren, das sie mit einem Mal überkam. Augenblicklich wusste sie, dass es das richtige Zimmer war. Sie zögerte kurz, dann schob sie sich durch den Türspalt und schloss die Tür. Die Geräusche des Festes verstummten zu einem leisen Rauschen. Vicky hielt die Hände hinter ihrem Rücken verschränkt, während sie darauf wartete, dass ihre Augen sich an die Dunkelheit gewöhnten und dieses lächerliche Gefühl einer Bedrohung nachließ. In den anderen Zimmern hatte sie nichts Vergleichbares wahrgenommen und es ärgerte sie, dass ihr die Knie weich wurden. Sie atmete tief ein und trat einen Schritt in den Raum. Vielleicht lag es am Geruch, der ihr vertraut vorkam.

An der gegenüberliegenden Wand konnte sie die Silhouette eines Schreibpultes ausmachen. Das Fenster daneben zeigte den Blick auf die Parkseite und Vicky sah von Weitem eine Bühne, auf der Musiker ihre Instrumente zusammenpackten. Die Bühnenscheinwerfer ließen Loïcs Blondschopf hell aufleuchten. Vicky wollte sich abwenden, aber ihr Blick hatte Julien bereits fixiert, der sich zu den anderen umwandte und ihnen irgendetwas zurief.

Blödmann, dachte sie und war sich nicht sicher, ob sie ihn oder sich selbst damit meinte. Sie zog den Vorhang vor das Fenster und schaltete die Lampe auf dem Tischchen ein. Daneben lagen säuberlich aufeinandergestapelt eine Reihe dünner Ordner. Auf der Vorderseite war in gestochen scharfer Schrift jeweils ein Name vermerkt. *Graf Wilhelm von Hohenstein-Langenfeld* las sie auf dem Ersten, *Lord Granville of Basington, Vicomte Guillaume de Saint-Cyr, Signore Giacomo Sciàbolo* standen auf den weiteren

Ordnern. Auf den Seiten im Inneren fanden sich Informationen zu den Namen, die das Aussehen, charakteristische Verhaltensweisen und Lebensgeschichte umfassten.

Vicky runzelte die Stirn. Hatte Sciàbolo diese Personen ausspioniert? Weshalb stand sein eigener Name dabei? Bei einer schnellen Durchsicht fiel ihr auf, dass es sich ausnahmslos um Männer im Alter zwischen vierzig und fünfzig Jahren handelte.

Was, wenn es verschiedene Identitäten waren, die der Mann, der sich Sciàbolo nannte, annehmen konnte? Ein Frösteln rieselte ihren Rücken hinab.

Vicky schloss die Ordner und richtete sie wieder gerade auf dem Tisch aus. Sie sah sich im Raum um, der penibel aufgeräumt war. Weder auf dem Nachttischchen noch auf dem Schreibtisch lagen weitere persönliche Gegenstände.

Links neben dem Himmelbett war eine Tapetentür in die Wand eingelassen, die im Dämmerlicht der Schreibtischlampe fast mit ihrer Umgebung verschmolz. Vicky drückte die Tür auf, die in einen begehbaren Kleiderschrank führte. Anders als im Schlafraum war der Eindruck von Sciàbolos Persönlichkeit hier deutlich spürbar.

Hastig schob Vicky die Herrenanzüge auf der Kleiderstange zur Seite und brachte dabei auch die Reihe dazu passender Schuhe durcheinander. Sie hielt sich schon viel zu lange hier auf. Mit fahrigen Bewegungen richtete sie alles wieder gerade – fast wäre ihr eine edle Schuhputzkiste auf den Boden gefallen.

Sie hielt inne und lauschte – bis auf die entfernten Geräusche des Festes war nichts zu hören. Sachte strich sie mit der Hand an den Ärmeln der Anzüge entlang als ihre Finger mit einem Mal bestickte Seide berührten. Ganz am Ende der Kleiderstange hingen aufwendig bestickte Jacken mit den passenden Kniehosen, Hemden mit feinster Spitze verziert und Schnallenschuhe mit roten Absätzen. Vicky schob die seidenen Anzüge zur Seite. In den Tiefen des Schrankes thronte auf einem hölzernen Kopf eine Zopfperücke mit eisgrauen Seitenlocken. Die Rückseite der Perücke wurde von einem dreiteiligen Frisierspiegel reflektiert, der aufgeklappt dahinterstand. Der Rahmen des Spiegels war glatt poliert von jahrelangem Gebrauch, die Spiegeloberfläche schimmerte matt und war an einigen Stellen blind. Vicky streckte die Hand aus und strich mit den Fingern über das Glas. Ein Kribbeln elektrisierte ihre Fingerkuppen und sie zog die Hand zurück, als hätte sie sich verbrannt.

Die Erkenntnis prickelte eiskalt durch ihre Adern, obwohl sie nach diesem Beweis gesucht hatte. Sie hatte diesen Menschen vor wenigen Tagen erst als Gast von Laurents Familie kennengelernt. Schon da war ihr dieser Sciàbolo unheimlich gewesen. Nach Laurents Beschreibung des Mannes, der versucht hatte, ihn im Stall zu töten, musste es sich um denselben Mann handeln, dessen Handlanger L'Oreille sie verfolgt und niedergeschlagen hatte.

Mit einem Mal zitterten ihre Hände und sie sah sich panisch um. Was hatte sie sich dabei gedacht, in das Zimmer dieses Mannes einzudringen? Die Luft in dem fensterlosen Raum schien plötzlich dünner geworden zu sein und Vicky stieß die Tür zum Schlafzimmer auf.

◇ ◇ ◇

»Mann, das war super!« Momò schlug Julien auf den Rücken. »Du warst selten so gut in Form. Habt ihr gesehen, wie sie ihm zu Füßen gelegen haben?«

Loïc zog ein säuerliches Gesicht und begutachtete seine Blondmähne in einem winzigen Rasierspiegel, den jemand an eine der Zeltstangen gehängt hatte. Man hatte ihnen einen der Versorgungspavillons zur Verfügung gestellt, wo sie zwischen Getränkekisten und Müllsäcken ihre Instrumente hatten lagern können.

Francis nahm die Sonnenbrille ab. »Vorsicht, Momò!« Er ruckte mit dem Kopf in Loïcs Richtung. »Diva-Alarm!«

Momò sah ihn verständnislos an. Loïc hob den Kopf und bedachte Francis mit einem nachsichtigen Lächeln. Er breitete die Arme aus und drückte Julien demonstrativ an seine Brust. »Momò hat recht ... gut gemacht, Kleiner.« Offenbar fiel ihm nichts mehr ein und um seinen Worten Nachdruck zu verleihen, hieb er Julien auf den Rücken.

Francis zog die Augenbrauen hoch und setzte seine Sonnenbrille wieder auf.

»Und?«, bellte Tristan und riss sich das Rüschenhemd vom Leib. »War er da?«

»Wer?« Momò schien abgelenkt.

»Na der Typ vom Festival« Tristan fummelte am Verschluss seiner Kniehose. »Deshalb haben wir doch diese ganze Scheiße mitgemacht.«

»Monsieur Quéméneur«, fiel Francis hilfreich ein, während er seine Sonnenbrille an der Rüschenmanschette säuberte.

»Ich glaube schon ...«, Momòs Blick wanderte unruhig zum Zeltausgang. »Ja, ich bin mir sicher ... habe da einen Mann gesehen, der war sehr interessiert ... konnte kaum die Augen von dir abwenden, Julien.«

»Und? Wo ist er jetzt?« Loïc stemmte die Hände in die Hüften. »Wir müssen das gleich klarmachen. Das Festival beginnt schon nächste Woche.«

Momò stieß die Luft aus und ließ seine Arme ein paar Mal hin und her pendeln, als ob er Schwung holen müsste. »Okay, Leute, dann hole ich ihn mal.«

Noch bevor Momò den Zeltausgang erreicht hatte, wurde die Plane zurückgeschoben und ein untersetzter Mann in einem aufwendigen Rokoko-Kostüm schob sich in den Pavillon.

»Oh, da sind Sie ja schon.« Momò stoppte die Pendelbewegung seines rechten Armes, um dem Mann die Hand zu schütteln, ließ es aber sein, nachdem ihn dieser mit einem frostigen Blick bedachte. Wortlos musterte der Mann einen nach dem anderen und als sein Blick Tristan streifte, presste er die Lippen fest zusammen. Schließlich fixierte er Julien und räusperte sich.

»Monsieur, würden Sie mir die Ehre einer Unterredung unter vier Augen erweisen?« Er neigte kaum wahrnehmbar den Kopf.

Momò schob sich tapfer vor Julien und auch Loïc trat einen Schritt nach vorn.

»Wir alle sind die Band ... das heißt, die Jungs sind die Band.« Momò wies mit der Hand auf die anderen. »Aber ich bin sozusagen der Manager.« Er atmete aus und straffte die Schultern. »Sie müssten mit mir verhandeln.«

Der Mann fixierte Momò, als überlegte er, ob es sich lohne, ihn einer Antwort zu würdigen. Er musterte erst Loïc und dann die anderen Bandmitglieder mit einem Ausdruck strapazierter Geduld.

»Meine Herren, sicher sind Sie erschöpft von dem gewiss kräftezehrenden Auftritt. Ich schlage vor, Sie besorgen für alle eine Flasche Champagner mit den zugehörigen Gläsern ... auf meine Rechnung natürlich.« Er nickte allen außer Julien zu. »In der Zwischenzeit kann ich mit Monsieur ... Kerouac, nicht wahr? ... eine kurze und vertrauliche Unterredung führen.« Er zückte einen Einhundert-Franc-Schein und drückte ihn Momò in die Hand.

Beim Hinausgehen rempelte Loïc Julien an. »Wenn du mit dem Schleimer hier einen Extra-Deal machst, bist du raus, verstanden!«

Julien machte einen Schritt nach vorn, um den anderen zu folgen, aber der Mann berührte ihn sacht an der Schulter.

»Sie gestatten, es wird nicht lange dauern.«

Julien verschränkte die Arme vor der Brust und lehnte sich an einen Stapel Holzkisten, deren aufgedrucktes Emblem für Markenkaviar warb. »Also?«

»Ich darf mich vorstellen«, der Mann verbeugte sich gekonnt. »Mein Name ist Honoré Aristide. Meine Familie steht seit Jahrhunderten in den Diensten der ... einst mächtigsten und bedeutendsten Familie Frankreichs.«

Julien trat von einem Fuß auf den anderen. Er fixierte den schmalen Spalt in der Zeltplane, durch den seine Freunde den Pavillon verlassen hatten, und reckte den Kopf in der Hoffnung, sie bereits auf dem Rückweg zu sehen. »Hören Sie, ich bin Teil dieser Band. Sie bekommen entweder alle oder keinen von uns.«

»Tatsächlich geht es aber nur um Ihre Person. Ich wäre Ihnen sehr verbunden, wenn Sie mir noch einen Augenblick Ihre Aufmerksamkeit schenken würden.« Der Mann namens Aristide hatte die Stimme erhoben und sprach mit einer Schärfe, die nicht zu der höflichen Formulierung passte.»Ihr Name ist Julien Kerouac ... nach Ihrem Vater?«

Julien nickte und fragte sich, was das mit der Band zu tun hatte.

»Sehen Sie Ihrem Vater ähnlich?«

Julien lachte auf.»Das hat noch niemand behauptet.«

»Haben Sie sich nicht manchmal gefragt, ob Sie nicht ...«, Aristide zögerte kurz und in seine eisengrauen Augen stieg etwas Lauerndes,»... der Sohn eines anderen Mannes sind?«

»Was?« Julien stieß sich heftig ab und eine der Kaviarkisten rutschte krachend auf den Boden.»Das ist doch kompletter Schwachsinn!« Er fasste sich an die Stirn.»Und was soll das eigentlich mit dem Festival zu tun haben?«

Aristide warf einen kurzen Blick zum Zelteingang und schob sich unauffällig davor.»Hören Sie, wir haben nicht viel Zeit und mir ist klar, dass es ein Schock sein muss, aber um die Sache abzukürzen ... Sie sind nicht Antoine Kerouacs Sohn, sondern der letzte Erbe einer einst mächtigen Familie Frankreichs. *Der* mächtigsten Familie Frankreichs, um genau zu sein.«

Der Mann musste verrückt sein, das war die einzige Erklärung. Julien hatte von Fans gehört, die die verrücktesten Dinge taten, um die Aufmerksamkeit ihres Idols zu gewinnen. Obwohl dies nur den wirklich berühmten Stars passierte. Er versuchte, sich zu beruhigen. Diese Unterstellungen waren nichts weiter als die Hirngespinste eines Irren. Er versuchte, nach draußen zu spähen. Warum dauerte es so lange, bis die anderen zurückkamen?

»Hören Sie, ich will mir diesen Quatsch nicht länger anhören. Vielleicht wäre es besser, Sie würden ... was weiß ich ... einen Arzt aufsuchen.« Er versuchte, sich an Aristide vorbeizuschieben.

Aristide packte ihn und bohrte ihm die Finger in den Arm.

»Hör mir zu, du Bengel. Mir wäre es auch lieber, wenn es anders wäre. Aber genau wie ich hast du eine Pflicht zu erfüllen und die erfordert, dass du jetzt mit mir kommst, verstanden!«

Julien zerrte an seinem Arm, aber der Mann war kräftiger, als er vermutet hatte.»Das kannst du dir abschminken, du Spinner.« Mit einem Mal verspürte Julien Angst, denn der Verrückte schien entschlossen, ihn nicht gehen zu lassen. Die Gartenarbeit der letzten Wochen hatte seine Muskeln trainiert, aber Julien war nie einer der Jungen gewesen, die sich auf dem Schulhof geprügelt hatten, daher fehlte es ihm an Technik und Schnelligkeit, als er ausholte, um sich mit einem Kinnhaken aus dem Klammergriff des Mannes zu befreien.

Spielerisch wehrte dieser den Schlag ab und traf ihn gleichzeitig am Kinn. Juliens Kiefer durchfuhr ein scharfer Schmerz und er schmeckte Blut im Mund. Aus dem Augenwinkel sah er die Faust noch einmal auf sich zu kommen, sein Kopf dröhnte und dann war da nichts mehr.

◇ ◇ ◇

Ein paar der dunklen Haarsträhnen waren ihm in die Stirn gefallen und von der aufgeplatzten Lippe tropfte Blut auf den weißen Spitzenkragen des Hemdes. Aristide gestattete sich einen Augenblick der Resignation. Das war in keiner Weise so gelaufen, wie er es beabsichtigt hatte und er unterdrückte den aufwallenden Ärger auf sich selbst. Bei einem seiner Mitarbeiter hätte er ein solch stümperhaftes Verhalten nicht durchgehen lassen. An eine Präsentation des Erben während des Festes war nicht mehr zu denken.

Mehr noch als diese Änderung seiner Pläne, beunruhigte ihn die Häufung nicht vorhersehbarer Ereignisse in den letzten Tagen und Stunden, die ihn dazu zwangen, seine Pläne ständig anzupassen. Er war es gewohnt, sorgfältig zu planen und dies zahlte sich in der Regel aus, da er seine Absichten meist problemlos umsetzen konnte.

Wann waren die Ereignisse aus dem Ruder gelaufen?

Aristide schüttelte den Gedanken ab, nahm eine Serviette von einem der Servierwagen und tupfte Julien das Blut vom Kinn. Der Erbe rührte sich nicht und Aristide legte zwei Finger an seine Halsschlagader. Kurz durchzuckte ihn der Gedanke, dass es dem Ganzen ein Ende setzen würde, wenn er zu hart zugeschlagen hätte. Dennoch war er erleichtert, als er ein schwaches Pochen wahrnahm. Mit routinierter Selbstdisziplin schob er seinen Ärger beiseite und überlegte die nächsten Schritte. Die anderen Musiker konnten jeden Augenblick zurückkehren. Er musste mit dem Erben von hier verschwinden.

Er sah sich in dem schwach erleuchteten Pavillon um. Der rückwärtige Teil war angefüllt mit Kisten, auf denen das Logo einer Firma aufgedruckt war, die Geschirr für solche Feste verlieh. Daneben stand eine Reihe von Servierwagen, die angefüllt waren mit leeren Tabletts und Sektkelchen sowie silbernen Platten, auf denen die Reste bunter Häppchen vor sich hin trockneten.

Aristide schob einen der Wagen neben den bewusstlosen Julien und hob das Tischtuch, das den Wagen fast bis zu den Rädern umhüllte. Wie er gehofft hatte, gab es eine zweite Ebene, auf der sich ebenfalls benutzte Gläser und Platten stapelten. Aristide hob den Kopf und lauschte nach draußen. Der Geräuschpegel durcheinander schwatzender Gäste schien lauter geworden zu sein und ein paarmal wurde in ein Mikrofon gepustet. Die Lautsprecheranlage quietschte grell. Ohne Zögern fegte Aristide die Gläser und silbernen Platten von der unteren Ebene des Servierwagens. Mühsam hob er Julien auf den Wagen und faltete dessen lange Gliedmaßen um den schlaffen Körper. Nachdem er das Tischtuch wieder zurecht gezogen hatte, war von außen nicht erkennbar, dass sich auf dem Wagen der letzte Erbe Frankreichs befand.

Mit seinem üblichen Sinn für das Notwendige legte Aristide seinen kostbar bestickten Rock ab und zwängte sich in den Kostümrock, den einer der Musiker vorhin auf eine der Kisten geworfen hatte. Den Wagen vor sich herschiebend, verließ er den Pavillon im gleichen Moment, als eine weitere schrille Rückkopplung die Menschenmenge, die sich um die Bühne versammelt hatte, zusammenzucken ließ.

◇ ◇ ◇

Es war kein Durchkommen mehr möglich, er steckte fest. Links, rechts und vor ihm drängelten sich die Menschen und mit dem Rücken stand er vor einem schrankartigen Kasten, dessen Vorderseite mit schwarzem Stoff bespannt war. Laurent drückte sich immer wieder die Finger in die Ohren und nach und nach kam sein

Hörvermögen zurück. Er hatte Julien auf der Bühne gesehen – mit einigen anderen Männern. Sie hatten sich fremdartige Musikinstrumente an langen Bändern um die Körper gehängt und einer der Männer saß inmitten verschiedener Trommeln. In seiner eigenen Zeit war Laurent kein großer Musikliebhaber, doch seine Schwestern und erstaunlicherweise auch sein seltsamer Bruder François spielten ganz ordentlich auf dem Pianoforte. Die Klänge von Joëlles neuestem Lieblingskomponisten, eines Burschen namens Mozart, waren ihm vertraut.

Er beobachtete Julien, der die Finger auf die Saiten seines Instrumentes legte und im nächsten Augenblick war ihm, als ob eine Urgewalt ihn nach vorne schleudern wollte. Aus dem mannshohen Kasten in seinem Rücken drangen Wellen um Wellen verstörenden Lärms geradewegs durch seinen Körper hindurch. Ihm war, als müsse ihm der Kopf platzen und kaum hatte er sich die Hände auf seine Ohren gepresst, fiel eine tiefere Tonfolge in den grellen Lärm ein, die seinen Leib vibrieren ließ und den Takt seines Herzens ersetzte. Vergeblich versuchte er, von dem infernalischen schwarzen Kasten wegzukommen, aber die Menschen um ihn herum fingen an, wie eine einzige Kreatur auf- und abzuhüpfen und zu stampfen, sodass er befürchtete, zertrampelt zu werden, sobald er sich von dem massiven Kasten wegbewegen würde.

Irgendwann hörte der Kasten auf, Lärm und Druckwellen zu spucken, obwohl Laurent das Echo in jeder Faser seines Körpers nachhallen spürte. Um ihn herum brach die Menge in Jubel aus und einige Damen kletterten auf die Schultern junger Männer, um den Musikern etwas zuzurufen. Laurent traute seinen Augen nicht, als sich eine Frau ihr Oberteil vom Leib riss und in Richtung Bühne warf. Als sie Anstalten machte, das winzige Mieder, das ihre Blöße bedeckte, auszuziehen, johlte die Menge und feuerte sie an. Laurent nutzte die Ablenkung und stemmte sich an den Schultern seines Vordermannes hoch, bis er auf den schwarzen Kasten klettern konnte. Die jungen Männer um ihn herum quittierten diesen Schachzug um bessere Sicht beifällig. Ein anderer tat es ihm gleich und quetschte sich neben ihn.

Julien und seine Freunde waren inzwischen von der Bühne verschwunden und die Zuschauer begannen unruhig zu werden. Den Ellbogen seines Nebenmanns in der Seite ließ Laurent seine Augen über die Menschen gleiten. Vorhin hatte er kurz den Eindruck gehabt, Sciàbolo für einen Augenblick auf der anderen Seite der Bühne gesehen zu haben. Jetzt konnte er ihn nirgends entdecken. Ein schrilles Kreischen entfuhr dem Kasten und Laurent zuckte zusammen.

»Holla«, dröhnte sein Sitznachbar und schlug mit der flachen Hand auf das Holz unter ihnen. »Die Anlage übersteuert«, rief er in Richtung Bühne. Aus der Menge, die sich um den Kasten drängelte, wurden Pfiffe laut.

Auf der Bühne hatten sich inzwischen zwei Männer in eleganter Kleidung eingefunden. Anerkennend musterte Laurent die modische Perfektion und dachte bei sich, dass seinem Bruder Henri der pflaumenfarbene Rock hervorragend stehen würde. Etwas verspätet fiel Laurent ein, dass die beiden Herren lediglich Kostüme trugen, die sie dem Anlass des Festes entsprechend, angelegt hatten.

Schräg unterhalb von seinem Aussichtspunkt stand am linken Rand der Bühne eine Dame von bemerkenswerter Schönheit und mit einiger Verzögerung dämmerte es Laurent schließlich, woher er sie kannte. Vor Jahren hatte er Sandrine bei seinem ersten *Aufenthalt* in dieser Zeit getroffen – und wenige Stunden zuvor war sie an der Seite dieses Duroc im Stall aufgetaucht.

Ein Diener in Livree stellte einen vielarmigen Kerzenleuchter neben ihr ab und Laurent ließ seinen Blick anerkennend über ihre prunkvolle Robe wandern. Einen Augenblick gab er sich der Vorstellung hin, einem der Sommerfeste der Gräfin beizuwohnen und sich nur mit den Sorgen und Nöten seiner eigenen Zeit herumschlagen zu müssen.

»Wow!«, stieß sein Nebenmann aus und rempelte ihn an. »Schau dir mal die Braut dort an.« Der Junge pfiff zwischen den Zähnen hindurch. »Echt scharfes Gerät. Aber irgendwas hat ihr die Suppe versalzen! Schaut aus, als ob sie jemandem gerne eins überbraten wollte.«

Der eisige Gesichtsausdruck der Dame minderte das Gesamtbild und Laurent erinnerte sich an die rüden Manieren Sandrines, die in solch einem Gegensatz zu ihrer Schönheit standen.

»Liebe Freunde und hochverehrte Gäste.« Der kleinere der beiden Männer auf der Bühne hob die Hände und nahm eine Art Griff an einer langen Schnur in die Rechte.

»Heute Abend wird ein lang gehegter Traum für mich wahr, indem ich dieses traditionsreiche Gebäude nicht nur wieder zu altem Glanz erwecken konnte, sondern dieses außerordentliche Ambiente auch mit meinen Gästen über den heutigen Abend hinaus teilen kann.«

Laurent beobachtete den kleineren Mann auf der Bühne, sah seine Gestik und seine sich bewegenden Lippen – die Worte drangen, lauter, als ein Mensch sprechen konnte, unterhalb seines Allerwertesten aus seinem improvisierten Sitzmöbel. Ein weiteres Mysterium dieser neuen Zeit.

»… nach dem Verlöschen der letzten Grafenfamilie war das Schloss in wechselndem Besitz, bis es schließlich vor über einem Jahr durch Erbschaft …«

Laurent erstarrte.

»Was hat er gesagt?« Er schüttelte den Jungen neben sich.

»Der Typ hat den baufälligen Kasten geerbt.«

»Nein vorher. Irgendwas über die letzte Grafenfamilie?«

»War keiner mehr übrig von den Grafen … alle tot wahrscheinlich.« Sein Sitznachbar kratzte sich am Kinn.

Laurent packte ihn fest am Arm. »Wann war das?«

»Hey. Quetsch mir nicht den Arm ab.« Der Junge versuchte, abzurücken, aber der Platz auf dem schwarzen Kasten war beengt.

Laurent zwang seine Finger, locker zu lassen. »Wann also?«

»Weiß nicht genau, wann das war … damals halt, als sie den Aristos die Köpfe mit dieser Maschine abgeschnitten haben.« Illustrierend fuhr sich der Junge über die Kehle und grinste.

Wie Eiswasser rann es durch Laurents Adern. Er erinnerte sich an das Bild, das Vicky ihm gezeigt hatte. Ein Mann, der den Kopf des Königs an den Haaren über eine Menschenmenge hielt. Der königliche Leib lag ausgestreckt auf einer hölzernen Vorrichtung, deren Ende hoch in die Luft ragte und dazu diente, eine Klinge nach unten auf das Genick des Verurteilten fallen zu lassen. Schon der Gedanke an die Hinrichtung des Königs war unvorstellbar, was aber hatte seine Familie damit zu tun?

»Was meinst du mit ...«, Laurent zögerte, »... *Aristos*?«

»Wie?« Der Junge war durch die Betrachtung der schönen Dame abgelenkt. »Was willst du denn alles wissen, Mann. Wen soll das interessieren? Schau her ... vor deiner Nase steht ein göttliches Geschöpf mit solchen ...« Er hob beide Hände und wölbte sie vielsagend vor seiner Brust.

Laurent gab es auf. Aus dem Kerl würde er nichts Vernünftiges herausbringen. Vicky hatte ihn mehr als einmal vor einer Gefahr in seiner eigenen Zeit gewarnt – er hatte es nicht ernst genommen. Während er sein Gehirn nach Erinnerungsfetzen ihrer Worte durchforstete, kroch ein schleichendes Gefühl drohenden Unheils durch seinen Körper. Er musste zurück, so schnell wie möglich. Zuvor musste er Vicky finden und alles von ihr erfahren, was sie über die drohende Gefahr in seiner Zeit wusste. Laurent sah sich um, wie er von hier wegkommen könnte. Rings um seine erhöhte Sitzposition drängelten sich Menschen. Der einzige Weg war ein kühner Sprung auf die Bühne. Dort redete der Mann immer noch.

»... möchte ich Monsieur André Duroc nicht nur für seine hervorragende Arbeit hier an diesem Projekt danken. Ihm gebührt auch die Entdeckung eines sensationellen Fundes, der ab heute untrennbar mit dem Schlosshotel und seiner Geschichte verbunden sein wird.« Der Mann lächelte und legte eine Pause ein. Unauffällig gab er einem livrierten Diener ein Zeichen.

»In der Presse haben Sie, verehrte Gäste, wahrscheinlich die Spekulationen verfolgt, die sich um die mögliche Existenz eines handschriftlichen Entwurfs einer der glorreichsten Errungenschaften unserer Republik ranken.«

Laurent richtete sich auf und schätzte die Entfernung zur Bühne. In weniger als zwei Metern Entfernung stand die schöne Sandrine etwas unterhalb seiner Position. Als er aufsah, bemerkte er vor einem Pavillon Sciàbolo, der hinter einem kleinen Wagen mit Tischtuch eingeklemmt wirkte. Sciàbolo fixierte mit fassungslosem Blick das Geschehen auf der Bühne.

»Mein lieber Duroc ... es ist Ihr Verdienst, dieses Dokument zu präsentieren!«, rief der kleine Mann mit sich überschlagender Stimme. Ein Diener eilte herbei, reichte ihm einen braunen Umschlag und der Kleine gab diesen an Duroc weiter.

Dieser trat nach vorne und hob den Umschlag in die Höhe. »Das Schicksal unserer Nation wurde von diesen Seiten beeinflusst, meine Damen und Herren.« Duroc blickte in die Runde, bevor er fortfuhr. »Wir dürfen annehmen, dass der berühmte Marquis de Lafayette diese Notizen hier in diesem Schloss vor zweihundert Jahren niederschrieb.« Um seine Worte zu unterstreichen, drehte sich Duroc um und wies auf das Schloss hinter ihm, als ob es angesichts weiterer Prachtbauten Verwechslungen geben könnte. Er fixierte wieder seine Zuschauer und fuhr fort.

»Später sollten diese Gedanken zur Grundlage unserer Gesetze werden und den Lauf der Geschichte maßgeblich mitbestimmen.« Duroc öffnete den Umschlag und holte behutsam ein paar dicht beschriebene Papierbögen hervor. »Es grenzt an ein Wunder, dass sich diese Seiten bis heute erhalten haben.«

Laurent starrte den Mann an. Das konnte man Glück nennen. Da tauchte Henris Schmierzettel ein zweites Mal an diesem Tag vor seinen Augen auf. Er würde sich die verfluchten Papiere holen und dann verschwinden.

Unterhalb von Laurent bewegte sich Mademoiselle Sandrine und trat einige Schritte auf die beiden Männer zu. Laurent sprang, landete direkt hinter ihr und strauchelte. Er machte einen Ausfallschritt und trat auf den Rocksaum der Dame. Bevor er sein Gewicht wieder verlagern konnte, spürte er das Ziehen unter der Fußsohle, als sie einen weiteren Schritt nach vorne ging. Er sah sie taumeln und die Hand ausstrecken. Er hob die Arme, um sie aufzufangen, und erkannte gleichzeitig, dass er sie nicht würde halten können. Seine Hände streiften an der glatten Seide ihres Kleides entlang, ohne sie packen zu können. Sie fiel nach vorne und ihre

Finger fanden für einen trügerischen Moment Halt an dem Kerzenleuchter, bis dieser von ihrem Sturz mitgerissen, zu Boden ging.

Laurent hörte den kollektiven Schrei der Menge, als vor seinen Augen das Seidenkleid in Flammen aufging. Er warf sich auf die Dame und zerrte an den Bändern der Röcke, während sie anfing, zu kreischen. Undeutlich drangen Fußgetrappel und Flüche an sein Ohr. Als es ihm endlich gelungen war, die seidenen Röcke zu zerreißen und die Flammen zu ersticken, sah er Duroc am Boden knien. Vor ihm lagen verkohlte Papierschnipsel, deren glimmende Ränder er hektisch mit bloßen Händen auszudrücken versuchte.

»Es ist zu spät, mein Freund.« Der kleine Mann trat auf Duroc zu und legte ihm die Hand auf die Schulter.

»Nein, nein!« Duroc fing an, die Schnipsel aufzusammeln. In seiner Hast entglitt ihm einer der Fetzen und segelte Laurent direkt vor das Gesicht. Unter ihm wand sich die Dame hervor und stieß ihn unsanft zur Seite. Sie kam mühsam auf die Beine und riss an den letzten Seidenresten ihres Kleides, während sie auf Duroc zutrat.

»Das nenne ich ausgleichende Gerechtigkeit, mein Lieber.« Sie lachte freudlos. »Das geschieht dir recht, du Dreckskerl!«

Laurent schob den Papierfetzen in die Hosentasche und stand auf. Er suchte den hinteren Bühnenrand ab und sah, wie Sciàbolo sich mit unbewegtem Gesicht abwandte und den Servierwagen von der Bühne weg in Richtung Schloss schob.

Unbemerkt sprang Laurent von der Bühne und heftete sich an seine Fersen.

◇ ◇ ◇

Von den entscheidenden Augenblicken bleiben im Nachhinein die Nebensächlichkeiten in Erinnerung, nicht das Wichtige. Sie erinnerte sich an ihren Ärger, die Schreibtischlampe nicht gelöscht zu haben und an die flatternde Tischdecke des Servierwagens, der plötzlich auf sie zu kam – und dass sie, ehe sie dies begriffen hatte, von dem heftigen Zusammenstoß getroffen, zurück ins Ankleidezimmer getaumelt war.

Irgendwann später setzte ihr Denken langsam wieder ein und sie schlug versuchsweise ein Auge auf. Sie hatte keinerlei Vorstellung davon, wie viel Zeit vergangen war. Ihr Blick fiel auf die unbeweglichen Züge des hölzernen Perückenkopfes, der sie von oben herab ansah. Erst in diesem Moment wurde ihr bewusst, dass sie auf dem Boden lag und sich kaum rühren konnte. Ihre Arme waren in einem unnatürlichen Winkel hinter ihren Rücken geklemmt. Der Mund fühlte sich merkwürdig trocken an. Sie versuchte zu schlucken und musste würgen. Eine Welle der Angst, an ihrer eigenen Zunge zu ersticken, trieb ihr Tränen in die Augen. Ihr Mund schien zugestopft mit einer festen Masse und machte das Atmen fast unmöglich. Verzweifelt sog sie die Luft durch die Nase ein und versuchte, das würgende Gefühl in ihrer Kehle unter Kontrolle zu bringen.

Ihr dämmerte, dass sie bewusstlos gewesen sein musste und bei der Erinnerung daran, was ihr das letzte Mal passiert war, stieg Panik in ihr auf. Hektisch suchten ihre Augen nach dem Klappspiegel, der vorhin hinter dem Perückenkopf gestanden hatte. Was wäre, wenn sie wieder in eine andere Zeit geworfen worden wäre? Sie zerrte an ihren Armen, die schmerzhaft hinter ihrem Rücken fixiert waren, und fing an, mit den Beinen zu strampeln, um sich aufzurichten.

»Schsch, leise.«

Halb an die Wand gelehnt, hielt sie inne. Kaum eine Armlänge entfernt saß jemand, und Entsetzen flutete durch ihren Körper. Instinktiv trat sie aus und versuchte verzweifelt, sich aufzusetzen.

»Still. Ich bin's, Julien.«

Vicky hielt inne und etwas verspätet hüllte sie sein erdiger Geruch ein und bestätigte seine Worte. Als ihre Augen sich an das Dämmerlicht in der Kammer gewöhnt hatten, sah sie, dass seine Arme ebenfalls in einem unnatürlichen Winkel hinter seinem Rücken verborgen waren. Erleichterung strömte durch jede Faser ihres Körpers bei der Gewissheit, nicht allein zu sein. Dann bemerkte sie die dunklen Flecken auf seinem Spitzenjabot, den geschwollenen Mundwinkel mit der Blutspur und einen Schatten neben dem linken Auge, der von der spärlichen Beleuchtung herrühren konnte, oder von einem Schlag. Verspätet setzte ihr rationales Denken ein und sie wünschte ihn weit weg. Zum einen, weil sie sich erinnerte, wütend auf ihn gewesen zu sein, zum anderen, weil auch er in Gefahr war.

Julien spitzte die Lippen und schüttelte den Kopf. Dann fixierte er sie und wanderte mit seinen Augen zur Tür. Diese stand einen Spalt weit offen und erst jetzt bemerkte Vicky, dass der Lichtkegel aus dem Schlafzimmer, der durch diese Öffnung fiel, die einzige Lichtquelle in dem kleinen Raum war. Sie hörte jemanden im Raum auf und ab laufen und das Licht verdunkelte sich, wenn die Person an dem Türspalt vorbeiging. Die Härchen auf ihren Unterarmen richteten sich auf bei dem Gedanken, Sciàbolo oder gar L'Oreille wären dort im Zimmer. Sie saßen hier in der Falle. Sie versuchte, sich geräuschlos weiter aufzurichten, bis ihr Rücken neben Julien an der Wand lehnte. Wer immer dort im angrenzenden Raum war, hatte sie und vorher Julien angegriffen und gefesselt. Der einzige Fluchtweg ging durch das Schlafzimmer.

Julien stieß sie leicht mit der Schulter an und deutete mit den Augen auf ihren Knebel. Er neigte den Kopf und Vicky spürte seinen Atem über ihre Wange streichen, als er versuchte, den Stoff mit den Zähnen zu packen. Sie hielt still und sog durch die Nase sein Aroma ein, das überraschend beruhigend war. Unvermittelt musste sie an den Abend nach dem Kino denken, als er ihr so nahe gewesen war und eine Welle von Zärtlichkeit brachte ihr Herz aus dem Takt.

Der Knebel gab nicht nach und Julien ließ einen Augenblick davon ab, um Luft zu holen. Ihre Gesichter verharrten so nah voreinander, dass seine Konturen unscharf wurden, während sein keuchender Atem über ihr Gesicht strich. Vicky spürte seinen Blick und bevor er erneut versuchte, den Knebel zu lösen, streiften seine Lippen ihre Wange. Sie schloss kurz die Augen. Ihre gefesselten Arme bebten mit einem Mal unkontrolliert und sie wusste nicht, ob die Angst sich ihren Weg suchte, oder es sie so sehr verlangte, ihn zu berühren.

»Ganz ruhig.« Julien hielt kurz inne, ohne seine Zähne vom Stoff des Knebels zu lösen.

Vicky nickte, dann konzentrierte sie sich und drückte mit der Zunge von innen gegen den Knebel, spürte, wie etwas nachgab und dann war ihr Mund frei. Julien zerrte mit den Zähnen den rauen Stoff zur Seite und berührte dabei ihren Mund leicht mit den Lippen. Er schien zu zögern und ohne bewussten Entschluss öffnete Vicky die Lippen. Sein Kuss war weich und anfangs zurückhaltend, dann mutiger und drängender, als sie darauf reagierte. Ihre Zungen berührten sich sanft, wie es sonst ihre Hände getan hätten. Vicky überkam eine gelassene Ruhe – ein Gefühl, angekommen zu sein. Sie hörte ein leises Schluchzen und erkannte verspätet, dass sie selbst es ausgestoßen hatte. Julien küsste ihre Wangen und erst als seine feuchten Lippen auf den ihren salzig schmeckten, bemerkte sie, dass sie weinte.

Julien küsste sie sanft auf die Nasenspitze und versenkte seine Augen in ihre und obwohl es tausend Dinge gab, die sie ihn fragen und die sie ihm sagen wollte, blieb sie stumm. Trotz der Ruhe und Geborgenheit, die sie verspürte, blieb ein Rest Unsicherheit. Es war das dritte Mal, dass sie sich geküsst hatten, und dennoch war danach nichts klar gewesen. Schon regten sich die vertrauten Verteidiger ihrer Verletzlichkeit und legten ihr eine flapsige Bemerkung in den Mund, als Julien seine Stirn an die ihre lehnte und flüsterte: »Schätze, ich war ein ziemlicher Idiot.«

Sie schluckte die Frotzelei hinunter und weil ihr schon wieder die Tränen kamen, sagte sie nichts.

»Du hast recht, das ist zum Heulen«, flüsterte Julien. »Sag mir, dass du mir nicht böse bist.« Obwohl er es leicht dahinsagte, spürte Vicky, dass es ihm ernst war.

Ich würde mich so gerne in dich verlieben und alle Vorsicht zum Teufel schicken, dachte sie.

»Ich bin dir nicht böse«, murmelte sie in seinen dunklen Schopf und wusste, dass es die Wahrheit war.

Julien küsste sie sacht auf die Stirn. »Lass uns zusehen, dass wir hier wegkommen. Der Typ dort draußen ist komplett irre.«

Vicky nickte und mühsam drehten sie sich Rücken an Rücken und Julien versuchte, mit seinen Fingern Vickys Fesseln zu lockern.

»Verdammt, der Knoten sitzt so fest.« Julien verschnaufte einen Moment.

»Lass es mich einmal versuchen«, meinte Vicky und bohrte ihre Finger in den verknoteten Stoff, der Juliens Handgelenke band. Während sie nach einer Schwachstelle des Knotens suchte, genoss sie die Berührung seiner Haut und strich darüber, um die kleinen Härchen zu spüren. Endlich gab der Stoff an einer Stelle nach, und als erst der Anfang gemacht war, löste sich der Knoten.

Julien drehte sich um, rieb kurz seine Handgelenke und es gelang ihm, auch Vicky von ihrer Fessel zu befreien. Ihre Arme fühlten sich taub an, als sie mit den Fingern über seine Lippen strich und sanft die Stelle berührte, wo der leidenschaftliche Kuss die Wunde wieder aufgerissen hatte.

»Wie ist das passiert?«

Julien legte seine Hand über ihre und drückte einen Kuss auf die Handfläche. »Ich habe keine Ahnung. Ich sage dir, der Typ ist verrückt. Er hat wirres Zeug erzählt und mich dann niedergeschlagen. Wir müssen unbedingt hier weg!«

Vicky nickte. »Ich kenne den Mann ... besser gesagt, ich habe ihn früher kennengelernt. Er ist schuld daran, dass ich ... verschwunden war.«

Julien legte seine Arme um sie und Vicky sah ihm in die Augen.

»Julien, wir haben jetzt keine Zeit, dass ich dir alles erklären kann ... nur so viel: Dieser Mann kann durch die Zeit reisen ... wie Laurent.«

»Aber ...«

»Leise. Laurent kennt ihn ... aus seiner Zeit. Er muss also eine Möglichkeit haben, wie er es anstellt und ich glaube, ich weiß, was er dafür verwendet.«

◊ ◊ ◊

Krachend flog die Tür auf. Aristide hob den Kopf und runzelte die Stirn. L'Oreille hielt jemanden, der sich heftig wehrte, in seinem Klammergriff.

»Den hab ich vor Ihrer Türe herumlungern sehen, Chef«, keuchte er, stieß sein Opfer auf einen Stuhl und bog ihm die Arme nach hinten.

Aristide hatte im gleichen Augenblick seinen Kurzdegen aus dem Stock gezogen und richtete ihn auf den Gefangenen.

»Sieh an«, meinte er und seine Lippen kräuselten sich. »So führt uns das Schicksal heute schon zum zweiten Mal zusammen, mein Freund.«

Der junge Mann bäumte sich auf und als L'Oreille ihm unsanft die Arme auf dem Rücken verdrehte, keuchte er vor Schmerzen.

»Tss, Tss …« Aristide schüttelte den Kopf. Er ließ seinen leidenschaftslosen Blick auf Laurent de Plourhan ruhen und hätte ihm am liebsten die Klinge in die Brust gebohrt. Er war es so leid. Bei jedem Schritt, den er tat, bauten sich neue Hindernisse auf, die ihn zwangen, seine Pläne zu ändern. Noch nie hatte er eine solche Erschöpfung verspürt und solchen Widerwillen angesichts der gegen ihn arbeitenden Umstände. Er wusste, dass ihn nur eine hauchdünne Grenze davon abhielt, die Kontrolle zu verlieren. Er spürte, wie sich die Muskeln seines Armes anspannten, um den tödlichen Streich zu führen, und bereitete sich vor, dieses eine Mal seine Selbstbeherrschung zu lockern und dem Impuls nachzugeben.

»Wir teilen ein Geheimnis«, drang die Stimme des Gefangenen an sein Ohr, »und vielleicht möchten Sie wissen, wie ich es gemacht habe.«

Mit äußerster Willensanstrengung hielt Aristide sich zurück. Nichts davon war seinem unbewegten Gesicht abzulesen, als er elegant auf einen Stuhl glitt – dem Gefangenen gegenüber und die Klinge noch immer auf Laurents Brust gerichtet.

»Vielleicht, später«, meinte er leichthin und zügelte seine Ungeduld. »Zunächst wollen wir über etwas Anderes reden, mein Freund.« Aristide musterte den jungen Laurent und überlegte seine folgenden Worte genau.

»Sie verfolgen mich bereits seit geraumer Zeit.« Aristides Blick streifte L'Oreille, der nichts wusste, und nichts wissen sollte von seinen Fähigkeiten. Er richtete seine Aufmerksamkeit wieder auf Laurent. »Ich möchte wissen, weshalb?«

De Plourhan ließ sich Zeit mit seiner Antwort, während die tödliche Klinge nur eine Handbreit von seiner Brust entfernt war. Ein Feigling war er nicht, stellte Aristide fest.

»Wir waren auf der Suche nach der gleichen Sache, schätze ich.« Laurent lächelte sogar ein wenig. »Aber das hat sich ja heute Abend erledigt. Ich glaube, Sie haben es auch gesehen? Paff... altes Papier brennt wie Zunder, nicht wahr?«

Aristide zuckte mit den Schultern und überlegte, was er preisgeben sollte. »Nun, für mich ist das kein großer Verlust. Was für eine Bedeutung sollte diesem Papier heute noch zukommen? Außer der historischen selbstverständlich.«

»Ich denke nicht an die Bedeutung, die das Papier heute ... genauer, im Jahr 1988 hat.« Laurent war ernst geworden. »Ich denke daran, was es früher ... hätte oder hatte bewirken können.«

Aristide musterte Laurent und schwieg. Ungeachtet der Klinge beugte sich Laurent auf seinem Stuhl ein Stück nach vorne.

»Signor Sciàbolo, ich mag mich täuschen, aber ich glaube, Sie und ich sind ... auf derselben Seite.«

Aristide lehnte sich zurück und gestattete sich ein schmales Lächeln. »Und welche sollte das sein, mein junger Freund?«

Laurent zögerte einen Augenblick. »Die des Königs, selbstverständlich.«

Artistides Blick flackerte zu L'Oreille, der die Stirn runzelte. »Es gibt keinen König mehr, das müssten Sie doch wissen ... oder etwa nicht?«

Laurent biss sich auf die Lippe. »Und doch kann man seine Sache unterstützen, nicht wahr?«

Aristide schlug kurz die Augen nieder. Als er wieder aufsah, hatte sich Laurent so weit nach vorne gebeugt, wie es L'Oreilles Griff zuließ und die Spitze der Klinge berührte sein Hemd. »Nehmen Sie mich mit, Signor Sciàbolo.« Er wies mit den Augen auf den Klappspiegel, der auf dem Schreibtisch aufgestellt war.»Zusammen können wir ... es ... vielleicht verhindern.«

Aristide musterte den jungen Mann und fragte sich, wie viel er wusste und verstand, von dem, was in seiner eigenen Zeit seine Zukunft und die seines Standes war. Er hatte sich über das Schicksal der Familie de Plourhan in den Jahren nach dem Sturm auf die Bastille und während der Monate des Terrors informiert. Das Wissen darum mochte ein überzeugender Grund sein für einen Mann, seine Kräfte gegen den Lauf der Geschichte zu stemmen. Ihm selbst fehlte der Glaube daran, dass ein Einzelner die Umwälzungen der Französischen Revolution würde aufhalten können.

»Es tut mir leid.« Leidenschaftslos betrachtete er Laurent de Plourhan. Der Impuls, der ihn vor wenigen Minuten fast überwältigt hätte, war vorüber.»Ich setze auf ein anderes Pferd und werde auf Ihre Unterstützung verzichten müssen. Beide kann ich nicht mitnehmen.«

Aristide nickte L'Oreille zu.»Binde ihn und schaff ihn zu den anderen.«

Laurent bäumte sich auf. Aristide setzte ihm die Klinge an die Kehle, während L'Oreille ihm die Hände hinter dem Rücken band. Dann wandte er sich noch einmal an L'Oreille.»Ich benötige noch ungefähr eine halbe Stunde, dann mache ich mich auf den Weg. Du wirst inzwischen den Wagen holen und dann meine Habseligkeiten zusammenpacken.«

Laurent keuchte.»Sie machen einen Fehler, Sciàbolo. Wir haben das gleiche Interesse. Wer, außer mir, sollte da noch besser geeignet sein?«

L'Oreille zerrte Laurent vom Stuhl und schleifte ihn grob durch den Raum.

»Einen Augenblick.« Aristide hob die Hand, um L'Oreille aufzuhalten. Er neigte sich nach vorne, um Laurent ins Ohr zu flüstern.»Der Erbe Frankreichs ist besser geeignet.«

Laurents Augen weiteten sich und in einem Anflug von Übermut setzte Aristide hinzu:»Wir werden die Vergangenheit nicht verändern, mein Freund, sondern die Zukunft. Aber zuerst muss der Erbe wissen, wo seine Wurzeln sind. Deshalb wird *er* mit mir gehen.« Er trat einen Schritt zurück und nickte L'Oreille zu, der Laurent in das Ankleidezimmer schob und die Tür hinter ihm schloss.

◇ ◇ ◇

»Verdammt noch mal« Julien stemmte seine Hände gegen das plötzliche Gewicht auf seinem Körper und schob es zur Seite.

»Laurent? Bist du das?« Vickys Hand tastete über Juliens Brust. Nachdem die Tür zum Schlafzimmer ins Schloss gefallen war, war es stockfinster in dem kleinen Raum.

»Victoire? Julien?«

Julien spürte, dass neben ihm jemand versuchte, aufzustehen.

»Bei allen Heiligen, ist das finster hier.« Es rumpelte, als Laurent beim Aufrichten irgendwo dagegen fiel.

Licht flackerte auf und beleuchtete geisterhaft die Reihe der Anzüge, die sachte hin- und herschaukelten, nachdem sich Laurent daraus befreit hatte.

»Gut gemacht, Kumpel.« Julien zog Laurent neben sich auf den Boden. »Bist genau auf die Schrankbeleuchtung gefallen.«

Laurent sah ihn irritiert an, dann drehte er sich um und streckte ihm seine gebundenen Hände entgegen. »Wenn du so liebenswürdig sein könntest, mich davon zu befreien, bevor ich jedes Gefühl in den Armen verliere.«

Einen Moment lang stand die nie ausgesprochene Konkurrenz um Vicky zwischen ihnen. »Klar doch«, meinte Julien mit einem Seitenblick auf Vicky.

»Dann bist du es also?«, fing Laurent an.

»Was?«

»Na der, auf den er es abgesehen hat.«

»Was meinst du damit? Wer hat es auf wen abgesehen?« Vickys Stimme klang nur mühsam beherrscht.

Julien hatte Mühe mit dem Knoten. »Verdammt noch mal, sitzt das fest.«

Laurent wandte den Kopf Vicky zu. »*Ma Chère*, bitte schau doch mal in der Tasche dieser unglaublich unbequemen Hose nach. Ich glaube, ich habe dort eine Scherbe des Spiegels. Vielleicht geht es damit.«

Julien streckte die Hand aus, um selbst in die Hosentasche der Jeans zu greifen, die er vor einer halben Ewigkeit, wie es ihm schien, Laurent an diesem Morgen ausgeliehen hatte.

Vicky war schneller und versenkte ihre schmalen Finger in der Hosentasche. Als Laurent sie anlächelte, hätte er ihm am liebsten seine Faust in das dämliche Grinsen gerammt. Gleichzeitig lachte er sich selbst aus, dass er sich wie ein eifersüchtiger Dummkopf benahm.

»Ich glaube, ich hab's.« Ein Stück Papier fiel auf den Boden, als Vicky ihre Hand hervorzog und den Stofflumpen um die Scherbe abwickelte. »Ist das von dem Spiegel in deinem Zimmer?«

Laurent nickte. »Alles, was davon übrig ist.«

Julien hatte keine Ahnung, worüber sie sprachen, und nahm Vicky die Scherbe ab. »Was ist denn Besonderes mit diesem Spiegel?«, fragte er, während er mit der Kante an Laurents Handfesseln sägte.

»Wir glauben, der Wandspiegel in Laurents Zimmer war der Übergang.« Vicky griff nach dem Papierfetzen auf dem Boden. »Aber er ist kaputt und deshalb geht es nicht mehr.« Sie legte Laurent die Hand auf die Schulter. »Sciàbolo hat auch einen Spiegel. Ich glaube ...«

»Ja, ich habe ihn gesehen. Er hat ihn dort draußen.« Laurent ruckte mit dem Kinn zur Tür hin. »Aber er wollte mich nicht mitnehmen. Dich will er.« Er verdrehte den Kopf, um Julien ins Gesicht zu sehen. »Er sagt, du bist der *Erbe Frankreichs*!«

Julien stellten sich die Nackenhaare auf. »Der Typ ist nicht ganz dicht.« Er säbelte den letzten Rest Seil durch.

Laurent rieb seine Handgelenke und bewegte die schmerzenden Schultern. »Und? Bist du es?«

»Das ist doch vollkommen verrückt.« Vicky zerknüllte das Papier in ihrer Hand und warf es auf den Boden.

Julien schwieg einen Augenblick, nahm das Papierkügelchen und glättete es sorgfältig. »Natürlich nicht.« Er schnaubte. »Was denkst du denn? Der Verrückte behauptet, mein Vater sei nicht mein Vater ... pfff!«

»Seltsam ...« Laurent starrte auf das Stück Papier in Juliens Hand. Er nahm es und hob es weiter ins schwache Licht der Schrankbeleuchtung.

»Das ist nicht nur seltsam. Das ist vollkommen irre«, meinte Julien heftig.

Laurent sah auf und schüttelte den Kopf. »Nein ... das hier.« Er hielt den Papierfetzen hoch. »Das ist nicht die Handschrift meines Bruders, sondern die meiner Schwester.«

Julien starrte ihn verständnislos an. »Ist das nicht egal?«

Vicky packte Laurent am Arm. »Bist du sicher?«

»Ja.« Laurent lächelte leicht. »Diese Schnörkel hätte er nicht gemacht.«

Julien sah genervt von Laurent zu Vicky. »Und?«

Die beiden beachteten ihn nicht. »Wo ist der Rest?«, fragte Vicky.

»Verbrannt ... vorhin erst.« Laurent zog eine Grimasse.

Vicky überlegte. »Du musst unbedingt zurück, Laurent. Ich weiß nicht, wie das alles zusammenhängt, aber Joëlle hat damit zu tun ... das ist sicher.« Vicky ließ ihre Blicke zwischen Laurent und Julien hin und her wandern. »Ihr müsst die Rollen tauschen.«

»Was?«

»Wie?«

»Ob der Typ jetzt verrückt ist oder nicht, ist egal!« Vicky warf einen Blick zur Tür und richtete sich auf. »Er will jemanden mitnehmen und das bist nicht du«, sie sah Laurent an, »sondern du!« Sie bohrte Julien ihren Zeigefinger in die Brust. »Also musst du zu Laurent werden ... und Laurent wird Julien«

»Wie?«

»Schnell, tauscht die Kleidung.« Vicky fing an, in einem Schrankfach zu wühlen.

Julien runzelte die Stirn und Laurent zuckte mit den Schultern. Sie hatten keine bessere Idee. Julien zog sich das Rüschenhemd über den Kopf und nahm das inzwischen nicht mehr ganz weiße

Shirt von Laurent in Empfang. Beide zögerten einen Augenblick und fixierten Vickys Rücken, die mit dem Oberkörper halb zwischen den Anzügen Sciàbolos verschwunden war, bevor sie ihre Hosen auszogen und ebenfalls tauschten.

Vicky zog einen länglichen Holzkasten hervor. »So, jetzt verändern wir noch deine Haarfarbe!« Sie nahm eine schwarze Tube und ein weiches Tuch aus dem Kasten.

»Was ist das?« Julien beugte sich interessiert zu ihr hin. »Mein Gott, Vicky. Das ist Schuhcreme, du willst doch nicht ...?«

»Komm her, Laurent.« Sie tupfte etwas Paste auf das Tuch, verteilte es gleichmäßig und fuhr Laurent damit über die blonden Haare. »Eigentlich schade.« Sie wickelte sich eine der goldfarbenen Strähnen um den Finger. »Ich hoffe, das geht wieder raus.«

»Das hoffe ich auch«, brummte Laurent und ließ Vicky ihr Werk vollenden. Sie band Laurents Haare zu einem Nackenzopf und drehte ihn ins schummrige Licht. Laurent sah zwar nicht wie Juliens Zwilling aus, aber vielleicht ließ sich Sciàbolo von den groben Äußerlichkeiten täuschen.

»Hoffen wir, dass das Licht draußen genauso schwach ist, wie hier drinnen«, meinte Vicky.

Julien musterte seinen Doppelgänger. »Eine Kleinigkeit fehlt noch«, meinte er, holte aus und drosch Laurent seine Faust auf den linken Mundwinkel. Er hatte das seit geraumer Zeit tun wollen. Trotzdem war er überrascht, welche Befriedigung es ihm verschaffte.

»Was zum Teufel ...?« Laurent hielt sich verblüfft das Kinn und Blut sickerte durch seine Finger.

»Perfekt!« Vicky strahlte Laurent an. »Das hat noch gefehlt.«

◇ ◇ ◇

Lange konnte es nicht mehr dauern – jetzt war die letzte Gelegenheit. Sie hatten die Beleuchtung wieder gelöscht und in der Dunkelheit das Raumes ahnte er die beiden anderen an seiner Seite.

Julien hatte ihm die Hände wieder auf den Rücken gebunden, um keinen Verdacht zu erregen und er kam sich schutzlos und ausgeliefert vor. Hätten sie doch versuchen sollen, die beiden Männer nebenan zu überwältigen? Aber neben dem Risiko, zu unterliegen, bestand die Gefahr, dass ohne Sciàbolo die Passage zurück unmöglich sein würde. Zurück musste er in jedem Fall.

Vicky hatte ihm das wenige, was sie über die Zeit, die sie die *Französische Revolution* nannte, anvertraut. Aus den anfänglich sinnvollen Reformen war ein Schreckensregime geworden. Nicht nur der König war hingerichtet worden – entsetzt hatte er vernommen, dass auch die Königin ermordet worden war. Letztlich hatte man wahllos Adelige, Geistliche und Bürger, die in dem Verdacht standen, sich nicht mit Haut und Haaren dieser Revolution verschrieben zu haben, hingerichtet.

So optimistisch, wie er sich Sciàbolo gegenüber gezeigt hatte, war er nicht, was seinen Einfluss auf den Lauf der Geschichte anging. In jedem Fall musste er es versuchen und vor allem anderen, musste er seine Familie vor dem Schlimmsten bewahren. Alles andere musste zurückstehen.

Es schmerzte ihn, Vicky zurückzulassen – mehr, als er es sich noch vor Stunden hätte vorstellen können. Niemals wieder ihre wunderbar seidigen Haare mit diesem rotgoldenen Schimmer zu betrachten und den frischen Duft zu riechen, der ihn in diesen letzten Augenblicken in der Nase kitzelte. Weil sie es im Dunkeln nicht sehen konnte, wandte er seinen Kopf gerade so nahe an den ihren, dass er sie noch nicht berührte, und sog ein letztes Mal ihren Duft ein.

»Laurent.«

Schnell drehte er den Kopf wieder zur Seite. »Hm?«

»Du wirst doch auf dich aufpassen?«

Ihre Sorge wärmte sein Herz und er lächelte in die Dunkelheit. »Natürlich.«

Er würde tun, was getan werden musste, auch um den Preis seines Lebens. Aber das konnte er ihr unmöglich sagen. »Mach dir keine Sorgen, *ma Chère*.«

Sie schwieg eine Weile und Laurent hörte Julien auf Vickys anderer Seite sich hin und her bewegen. Dieser verfluchte Bastard. Den Schlag vorhin hatte er genossen, das war nicht zu übersehen gewesen und Laurent hatte es ihm nur ihretwegen durchgehen lassen. Er hatte es geahnt, dass sie ihr Herz an Julien verloren hatte. »Ich werde Nachforschungen anstellen, was aus dir werden wird.« Vicky Stimme klang trotzig. »Also komm nicht auf die Idee, sinnlos den Helden zu spielen, oder etwas ähnlich Blödes zu tun.«

Er fühlte sich ertappt und bevor er antworten konnte, hörte er Julien sagen: »Er wird schon wissen, was zu tun ist, Vic.«

Im selben Moment wurde die Tür aufgerissen und ein Schatten schob sich vor die Öffnung. »Welcher ist es denn?«

»Dunkle Haare mit Dienerlivree. Ach ja, er dürfte eine aufgeschlagene Lippe haben.«

L'Oreille warf einen prüfenden Blick auf die Gefangenen und packte Laurent dann grob am Arm. Er stieß Julien mit dem Fuß in die Seite. »Um euch beide kümmere ich mich später ... also nicht weglaufen!«

◇ ◇ ◇

»Los, jetzt.« Julien erhob sich lautlos und reichte Vicky die Hand. Vorsichtig tasteten sie sich zur Tür des Ankleideraums und Julien drückte sacht auf die Klinke. Durch einen schmalen Spalt fiel ein Lichtstreifen in den Raum. Julien bewaffnete sich mit einem hölzernen Kleiderbügel und reichte Vicky einen langen metallenen Schuhlöffel.

Durch den Türspalt konnten sie Sciàbolo mit dem Rücken zu ihnen an dem kleinen Schreibtisch sitzen sehen. Vor ihm stand der geschlossene Klappspiegel. Von Laurent und L'Oreille war nichts zu sehen.

»Nimm eines der Halstücher dort und verbinde ihm die Augen.« Sciàbolo machte eine unbestimmte Armbewegung in eine Ecke des Raumes, die Vicky und Julien nicht einsehen konnten, blickte sich aber nicht um. Sie hörten Stoff rascheln und ein ungeduldiges Brummen von L'Oreille. »Soll ich ihm nicht doch die Lichter ausblasen, Chef?«

Sciàbolo drehte sich halb um und sah in L'Oreilles Richtung. Im gleichen Augenblick ging die Beleuchtung aus.

»Verflucht, Chef, was soll das jetzt?«

Im Ankleideraum war es wieder stockdunkel geworden und Julien wagte es, die Türe weiter zu öffnen. Sciàbolo betätigte einige Male erfolglos den Schalter der Schreibtischlampe. Durch das Fenster vor ihm konnte man den Nachthimmel sehen, wo in diesem Moment ein roter Funkenregen explodierte. Noch bevor die Strahlen bogenförmig zu Boden glitten, schoss eine weitere Farbfontäne in die Luft und beleuchtete den majestätisch in den Himmel ragenden Heißluftballon.

»Ach ja, das Feuerwerk. Duroc erwähnte, dass sie den Strom abstellen wollen, damit man es besser sehen kann. Dieser Idiot!« Sciàbolo klang resigniert und zog aus der Schreibtischschublade eine Taschenlampe und knipste sie an.

»Ich bin so weit ... bring ihn hierher.«

Juliens und Vickys Blickfeld durch den Türspalt verdunkelte sich, als L'Oreille Laurent vorbeischob und ihn auf Sciàbolos Handzeichen hin, auf den Stuhl vor den Klappspiegel setzte.

Julien starrte auf Laurents Rücken und fragte sich, ob ihre Täuschung gelingen konnte. Im schummrigen Licht der Taschenlampe und mit der Augenbinde kam Laurent vielleicht damit durch. Ihn schauderte bei dem Gedanken daran, dass um ein Haar er dort hätte sitzen sollen – diesem Irren ausgeliefert. Sein Verstand sträubte sich noch immer gegen die Vorstellung, dass eine Reise durch die Zeit möglich sein sollte. Er wollte nicht weiter darüber nachdenken, welchen Hokuspokus Sciàbolo aufführen wollte und war erleichtert, dass Laurent seinen Platz eingenommen hatte.

»Was ist, wenn er ihn doch erkennt?«, wisperte Vicky neben ihm.

Julien packte den Kleiderbügel in seiner Hand fester. »Dann werden wir eingreifen müssen. Noch mal lasse ich nicht zu, dass sie uns kriegen.« Er drückte Vickys Hand und zog sie näher an sich.

Sciàbolo hatte sich inzwischen hinter Laurents Stuhl gestellt und ihm die Hände auf die Schultern gelegt. Er wandte sich an L'Oreille: »Sieh nach, ob du meine Rechnung an der Rezeption begleichen kannst. Ich werde bereits auf dem Weg sein, wenn du zurückkommst. Du wirst hier alles zusammenpacken und bis zu meiner Rückkehr verwahren. Unsere beiden anderen ... *Gäste* müssen verschwinden. Du kümmerst dich darum!«

Julien biss die Zähne zusammen. Wenn Sciàbolo und Laurent rechtzeitig verschwanden – wohin auch immer – dann konnten sie es vielleicht schaffen, zu entkommen, bevor L'Oreille zurück war.

»Julien!« Vicky packte ihn am Arm. »Sieh doch nur ... oh nein!« Kaum war die Zimmertüre hinter L'Oreille ins Schloss gefallen, hatte Sciàbolo die äußeren Spiegelelemente aufgeklappt. Von der Oberfläche ging ein diffuses Leuchten aus, das an das träge Schwappen einer nächtlichen Wasseroberfläche erinnerte und die Luft schien mit einem Mal elektrisch aufgeladen, wie vor einem Gewitter.

◇ ◇ ◇

Erst als man ihm die Augen verbunden hatte, war die Panik gekommen. Ihm war klar, dass sein Leben diesmal nicht geschont werden würde, sollte Sciàbolo die Täuschung entdecken. Wahrscheinlich wäre er tot, noch bevor er sich befreien und die Binde von den Augen reißen konnte. Mehr als alles andere entsetzte ihn die Vorstellung, in seinen letzten Augenblicken blind wie ein neugeborenes Kätzchen zu sein. Er schluckte und würgte an seiner Angst – atmete langsam aus und versuchte sich für die nächsten Augenblicke zu wappnen. Was immer sie bringen mochten – den Tod oder die Rückkehr in seine eigene Zeit, er musste sich darauf vorbereiten. Während L'Oreille seine Arme grob gepackt hielt, suchten seine Finger das lose Ende seiner Fessel. Julien hatte den Knoten so geknüpft, dass es ihm gelingen konnte, mit einem Zug am Ende des Seils, dieses zu lösen und sich zu befreien.

Selbst durch die verbundenen Augen nahm er wahr, dass es im Zimmer dunkler wurde und Hoffnung keimte auf, Sciàbolo mit dieser plumpen Maskerade zu täuschen.

Da saß er, blind und bewegungsunfähig – Sciàbolos Hände bleischwer auf seinen Schultern. Sciàbolo hatte L'Oreille weggeschickt und Laurent hoffte inständig, dass Julien und Vicky fliehen konnten, bevor er zurückkehrte. Ihm wurde flau, wenn er daran dachte, sie könnten ihm in die Hände fallen und in einem plötzlichen Impuls wollte er aufspringen und sie in Sicherheit bringen.

Ein Fingerschnippen durchbrach seinen Gedankenstrom und Sciàbolos Hände legten sich wie Schraubstöcke um seinen Kopf.

»Du wirst völlig ruhig ... deine Gedanken werden langsamer und langsamer und kommen zur Ruhe.« Sciàbolos Stimme bohrte sich monoton in seinen Kopf. »Dein Kopf wird leicht ... und leer.«

Tatsächlich versiegten seine Gedanken wie ein Rinnsal und sein Kopf fühlte sich mit einem Mal an, wie mit Watte ausgestopft. Gleichzeitig spürte er ein Kribbeln auf der Haut und die feinen Härchen auf seinem Körper richteten sich auf. Schweiß brach ihm aus auf der Stirn und in seinen Beinen fühlte er die altbekannte Schwäche. Herr im Himmel ... er durfte jetzt nicht ohnmächtig werden.

◇ ◇ ◇

Vicky umklammerte die Lehne des Schreibtischstuhls und starrte auf die leere Sitzfläche, wo vor wenigen Sekunden Laurent gesessen hatte.

»Scheiße« keuchte Julien hinter ihr. »Verdammte Scheiße.«

Vicky presste die Lippen aufeinander, um die hysterischen Schluchzer in ihrer Kehle zurückzuhalten. Sie hatte nicht gedacht, dass es so sein würde. Das Grauen rieselte über ihre Haut und drückte ihr das Herz ab.

»Julien, glaubst du ...« Sie presste die Faust auf den Mund.

Julien packte sie an den Schultern und seine Finger gruben sich in ihre Haut. Er zog sie an sich. »Ich glaube ... nein, ich weiß nicht, was ich glauben soll.«

Sie hatten durch den Türspalt des Ankleidezimmers Laurent gesehen, halb verdeckt von Sciàbolos breitem Rücken. Als Sciàbolo die Hände um Laurents Kopf gelegt hatte, waren sie kurz davor gewesen, in den Raum zu stürmen.

Dann sackte Laurents Kopf zur Seite, sein ganzer Körper fiel in sich zusammen. Sciàbolo stemmte den Leblosen aus dem Stuhl und hob ihn auf seine Arme. Beim Anblick der baumelnden Arme und Beine Laurents stieß Vicky die Tür auf. Sciàbolo fuhr herum und die Augenbinde rutschte von Laurents Gesicht.

Vicky schüttelte Juliens Hand ab, die sie zurückhalten wollte, und stürmte auf Sciàbolo zu, als das Ungeheuerliche geschah. Zuerst erschien es wie ein Nebel, der sich zwischen sie geschoben hatte. Die Konturen Sciàbolos und Laurents wurden immer durchscheinender. Als Vicky den Schreibtisch durch die Körper hindurchsehen konnte, schrie sie auf. Sciàbolo, der sie irritiert angesehen hatte, richtete seinen Blick auf Laurent und plötzlich sickerte die Erkenntnis, getäuscht worden zu sein, in seine Züge. Als er selbst nur mehr ein Schatten war, sah Sciàbolo an Vicky vorbei und fixierte Julien.

»Wir hätten es nie zulassen dürfen.« Vicky schluchzte.

»Nein ...«

»Er wird zurückkommen, um dich zu holen.«

Julien hob den Kopf und nickte. »Wir müssen hier weg. Schnell.«

Widerstrebend ließ sich Vicky von ihm zur Tür ziehen.

Julien streckte die Hand nach der Klinke aus, als die Tür von außen aufgerissen wurde und L'Oreille vor ihnen stand.

L'Oreille fasste sich zuerst und donnerte Julien die Faust ins Gesicht. Julien taumelte zurück und hätte Vicky um ein Haar umgerissen.

Schlagartig war das lähmende Gefühl überwunden, das Vicky beim Anblick des leblosen Laurent erfasst hatte. Ohne bewussten Entschluss packte sie den Klappspiegel auf dem Tisch und schleuderte ihn L'Oreille entgegen. Die hölzerne Kante traf ihn an der Schläfe, er wankte und ging zu Boden – gefolgt von dem Spiegel, dessen Glas in tausend Stücke zerschellte.

»Schnell.« Sie zog Julien auf die Füße und hinter sich her. Sie hasteten aus dem Zimmer, den Flur entlang. Eine unscheinbare Tür öffnete sich und ein livrierter Kellner schob einen Servierwagen an ihnen vorbei. Am Fuß der Treppe sahen sie sich um. L'Oreille hatte sich schnell erholt und bereits die Hälfte des Flurs durchquert. Julien stieß den Diener zu Boden und gab dem Wagen mit aller Kraft einen Stoß. Sie waren bereits auf dem ersten Treppenabsatz, als es über ihnen klirrte. Hoffentlich hatten sie L'Oreille für einen Augenblick aufhalten können. Im nächsten Moment röhrte ein Brüllen durch das Treppenhaus. Vicky drehte sich um und sah, wie L'Oreille den Servierwagen über das Geländer stemmte und fallen ließ.

»Julien!« Sie packte ihn am Shirt und riss ihn zurück. Der Wagen schlug vor ihm auf dem Boden auf.

Julien hielt kurz inne und atmete schwer. »Verdammte Scheiße«, er sah sich um. »Wir müssen nach draußen ... wo die Besucher sind. Da kann er es nicht wagen ...«

Sie hasteten durch die Eingangshalle, wo sich ihnen Bernadette in den Weg stellte.

»Also, Julien ...« Sie verschränkte die Arme vor der Brust.

»Verschwinde Berna.« Julien stieß die riesige Tür zum Ballsaal auf und strebte auf die Fenstertüren zu.

»Warte!« Vicky schlug den Türflügel zu, packte einen der Rokokostühle und klemmte ihn unter die Klinke. Julien stand bereits auf der Veranda und starrte auf den menschenleeren Park. Hinter ihm rüttelte L'Oreille an der verkeilten Tür.

»Verflucht, wo sind denn alle?«

Die Pavillons und Stehtische standen verwaist auf dem Platz. Die spärliche Beleuchtung der Wege verlor sich im Dunkeln.

»Komm ... wir verstecken uns im Park.« Vicky rannte auf die Freitreppe zu. Die Tür des Ballsaals gab mit einem Krachen nach. Julien sprintete hinter Vicky die Treppe hinunter und folgte ihr auf dem verlassenen Kiesweg. Er spähte in die Dunkelheit und versuchte, hinter dem Neptunbrunnen etwas auszumachen. Er holte Vicky ein, während der Kies hinter ihnen bereits unter L'Oreilles Schuhen knirschte.

»Die sind alle dort hinten«, keuchte Julien. »Wir müssen es bis zum Ende des Parks schaffen.« Er packte Vickys Hand und sprintete los.

Vicky konnte kaum Schritt halten und sie hatten den Brunnen noch nicht erreicht, als ein heftiger Schmerz durch ihre Seite fuhr.

Sie war nie eine gute Sprinterin gewesen. Julien zerrte sie unbarmherzig weiter. Hinter sich konnten sie L'Oreilles schweren Atem hören.

Als sie den Brunnen passierten, fingen die Fontänen an, Wasser zu speien. Der feine Sprühnebel hüllte sie ein. Einige Augenblicke lang lief sie blind weiter, folgte dem Zug von Juliens Hand. Sie hörte das Knirschen der nassen Kieselsteine unter ihren Füßen und die Schritte ihres Verfolgers in ihrem Rücken. Dann ließen sie den Brunnen hinter sich. Vicky wischte sich eine nasse Strähne aus dem Gesicht und sah endlich, wohin Julien sie zog.

Am Ende des Weges wuchs zwischen den Bäumen ein gewaltiger Ballon in die Höhe und verdeckte den Mond. Der Heißluftballon, für den sie vor einer gefühlten Ewigkeit Lose verteilt hatte. Am Fuß des Ballons hatten sich die Gäste des Festes versammelt und reckten die Köpfe nach oben. Auf einem Podest stand Duroc und sprach in ein Mikrofon.

»... kommen wir nun zum grandiosen Abschluss dieses Abends ...«

Endlich hatten sie die Zuschauermenge erreicht. Julien bahnte sich mit untypischer Rücksichtslosigkeit einen Weg durch die sperrigen Reifröcke der Damen und die spitz abstehenden Zierdegen der Männer.

Vicky wandte den Kopf. L'Oreille hatte aufgeholt und war nur ein oder zwei Armlängen hinter ihnen. Grob stieß er die wartenden Menschen zur Seite.

»... bitte ich um Ruhe, wenn unser Gastgeber, Monsieur Malvoisier, jetzt die Gewinner des historischen Fluges mit unserer Mongolfière ziehen wird«, verkündete Duroc enthusiastisch.

Hugo Malvoisier griff mit großer Geste in einen urnenartigen Krug und hielt eine kleine Papierrolle in die Höhe. Julien zog Vicky an dem Podium vorbei. Duroc hatte sie bemerkt und starrte ihnen wütend hinterher.

Julien hastete weiter – seine Finger immer noch mit ihren verschränkt. Über ihnen schob sich die riesenhafte Silhouette des Ballons vor den Nachthimmel.

»Schnell« keuchte Julien »in den Korb.« Er schwang sich mit einem einzigen Satz über den Rand des Korbes, der an seinen Ankerseilen zerrte.

Vicky prallte gegen die Korbwand. Juliens Hände packten ihre Arme. Der geflochtene Rand des Korbes schrammte über ihren Körper und sie fiel auf den Boden des Korbes. Julien löste den Knoten des Ankerseils. Mit einem sanften Ruck bewegten sich Korb und Ballon wie ein Aufzug in die Höhe.

◇ ◇ ◇

Mit den Fingerspitzen hatte er noch das Ende des Seils berührt. Sekunden später baumelte es unerreichbar über seiner ausgestreckten Hand. Er starrte auf den Boden des winzigen Korbes vor dem Hintergrund des gewaltigen Ballons. Rings um ihn herum jubelten die Besucher des Festes. Sie winkten den Passagieren hinterher und streckten die Arme aus in ihren lächerlichen Kostümen.

Aus dem Korb winkte niemand zurück, denn dort waren sie vor ihm sicher. Vorerst wenigstens. L'Oreille biss die Zähne zusammen und ließ den Arm sinken. Sie hatten ihn ausgetrickst, als er sie fast sicher in die Enge getrieben hatte. Das nagte an ihm. Er ballte die Hände zu Fäusten, dass die Muskeln seiner sehnigen Arme hervortraten.

Weiter vorne versuchte der aufgetakelte Lackaffe mit dem Mikrophon den Zuschauern den plötzlichen Start des Ballons als geplanten Teil des Unterhaltungsprogramms zu verkaufen. L'Oreille spuckte aus dem Mundwinkel ins Gras und drehte sich um. Rüde drängte er sich durch die dichte Menge. Er hatte noch nicht aufgegeben. Es war nicht die Loyalität zu seinem derzeitigen Arbeitgeber, die ihn antrieb. Er würde sich nicht von zwei Teenagern verscheißern lassen.

◇ ◇ ◇

Mit einem Ruck gab das Seil nach und Julien war, als ob sein Magen nach oben gedrückt würde. Die nachtschwarzen Schatten rings herum versanken, als es sie in die Höhe zog. In seinen Ohren rauschte das Blut von der Anstrengung, die der letzte Sprint gekostet hatte. Sie hatten es geschafft – vorerst. Die kleine Gondel bot gerade genug Platz, dass sie sich setzen konnten, Vickys Knie an seinen eigenen. Sie atmete schwer und als er ihre Hand ergriff, merkte er, dass sie zitterte. Er rutschte ein wenig auf sie zu und der Korb neigte sich gefährlich zur Seite.

»Nein!«

Vorsichtig ließ er sich zurückgleiten – sein Körper überflutet mit pulsierendem Adrenalin. Über die Entfernung zweier Armlängen sahen sie sich an. Julien las in ihren Augen das Entsetzen und die Panik, die auch er nur mühsam unterdrückte. Wieder nahm er ihre Hände zwischen seine und umschlang ihre eiskalten Finger. Er wollte etwas sagen und wusste nicht was.

Schließlich löste er seine Hand aus der ihren und drehte versuchsweise an einem Rad, das zu dem Brenner gehörte, der laut fauchend die Luft im Inneren des Ballons erhitzte. Julien hoffte, der Ballon würde langsam an Höhe zulegen. Obwohl sich hier oben kaum ein Luftzug regte, schwebten sie langsam auf ein Wäldchen zu. Die Wipfel der Bäume sahen greifbar nahe aus.

Sacht segelten sie über die ersten Bäume hinweg. Julien versuchte, das Schaben an der Korbunterseite zu ignorieren.

Nach und nach ging sein Atem gleichmäßiger und auch Vicky schien ruhiger geworden zu sein.

»Was wird jetzt?«

Er zuckte mit den Schultern und wandte den Kopf ab. Ein nervöses Kichern entfuhr ihm. »Was genau meinst du? Wie wir mit diesem verdammten Ballon wieder heil nach unten kommen?« Er schob sich die Haare aus der Stirn. »Oder, wie wir verhindern, dass uns dieser Killer erwischt? Oder wie vergesse ich, was dieser Irre über mich, meine Familie und meine Herkunft gesagt hat?«

Vicky packte seine Hand. »Das habe ich nicht gemeint.«

Er zog seine Hand zurück und vielleicht war es die pure Erschöpfung, dass seine Empfindungen zum ersten Mal glasklar in ihm aufleuchteten.

»Das ist es ja gerade, Vicky ... du sagst nicht, was du meinst. Du deutest es an, du zeigst es und dann auch wieder nicht, du küsst mich leidenschaftlich und bist dann wieder unnahbar.« Er fuhr sich mit allen zehn Fingern durch die Haare. »Ehrlich gesagt, du machst mich verrückt. In deiner Nähe fühle ich mich, wie ... meine Gitarre, wenn sie an den Verstärker angeschlossen ist. Die leiseste Berührung versetzt mich in eine Schwingung, die ich nicht beherrschen kann. Ich stehe ständig unter Strom und weiß nicht, woran ich mit dir bin.«

Seine Arme sanken kraftlos nach unten und er stieß keuchend die angestaute Luft aus seinen Lungen. »Und als die Gelegenheit sich ergeben hat, habe ich mit einem Mädchen geschlafen, weil ich dachte, das könnte helfen.« Mit Mühe hielt Julien inne – erschrocken über die Heftigkeit seines Ausbruchs.

Vicky saß ihm gegenüber, den Kopf gesenkt.

Er atmete tief durch und stützte den Kopf in beide Arme, bis er sich beruhigt hatte. »Ich hab mich in dich verliebt, Vicky ... gleich von Anfang an, als du mit dieser Nervensäge Bernadette zu unserer Probe gekommen bist und mich so angesehen hast. Und noch mehr, als du mit Loïc geflirtet hast und noch viel mehr, als ich gemerkt habe, dass etwas zwischen dir und Laurent ist. Ich habe dich wie ein Irrer gesucht, als du verschwunden warst, und hätte mir vor Erleichterung fast in die Hose gemacht, als du wieder da warst. Aber ich weiß nie, woran ich mit dir bin, und ich weiß nicht, wie ich das noch länger aushalten soll.«

◇ ◇ ◇

»Ich liebe dich.«

Die Worte waren heraus ohne einen bewussten Entschluss. Sie kamen aus den tiefsten Schichten ihres Unbewussten und als sie sich zuhörte, wusste sie, dass nichts anderes wahr war. Mit einem Mal löste sich der Knoten in ihrem Inneren, der ihre Gefühle immer wieder fest verschnürt gehalten hatte und ein Strom warmer Gewissheit breitete sich aus, bis es in ihren Fingerspitzen prickelte.

Sie hob den Kopf und stupste sein Knie an.

»Hörst du?« Sie zögerte. »Ich dachte, es wäre besser, mich auf nichts einzulassen und wenn doch, dann ohne diesen ganzen

Gefühlskram.« Sie schluckte und fügte leise hinzu: »Ich habe Angst, mir Hoffnungen zu machen.«

Unheilvoll kratzte von unten ein Baumwipfel über die Unterseite des Korbes und sie packten sich an den Händen.

»Ich wollte mich nie wieder verlieben!« Vicky sah Julien trotzig in die Augen. »Und es ist doch passiert ... ich kann nichts dagegen tun.«

Julien sah ihr in die Augen.

»Und ... willst du etwas dagegen tun?«

Vicky lächelte. »Nein ... du Idiot. Ich will dich ..., wenn es schon nicht anders geht und ich auch nicht weiß, wie das werden soll mit uns.«

Julien drückte ihre Hand und biss sich auf die Unterlippe. Seine Augen suchten die ihren. Dann berührte er mit zwei Fingern seine Lippen, streckte den Arm aus und strich mit diesen Fingern über ihre Handfläche.

»Ich küsse dich jetzt ... kannst du es fühlen?«

Vicky hielt seinen Blick und führte die Hand an ihre Lippen. Über die Entfernung von einer Korbseite zur anderen fühlte sie seine Lippen auf den Ihren. Warm und aufregend pulsierte es durch ihren Körper.

Plötzlich fiel ihr etwas ein.

»Du hast gesagt, du hast dich von Anfang an in mich verliebt? Also auch schon, als ich mit verquollenen Augen aus Bernadettes verfluchtem Pferdestall zu euch an den Brunnen gekommen bin?«

»Äh, nein, da noch nicht«, meinte er knapp.

Vicky holte aus und trat ihm mit dem Fuß so fest gegen das Knie, dass die Gondel zu schaukeln begann.

◇ ◇ ◇

Noch hatte er keinen anderen Plan, als den Ballon, der inzwischen an Höhe gewonnen hatte, nicht aus den Augen zu lassen. Irgendwann und irgendwo musste er wieder landen. Verbissen trabte L'Oreille über die Kieswege des Parks und schließlich über einen breiten Waldweg. Immer wieder richtete er den Blick nach oben, wo die Gondel über den Baumwipfeln langsam schaukelte.

Er fiel in den ausdauernden Laufrhythmus seines täglichen Fitnessprogramms. Routinemäßig zog er die schwüle Luft in seine Lungen, wo sie sich zäh wie Kleister anfühlte und seine Muskeln kaum mit Sauerstoff versorgte. Unbeirrt versuchte L'Oreille sein Tempo zu halten.

Erfreulicherweise kam auch der Ballon nicht so recht in Fahrt, sondern gondelte träge voran, bis er schließlich, wie ein Riesenlampion, über einer Waldwiese mehr oder weniger zum Stillstand kam. L'Oreille hatte ebenfalls den Rand der Wiese erreicht und gestattete sich eine kurze Verschnaufpause. Das Gras auf der Wiese fühlte sich überraschend kühl an und schimmerte nachtfarben. Kein Hälmchen regte sich, was weniger an der windstillen Luft lag als vielmehr daran, dass sie alle niedergetrampelt waren und plattgedrückt von einer Rohrkonstruktion in der Mitte der Wiese, deren Gestänge spitz in den Himmel ragte.

Die Anlage war verlassen und als L'Oreille sich näherte, konnte er die Abschussrampen mit den Resten der Raketen des Feuerwerks erkennen. Überall lagen Plastikabdeckungen, verkohlte Pappcrollen und dünne Holzstäbchen herum.

L'Oreille staunte über die ungeheure Menge an Raketen, die abgefeuert worden war. Trotzdem schien eine ganze Batterie nicht zum Einsatz gekommen zu sein. Ganz am Rande der Konstruktion reckte eine Reihe von Raketen ihre spitzen Kappen in den Nachthimmel.

L'Oreille legte den Kopf in den Nacken und fixierte den Ballon über sich. Ein grimmiges Grinsen legte sein Gesicht in Falten. Mit der Hand tastete er nach seinem Feuerzeug.

◇ ◇ ◇

Ein Knall zerriss die Luft neben ihnen. Rote Funken blendeten sie. Kaum konnten sie wieder sehen, explodierte etwas auf der anderen Seite und grüne Funken regneten in den Korb, wo sie langsam verglühten.

»Was ist das?« Vicky rieb sich die Augen, als sich mit lautem Donner, die Nacht gleißend gelb verfärbte.

Schlag auf Schlag wechselten ohrenbetäubender Knall und alle Farben des Regenbogens. Sie befanden sich mitten in einem Feuerwerk.

»Scheiße, Vicky!« Julien deutete nach oben.

Zuerst konnte sie kaum etwas erkennen, dann sah sie es. Funken hatten die empfindliche Hülle des Ballons getroffen. An mehreren Stellen züngelten Flammen, die sich mit erschreckender Geschwindigkeit in den Stoff hineinfraßen. Die Tropfenform des Ballons begann sich aufzulösen. Entsetzt bemerkte Vicky, dass sie an Höhe verloren. Sie blickte über den Rand des Korbes und sah den Boden einer Waldwiese, auf der ein seltsames Gerüst stand, näher und näher kommen. Spitze Stangen zeigten nach oben und der Korb fiel geradewegs darauf zu.

Teil 7

Frankreich, Bretagne — Juli 1788

Die Stuckverzierung der Fensterlaibung drückte unangenehm in ihren Rücken. Trotz der warmen Sommernacht hatte sie inzwischen kalte Füße. Sie zog die Knie an und wickelte ihr dünnes Unterkleid und den geborgten Rock Laurents enger um ihren Körper. Nur die Zehenspitzen sahen hervor, kaum einen Fingerbreit entfernt von den langgliedrigen Zehen ihres Bruders, der ihr gegenüber auf der breiten Fensterbank saß.

Inzwischen hatte er sich wieder beruhigt. Er hatte die Arme um den stoppeligen Kopf geschlungen und summte vor sich hin. Seit Laurent verschwunden war, hatte er wieder diese unerklärlichen Anfälle. Er schrie nicht nur laut, sondern so hoch, dass man fürchten musste, die Fensterscheiben gingen zu Bruch.

Wenn man sich ihm näherte, wehrte er sich mit der Kraft und Verzweiflung eines in die Enge getriebenen Tieres. Er kratzte, biss und schlug und es brauchte vier kräftige Männer, um ihn zu überwältigen.

Sein neuer Arzt, in den *Maman* so viel Hoffnung gesetzt hatte, schien am Ende seiner Weisheit angelangt zu sein. Er hatte angeordnet, ihn auf einem Stuhl festzuschnallen, woraufhin sich François gegen die Fesseln so sehr gewehrt hatte, dass man befürchten musste, er würde sich einen Arm oder ein Bein brechen. Während die Comtesse sich mit Dr. Fou und Alexandre beriet, ob man François in eine Anstalt für Irre bringen sollte, durchdrangen die verzweifelten Schreie François' die Flure und Zimmer des Schlosses wie die der ruhelosen Seelen, die die geliebten Schauerromane Joëlles bevölkerten.

Am späten Abend hatte sie es nicht mehr ausgehalten und sich zu der Kammer geschlichen, wo man François eingeschlossen hatte. Der Schlüssel steckte von außen und sie zögerte kurz. François war unberechenbar in diesem Zustand und Laurent war immer der Einzige gewesen, der ihn hatte beruhigen können. Sie hatte sich einen alten Rock Laurents über ihr Nachtgewand gezogen und mit klopfendem Herzen den Schlüssel umgedreht. Letztlich war es einfacher gewesen, als sie befürchtet hatte. Vielleicht hatte François einfach keine Kraft mehr, denn er hockte zitternd und völlig erschöpft auf dem Boden. Es dauerte eine Weile, bis er auf ihre Rufe reagierte und ihr folgte, wie ein Lämmchen der Mutter.

Joëlle führte ihn in Tante Chloés Zimmer, wo Laurents Gegenwart in Form seiner überall herumliegenden Sachen am deutlichsten zu spüren war. Dort auf der Fensterbank saßen sie nun seit Stunden. Joëlle war immer wieder eingenickt. François verharrte unbeweglich in seiner gekrümmten Haltung und sein leises Summen war das einzige Lebenszeichen. Es schien, als habe er sich vollkommen in sein eigenes inneres Universum zurückgezogen.

Joëlle gähnte und starrte durch die unebene Fensterscheibe auf den nächtlichen Park. Morgen würde es wieder neue Anfälle geben, das war ihr klar und irgendwann würde man François wegbringen – an einen Ort, wo ihn niemand mehr beschützen würde. Sie hatte keine Ahnung, wie sie das verhindern sollte. Sie war so müde, dass sich ihre Gedanken nur noch im Kreis drehten. Was war mit Laurent und seiner seltsamen Begleiterin passiert? Laurent konnte dieses Gerede von Reisen in die Zukunft unmöglich ernst gemeint haben? Joëlle fröstelte und starrte in den nächtlichen Park, bis sich ihre Gedanken beruhigt hatten und sie in einen leichten Schlaf dämmerte.

◇ ◇ ◇

Er keuchte und ließ seine Last fallen. Fast wäre alles schief gegangen. Der Übergang von einer Schleife der Zeitspirale zur nächsten war ein höchst sensibler Vorgang, der äußerste Konzentration verlangte, wenn man ihn bei vollem Bewusstsein antrat. Gerade in dem heiklen Augenblick, wo er seine Gedanken völlig ausschalten musste, um den Geist zu leeren, waren sie aus dem Ankleidezimmer gestürmt. Es hatte seine ganze Disziplin und die jahrelange Übung mit den Zeitübergängen gebraucht, um den Vorgang zu Ende zu bringen. Eines aber hatte er trotz aller Konzentration überdeutlich wahrgenommen. Er hatte den Falschen mitgenommen. Denn der Erbe stand ihm mit diesem lästigen Mädchen an der Hand gegenüber, während sein Geist sich bereits auf die Reise begeben hatte.

Er starrte auf die leblose Gestalt zu seinen Füßen und verfluchte seine Eile und den Stromausfall und nicht zuletzt die Unfähigkeit seines Handlangers, der fantasielos Befehle ausführte, ohne zu denken. Das brachte ihn auf einen weiteren Gedanken, der noch beunruhigender war. Er hatte L'Oreille beauftragt, sich um die beiden Gefangenen *zu kümmern*. Oscar hätte eine elegante Lösung gefunden, bei L'Oreille musste man darauf gefasst sein, dass er die beiden brutal aus dem Weg schaffen würde. Der Erbe war in höchster Gefahr. Er musste selbst Ordnung schaffen – er musste zurückkehren und den Erben in Sicherheit bringen.

Zunächst musste er sich absichern. Leidenschaftslos musterte er den jungen Mann, der langsam zu Bewusstsein zu kommen schien. Er hatte lange genug gezögert und nun wusste der Kerl zu viel. Seine Hand legte sich auf den Griff seines Stockdegens. Dann besann er sich – es war besser, keine Spuren von Gewalt zurückzulassen. Er griff sich eines der Kissen auf dem Himmelbett, das in der Mitte des Raumes stand.

◇ ◇ ◇

Der Geruch wand sich als Erstes in seine Wahrnehmung. Muffig, nach zu wenig frischer Luft, ein wenig nach alter Tante und mit einer scharfen Note nach Leder. Noch bevor er die Augen öffnete, wusste er, dass er sich in Tante Chloés altem Zimmer befand. Es war geglückt – er war zurück. Die Erleichterung, die ihn packte, war so ungeheuer, dass er es sich einen Moment gestattete, die Augen geschlossen zu halten.

Dann roch er nur noch Wäschestärke und ein dumpfes Gewicht auf seinem Gesicht machte es unmöglich, Luft zu holen. Er riss die Arme nach oben, bäumte sich auf und drückte dabei seinen Kopf dichter und dichter an die formlose Masse. Er öffnete den Mund, schmeckte alte Waschlauge, versuchte zu atmen und sog dabei raues Leinen in den Mund. Himmel ... er bekam keine Luft! Er drehte sich, ohne sein Gesicht freizubekommen. Irgendetwas – irgendwer hielt ihn eisern fest. Ihm wurde schwindelig. Arme und Beine wurden schwer, sein Kopf dröhnte und vor seinen blinden Augen tanzten Sterne. Er nahm alle Kräfte zusammen, sich zu befreien, doch sein Angreifer hielt ihn wie in einem Schraubstock auf den Boden gepresst. Nebel sickerte in sein Bewusstsein und weit entfernt spürte er, wie seine Beine sinnlos zu zucken begannen. Dann war der Druck auf seinem Gesicht plötzlich weg.

»Laurent, bist du das?«

Die dunkle Masse wurde ihm vom Gesicht gezogen und kostbare, unvergleichliche Luft spülte in seine Lungen. Er hustete und röchelte, richtete sich auf und spuckte Fasern und Schleim aus. Ihm war schwindlig und seine Gliedmaßen zitterten.

»*Mon Dieu*, Laurent, du bist es wirklich!«

Zwei Arme umfassten ihn und drückten ihn so fest, dass er erneut husten musste. Mühsam befreite er sich und nach ein paar weiteren tiefen Atemzügen ließ der Schwindel in seinem Kopf nach und er konnte wieder klar sehen. Fahler Mondschein erhellte den Raum und im Gegenlicht zeichneten sich die Umrisse eines Mädchens mit wirren lockigen Haaren ab.

»Joëlle.« Seine Stimme krächzte. »Mein Gott, Joëlle ... bin ich froh dich zu sehen.«

»Und ich erst, du Schuft ... wo hast du nur gesteckt?« Die letzten Worte gingen in einem unterdrückten Schluchzen unter und Joëlle wischte sich mit der Hand, in der sich der abgebrochene Griff eines Wasserkruges befand, über das Gesicht. Die Scherben des Kruges lagen überall verstreut und in ihrer Mitte krümmte sich ein untersetzter Mann mit leichtem Stöhnen.

»Schnell«, Laurent sprang auf, war mit einem Schritt bei dem noch halb Bewusstlosen und riss den Stockdegen aus der Scheide. Joëlle keuchte auf. »Ist das etwa Signore Sciàbolo?«

»Sciàbolo oder Aristide, wie er sich auch nennt.« Laurent atmete schwer und alles in ihm drängte ihn, diesen Mann, der in den letzten Stunden mehrmals versucht hatte, ihn zu töten, den Todesstoß zu versetzen. Dennoch zögerte er. Er hatte noch nie einen

Menschen erschlagen und seine Erziehung und sein ganzes Wesen begehrten dagegen auf, dies einem wehrlosen Mann zuzufügen – so gefährlich dieser auch sein mochte.

Sciàbolo hatte sich schnell gefangen und stützte sich, die Klinge im Auge behaltend, auf. Mit einer Hand strich er langsam ein paar Scherben von seinem Rock. Er schien Laurents Zögern zu bemerken und ein Glimmen schlich sich in seine schwarzen Augen. »Fortuna ist eine unzuverlässige Verbündete. Was wirst du jetzt tun, mein junger Freund?«

»Mein Bruder Alexandre wird nicht erfreut sein, wenn er hört, was ich ihm zu berichten habe. Mehrfacher Mordversuch an einem Mitglied seiner Familie.« Auch wenn es sich um seinen nichtsnutzigen jüngeren Bruder handelt, setzte er in Gedanken hinzu.

»Wie willst du das beweisen, mein Junge?« Sciàbolo lächelte auf eine onkelhafte Art, als hätte er nicht versucht, Laurent mit einem Kissen zu ersticken. »Welchen Grund sollte ich haben, einen Groll gegen dich zu hegen? Willst du deinem Bruder von den Zeitübergängen erzählen?« Er lachte. »Dann wirst du dich schnell mit deinem verrückten Bruder im Gewahrsam des ehrenwerten Dr. Fou befinden.« Sein Blick streifte Joëlle. »Und auf die wirren Aussagen von *Signorrrina Joëlla* wird dein Bruder nicht hören.«

Laurent überlegte fieberhaft. Der Mann war glatt wie ein Aal und auszuschließen war es nicht, dass er sich Alexandre gegenüber herausreden würde.

»Sie werden ein Geständnis unterschreiben.« Er berührte mit der Spitze des Degens Sciàbolos Brust, als dieser versuchte, sich aufzurichten. »Ich werde es zu meiner Sicherheit verwahren.«

»Joëlle«, rief er, ohne den Blick von seinem Gefangenen abzuwenden, »in der Schublade des kleinen Tischchens am Fenster findest du Papier und Tinte ... und sieh zu, dass wir Licht bekommen.«

Während Joëlle Papier hervorzog und die Tinte anmischte, setzte sich Sciàbolo auf dem Boden bequemer hin und meinte im Konversationston: »Und? Wie geht diese Geschichte jetzt weiter? Du willst mich mit einem Geständnis erpressen. Ich denke nicht, dass ich gewillt bin, ein solches zu unterzeichnen.« Er lachte auf. »Eher unterzeichnet der König dieses wirre Dokument, das man die ›*Erklärung der Menschen- und Bürgerrechte*‹ nennt.«

»›*Erklärung der Menschen- und Bürgerrechte. Da die Vertreter des französischen Volkes, als Nationalversammlung eingesetzt, erwogen haben, dass die Unkenntnis, das Vergessen oder die Verachtung der Menschenrechte die einzigen Ursachen des öffentlichen Unglücks und der Verderbtheit der Regierungen sind, haben sie beschlossen, die natürlichen, unveräußerlichen und heiligen Rechte der Menschen in einer feierlichen Erklärung darzulegen, damit diese Erklärung allen Mitgliedern der Gesellschaft beständig vor Augen ist und sie unablässig an ihre Rechte und Pflichten erinnert ...*‹«

Laurent fuhr herum, als er die leiernde Stimme von der Fensterbank hörte – auf einmal fügte sich alles zusammen.

»Joëlle, schnell ... schreib das mit ... Wort für Wort.«

»›*Artikel 1: Die Menschen sind und bleiben von Geburt frei und gleich an Rechten. Soziale Unterschiede dürfen nur im gemeinen Nutzen begründet sein. Artikel 2: Das Ziel jeder politischen Vereinigung ist die Erhaltung der natürlichen und unveräußerlichen Menschenrechte. Diese Rechte sind Freiheit, Eigentum, Sicherheit und Widerstand gegen Unterdrückung*‹«, deklamierte François monoton.

Ein leises Rascheln – einen Augenblick zu spät wandte Laurent den Blick zu seinem Gefangenen.

Sciàbolo hatte die Gelegenheit genutzt, war aufgesprungen und stand vor dem Wandspiegel, in dessen Mitte spinnennetzfeine Sprünge eine Stelle markierten, wo ein Stück des Spiegels fehlte. Eine Hand auf das geborstene Glas gepresst, sah er Laurent fest in die Augen.

»Ich komme zurück, mein Freund ... und dann habe ich den Richtigen dabei.«

Laurent hob die Waffe und machte einen Schritt nach vorn, als Sciàbolos Gestalt bereits unscharf und wie von einem dunstigen Schleier verhüllt war. Als Laurent den Spiegel erreichte, war es zu spät und seine Hand berührte nur mehr die fleckige Oberfläche. Die Nackenhaare stellten sich ihm auf und schnell zog er sie zurück. Der Spiegel hatte seine Fähigkeiten trotz der fehlenden Scherbe nicht eingebüßt. Er trat einen Schritt zur Seite, nur weg von diesem monströsen Ding. Er warf den Degen zur Seite, packte einen Hocker und holte aus.

»Laurent?« Joëlle hatte aufgehört zu schreiben, und sah sich zu ihm um. »Laurent, was passiert hier eigentlich?«

»›Artikel 3: Der Ursprung jeder Souveränität ruht letztlich in der Nation. Keine Körperschaften, kein Individuum können eine Gewalt ausüben, die nicht ausdrücklich von ihr ausgeht.‹«

»Schreib weiter, Joëlle. Schreib alles auf, was er sagt«, knurrte Laurent und holte Schwung.

◇ ◇ ◇

Wie viel kann innerhalb von Sekunden geschehen? Sekunden, die sonst achtlos verstreichen, dehnen sich mit einem Mal in die Länge, wenn am Ende eine fürchterliche Gewissheit steht. Ohne bewussten Gedanken zog Vicky das in Stoff gehüllte Päckchen aus ihrer Hosentasche.

Die Ballonhülle über ihr wurde schlaff und der seidige Stoff flatterte, während sich die Flammen durch sein farbenfrohes Muster fraßen. Der Ballon hatte nicht länger die Kraft, den Korb zu halten, sondern wurde von dessen Gewicht nach unten gezogen – wo der sichere Tod wartete. Vicky wusste nicht, ob es gelingen konnte. Vielleicht war es auch der Wunsch, Julien ein letztes Mal zu spüren. Sie kümmerte sich nicht mehr um die unkontrolliert schaukelnde Gondel, sondern schlang ihren Arm um Julien und hielt mit der anderen die Spiegelscherbe nach oben.

Ein Taumel erfasste sie, nahm ihr das Bewusstsein und in einem kurzen Augenblick war ihr, als gleite eine Gestalt an ihr vorbei. Sie ließ die Scherbe los und krallte sich fester an Julien, der sie umfangen hielt, bis das Ende kam und sie sich über den ausbleibenden Schmerz wunderte und dachte, ob sie tot sein konnte.

◇ ◇ ◇

Das laute Klirren irritierte ihn. Er hatte einen dumpfen Schlag erwartet – und Schmerzen. Er hatte gehofft, es möge schnell vorbei sein – für sie beide.

Unmöglich einen Sturz aus dieser Höhe zu überleben. Vielleicht wenn es nur die Wiese gewesen wäre – aber diese seltsame Konstruktion direkt unter ihnen, das konnte nicht gutgehen. Er hatte auf einen kleinen Luftzug gehofft, der sie ein Stück weitertragen würde, doch der Ballon war ein einziger Feuerball und wenn sie nicht beim Absturz starben, würden sie die Flammen nicht überleben.

So klar dachten sich die Gedanken in seinem Kopf, dass es ihn selbst verwunderte. Noch mehr erstaunte es ihn, dass er eine seltsame Ruhe verspürte. Er hätte gerne mehr Zeit gehabt, mit Vicky – aber auch für alles andere im Leben. Der Gedanke, nie mehr eine Gitarre in Händen zu halten schmerzte ihn, noch mehr aber, dass er sich so lange Zeit gelassen hatte, Vicky seine Gefühle zu offenbaren. Er sehnte sich danach, sie zu berühren und zu lieben. Er spürte ihren Arm um sich und zog sie an sich, um sie nie wieder loszulassen.

◇ ◇ ◇

»Laurent, du sagst mir jetzt sofort, was hier los ist.«

»Hast du alles aufgeschrieben?«

»Ja, verdammt noch mal ... jedes einzelne Wort.«

Julien öffnete die Augen und schloss sie sofort wieder, als er Laurent mit hängenden Armen vor sich stehen sah, in den Händen einen kleinen Hocker.

»Wer ist das, Laurent? Oh, das glaube ich nicht. Ist das nicht ...?«

War er tot? Und Vicky mit ihm?

»Vicky?« Er wandte den Kopf und blickte ihr direkt in die Augen. Ihr Gesicht so nahe und so lebendig. In ihren Haaren glitzerten silberne Sterne.

»Sind wir tot?«

Sie lächelte.

»Nein ... ich glaube nicht. Aber ...«

Julien spürte eine Hand, die ihn packte und nach oben zog, Da waren Hände, die ihn abklopften und silberne Splitter, die überall auf seiner Jeans und seinem Shirt verteilt waren und zu Boden regneten.

»Hätte nicht gedacht, euch so schnell wiederzusehen«, brummte Laurent. Neben ihm bemühte sich ein braunlockiges Mädchen in einem langen weißen Spitzennachthemd um Vicky. Er bemerkte, dass sie ihn verstohlen musterte.

Laurent drückte ihn auf einen Stuhl und zum ersten Mal nahm er seine Umgebung bewusst wahr. Befanden sie sich wieder im Schloss? Wie war das möglich? Er überlegte, ob die Fahrt im Ballon und alles Weitere nur in seiner Fantasie geschehen sein konnte.

»Es ist also wahr.« Das Mädchen mit den lockigen Haaren zog eine Jacke, die ihn an die Livreen der Servicegruppe erinnerte, fester um sich. »Die ganzen Geschichten über die Zeitsprünge ... das passiert wirklich?«

Laurent zog das Mädchen an sich und küsste ihren Scheitel und Julien wusste instinktiv, dass sie Bruder und Schwester waren.

»Ja, es ist wahr ... auch wenn ich es dir nicht erklären kann, Schwesterherz. Ich weiß nur, dass dieser vermaledeite Spiegel damit zu tun hat.« Laurent blickte auf die rohe Steinwand mit dem leeren Goldrahmen. Der Boden davor war übersäht mit glänzenden Splittern.

Laurent wandte sich an Vicky, die die kahle Fläche ausdruckslos musterte. »Es tut mir leid, *ma Chère*. Sciàbolo hat diesen Weg genommen und ich wollte verhindern, dass er zurückkehren kann.«

Vicky strich sich das Haar aus der Stirn und nickte. »Ich verstehe. Wir werden einen anderen Weg finden müssen.« Ihr Blick fiel auf die Bögen Papier, die von dem Tischchen gerutscht waren und auf dem Boden verstreut lagen.

»Ist es das?«

Laurent bückte sich und sammelte die Blätter ein.

»Ja, das ist es ... und es ist meinem Bruder François zu verdanken, der ein phänomenales Gedächtnis hat.« Er wies auf einen dünnen jungen Mann, der auf der Fensterbank kauerte und leise vor sich hin summte.

◇ ◇ ◇

Vicky nahm Juliens Hand und drückte sie fest, während sie nach unten sah und Laurent beobachtete, der auf sein Pferd stieg. Er sah wirklich *cool* aus in seiner Reisekleidung mit mehr Goldknöpfen, als ein einzelner Mensch brauchte. Die Haare gepudert, damit man die vereinzelten dunklen Reste der Schuhcreme nicht mehr sah, die sich ohne moderne Haarpflegeprodukte nur schwer hatten entfernen lassen.

Sie hatte sich vorhin von ihm verabschiedet. Wieder einmal wusste sie nicht, ob sie ihn wiedersehen würde. Er hatte sie an sich gedrückt und ihr Wohlergehen seiner Schwester und Julien ans Herz gelegt – aber im Grunde war er mit den Gedanken nicht bei der Sache gewesen. Sein ganzes Wesen hatte eine Energie verströmt, die sie an das Summen einer Hochspannungsleitung erinnerte. Nachdem er die Papiere endlich in Händen gehalten hatte, hatte er seinem Aufbruch entgegengefiebert.

Julien zog sie näher zu sich heran.

»Er wird schon auf sich aufpassen.«

Vicky nickte und atmete durch. Joëlle hatte sie wieder in Monsieur Victor Le Germain verwandelt. Vicky zupfte an den Ärmeln von Laurents abgelegter Jacke, die etwas muffig roch.

Julien hatte Joëlle einen alten Rock ihres Bruders Henri gegeben, der die gleiche aufgeschossene Statur hatte.

Vicky sah ihn von der Seite an und fand ihn zum Anbeißen. »Du solltest öfter 18. Jahrhundert tragen.« Sie streckte sich und gab ihm einen Kuss auf die Wange.

◇ ◇ ◇

Julien knurrte unverständlich. Er hatte sich noch immer nicht von der Erkenntnis erholt, in der Zeit zweihundert Jahre zurückgereist zu sein. Abgesehen von der eigentlichen Tatsache, die sich jeder rationalen Erklärung entzog, machte er sich große Sorgen um seine Familie und seine Freunde. Sich vorzustellen, wie sie nach ihm und Vicky suchen würden – ohne eine Spur zu finden. Es quälte ihn, dass er nicht sicher sein konnte, dass Joëlles Plan funktionieren würde.

Es raschelte hinter ihnen und Joëlle schloss sich ihnen auf der Veranda über dem Innenhof an. Sie beugte sich über die Brüstung und schüttelte den Kopf.

»*Mon Dieu*, er macht sein Pferd ganz nervös.« Tatsächlich hatte Laurent Mühe, seinen Gaul zu bändigen, der unruhig hin und her tänzelte.

»Man könnte meinen, die gute Cléo hat es ebenso eilig, dem Marquis diese Papiere zu überbringen wie mein Bruder« Laurent sah nach oben, zog den Dreispitz vom Kopf und winkte ihnen zu. Dann trieb er sein Pferd an und stob die lange Allee der Auffahrt entlang.

»Wie lange braucht man mit dem Pferd nach Paris?«, fragte Julien.

Joëlle legte den Kopf schräg und dachte nach. »Wenn alles gut geht, ungefähr eine Woche.«

»Wenn alles gut geht?« Vicky runzelte die Stirn.

»Na ja, die Straßen könnten aufgeweicht sein, wenn es regnet, das Pferd könnte lahmen, er könnte auf Wegelagerer treffen, die ihn ausrauben.«

»Wegelagerer?«

Joëlle lachte. »Mein Bruder kann auf sich aufpassen.«

»Und wenn man ihm diese blöden Papiere wieder abnimmt, wie deinem anderen Bruder und dem Marquis?«

»Ich habe Vorsorge getroffen.« Joëlle grinste. »Laurent führt die Papiere wie üblich in seinem Gepäck mit.« Ein Grübchen zeigte sich auf Joëlles Wange. »Eine Abschrift davon habe ich allerdings in Cléos Sattel eingenäht. Mit ein paar Ergänzungen, auf die mich meine Brieffreundin Olympe de Gouges gebracht hat. Der Marquis, mein Bruder Henri und all die schlauen Männer sprechen von Menschenrechten und Gleichheit und meinen doch nur die Freiheit der Männer. Deshalb habe ich die Ausführungen des guten Marquis ein wenig erweitert.«

Vicky schmunzelte.

»Aber wenn Laurent nun das andere Papier übergibt?«

»Ich habe meinem Bruder Henri bereits geschrieben, dass das Original sich im Futter des Sattels befindet. Da kann nichts mehr schiefgehen.« Joëlle nickte selbstgefällig und hakte sich bei Julien und Vicky unter. Sie warf einen letzten Blick auf die Auffahrt – von Laurent war nichts mehr zu sehen.

»Und jetzt meine lieben Freunde, werden wir uns eurem Problem zuwenden.« Joëlle schüttelte ihre braunen Locken, die auf komplizierte Weise in einem Stil frisiert waren, der chaotische Unordnung vortäuschen sollte. »Mein Verstand weigert sich zwar immer noch, zu glauben, dass ihr beide durch die Zeit gereist seid, aber ihr seid unbestreitbar hier ...«, sie musterte Vicky und Julien kritisch. »Wenn ihr ein offenes Wort gestattet, so ist gerade so viel Seltsames an euch, dass das doch eine Erklärung dafür wäre.«

Julien runzelte die Stirn. »Und? Hast du eine Idee, wie wir *unser Problem* lösen sollen?«, knurrte er.

»Nun, offenbar spielen die Spiegel eine wichtige Rolle«, meinte Joëlle. »Und zwar jene Spiegel, die dieser falsche Graf Cagliostro an seine ... Damen, verschenkt hat.«

»Das heißt, wir müssen uns auf die Suche nach seinen Freundinnen machen?« Julien wollte sich gewohnheitsmäßig die Haare aus der Stirn schieben und brachte die sorgfältig frisierte Zopffrisur in Unordnung.

»Laurent hat erzählt, dass eure Tante Chloé eine Affaire mit diesem Grafen hatte«, warf Vicky ein.

»Hm«, Joëlle nickte. »Ich habe sie immer nur als ein wenig altjüngferlich kennengelernt, aber wer weiß? Ich schlage vor, wir nehmen uns erst einmal ihren Briefwechsel vor und machen dann in der Bibliothek weiter.« Sie schritt voran und Vicky hielt Julien kurz zurück und zog ihn an sich.

»Es wird alles gut werden.« Vicky küsste ihn sanft.

Julien sah sich um und strich Vicky über die Wange. »Jedenfalls sind wir davongekommen und zusammen, ... egal, wo wir uns jetzt befinden.«

◇ ◇ ◇

EPILOG

Frankreich, Bretagne – Anfang August 1988

Meldungen aus dem Regionalteil des *OUEST FRANCE*

TRAGISCHES ENDE DER FEIERLICHKEITEN

Weiße Pavillons, deren Vorhänge sich im lauen Wind eines perfekten Sommerabends bauschen, eine Armada livrierter Diener, die Häppchen reichen oder ein Glas Champagner nachschenken, die Schlossfassade des heruntergekommenen Anwesens *Château de Corentin* in neuem Glanz – Gastgeber Monsieur Hugo Malvoisier und seine Gäste in farbenfrohe Rokoko-Gewänder gekleidet.

Die Szenerie überragt von der gigantischen Silhouette eines Heißluftballons, der den Entwürfen der Ballon-Pioniere Montgolfier nachempfunden ist. Ein Auftakt wie man ihn sich perfekter nicht wünschen konnte – choreographiert von André Duroc, dem Chef-Planer der Restauration des Schlosses.

Glänzender Höhepunkt der Festivitäten und Hauptgewinn einer Tombola sollte ein Flug in jenem historischen Ballon sein. Noch bevor das Gewinnerlos verlesen werden konnte, war der Ballon von zwei Jugendlichen gekapert worden und vor den Augen der sprachlosen Veranstalter und ihrer Gäste in den nächtlichen Himmel entführt worden.

Verirrte Feuerwerkskörper verursachten wenig später den Absturz des Ballons. Dabei fand ein weiterer Passagier, der sich vermutlich vor der Verlosung in dem Korb verborgen hatte, auf tragische Weise den Tod. Es handelt sich um einen Geschäftsmann aus Paris, der sich seit einiger Zeit aus unbekannten Gründen in der Gegend aufgehalten hatte. Von den beiden Jugendlichen fehlt derzeit jede Spur.

VERLUST VON NATIONAL-HISTORISCHER BEDEUTUNG

In unserer letzten Ausgabe berichteten wir über eine mögliche historische Sensation. Im Briefwechsel zwischen Olympe de Gouges und einer bretonischen Adeligen aus dem Jahr 1788 wurde angedeutet, dass es einen handschriftlichen Vorentwurf zur ›*Déclaration des droits de l'homme et du citoyen*‹ von der Hand des Marquis de Lafayette geben könnte, der in den letzten zweihundert Jahren an einem unbekannten Ort verborgen gewesen war. Bedeutsam wäre die Auffindung eines solchen Dokuments vor allem deshalb, weil Lafayette eine Eingabe zu den Menschenrechten an die Nationalversammlung erst über ein Jahr später vorgenommen hatte.

Neben der historischen Bedeutung eines solchen Dokuments, wäre ein solcher Fund in der Bretagne aus lokaler Sicht von immenser Bedeutung, um neue touristische und kulturelle Wege zu beschreiten.

Bei der Einweihung eines Schlosshotels unweit der Ortschaft Plourhan sur mer kam es zur Ankündigung dieser historischen Sensation mit Hinweis auf erst kürzlich entdeckte Papiere. Bevor diese präsentiert werden konnten, und auch vor einer Inspektion durch Fachkreise, kam es zur Zerstörung der Papiere durch eine Verkettung unglücklicher Umstände. Kritische Stimmen vermuten auch eine bewusst eingesetzte PR-Maßnahme zur Steigerung der Attraktivität des Schlosshotels.

TEENAGER WEITERHIN VERMISST

Die dramatischen Ereignisse am Ende eines historischen Einweihungsfestes vom vergangenen Wochenende lassen uns im Fall der vermissten Jugendlichen Julien Kerouac (17, Schüler aus Plourhan sur mer) und Viktoria Meinhardt (17, Urlauberin aus Deutschland) mit den Angehörigen bangen.

Die Teenager hatten unerlaubt den Heißluftballon (abschließende Attraktion des Einweihungsfestes des neuen Schlosshotels) bestiegen und diesen *entführt*. Nach dem Absturz des Ballons fand sich keine Spur der beiden Jugendlichen. Bisher war man von einem fehlgeleiteten Scherz ausgegangen und hatte vermutet, die beiden Übeltäter scheuten sich, die Verantwortung für ihr Handeln zu übernehmen. Seitdem fehlt jede Spur von den beiden Teenagern, sodass die Sorge über ihr Verschwinden wächst. Die Polizei hat die Ermittlungen aufgenommen und bittet um sachdienliche Hinweise aus der Bevölkerung.

Aus dem Katalog der Vernissage des Künstlers Georges du Nerr zu seinem Zyklus: ›*Spiegel der Vergangenheit*‹:

In seinem Bilderreigen ›*Spiegel der Vergangenheit*‹ schafft du Nerr die Synthese konkret-abbildender Historie in Form von Relikten handschriftlicher Zeugnisse und der wandelbaren Reflexion antiquarischer Spiegelfragmente – beides Fundstücke im Umfeld des bretonischen *Châteaus de Corentin*, die dem Künstler vom Eigentümer im Sinne einer Interpretation auf der Metaebene überlassen wurden.

LOYALITÄT

Frankreich, Bretagne – Château de Corentin – August 1988

Bernadette begutachtete den Schaden an dem alten Sattel und überlegte, ob es sich lohne, ihn reparieren zu lassen. Dem Leder sah man an, dass es in den letzten Jahrhunderten nicht gepflegt worden war – es war spröde und rissig geworden. Sie schnupperte und senkte ihren Kopf näher an den Sattel – eindeutig ging auch ein unangenehmer Geruch davon aus. Das konnte man keinem Hotelgast zumuten. Bernadette sah sich im Stallgebäude um. Vielleicht konnte man den Sattel als Dekoration verwenden? Draußen näherten sich Schritte und Momò trat in die dämmrige Schwüle des Stalls. »Hier bist du also?« Er kam näher und warf einen skeptischen Blick auf den alten Sattel. »Schmeiß das alte Ding weg ... da setzt sich keiner mehr drauf.«

Bernadette strich über das rissige Leder. Auch wenn sie Momò recht geben musste, brachte sie es nicht übers Herz, den alten Sattel wegzuwerfen. »Hilf mir doch mal, das Teil hier hochzuheben«. Sie zeigte auf einen Haken oben an der Stallwand.

Momò zuckte mit den Schultern und gemeinsam stemmten sie den schweren Sattel nach oben – drehten und zogen an den Gurten und Lederschlaufen, bis alles zu Bernadettes Zufriedenheit ausgerichtet war.

»Nanu, da fällt ja fast etwas raus.« Momò zog an einem Stück weichem Leder, das aus der aufgerissenen Seite gerutscht war. Es war eine Art Lederlappen, wie ihn seine Mutter zum Fensterputzen verwendete – zusammengefaltet zu einem flachen Päckchen und mit einem blauen Seidenband zusammengehalten. Momò sah zu Bernadette, die neugierig das kleine Paket musterte.

Mit spitzen Fingern befühlte sie das weiche Leder und zog schließlich an dem Seidenband, bis sich die Schleife löste und zu Boden fiel.

Behutsam schlug Momò die Seiten des Leders zurück und enthüllte ein zusammengefaltetes Papier, dessen Enden sich leise raschelnd ein wenig nach oben bogen.

Bernadette streckte die Hand aus und strich mit den Fingern über die Oberfläche.»Oh ... das fühlt sich richtig alt an.«Vorsichtig begann sie das Papier zu entfalten und Momò konnte eine blasse Schrift erkennen, die ihm vage vertraut erschien.

»Das glaube ich jetzt nicht ...« Bernadette überflog den Brief, knüllte ihn zusammen und warf ihn auf den Boden.»Dein Freund Julien meint wohl, er kann mich für dumm verkaufen!« Sie drehte sich um und lief mit schnellen Schritten nach draußen.

Momò sah ihr hinterher. Er wusste sehr wohl, dass er für Bernadette die zweite Wahl war – nach Julien. Er hatte sich damit arrangiert. Nachdenklich hob er das zerknüllte Papier auf und strich es glatt. Jetzt erkannte er Juliens charakteristische Krakelschrift und wenn es noch irgendeinen Zweifel gegeben hätte, so hätte Juliens Unterschrift diesen entkräftet.

Julien war seit drei Tagen verschwunden – ebenso wie Vicky. Auch wenn er bei sich dachte, dass beide ihre Gründe hatten, so begann er doch, sich Sorgen zu machen. Zwar fand er es seltsam, dass Julien sich die Mühe gemacht hatte, zu schreiben und nicht einfach angerufen hatte – aber vielleicht lieferte der Brief eine Erklärung dafür:

Salut, Momò,
Ich hoffe, dass dieser Brief dich irgendwie erreicht, Kumpel!!!
Auf dem Fest sind ein paar echt eigenartige Dinge passiert ...
kann dir das jetzt nicht so gut erklären. Jedenfalls mussten Vicky
und ich schnell verschwinden und jetzt stecken wir hier fest und
kommen nicht weg. Bis wir einen Weg zurückgefunden haben,
musst du uns decken und verbreiten, dass wir zusammen eine In-
terrailtour durch Europa machen. Denk dir irgendwas aus ... du
machst das schon.
Wir versuchen, uns wieder zu melden ... im Stall, der zu dem
Schloss gehört, gibt es einen losen Ziegelstein ... in der ersten Box

unterhalb des Fensters. Wenn du dort immer mal nachschauen könntest, wäre super.

Mann ... ich hoffe echt, dass das klappt!!!

    Julien

Momò las den Brief ein weiteres Mal. Das Gefühl, dass hier etwas ganz und gar nicht so war, wie es sein sollte, verstärkte sich. Er faltete das Papier zusammen und steckte es in seine Hosentasche.

Julien konnte sich auf ihn verlassen – wie immer.

ENDE

ANHANG

PERSONENVERZEICHNIS

Im 18. Jahrhundert:

Laurent Charles Maynard de Plourhan | Jüngster und vierter Sohn der Grafenfamilie de Plourhan – sein Leben scheint vorgezeichnet, doch dann muss er sich eine neue Aufgabe im Leben suchen.

Comte Louis Albert Maynard de Plourhan | Laurents Vater, ein Landadeliger – seine Leidenschaft ist die Wissenschaft, insbesondere die Erforschung der Elektrizität.

Comtesse Marie Claude Maynard de Plourhan | Laurents Mutter – handelt immer im Interesse der Familie – und nach ihrer eigenen Einschätzung.

François Ernest Maynard de Plourhan | Laurents nächstälterer Bruder – sieht die Welt mit anderen Augen.

Joëlle Louise Maynard de Plourhan | Laurents Lieblingsschwester – stellt Konventionen in Frage und denkt über ihr Jahrhundert hinaus.

Alexandre Louis Maynard de Plourhan | Laurents ältester Bruder und Erbe des Comte de Plourhan – liebt Konventionen.

Henri Jean Maynard de Plourhan | Laurents zweitältester Bruder – liebt das Abenteuer.

Marie Jeanne de Laurel | Laurents ältere Schwester – eine Zierde ihres Geschlechts und mit einem Nachbarn verheiratet.

Hervé de Laurel | Ihr Ehemann – ein begeisterter Jäger und Feinschmecker.

Onkel Bertin – Bertin Maynard de Plourhan | Cousin des Comte de Plourhan – hält nichts von modernen Errungenschaften.

Tante Chloé – Chloé Maynard de Plourhan | Eine Schwester des Comte de Plourhan – gilt als exzentrisch, wie ihre Liaison mit dem Grafen von Cagliostro „beweist".

Giacomo Sciàbolo | Italienischer Fechtmeister und Bekannter von Alexandre de Plourhan – ist und kann mehr, als es scheint.

Anne de Kerjacques | Laurents Verlobte – folgsame Tochter eines Nachbarn.

Baron Alfonse de Kerjacques | Ihr Vater – will das Beste/den Besten für sein einziges Kind.

Louise | Annes Zofe und Laurents Geliebte – hat eigene Pläne für ihre Zukunft.

Erneste Cadoux | Kammerdiener von Laurent und Henri und sehr empfänglich für Heldengeschichten.

Jean Poisson | Verwalter des Comte de Plourhan – hat einen grimmigen Blick auf andere Menschen und ein Herz für seinen Enkelsohn.

Alise Poisson und Sébastian | Seine Tochter und ihr unehelicher Sohn, dessen Ähnlichkeit mit Henri de Plourhan, Anlass für Gerüchte gibt.

Hippolythe Lagarde |Majordomus im Haushalt des Comte de Plourhan – weiß wer wichtig ist.

Armand Lagarde | Sein Neffe und Student der Rechtwissenschaften – macht ein Praktikum bei Anwalt Cassel und ist (leider) abwesend.

Jean-Jacques Cassel | Rechtsanwalt (Advocat) und Berater in rechtlichen Angelegenheiten des Comte de Plourhan.

Doktor Fou | Nervenarzt – ärztlicher Betreuer von François de Plourhan.

Marie Joseph Motier, Marquis de Lafayette (historische Person) | Waffenbruder von Henri de Plourhan – liegt die Freiheit und Gleichheit am Herzen.

Olympe de Gouges (historische Person) | Brieffreundin von Joëlle de Plourhan – liegt die Freiheit und Gleichheit der Frauen am Herzen.

Alessandro Graf von Cagliostro oder Guiseppe Balsamo (historische Person) | Italienischer Abenteurer und Scharlatan – Liebhaber von Tante Chloé.

Loulou | Laurents zahme Ratte – hat feine Antennen für Laurents Gesundheit.

Im 20. Jahrhundert:

***Vicky (Viktoria, Vic oder Victoire)* Meinhardt** | Tochter einer französischen Mutter und eines deutschen Vaters – behält gerne die Kontrolle und hat der Liebe abgeschworen.

Elaine Meier-Meinhardt | Vickys französische Mutter – kehrt mit ihrer Familie in ihre Heimat in der Bretagne zurück.

Hans-Peter Meier | Elaines zweiter Ehemann und Betreiber von Sportstudios, die er selbst gerne nutzt.

Lilly und Benni Meier | Zwillinge und Vickys vierjährige Halbgeschwister – lieben das Chaos.

Julien Kerouac | Spielt Gitarre in der Band *Heavy Strings* – sucht nach seinem Weg im Leben (dabei haben andere bereits Pläne für ihn gemacht).

Philine Kerouac | Schulfreundin von Elaine und Mutter von Julien – interessiert sich für bretonische Klöppelarbeiten und hat ein Geheimnis.

Doktor Antoine Kerouac | Vater von Julien und Landarzt aus Leidenschaft – in seiner Freizeit ist er Mitglied der örtlichen Historiengruppe und tritt als Kaiser Napoleon auf.

Celestin Aristide | Geschäftsmann aus Paris – steht im Dienst einer größeren Sache (und das schon viel zu lange).

Oscar | Sein zuverlässiger und effizienter Mitarbeiter – zu Aristides Bedauern ist er derzeit im *Erziehungsurlaub*.

L'Oreille | Oscars Vertretung und Kleinkrimineller – skrupellos und mit leicht entflammbarem Temperament.

Céline | Ferienarbeiterin bei der Landschaftsgärtnerei *LEs NÔTRE Jardins* – lebt nach ihren eigenen Regeln und liebt ihre Unabhängigkeit.

Chouchou | Ferienarbeiter bei *LEs NÔTRE Jardins* – liebt Céline und seine Selbstgedrehten.

André Duroc | Organisiert den Umbau des Schlosses in ein Hotel – dient nicht nur einem Herrn.

Leroi | Vorarbeiter bei *LEs NÔTRE Jardins* – versteht keinen Spaß.

Pierrot | Sein Mitarbeiter – ist immer gut gelaunt.

Sandrine Saint Just | Möchte trotz eines mittelmäßigen Schulabschlusses an der Elite-Universität *Sciences Po* (*Institut d'études politiques de Paris*) studieren.

Hugo Malvoisier | Eigentümer von Château de Corentin – vertrauensvoll glaubt er an das Gute im Menschen.

Momò | Juliens bester Freund und Manager der Band *Heavy Strings* – immer loyal, ohne viele Fragen zu stellen.

Francis, Loïc, Tristan | Juliens enge Freunde und Bandmitglieder der *Heavy Strings*.

Bernadette Legrin | Tochter des örtlichen Tierarztes, Reiterin und Pferdeliebhaberin.

Mr. Bingley | Familienhund im Hause Meier-Meinhardt – gutmütig und inzwischen in die Jahre gekommen.

ANMERKUNGEN DER AUTORIN

Die Enzyklopädie
Die Zitate aus der Enzyklopädie von Jean le Rond d'Alembert und Denis
Diderot sind der folgenden Zusammenfassung entnommen:
Hans Magnus Enzensberger, Hg. (2001), ›Die Welt der ENCYCLOPÉDIE
– Die Andere Bibliothek‹
Im Original kann man sich die Bände der Enzyklopädie in der Bibliothek
des Deutschen Museums in München ansehen.
Die zwischen 1751 und 1780 herausgegebene Reihe mit insgesamt 17 Text-
bänden und 11 Bildtafelbänden wird als eines der wichtigsten Werke der
Aufklärung verstanden und ist – in gewisser Weise – ein Vorläufer von
Wikipedia.
Inhaltlich sind die einzelnen Artikel über alle Wissensgebiete hinweg
alphabetisch geordnet. Die jeweils ersten und letzten Stichworte eines
Bandes sind in verkürzter Form zur Orientierung am Buchrücken
angegeben. Bei Band 15 – oder wie es im Original heißt ›TOME
QUINZIEME‹ – steht dort: ›SEN = TCH‹.
Die Intention der Verfasser bzw. Herausgeber war es, das gesamte Wissen
ihrer Zeit zu sammeln und zu veröffentlichen. Die strikte Ausrichtung an
wissenschaftlichen Erkenntnissen und den Ideen von *Gleichheit* und
Gedankenfreiheit kollidierte mit konservativen staatlichen und klerikalen
Stellen in Frankreich, weshalb die Bände zum Teil heimlich oder im
Ausland gedruckt werden mussten.

Die Erklärung der Menschen- und Bürgerrechte
Dichterische Freiheit habe ich mir genommen hinsichtlich der im Buch
beschriebenen handschriftlichen Fassung der ›Déclaration‹ in einem
Schloss in der Bretagne. Ich gehe aber davon aus, dass es eine solche gegeben haben könnte ...

Die französischen Originaltexte der Erklärung der Menschen- und Bürgerrechte von 1789 (*La Déclaration des Droits de l'Homme et du Citoyen*)
sowie die deutsche Übersetzung sind folgender Internetquelle entnommen: Présidence de la République, Élysée (2022)
Die auf Seite 416 von Laurent gefundenen Textfragmente entsprechen
den Artikeln 1 und 5 in der Erklärung der Menschen- und Bürgerrechte:

Article premier | *Les hommes naissent et demeurent libres et égaux en droits. Les distinctions sociales ne peuvent être fondées que sur l'utilité commune.*
Article 5. | *La loi n'a le droit de défendre que les actions nuisibles à la société. Tout ce qui n'est pas défendu par la loi ne peut être empêché, et nul ne peut être contraint à faire ce qu'elle n'ordonne pas.*

Die französische Formulierung ›*Droits de l'homme*‹ wird zwar als *Menschenrechte* übersetzt – ›*l'homme*‹ bezeichnet im Französischen ebenfalls den ›*Mann*‹. Selbst die liberalsten Befürworter und Verfasser der ›*Déclaration des Droits de l'Homme et du Citoyen*‹ hatten dabei die Rechte der Männer im Blick. Daher hat die französische Schriftstellerin Olympe de Gouges (1748-1793) eine ergänzende Erklärung der Frauenrechte verfasst, die sie der Nationalversammlung übersandte – ohne Erfolg. Im weiteren Verlauf der Revolution kritisierte Olympe de Gouges die zunehmend restriktivere Politik der jeweiligen politischen Gruppierungen. Sie wurde verfolgt, zum Tod verurteilt und am 03. November 1793 hingerichtet.

Die von Joëlle im Geiste von Olympe de Gouges ergänzte Passage über die Frauenrechte sind der ›*Erklärung der Rechte der Frau und Bürgerin*‹ (›*Déclaration des Droits de la Femme et de la Citoyenne*‹) von 1791 entnommen:

Article premier | *La femme naît libre et demeure égale à l'homme en droits. (...)*

Die Französische Revolution (1789-1799)

Die Ursachen und Geschehnisse der Französischen Revolution in wenigen Sätzen zusammenzufassen ist ein ambitioniertes Unterfangen – verkürzt dies notwendigerweise die historischen Ereignisse ganz erheblich. Dennoch ist es einen Versuch wert, um ein wenig Hintergrundwissen zu diesem Buch zu ergänzen.

Sehr grob kann man die Französische Revolution in drei Phasen einteilen:
Erste Phase (1789-1791):
Zunächst stand der Kampf um bürgerliche Freiheiten (Menschenrechte) und die Umwandlung der absoluten Monarchie in eine konstitutionelle Monarchie im Vordergrund.

Zweite Phase (1792-1794):
Es kam zu einer Radikalisierung der revolutionären Kräfte, die ihre Ziele mit einer Schreckensherrschaft (französisch: ›*La Terreur*‹) durchsetzen wollten. Nach der Verurteilung und Hinrichtung von König und Königin

wurden auch tausende Menschen als ›*Feinde der Revolution*‹ guillotiniert – darunter Angehörige des Adels, der Kirche, des Bürgertums und wer sonst noch in den Verdacht geriet, antirevolutionär zu denken.

Dritte Phase (1795-1799):
Nach der Schreckensherrschaft und den Gewaltexzessen in der zweiten Phase bewegten sich die revolutionären Kräfte nun in vergleichsweise ruhigeren Bahnen. Ein fünfköpfiges Gremium, Direktorium genannt, lenkte die Geschicke der jungen Französischen Republik. Es standen sich vor allem besitzbürgerliche Interessen und monarchistische Restaurationsbewegungen gegenüber.

Die sich daran anschließenden gut eineinhalb Jahrzehnte wurden von einem Mann geprägt, der 1769 als Napoleone Buonaparte auf der Insel Korsika geboren wurde.

Aber das ist eine andere Geschichte ...

Ludwig (Louis) XVI (1754-1793) – König von Frankreich

Der sechzehnte seines Namens erbte 1774 von seinem Großvater Louis XV (1710-1774) einen nahezu zahlungsunfähigen Staat, der immer noch dem absolutistischen Regierungsmodell aus der Zeit des Sonnenkönigs (Louis XIV: 1638-1715) anhing.

Die desolate Finanzsituation und die Forderungen nach einer Umgestaltung der Monarchie mit mehr Mitbestimmung und das Unvermögen des Königs (und seiner Minister), diese Krise zu bewältigen, zwangen ihn 1789 dazu, die Generalstände einzuberufen (Wer oder was die Generalstände sind, erklärt der Marquis de Lafayette auf Seite 51).

Im Folgenden wurden die Stellung des Königs, seine Machtbefugnisse und auch seine persönliche Freiheit mehr und mehr eingeschränkt. Mit seiner Familie zusammen wurde er ab 1792 in einem ›*Temple*‹ genannten Gefängnis inhaftiert. Am 21. Januar 1793 wurde er als ›*Hochverräter*‹ öffentlich mit der Guillotine hingerichtet. Im Oktober des gleichen Jahres wurde die vormalige Königin Marie Antoinette ebenfalls zum Tode verurteilt und hingerichtet. Der Sohn des Königspaars – der zehnjährige Dauphin Louis – kam im Juni 1795 unter ungeklärten Umständen ums Leben und wird von der Geschichtsschreibung als Louis XVII geführt, obwohl er niemals (offiziell) König von Frankreich wurde. Die tragische Geschichte des Jungen führte unweigerlich zu allerlei Legendenbildung, wonach das Kind unerkannt überlebt habe. Als einziges Mitglied der königlichen Familie überlebte die Tochter Marie Thérèse die Schrecken der Französischen Revolution.

Marie-Joseph Motier, Marquis de Lafayette (1757-1834)
Der Marquis de Lafayette war ein französischer *Général de division* und Politiker. Als Anhänger der Aufklärung nahm er bereits als junger Mann auf der Seite der Kolonisten am Amerikanischen Unabhängigkeitskrieg teil und spielte eine wichtige Rolle vor allem zu Beginn der Französischen Revolution.

Interessanterweise unterstützte die französische Monarchie die amerikanischen Aufständischen gegen den britischen König nach dem Motto: ›Der Feind meines Feindes, ist mein Freund‹. Offenbar wähnte man sich sicher, dass die Vorstellungen von der Gleichheit der Menschen den Atlantik nicht überqueren würden, um in Europa Unfrieden zu stiften.

François de Plourhan und die Autismus-Spektrum-Störung
Laurents Bruder François irritiert mit seinem Verhalten seine Zeitgenossen. Er wird als ›seltsam‹ und als ›geistig krank‹ wahrgenommen, da er augenscheinlich nicht in die gewohnten Schemata des sozialen und gesellschaftlichen Umgangs hineinpassen will.

Das Konzept von psycho-sozialen Entwicklungsstörungen existierte im 18. Jahrhundert noch nicht. Die Entwicklung hin zu einem Verständnis psychischer Auffälligkeiten und einer modernen Psychiatrie steckte noch in den Kinderschuhen. Die damals übliche Behandlung sogenannter ›Geisteskrankheiten‹ war mehr oder minder grausam und zeugt von der umfassenden Hilflosigkeit der Behandler.

Heute würde man bei François vermutlich ›Autismus‹, genauer gesagt, eine ›Autismus-Spektrum-Störung‹ diagnostizieren. Kennzeichnend dafür sind schwerwiegende Probleme im Bereich der gesellschaftlich üblichen zwischenmenschlichen Kommunikation, sich wiederholende, spezifische Verhaltensmuster und auch motorische und sensorische Auffälligkeiten in unterschiedlicher Ausprägung. Die intellektuelle Entwicklung kann, muss aber nicht beeinträchtigt sein.

Manchmal zeigen sich bei Menschen aus dem Autismus-Spektrum ›Inselbegabungen‹ – eine herausragende Fähigkeit in einem eng umgrenzten Bereich. François habe ich eine solche Fähigkeit gegeben, indem er Geschriebenes wörtlich wiedergeben kann. Er trägt damit dazu bei, das verschwundene Dokument wiedererstehen zu lassen.

Quellenangaben und weitere Informationen finden sich auf meiner Homepage unter www.heckler-schreibt.de

DANK

›*Was lange währt, wird endlich gut*‹ – so sagt es das Sprichwort. Ob es gut geworden ist, diese Einschätzung überlasse ich Euch und Ihnen – den Leserinnen und Lesern. Lange genug hat es gedauert, bis diese Geschichte – endlich – fertig geworden ist. Warum das so war, hat die üblichen Gründe, weshalb langwierige Vorhaben irgendwann ins Stocken geraten. Dennoch hat mich dieses Projekt nicht losgelassen und es jetzt fertiggestellt zu haben, ist ein wunderbares Gefühl – oder anders ausgedrückt: Es fühlt sich richtig *gut* an. Insofern hat das Sprichwort – für mich – seine Berechtigung.

Das Schreiben selbst ist ein eher einsamer Prozess. Man taucht so tief in die Entwicklung der Geschichte und der Figuren ein, ringt um Formulierungen im Text und sucht kreative Lösungen, um die Protagonisten aus den Schwierigkeiten, in die man sie zuvor gebracht hat, glaubhaft wieder zu befreien. Irgendwann steckt man so tief in der eigenen Geschichte, dass für die Überarbeitung dringend ein neuer und sozusagen *unverbrauchter* Blick notwendig wird.

Daher gilt mein Dank meinen Testleserinnen Nicola Heckler, Evi Müller, Franziska Balbach, Nicole Rakut und Maria Schüller, die sich die Mühe gemacht haben, den Rohentwurf dieses Buches zu lesen und nicht nur Fehler in Rechtschreibung und Grammatik anzumerken, sondern auch die Logik und Glaubwürdigkeit der Handlung zu beurteilen. In der Reihe der Testleser gilt mein besonderer Dank meinem Mann Thomas Heckler, der über die oben genannten Kriterien hinaus, auch ein geduldiger Zuhörer und Ratgeber zu allen Fragen rund um die Entwicklung von Figuren und Story war, während er selbst an seinem zweiten Roman arbeitete. Danke auch an Sophie, die bereits in einem frühen Stadium der Geschichte ihre Expertise für die Altersgruppe beigesteuert hat und später zusammen mit Carolin Heckler meinen Auftritt im Social-Media-Bereich unterstützt hat. Florin Sayer-Gabor danke ich für den wunderbaren Coverentwurf. Helmut von der Lieck hat mit seinen Kenntnissen zum Marketing und Internetauftritt dabei geholfen, dass die Welt von diesem Buch erfährt – vielen Dank dafür.

Sie alle haben dazu beigetragen aus dieser Geschichte ein besseres Buch zu machen.

Schließlich möchte ich meiner Familie danken, die die Entwicklung dieses Projekts über einen so langen Zeitraum mitverfolgt hat und immer ein offenes Ohr hatte, wenn es an der einen oder anderen Stelle nicht weiter ging.

Sollten sich dennoch Fehler eingeschlichen haben, so nehme ich sie auf meine Kappe und würde mich über einen Hinweis unter folgender Mail-Adresse barbara@heckler-schreibt.de freuen.

Ein Roman lebt davon, unterschiedliche Charaktere mit ihren eigenen Motiven und Wertvorstellungen agieren zu lassen. Ist die Geschichte in einem historischen Setting angesiedelt, kommen darüber hinaus auch die jeweiligen zeitgenössischen Aspekte hinzu. Aussagen in diesem Buch, die diskriminierend hinsichtlich der physischen oder psychischen Konstitution von Figuren, der Nationalität und Sprache oder anderen Aspekten verstanden werden könnten, entsprechen nicht meiner persönlichen Einstellung, sondern sind den charakterlichen Eigenschaften bestimmter Protagonisten geschuldet oder entsprechen dem historischen Kontext.

Bei allen, die bis zu diesen letzten Sätzen durchgehalten haben, bedanke ich mich herzlich und hoffe, dass sie gut unterhalten wurden. Ein Buch und seine Geschichte braucht Leserinnen und Leser, um lebendig zu werden ...

Barbara Heckler   Januar 2025

Die Schneckenlinie – Begegnung

Die Vorgeschichte der Reihe:
Beide Bücher können unabhängig voneinander gelesen werden.

Frankreich, Sommer 1784/1984:

Was tun, wenn alles ganz anders verläuft, als erwartet?
Nach einem Unfall stellt Laurent fest, dass die Gesetze seiner
Wirklichkeit nicht mehr für ihn gelten.
In Vickys Leben fühlt sich gerade alles verkehrt an und nun muss
sie die Sommerferien auch noch in einem verschlafenen
Küstenort in der Bretagne verbringen.
Julien hadert mit seinen Gefühlen und den Mädchen.
Dabei steht ihm noch eine Bewährungsprobe anderer Art bevor.
Immer wieder kreuzen sich ihre Wege – doch werden sie
zusammenhalten, wenn plötzlich merkwürdige Ereignisse in
Plourhan sur mer geschehen?

ISBN | Print: 978-3-759713063
ISBN | E-Book: 978-3-759745866